백두대간에서

만난

자연의 인상

삶의 풍경

백두대간에서 만난
자연의 인상 삶의 풍경

초판 1쇄 발행 2015년 2월 10일
초판 2쇄 발행 2015년 3월 30일

지은이 이우학교 제8기 백두대간종주탐사팀
엮은이 정선태
펴낸이 박성모
펴낸곳 소명출판

　　　출판등록 제13-522호
　　　주소 서울시 서초구 서초중앙로6길 15, 1층
　　　전화 02-585-7840
　　　팩스 02-585-7848
　　　전자우편 somyong@korea.com
　　　홈페이지 www.somyong.co.kr

값 29,000원
ⓒ 이우학교 제8기 백두대간종주탐사팀, 2015
ISBN 979-11-86356-09-8　03800

백두대간에서
만난

이우학교 제8기 백두대간종주탐사팀 지음 | 정선태 엮음

자연의 인상
삶의 풍경

소명출판

지리산에서 백두산까지
한 줄기로 이어질 날을 기다리며

:::::::

2012년 3월 10일 봄눈이 흩날리는 지리산 자락에서 백두대간 대장정을 향한 첫 발걸음을 내디뎠고, 서른여덟 차례에 걸친 산행 끝에 2013년 10월 12일 가을빛이 눈부시게 쏟아지던 진부령에서 730킬로미터가 넘는 대장정을 일단락 지었다. 그리고 2014년 8월 11일, 우리는 비무장지대를 넘어 북으로 이어지는 마루금을 아쉬움과 더불어 남겨둔 채 멀고 먼 길을 에돌아 차가운 바람과 짙은 구름을 헤치고 백두산 정상에 올랐다. 이제 우리의 '백두대간의 꿈'은 고통과 환희를 동시에 간직한 이야기로 남았다.

이우학교에서 백두대간종주탐사가 시작된 것은 벌써 열두 해를 헤아린다. 그러니까 학교가 설립되면서 백두대간탐사도 함께 시작된 셈이다. 해마다 중학교 1학년 학생과 학부모를 중심으로 학교의 구성원뿐만 아니라 참가를 원하는 많은 사람들이 우리의 자연과 역사와 문화를 찾아 대간길을 걸어왔으며 그 여정은 현재도 진행 중이다. 아이들과 어른들은 결코 쉽지 않은 길을 함께 걸으면서 자연의 품에 안겼고, 곳곳에 깃든 세월의 이야기를 들었다. 아이들이 훌쩍 자라는 모습을 보면서 어른들 또한 지금의 나와 다른 삶을 발견하곤 했다.

이 책은 이우학교 제8기 백두대간종주탐사팀이 함께 걷고, 함께 보고,

5

함께 나눈 이야기들을 모은 것이다. 우리들은 산행이 끝날 때마다 학교 게시판에 '산행기'를 올렸다. 산행이 끝난 후 한 자리에 모은 글의 분량은 어림잡아 200자 원고지 12,000매가 훌쩍 넘었다. 어떻게 할 것인지 고민하다가 한 권의 책에 담을 수 있도록 초고를 재구성하기로 결정했다. 그러나 이 작업 역시 만만치가 않았다. 비교적 일관성을 갖춘 형태로 갈무리하기에는 많은 글쓴이들의 표현방식과 문장구성이 달라도 너무 달랐다. 개성이 넘치는 표현들과 언어 이상의 의미를 담고 있는 이모티콘을 모두 살리자니 도무지 전체적인 윤곽이 잡히질 않았다. 울며 겨자 먹기라 했던가, 아쉽지만 1차 산행부터 38차 산행까지 우리들의 이야기가 원활하게 전달될 수 있도록 다듬기로 했다. 물론 그 과정에서 생동감은 상당부분 줄어들 수밖에 없었다. 하지만 글쓴이의 생각과 개성적이 표현들은 최대한 살리려 애썼다.

아이들과 부모들 몇십 명이 함께 쓴 글이, 그것도 체계적인 기획에 입각하지도 않은 글이 통일성을 갖추기란 쉽지 않을 것이다. 더구나 이런 글들을 한 자리에 모아 한 편의 이야기로 짜는 것은 더욱 어려운 일인지도 모른다. 그러나 함께 길을 걸으면서 만난 다양한 풍경과 인상은, 이를테면 점으로 그린 것처럼 한 폭의 선명한 그림으로 되살아나기도 한다는 걸 발견하곤 적잖이 놀라기도 했다. 그런 점에서 이 책은 단순한 모음집이 아니라 연령, 성향, 생각이 다른 사람들이 각자의 고유성을 잃지 않고 함께 참여하여 제작한 장대한 모자이크풍의 서사화(敍事畵)라 할 수 있을지도 모르겠다.

지리산에서 시작하여 덕유산과 속리산과 소백산과 태백산을 거쳐 설악산까지 머나먼 길을 함께 걸으면서 우리는 많은 것을 보았고 또 많은 생각을 했다. 봄바람 속에서 춤추듯 걷기도 하고, 눈 덮인 산에서 뒹굴기도 했으며, 파란 하늘 아래에서 맛있는 식사를 즐기기도 했다. 넘어지면 일으켜주고, 헛돌이를 하면 같이 애를 태웠으며, 지친 몸을 부축하려 어깨를 겯기도 했다. 우리의 산행은 그저 목적지에 이르기 위한 것이 아니라 곳곳에서 장소의 의미를 찾는 여정이었으며, 함께 걷는 이들의 삶에 공감하면서 나를 다시 발견하는 길이었다. 백두대간에서 만난 자연의 인상과 삶의 풍경은 이렇게 '따로 또 같이' '더불어 함께' 그린 것이어서 우리에게 그 의미가 각별하지 않을 수 없다.

백두산에서 우리는 우리가 밟지 못한 대간길을 상상하며 하늘연못에 지리산의 웅장한 자태를 그려 넣었다. 지리산에서 설악산까지 함께했던 우리들은 더 많은 사람들과 함께 금강산과 낭림산을 지나 백두산으로 뻗어 있는 저 당당한 줄기를 걸을 수 있기를 기대한다. 아무쪼록 지리산에서 백두산까지 어떤 방해물도 없이 이어지는 길을 걸을 수 있는 그날을 기다리는 많은 이들에게 우리들의 이야기가 그 소망을 담은 편지로 전해졌으면 좋겠다. 그리고 미래의 우리들이 백두대간에서 함께한 모든 것들을 추억할 수 있는, 오랫동안 닳지 않는 앨범이 되었으면 좋겠다.

끝으로 우리들의 산행이 무사히 끝날 수 있도록 도와준 이우학교 선배 대간꾼들께 깊은 감사를 전한다. 아울러 책을 간행하는 데 필요한 글과 자료를 모아주고 교정을 봐준 이들과 소명출판에도 고마움을 전한다.

2015년 2월 4일
글쓴이들을 대신하여 엮은이 적음

차례

제2부 가을에서 겨울로

제3부 다시 봄에서 여름으로

제4부 가을 그리고 우리들의 이야기

제1부

봄에서 여름으로

01

첫 입맞춤보다 설레는 첫 만남

안녕하세요. 백두8기 기획대장을 맡은 이정인 아빠 이운범입니다. 시작이 반이라 했습니다. 이우학교에서의 첫걸음을 백두8기와 함께 시작하신 모든 분들께 진심으로 감사 인사드립니다. 첫 산행은 보통 시작이라는 막연함과 산에 대한 약간의 두려움이 가미되어 산행을 시작하기도 전에 마음에 큰 짐이 됩니다. 하지만 첫 발을 내딛는 순간 그동안 양 어깨를 짓누르던 막연함과 두려움은 설렘과 기대감으로 바뀝니다. 더불어 그동안 쌓인 백두 선배님들의 경험과 든든한 조력이 함께 하기에 안전한 산행, 즐거운 산행으로 이어집니다.

전통적으로 백두 1차 산행은 고기리-통안재구간(4구간)으로 하고 있습니다. 백두산행의 1구간 출발점이 지리산 중산리에서 출발하여 지리산 능선 종주를 하는 것인데, 첫 산행을 그 코스로 잡는다면 무리가 많이 가는지라, 상대적으로 산행거리와 고도가 무난한 4구간을 1차 산행으로 잡는 것 같습니다. 아침 식사는 산행 출발점에서 가까운 선유산장에서 하고, 점심은 출발 시점으로부터 약 네 시간 가량 걸은 후 여원재 인근에서 각자 싸온 도시락을 먹을 계획입니다. 산행고도는 초보자에게도 대체로 무난한 편이나, 산행 초반 수정봉에 오를 때와, 산행 막바지 고남산에 오를 때 좀 힘겹게 느껴질 수도 있습니다. 아직 겨울의 찬 기운이 남아 있어 아침나절에는 쌀쌀할 수도 있습니다. 각자 체온 관리와 체력 안배를 적절히 하시면서 첫 산행의 설렘을 느껴보시기 바랍니다.

산행일시 **2012년 3월 10일** / 산행코스 **노치샘 · 수정봉 · 여원재 · 고남산**

13

"천 리 길도 한 걸음부터"

■── 우리들은 졸린 표정으로 식당에 가서 김치찌개와 밥을 맛있게 먹었다. 김치 국물이 끝내줬다. 출발하기 전 등산화 끈을 꽉 조여 매고 준비체조를 하였다. 그런데 준비체조를 하기 전 준범이가 당황해했다. 준범이가 슬리퍼를 신고 있었던 것이다. 등산화가 없었다. 그래서 준범이가 아빠게 연락을 했다. 알고 보니 버스에 타기 전 차 트렁크에 두고 내렸다는 것이다. 결국 삼선슬리퍼를 신고 백두대간코스를 가야 할 뻔했지만 다행히 다른 분의 운동화를 신고 등산을 할 수 있었다. 휴, 다행이다. _**김상아**

■── 첫 산행을 너무 쉽게 생각했었나 보다. 나는 완만한 길로만 오래 걷는 줄 알았는데, 처음부터 경사가 심한데다 발을 정확히 디딜 곳도 없어서 충격이었다! 처음부터 쉬고 싶었다. 땅만 보고 그 아름다운 경치도 못 보며 산에서 죽지 않기 위해 억지로라도 발을 뗄 수밖에 없었다. 그렇게 나의 온힘을 다해 내려와서 버스를 보는 순간 엄마와 나는 정말 감격이었다. 버스를 탄 순간 다시는 안 간다고 굳건히 다짐했는데, 겨우 며칠밖에 안 지난 지금 엄마가 말씀하신 대로 나는 역시 망각의 동물인가 보다. 그렇게 힘들었던 것을 그새 까먹다니…… 벌써부터 2차 산행이 기대된다. _**임예진**

■── 처음부터 경사가 꽤 가팔랐다. 천천히 가자는 친구들과 함께 갈 수밖에 없었기 때문에 뒤처져서 갔다. 뒤쪽에서 가는 건 생각보다 많이 힘

들었다. 친구들이 전날 축구를 해서 다리가 아팠기 때문에 천천히 같이 가줘야 했다. 한편으론 다행이었다. '나보다 산을 못타는 사람이 있었다니, 휴우……' _박진우

■── 그런데 경치가 좋은 곳이 또 나오는 것이었다. 감탄 또 감탄이 나올 수밖에 없었다. 바위가 너무 예술적이었고 나무는 말을 할 수가 없었다. 나는 이것이 산에 오는 목적이라고 생각했다. 나는 이 산이 너무 예뻤다. _김규연

■── 나는 체력 고갈을 방지하기 위해 좀 천천히 갔다. 천천히 걸으니 주변의 식물들을 느낄 수 있었다. 그런데 어느 순간부터 주위의 식물들이 하얀색으로 변했다. 무슨 일인가 싶어 건너편의 산을 보았다. 순간 입이 딱 벌어졌다. 산 아래로 물티슈 같이 하얀 구름들이 산에 걸쳐 있었고, 그 주변으로는 나무들이 고개를 내밀고 있었다. 정말 장관이었다. 집에 계신 엄마가 보면 얼마나 놀라실까. 나는 서둘러 사진을 찍었지만, 화질이 안 좋아서인지 흐리고 어둡게 나왔다. 올라가는 동안 계속 옆을 쳐다보았다. 여전히 구름은 밑에 깔려 있었다. 내 기분은 마치 천국에 온 땅강아지 같았다. 아마 산을 즐기는 사람들은 이 기분으로 산을 타는 것 같다. _이민규

■── 처음 등산이라 그런지 힘들었다. 더 가다보니까 다리가 저리고 아파왔다. 발에 쥐가 났다. 어제 축구를 심하게 한 게 문제였던 모양이다. 준형이 아빠가 다리를 주물러 주셨는데 이상하게 금세 나았다. 신기하게도 꾀병이었던 것 같았다. 그 다음은 날아가는 기분이었다. _홍준범

■── 계속 가다보니 자꾸 발목이랑 다리가 아프다. 드럼을 배우고 있기 때문이다. 드럼은 몇 번 치고 나면 다리가 아프다. 배우기 시작한 지 얼마

15

안 돼서 아픈 게 더하다. 한 발은 계속 누르고 있고 한 발은 다리 전체를 들었다 놨다 하는데 다리 무게를 발목으로 감당해야 하니 발목도 뻐근하고 근육통도 장난이 아니다. 그래서 대장 아저씨께서 신발끈을 더 꽉꽉 묶어주시고 무릎보호대도 해 주셨다. 그러고 나니 좀 나아졌다. 신발끈을 묶고 있을 때 어떤 아저씨와 아줌마께서 오시더니 마사지도 해 주시고 내 다리를 좀 풀어주셨다. _윤지호

▥── 점심을 먹기 전까지는 계속 오르막길과 내리막길이 반복되어서 너무 힘들었다. 내려가기만 하면 다시 그만큼을 올라가야 했으니 말이다. 그래서 나는 차라리 내려가는 곳을 흙으로 채워서 다 평지로 만들었으면 좋겠다고 생각했다. 내리막길에서는 애들이랑 떠들며 웃다가 오르막길이 나타나면 정적……. 힘든 산행을 마치고 집에 와서는 오늘 제일 수고한 발을 정성스레 씻어주었다. _이인서

▥── 점심을 다 먹고 앉아서 쉬고 있는데 바람이 불어 추운데 또 햇살 덕에 따뜻한 그런 이상한(?) 느낌이었다. 밥을 먹으니 에너지가 다시 충전되어 다시 열심히 올라갔다. 평지가 많아서 그리 힘이 들지 않았다. 가던 도중 서촌선생님께서 나뭇잎 더미 속에서 '노루발'이라는 식물을 보여 주셨다. 겨울 산속에 있는 것을 보니 참 신기하기도 하였다. _김주현

▥── 드디어 오전 산행이 끝났다는 해방감과 함께 오후 산행이 남았다는 불안감이 엄습해 왔다. 하지만 그게 문제가 아니었다. 배가 고팠기 때문이다. 예상과 다르게 여원재는 낮은 언덕 같은 곳으로 바람이 시원하게 부는 장소였다. 그곳에서 식사를 끝낸 후 설명을 듣고 다시 오후 산행을 시작했다. 오후 산행은 한마디로 표현하자면 '지옥'이었다. 정말 오르막길밖에 없었다. 후반부에 들어설수록 내 체력에도 한계가 오기 시작해서

이제는 스틱에 몸을 의지하면서 힘겹게 한 걸음 한 걸음 내디딜 수밖에 없었다. 아빠는 쉬면 퍼진다고 쉬지도 못하게 했다. 내가 체력이 약한 것을 뼈저리게 느꼈지만 어찌 하리, 지금 체력을 기를 수도 없는 것을……. 있는 짜증 없는 짜증 다 내가며 이를 악물고 겨우 끝까지 왔다 싶었는데 거대한 바위가 눈앞을 가로막는다! _김정연

■—— 앞뒤로 보이는 사람들이 없었다. 처음엔 이런 저런 이야기를 하다가 한동안 말없이 걸었다. 좋았다. 하늘, 능선, 나무들. 풍경도 정말 아름답고 봄 소풍 같은 분위기였다. 새소리가 들렸다. 새소리 중에서도 예쁘다는 형용사가 딱 들어맞는 그런 소리였다. 집중해서 듣다가 생각했다. 도대체 어떤 형태이길래 이 소리는 나에게 이렇게 예쁘게 들리는 것일까. 그리고 정말 놀라운 일이 있었다. 갑자기 내 눈앞에 어떤 노란 것이 날아갔는데, 뭔가 했더니 나비가 아닌가! 그 순간 깜짝 놀라기도 했지만, '진짜 나비가 맞나?' 의심스러워 다시 보려고 뒤를 돌았는데 이미 가버리고 보이지 않았다. 정말 나비였던 것일까? 분명히 본 것 같은데. 나비는 봄을 상징하는 것 중 하나인지라, 예쁜 노란 나비를 본 후에 내 마음은 봄처럼 환해졌다. _박예린

■—— 산에 오르기 전에는 산을 타는 것이 힘들 거라 생각했지만 그렇게 많이 힘이 들지는 않았다. 그런데 고1 지훈형이 길을 잃어버리는 바람에 아빠하고 끝으로 가서 선두를 따라잡을 때까지는 힘들었다. _이정인

■—— 산 앞에는 수많은 계단들이 끝없이 있었다. 계속 올라가서야 산길을 걸을 수 있게 되었다. 바로 앞에 큰 나무들이 여러 그루 있었는데 그곳에서 휴식을 취했다. 휴식을 취하는 동안 준민이를 만날 수 있게 되었다. 우리가 계속 짝놀이를 하고 다니니까 사람들이 우리보고 1호, 2호, 3호

라고 부르셨다. 그리고 실컷 떠들며 돌아다니니까 입이 힘들어서 우리는 진실게임을 하였다. 좋아하는 사람을 알려주었는데 뜻밖의 결과였다. 올라가면서 점점 경사가 높아지니까 체력이 약한 준민이는 쥐가 다 합쳐서 세 번이나 났다. 그래서 많이 뒤처지자 시훈이가 자기는 혼자 가고 나보고 준민이와 같이 오라고 했다. 그래서 준민이랑 만나서 시훈이를 추격했는데 시훈이가 빨라서 겨우겨우 따라잡았다. _김현수

■── 동생 호빈이가 짜증을 내도, 나는 예전에 아빠한테 더 짜증을 냈기 때문에 충분히 이해할 수 있었다. 2년 전에 아빠는 얼마나 힘들었을까. 호빈이를 이해하지 못한 일이 한 번 있었다. 고남산 정상에 거의 도착해서 선두가 조금 내려가서 앞에서 쉬고 있는데 호빈이는 햇볕이 뜨거운 맨 꼭대기에서, 모두가 지나가는 곳에서 쉬겠다고 했다. 나는 저기 밑에서 쉬자고 했는데 호빈이는 이제 누구의 말을 듣기도 지쳤는지, 그냥 먼저 가라고 했다. 아무리 설득해도 내려오지 않아서 혼자 내려왔다. 밑에서 쉬고, 사진도 찍고 그러고 있는데 몇 분이 지나서야 호빈이가 왔다. 멀리서 조용히 혼자 오고 있는 모습을 보고 정말 웃겼다. 점잖아 보였다. 집에서도 이런 모습을 보였으면 좋겠다. _이호중

■── 고남산을 오르면서 난 정말 별생각을 다 했다. 무엇보다 '내가 미쳤지'라는 생각. 역시 산은 힘들다. 끝도 없어 보이는 오르막길을 오르고 또 오르며 애써 딴생각을 했다. 내가 좋아하는 것들에 대해서! 그렇게 다른 생각을 하며 정신을 팔면 힘이 덜 들었다. 오르막길은 오르막길대로 힘들었고 내리막길은 내리막길대로 힘들었다. 내가 그토록 원하던 평지길은 나오지 않았다. 사실 되돌아보면 별것 아닌 듯 보이지만 그 당시는 정말 힘들었다. 나중에 정상에 가까이 가서 나무 계단을 오를 때에는 거의 해탈 수준이었다. 머릿속이 하얬다. 정상에 올라 밑을 내려다보니 옹

기종기 맞대어 있는 집 지붕들이 콩알만큼 작아 보였다. 뿌듯함과 동시에 허망함도 밀려들었다. 내 주말……. 피 같은 내 주말……. 그렇지만 후회는 없다. 무언가를 잘 해내었단 사실이 더 기쁘니까! **_최선혜**

■── 고남산 정상에 올랐다. 마을과 저 멀리 산도 보여서 힘든 게 싹 사라졌다. 고남산 정상이라고 씌어 있는 비석을 배경으로 사진을 많이도 찍었다. 조금 쉬다가 하산을 하였다. 권포리에 도착하니 버스가 보여서 정말 기뻤다 . 이렇게 백두대간 1차 산행을 마쳤다. 성취감에 말로 표현할 수 없을 정도로 기뻤다. **_이종승**

■── 다음부터는 물을 좀 더 많이 챙겨와야겠다. 물이 없어서 너무 목이 말랐다. 갈증이 나는데 이온음료로는 해소가 안 되고, 물로만 해소가 돼서 고생했다. 중간부터 다리가 풀릴 듯했는데 이상하게도 끝까지 다 갈 수 있었다. '나는 하면 된다!'라고나 할까. **_권서용**

■── 산을 내려오는 길은 아스팔트 도로였는데 거기서 다리가 무너질 것 같았다. 버스가 보일 때는 정말 사랑스러웠다. 버스에서 쉬는데 아빠가 보이지 않았다. 후미대장이었기 때문이다. 저 멀리 아빠의 모습이 보였을 때 정말 자랑스러웠다. 모든 사람들이 안전한 산행을 하도록 맨 뒤에서 책임져 주셨으니까. **_김수련**

■── 오르막길에 지쳐서 다리가 아픈 데다 내리막길이 나오니까 다리가 더욱 아프고 후들거렸다! 내려올 때도 마찬가지로 생명의 위협을 느꼈지만 그래도 안전하게 잘 내려왔다. 내려오니까 모든 긴장이 풀리면서 온몸이 쑤셨다. **_윤해솔**

■── 진짜 엄청나게 힘들었다. 어른들 말씀으로는 백두대간을 하면 느낀 점도 많고 추억도 생기고 그때그때마다 생각도 다 다르다는데 나는 전혀 그렇지 않은 것 같다. 그냥 언제나 산을 타면 힘들다. 아무 생각이 나지 않고 힘들기만 하다. _최새연

■── 앞으로 있을 산행들이 무척 기대된다. 힘들다고 생각하기보다는 '힘들어도 재미있네'라고 생각하는 게 좋을 것이다. 그리고 나에게 주어 진 이 좋은 기회를 통해 많은 것을 배우고 사람들과 공유하고 싶다. 내가 무언가에 끝까지 도전하는 지구력을 배우고, 사람들과 이야기를 나누며, 서로 도와주며 친해지고. 앞으로의 산행도 딱 첫 산행만 같았으면 좋겠지 만, 그렇지는 않을 것이다. 나는 조금씩 더 발전할 수 있도록 더 노력하고 재미있는 산행을 할 것이다! _허솔

* * *

■── 백두대간의 시작은 온전히 개인적 욕심 때문이었다. 백두대간을 할 수 있는 기회가 또 주어질 것 같지도 않았고, 나중에 또 주어진다 해도

8기 백두대─

2012. 3 . 10 . ~ 3

20

한 살이라도 덜 먹은 지금 해보고 싶다는 욕심과 더불어, 부모가 되고 나서 내가 인지하는 속도보다 훨씬 앞서서 성장하고 있는 아이들을 보면서, 더 크기 전에 아이와의 유대를 강화하고 싶다는 욕심. 그 욕심 때문에 딸아이에게 부단히 함께할 것을 종용하였고, 지연이는 끝까지 거부하다 못해, "아빠가 담배 끊으면 백두대간 하겠다"고 제안했다. 지연이 입장에서는 수년간 부탁하였음에도 들어주지 않던 '금연'이었기에 비장의 카드라고 생각하였던 듯하고, 실제 나에게도 '빅딜'에 가까운 제안이었지만, 딸과 함께 백두대간을 하고 싶다는 욕심이 훨씬 컸기에 그 제안을 한 치의 망설임도 없이 얼른 받아들였고, 그렇게 해서 우리는 함께 백두대간에 나섰다. _**김재린**

■ 노치샘부터 시작된 가파른 길이 우리를 마루금에 올려놓았다. 능선에 오르기 위해 잠깐 급경사가 있을 거라는 것을 알고 왔기에 잘 참고 올라갈 수 있었지만, 정말 첨부터 가파른 길이었다. 하지만 능선에 발을 딛는 순간, "아, 이것이 능선을 타는 느낌이구나!" 실감할 수 있었다. 오른쪽과 왼쪽 모두 내려다보이는 좁은 길은 정말 아름다웠다. 아침햇살이 사선으로 반투명한 커튼처럼 드리워지며 우리를 정신없이 그 길을 따라 걷게

해 주었고, 마치 레드카펫을 걷는 여배우처럼 날 위해 준비하고 기다리고 있던 곳이라는 생각에 멋진 포즈로 산사람처럼 산을 딛고 나가게 해 주었다. 게다가 누구도 흉내 내지 못할, 하느님께 감사할 수밖에 없는 '퍼펙트한' 바람……. 어떻게 온도와 습도와 강도와 방향을 이렇게 잘 맞춰서 불게 하실까. 게다가 바람과 햇살이 번갈아가며 나를 사로잡으면서 지루하지 않게 이끄는 것까지도 신기했다. 첫 산행, 첫 능선 밟기. 하다 보니 발견하게 되었다. 나는 나약하고 병든 아줌마가 아니라 처음부터 백두대간에 맞게 태어난 당당한 이 땅의 여인이었던 것이다. _**류정아**

■── 정상에 다가설수록 좁아지는 등산로와 암벽과 계단이 앞을 가로막는다. 우리 가족을 비롯한 이우 어머님들과 아이들이 걱정이 되었지만 기우였다. 모두들 무사히 이겨내고 통과했다. 시산제 때 산신령께서 감동 받으셨고, 백두인들이 한 발자국, 한 발자국 정성어린 산행과 정신력을 발휘한 결과라고 생각한다. 백팔번뇌를 느낄 만할 계단 마지막을 오르니 고남산 정상 좌우로 넓은 논과 마을이 보인다. 눈과 가슴이 시원하게 탁 트이고 지금까지의 고난이 순간 사라졌다. 선발대가 고남산 정상에서 사진 촬영도 하고 주변을 둘러보며 쉬는 모습이 보인다. '다 왔다! 드디어 고남산 정상에 올랐다.' _**김상판**

■── 고남산 도착! 정상에 계시는 어르신들이 묻는다. 어디까지 가시냐고 해서 권포리로 내려간다 하니 뭐 이제 끝이라고 하신다. 물론 그렇다. 하지만 많은 이들 특히 오늘 처음 산에 오신 여러분들에게 내려갈 일이 아직은 쉽지 않고, 또 앞으로 가야 할 길을 생각해 보면 도저히 끝을 운운할 일 역시 전혀 아니다. 이어지는 기념촬영. 거기에 강정마을 동참 플래카드까지 등장했다. 정상에서 이런 색다른 이벤트(?)도 처음인 듯. 하지만 단순히 이벤트에 그치는 일이 아니다. 자연을 사랑하는 이우, 백두인이

당연히 해야 할 아주 작은 일이 아닌가 싶다. _**김성호**

■── 시작이 반이고 천리 길도 한 걸음부터라고 했다. 역시 백두도 첫걸음이 중요하다고 생각한다. 체력보강을 위해서 열심히 계단을 오르고 있는데 예전보다 기록도 많이 단축되었다. 15층 계단을 처음에 오를 때는 3분 15초가 걸렸는데 어제저녁에는 2분 57초까지 단축되었다. 시간 내서 운동을 할 수가 없어서 올해 들어서 아예 차를 버리고 대중교통을 이용하니 생각보다 시간과 비용이 많이 절약되었고 두 대이던 차를 한 대로 줄였다. 차를 가지고 다닐 때보다 책도 많이 읽어서 벌써 다섯 권째 읽고 있다. 백두를 통해서 내 땅을 내가 밟고 내 삶을 새롭게 세울 수 있기를 희망한다. _**김인현**

■── 비록 내가 정확히 어디를 다녀왔는지 자세히는 모르지만 이번 산행은 정말 나에게 의미가 크다. 지금까지 나에게 등산은 도대체 이해할 수 없는 행위였다. 금방 돌아서 내려올 길을 왜 힘들게 올라가는 건지 알 수가 없었다. 지금도 누군가 나에게 같은 질문을 한다면 명확하게 대답할 수는 없을 것 같다. 예전에는 '뭐 하러 힘들게 그런 걸 하냐'라고 했겠지만 이젠 한번 해보라고 권해보고 싶다. 직접 가서 느껴보라고. 이번에 여덟 시간이 넘는 산행을 하면서 숨이 가빠오고, 엉거주춤 밧줄을 잡고 바위를 오르고, 부들부들 떨면서 높은 계단을 엉금엉금 기어오르면서도 다시 안 오겠다는 생각은 한 번도 한 적이 없다. 왜 그랬을까? 내가 바뀐 걸까? 모든 잡념이 사라지면서 뜨거워져오는 가슴만을 오롯이 느끼면서 한 발 한 발 내디딜 때의 그 느낌! 어쩌면 무아지경이라 해야 할까? _**문선희**

■── "아빠, 왜 이런 일로 하루를 쓸데없이 허비해요?"
백두8기 1차 산행을 무사히 마치고 동천동에 다다를 즈음에 부스스한 눈을 비비며 정인이가 내게 불쑥 던진 한마디다. 순간 나는 가슴이 먹먹했다. 등산화를 빠트려 축구화를 신고 산행을 하면서도 전혀 불평이 없던 아이가 던진 이 한마디, 내겐 백두8기 회원들과 헤어져 집으로 돌아오는 내내 머릿속에서 맴돌던 '화두'였다. '산이 거기 있기 때문에 오른다'는 어느 산악인의 말이 이럴 때 우리 아이에겐 아무런 의미도 없어 보인다. 이 문장의 행간에 숨어 있는 속뜻을 이해하기엔 첫 산행이 아이에게 무리가 있어 보인다. 나는 몇 번의 산행을 더 해보면서 그 의미를 찾아보자고 대답을 저만치 유보해 두기로 한다.

'첫사랑, 첫눈, 첫경험, 첫출근……'

'맨 처음'이라는 뜻을 가진 이 관형사 앞에서 우리는 설렘과 함께 동시에 두려움을 느낀다. 일상일하(一上一下) 첩첩한 연봉의 파노라마가 전해주는 가슴 뜀과 무릎팍과 종아리를 퍽퍽하게 조이는 가풀막진 산비탈 경사의 아뜩함이 이 '첫'이라는 관형사에 공존한다. 하지만 '첫발'을 내딛는 순간 그 설렘과 두려움은 발밑에서 부스러지며 저만치 밀려난다.

노치샘에서 시작해 여원재를 지나 고남산으로 가는 길은 내 유년시절의 발자취다. 아직은 겨울색이 완연한 산중에서 간간이 눈길을 머물게 하는 초록의 조릿대길과 다래넝쿨이 빽빽한 좁디좁은 길, 게다가 끊임없이 도열한 소나무까지 정말이지 어릴 때 어머니와 함께 넘던 이름 모를 고개의 복사판이다.

빨치산조차 대낮에 다니길 꺼려했다는 차령산맥의 등마루께인 무성산 소랭이골에서 나는 나고 자랐다. 어머니 고향은 '호두나무'로 유명한 광덕산 기슭의 부엉바위골이다. 무성산 산줄기를 수십 차례 넘나들어 진이 빠질 대로 빠져 이젠 더 이상 한 걸음도 내디딜 힘조차 남지 않았을 때 길잡이의 표지처럼 소나무 한 그루가 나타난다. 그린 듯이 푸슬푸슬한 이내에 곁가지들을 담그고 좌정한 600년 된 당산 소나무, 어머니와 나는 서로 말하지 않아도 그제야 길이 멀지 않았음을 알았다. 한 손엔 외할아버지 제사상에 올릴 음식을 싼 묵직한 보자기와 다른 한 손으론 내 손아귀를 꼭 잡고 풀지 않으셨던 어머니는 왜 짐 같은 나를 데리고 다니셨을까? 게다가 둘이나 되는 형들을 제껴두고 아무짝에도 쓸모없는 힘 없는 여섯 살배기 막둥이를 뭐 의지된다고 앞에 세웠을까?

신작로가 죽은 손톱의 멍 같은 아스팔트로 포장되고 버스가 다니기 시작한 후로도 여남은 해가 지날 때까지 어머니는 나를 데리고 광덕산을 넘으셨다. 당산 소나무 옆의 주막에서 숨을 돌리고, 생전에 외할아버지가 좋아하셨던 막걸리를 한 되들이 받아 소로를 지날 때면 실하게 익어가던 산비탈의 호두잎들이 서걱이는 소리가 지금도 빗소리처럼 생생하다.

수정봉과 여원재 그리고 고남산, 백두대간의 마침표 같은 지리산을 덕유산에 이어주는 징검다리처럼 푸근한 뒷산. 대간길이 아니라면 수정봉이나 고남산은 한갓 남원골의 뒷산에 지나지 않았을지 모른다. 이와 반대로 그 산들이 없었다면 지리산은 대간과는 거리가 먼 한갓 경치 좋은 산에 지나지 않았을지도 모른다. 이어진다는 것은 살아 있다는 것, 그래서 명맥(命脈)이라 한다. 말 그대로 '목숨줄'이다. 지리산을 덕유산으로 잇는 '목숨줄' 중 하나가 우리가 첫 산행에서 답사한 '수정봉'이요, '여원재'요, '고남산'인 것이다. 물론 여원재의 허파를 관통하는 24번 국도가 눈엣가시처럼 거슬리긴 하지만 백두대간의 '목숨줄'만큼은 이어지고 있다는 데 조금 위안을 삼는다.

특히 노치샘에서 수정봉, 여원재, 고남산으로 이어지는 길은 사람들의 왕래가 그리 많지 않다. 헉헉대며 오르던 산비탈길, 지친 심신을 위로해 주던 산마루 능선 길, 여원재의 소로를 우리 백두8기는 온전히 자신의 힘으로 자신의 다리로 걷고 또 걸었다. 우리가 남긴 흔적과 발자취가 이제는 누군가의 이정표가 되어 백두대간을 찾는 누군가에게 이어주고, 그들 또한 다른 누군가에게 이정표 될 것임을 나는 믿는다. 그 믿음이 변치 않기를 마음속으로 간구하며, 백두8기 2차 산행 때는 우리 정인이도 하루를 쓸데없이 허비하는 산행이 아닌, 백두대간 산행의 참된 의미를 조금이나마 느낄 수 있기를 바랄 따름이다. _이운범

시산제 축문

임진년 3월 10일 아침,
이우학교 제8기 백두대간 종주탐사대 일동은
첫 걸음을 앞두고 모두의 마음을 모아
천지신명께 엎드려 고하옵나이다.

저희 이우학교의 대간꾼들이 천지신명께서 호령하사
대과 없이 대간종주를 시작한 지 어언 7년.
이제 저희 8기가 선배들이 지나간 족적을 따라
결코 만만치 않을 걸음을 시작하옵나이다.

이에 저희의 선배들께 베푸신 은혜와 같이
저희들의 여정도 무탈하도록 굽어살피시옵고,
대간길에 만나는 수많은 인연들을 통하여 저희 모두가
성장할 수 있게 호령하여 주시옵소서.

오늘 여기 참여한 많은 이우가족들이
여여하신 대간의 품에서 푸근함을 한껏 누릴 수 있는

산행이 되도록 하옵시고, 종주의 마지막 걸음까지
모두가 행복한 기억만을 남길 수 있게 하시옵소서.

백두에서 지리산에 이르는 대간의 모든 산신 하감지위!
저희 8기들이 대간 길을 걸으며 조우할 만 생령 응감지위!

부디 저희들의 여정에 항상 호렴 하시어 저희들이 안전한 산행으로
종주를 마칠 수 있게 지켜 주시옵고,
비록 소찬이오나 저희들의 정성을 흠향하여 주시옵소서.

상향

02

오감을 깨우는 산행

    백두대간과의 첫 입맞춤을 백두8기 회원님들과 함께 성공리에 끝냈습니다. 그 추진력으로 우리 백두대간에 서린 '혼'과 '얼'을 찾아 떠나는 2차 산행은 '오감을 깨우는 산행'이라는 테마를 가지고 시작합니다. 그저 막연히 지도를 따라 걷기 위한 산행이 아닌, 대간의, 산의, 들의 마음결을 느끼고 공감하는 참된 산행이었으면 합니다. 집행부에서도 많은 준비를 하겠지만 여러분들도 사전 준비를 많이 하셔서 가슴에 남는 산행을 하시기 바랍니다. 기억은 시간이 지나면 무뎌지고 지워지지만, 가슴에 박힌 추억은 영원할 겁니다.

산행일시 2012년 3월 24일

산행코스 권포리 · 통안재 · 유치재 · 매요마을 · 사치재 · 새맥이재 · 아막산성 · 복성이재

"봄에 내리는 눈, 진흙탕길, 갈대밭"

■── 정말 오랜만에 백두대간을 했다. 마지막이 2009년이었나? 하여튼 동생을 지원한다는 명분하에 갔다. 기대를 품고 출발하였다. 그런데 어인 일인가? 눈이 쌓여 있네. 그것도 3월에. 기쁘기도 해라. 오랜만에 내가 왔다고 눈까지 내리다니……. _**김윤수**

■── 아침밥은 1차 때와 같았다. 이번에는 메추리알을 놓치지 않고 먹었다. 김치찌개에 있는 고기도 많이 먹었다. 아침밥을 먹고 드디어 출발(!)인 줄 알았는데 버스를 타고 조금 더 가야 했다. 산행을 시작한 곳은 1차 때의 옆산이었나 보다. 조금 가다보니 내려서 걸었다. 눈이 오고 있었다. 산이 눈에 덮여서 멋있었다. 우리는 눈이 내리는 마루금을 걸었다. _**홍준범**

■── 산행을 시작할 때는 눈이 엄청은 아니지만 많이 오고 있었다. 그래서 너무너무 추웠다. 걷다보면 따뜻해질 것이라고 예상하고, 걷기 시작했다. 역시나. 2차 산행은 1차 산행보다 훨씬 쉬웠다. 하지만 빨리 가서 집에서 쉬고 있는 나를 상상하는 것은 10분 만에 처절히 깨졌다. 눈이 너무 많이 와서 춥기도 하고, 힘들기도 했다. 체력 소모가 평소의 1.5배라는 말이 맞는 것 같았다. 손끝이 너무 시려서 스틱도 잡기 힘들었다. 게다가 높은 곳에 올라가니 바람이 태풍처럼 세게 불어서, 앞을 보기조차 힘들었다. 선배들은 이걸 어떻게 완주했는지. 선배들이 대단하게 보이기도 하

고, 앞으로 갈 길이 걱정되기도 했다. _윤해솔

■── 눈이 내리고 있었다. 9시부터 그친다고 하였으나 눈발이 꽤 강했고
추위도 심했다. 더군다나 나는 내복을 입고 오라는 말을 못 들었고 입지
도 않았기 때문에 찬바람에 얼어붙은 내 바지는 종아리를 차갑게 하기에
충분했다. 이렇게 눈이 오는데 설마 가겠어? 했으나 막강 8기는 가야 한
단다. 헉! 지난번에 내려왔던 코스를 타고 올라갔는데 그게 그렇게 힘들

줄은 몰랐다. 30분 동안 오르막길만 올랐고 올라가는 도중 소똥냄새도 '대박'이었다. 그럼에도 불구하고 눈은 그칠 줄 몰랐다. _김정연

■── 나는 친구들과 같이 출발하였다. 정인이랑 같이 이야기하면서 등산을 했다. 친구랑 대화하면서 가니 재미있었다. 하지만 정인이가 너무 빨라 본 속도를 따라갈 수 없었다. 나는 너무나도 힘들었지만 친구가 있어 든든하고 힘이 났다. 이번에는 다양한 친구들을 알게 된 것 같아 기쁘다. _김상아

■── 점심 시간. 유부초밥을 먹으면서 생각했는데 다음부터 밥 종류를 싸오면 힘들 것 같다. 밥이 시간이 지나면 떡이 된다. 밥+시간=떡! 하지만 휴게소에서 먹은 라면은 맛있었다. 산에서 먹은 음식도 맛있었다. 산에 가면 편식하는 사람들도 잘 먹을 수 있을 것 같다. 나는 물론 편식을 안 하지만. _김지연

■── 점심을 먹고 난 후가 문제였다. 도시에서는 맛볼 수 없는 강풍과 눈이 녹아 흘러내린 진흙탕. 진흙이 신발에 들러붙어서 끝에 가서는 몸이 천근만근이었다. 진흙 내리막길에서는 슬라이딩을 멋있게 해서 엉덩방아를 찧었다. 매우 찜찜하고 창피했다. 그리고 계속 올라가는 코스가 있었는데, 높은 곳의 평지에 올라가서 보니 경치

가 정말 아름다웠고, 1차 산행 때 갔었던 수정봉부터 지금까지 우리가 걸어온 곳이 다 보여서 은근히 뿌듯하고 자랑스러웠다. _임예진

■── 처음 몇십 분은 힘들지 않았다. 하지만 얼마 있으면 오르막길이 나타나니 힘들지 않을 땐 은근히 어떤 길이 기다리고 있을까 걱정부터 된다. 이번엔 헬기장을 올라갈 때부터 힘들기 시작했다. 그래도 내려갈 때는 눈 덮인 풍경과 갈대밭 같은 것이 많아서 너무 멋있었다. 3월에 눈이라니. 그런데 진흙 때문에 내려갈 때 너무 어려웠다. 진흙 때문에 너무 미끄러워서 발이 푹푹 빠지고 말이다. 어쨌든 오늘 산행은 휴게소도 있고 친구들이랑 이야기도 하면서 산행을 해서 그런지 지난번보다는 즐겁고 재미있었다. _김수련

■── 신기하다. 분명히 이번 길은 저번보다 쉬웠던 것 같은데 버스에 돌아오니 더 피곤하다. 눈이랑 진흙 때문인가? 잘 모르겠다. 저번 산행 때는 넘어지지 않았지만 이번에는 진흙 때문에 미끄러워서 두 번이나 넘어졌다. 한 번은 엉덩방아를 찧었고, 한 번은 옆으로 넘어졌다. 옷도 조금 버렸고, 창피하기도 했다. _권서용

■── 넘어질 때가 하이라이트였다. 처음 두 번 넘어질 때에는 친구들만 있어서 부끄럽지 않았는데, 넘어질 때마다 일어나려고 해도 몸이 말을 안 들어 자꾸 미끄러지다보니 애들의 웃음만 샀다. 난 그 웃음을 아무 생각 없이 잊어버리고 쭉쭉 걸었다. 내가 지금 여기서 뭐하는 거지? 집에 가면 편안하게 있을 텐데. 내가 여기 와서 왜 생고생을 하지? 백두대간이 이리 힘들었나? 끊임없이 투덜거리며 하염없이 올라갔다. _윤영빈

■── 헬기장에 도착해서는 애들과 바람을 온몸으로 맞으며 놀았다. 바람

이 엄청나게 세서 내가 먹던 건빵을 역풍에 던지면 앞으로 가다가 반대편 절벽 밑까지 날아간다. 굉장한 바람이었다! _**이종승**

■ —— 친구들과 함께 가지 않았다면 나는 정말로 힘들어 죽었을지도 모른다. 친구들의 힘이 이런 것이구나! 친구들이 없었으면 어떻게 정상까지 갔을지 상상이 안 간다. 친구들의 힘? 같이 가는 힘이란 정말 대단한 것 같다. '같이'의 힘이란 정말로 위대한 것일지도 모르겠다. 친구들아 함께 있어줘서 고마워. 그리고 후에 헤어진다 해도 너희들을 잊지 않을 거야. _**김규연**

■ —— 즐겁게 떠들면서 산을 오르던 우리에게 약간의 시련이 닥쳐왔다. 가파른 길이 나온 것이다. 나는 저번 산행 때의 경험을 생각하여 체력 소비를 줄이기 위해 비슷한 말 잇기 게임을 잠시 멈추었다. 그리곤 아무 말 없이 묵묵히 산을 올랐다. 저번의 경사와 비슷한 것 같았다. 물론 힘은 똑같이 들고 지쳤다. 그런데 이번 산행 때 뭔가 달라진 것을 느꼈다. 이번 산행 때는 저번처럼 힘들면 잠시 쉬려는 생각보다는 최대한 많이 가보겠다는 생각이 든 것이다. 왠지 산을 타는 사람들은 자신의 한계에 도전하는 맛에도 산을 타는 것 같다. _**이민규**

■ —— 이번 산행 때 100번은 더 '낚인' 것 같다. 해솔, 지연, 수련과 내가 아저씨들에게 어디가 끝이냐고 물어봤다. "이 산만 넘으면 돼!" 하시길래 정말 희망을 갖고 그 산을 넘었더니, 또 다른 산이 있었다. 진짜 화가 났고, 희망을 잃었다. 우린 계속 '낚였다'. 이젠 지쳐서 아무도 믿지 않았고, 희망이란 단어조차 떠올리지 않았다. 애들이 "우린 희망이 없어"라고 하니까 "희망이 뭔데?"라는 말이 나올 정도였다. 이제 산을 타면서 아무도 믿지 않을 것이다. 절대로! _**이혜인**

■── 가다 보면 내가 올라야 할 산들이 보인다. 그때마다 '날 수만 있다면 얼마나 좋을까' 생각한다. 산을 계속 오르락내리락 하다 보니 슬슬 짜증이 나기 시작했다. 그래서 얼른 시간이 지나가 버렸으면 좋겠다는 생각뿐이었다. 시간이 흐르지 않을 수는 없는 법. 드디어 버스에 도착하였다. 그리고 이번 산행을 떠올리며 잠이 들었다. 이번 산행에서 한 가지 교훈을 얻었다. 시간이 흐르지 않을 수는 없지만 다시 돌아올 수도 없다는 것이다. **_김주현**

■── 산을 무식하게 걷는 것으로만 생각하던 내가 산을 조금은 좋아하게 되었다. 원래 내가 산을 잘 안 타서 귀찮을 뿐이지만 정상까지 올라가는 것은 재미있고 좋다. 정상에 올라와서 보는 풍경이 뭐가 멋지다는 것인지 이번 산행에서는 솔직히 잘 모르겠다. **_이정인**

■── 휴게소에 들러 저녁을 먹고 집으로 돌아올 때, 창밖을 봤더니, 수많은 별들이 반짝이고 있었다. 평생 진짜 그렇게 빛나는 별들은 천문대에서도 볼 수 없었다. 정말 예쁘고 아름다워서 한참 동안 보고 있었다. 이번에는 그 순간이 제일 뿌듯했던 것 같다. **_허솔**

* * *

■── 새벽 1시. 뜨거운 밥으로 해야 좀 더 맛있을 것 같아 밥을 새로 해서 유부초밥을 만들어 가방에 넣어 남편에게 전해주고 남은 밥 한 덩어리는 주먹밥 만들어 배고픈 이에게 주라고 남편 옷 주머니에 넣어줍니다.

　남편과 아이가 나가고 난 후 기도를 합니다. 무사히 다녀오기를. 산을 오르며 또 다른 마음의 산을 넘어 가기를. 엄마 마음보다 넓은 자연의 사랑을 맘껏 느끼고 오기를. 함께하고 싶지만 함께하지 못하는 이들의 마음

도 헤아려 주기를. 내 자신이 할 수 없는 것을 신께 부탁합니다.

작은아이를 데리고 하루를 보내며 백두대간 책을 뒤적거려보기도 하고, 남편이 보내준 산행 사진을 보며 조금은 산행을 느껴보기도 하고, 부러워하기도 하면서 긴 하루를 보냅니다. 오늘도 아들은 피곤한 얼굴로 현관을 들어서겠지만 먼 훗날 아이의 앨범 속에서 백두대간을 하던 기억이 보석보다 값진 추억이 되기를 기도해 봅니다. _임경희

■── 권포리에 내려 통안재 마루금 근처에서 준비 운동을 하는데 눈이 내리는 통안재의 모습은 절경 그 자체였다. 이런 맛에 겨울산행을 하는구나 생각했다. 눈길을 지나고 진흙탕길을 미끄러지듯 내려왔다. 버스에 도착하니 기획대장이 준비한 정말 맛있는 '스페셜 막걸리'가 준비되어 있었다. 막걸리 석 잔을 마시고 나니 세상을 다 얻은 것 같은 행복감이 몰려왔다. _김인현

■── 딸 지연이가 친구들과 함께 갈 수 있도록 작전대로 뒤로 빠져서 처져 있는 아이들과 몇 마디씩 나누고 신발끈이 느슨한 아이가 있어 새로 매주었는데, 그 모습이 산행대장님께 딱 걸린 모양이다. 후미대장을 하랜다. 아직 산행에 있어서는 내 몸 하나 추스리기도 버거운데……. 하는 수 없이 다른 두 분과 함께 후미를 맡아, 때늦은 눈길을 즐기며 한참을 걷는데 참으로 묘한 기분이다. 도시의 삶에서 눈이란 내리는 동안 잠깐 즐거움을 줄 뿐 지저분하고 성가시고 불편하기 짝이 없는데, 여기에서는 마치 어린 시절 눈 덮인 논길을 친구들과 걷던 느낌을 다시 떠올리는 기분이랄까? 그리고 눈길을 걷다 만난 만개하지 못한 할미꽃도 잊지 못할 것이다. _김재린

■── 620고지 헬기장. 역시 힘들여 올라온 보람이 있다. 광활한 '운봉고원'과 병풍처럼 펼쳐진 지리산 그리고 온몸으로 느껴지는 세찬 바람 소

리는 최고의 영상이었으며, 하늘색 또한 눈이 내리고 갠 하늘이라서 그런지 정말 아름다웠다. 마을, 논, 밭, 축사, 저수지, 지리산휴게소가 마치 이제는 익숙한 위성사진처럼 보였다. 힘겹게 올라오는 백두인들은 하나둘 그 광경을 보고 사진도 찍고, 물도 마시면서 가슴으로 품는다. 그 풍경에서 등을 돌리기가 아쉬웠으나 여정이 많이 남아 있어 다시 산행 길에 오른다. _**김상관**

■─── 오후 산행은 정말이지 진흙과 바람과의 전쟁이었다. 내딛는 발을 반갑게 맞이하며 쑤우욱 깊숙히 들어가는 진흙길은 마치 늪 같았다. 불어오는 바람은 어찌나 세찬지 잘못하면 날려가지 않을까 하는 걱정까지 했다. 물론 나는 아니고 우리 아이들이. 아막산성을 지나서 나타난 돌밖에 없는 내리막길을 보면서 순간적으로 혹시 우리가 길을 잘못 든 건 아닐까 생각했다. 앞서 내려가는 남편이 없었더라면 아마 나는 뒤돌아서 다른 길을 찾아 헤맸을지도 모른다. 짧은 다리를 원망하며 겨우겨우 내려오니 또 진흙길. 능선으로 올라서면 세찬 바람. 끝날 듯 끝날 듯하면서도 끝이 없이 이어지는 능선. 앞서 가던 여학생들의 푸념, "어른들은 순 거짓말쟁이야. 이제 다 왔다면서 계속 가!" 바로 내 마음이었다. _**문선희**

■─── 이미 무거워진 다리를 들어 옮기는 것조차 힘겨운데 봄눈에 녹은 길은 앞서간 사람들의 발자국에 뻘이 되어버렸다. 신발에 들러붙은 흙이 무게를 더하는 바람에 더욱 힘들다. 재를 넘을 때마다 여기가 마지막이길 수없이 원했으나 다시 앞을 버티고 있는 또 다른 산……. 이번 산행도 더 이상 걸을 수 없을 만큼 걸었고 마침내 끝을 보았다. 고통과 행복의 시간. 숨이 턱까지 차오르도록 힘들었던 것은 고통이요, 봄에 보는 설경과 피부를 조이는 듯한 차가운 바람은 행복이다. 이러니 어찌 힘들다고 산을 포기할 수 있을까? _**이희자**

■—— 겨울이 이별을 고하는 산등성이에서, 소나무 둥치에 들러붙은 눈에서 나는 희미한 추억이 뚜렷한 영상으로 되살아오는 것을 보았습니다. 예닐곱 살 때쯤이었을까요. '국민학교'에 다니던 누이 둘이 나를 데리고 나무를 하러 갔었지요. 누이들이 떨어진 솔잎을 갈퀴로 긁어모으는 사이 나는 주인 모를 묏등에서 햇살 속에 뒹굴며 바람에 밀려가는 구름을 바라보곤 했었을 겁니다. 아니, 새소리를 들으며 가뭇없이 잠에 빠져들었을지도 모릅니다. 누이들이 만들어준 어른 베개만 한 솔가리 나뭇짐을 지고 굴뚝 연기를 푯대 삼아 내려오던 길이 저기 어디쯤일 텐데. 어둑신한 나무 그늘을 지날 때면 오금이 저려 큰누이에게 칭얼대기도 했을 겁니다. 아릿할 수밖에요.

무슨 미련이 그리 많았는지 아직 떠나지 못한 겨울이 서성이는 길 곳곳에는 봄이 벌써 새로운 시간을 마중하러 나와 있었습니다. 겨울과 봄이 교차하는 지점, 낡은 일상과 아릿한 추억이 부딪히는 지점들을 나는 통과하고 있었습니다. 까마귀가 울고, 할미꽃이 아슬아슬하게 꽃잎을 피우고, 푸른 하늘을 구름덩이들이 질주하고, 바람이 불고……그리고 그 속을 내가 걷고 있었습니다.

우리의 '백두대간종주'는 텅 빈 공간을 점령하기 위한 것이 아니라 장소를 발견하고 창안하기 위한 산행이어야 한다고 생각합니다. 세상 어디에 역사와 삶과 생명의 울림이 깃들지 않은 곳이 있겠습니까마는, 우리가 지나는 곳에서 아무것도 듣지 못하고, 보지 못하고, 맡지 못한다면 그것은 단순한 정복욕의 표현에서 크게 벗어나지 못한 행위일 터입니다.

잃어버린 몸의 감각을 되찾고 우리가 지나는 곳에 서린 시간의 퇴적층을 탐사하는 산행! 공간을 장악하기 위해서가 아니라 장소를 발견하고 창안하기 위해서 떠난 길, 그 멀고 먼 길에서 또 다른 나를 만나고, 흘러간 시간과 다가올 시간을 만나고, 헤어진 사람과 헤어질 사람을 만나고, 먹먹한 그리움과 아득한 오늘들을 만날 것입니다. _정선태

■── 통안재에서 시작하는 2차 산행을 위해 덕유산휴게소를 지날 때 눈이 내렸다. 아니 상당한 적설 위에 싸락눈이 쉴 새 없이 쏟아졌다. 낮이 길어진다는 춘분을 지나온 것이 나흘 전인데 눈이라니, 그것도 상당한 적설이고 보니 이번 산행도 순탄치 않음을 예고하고 있었다.

등산이란 기동력이다. 배낭의 무게, 장비의 상태, 당일의 컨디션 등도 상당히 중요하지만 이 조건들보다 우선하는 게 등산로의 상태다. 눈이 쌓여 있는 등산로에서는 체력 소모도 상당하다. 게다가 수분을 한껏 함유한 3월의 진눈깨비라니…….

오늘 산행은 운봉고원의 북쪽 사면을 걷는 코스다. 통안재에서 시작해 사치재를 거쳐 새맥이재, 아막산성, 복성이재로 이어지는 구간이다. 마루금으로 14킬로미터이지만 실제론 20킬로미터에 이르는 상당한 거리다. 남쪽을 제외하고 3면이 백두대간의 마루금으로 둘러싸인 운봉은 본디 면사(綿絲)를 생산하기 위한 면양목장으로 유명한 고원지대였으나, 현재는 농촌진흥청 산하 국립종축장만 남아 있을 뿐 목장은 찾아볼 수 없다. 대관령 삼양목장이나 제주도 양떼목장 등 양을 볼 수 있는 곳이 더러 있지만 이는 양의 젖을 얻기 위한 소규모 방축일 뿐 운봉에서 처음 시작한 대규모 면양목장과는 규모나 시설 등에서 상당한 차이가 있어 비교 자체가 무의미하다.

운봉. 송흥록과 송만재로 대표되는 판소리 동편제의 고장. 또한 우리에게 너무나 친숙한 〈흥부전〉의 흥부의 고향이자, 나의 피붙이인 둘째형의 이름이다. 그래서 그런지 운봉에만 오면 왠지 낯설지 않고 친숙하기 그지없다.

눈발을 헤집으며 고속도로를 거침없이 달려온 버스가 운봉읍을 내달린다. 한때 2만의 인구가 살았다던 소읍은 이제 흑백사진 속에 갇혀 옛 영화(榮華)를 되새김질하며 흩날리는 눈발 속에서 오롯이 떨고 있다. 상가의 창문마다 더깽이진 먼지와 금방이라도 바람에 날려 떨어질 것만 같은 들썽거리는 간판들, 퇴색한 색채가 더해주는 세월의 진중함이 퇴로를 차

단당한 병사들처럼 아뜩하다.

"이리 오너라 업고 놀자 사랑 사랑 사랑 내 사랑이야 사랑 사랑 사랑 내 사랑이지 이히 내 사랑이로다"

선유산장에서 요기를 하고 1차 산행의 하산 지점인 통안재를 기점으로 다시 대간길에 접어든다. 눈(目)을 어디에 둬야 할지 모르게 늦눈이 장관이다. 버스에서 우스갯소리로 '눈이 오면 누구나 시인이 된다'며 '오감여행'을 맘껏 즐기자고 한껏 목소리를 높였었는데, 과연 눈(雪)이 자아낸 수묵화 속으로 들어가니 내 감성의 수위가 범람할 지경이다. 주체할 수 없는 감성을 부쪄지 못해 나는 초보 소리꾼이 되어 춘향전의 백미인 〈사

랑가〉 한 토막을 중얼거려 본다. 뒤따르던 아이들 서넛이 내 흉내를 낸답시고 지지배배 주절거린다. 그 소리들이 선두에 서서 낙관처럼 숫눈을 밟고 나아가는 내 발자국 위에 아롱졌다 이내 스러진다.

벽촌에서 태어나 공주시의 이모네서 유학하던 시절, 소리꾼들의 소리에 잠을 깨면 어김없이 6시 어름이었다. 금강을 발밑에 두고 왼편으로 곰나루와 소정방뜰을 거느리고, 오른편으로 옥녀봉성을 든든한 아우로 둔 공산성의 끄트머리 광복루(김구선생이 해방 후 붙여준 누각 이름), 그 아래 산기슭에서 나는 이 년을 지냈다. 진남루에서 시작해 금강을 지척에 둔 영은사를 한 바퀴 돈 일단의 소리꾼들의 행렬이 광복루에서 멈춰 단장(斷腸)의 소리를 토해내면, 나는 누가 깨우지 않아도 저절로 눈이 떠지곤 했었다. 일종의 모닝콜인 셈이었다. 남원 땅에 오면 그 모닝콜 소리가 다시 그리워지고 애달픈 마음이 드는 건 나만의 치기일까.

갈 곳 없는 노숙자처럼 한 데에 주저앉아 점심 도시락으로 허기를 끄고 시작한 오후 산행, 눈길이라 미끄러운 데다 녹은 눈들이 등산로를 점령해 백두8기의 대오가 엿가락처럼 늘어진다. 예정보다 30분 늦은 출발, 예기치 않은 늦눈, 2차 산행은 우리가 애초 기획했던 산행 일정을 한참 비껴가 결국엔 두 시간가량 더 소요되었다. 이의 여파로 산행을 일찍 끝내고 흥부생가와 황산벌을 견문하고자 했던 우리 집행부의 애초의 계획도 유야무야되었다. 운봉이 고향인 고문대장님이 있어 내심 기대가 컸었는데 전혀 실행에 옮기지 못해 적이 실망이 컸다. 비록 우리의 삶이 지도 위의 정해진 점선을 따라가는 여정은 아니지만 계획하지 않고 준비하지 않으면 어떠한 것도 공으로 얻어지지 않는 법. 하지만 우리의 감성에 느낌표를 던지던 겨울의 만찬 '설경(雪景)'을 대면할 수 있는 횡재를 얻은 것만도 이번 2차 산행에서 얻은 수확이라면 큰 수확이라 할 것이다. _**이운범**

41

03

봄 마중

막연한 두려움과 긴장으로 점철된 1차 산행, 설경 속에서 보낸 2차 산행, 그 뒤를 이어 3차 산행을 시작합니다. 이번 3차 산행의 주제는 '봄 마중'입니다. 시시각각 변모하는 산의 진면목을 다시금 일깨우고, 생명이 돋아나는 산길을 걸으며 우리의 눈앞에 다가온 봄을 가슴으로 맞이하는 '봄을 마중하는 산행', 이 산행을 성공적으로 마치면 우리 백두8기 가족들의 가슴에도 봄꽃이 피고, 봄바람이 불겠네요. 산행 코스는 복성이재에서 중재까지입니다. 지리산에 가려 그 이름조차도 생소하게 들렸던 남원의 봉화산이 그 중심에 있습니다. 봉화산은 행정구역상으로는 전라북도 남원시와 장수군, 그리고 경상남도 함양군의 경계를 이루며 과거 봉화가 피어올랐던 산으로 조망이 탁월한 산입니다.

산행 당일 우리 백두8기 회원님들이 멋진 경관을 볼 수 있도록 봉화산 산신령님과 접선하여 우리의 바람을 아뢰도록 하겠습니다. 그럼 출발해 볼까요?

산행일시 2012년 4월 14일

산행코스 복성이재 · 봉화산 · 월경산 · 중재 · 지지계곡

"들꽃이 번지는 산"

■— 처음으로 하는 산행이어서 아주 조금 기대되는 마음으로 산행을 시작했다. 새벽에 일어나기가 힘들었지만 참을 만했다. 산에 올라갔는데 힘이 들고 다리가 아팠다. 내가 신성한 토요일에 산을 타고 있다는 게 조금 짜증이 나기도 했지만 애들이랑 떠들면서 산행을 해서 조금 재밌었다. 다음번에는 헤드랜턴을 사오라고 해서 아주 조금 더 기대가 된다. _**유다연**

■— 초반에 산을 오르면서 산이 저번보다 많이 변했다는 것을 느꼈다. 질퍽질퍽하고 찰진 땅 대신 단단하게 뭉쳐 걷기 좋은 땅으로, 창처럼 감정 없이 사방으로 솟은 갈라진 나뭇가지 대신 작지만 아름다운 꽃들의 새싹으로 산은 변하였다. 그래서 저번보다 기분이 한층 좋은 상태로 산을 오를 수 있었다. 이래저래 힘들긴 했지만 아무리 힘들어도 산은 또 가고 싶어진다. **이민규**

■── 산을 오르다 보니 갈색 낙엽들 사이에 푸른 빛 새싹들이 올라오고 있었다. 생강나무에 피어 있는 꽃들 덕에 상쾌한 산행이 시작되었다. 진달래 꽃봉오리가 굉장히 많았다. 만일 꽃까지 피어 있었다면 산색이 온통 분홍빛으로 물들었을 것 같았다. 능선만 타서 그런지 산행이 쉬웠다. 일단 정상이 보이면 빨리 가게 된다. 봉화산에 도착했을 때는 "와!"라는 생각밖에 나지 않았다. 잠시 쉬었다가 다시 출발하였다. 이번 산행에서는 꽃들이 조금씩 피어 있었다. 특히 생강나무가 굉장히 많았다. 점심을 먹은 뒤 동섭이랑 가고 있었는데 거머리를 보았다. 인터넷에서 산거머리에 대한 기사를 보긴 했지만 실제로 볼 줄은 몰랐다. 자세히 보니 민달팽인 것 같기도 하였다. 구분하는 방법을 잘 몰라서 그냥 거머리라고 생각하였다. 계속 가다 보니 조그마한 계곡이 있었다. 졸졸졸 흐르는데 그 주변에도 조그마한 새싹들이 올라오고 있었다. 조그마한 꽃들도 많이 피어 있고 잘 생각해 보니 동화에 나올 법한 풍경이었다. 잎사귀 위에 피어 있는 신기한 꽃도 보고 조그맣고 노란 예쁜 꽃들도 보았다. **김주현**

■── 봉화산이 다가오자 엄청난 오르막들이 계속 나타났다. 돌계단부터 큰 돌들까지! 친구들이랑 같이 걷다가 드디어 봉화산 정상에 올라왔다. 시원한 바람이 불어와 덥던 게 싹 사라졌다. 크고 멋진 봉화가 볼 만했다. 월경산으로 출발한 지 몇 분 안 돼서 여기저기 구멍이 나 있었다. 봉화산 올라올 때도 있었는데, 그건 멧돼지들이 파놓은 것이라고 한다. 무얼 찾느라 저렇게 땅을 파헤쳤을까? _**이종승**

■── 오르막길을 오르느라 이미 다리의 힘은 다 빠져버려서 내리막길을 가는 동안 다리가 후들거리고 발가락과 발바닥이 너무 아팠다. 그래도 오르막길보다는 나은 편이어서 힘들지 않게 갈 수 있었다. 혼자 가면 힘들지만 친구들과 함께 가서 덜 힘들었다. 아참, 이번에도 어른들한테 속긴

속았지만 많이 속진 않았고, 맞는 말도 있었다! _윤해솔

■── 그렇게 걷다가 광대치 도착! 드디어 오일화 선생님이 싸주신 김밥, 유부초밥, 오렌지, 방울토마토, 샌드위치를 먹을 수 있게 되었다. 나는 오일화 선생님께서 싸주신 도시락을 맛있게 먹었다. 특히 우리 대장님 김치는 짱이었다. 다음에도 빼앗아 먹어야겠다. 정말 선생님께 감사하다. 새벽 2시에 도시락까지 준비해 주시고 차까지 태워주셔서 너무 감사하다. _최원준

■── 친구들과 밥을 먹고 있는데 정인이가 "악!" 하고 소리를 질렀다. 자세히 보니까 날파리가 정인이의 도시락 안쪽 벽에 앉은 것이었다. 그래서 내가 꾸욱 눌렀다. 정인이 아버지께서 죽은 벌레를 달라고 하시기에 드렸다. 근데 그 벌레를 입으로 넣으시고 오물오물 드셨다. 놀랬다. 하지만 벌레는 먹어도 된다는 말씀을 듣고 가만히 있었다. 그리고 계속 밥을 먹고 있었다. 친구들과 재미있게 이야기하고 있는데 정인이가 다시 소리를 질렀다. 내 다리를 가리켰다. 그래서 보았더니 거의 6~7센티미터 정도 되는 거미가 있었다. 우리 둘은 같이 일어나 소리를 지르고 막 뛰어다녔다. 결국 부모님한테 혼났다. 하여튼 소란이 잠잠해지고 자리를 정리하고 난 뒤 친구들과 같이 늦게 출발하였다. 코스가 길었지만 재미있었다. _김상아

■── 언덕을 한 번 넘고 나니 어려운 지점은 없었던 것 같다. 가다가 소나무를 보았다. 아직 봄이라 그런지 나무들은 하나 같이 잎이 하나도 없었는데 소나무는 사철나무다 보니 잎이 무성하였다. 그래서 우리에게 그늘을 내주었다. 처음 보는 그늘이라 매우 시원했다. 이번 산행 때 날씨는 구름 한 점 없는 햇볕 쨍쨍한 날씨라서 너무 더웠다. _최효빈

■── 친구들은 앞서 나가고 나는 혼자 걸으면서 생각했다. "내가 이것을

왜 하고 있는 거지? 이 시간이면 집에서 편히 잘 수 있을 텐데, 왜 밖에 나와서 이 고생을 하고 있는 거지? 이 산을 넘어가도 5천원밖에 안 주고 그것도 문화상품권으로 주는데, 얻는 게 그것밖에 없는데, 왜 하고 있는 거지? 잘못하다 삐끗하면 크게 다치는데 도대체 왜 하고 있는 거지?" 또 이런 생각도 들었다. "배낭이랑 신발을 산 돈이 얼만데!" 그리고 2차 산행 후에 내가 엄마한테 백두대간 안 한다고 말했을 때 엄마가 나한테 해준 말이 떠올랐다. "이런 것을 할 기회는 흔하지 않아. 많은 사람이랑 같이 가서 길 잃을 확률도 적고 다른 사람들이 다 조사해서 정해준 게 얼마나 편한지 알아? 그리고 앞으로 얼마나 힘든 일이 많을 텐데 벌써 포기하면 안 되지." 이렇게 생각하다가 울었다. 그런데 내 생각엔 힘들어서 그런 것 같다. 친구들이랑 만났을 때도 울고 있었는데 얘들이 걱정을 많이 한 것 같다. 고마웠지만 뭐라고 말할 힘도 없었다. 그래서 그냥 갔다. 울어서 그런지 힘이 더 없고, 다른 사람한테도 피해를 끼칠까 봐 모자를 쓰고 가는데 사람들이 계속 아프냐고, 괜찮으냐고 물었다. 그래서 모자를 벗었는데, 그때 마침 시원한 바람이 불었다. 그때만큼은 산행의 힘듦을 잊고 행복했다. 하지만 그 시간은 3초도 안 되었다. _김지연_

■── 가다 보니 캄캄한 숲이 있었는데 막상 들어가 보니 캄캄한 게 아니었다. 꼭 그 숲은 동화나 영화에서 나오는 그런 숲 같았다. 숲에서도 갑자기 기분도 좋아졌고 기운도 나는 것 같았다. 공기도 좋아서 상쾌했다. 몇 분 지나지 않아 희망의 계곡이 보였다! 빨리 가려고 뛰었다. 드디어 계곡 도착! 옷을 갈아입고 계곡으로 가서 시원하게 발을 담그고 있었는데 지곤이가 아예 들어가자는 것이었다. 그래서 어쨌든 들어가긴 했다. 감기가 걸렸는데 들어가다니……. 나도 이상해진 것 같았다. 그런데 나와 보니 감기가 다 나은 것 같았다. 계곡물에 와 있던 봄과 장난치다 보니 겨울 끝물 감기가 달아나버린 것 같았다. _홍준범_

■── 이번 백두대간은 몇 번 다니진 않았지만 그렇게 힘든 길은 아니었다. 잠깐 잠깐씩 좋아하는 노래를 들으며 친구들과 수다를 떨다 보니 시간이 금방 지나갔다. 지금까지 산행 중 가장 빨리 끝난 점도 좋았다. 마지막 도착 지점에서 참 힘들었는데 사람들이 웅성웅성 모여 있어서 궁금했다. 가보니 맑은 시냇물이 펼쳐져 있어서 참 기분이 좋았다. 뭔가 그동안의 피로가 확 풀리는 느낌이랄까. 아직 진짜 봄이 아니어서 그런지 물의 온도가 낮은 점이 아쉬웠다. **_김수련**

■── 도착지점에 조그만 개울물이 흐르고 있었다. 발을 딱 물에 담그는 순간 덥고 힘들었던 마음이 풀렸다. 그 개울물에는 조그만 물고기들이 살고 있었다. 그래서 정연이와 나는 그 물고기들을 잡기 위해 지퍼백을 사용했다. 돌 밑에 숨어 있어서 지퍼백을 그쪽으로 향하게 돌을 올려 놓았다. 그랬더니 순진한 물고기들은 바로 들어왔다. 이때다! 하고 지퍼백을 들었더니 물고기 한 마리가 잡혀 나왔다. 우리는 혼자 있으면 심심할 그 물고기를 위해 물고기를 한 마리 더 잡으려 하였으나 끝내 잡지 못하고 그 순수한 물고기가 불쌍해서 다시 놓아주었다. 다른 산행들도 이번 산행만큼만 하면 얼마나 좋을까. **_임예진**

■── 나는 정말 등산이 싫었다. 그런데 이번에는 빨리 끝나서 정말 기분이 좋았다. 내가 왜 기분이 좋았을까 생각해 보니, 빨리 끝나서가 아니라 계곡에서 놀았기 때문이었다. 산행 끝날 때쯤 물이 있어서 신기했다. 그런데 계곡이 나왔다. 우리는 신나게 놀았다. 그리고 잠자리 유충도 잡았다. 나는 처음 산행을 시작할 때 "정말로 이제는 백두 안 올 거야!"라고 말했다. 안 온다고 했지만 막상 하니 재미있다. 백두대간이란 이젠 나에게 주말의 일상이라고 느껴진다. 그런데도 막상 하면 "아, 진짜 싫다!"라고 말하게 된다. 그래도 백두는 그냥 산을 오르는 게 아니라 사람들과 만나

고 그 사람들과 친해지는 자리이다. 그렇다 해도 산행이 앞으로 서른일곱 번이나 남았다는 걸 생각하면 끔찍하다. _김규연

* * *

■── 그러고 보니 나는 무엇엔가 익숙해지는데 참 오랜 시간이 걸리는 것 같다. 3차에 와서야 겨우 이번 산행의 출발과 끝이 어딘지 머리에 들어오고 같이 하는 사람들과 산행 중에 만나게 되는 많은 나무와 풀들이 눈에 들어온다.

이번 산행은 빨리 끝나고 길도 아주 평이하다기에 정말 쉬울 줄 알았다. 하지만 역시 산행은 쉬울 수가 없다. 분명 지난번보다 쉬운 코스인 것 같긴 한데 발이 너무 아팠다. 1차, 2차 때는 왼쪽 발목 바깥쪽이 등산화에 쓸려 아파서 걷기 힘들었는데 이번에는 오른쪽 발목 바깥쪽이 너무 아팠다. 산행 시작한 지 얼마 되지도 않아서부터 발바닥이 화끈거리고 특히 엄지발가락 바닥이 많이 아팠다. 3차 산행의 종착지인 중재를 지났는데도 버스는 어디에도 보이지 않고 도대체 이 산 속에서 버스가 있을 도로까지는 얼마나 더 가야 하는지 가늠할 길 없이 아득한데 발목은 너무 아파 한 걸음 내딛기도 힘들어 정말 울고 싶었다. 아이라면 울기라도 할 텐데 그럴 수도 없고…….

백두대간을 오르면서 계절의 흐름을 느낀다. 지난 산행 때만 해도 겨울이었는데 이번에는 봄을 건너뛰고 초여름이 온 듯 더웠다. 옷을 챙겨 입으면서 희연이가 내복 입어야 되냐고 묻기에 산은 추울 테니까 입으라고 했었는데 햇살이 너무 따가워 후회했다. 다음번에는 내복은 입지 말아야지. 기운 없는 희뿌연 흙빛이던 산이 어느덧 설레는 연한 초록빛으로 바뀌고 있다. 누가 뭐라고 하든 말든 묵묵히 제 갈 길을 가는 자연을 느낄 때면 작은 일에 흥분하고 의기소침해하고 쉽게 포기해 버리는 내 모습은

정말 작기 그지없다.

봉화산에서는 오랜만에 규연이, 희연이, 남편과 함께 사진을 찍었다. 애들은 왜 부모와 같이 사진 찍는 걸 싫어할까? 애들이 10대로 접어들면서 우리 가족 다섯 명이 함께 한 가족사진은 정말 드물게 되었다. 지연이가 없어 아쉽기는 했지만 그래도 백두대간을 함께 하는 네 명이 다 모여 사진 찍기도 쉬운 일은 아니라 뿌듯했다. 봉화산은 예전 봉화를 올리던 산이라 붙여진 이름인 듯, 나에게는 처음 듣는 생소한 이름인데 네이버에 검색해 보니 여기저기 많이 있다. 마치 어렸을 때 앞산은 대구에만 있는 줄 알았는데 알고 보니 이곳저곳 앞에 있는 산은 다 앞산이었던 것처럼.

이번 산행에서 제일 기억에 남는 걸 꼽으라면 단연코 얼음 같은 지지계곡물이다. 이제 더 이상은 못 걷겠다 싶을 때 만난 계곡. 정말 반가웠다. 화끈거리는 발을 식히려 서둘러 등산화 끈을 풀고 양말을 벗었다. 하지만 발을 계곡물에 담그고 얼마 되지도 않아 발이 얼어붙는 듯해 그 다음부터는 넣었다 뺐다를 반복했다. 몇몇 아이들은 차갑지도 않은지 아예 계곡물에 몸을 담그고 서로 물을 뿌리며 놀았다. 절로 웃음이 나왔다. **_문선희**

■── 북두칠성 중 복성 별빛이 멈춘 곳이라는 복성이재를 출발해서 봉화산을 향해 간다. 잠을 못 자서인지 시작부터 다리가 무겁다. 알 수 없는 새소리가 머리 위로 계속 따라온다. 새가 마치 "너희 어디 가니?" 하는 것만 같아 주변에 사람들이 없었다면 나도 같은 소리로 대답해 주고 싶었다.

힘들게 봉화산 정상에 서니 사방이 막힘없이 트여 장쾌하고 능선을 가득 덮은 철쭉이 시선을 압도한다. 아쉽다…… 참 아쉽다. 철쭉이 피어 온산을 덮었으면 남편의 백두대간 행보에 굳히기를 확실히 할 수도 있었을 텐데…….

하지만 자연은 내 마음과는 상관없다. 그리고 난 그걸 인정하고 받아들일 줄도 안다. 잠시 휴식을 취하고 배낭을 챙기는데 기획대장님이 이

길이 빨치산의 퇴각로였다고 한다. 사람이 다니는 길 어디든 아픈 사연 하나쯤 없을까마는 관목 사이를 헤치고 걸으면서 나는 잠시 상처받고 죽어갔을 영혼들을 생각했다. _이희자

■── 봉화산 오르는 길에 철쭉나무숲이 보인다. 눈앞에는 비교적 높은 키의 철쭉나무들이 담을 쌓고 있는 듯 보이고, 사슴뿔을 모아 놓은 듯 엉킨 모양이다. 그 사슴뿔 끝에 터지지 않은 철쭉 꽃망울들이 예쁘게 자라고 있었다. 아쉽다! 2~3주 후면 활짝 필 모양이다. 말 그대로 '봄을 마중하는 산행'이다. 매봉에 올라 사진촬영을 하며 한숨 돌리고, 치재, 꼬부랑재, 다리재를 지났다. 동화댐도 보이고, 송리마을과 부동마을이 한눈에 들어왔다. 봉화산 정상에 올라 한숨을 돌리며 주변을 살피니 철쭉군락이 펼쳐져 있었다. 솜털처럼 보이기도 하고, 털갈이 하는 누렁이의 모습 같기도 하다. 지금껏 지나온 산들이 등 뒤로 보이고, 앞쪽으로는 철쭉군락 속에 잘 닦여진 비포장도로도 보이고, 봉화산쉼터 뒤로 무명봉과 월경산, 백운산이 희미하게 보인다. 기획대장님 왈 "나중에 애인 생기면 저쪽에 보이는 길까지 자가용 타고 쉽게 여기까지 올 수 있어요." 모두들 웃었다. 아울러 빨치산 토벌 당시 우리가 걷고 있는 이 길로 전략적인 이동이 이루어졌다는 말씀도 하셨다. _김상관

■── 아들이 자기 친구와 게임 이야기와 역사에 대한 이야기를 하는 것을 들으며 뒤따라갔는데 아들의 역사 인식이 생각보다 많이 발전해 있어서 놀랍기도 하고 대견하기도 했다. 하지만 대화는 사춘기 질풍노도의 청소년다운 내용이어서 재미있게 지켜보기도 했었다. 무전포인트를 다섯 개를 지나니 선두대장님께서 두 개를 더 설치하셨다는 무전이다. 지지계곡으로 내려가는데 현호색이라는 처음 보는 보랏빛 꽃과 노란색 괭이눈 꽃을 보았다. 올라갈 때는 보지 못했는데 내려갈 때 보이는 꽃! 급하게 오

를 때와 달리 내려올 때의 여유를 느끼면서 지지계곡에 들어서니 먼저 도착한 아이들이 계곡물에서 즐겁게 놀고 있는 모습이 보였다. 먼저 오신 분들이 막걸리를 한 잔씩 돌리고 있어서 나도 못하는 술이지만 한 잔하고 나니 별유천지 비인간이라는 말이 실감났다. _김인현

■── 매봉을 지나고 봉화산을 넘고 광대치와 중재를 건너면서 나는 참 딱하게도 어머니를 생각하고 있었습니다. 하늘은 가없이 맑고 산빛은 푸르스름한 이내 속에 아른거리는데 나는 줄곧 어머니를 생각하며 걸었습니다. 그냥 그랬습니다. 한 해에 몇 번, 생색을 내듯 또는 알리바이를 꾸미듯, 어머니를 만날 때면 남들의 눈치코치를 등지고 어머니의 메마른 가슴을 헤집다가 시든 다리를 베고 잠드는 나인지라 별 이상할 게 없을지도 모릅니다. 모성이 인위적으로 발명된 것이고 '어머니의 신화'가 여성=어머니를 착취한 이데올로기로 기능했다는 것을, 머리로는 둘째가라면 서러워할 정도로 잘 알면서도 몸은 그 체취에서 좀처럼 벗어나질 못합니다. 딱한 일이라 할 수밖에요.

복성이재에서 매봉을 허위단심 올라 봉화산을 향하다 보면 철쭉들이 빽빽하게 들어차 터널을 이루는 장관을 만날 수 있습니다. 뿌리를 내린 지 몇십 년은 좋이 되었을 법한 철쭉 숲에서 바라보는 하늘빛이 눈부셔 눈길을 뗄굴 수밖에 없습니다. 잎이 가지를 덮고 꽃이 산을 덮을 때면 어떨까요. 역사의 소용돌이에 휘감겨 꿈을 접고 이곳에 잠든 빨치산들의 넋이 붉디붉은 꽃잎으로 다시 피어난다고 합니다. 아직 잎사귀도 얼굴을 내밀지 않은 철쭉 숲에 저 찬연한 헛것들이 너울대고 있습니다. 오전 아홉 시가 넘은 시간인데도 잠들지 못한 낮달에 붉은빛이 감도는가 싶기도 했습니다.

어머니는 이 근처로 약초를 캐고 나물을 뜯으러 다니곤 했습니다. 가끔씩은 송이버섯을 따기도 했다지요. 그렇게 캐고, 뜯고, 딴 산의 넋들을

51

돈으로 바꿔 공책을, 문화연필을, 표준전과를, 동아수련장을 사주었을 겁니다. 그뿐이라면 눈썹 같은 낮달이 고마우면서도 서글퍼 보이지는 않았을 터입니다. 어머니는 한 쪽 폐가 없다고 했습니다. 내가 한 쪽 폐의 부재를 확인한 것은, 불효막심하게도, 3년 전 팔에 골절상을 입고 입원한 참에 찍은 엑스레이 사진을 보았을 때입니다. 텅 빈, 하얀 공허였습니다. 50년이 훌쩍 넘도록 모로 누워 밭은 기침을 하염없이 내뱉던 어느 여인의 횅한 시간이 사라진 폐 한 쪽 가장자리에서 철썩이고 있었습니다. 그렇게 세월이 흘렀고, 이 근처 산을 헤집으며 약초와 나물과 송이버섯을

찾던 여인은 두릅 향기만 간직한 채 자신을 부르는 무상의 시간을 마중
하러 갔다 해거름쯤이면 할미꽃이 되어 돌아오곤 합니다.

간신히 꽃망울을 내민 생강꽃을 따 손에 비비며, 지난겨울이 남긴 낙
엽 위에 떨어지는 햇살을 툭툭 차며 나는 '시계 밖의 시간'을 지났습니다.
긴 능선이 이어졌습니다. 고남산을 지나기까지 울창했던 소나무들은 경
성드뭇해지고, 오리나무, 갈참나무, 보리수나무 등속이 이따금씩 펼쳐지
는 갈대숲에 짤막한 그림자를 드리우고 있었습니다. 이름 모르는 새가 맑
고 짧은 여운을 남긴 채 나무들 속으로 사라집니다. 그래, 나는 모르는 게

왜 이리 많은지, 오리나무에 앉았다 잠깐 나와 눈맞춤을 했던 그 새, 머리 쪽과 등 쪽은 검고 배 근처는 하얀, 작디작은 몸피로 하늘빛을 연주하던 그 새의 이름만은 꼭 불러주고 싶었는데…….

중재에서 지지계곡으로 내려오는 길은, 40년 전, 내가 동무들과 뒹굴던 뒷동산과 너무 흡사해 깜짝 놀랐습니다. 현호색과 찔레순이 신기한 듯 바라보는 나를 어머니가 보았더라면 끌끌 혀를 찼을지도 모릅니다. 웬 호들갑이냐며. 아직껏 그런 것도 모르고 뭘 했느냐며. 길을 가로막고 선 다래나무 둥치를 지나 지지계곡이 보이는 산밭, 어느 남정네가 막걸리잔을 기울이기 위해 가져다 놓았을 평상에 앉아 담배를 빼물었습니다. 담배연기는 '병원 분만실'을 빠져나가 차가운 봄물 위로 흩어집니다. 이름 때문인지 큰아이가 무척이나 좋아했던 지지계곡의 차디찬 물속에서 내 발끝은 성하지 못한 폐부를 아프게 찔러댔습니다. 다른 시간으로 가자고. 아직 오지 않은 시간을 버티게 해줄 추억의 진지를 구축하자고. 아, 이 무슨 청승이란 말입니까. 해는 아직 산을
넘을 생각도 안 하고 있는
데……._정선태

04

봄의 노래를 들어라!

3차 산행 하산지점인 중재에서 시작해 백운산을 거쳐 금강과 섬진강, 낙동강 등 3강의 분수령이자 금남호남정맥의 분기점인 영취산(1,076m)을 거쳐 육십령까지 이르는 좀 길고 지루한 구간을 걷게 됩니다. 2차 산행 때만 해도 겨울 산행 느낌이 있었는데, 이제는 때 이르게 찾아온 초여름 날씨 속에서 산행을 하게 됐네요. 겨울이 무장해제된 자리엔 봄꽃이 자리 잡고, 새싹이 발돋움 하고, 살아 있는 생명이 내지르는 아우성으로 넘쳐나고 있습니다. 인고의 겨울을 지난 뭇 생명들의 경이로운 탄생, 그 벅찬 감동의 소리를 가슴에 새기러 우리는 백두대간 4차 산행을 갑니다. 이 4차 산행을 무사히 완주하신 우리 회원님들께는 이등병의 계급장을 부여하도록 하겠습니다, 진심으로 축하한다는 말과 함께. 그럼 훈련소 마친 초병이 되어 이등병 계급장 따러 가볼까요?

산행일시 **2012년 4월 28일**

산행코스 **지지계곡 · 중재 · 백운산 · 영취산 · 덕운봉 · 민령 · 깃대봉 · 샘터 · 육십령**

"시린 계곡을 지나 만난 봄봄봄"

■── 봄이 깊어져서 그런지 꽃들이 무진장 많았다. 하늘도 파랗고 나뭇잎도 많이 파래져서 봄이 성큼 다가온 것을 느낄 수 있었다. 새벽 산행이라고 했는데 금방 밝아져서 헤드랜턴은 별로 쓰지 않았다. 진달래도 많이 피어 있었다. 개별꽃과 제비꽃도 눈에 띄었다. 해가 뜨면서 더워지기 시작했다. 바람도 후텁지근했다. 더워지니 목도 마르고 조금씩 힘들어지기 시작했다. 백운산에서 아침을 먹었다. 아래를 내려다보니 운해가 펼쳐져 있었다. 산 위에 구름이 바다처럼 떠 있는 것이다. 조금 쉬었더니 다시 기운이 나기 시작했다. 이게 바로 밥의 힘이다. _김주현

■── 야간산행을 시작한 지 20분쯤 지났을 때 하늘을 보니 아침이 되어 있었다. 전날 저녁 6시에 밥을 먹어서 너무 배가 고팠지만 백운산 정상에 가야 아침을 먹을 수 있다고 해서 참고 갔다. 그래서 간식을 시도 때도 없이 먹었다. 정말 이때만큼 아침 식사를 기다렸던 적은 없었던 것 같다. 드디어 백운산 정상에 도착해서 다연이와 예진이와 함께 점심, 아니 아침을 먹었다. 정말 꿀맛이었다. _윤해솔

■── 그렇게 많이 가지 않았는데 계속 뻐근하고, 같이 간 혜인이도 다리랑 배가 아프다고 했다. 걸을 때마다 너무 아파서 중재에서 그만 포기하려고 했다. 그래서 혜인이보고 먼저 가라고 했다. 멀어지는 혜인이를 보

며 풍경소리 아저씨와 함께 쉬었다. 아저씨와 이야기를 나누는데 갑자기 혜인이가 생각났다. 친구는 힘들게 가고 있을 텐데……. 여기까지 같이 왔는데 나 혼자만 쉬고 있고, 결국 친구를 배신하는 거 아닌가. 나 자신이 만족스럽지 않고, 이래선 안 되겠다 싶어서 다시 가기로 했다.

풍경소리 아저씨는 다른 길이 있다고 하시며 조금 편하지만 시간이 더 걸리고 길다고 하셨다. 그래서 아저씨를 따라갔다. 이 길은 지난번 3차 산행 때 봤던 길인데 영취산인가 정상까지 땡볕에서 걸으려니 힘들었다. 너무 어지럽고 토할 것 같아서 먹고 싶은 것도 없었다. 산에는 나무가 있고, 그래서 그늘이 있고, 어느 정도 시원한데 여긴 나무도 없고, 위로 올라갈수록 가팔라져서 힘들었다. 처음에는 평평한 듯해 힘도 덜 들고 잘 됐다 싶었는데, 역시 공짜는 없다는 걸 알았다. _김수련

■── 육십령으로 가는데 너무 힘들었다. 아아, 육십령이 조금만 더 가까웠어도! 지금까지의 산행코스 중 제일 어려웠던 것 같다. 성환이랑 상아랑 같이 가는데 쉬고 또 쉬다보니 후미로 밀렸다. 가다가 거의 다 갔을 때 물이 떨어지고 말았다. 마침 어떤 아저씨가 물을 주셔서 살았다.

오르막길이 장난이 아니었다. 그래도 다 올라와서 막 퍼온 물을 마셔서 기운이 났다. 이제 산행 끄읕! 하는데 내리막길이 4킬로미터가 넘는다고 하셔서 충격을 먹었다. 일단 물 마시는 곳으로 가서 물을 마시고 4킬로미터를 내려갔다. 다리에 힘도 풀리고 해서 힘들었다. 드디어 육십령! 그래도 좀 더 낮았으면 더 좋았을 텐데. _홍준범

■── 선두로 출발했지만 계속 뒤처졌다. 정신적으로 피곤한 나의 머리를 주변의 능선과 꽃, 버섯 등이 달래주었다. 나는 친구들과 묵묵히 뜨거운 햇살 속에서 길을 걸었다. 깃대봉까지는 너무나도 멀었지만 버스에서 자는 모습을 상상하며 힘을 내서 갔다. 깃대봉에선 주변의 산들이 멋지게

보였다. 그런데 가도 가도 도착지점인 휴게소는 보이지 않았다. 결국은 너무도 힘들어 울면서 내려왔다. 정말 포기하고 싶었다. 드디어 휴게소가 보였고 나는 뛸 듯이 기뻤다. _**김상아**

■── 덕운봉에서 조금 가지 않아서 북바위를 보았다. 선두대장님이 백제와 신라가 그 지역을 차지하면 그곳에서 승전보를 울렸다고 한다. 깃대봉으로 가는 길이 점점 가팔라지기 시작했다. 나는 물을 조금밖에 못 가져와서 중간에 친구들에게 조금 빌렸다. 그 물마저 떨어져서 엄마에게 전화했더니 가방 안에 있다고 해서 뒷주머니를 열어봤더니 생명수 한 통이 광채를 내며 숨어 있었다. 나는 그 물을 단숨에 반쯤 마셨다. 미지근했지만 목을 축일 수 있어서 다행이었다. _**이종승**

■── 중간중간 간식도 먹고, 풍경도 감상하며 선두는 육십령을 향해 가고 있었다. 선두 중에서 가장 뒤에 있던 나는 물 부족 상태로 체내 유량이 30퍼센트도 채 남아 있지 않았다. 금방이라도 쓰러질 것 같았다. 그런데 이런 나를 기운 차리게 해준 것이 있었다. 바로 표지판이었다. 가쁘게 숨을 몰아쉬던 나는 '육십령 2킬로미터'라 적힌 표지판을 보았다. 정말이지 이 기쁨은 어떤 말로도 표현할 수가 없다. 내가 마치 새가 된 기분이었다. 나는 새가 되어 육십령으로 날아갔다.

그러나 아무리 새라 해도 지치기는 하는 법, 1킬로미터 정도 남았을 때 나는 물 고갈 상태에 이르렀다. 주위에 있는 묘지, 물탱크 따위가 모두 버스로 보였다. 마치 신기루 같았다. 진짜 죽을 맛이었다.

저 앞에 또 버스가 보인다. 이제는 나 자신마저 의심을 하게 되어, 그 버스를 물탱크라 생각한다. 저 물탱크나 터뜨려서 물이나 마실까? 저 물맛은 어떨까? 저 물탱크는 어디로 이어질까? 온갖 생각을 한다. 그런데 자세히 보니 그 물탱크 옆에 사람이 움직이고, 물탱크에 사람들이 들어가는 게 보인다. 뭔가 이상했던 나는 빠르게 산을 내려가서 그 물탱크를 보았다. 그 물탱크는 다름 아닌 진짜 버스였다. 아! 버스는 백두의 희망인 것 같다. _이민규

■ ─── 그래도 계속 걸을 수밖에 없었다. 오르막길에서는 유체이탈을 해서 신들린 듯이 걷고 내리막길에서는 다리의 힘을 풀고 스틱에 의존해서 버둥거리면서 걸었다. 만약에 나 혼자 했다면 못 했을 수도 있었는데 친구들이 옆에 있어줘서 그나마 힘이 되었던 것 같다. 또 이번에 삼겹살 파티를 한다고 해서 삼겹살을 생각하면서 걸었다. 열세 시간 동안의 엄청나게 힘들었던 산행이 끝나고 삼계탕이 되어서 왔더니 삼겹살 파티는 나중에 한다고 고기가 많이 들어 있는 김치찌개를 주셨다. 속은 게 분하긴 했지만 매우 배가 고파서 아무 소리도 안 하고 마구 먹어치웠다. 진짜 너무너무 맛있었다! 우리는 지치고 찜찜한 몸을 이끌고 버스에 다시 올라탔고 5분 만에 실신했다. _유다연

■── 산을 혼자 타고 오면서 대나무 같은 것들이 많은 데를 지나갈 때는 너무 무서웠다. 그래서 열심히 상아 부모님을 찾아서 뛰어갔다. 또, 너무 힘들어서 뒤처져 혼자 갈 때는 정말 힘들었다. 그래서 아예 애들과 같이 가기로 했다. 결국에는 꼴찌가 돼서 약수터에 왔을 때는 그냥 그랬지만 먹을 것을 먹고 나니 기분이 좋아졌다. 그러고 나서 상아를 쫓아가서 상아를 만났을 때 상아의 얼굴에는 어른들 거짓말에 대한 불만이 가득 담겨 있었다. 상아가 앞에 있는 언덕을 바라보더니 한숨을 쉬었다. **_이정인**

■── 내려온 후에는 갑자기 가방이 무겁게 느껴져서 빨리 쉬고만 싶었다. 밥을 먹으려는데 힘이 빠지면서 밥맛도 함께 없어졌다. 왠지 밥 먹는 일이 한심하게 보였다. 그래서 대충 해치운 뒤 버스 짐칸에서 자는데 애들이 들어와서 갑자기 깨우니까 토할 것 같았다. 그래도 정말 살 것 같았다. 내가 너무 빨리 왔는지 두 시간을 기다렸다. 왠지 자랑스러웠다. 그런데 백두대간은 가기 전부터 "산을 오르는 것보다 그 후가 더 재밌어!" 하

고 가는 것 같다. 정말이다. 산행이 끝난 후에는 하는 것도 없는데 더 좋다. 그 느낌 때문에 사람들이 산을 좋아하는 것 같기도 하다. _이인서

■── 이번 산행에서는 물이 부족했고, 다음 산행부터는 물만 3리터 정도는 가져가야겠다는 생각을 했다. 물이 부족하니 배가 고파도 물이 없어서 간식도 못 먹었다. 그러면서 문득 내가 왜 어째서 이렇게 힘든 산행을 계속 하는 걸까? 곰곰이 생각해 보았는데 산행을 갔다 와 보니 몸은 엄청 힘들지만 마음은 더욱 단련된 것 같다. 다리도 많이 단련된 것 같고. 이번 산행에서는 23.76킬로미터를 걸었다고 한다. 그 길이가 나를 힘들게도 하고 단련시키기도 한 것 같다. _천신영

* * *

■── 지지계곡 도착 시간이 대략 4시 30분경. 그런데 먼저 내린 산행대장님이 징검다리가 사라졌다고 말한다. 물속에 잠긴 것이 아니고 아예 쓸려 내려간 상황이란다. 지원산행을 나온 사람으로서 눈치가 보인다. 내려가 보니 이미 기획대장과 산행대장께서 어마어마한 '짱돌'을 나르고 있다. 난 힘 없는데……. 해서 아래로 위로 다른 징검다리가 없을까 찾아보았는데 없다. 다시 돌아와 보니 새로운 징검다리가 거의 완성되었다! 이제 건너가기만 하면 될 것 같았는데 미리 건너본 푸른산님 말씀이 불안하단다. 이분이 불안하면? 그럼 대책은? 업어 나르자는 푸른산의 의견을 무시하고(왜? 힘드니까!), 둘이서 물에 들어가 건너는 사람들을 잡아주기로 했다. 발은 좀 시리지만……. 작전개시! 그럼에도 한 사람이 빠졌다. 좀 서두르는가 싶더니만. 모두 건너와서 발을 말리고 신발을 신고 출발한 시각은 대략 5시 30분경. _김성호

■── 백운산 정상이 눈앞인데 반가운 모습, 아내가 보인다. 엄마들 그룹에서 낙오되었나 보다. 발치에 핀 노랑제비꽃, 진달래, 큰개별꽃, 태백제비꽃들이 마치 길가에 누가 심어 놓은 듯 길안내를 해 준다. 드디어 백운산 정상에 도착! 정말 멋진 광경이 펼쳐진다. 겹겹이 수묵화 같은 산맥이 한눈에 들어온다. 저 멀리 지리산도 보인다.

영취산에서 덕운봉과 민령 가는 길은 산죽의 향연이었다. 두 팔을 만세 자세로 올리고 가는 사람도 있고, 높이 자란 산죽에 얼굴이 긁힐까봐 팔로 얼굴을 감싸고 지나가는 사람도 있다. 산죽 스치는 소리는 시원했으며, 힘내라고 어깨를 토닥여 주는 듯하다. 산죽들의 응원 속에 덥고 지친 발걸음을 한 걸음 한 걸음 옮긴다. **_김상관**

■── 영취산에서 덕운봉을 지나 민령으로 이어지는 길, 짧게 혹은 몇 백 미터씩이나 길게 늘어서 그늘을 만들어주고, 손을 내밀어 얼굴을 간질이던 산죽(山竹)들을 어찌 잊을 수 있을까요. 정성드뭇한 소나무를 빼면 낙엽수로 채워진 산에서 산죽은 그 푸르름이 단연 돋보이는 존재였습니다. 겨울을 견디고 서서 낯선 이에게 스스럼없이 이야기를 걸어오는 산죽들에게 새삼 고마운 마음을 전하고 싶습니다.

둘러선 산과 자그마한 호수와 산자락에 안긴 마을을 한눈에 내려다볼 수 있는 북바위도 잊을 수 없습니다. 마치 항공사진 한 장을 보는 듯했습니다. 예기치 못한 사고로 지상에 불시착했던 내가 다시 하늘로 날아올라 렌즈를 들이대고 있는 형국이라고나 할까요.

깃대봉이 저만큼 보입니다. 민령에서 오랜 세월을 살아온 소나무에게 인사를 하고 깃대봉을 오릅니다. 하얀 제비꽃, 노란 제비꽃, 양지꽃, 개별꽃은 여기까지 따라와 새벽에, 그러니까 몸풀기 운동을 하면서 보았던 별들의 얘기를 들려줍니다. 그렇게 별은 길섶에서 들꽃들로 번지고 있었습니다. 꿈이 어디 하늘에만 있겠습니까. 희망이 어디 저 먼 곳에만 있겠습니까.

별이 어디 하늘에만 깃들겠습니까. 덧없는 꿈이나 희망을 경계하는 이라면 길섶에 피어난 작은 꽃들에게서 별을 볼 수도 있을 것입니다. _정선태

■── 내 체력은 슬금슬금 바닥을 보이기 시작했고, 덕분에 내 몸 구석구석까지 돌아가며 발언 기회가 주어졌다. 턱 아래부터 발뒤꿈치까지 돌아가며 소근대나 싶더니 어느새 봇물 터지듯 쏟아붓는다. 오르막에서는 뒤꿈치가 물집 잡힌 것 같다고 하소연을 하고, 내리막에서는 발가락들이 살살 디디라고 사정을 한다. 발 좀 편하라고 스틱 잡은 손에 힘을 주니 왼쪽 팔꿈치가 가끔 팔 좀 펴주면 안 되겠냐고 항의를 해서 스틱을 질질 끌고 가본다. 힘들다 보니 어느새 몸과 어깨에 힘이 바짝 들어가서, 기껏 치료한 거 다 까먹을 것 같아 '어깨야 힘을 빼렴' 하고 위로를 하면, 오른쪽 무릎이 아프다며 이렇게 힘들어질 때까지 어쩌면 그렇게 모르는 척했냐고, 영화 보다가 일어나면 아프다고 했을 때도 '그까짓 거!' 하면서 무시했잖느냐고 화를 낸다.

그랬구나. 속상한 마음에 다시 어깨에 힘이 들어가 있다. 어머나! 이를 어쩌나 어깨 얘가 내가 쉬지도 않고 뭐든 이렇게 버티겠다고 고집을 피우니, 그 힘든 걸 다 자기가 지탱하느라고 이렇게 망가졌구나. 많이 틀어졌다는 진단을 받기 전에는 잘못된 줄도 모르고 살았는데……. 힘든 몸을 버티느라 움츠러든 어깨를 애써 뒤로 펴다 보니 나도 모르게 조금 서러워진다. 잘한다는 칭찬에 안 써도 될 애를 쓰고 지기 싫은 오기에 없는 힘까지 짜서 쓰고, 놀지도 않고 쉬지도 않고 하늘도 안 보고 앞만 보다가 이제 꽃이 있어도 못 보는 바보가 돼버렸다.

그렇게 어르고 달래고 위로하고 자책하면서 그 긴 길을 참 힘들게 마쳤다. 그래도 다른 날보다 자주 멈춰 섰고, 한눈도 많이 팔고 천천히 내 몸을 달래가며 걸었고, 좋은 친구와 다감한 대화도 나눴다. 유난히 작은 꽃도, 이번 봄에 처음 세상 구경을 한 게 분명한 여리고 작은, 정말 보드

라운 초록색 싹들도 많았는데도 '이쁘다'는 감탄사도 내뱉지 못했다. 싹들이 놀랄까봐 오히려 쿵쿵 울릴 내 한 걸음 한 걸음이 마냥 조심스러웠다. _윤채영

■—— 깃대봉에 올라서니 눈물이 핑 돈다. 감격의 눈물이 아닌 너무 힘들어서 도저히 어떻게 할 수 없는 상황에서 밀려오는 감정의 눈물이다. 그 순간 산행대장님께서 약수터에서 가져오신 거라며 물을 내민다. 오면서 아이들과 나누어 먹어 물이 없던 터라 고마움과 반가움 그리고 온갖 생각들이 복잡하게 머릿속을 스쳐 지나간다.

후미에 힘겹게 걸었던 사람들이 약수터에 모두 모여 물도 마시고 남은 음식도 먹으며 잠시 쉬고 도착지점을 향해서 다시 출발한다. 이런……. 가도 가도 끝이 없다. 아침에 보석처럼 보였던 진달래도 이젠 눈에 들어오지 않는다. 잠시 후 남편이 도저히 못 가겠다고 바위에 주저앉는다. 같이 주저앉고 싶지만 다리가 아파서 앉을 수도 없다. 멀리서 다 왔으니 힘내라는 기획대장님의 목소리가 들린다. 아아, 끝나긴 끝나는구나! _이희자

■—— 누가 우리 주인님 좀 말려주세요! 전 요즘 이게 무슨 일인지 모르겠습니다. 40평생 우리 주인 만나서 편하게 잘 지냈습니다. 많이 걸을 필요도 없고 그렇다고 남들처럼 높은 하이힐에 쪼그라들어 힘겹게 살지도 않았습니다. 집에서는 항상 편하게 시장을 가거나 친구 만나러 갈 때도 걷지 않고 차에서 까딱거리기만 했습니다.

내가 힘든 것은 겨우 우리 주인님이 매일 향하던 직장. 거기선 좀 빨리 움직여야 했습니다. 주인님은 그때는 바빠 아니 내가 땀날 정도로 움직였습니다. 어느 날 환자가 갑자기 안 좋아졌다고 CPR(심폐소생술) 방송이라도 나면 말초인 나에겐 신경이라곤 조금도 쓰지 않았습니다. 어떡하겠습니까? 중환자실에 간호사로 있는 우리 주인님이 환자를 살려보려고

애쓰는데 저까지 힘들게 할 수야 없었지요. 이 정도는 견딜 수 있었습니다.

그런데 주인님의 딸이 이우고에 입학하고 요 근래 나는 깜짝 놀랐습니다! 2주에 한 번씩 죽을 맛을 견뎌내야 했습니다. 그동안 날 편하게 날 사랑하시는 줄 알았는데 이게 웬 말입니까? 군인이나 신는 묵직한 워커를 저에게 신겨줍니다. 난생처음입니다. 그러고는 "자, 이제 백두대간이다"라는 명령뿐입니다. 주인님은 뭔가 할 모양입디다. 나는 아직 모르겠습니다.

금요일 저녁부터 가방을 챙기고 간식을 챙기는 것을 보니 또 어딘가 나를 몰아넣으려 하나 봅니다. 새벽 1시에 차가 출발하여 그동안이라도 쉬자, 지난번 한번 겪어 봤으니. 각오는 했습니다. 4시 30분부터 그것도 컴컴하고 앞도 잘 안 보이는 곳에서 무작정 발을 움직여 줘야 했습니다. 해가 점점 밝아오니 나에게도 빛이 들어옵니다. 쉬지도 않네요! 막강 8

기라더니 선두가 너무 빠릅니다. 그래도 주인님은 끝까지 갈 모양입니다. 내가 여기저기 아프다고 신호를 보내도 계속 갑니다.

'1278m'라고 새겨진 백운산 정상에도 난생처음 가봤습니다. 주인님은 헐떡이기만 하고 저 멀리 경치는 보지 못하고 있는 것 같습니다. 그때 예린빠라는 분이 가족사진을 찍어 주시겠다고 오십니다. 그런데 사진 속에 절 빠뜨리시더라고요. 항상 전 맨 아래 있어 주인님의 위에 달린 것들한테 질투도 많이 하고 뒤끝도 있답니다. 그래도 저 멀리 지리산을 배경으로 한 가족사진이 기대됩니다. 여기저기 아름답게 핀 분홍빛깔의 진달래가 눈에 들어옵니다. 그리고 내 옆에 항상 길을 안내해 주었던 노란팽이꽃이 눈에 아른거립니다. (정인빠께서 여러 가지를 알려주셨는데 우리 주인님은 하나도 기억을 못하고 있는 것 같습니다.)

날은 덥고 워커 같은 등산화 안은 숨이 막힙니다. 그래도 계속 가야 했습니다. 뒤돌아 갈 수 없을 만큼 멀리 왔습니다. 그래도 영취산 정상에 오를 땐 산죽이라는 대나무가 나를 위로했습니다. 사람 하나 지나다닐 정도의 길속을 걷다 보면 힘든 산행을 잊고 대나무의 사그랑거리는 소리와 함께 걸었습니다. 한참 대나무 사이를 지나 이제 내려가는 것 같아 안도의 한숨을 쉬었습니다. '육십령 9킬로미터'라는 이정표를 보고 나는 까무러치는 줄 알았습니다.

주인님의 가족들 모두 힘들지만 잘 가는 것을 보고 전 뒤처질 수 없어 이제 마음을 바꿔먹었습니다. 주인님을 도와주자. 아프지 말자. 나중에 집에 가서 따지더라도 여기선 안 되겠다 항복하고 무작정 움직여 주었습니다. 다른 심장이나 폐, 몸의 모든 조직들이 힘을 합치는데 제가 퍼져 있을 수만은 없었지요.

그런데 육십령까지 반도 못 가서 마실 물이 바닥나기 시작했나 봅니다. 주인님의 딸이 물이 모자라고 갈증이 심해서 거의 전 탈수 증상까지 와서 어지럽고 두통에 정신이 몽롱해져서 눈에 눈물이 맺힙니다. 그때 지나가던 준형아빠로부터 물 한 병을 선물받게 되는데, 주인님은 딸에게 마지막 남은 물 한 병을 주며 "엄마는 괜찮으니까 너 마시고 힘내" 하는 걸 듣고 우리 주인님에게 감동받았습니다. 물 한 병 주신 준형아빠 감사합니다. 저의 주인님의 가족들이 정말 정말 감사하게 생각하고 있습니다. 지난 1차 산행 때 절벽 오르기 힘들어 하던 어떤 중학생을 아빠처럼 도와주던 것도 보았습니다.

이제 다 왔나 보다. 저기까지만 가면 이제 내려갈 일만 있을 거라 생각하고 갔습니다. 가보면 또 한 고비가 있습니다. 그래 저기 한 번만 넘으면 이제 넘어갈 거야. 조금만 더 힘내보자…… 산 넘기가 인생 넘기와 많이 닮은 것 같습니다. 알고 가면 힘들어서 못 가는, 모르기 때문에 그래도 가볼 만하다는 것을 실감합니다.

뒤에 오시던 분이 막 달려옵니다. 저 아래 막걸리가 부르고 있다며 막 달리십니다. 아!!! 그러면 다 왔나 보다 하고 조금 안심했습니다. 그러나 산은 절대 쉽게 내어 주질 않습니다. 정말 쉽게 내어 주지 않더군요. 저 아래 도로가 보이고 금방 내려갈 것 같은데, 열심히 움직여 주었는데, 내 앞엔 또 한 고비 있더이다. "쉽게 내어 주면 산이 아니고 인생이 아니지" 하는 주인님의 흐느끼는 듯한 힘든 목소리가 나한테까지 전해옵니다.

드디어 나를 편하게 실어다 주었던 버스가 보입니다. 이제 좀 쉴 수 있으려나 봅니다. 이제 주인님께 소리칩니다. 다음에 또 이러시기냐고요? 내가 할 수 있는 건 강한 쥐(?)를 내어 힘들다고 표현하는 수밖에 없습니다. 집으로 돌아오는 차 속에서도 나는 가만히 있지 않고 찌릿찌릿 하는 소위 말하는 쥐를 계속 보냈습니다. 저의 소심한 반항은 며칠 동안 계속될 겁니다. 그런데 주인님의 한마디에 까무러치는 줄 알았습니다. "다음 5차는 언제 가지?" _김미영

■── 늘 그렇지만 '존재'와 '삶'에 대한 문제는 그리 간단치가 않습니다. 삶의 궁극적인 문제에 대한 물음이 어디 쉽겠습니까? 혹자는 굴러 떨어질 운명인 기슭의 바위를 산꼭대기로 옮기는 형벌을 받은 시시포스가, 사력을 다해 옮긴 바위가 저만치 산 아래로 굴러 떨어지는 순간 느꼈을 희열과 절망이 존재의 참의미와 일맥상통한다고 말하기도 합니다. 또 다른 혹자는 삶의, 존재의 궁극적인 문제는 실천의 문제이지, 이론의 문제는 아니라고 얘기합니다. 더러는 만류귀종(萬流歸宗)이라 하여 모든 물줄기와 수없이 많은 물결의 귀착지가 곧 바다가 되는 것에 빗대 존재도 삶도 결국은 하나의 종착점만을 가질 뿐이라고 말합니다.

나는 아직 어떠한 삶이 참된 삶이고, 참된 존재인지 알지 못합니다. 백운산. 이 능선에서, 저 골짜기에서, 죽어간 수많은 삶과 존재가 나의 마음을 붙잡고 흔들기에 마음이 동할 뿐입니다. 거창한 이데올로기보다는

허공을 후비고 지나는 살가운 바람에서, 핏빛 뻗치는 철쭉이 뿜어내는 선연한 붉은빛에서, 능선 소로마다 넘쳐나는 야생의 꽃들에서 죽어간 그들과 마주할 뿐입니다.

참으로 수많은 죽음들이 우리가 가는 길마다 놓여 있었습니다. 광양의 백운산을 시작으로 지리산을 달리고 우리가 지나온 함양의 백운산, 영취산을 거쳐 덕유산에 이르는 이 길디긴 마루금엔, 골짝골짝마다엔 그들의 죽음이 훅훅 끼치는 한낮의 열기 속에서 떠돌고 있었습니다. 가슴을 아릿하게 조여 오는 저 끝간 데 없이 이어지는 능선과 골짜기 처처에는 과거의 시간과 현재의 시간이 다가올 존재의 시간 속에서 깨어나기를 소원하고 있었습니다.

천지간 만물이 들고 난다 하여 어디 흔적이라도 남겠습니까마는, 존재라는 것이, 삶이라는 것이 그저 주어지는 것이 아니라 내가 만들어 가야 한다는 불변의 진리임을 위안거리로 삼고 삶을 살아가는 것이겠지요. _이운범

05

아, 지리산!

4차 산행을 완벽하게 완주하신 우리 백두8기 가족들에게 찬사와 존경을 드립니다. 5차 산행은 '아! 지리산'이라는 테마를 가지고 시작합니다. 5차 산행은 지리산 자락인 성삼재를 기점으로 만복대, 정령치를 거쳐 첫 산행의 출발점이었던 고기리로 하산하는 백두대간 3구간 코스입니다. 지리산과의 첫 만남인데요, 조금은 설레고, 조금은 벅차기도 합니다.

5월 12일 토요일이 이우학교 체육대회가 있는 관계로 처음으로 일요일 산행을 하게 됐는데요, 지도상 11.8킬로미터라서 큰 부담은 없는 평이한 구간이 될 것 같습니다. 구간은 평이할지라도 우리 백두8기 가족들에겐 특별한 구간이 되었으면 합니다.

산행일시 **2012년 5월 13일**

산행코스 **성삼재 · 작은고리봉 · 묘봉치헬기장 · 만복대 · 정령치 · 큰고리봉 · 고기리**

"연둣빛 선연한 지리산 자락"

■── 새벽 4시에 차에서 일어나 백두대간을 가야 하니까 매우 피곤하다. 새벽 날씨가 매우 쌀쌀하다. 추위가 몸 안으로 스며든다. 나는 백두대간 을 완주할 수 있을까. _유지훈

■── 이번 산행은 매우 짧았다. 근데 나는 좀 힘들었다. 왜냐하면 마지막 내려오는 코스에서 손은 다치고 내려올 때 발힘으로 버티며 내려왔기 때 문에 발이 아파서 좀 고생했다. 그런데 나는 처음 시작할 때 누군가가 다 쳐서 좀 걱정했다. 그리고 너무 추워서 몸을 떨어야 했다. _김규연

■── 주변의 이상한 새로운 꽃들과 벌레들, 모든 것이 새로 생겨나고 있 었다. 신기하기도 했지만 발걸음을 빨리 옮겼다. 배가 꼬르륵거려도 참으 며 계속 길을 나아갔다. 드디어 아침 식사 장소에 도착! 나는 빨리 친구들 옆에 가서 아침에 산 빵을 먹었다. 너무나도 꿀맛이었지만 뱃속에 돌이 들어 있는지 더 이상 입속에 들어가지 않았다. _김상아

■── 새벽산행이었는데 금방 밝아졌다. 밝아지고 나니 여러 꽃들이 보였 다. 산철쭉이 많았다. 철쭉보다 산철쭉을 보니 색깔이 더욱 예뻤다. 연노 랑색이었다. 꽃 사진과 함께 해가 뜨는 사진도 많이 찍었다. 오르다보니 이제 황톳빛보다 연둣빛이 더욱 짙어져 있었다. 만복대 올라가는 길에 하

늘이 그래픽으로 만든 것처럼 멋있었다. 만복대 위에는 바람이 세게 불었다. _**김주현**

■── 아침 식사 후 나는 선두로 가려고 스피드를 내고 있었다. 잠시 쉬는 지점에서 쉬지 않고 계속 걸어가서 선두로 나왔고, 더 걸어서 최선두 즉 대장님 바로 뒤에 따라가며 산을 걸었다. 대장인 아빠와 함께 등산을 하니 별로 힘이 들지 않게 느껴졌다. 나의 아버지라는 자부심(?)에 좀 더 힘을 냈던 것 같다. 최선두는 잠시 동안 휴게소에서 쉬었다. 그곳엔 등산객들이 매우 많았다. 그 때문에 우리 일행을 알아보는 일이 쉽지 않았다. 이 사람이 우리 일행인가 하면 아니고, 저 사람은 저쪽 일행인가 하고 보면 우리 일행이었다. 그리고 잠시 후 선두는 다시 산행길에 올랐다. _**이민규**

■── 오늘은 내 막내동생이 따라와서 걱정했는데 오히려 나보다 빨리 걸어서 따라가느라 오르막길에서도 뛰고 내리막길에서도 뛰었다. 동생이 넘어지지 않을까 많이 걱정도 했지만 주원 선배가 종목이를 많이 봐줘서 감사했다. 큰고리봉도 다 올랐겠다, 바베큐 파티를 노리고 빠른 걸음으로

고기리로 향해 내려갔다. 선배랑 재밌는 얘기를 하면서 내려가 한 시간 만에 내려온 것 같다. 나는 바베큐 파티를 하고 난 후 생오지 문학제에 가서 시 낭송 등을 들으면서 주현이랑 재미있게 놀았다. _이종승

■──── 아침밥을 다 먹고 다시 산을 타는데, 저번 산행 때 봤던 꽃들과는 다른 꽃들이 피어 있었다. 고개를 푹 숙인 꽃도 있었고, 잎이 정말 가녀리게 여러 잎으로 이루어진 꽃도 있었다. 또, 내 키만 한 곳에 연핑크 꽃이 활짝 펴 있었는데, 이름을 알아보니 산철쭉이었다. 이번 산행 때는 경치

도 보긴 했지만, 무엇보다 다른 산행 때에 비해 꽃을 많이 보면서 산행을 한 것 같다. 예상보다 산행이 길어서 끝에 내려갈 때는 힘이 들었는데, 남자애들이 신기한 동물소리를 내는 게 재미있어서 같이 내려왔다. 그렇게 신기한 동물 소리를 들으며 땅에 발을 내딛는 순간 정말 기분이 너무나 좋았다. _임예진

■── 드디어 고기리에 도착! 차가 기다리고 있었다. 우리가 오고 나서 얼마 안 지나 버스가 출발하였다. 먼저 도착하여 어른들이 고기 굽는 것을 준비하는데 시간이 오래 걸렸나 보다. 그래서 버스 안에서 졸다가 나와서 고기와 밥을 두 공기씩이나 먹었다. 엄청 배고팠었나 보다. 고기가 맛있었다. 이제 집으로 출발! 끝나고 문순태라는 작가를 보러 담양까지 가는 버스와 집으로 가는 버스가 나뉘었다. 담양까지 가는 친구들은 힘들 것 같다. 세 시간 정도 걸릴 거라고 예상하고 잠들었다. 어제 새벽에 못잔 잠을 잤나 보다. _홍준범

■── 오늘도 난 후미. 후미대장 아저씨와 함께 쉬고 얘기도 하면서 간다. 무전이 들려온다. 선두는 밥을 먹고 있다. 엉엉엉 밥! 하지만 난 그래도 후미가 좋다. 선두에서 가면 피곤하다. 쫓고 쫓기게 된다. 피곤하고 신경 쓰이는 건 별로다. 뒤에서 바람을 즐기며 천천히 가는 게 더 좋다. 내가 느린 건지 아님 진짠지 둘 다인지는 모르겠지만 암튼 난 후미가 좋다. 음…… 정확히 말하자면 3등분으로 나눠보자면 2/3 지점이 제일 편하다. 사람도 제일 없고 제일 천천히 제일 여유롭게 걸을 수 있다. _윤지호

■── 잠에서 깨어나서 꿈 때문에 기분이 안 좋았다. 그런데 정말 깨어나 보니까 소리가 잘 들리지 않았다. 멀미 때문이었다. 너무 답답하고 불길한 그 느낌을 떨쳐버리고 싶어서 계속 침을 삼켜도 보고, 하품도 크게 하려

고 했는데 귀가 뚫리진 않았다. 가뜩이나 몸이 안 좋아서 불안했었는데, 꿈이 나를 더 불안하게 만들었다. 조심해야겠다고 생각했다. 뻣뻣한 몸을 풀려고 스트레칭을 평소보다 열심히 했다. 온 근육이 뻐근했다.

산행을 하는데 역시 컨디션이 정말 중요하다는 것을 느꼈다. 백두대간 산행 중에서 매우 쉬운 코스였는데도 불구하고 너무나 힘들었다. 막 숨이 차오르고 근육이 터질 것 같은, 그런 종류의 힘든 것은 아니었지만, 계속 열이 약하게 나고 머리가 어질어질하니까 몸도 정신도 지쳤다. 1킬로미터는 간 것 같은데 아직 500미터도 되지 않고, 자꾸 끝나면 좋겠다는 생각을 하고 남은 거리에 연연하니까, 그 순간이 더 괴로웠던 것 같다. _박예린

* * *

■── 그렇게 걷고 또 걸어 고리봉을 지나고 묘봉치를 지나고 만복대를 지났다. 우리는 아무 생각 없이 그저 말없이 걷는다. 단순함의 행복함을 그대는 아는가. 멀리 정령치휴게소가 보일 무렵 지치기 시작한 한 무리의 중1 여학생들이 소리친다. "야, 버스다!" 아이들은 이제 버스만 보면 다 우리 차인 줄 아나 보다. 얘들아 아니거든, 앞으로 세 시간은 더 가야 하거든. 아이들 급실망. 원망의 눈초리. 이런이런. 이건 아줌마가 그런 거 아니야.

정령치에서 바래봉까지도 9킬로미터가 넘는 산길이다. 그때는 나무계단이 없고 거친 돌무지 길이었는데 "누가 지리산을 육산이라고 그랬어!" 욕을 하며 걸었던 기억이 있다. 요번에 보니까 힘든 오르막길은 나무계단으로 깨끗이 다듬어져서 걷기가 한결 수월하였다.

일찍 하산 해봤자 삼겹살 준비로 쉬지도 못할 것 같고 그냥 쉬엄쉬엄 걸었다. 근데 가만 보아하니 엄마들은 일 안 해도 되는 분위기?! 나는 이런 데 익숙치가 않아서리. 백두산행은 결혼과 동시에 공주에서 무수리로 신분이 하락한 나의 신세를 많이 잊게 해준다. 남편과의 산행에서는 결코

느껴보지 못했던 아빠들의 섬세한 배려와, 들머리와 산행코스를 제대로 숙지하지 않고 따라가기만 해도 되는 정신적 해방감, 그저 나 먹을 것만 배낭에 넣어 가면 되는 가벼운 무게까지 여러 가지가 나를 기쁘게 한다. 이런 백두8기를 내 어이 사랑하지 않을 수 있단 말인가. 내 몸 하나만 챙기면 된다는 그 홀가분함에 아이가 졸업할 때까지 기다렸다. 백두를 시작한 내가 스스로도 대견스럽다. _**김선현**

■── 잠에서 깨어 보니 고문대장님이 기사님 옆에서 길안내 중인 모습이 보이고 드디어 담양 생오지마을에 도착했다. 문학제가 벌써 시작했는지 마이크 목소리가 들린다. 생오지마을길은 1차선 넓이라 관광버스가 들어오기에는 좁았다. 서둘러 문순태 작가의 북 콘서트 & 제8회 생오지문학제가 열리는 문학관으로 들어갔다. 다행히 '제1부 〈타오르는 강〉을 이야기하다' 문순태 작가님의 인사 순서 진행 중에 도착을 했다. 비가 조금 내리기는 했지만 행사에 지장을 주지는 않았다. 이어지는 순서로 고문대장님 외 두 명의 박사님들과 문학평론가 한 분이 〈타오르는 강〉이 이번 완간을 계기로 재조명되어야 한다는 말씀을 하셨고, 〈타오르는 강〉의 한 대목 낭독을 끝으로 제2부 '국악 놀음판과 문학의 어울림' 순서가 진행되었다. 생오지 문학회장의 인사를 시작으로 담양군수, 남면면장의 축사, 시낭송, 축하노래, 국악예술단 '놀음판'의 국악합주 순으로 진행되었다. 난생처음 북 콘서트와 생오지문학제를 처음 체험해 봤지만 5차 산행 후의 피곤함을 느끼지 못할 정도로 생오지마을도 아름답고, 뷔페 음식도 맛있었다. 동천동으로 돌아오는 길에 버스 안에서 고문대장님의 현대문학에 대한 마무리 말씀, 기록대장님의 박노해 시인 등에 대한 질문과 고문대장님의 견해를 듣기도 했다. 고문대장님 덕분에 아름다운 생오지마을도 보고 맛있는 저녁과 현대문학에 대한 정보도 얻게 되어 정말 알차고, 멋진 하루였다. _**김상관**

06

불타는 초록

　이번 백두8기 6차 산행의 숙소는 월성마을 마을회관으로 정했습니다. 참가자들의 안전과 단체산행의 궁극적인 취지를 최우선으로 고려하여 난상토론 끝에 내린 결론입니다. 대신에 2일차 산행은 체력적인 부담을 최소화하기 위해 무주리조트에서 곤돌라를 이용해 설천봉을 경유 향적봉~백암봉~삿갓골재로 이어지는 역주행 코스를 선택했습니다. 삿갓골재 대피소 20명 예약을 어렵사리 했지만 우리 단체 인원이 숙박하기에는 턱없이 부족하기에 눈물을 머금고 포기하게 됐습니다. 앞으로 있을 지리산과 설악산 1박2일 산행에는 집행부가 좀 더 철저히 준비해 모두가 대피소에서 잘 수 있도록 최선의 노력을 다하겠습니다. 6차 산행은 '불타는 초록'이라는 주제로 산행을 합니다. 초록으로 옷을 갈아입은 산에 들면 내 몸에도 초록의 피가 흐르지 않나 하는 생각이 듭니다. 이 불길처럼 번지는 초록의 바다에서 눈을 헹구고, 마음의 사사로운 잡념들을 저 초록의 심연에 던져버리는 산행이 되기를 기원해 봅니다.

산행일시 **2012년 5월 26일(토)~27일(일)**

산행코스 **육십령 · 할미봉 · 서봉 · 남덕유산 · 삿갓봉 · 삿갓골재(첫째 날)**

　　(향적봉) · 백암봉 · 동엽령 · 무룡산 · 삿갓골재(둘째 날)

"향적봉의 바람, 덕유평전의 햇살"

■―― 출발! 헤드랜턴을 켜고 산행을 시작했다. 처음엔 중간쯤에서 혼자 산행을 하고 있었다. 근데 가다 보니까 친구들과 함께 걷게 되었다. 이번에는 새소리도 듣고 따라서 휘파람도 불어봤다. 3초쯤 있다가 새가 다시 짹짹거리는데 계속 하다 보니까 새와 대화를 하는 줄 알았다. 어느새 아침밥을 먹을 장소까지 와서 밥을 먹었다. 오늘은 남덕유산까지 올라갔다 내려와서 마을회관에 와서 잠을 잔다. 일단 밥을 먹고 기운이 나야 하는데 일어나니깐 다리에 힘이 풀려서 더 힘들었던 것 같다. 로프를 타는 게 제일 스릴 있고 재미있었다. 처음엔 쉬워 보였는데 막상 해보니까 어려웠다. _홍준범

■―― 산행 초반에는 발이 그다지 아프지 않았다. 하지만 할미봉에서 서봉으로 갈 때 물집 자리가 잡혔다. 나는 신발 끈을 다시 꽉 매고 친구들과 같이 갔다. 친구들과 가다가 주변 경치를 보았는데 역시 높은 산이 주변에 많았고 날파리들도 같이 경치를 보았다. 산행을 하다가 내 친구가 거슬려서 양손으로 박수를 쳤는데 내 친구가 하늘 높이로 갔다. 윙윙거려도 좋은 친구였는데…… _김상아

■―― 새벽 산행이라 춥고 어두웠다. 모두 헤드랜턴을 켜고 산행을 시작했다. 중간에 엄마가 멀미를 한다고 했다. 헤드랜턴을 켜면 불빛 때문에

어지러워진다고 하셨다. 준범이랑 같이 할미봉의 큰 바위들을 넘고 평소와 같이 힘겹게 서봉을 넘었다. 남덕유산에는 파리가 너무 많았다. 크기도 크고……. 아주 싫은 구간이었다. 그렇게 파리 생각에 덜 힘들게 남덕유산을 넘고 삿갓봉까지 넘었다! 그리고 대피소에서 끝난 줄 알았는데……. 으악!! 내려가는 길이 4.2킬로미터나 남았다고 해서 준범이랑 상아와 나는 좌절한 나머지 계단에서 20분 정도 쉬고 출발했다. 다리가 풀려서 힘도 없고 의욕도 없어서 그냥 멍하게 간 것 같다. _**박진우**

■—— 할미봉 지나고 가파른 계단이 쭉 이어져 있었는데 가만히 서 있기만 해도 아찔했다. 희고 동글동글한 꽃봉오리가 있었는데 무슨 꽃인지 궁금했다. 더 가다 보니 그 꽃이 피어 있었다. 작고 흰 꽃봉오리처럼 꽃도 희고 작았다. 남덕유산에 도착했을 때 확 트인 공간에서 산들이 보였다. 마치 꾸겨진 옷감처럼 산들이 이어져 있는데 그것들을 다리미로 밀어버리고 싶었다. _**김주현**

■—— 곤돌라를 타는 동안 이렇게 편리한 발명품이 있는데 왜 굳이 발을 이용해 산을 오르락내리락하는 건지 정말 어리석은 인간들이란 느낌이 들었다. 북덕유산에 도착하고, 승부욕이 발동한 상태로 열심히 앞으로 나아갔다. 그것도 선두로! 조금 뒤 준민이가 패배를 인정했다. 기분이 너무 좋았다. 그렇게 혜인이랑 전진했다. 북덕유산은 별로 힘들지 않았고 내 발 아래 놓인 풍경이 참 멋있었다. 그러나 백암봉부터는 좀 힘들었던 게 사실이다. _**김수련**

■—— 가장 발이 아팠던 산행이었다. 그 이유를 곰곰이 생각해 보니 길에 듬성듬성, 아니 쫙 깔려 있는 바위와 돌 때문이었던 것 같다. 특히 내리막을 내려갈 때 내가 나의 속도를 버티지 못하고 달려가면, 울퉁불퉁 뾰족

뾰족 솟아 있는 바위들을 '똥 피하기' 게임 할 때처럼 피해 지나가야 한다. 그러다 미처 보지 못한 바위 끝에 걸리면 자빠지게 된다. 즉 게임오버. 나는 내리막의 바위들을 밟고 내려오다가 건너편의 계곡을 보기 위해 고개를 튼 순간 커다란 바위에 걸려 자빠졌다. 덕분에 등산복 바지의 오른쪽 무릎 부분에 구멍이 뚫렸다. 나를 본보기로 모두들 산행 막바지의 내리막을 신난다고 뛰어 내려오지 말자! _**이민규**

■── 문득 내가 왜 이 산을 가고 있지? 라는 생각이 들었다. 그럼에도 불구하고 나는 계속 걸어가고 있었다. 참 나도 싫어하는 백두를 가는 내가 신기할 때가 있다. 그런데 백두를 한 다음에 산을 내려오면 다리가 풀리는데 참 뿌듯한 기분으로 가는 것 같다. 하하, 그래도 나는 백두가 싫다고 느끼면서도 산을 묵묵히 간다. 엄마의 강요를 못 이기며 2~4주마다 한 번씩 가는 내 모습 참으로 어리석은 것 같다. 그래도 백두가 정말 싫으면 아예 안 갔을지도 모르겠다. _**김규연**

■── 이튿날 산행의 시작은 곤돌라에서 시작되었다. 곤돌라는 내 예상보다 훨씬 빨라서 그것만 타고 올라갔다 내려왔으면 했다. 아무튼 올라가니 멀리 계단이 보이고 몇 개의 리프트 승강장도 있었다. 이렇게 경사진 곳에서 어떻게 스키를 타는지 신기했다. 게다가 위험해 보였다. 하지만 나는 산을 타러 온 것이었다. 일단 여유 있게 가기 위해 앞으로 나갔다. 어제 산행보다 더 초록빛이 환한 산행이었다. 이번에야말로 혼자 가고 싶었다. 처음에는 친구들을 따라가기도 했으나 이제는 나의 발걸음에 맞춰서 가기 시작했다. 먼저 시선이 앞이 아닌 위, 옆, 밑이 되었다. 능선길이어서 주변 경치도 잘 보였다. 그리고 힘든 것이 그 시선으로 날아가 흩어지는 느낌이었다. 그런 식으로 계속 딴 데를 보고 딴 생각을 하면서 최선두로 가 보았다. 나는 선두는 많이 해도 최선두는 두 번밖에 안 했는데, 그

날은 더 쉽고 재미있었다. 게다가 처음부터 끝까지 내가 좋아하는 능선길이어서 좋았다. 마지막에는 결국 다시 삿갓재대피소로 돌아왔다. 정말 시원한 느낌이 들었지만, 다시 그 끔찍한 황점마을 가는 하산길을 걷는다는 게 너무 싫었다. _이인서

■── 향적봉을 오른 다음, 시원하고 경치도 좋은 덕유평전을 걸었다. 지금까지 이 구간이 제일 좋은 것 같다. 여기서 더 이상은 가고 싶지 않았다. 무룡산 가기 전 동엽령에서 점심을 먹었다. 마을회관에서 싸주신 주먹밥을 맛있게 먹었다. 무룡산 꼭대기가 보이기 시작할 때쯤에는 덕유평전이 그리웠다. 물도 다 먹어가는데⋯⋯. 무룡산까지는 가파른 길이 많아서 우리는 네 번이나 쉬었다. 무룡산 정상을 기어서 올라가니 선두는 벌써 가고 몇 명만 남아 있을 뿐이다. 뒤늦게 여자애들도 올라왔다. 우리도 힘든데 여자애들은 얼마나 힘들까 생각하면서 대피소를 향해 걷고 또 걸었다. 그리고 저 멀리 돌아가는 풍차(?) 같은 것을 보고 난 뒤 우리는 엄청난 속도로 달려갔다. _이종승

■── 냇가에서 놀고 아이스크림도 얻어먹고 하니까, 저쪽에서 아저씨들이 막걸리를 마시고 계신다. 아까 막걸리 마시라고

허락도 받은 데다가 워낙 막걸리를 좋아해서 난 슬금슬금 슬금슬금 '사사사삿' 다가가 "저도 주세요" 했다. 아저씨들이 웃으면서 따라주셨다. 우하하하하하하하 막걸리 득! 아저씨들이 멸치볶음 안주도 입에 넣어준다. 아니 이런 안주까지! 또 얻어 마셨다. 이번에는 원샷을 했다.

보고 있던 동생들이 기겁을 하면서 "언니!! 언니 술 마시면 안 돼요. 그러지 마요" 한다. 특히 그중에서도 제일 순수한 지연이는 매우 놀란 표정을 지으며 "어른 아닌데 마셨어요?! 그러면 안 돼요! 술 마시면 죽어요! 안 돼요! 히익, 얼굴도 빨개졌어요" 그래서 나는 애들한테 "소량의 술은 신체에 좋은 작용을 한단다. 혈액순환을 활발하게 해서 몸이 따뜻해지고 몸이 풀린단다. 지금 얼굴 빨간 것도 다 그런 거 때문이야 괜찮아. 게다가 쪼꼬만 컵에 두 잔이면 소량이니 좋은 거지"라고 했다.

집에 가려고 버스를 타고 가는데 막 해가 지고 있다. 황혼이다! 황혼은 뭔가 연로하지만 성숙하고 피로하면서도 아름답다. 이래서 둘 다 같은 이름인가 보다. 지는 해와 하늘이 빨개진 내 얼굴 같아서 웃겼다. 그래서 사진을 찍으려 하는데 배터리가 없어 꺼지고 만다. 이런. _윤지호

* * *

■── 새벽이 밝아온다. 헤드랜턴을 벗고 여명 속에 산행을 한다. 정말 오고 싶었던 덕유산! 백두8기를 통해 소원을 이루는 기쁜 날이다. 산행길은 지금까지와는 달리 광교산처럼 등산객들이 많이 찾는 산이라 그런지 낙엽길이 아닌 흙길이라서 먼지가 날리는 코스가 많았다. 저 너머 일출이 시작된다. 검은 산과 그에 맞닿은, 붉게 타오르다 오렌지 빛으로 바뀌고 있는 구름 낀 하늘을 보며 힘을 낸다.

드디어 할미봉에 도착! 날이 많이 밝았다. 사진도 찍고 잠시 휴식한다. 할미봉까지는 생각보다 쉬웠다. 다시 서봉을 향해 출발한다. 가파른 철제계단을 내려간다. 얼마 못 가 밧줄을 타고 내려가는 코스에서 산행대열이 멈칫하며 병목현상이 생겨난다. 군대 유격훈련 때 해본 뒤로는 처음이지만 안전한 산행을 위해 백두 아빠들이 아이들과 엄마들을 안전하게 내려갈 수 있도록 스틱도 받아주고, 자세와 발 디딜 곳을 코치한다. 시범

자세도 여러 번 보여주고, 큰 사고 없이 통과한다.

밧줄코스에서 많이 늦어진 것 같아 속도를 낸다. 다시 밧줄코스가 나온다. 이번에는 길지는 않지만 밧줄과 경사가 잘 맞지 않아 위험하다. 나중에는 밧줄을 풀어 내려오기 좋게 바꾸어 모두 안전하게 통과했다. _김상관

■— 잠시 휴식을 취하고 황점마을로 가려는데 가는 거리만 4킬로미터. 두 시간 넘게 가야 한단다. 여기서 그냥 자고 비박을 했으면 더 좋았을 것이라는 생각을 했다. 중1 여학생들이 옆에서 라면을 먹는 것을 보면서 침을 흘리니 옆에 계신 등산객들이 아이들에게 라면을 선뜻 건네준다. 외국에서는 절대로 보기 힘든 일이라 한다. 아이들이 맛있게 먹는 것을 지켜보다가 대신 감사 인사를 전하고 내려갔다. 힘들게 내려가는 길에 참샘에 들러 물을 보충하고 내려가니 후미와 앞서거니 뒤서거니 하다가 거의 7시가 다 되어서야 도착했다. 황점마을 마을회관의 맛있는 감자탕과 삼겹살을 정신없이 먹은 후 씻고 나니 아빠들의 모임이 있단다. 동생과 함께 참석했다가 다들 빠지는 분위기여서 바로 들어와서 자려고 했는데 아들이 친구와 함께 복도에서 잔다고 했다. 춥다고 걱정을 많이 했는데 방안에 있는 친구들을 배려하는 마음을 알아서 그냥 자도록 했다. 백두를 하면서 많이 성장한 아들을 생각하면서 흐뭇한 마음으로 첫째 밤을 보냈다. _김인현

■— 마을회관에서는 미리 도착한 기획대장님을 비롯하여 아빠들이 고기를 굽고 계신다. 아이들은 맛있게 저녁을 먹고 있다. 새로 숯을 피우려는 척하다가 더 고수에게 넘겨주고 슬그머니 동네 구경에 나선다. 옛날 같으면 깡촌이었을 마을에 젊은 이장님의 노력으로 농사체험과 같은 프로그램을 개발하여 방갈로, 폐교를 이용한 펜션까지 만들어 많은 사람들이 와 있다. 우리네한테는 별로 달갑지 않지만 주민들 입장은 조금 다를

것이다. 아마도 백두대간도 한 몫을 하였으리라.

마을을 휘 둘러보고 돌아와 보니 아이들은 거의 다 먹었고 일단의 아빠들이 한잔하고 있다. 고기 굽느라 수고하시는 아빠들을 모른 체하고 술자리에 끼어든다. 맥주는 시원해야 맛있는데 미지근하여 할 수 없이(?) 소주를 타 마신다. 마침내 기획대장님이 술자리에 합류하여 미안한 마음을 조금 줄여주신다. 후미 버스가 도착하자 고기가 모자란다. 부지런한 진우빠는 직접 주방에서 팬에 고기를 굽고 계신다. 나는 아직도 술자리에 그대로……. 개미떼를 보면 일부만 열심히 일하고 나머지는 왔다갔다만 한단다. 아마도 나는 왔다갔다만 하는 개미군에 속하리라. _유영인

■—— 남편과 나는 선두 그룹의 후미에서 천천히 산행을 즐긴다. 앞으로 사람이 없어 호젓하고 뒤로 사람이 없어 마음이 평온하다. 오직 '너무 좋다'는 생각뿐. 아침을 먹고 서봉을 거쳐 남덕유산에 올라 조망을 하고 월성재에서 점심을 먹었다. 다시 삿갓봉을 향해서 걷는데 슬슬 신호가 온다. 다리가 무거워지고 손에 잡힐 듯한 삿갓봉은 자꾸 뒤로 밀리는 것 같다. 민령에서 깃대봉에 오르던 그 힘든 상황의 재현인 듯 느껴진다.

그래도 시간은 가고 우린 어느덧 삿갓재대피소에 와 있다. 여기서 딱 멈추면 얼마나 좋을까마는 내리막길로 4.2킬로미터를 더 가야 한다고 무심한 이정표는 발길을 재촉한다. 태고의 자취가 남아 있는 계곡을 끼고 우린 풀린 다리를 휘청이며 힘들게 힘들게 마을에 도착한다. 13시간 20분. 우리가 걸은 시간이다. 예상시간은 13시간. 우리의 전략은 아주 성공적이었다.

내려와 밥을 먹으며 난 생각했다. 지금 이후로 도착하는 사람들 그리고 마지막으로 도착하는 사람들한테 뜨거운 박수를 보내야 한다고. 모두 다 최선을 다했지만 특히 체력이 안 되는 사람들은 몇 배의 노력을 더 필요로 한다. 늦게 도착하는 건 앞서 도착한 사람들에게 미안해할 일이 아

니란 걸 알았다. 우리가 전략을 세운 건 우리를 위한 일이 아니었다. 우리보다 앞서 도착한 사람들한테 미안해서였다. 이런 전략 따윈 필요치 않다는 걸 앞서 도착해서야 깨닫게 되었다. _**이희자**

■ ─── 곤돌라를 타고 설천봉에 올랐습니다. 처음 타보는지라 신기하긴 했지만 마음 한구석은 영 불편했습니다. 걸어서 올라가자고 할 것을……. 향적봉, 향기가 쌓여 만들어진 봉우리란 뜻이겠지요. 그렇다면 무슨 향기를 그리 많이 쌓아올렸기에 1,600미터가 훌쩍 넘는 높디높은 봉우리가 되었을까요. 향적봉에서 백암봉으로 이어지는 길을 걸으면서 이 물음에 어렴풋하나마 답을 할 수 있었습니다. '살아 천 년, 죽어 천 년'을 간다는, 그 장한 주목이 껴안고 있는 세월의 향기였을 겁니다. 하늘을 향해 꼿꼿이 선 하얀 주목은 바람의 흔적을 고스란히 간직한 채 범접하기 어려운 격조를 자아내고 있었습니다. 그 아래에서 막 꽃을 피워올리기 시작한 철쭉이 주목이 들려주는 세월의 이야기를 듣고 있었습니다.

이곳 고산지대의 나무들은 이리저리 뒤엉킨 모양새를 하고 있습니다. 아마도 바람과 추위를 견디면서 터득한 생존 방법인지도 모르겠습니다. 그 모양을 우두커니 바라보면서 티베트고원과 라다크에서 살아가는 사람들을 생각했습니다. 바람에 쓸리고 추위에 할퀴우면서도 강인한 생명력을 잃지 않는, 마음이 부처를 닮아 아름다운 그 사람들 말입니다. 바람이 읽어주는 불경을 들으면서 느린 삶을 말없이 실천하는 그 사람들 말입니다. 우리를 길들여온 문명의 속도가 차마 침범하지 못할 것 같은 시간과 장소에 사는 그 사람들 말입니다. 아마도 하늘과 바람과 돌과 풀이 그들의 스승일 겁니다. 길가에 선 나무들과 그 나무들이 딛고 선 자주솜대들이 그 '오래된 미래'를 들려주고 있었습니다.

동엽령에서 무룡산을 지나 삿갓골재로 이어지는 길은 그야말로 '구름 위의 산책로'였습니다. 스무 걸음을 채우기도 전에 자꾸만 발길을 멈춥니

다. 하늘을 보고, 바위를 보고, 바람이 전하는 이야기를 듣고 싶었던 것이
지요. 푸른 하늘은 눈에 담기가 미안할 만큼 맑고, 검은 바위는 어떤 포용
도 거부하는 듯 우람하고, 바람은 가슴 한 켠이 아릴 정도로 서늘합니다.
그리고, 눈이 해맑은 사람의 몸에 똬리를 튼 병마(病魔)를 씻어달라고 하
늘에, 바위에, 바람에 빌고 싶었습니다.

　물소리를 들으면서, 검은등뻐꾸기의 노래를 들으면서 어제 그 길을
다시 내려왔습니다. 너럭바위 사이에 흐르는 물에 발을 담그고, '짐승의
시간'을 살아온 사내의 이야기를 듣습니다. 그의 손등은 무룡산 바위만큼
이나 단단하고 거칩니다. 그가 간직한 고통의 기억을 헤아릴
길은 없지만 손등과 얼핏 보이는 얼굴의 흉터
로 간신히 그 깊이를 잴 수는 있을
듯합니다. 도열해 있는 다
릅나무, 함박꽃나
무, 개벚나

무, 박달나무, 다래나무, 서어나무, 산뽕나무, 개암나무, 고추나무, 졸참나무, 굴참나무, 비목나무, 생강나무, 물푸레나무, 당단풍나무, 쪽동백나무, 고로쇠나무, 산초나무의 환성 속에 30킬로미터 가까운 길이 끝났습니다. 산초나무 이파리를 따 코끝에 댔더니 밀려나 있던 피로감이 싸하니 되밀려옵니다. _정선태

■── 평소에 주변 사람들에게 산을 좋아한다고 말하곤 했습니다. 산을 잘 타는 것도 아니고, 자주 산을 찾는 사람도 아닌데 왜 그런 말을 했을까요. 생각해 보니, 그냥 산은 막연한 끌림이요 편안한 느낌을 주는 대상일 뿐이었는데, 굳이 그 막연한 느낌의 근원을 찾는다면 어린시절 자랐던 고향의 영향인 듯합니다.

천마산 자락의 작은 마을이 지금은 거대한 신도시로 탈바꿈해서 원형을 찾기 힘들게 되었지만 어린시절 추억의 끄트머리엔 그리 높진 않으나 작지도 않았던 이름 모를 산들이 늘 함께 있었습니다. 마을 뒷편에 있어 그냥 이름도 '뒷산'이라 불리던 그곳에서 나물도 캐고 칡뿌리 뜯어 먹고, 머루랑 개암이랑 따먹으며 진지를 짓고 놀던 기억이 어렴풋이 남아 있습니다. 그런 막연한 끌림과 친근감으로 산을 좋아하노라 말하지만, 정

작 산에 오른 경험은 열 손가락이 꼽히질 않는군요. 고등학교 때 천마산, 유명산을 한두 번 가본 것이 고작이고, 대학 시절 한라산, 설악산, 울릉도 성인봉을, 졸업 후 북한산을 친구들과 한 번 갔다 온 것이 20대의 마지막 산행이었답니다.

그리고 결혼하고 촘촘히 아들 삼형제 낳아 기르느라 10여 년의 세월이 지나버린 후, 덜컥 병을 얻게 된 남편과 함께 찾은 곳이 광교산이었습니다. 그때의 우리는 정상인 시루봉에도 못 오를 정도로 많이 지치고 약해져 있었지요. 기껏해야 토끼봉까지 소꿉놀이하듯 토닥거리며 올라 더운 땀을 식히며 정자에 걸려 있는 나옹선사의 선시를 읽은 후에야 마음을 다스리며 터덜터덜 내려오던 기억들……. 그 후 다시는 산을 찾는 일은 없을 것만 같았습니다.

아들이 이우학교에 합격하는 일만 없었더라면, 아마도 정말 그러지 않았을까 싶습니다. 일부러 나를 위해 산을 찾을 만큼의 여유도, 혼자서 아이들을 이끌고 산에 다닐 의욕도 용기도 없었으니까 말이지요. 그런데 이우 합격을 통보 받은 이후 제일 먼저 생각난 것이 '백두대간'이었습니다. 혼자서는 자신 없지만, 아이들과 학부모들과 함께라면, 함께라면 '꼭! 해·보·고 싶다!!'는 강렬한 욕망이 가슴 저 밑바닥에서부터 꿈틀거리며 일어났습니다.

그런데 제대로 착각을 한 듯싶습니다. 처음엔 물론 힘들지만, 한 번 두 번 횟수가 더해지다 보면 몸도 산에 적응되고 그래서 점점 더 날렵하게 산을 탈 것이라고 자신했었거든요. 그런데 이상합니다. 웬일인지 코스의 난이도를 떠나 갈 때마다 별반 차이 나지 않게 힘들고, 늘 비슷한 정도로 인내심의 한계를 느끼게 됩니다. 오히려 속도는 더 늦어져서 처음엔 선두는 아니더라도 중간 이상의 대오를 유지했는데 점점 뒤로 밀려나 5차 산행은 후미, 6차 산행은 최후미가 되고 말았습니다. 아직도 내 몸은 산에 적응하지 못하고, 내 정신은 겸허하지 못한 것 같습니다.

전 지금 아픕니다. 웃을 때마다 기침할 때마다 움직일 때마다 아파 죽겠네요. 유난히 아름답기도 했지만, 유난히 돌이 많아 내 혼을 쏙 빼놓았던 덕유산에서, 미끄러져 암벽에 부딪힌 옆구리가 제대로 탈이 나고 말았답니다. 처음엔 물집이 잔뜩 잡힌 발과 시큰하고 뻐근한 무릎에만 신경이 쓰여서 몰랐는데 며칠 지나서 통증이 몰려오기 시작하네요. 오늘 아침 엑스레이를 찍어 보니 다행히 눈에 띄는 이상은 없대요. 설령 갈비뼈에 실금이 갔다 하더라도 방법이 없다니 그냥 시간이 지나 통증이 그치길 기다리는 수밖에 없어요.

그런데 그 말을 듣고 마음이 초조해집니다. 이 주 안에 빨리 나아서 다음 산행에 꼭 갈 수 있어야 할 텐데, 그때까지 아파서 못 가게 되는 거 아냐? 하, 내가 그래도 이 정도는 아니었는데, 이렇게 백두대간에 목매는 심경은 아니었는데, 왜 그러지? 기획대장님이 이번 산행의 주제를 '불타는 초록'이라고 명명했을 때부터 알아봤어야 했습니다. 아, 어찌 이런 아찔한 제목을 지을 수 있단 말인가요. 한마디로 저는 초록이 불타는 덕유산에 홀려서 점차 중독 증세로 나아가는 중인 것 같습니다.

삿갓재대피소에서 황점마을로 가는 고난의 돌길을 두 번이나 내려오면서도 계곡 물에 발 한번 담가 보지 못할 정도로 여유가 없이, 온몸을 절뚝대며 꼴찌로 들어와 놓고는 말이지요. 동천동으로 올라오는 버스 안에서부터 시작한 초록의 향연은 장소를 불문하고 눈을 감으나 뜨나 환영처럼 계속해서 저를 따라다니네요. 그 너른 덕유평전에서 맛보았던 아이스크림보다 시원하고 맛있는 바람, 맑고 푸른 하늘 속에 수놓은 구름들, 잎새 하나 없이 말랐어도 품격 그 자체인 주목, 초록빛 원추리 군락, 잎새도 꽃잎도 색깔도 제각각인 야생화들, 날 아프게 했어도 결코 밉지 않은 바위며 돌들이 자꾸 나에게 손짓하네요.

한마디로, 미치겠습니다. 아, 어찌해야 할까요? _**박경옥**

07

망중한

7차 산행의 주제는 '망중한(忙中閑)'입니다. 저는 아직도 아무리 쉬운 코스든, 짧은 거리의 산행이든 힘이 듭니다. 정말이지 매번 산행이 어렵습니다. 아무리 많은 산행을 한다 해도 이건 변하지 않는 진리 같습니다. 다만 힘든 중에도 이 대자연 속에서 많은 것을 느끼고, 많은 추억을 가슴에 남기려고 노력하고 배워갈 뿐입니다. 이제는 우리 백두8기 가족들도 앞사람의 모습만 따르던 산행에서 벗어나 즐기는 단계의 산행으로 진화하고 있다는 징후들이 여기저기서 발견됩니다. 아주 바람직한 현상입니다. 이번 7차 산행은 우리에게 많은 것을 들려주고, 보여주고, 느끼게 해주는 코스가 될 것 같습니다.

선배들은 역주행을 했던 코스인데, 우리 백두8기는 산행을 최대한 즐길 수 있도록 순주행 코스를 선택했습니다. 고문대장님은 이 코스를 '구름 속의 산책' 코스로 표현하던데, 좀 과장된 표현이긴 해도 여타의 코스보다는 평이하지 않을까 생각해 봅니다. 그럼 산책하실 준비 됐나요?

산행일시 **2012년 6월 9일**

산행코스 **백암봉 · 귀봉 · 횡경재 · 싸리등재 · 못봉 · 월음령 · 대봉 · 갈미봉 · 빼재(신풍령)**

"다시 덕유산, 구름 속의 산책"

■── 곤돌라를 타고 올라가 보니 구름이 엄청 많았다. 구름 속을 들어갔는데 시원했다! 이번 산행이 구름 속의 산책이라던데 구름을 보니 정말 맞는 것 같았다. 단, 그때부터 한 시간 동안만이었다. 한 시간 동안은 걸을 만했는데 그 다음부터 급경사가 시작되었다. _윤해솔

■── 점심 시간에는 입맛이 없어서 굶고 '돈까스놀이'를 했다. 진짜 재미있었다. 힘들어서 땀을 삐질삐질 흘리며 가고 있을 때 최선두가 도착했다는 무전소리를 들었다. 그래도 우리는 선두그룹이니까 얼마 차이가 안 날 거라고 자기최면을 걸면서 계속 걸었다. 중간에 길이 헷갈려서 신영이한테 전화했더니 아주 아주 친절하게 가짜로 길을 알려줘서 길을 잃었다가 어떤 아저씨에게 구조되었다. _유다연

■── 줄을 잡고 내려가는 내리막길이 있었다. 거기서 미끄러져 넘어졌는데, 그 상태로 썰매를 탔다. 재미있기도 했지만, 엉덩이가 매우 아팠다. 그것 때문에 계속 웃다가 슬라이딩도 하고. 덕분에 재미있게 내려올 수 있었다. 끝에 큰 산 하나가 있었는데 길이 두 갈래여서 내려가야 될 것 같아 밑으로 막 달려 나가고 있는데, 위에서 선배 목소리가 들려왔다. "거기 아니야! 올라와!!" 우리는 정말 충격을 받았다. 그래도 중간에 돌아와서 다행이지, 선배하고 아저씨가 우리를 못 봤으면 길을 잃을 뻔했다. 앞으론

길이 두 개 있으면 무조건 아저씨가 오기를 기다려야겠다. _임예진

■── 점심을 먹을 때 속이 좋지 않아서 거의 먹지 못했다. 그래서 그런지 산행 중간중간 배에서 꼬르륵 소리가 났지만, 대장님을 만나서 이야기 해 보니 도착하면 라면파티를 한다고 하였다. 그 소리를 들은 뒤로 인서, 규연이와 함께 질주를 시작하였다. 결국은 선두와 함께 도착했다. 도착하니 꼬르륵 소리는 더 심했고, 정신없이 라면을 먹어치웠다. _천신영

■── 이번 산행은 쉬웠다. 저번에 갔던 길이라서 더 쉬웠다. 빼재로 가는 데 처음엔 '때재'라고 들어서 이상했었다. 계속 올라가 삿갓재로 가는 곳에 도착했다. 그런데 이번에는 왼쪽 방향으로 갔다. 돌이 많아서 넘어질 뻔한 곳이 많았다. 별로 어려운 구간은 없었다. 쭉 올라가는 곳이 있었는데 그곳이 가장 어려웠던 것 같다. 쉬엄쉬엄하면서 간식을 먹었다. 그리고 계속 말하면서 가니까 금방 도착했다. 이번에도 새와 대화를 하기 위해 휘파람을 불었는데 휘파람이 잘 안 나와서 못했다. 다음에 다시 새와 대화를 시도해 봐야겠다. _홍준범

■── 주현이와 같이 가는데 사진을 아주 많이 찍었다. 그리고 주현이에게 많은 질문을 했다. 식물에 관한 것, 동물에 관한 것, 이 우주의 질서에 관한 것 등등 대체로 이 세상의 균형에 관한 이야기를 하면서 산을 올랐다. 산을 타다가 종승이가 준형이 때문에 다쳤다. 준형이가 종승이 말대로 새치기를 하지 않았으면 이런 일이 일어나지 않았을 거다. _이정인

■── 마지막 구간은 언덕들 때문에 헉헉거리면서 겨우겨우 올랐다. 우진이의 감미로운(?) 목소리 덕에 흥겹게 걸었고, 무엇보다 신영이가 불어준 오카리나가 신기했다. 신영이 말로는 오카리나가 다른 나라 말로 새소리

라 하는데, 닮은 듯 안 닮은 듯하였다. _**김주현**

■── 오르막길만 한 시간이 지속되는 곳과 각도 높은 흙길을 올라갈 때
가 힘들었다. 힘든 것을 잊기 위해서 노래를 부르며 산을 올랐다. 노래를
부르니 힘도 덜 드는 것 같기도 하고 재미도 있어 좋았다. 하지만 노래 때
문인지 나중엔 또 다시 조금씩 속도 차이가 나기 시작하면서 또 아까처
럼 다른 사람과 멀어졌다. 그렇지만 개의치 않고 산을 탔다. _**강우진**

■── 힘든 산을 타면서 많은 자연을 보았다. 난생처음으로 산거머리를 보았다. 처음에는 민달팽인 줄 알고 집으려고 했는데 떼어지지가 않았다. 어느 아주머니가 산거머리란다. 난 깜짝 놀라서 거머리를 만졌던 내 손을 동섭이 옷에 닦았다. 그렇게 미친 듯이 산을 오르고 나서 드디어 정상 비슷한 곳에 올랐다. 아침에는 추워서 바람이 불지 않았으면 했는데 정상에서 부는 바람은 꿀맛이었다. 정상에서 이제 내려가기 시작했다. 내려가는 것도 문제였다. 비탈길이 많아서 자주 미끄러지고 넘어졌다. 그리고 내리막길인데 왜 오르막길이 있는지 모르겠다. _**박준형**

■── 길이 찾기 쉬워서 잃어버릴 일은 없었다. 가는 도중 뒤에서 따라 오는 사람이 있어서 우리는 기다릴 겸 휴식을 취했다. 그리고 다시 출발하였다. 오르막길이 나오자 나와 원준이는 달리기 시작하였다. 힘들었다. 그래서 가는 도중 쉬었다가 다시 뛰어 올라갔다. 그렇게 나와 원준이는 단 둘이 중간부터 끝까지 산행을 하였다. 우리가 가장 앞이라는 사실이 기뻤다. 휴게소에 도착한 후에 컵라면을 두 개나 먹었다. 열심히 등산하고 먹으니 맛이 끝내줬다. _최효빈

■── 망중한. 바쁜 가운데 한가함을 즐긴다는 뜻이다. 6차까지는 힘들었지만 이번 산행은 쉽다는 것을 나타내는 것 같았다. 산행거리 약 13킬로미터. 비가 온 후여서 안개가 끼고 습해 땀도 많이 흐르고 앞도 잘 안 보였다. 향적봉을 지나 덕유평전을 걸을 때는 안개가 많이 걷혀서 멀리 보이는 평평한 길이랑 풀과 꽃이 멋졌다. 송계삼거리에서 신풍령까지는 11킬로미터. 오늘은 빨리 끝나겠다 싶었다. 대봉을 오를 때와 갈미봉을 오를 때는 발을 헛디뎌서 넘어지기도 했다. 대자연 휴게소에 와 보니 먼저 온 신영이와 내 동생 종목이가 라면을 먹고 있었다. 1학년짜리가 나보다 빠르다니. 내 동생이 최고로 멋져 보였다. 종목이는 내 친구들이 좋은지 낄낄대며 장난을 쳤다. 동생 장난을 모두 받아주는 내 친구들이 고마웠다. _이종승

■── 기획대장님이 이번 산행은 산책이라고 했는데 산책을 무슨 몇 시간 동안 하는지 너무 힘든 산책이라고 생각했다. 특히 마지막 부분에 언덕 두 개가 있는데 그곳이 난코스였다. 이 난코스를 나는 신영이, 인서와 함께 추격전을 벌이듯 달렸다. 산에서 달려 보지 않은 사람은 말을 하지 말아야 한다. 진짜 무슨 느낌인지 모를 것이다. 오르막길에서도 달렸고 내리막길에서도 달렸다. 그때 그 느낌을 잊을 수가 없다. _김규연

■── 우리 산행의 목표지점이 1킬로미터 정도 남았을 때 뒤에서 다리를 다친 권서용을 도우러 가는 기획대장님의 가방을 모두 번갈아 가며 메다가 내가 기획대장님의 가방을, 준형이는 내 가방을 멨고, 우리들은 준형이의 가방을 돌아가며 멨다. 그러다 동섭이가 준형이의 가방을 메고 계속가겠다고 해서 그렇게 했다. 거의 반 정도 왔을 때 송전탑이 있었는데 우리 넷 모두 다 속아 넘어갔다. 우리는 그곳에 있는 문을 휴게소 문인 줄 알았던 것이다! **_김상아**

■── 다리를 다쳤다. 그것도 '또' 다쳤다. 업혀서 내려오기까지 했다. 업혀서 내려올 때의 그 기분은, '창피함' 그 자체였다. 아저씨들도 이렇게 무거운 나를 업고 내려오다니, 신기할 따름이다. 이번에는 꼭 넘어지지 않겠어! 라고 다짐했지만, 마음과는 다르게 넘어지고 말았다. 그래서 결국 발목보호대 생활은 몇 주 더 이어지게 되었다.

하긴, 이번에는 나도 발목이 다친 주제에 조금 빨리 간 것 같기도 하다. 조금 더 천천히 가야 했을까? 아니, 천천히 가도 다쳤을 것 같다. 아아, 결국 백두 좀 더 빨리 가려다가 결국 더 빠지게 되었다.

돌아와서 보니 그렇게 크게 다친 건 아니고, 병원에 갈 정도는 아니어서 그냥 파스만 뿌리고 잤다. 파스를 뿌리고 자니까 한결 나은 느낌이었다. 발목보호대 하니까 생각났는데 다쳤을 때 했던 테이핑이 도움을 많이 줬다. 테이핑을 하니까 훨씬 덜 아파서, 약간은 걸을 수 있었던 것 같다.

덧붙여, 날 힘들게 업어주신 분들과 가방을 들어주신 분들께 진심으로 감사드린다. 안 그랬다면 산을 어떻게 내려왔을까? **_권서용**

■── 별 어려움이나 특별한 생각 없이 즐기며 다녀온 것 같다. 규연이와 떠들기도 하고, 신영이와 뛰어오기도 하고, 잠시 혼자 있기도 하였다. 스틱마저 가방에 넣었으면 그 무게만큼 더 많은 것을 볼 수 있었을 것 같다.

하지만 한 가지 약속을 어겼다. '혼자 가는 것'이 그것인데, 그래도 친구들과 재미있고 더 활기차게 갔으니 좋았던 것 같다. 다음에는 좀 후반쯤에 혼자 갔으면 좋겠고 너무 급하게 가느라 많은 것을 놓치고 싶지 않다. _**이인서**

■—— 선두로 내려와 후미를 기다리는 시간 동안 혜인이랑 나는 음악도 듣고 이야기도 나누며 참 즐거웠다. 버스에서 집으로 돌아오는 순간 계속 이렇게 쉬우니깐 다음번 산행은 갑작스럽게 힘들어지는 것 아닐까 하는 두려움이 밀려왔다. 하지만 내일 일은 내일 생각해야지. '바람과 함께 사라지다'의 스칼렛 오하라처럼. 아무리 넘어야 할 산이 높고 험해도 열심히 해서 꼭 선두를 지킬 것이다. _**김수련**

* * *

■—— 5~6년 전쯤의 추운 겨울 어느 날, 매서운 강풍을 맞으며 한 남자와 나는 이곳 곤돌라 승차장에 서 있었다. 몰아치는 바람으로 운행이 중지된 곤돌라를 원망스럽게 바라보며 차마 떨어지지 않는 발길을 돌려 삼공리 들머리부터 백련사를 거쳐 두 시간이 넘는 길을 하얗게 쌓인 눈을 헤쳐 가며 향적봉에 올랐었다. 사실 향적봉엔 가지 않았다. 눈 산행에 지쳐버린 나는 향적봉 대피소에서 라면을 먹으며, '가면 뭐 하나', '향적봉에 가면 그 길을 다시 되짚어 내려와야 하지 않느냐' 하며 못내 아쉬워하는 한 남자의 발길을 동엽령 쪽으로 돌려버린 적이 있다.

그로부터 5~6년의 세월을 덕유산 정상비를 보지 못한 한 남자의 서운함을 죄책감(?)을 갖고 같이 겪어주어야 했다. 드디어 죄책감에서 벗어날 그 날이 왔다. 그동안 나의 백두8기 예찬과 '망중한'이라는 이번 산행 주제에 마음이 동한 한 남자, 우리의 백두에 첫 발을 들여 놓았다. 두~둥! 곤돌라는 부드럽게 움직인다. 신난다. 에헤라디야……. 곤돌라 안에서 초등학교 1학년인 지연이 동생이 말한다. "엄마 무서워!" 내가 답한다. "5분 무서운 게 세 시간 힘든 것보다 훨 낫단다. 조금만 참으렴." 그럼, 그럼. 백 배 만 배 낫고 말고.

난 산행 시 처음 한 시간이 가장 힘들다. 그 다음은 그다지 쉬지 않고도 관성에 의해 그냥 그냥 움직여지는데 시작은 항상 힘들다. 숨이 가쁜 정도가 아니다. 중봉에 도착할 때까지 가슴에 통증이 심하게 느껴졌다.

향적봉에 도착해 뿌듯하게 정상석을 바라보는 어느 한 남자의 흐뭇한 표정. 더불어 가벼워지는 내 마음 한 켠의 무게. 구름 속에 덮인 덕유를 인간인 듯 신선인 듯, 하얗게 몰려와 순식간에 사라지는 안개 속을 무아지경으로 걷는다. 초록이 뒤덮인 덕유. 내가 처음 덕유를 만난 느낌은 관능미였다. 히말라야의 웅장함도, 알프스의 장쾌함도 아닌 덕유만의 관능. 사실 그 전까지는 관능미가 뭔지도 몰랐는데 덕유의 산세를 처음 접하고 난 왜 이 말을 떠올렸을까. _김선현

■── 향적봉에서 바라본 백암봉의 모습은 정말 장관이었다. 구름이 마치 안개처럼 피어오르고 흘러내리고, 그 장관 아래 지난 산행 때는 못 보았던 노란 들꽃들이 예쁘게 피어 있었고, 시원한 바람에 흔들리며 한 폭의 바탕화면이 눈앞에 펼쳐진다. 후미까지 도착해서 삼삼오오 사진촬영도 하고, 물도 마시고 백암봉을 향해 출발한다.

향적봉에서 중봉(1,594m)을 지나 백암봉 가는 길은 대체로 쉬운 내리막길이고, 주목과 고사목들이 발걸음을 멈추게 한다. 바람과 구름 속의 산책이라고 하기에 알맞은 코스다. 특히 중봉에서 바라본 덕유평전은 마음을 편안하게 해주고 지금까지의 삶을 되돌아보게 하는 신령한 장소 같다. _김상관

■── 설천봉에서 향적봉을 거쳐 덕유평전으로 가는 길은 지난번 6차 2

일차 때 본 모습과 또 달라 보였다. 구름이 넘어가는 모습과 원추리, 국수나무꽃들과 주목의 조화는 국립공원이라는 이름에 걸맞은 만큼 매우 아름다운 대자연의 비경이었다. 중봉에 올라 바라보는 모습은 더 멋있었다. 중봉에서 내려와서 백암봉을 가는 길에 다시 단체 사진을 찍었다. 백암봉에서 마루금을 타고 귀봉으로 가는 길목에 열한 시 반쯤 선두에서 점심을 먹겠다고 했는데, 배가 고프지 않아서 우리는 그냥 계속 가다가 금방 선두를 만나서 점심을 함께 먹었다. 점심을 먹으

면서 예린맘의 생일 축하 노래를 다 같이 불렀다. 함께하는 즐거움, 이제 정말로 백두와 더불어 모두가 가족이 된 듯한 느낌이었다. 중봉을 거쳐서 한참을 가다 보니 하늘이 점차 개기 시작해 정말 아름다운 하늘을 볼 수 있었다. 빼재 쪽에서 올라오는 등산객들과 만나며 서로 인사를 나누며 갔다. _김인현

■── 모처럼 한가한 산행이라며 '망중한'의 타이틀을 단 이번 산행에 동참하지 않겠냐는 남편의 은근한 권유가 마음을 움직였다. 이미 나는 산다운 산을 가본 지 오래였고, 별일 아닌 일을 해도 숨이 가쁜 저질 체력을 가지고 근근이 살아가던 터라 내심 걱정스러웠지만, 능선을 타고 가

는 코스라는 말에 혹해, 말로는 '지원산행'을 해주겠다고 허풍을 떨면서 덜컥 가겠다고 나섰다.

가자고 할 때는 덧붙이지 않더니, 간다고 하니 능선코스라 해도 산 하나의 능선이 아니라 산을 몇 개 넘는 거라 생각해야 한다는 등 일주일 동안이라도 체력을 기르라는 등 조용한 압박이 어깨를 짓누르기 시작했다. 바닥난 체력이 일주일 동안 생기겠는가? 완주를 못하고 실신을 하면 업고 내려온다는 남편의 약속을 받아내고 드디어 7차 산행에 합류하였다.

곤돌라 밑에서 아침밥과 함께 산이 뿜어내는 정기도 온몸으로 받아먹고 곤돌라를 타고 올라 산행을 시작하였다. 20여 년 전 겨울, 눈꽃이 뭔지를 확실히 보여주었던 하얀 덕유산은 잊지 못할 명장면이었다. 거기가 그때 그 덕유산 자락인지 아닌지는 그다지 중요하지 않았다. 어쨌든 내가 덕유산에 다시 발을 딛고 서 있다는 것만으로도 감회가 새로웠고 코끝이 찡했다. 몸이 성치 못한 큰아이를 데리고 수차례 수술실 앞을 서성이던 시절에는 수술의 성공 여부와는 상관없이 아무런 희망도, 기쁨도 없는, 반쯤은 넋이 빠진 허깨비였으니 말이다. 그때 잃었던 밥맛과 생기를 이나마 되찾기까지 얼마나 오랜 시간이 걸렸는지…….

심기일전, 심호흡을 하고 선두그룹에 따라 붙었다. 그래야 내 페이스로 가도 꼴찌를 면할 수 있을 것 같았다. 꼴찌라는 타이틀 때문이 아니라나 때문에 많은 사람들이 기다릴 생각을 하면 너무 미안하고 부끄러울 테니까.

두 시간 가량은 그럭저럭 선두 쪽에 붙어, 쉬지 않고 조잘대는 아이들의 용솟음치는 생기와 활기를 반쯤은 부러워하고 반쯤은 괴로워하면서 따라갈 수 있었다. 그러다 봉우리를 세 개쯤 남기고 내려오는 능선에서 오른쪽 무릎에 이상이 생겼다. 걷는 속도는 점점 느려지고 내려가는 길은 그야말로 쥐약이었다. 전에는 누가 오르기보다 내려가기가 더 힘들다고 하면 이해를 할 수가 없었다. 그때는 나도 아이들처럼 산에서도 뛰는 듯 걸었으니까. 이번엔 올라가기보다 내려가기가 얼마나 힘이 든지 확실히 알았다. 앞으로는 동네 뒷산이라도 오를 땐 무릎보호대가 필수장비가 될 것이다.

막판에는 평탄한 길이 나와도 걷기가 어려웠다. 후미에서 앞서거니 뒷서거니 했던 진우네, 규연이네 식구들도 사라져 버리고 나니 허전하기 짝이 없었다. 뒤에서 웃고 떠드느라 움직일 생각이 없어 보이던 1학년 세 명의 남자 아이들이, 링거 맞는 환자처럼 걷는 나를 따라붙어 끝까지 내 귀를 괴롭혔지만 피할 수가 없었다. 여덟 시간 산행을 하고도 아무렇지 않게 떠들 수 있다는 게 신기할 뿐이었다.

결혼 후 한 번도 꺼내보지 않았던 마음속 '산 사랑의 추억 앨범'을 이번 산행을 통해 열어본 것 같다. 산, 아직도 그대는 내 사랑 맞다. **_임지수**

■—— 산길을 걸으면서 나는 그를 생각합니다. 나의 분신인 그를 추방하고 지내온 세월이 깊은 회한의 그림자를 끌면서 지나갑니다. 자기 안의 상처를 도려내는 방법이 달리 있을 리 없습니다. 상처와 마주하고 대화하면서 다독이는 길밖에 없지 않겠습니까. 상처들을 후벼 파고, 도려낸 다음에 남는 '나'란 과연 '무엇'일까요. 아픔이든 상처든 그것 역시 '나'의 일부분일진대 나는 어찌 그다지도 가혹하게 내 몸과 내 맘을 괴롭혔던 것일까요.

나는 긴 유배의 생활을 마치고 내 앞에 선 그의 몸을 떠올립니다. 산길은 내가 그와 만나는 참으로 소중한 장소입니다. 오르막을 오르는 오른쪽 다리에 힘이 실립니다. 정상적인 것과 비정상적인 것을 가르는 권력과 지식의 행패에 맞서는 방법은 정상적인 것과 비정상적인 것의 경계를 허무는 것입니다. 그 경계에서 춤을 추는 것입니다. 물론 쉽지는 않겠지요. 산길에서 나는 조금씩 경계에서 춤추는 법을 배워가고 있습니다.

월음재를 지나 대봉을 오르는 길, 여덟 살 종목이가 종종걸음을 치며 걷더니 묻습니다.

"아저씨, 얼마나 올라가야 해요?"

"……"

"지금까진 쉬웠는데 왜 이렇게 오르막이에요?"

"인생이 그렇지 뭐. 안 그래?"

"……. 어떻게 알아요!"

"인생이 그런 거야."

"그럴지도 모르죠."

그럴 듯하지요? 오늘도 종목이는 나의 스승입니다. 사십 몇 년의 시간을 건너뛰어 나와 종목이는 꽤나 철학적인 대화를 나누면서 길을 걸었습니다. 백두8기가 낳은 두 '신동'의 내밀한 대화는 침묵 속에서도 이어집니다. 그 말없는 대화 속에서 나의 오른쪽 다리는 깊이 감춰져 있던 리듬 감각을 회복하기 시작했습니다. _정선태

향수 또는 바다에 대한 그리움

8차 산행부터는 속리산 구간으로 접어듭니다. 본격적으로 암릉구간도 많아지고 내륙 깊이 들어간다는 느낌이 물씬 나는 구간입니다. 하여, 8차 산행 주제를 '향수 또는 바다에 대한 그리움'이라 명명합니다.

반도의 깊숙이 들어갈수록 바다는 점점 멀어지고 바다에 대한 그리움은 배가 됩니다. 첩첩한 연봉과 기암괴석을 바라보면서 초록 바다에 대한 향수를 떠올려보고, 장엄하리만치 아름다운 산의 경치를 만끽하면서 동시에 가슴을 탁 트이게 하는 바다를 향한 그리움의 편지를 자신의 마음밭에 써보시기 바랍니다.

산행일시 **2012년 6월 23일(토)**

산행코스 **화령재 · 윤지미산 · 신의터재**

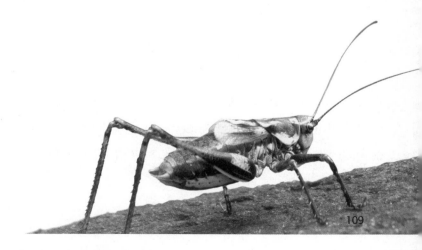

"길고 험했던 헛돌이 그리고……"

■── 이번 산행은 뭔가 못미더웠다. 원래는 갈령삼거리에서 봉황산까지인데 길을 잘못 들어서 버스를 타고 이동, 화령재에서 신의터재까지로 코스를 변경했다. 화령재에서 신의터재까지는 10킬로미터인데 아침에 봉황산까지 걷다가 길을 잘못 들어서 이곳으로 오기 전까지 걸었던 게 허무하게 느껴졌다.

화령재에서 윤지미산까지는 높은 절벽길이 이어졌는데, 나는 개인적으로 암벽 타기를 좋아하는 터라 즐기면서 노래까지 부르며 갔다. 윤지미산에서 점심을 먹고, 신의터재를 향해 출발했다. 10분쯤 걸었을까? 포장도로가 나와서 뛸 듯이 기뻤지만 곧 다시 산길로 접어들었다.

무성하게 자란 풀들을 헤치고 지나갔다. 길을 걷다 보니 무성히 자란 풀들 사이에서 튀어나오는 날파리들과 '신종' 곱등이까지 딱 사람들이 싫어할 만한 조건을 갖추었다. 하지만 사람들이 이런 조건을 마다하지 않고 산을 찾는 건 정상에 오른다는 생각과 체력의 한계를 넘어서 높은 산을 넘은 다음 자신과의 싸움에서 이겼다는 성취감 때문인 것 같다. 산은 이런 점이 매력인 것 같다. **_이종승**

■── 내려서 체조 후 헤드랜턴을 꺼내야 했는데 배낭을 뒤져 보니 손에 잡히지 않는다. 할 수 없이 체조를 하고 난 뒤 지곤이와 같이 갔다. 지곤이는 헤드랜턴이 있어서 그 랜턴으로 날 비춰주면서 갔다. 나중에는 지곤

이가 앞에 서서 내게 불을 비춰주면서 갔다. 지곤이가 고마웠다.

돌이 많고 높은 돌도 있어서 네 발을 이용했다. 야만인처럼 네 발을 써서 올라가면서 '우워 우워' 비슷한 소리를 냈다. 슬슬 해가 뜨기 시작하는데, 헤드랜턴을 집어넣고 줄을 잡고 가는 곳이 있었다. 생각보다 재미있었다. 계속 지곤이와 산행을 했다. 그리고 얼마 안 돼서 아침을 먹는 곳에 도착하였다.

계속 이대로 가기로 하고 밥을 먹고 쉬었다. 선두가 출발하고 우리는 또 후미로 갔다. 그런데…… 얼마 안 되어 좋지 않은 소식이 들려왔다. 8시쯤이었나?! 그때 선두가 길을 잃어 모두 다시 모여야 했다. 다행히 먼저 가다가 돌아가지 않고 뒤에 있다 그 자리에서 가니까 차라리 후미에 처진 것이 다행이었다.

그런데 10.9킬로미터를 더 걸어야 한다? 길을 잃었다는 것보다 그것이 진짜 충격이었다. 새벽과 아침에 벌써 힘을 많이 뺐는데……. 다시 걷자니 처음부터 힘들었다. 처음에는 후미로 가다가 선두로 다시 갔다. _홍준범

■── 새벽 3시에 산에 오르기 시작했다. 영원한 나의 적인 오르막길은 어김없이 항상 처음부터 나온다. 허걱허걱 걸어 올라갔다. 이번 선두대장은 고문대장님이 맡으셨다. 주변은 새벽 3시를 약간 넘은 시각이라 어두컴컴했고, 거의 모든 사람이 헤드랜턴을 쓰고 등반을 했다. 나는 헤드랜턴 때문에 어지러웠다. 그래도 저번 산행보다는 쉽기는 했지만 암벽을 타고 다니는 구간이 약간 더 많았다. 겁이 났지만 암벽 타기를 했다. 하다가 보니 겁은 거의 사라졌다. 1학년 친구들과 같이 등산을 하다 보니 랜턴을 꺼도 될 만큼 밝아졌다. 우진이는 버스커버스커의 노래를 부르며 걸었고, 나는 들으며 걸었다. 다행히 이번에는 물집이 생기지 않아서 걷기는 괜찮았지만, 허벅지 쪽이 쓸려 힘들었다. _김상아

■ 버스에서 내려 어디론가 또 걸었다. 그런데 또 길을 잃었다. 다행히 멀리 안 가서 다시 돌아갔다. 다른 길로 가려는데 산행대장님이 우리가 산행하는 시간이 네 시간이 넘으면 업어서 데려다 주신다고 했다. 그땐 장난인 줄 알았는데 정말 장난이었나 보다. 흐흐흐. _**윤해솔**

■ 앞에 있는 아이들이 "곱등이다!!" 하며 난리를 치면서 폴짝폴짝 뛰어다녔다. 나는 "어디? 어디?" 하며 찾다가 무엇인가 폴짝폴짝 나한테 점프해서 다가오는 알록달록한 벌레를 보고 충격을 받았다. 그 이후로도 그 벌레를 봤는데 꽤 많이 죽어 있는 것을 보니 그 벌레가 불쌍해졌다. _**임예진**

■ ── 산행 중에 곱등이가 튀어나와서 진짜 힘들고 무서웠다. 곱등이도 왜 거기에서 쉬고 있는지 이해가 안 간다. 다른 아이들은 그냥 가라고 했지만 누구에게나 무서워하는 것 하나씩은 다 있을 것이다. 내가 무서워하는 것 중 하나가 곱등이다. 아이들은 그냥 무시하고 가라 했지만 지들도 무서워하는 게 있으면서 왜 그러냐고 생각했다. 집에 가는 버스가 보일 때는 정말 하늘에서 돈이 떨어지는 기분이었다. _이정인

■ ── 산을 타면서 주변을 잘 살펴보니 산에는 신기한 것, 아름다운 장소 등 간직하고 싶은 장면이 너무 많았다. 그중에 몇 가지를 꼽아 보면 나뭇가지가 전등 모양으로 굵어졌다가 다시 원래 굵기로 돌아와서 자라는 것, 나무가 안락의자 모양으로 자라는 것, 나무 밑둥이 원 모양이고 그 안에 물이 담겨 있는 것, 양 끝에서 나무가 두 그루 자라는 것 등이다. 산을 타면서 계속 '내가 이걸 왜 하고 있지?'라는 생각이 들었지만 산을 다 타고 나서 뭔가 뿌듯했고, 다시 아니 계속 백두를 하고 싶어졌다. 아이들이 백두를 왜 계속하는지 이해가 되었다. _이경환

■── 엉겅퀴가 많이 피어 있었는데 잎에 나 있는 가시 때문에 고생을 좀 했다. 엉겅퀴 말고도 꽃들이 참 많았다. 커다란 꽃들, 크기가 콧구멍만 한 꽃들 등이 있었다. 밥 먹고 조그마한 사마귀를 보았다. 그리고 더 가다 보니 사마귀 집 같은 게 있었다. 맞는지 아닌지는 잘 모르겠는데 땡글땡글 생긴 게 두 개가 나뭇가지에 붙어 있었다. 신기하게도 생겼다. 백두를 다니면서 정말 많은 것들을 배우는 것 같다. _김주현

■── 중간에 도로와 붙어 있는 곳을 지나갔는데, 느낌이 확 달랐다. 고요하고 새소리 바람 소리가 들리는 숲과 달리 차가 지나가는 소리밖에 안 들리는 숲은 고통스러웠다. 육감으로 느낄 수 있었다. 나무들도 모양이 투박하고 이리저리 놓여 자라고 색깔도 칙칙해 보였다. 느낌이 좋지 않았고 숲이 날 반기고 있지도 않았다. 원래는 규칙 있게까지는 아니지만 곧게 바르게 자라고 색깔도 파릇파릇하고 느낌도 열려 있는, 날 환영해주는 그런 느낌이었는데, 도로 옆의 숲은 그렇지 않았다. 좀 슬펐다. _윤지호

■── 이번 산행에서는 깎는 중이거나 깎여 있는 모습의 산을 많이 볼 수 있었다. 그런 모습을 볼 때마다 아쉬웠다. 우리가 점심을 먹었던 곳도 나무가 다 깎이고 키 작은 풀들이 자라고 있는 곳이었다. 그리고 산에서 포클레인을 본 게 너무 슬펐다. 왜 산 그대로의 모습으로는 안 되는 걸까. 난 그대로가 제일 좋다. 이번 산에서는 특히 산을 깎은 게 많이 눈에 띄었다. 그리고 산을 마구 깎아대는 기계소리도 많이 들렸다. 산과 도로도 매우 근접해 있었다. 아침 안개 사이로는 터널을 지나가는 자동차와 자동차 불빛, 가로등 불빛도 보였다. 자연에서 인간과 기계의 소리와 흔적이 있다는 게 싫다. 자연에서는 자연만 있었으면 좋겠다. _허솔

■── 이번 산행은 많이 아쉬웠다. 쉬운 코스라고 했는데 단체로 헛돌이

를 한 거다. 선두를 지키다 산길을 잘못 들고 나서 버스가 다른 곳으로 데려다 줘서 다시 시작했을 땐 의욕을 잃어버렸다. 앞장서서 걷다 보면 뿌듯하고 할 맛이 났는데 이번엔 뭘 했는지 잘 모르겠다. 흠, 나쁜 일은 이유 없이 일어난다. 그러니까 왜 나한테 이런 일이 일어났는지, 왜 이렇게 산길을 헤맸는지 물어볼 필요가 없다. 고민하고 괴로워하고 힘들어할 필요가 없다는 것이다. 헤헤, 어느 책에서 읽은 말이다. **_김수련_**

＊＊＊

■ 마루금까지 올라가기 위해 옮기는 한 걸음 한 걸음마다 숨이 차오르는데 다들 아무 소리도 없이 열심히들 간다. 힘들게 한 걸음씩 올라가다 보니 처음에는 고요하던 산이 여명이 밝아 오면서 산새 소리가 들리기 시작한다. 새들의 아침 노래라 할 만하다. 온갖 소리를 들으며 도시에서 느낄 수 없는 아침에 감동을 받는다. 그렇게 한 발 한 발 올라가면서 산속에서 함께하는 사람들과의 인연을 생각한다. 그리고 정상에 올라 희미하게 산이 선사하는 자연의 절경을 감상하며 살아 있음에 감사를 드린다. 힘든 걸음, 지루한 반복 끝에야 얻을 수 있는 자연의 선물은 희열 그 자체라 할 수 있다. 그런데 이게 웬일인가. 어떤 아이가 우리가 길을 잘못 들었다고 말해 주었다. 산행대장님은 반대로 왔다고 생각해서 문장대와 속리산으로 가면 된다고 했다. 아침을 먹는 둥 마는 둥 해결하고 산을 내려가는데 길을 완전히 잘못 들었다고 한다. GPS로 확인해 보니 정말로 우리가 엉뚱한 곳을 가고 있었다. 시작 때부터 GPS가 잘 잡히지 않았는데 황당한 상황이었다. 이런 실수를 하다니! 지도를 확인하고 국도에서 만나기로 하고 그쪽으로 갔다. 네 시간 산행이 도로아미타불이 된 상황이다. 내려가니 길가에 누워버린 사람들이 많이 있었다. **_김인현_**

■── 고백컨대 애당초 난 '백두'에 관심이 없었다. 산에 관심이 없던 남편이 난데없이 '백두'를 하겠다고 나섰지만 달라진 것은 없었다. 20년 가까이 점점 멀어져 이젠 '가까이 하기엔 너무 먼 당신'이 되어버린 산과 다시 만나 우리의 애정사를 써 가기엔 내가 너무 지쳐 있었고, 고봉준령 그러니까 땅의 산이 아닌 하늘 산에 오르는 맛에 빠져 다른 생각이 끼어들 여지가 없었다. 산이야 언제든 내가 가고 싶을 때 발길 닿는 동네 뒷산이면 충분했고, 산과 나의 미학적 거리는 그만큼이 가장 적당했다.

대신에 나는 숨을 잘 쉬는 것으로 '홍익인간' 정신을 실천하자고 마음먹었다. 들숨과 날숨을 잘 조절하여 평상심을 유지하고 분노와 흥분의 가쁜 숨 때문에 다른 이들의 마음을 다치게 하지는 말자고. 그동안 주변사람 힘들게 하고 이유 없이 미워하고 또 나 자신을 쉴 새 없이 들볶으며 세상을 괴롭게 한 것도 따지고 보면 숨 고르기와 숨 쉬기가 제대로 안 된 탓이었다. 몸의 숨도 잘 쉬고 삶의 숨도 잘 쉬면 중도(中道)와 정도(正道)를 걸을 수 있을 것이다. 널리 인간을 이롭게 하는 게 이런 작은 출발이 아니고 무엇이겠는가.

'망중한'에 홀려 7차 산행에 무심코 따라나섰다가 혼쭐이 난 내 몸이 정상을 찾기까지 긴 시간이 걸리진 않았지만 그렇다고 되찾은 옛 사랑 찾아 또 가고 싶다는 생각이 들지도 않았다. 8차 산행에 가겠냐고 남편이 물었을 때 "새 바지 사주면 따라가지!"라고 농담을 해 버린 게 화근이었다. 말을 끝내자마자 몸의 모든 세포들이 또 가자고 아우성이었다. 아무리 달래고 설득을 해도 막무가내였다. 나는 몸과 마음의 소리 사이에서 갈등하고 있었다. 이를 어쩜담……. 그 사이 남편은 바지뿐 아니라 무릎 보호대, 깔창, 방수 덮개, 장갑 등 사야 할 용품들의 리스트를 뽑아 놓고는, 작정을 하고 나를 '백두'에 보쌈해갈 태세였다.

새 바지에 셔츠까지 덤으로 얻어 입게 되었으니, 남편의 성의와 새 옷에 대한 예우 차원에라도 다음 산행은 해야겠다고 생각했다. 아니, 실은 종목이(중1 종승이 동생) 때문이었다. 지난번 산행 때 같은 곤돌라를 타고 올라가는데 고도가 높아지고 짙은 안개가 시야를 가리자 형과 맞은 편에 앉은 형 친구들에게 "형, 무서워?"하고 묻는 것이 아닌가! 처음엔 제가 무서워서 그러는 줄 알았는데 자비심 가득한 눈빛으로 정말 형들을 걱정하고 있었다. 형들이 순하게 아니라고 대답하자 안심한 듯 고개를 끄덕인다. 그때 난 종목이에게 딱 반해 버렸다. 사랑과 긍휼과 자비심이 충만한 그런 눈빛과 인성을 가진 초등학교 1학년, 이빨 빠진 8살을 이제껏 나는 본 적이 없다. 어쩌면 종목이는 8살이 아닌지도 모른다. 인생도처유상수(人生到處有上手)라더니 '백두'에서 무림의 고수를 만나게 될 줄이야. 꼭 다시 종목이를 만나 한 수 배워야겠다.

종목이는 오지 않았지만 나는 산에 가야 했다. 차에서도 잠이 안 와 겨우 30분 정도 자는 둥 마는 둥 하고 등산을 시작했다. 난코스를 만나 기다리면서 졸기도 했지만 실로 오랜만에 로프도 타고 산등성이 사이로 비현실적 색채의 태양이 떠 있는 것을 즐기면서 아침밥을 먹었다. 처음부터 길을 잘 찾아갔더라면 누리지 못했을 호사였다.

뜬금없는 곳에서 잠시의 혼선과 지체가 있었지만 비상용 코스를 찾아 산행을 시작했을 때 여름 해가 의기양양 거드름을 피우며 산행을 방해했다. 비가 안 와서 다행이라 여길 일이 아니었다. 본의 아니게 이기적인 산행을 하면서 그 이기심의 대가를 톡톡히 치르는 것 같았다.

지난번에는 무릎이 아파서 걷는 게 어려웠다면 이번에는 불친절한 해님 때문에 더위를 먹어 힘이 들었다. 막판에는 탈진과 체력 고갈로, 자칫 정신줄을 놓으면 여러 사람 힘들게 될 것 같아 한 걸음 한 걸음 집중해서 걷고 있자니 뒤에서 우란맘께서 너무 엄숙하게 걸어서 말을 못 시키겠다고 하신다. 아니 어떻게 알았지? 들키고 말았다.

이번 산행은 내가 어디에 있고 어디로 가야 하는지 늘 깨어 살펴보아야 한다는 자각을 하게 해주었다. 성공가도를 달리고 있으면 지금까지 그

래왔듯 앞으로도 잘 갈 수 있을 거라는 과도한 자신감 때문에 집중력을
잃어 자칫 낭패를 당할 수 있다는 것을 알려준 계기였다. 어디 산행뿐이
겠는가. 내가 어디를 향해 가고 있는지, 옳은 길로 가고 있는지 늘 살피고
경계해야 한다. _**임지수**

■── 일요일 내내 심란한 꿈에 시달렸습니다. 길은 길인데 가야 할 길이
아닌 길을 여전히 헛돌고 있었습니다. 한 발 재겨 디딜 곳조차 없는 아득
한 바위산에서 도무지 벗어날 수가 없더군요. 거센 바람이 꿈속까지 달려
드는 통에 몸을 가눌 수조차 없었습니다. '이건 꿈이야'라며 꿈속에서 현
실을 안타깝게 불러 보아도 길 아닌 길이 아득히 뻗어 있을 뿐 예정했던
길은 좀처럼 모습을 드러내지 않았습니다. 땀에 흥건히 젖어 꿈에서 간신
히 깨어났을 때 30도를 훌쩍 넘는 열기가 내 좁은 방안을 가득 채우고 있

었습니다. 전날 '헛돌이'를 하며 흘린 땀을 채워 넣기라도 하듯 들이부은 맥주 때문만은 아니었을 겁니다.

"인생에서 가장 고통스러운 것은 깨어났을 때 갈 수 있는 길이 없다는 것이다." 중국 근대가 낳은 걸출한 사상가 루쉰의 말입니다. 내가 꿈에서 깨어났을 때에도 갈 수 있는 길이 없었습니다. 그렇다면 다시 꿈결로 숨어들 수밖에 없는 것일까요. 루쉰은 이어서 "꿈을 꾸는 사람은 행복하다"고 말했지만 나에겐 다시 꿈속으로 뛰어들 용기가 없었습니다. 어찌 해야 할까요. 식은땀을 흘리며 힘겹고도 덧없는 꿈길을 걷느니 일체의 생각을 내려놓고 다른 사람들의 위로에 몸과 마음을 맡겨버리는 게 나을지도 모른다는 생각을 했습니다.

우리의 여덟 번째 산행은 갈령을 출발하여 못제(백두대간에 있는 국내 유일의 습지)와 비재를 거쳐 봉황산에 올랐다가 화령으로 내려오는 길로 예정되어 있었습니다. 새벽 3시 30분 호기롭게 갈령을 출발해 가파른 길을 오르고 다시 깎아지른 듯한 암벽 사이를 아슬아슬하게 내려오는 순간까지만 해도, 5시 30분쯤 동쪽 구름 사이로 떠오르는 해가 땅나리꽃에 되비치는 것을 바라보며 즐거운 아침 식사를 할 때까지만 해도, 나는, 아, 모처럼 산길다운 산길을 걷는구나라고 생각했습니다. 모름지기 길이란, 더구나 백두대간을 흐르는 길이란 이 정도의 난이도는 갖추고 있어야 한다고 내심 반겼던 것이지요. 지금까지 우리가 걸어온 길은 평탄했고, 산행은 순조로웠으며, 날씨는 더 없이 좋았습니다. 그래서야 어디 길다운 길(?)을 걸었다고 할 수 있겠습니까. 그런데 그 길은 우리를 목표 지점으로 이끄는 길이 아니었습니다. 백두대간 지도 그 어디에서도 찾아볼 수 없는 산길이었을 따름입니다.

'갈령'이라는 표지석을 좌표 삼아 길을 잡으라는 '지침'을 숙지하고 있었을 기획대장이 원망스러웠습니다. 기획대장 말이 나왔으니 말이지 '특수훈련'을 받았다는 사람이 고도표 하나 제대로 읽어내지 못했다는 생각에 야속하기도 했습니다. 한치의 의심도 없이 줄레줄레 따라오는 산행대장의 그 무심하기 짝이 없는 '순진한' 웃음을 보자니 울컥 화가 치밀기도 했습니다. 백두대간뿐만 아니라 산이란 산은 자신의 발길 아래 있는 듯 느긋한 표정으로 종횡무진 산행 대열을 오가던 서촌선생을 보면서 몰래 눈을 흘겼던 것도 같습니다. 그뿐 아닙니다. 시작한 지 얼마나 됐다고 '고문관'에서 일약 선두대장으로 초고속 승진한 나를 질시 어린 눈으로 바라보며 고소(苦笑)를 금치 못했을 기록대장, 체조대장, 전문 '후미꾼' 등등 얄미운 사람은 하나둘이 아니었습니다. 그뿐만 아닙니다. 우리 백두8기의 산행이 별 실수 없이 진행되어 왔으니 한 번쯤 '헛돌이'를 해도 괜찮다면서 이것도 다 추억이 되지 않겠냐며 위로하는 사람들조차 적지 않았습니다.

다시 루쉰의 말을 빌리면 "추억이란 사람을 즐겁게 만들기도 하지만 때론 쓸쓸하게 만들기도" 합니다. 서쪽 고개에서 길을 잘못 들었다는 사실을 확인한 순간 온갖 회한과 후회와 자책이 갈마들었습니다. 그 동안 잠잠했던 소심증이 도지면서 오만방자하게시리 선두에 서겠노라고 방정을 떨었던 내가 더 없이 싫어지기도 했습니다. 그러면서 동시에 우리가 걸어온 길 아닌 길에 남았을 쓸쓸한 발자취들을 생각했습니다. 왜 그랬을까. 왜 표지석도 제대로 보지 못하고 엉뚱한 길로 접어들었을까. 산행대장과 기획대장이 선두대장이 되겠노라고 우기던 나를 응징하기 위해 용의주도하게 준비한 게 아니었을까. 별별 의혹과 의심이 쉽게 가라앉지 않더군요. 또 나를 믿고 위태로운 암릉을 따라와 준 50명이 넘는 사람들의 눈길을 차마 마주할 수가 없었습니다.

하지만 예정한 길이 아니었다고 해서 걸어온 길을 지워버릴 수는 없는 노릇입니다. 가야 할 길이 따로 있고, 가지 말아야 할 길이 따로 있다면 모를까, 이미 지나온 길을 두고 이건 길이 아니었노라고 말할 자신이 없습니다. 왜 그렇지 않겠습니까. 길몽이든 흉몽이든 꿈을 꾸는 자 역시 '나'라는 사실을 부정하기는 어려울 것입니다. 그리고 의식적이든 무의식적이든 내가 행한 짓을 다른 사람의 행위로 돌려버리기도 쉽지 않을 터입니다. 우리들의 '헛돌이'는 어쩌면 정해진 길에 길들여진 나-우리를 질타하는 무의식의 '충정어린 도발' 덕분인지도 모릅니다. 아니 그렇게 생각해야 옳을 것입니다.

내가 어렵사리 '꾸며낸' 말들 중 스스로 꽤 아끼는 표현이 있습니다. "삶이란 우연의 입자들이 빚어내는 무지개와 같은 것이다." 그럴듯하지요? 우리는 삶이 계획하고 예정한 프로그램에 따라 이어질 것이라는 생각에 익숙한 편입니다. 하지만 나는 이에 동의할 수 없습니다. 개인적인 경험을 특권화하는 것은 아니지만, 적어도 나의 삶은 수많은 우연의 연속이었습니다. 어머니와 아버지 사이에서 내가 태어난 것에서부터 지금 여기에서 숨 쉬고 있는 순간까지 무엇 하나 우연이 아닌 게 없다고 해도 지나친 말이 아닙니다. 물론 필연적인 계기들이 우리의 삶의 좌표를 흔들어버리는 때도 없지는 않을 것입니다. 그러나 많은 경우 나는 우연(accident)과 사고(accident)의 흐름 속에서 상상하지도 못했던 사람들을 만났고, 낯설기 짝이 없는 장소들과 조우했으며, 예기치 못한 시간 속에 놓이기도 했습니다. 그리고 그렇게 만난 사람과 장소와 시간이 지금의 나를 조형(造型)했다고까지 말하고 싶을 정도입니다.

누군가 나의 앙상한 정신의 멱살을 틀어쥐고 "너는 누구냐"고 묻는다면, 나는 기꺼이 헤아릴 수 없는 우연한 관계들의 우연한 집합이라고 대답할 것입니다. 내가 이우학교를 만난 것도 순전히 우연이었고, 백두8기에서 선두대장이라는 고독한 지도자의 자리(!)에 오른 것도 순전히 우연이었습니다. 내가 어떤 사람(들)을 만나 사랑하고, 미워하고, 후회하고, 절망했던 것도 본연의 기질이나 품성 탓이 아닌지도 모르겠습니다. 그것은 우연한 관계들의 부딪힘이 빚어낸 사고(事故)라고 해야 하지 않을까요. 물론 당신이 저지른 잘못과 패악질을 정당화하기 위해 그런 식으로 말하는 게 아니냐고 타박할 사람도 있을 것입니다. 모든 것을 우연으로 돌려버리는 것은 주체의 의지를 방기(放棄)한 채 무책임한 태도를 합리화하려는 궤변에 지나지 않는다고 질타할 사람도 있을 것입니다. 또 당신의 내면에 똬리를 틀고 있는 비겁한 성정(性情)을 감싸려는 전략이라고 비난할 사람도 없지 않을 것입니다.

　그러나 그럼에도 불구하고 나는 "나를 키운 건 8할이 우연이자 사고"라고 말할 것입니다. 근거 없는 고집도 아니고 구차한 변명도 아닙니다. 이 자리에서 구구절절이 밝힐 수는 없지만 나를 밀고, 당기고, 이끌고, 때로는 팽개치기까지 한 것도 우연이자 사고였습니다. 그렇다고 해서 나의 윤리적 책임을 회피할 생각은 털끝만큼도 없습니다. 길 아닌 길에서 헛돈 것이 무의식의 도발 때문이었다고 해도 그것 역시 우리가 미처 아니 차마 생각하지 못했던, 우연이라는 나비의 날갯짓이 초래한 필연이었다고 해야 할 것입니다. 사정이 그렇다면 이제 나는 나 자신을 포함한 그 누구도 원망할 수가 없습니다. 남은 것은 헤맸던 시간을 우발적 긍정의 에너지로 바꾸는 일입니다. 그래야 '고독한 지도자'가 맛본 뼈아픈 첫경험의 생채기에 새살이 돋을 수 있을 터입니다. 그리고 흉터로 남을 새살을 어루만지면서 내가 걸었던 길 아닌 길은 우연이 나를 경계하기 위해 마련해 둔 소중한 길이었다고 회상할 수 있을 것입니다.

　잠깐 동안이지만 나는 백두8기를 향한 애정을 접어버릴까 생각하기도 했습니다. (무섭지요?) 하지만 아픔을 거느리지 않은 사랑이 어디 있겠습니까. 나를 쉽사리 위로하려고 하지 말아야 합니다. 어렵게 길어 올린 아픈 기억을 멀리서나마 우리가 가지 못할 길에 뿌리면서 이번에 두고 온 길을 생각해야 합니다. 그 길에서 보았던 쓰러진 나무들과 꽃들과 풀잎들을 생각해야 합니다. 그래야만 길 아닌 길은 새로운 길로 이어지는 소중한 통로가 될 것입니다.

　아스팔트길에 널브러진 피로의 잔해들을 그러모아 버스에 싣고 화령재로 향했습니다. 지도부에서는 선두대장과 한마디 상의도 없이 다른 구간을 주파하기로 결정했던 것입니다. 화령재에서 윤지미산을 지나 신의 터재에 이르는 12킬로미터 남짓한 18구간의 일부를 역주행하자는 것이었습니다. 이 길은 산행이 힘들 때 '가볍게' 내달릴 수 있는 구간이라 하더군요. 비유컨대 어려운 시절을 위해 아껴둔 소중한 양식을 이참에 먹어버리자는 얘기였습니다. 가까스로 잠재웠던 미안함이 또 고개를 내밉니다.

화령재에서 또 방향감각을 잃고 잠시 헤맨 끝에 윤지미산으로 향하는 길에 접어들었습니다. 언제 그랬냐는 듯 우리의 산행은 거침이 없습니다. 나를 따라 선두그룹을 형성한 아이들의 걸음걸이는 여전히 힘이 넘칩니다. 짙은 그늘을 드리운 윤지미산(538m)의 펑퍼짐한 정상은 우리를 위해 식탁을 장만해 놓고 있었습니다. 새연아빠가 건네는 차가운 소주 한 잔, 하얀 더덕뿌리가 잔잔한 향을 피워 올리는 물병에 담긴 소주 한 잔의 맛을 어찌 잊을 수 있을까요. 뿌리에 줄기와 잎을 돌돌 감아 한입에 씹는 더덕의 맛에 오전 11시 더위는 주위를 맴돌 뿐 다가오지를 못합니다. 여기에 김지미를 내세워 윤지미산의 내력을 들려주는 산행대장의 시시껄렁한 농담 때문에 한기가 돌 정도였습니다.

다시 길 위에 서자 맹렬한 더위가 온몸 구석구석을 헤집고 다니며 땀을 끌어올립니다. 걷잡을 수 없이 흐르는 땀, 산과 산 사이에는 바람 한 점 불지 않습니다. 그러나 길은 언젠가 끝나기 마련이고, 그곳에서 길은 다시 시작됩니다. 그게 어떤 길이든 갈 길이 있다는 건 참 다행스러운 일입니다. 매몰찬 더위의 횡포와, 메뚜기와 귀뚜라미 사이에서 태어난 듯한 해충의 왕이라 불리는 '곱등이'의 위협 속에 길은 이어집니다. 그러나 이 길이 무덤으로 향하는 황량한 길이 아니라 또 다른 길을 부르는 길인 줄 아는 까닭에 힘든 줄 몰랐습니다. 누구 말마따나 숲의 정기가 나의 몸에 스며들기 시작했기 때문일 겁니다. 신의터재를 500미터쯤 앞둔 곳, 햇살은 눈이 부실 정도로 빛나고 자욱한 풀벌레 소리는 귓바퀴에서 하염없이 맴돕니다.

새벽 3시 30분 '헛돌이'로 시작한 우리의 산행은 오후 4시 휘황한 햇살 속에서 끝이 났습니다. 나는 다시 길을 잃을지도 모릅니다. 아니, 길을 잃고 아예 돌아올 길을 찾지 못할지도 모릅니다. 그러나 우연 때문이든 사고 때문이든 나는 내가 걸어오고 걸어갈 '길 아닌 길'을 착실한 삶의 한 켜로 되새김질할 것입니다. 많은 사람들이 간 길도 길이겠지만 발길이 드문 길도 나의 길인 줄 아는 까닭입니다. 이쯤에서 다시 루쉰의 잠언을 떠올리지 않을 수 없습니다. "무엇이 길인가? 그것은 바로 길이 없던 곳을 밟아서 생겨난 것이고 가시덤불로 뒤덮인 곳을 개척하여 생겨난 것이다. 예전에도 길이 있었고 앞으로도 영원히 길은 생길 것이다." 그는 또 이렇게 말하기도 했습니다. "본시 땅 위엔 길이 없었다. 다니는 사람이 많다 보니 길이 되어버린 것이다."_정선태

09

나만의 프리즘

이제 장마가 시작됐네요. 거북등처럼 갈라진 저수지 논바닥을 보며 타들어가던 농심을 걱정했었는데, 많은 비가 내려 완전한 가뭄 해갈이 되었으면 좋겠습니다. 고온에 대기 중 습도가 높아 불쾌지수가 올라가지만 모두가 원하는 비소식인 만큼 이 장마가 왠지 오래도록 기다려온 손님 같다는 생각이 드네요. 프리즘. 과학시간에 한 번씩은 프리즘을 통해 무지개를 본 기억이 있으실 겁니다. 길게는 인생이라는 프리즘을 통해, 짧게는 9차 산행이라는 구간 산행을 통해 나 자신이 어떻게 비춰질지, 아니 나 자신을 어떻게 만들어 갈지 스스로 돌아보는 내면 성찰의 산행이 되었으면 좋겠네요. 9차 산행지는 기존 8차 산행으로 기획되었던 코스입니다. 집단 헛돌이로 화령재~신의터재 구간으로 대체되었기에 9차로 밀린 구간입니다. 그래서 그런지 왠지 애착도 가고 빨리 가고 싶은 조바심도 납니다. 다른 한편으론 많은 것을 되돌아보게 하는 성찰의 구간이자 이제껏 느슨해졌던 마음을 다잡는 심기일전의 구간이기도 합니다. 자, 떠나봅시다! 나를 돌아보는 산행으로.

산행일시 **2012년 7월 14일(토)**

산행코스 **갈령 · 갈령삼거리 · 비재 · 봉황산 · 화령재**

"푸르름을 안고 이슬비를 맞으며"

■── 무거운 발걸음으로 산행을 시작했다. 이번에는 흙의 감촉을 자세하고 진지하게 느끼고 싶었다. 그래서 신경을 써서(?) 흙을 밟으며 걸었다. 랜턴 불빛에 비친 길엔 작은 자갈들과 비에 젖은 나무뿌리와 돌멩이들이 많아서 그런대로 걷기가 좋았다. 하지만 덥고 습한 새벽공기와 벌레들이 랜턴을 너무 좋아해서 많이 힘들었다. 특히나 날벌레들이 기승을 부렸다. 얼굴에도 붙고 옷에도 붙고 해서 정말 힘들었다. 작은 벌레가 목을 물고는 도망가기도 했다. 처음에는 쓰라리고 따갑고 뜨거웠는데, 물을 뿌려 식히고 눌러대니까 나아졌다. 어둠이 곧 지나가겠지 생각하고 꾹 참으며 앞으로 걸어나갔다. _김동섭

■── 헤드랜턴의 불빛은 밝고 주변은 어둡다 보니까 나방이 랜턴 주위로 모여들어서 내 머리와 부딪쳤고, 나는 머리를 마구마구 흔들어서 나방을 털어내리려고 했다. 한번은 코로 숨을 크게 들이마셨는데 콧구멍으로 무언가가 들어와서 안쪽에 딱 걸리는 느낌이었다. 그 순간 나는 알아차렸다. '아, 이것은 나방이 내 코에 들어간 것이다.'

나방이 걸린 것 같은 부분을 손가락으로 움켜쥐고, 나방이 더 이상 목 뒤로 넘어가거나 하지 않도록 했다. 그런데…… 나방이 내 콧구멍 안에서 막 꿈틀대는 게 느껴졌다. 정말 느낌이 이상하고 불쾌했다. 조금 가다가 쉴 때 물티슈를 꺼내 코를 풀었다. 물티슈에는 나방의 날개로 추정되

白頭大幹
鳳凰山
740.8m

는 검은색 찌꺼기가 돌돌 말린 상태로 묻어 있었다. 한 번 더 푸니까 나방 찌꺼기가 계속 묻어 나왔다. 그걸 본 기분이란!

그렇게 나방 사건이 끝나고 나니 해가 뜨기 시작했다. 산에서 해가 뜨는 걸 볼 때마다 느끼는 건데, 영원히 밝아지지 않을 것처럼 새까맣게 어둡다가 어느 한쪽이 살짝만 밝아지면 나머지도 금방 밝아지고 사방이 훤해진다. 그리고 하늘 색깔이 보이기 시작하고, 나뭇잎 색깔이 보이고, 물방울이 공기 중에 떠다니는 것도 보이고, 너무나 평화롭게 지저귀는 새소리도 들린다. _**허솔**

■── 안개가 자욱하게 끼어서 한 치 앞도 안 보였다. 산행이 시작된다는 신호인 오르막길에 한 발짝 내딛는 순간 아, 또 엄청나게 걸어야겠구나 생각했다. 길에는 잔돌이 깔려 있었다. 이 작은 돌들도 예전엔 바위였겠지? 날씨가 몹시 습해서 시작부터 등에 땀이 찼다. 그래서 계속 가방을 들썩이며 가파른 오르막길을 올랐다. 이마에서 흐르는 땀을 닦으며 갈령삼거리에 도착하자마자 가방을 바로 벤치에 내려놓고 축축해진 옷을 말렸다. 중간에 내리는 비를 맞으며 화령재에 도착했다. 도착했을 때의 몰골은 말이 아니었다. 가방은 흠뻑 젖었고, 신발끈은 풀려 있고, 머리는 헝크러져 있고……. 만약 이번 산행에 시원하게 비라도 내렸으면 어땠을까? 날씨 때문에 더 힘들었던 산행, 다음에는 이런 날씨가 아니기를. _**이종승**

■── 새벽산행이어서 길이 잘 보이지 않았다. 그나마 랜턴이 있어서 다행이었다. 헤드랜턴이 마치 콘서트에 온 것같이 비치고 있었다. 침침해서 보일 듯 말 듯한 길을 동이 틀 때만을 기다리며 걸었다. 넓은 쉼터에서 아침을 먹고 있으니까 서서히 밝아오기 시작했다. 해가 뜨니까 여기저기 꽃들이랑 나무들도 보여서 사진을 찍으러 다녔다. 2주에 한 번씩 산에 올 때마다 피어 있는 꽃들이 다 달랐다. _**김주현**

■── 졸린 눈으로 시작한 9차 산행, 아주 착한 헤드랜턴 덕분에 머리가 어지러워 계속 초점이 흔들린다. 참으며 등산을 계속하는데 나의 새끼발가락이 아프다고 운다. 새소리가 유독 많이 들리는 장소에서 모든 사람이 헤드랜턴을 껐더니 새소리가 더 커졌다. 약간의 비가 내려 바닥은 질퍽거리고, 나뭇잎에서는 거미줄의 파티가 열리고 있었다. 아름답고 무늬가 특이한 버섯도 있었고, 중간중간 초록색 곤충들이 뛰어다녔다. 봉황산 정상까지 계속 걸었다. 올라가면 내려가다가 다시 올라가고를 반복하여 봉황산 정상에 도착해 아침 겸 점심을 먹었다. 이제 내려가는 일만 남은 상황, 거리는 약 2킬로미터 정도. 슬픈 것은 내 위치가 해발 800미터 정도 된다는 것. 내 새끼발가락이 다시 울기 시작했고, 그 옆에 있는 누나발가락과 형발가락도 운다. 제발 좀 참지……. 새끼발가락아, 빨리 나아서 다음주 백두에서는 힘내자! **_김상아**

■── 오르막길은 계속 나오지, 내리막길에서는 발가락이 너무 아파서 걷기도 힘들지, 정말 어려운 산행이었다. 굳은살이 박이기 전에 물집 같은 게 생기면 그 부위가 매우 아프다. 그런데 내리막길에서 발가락으로 지탱하며 가야 해서 엄지발가락에 마찰이 일어나며 굳은살 박이기 전에 나타나는 현상 때문에 너무 아파서 내리막길이 오르막길보다 더 싫어졌다. **_김규연**

■── 비재를 향해서 가는데 오르막길이었다. 갑자기 '멘붕'이 오기 시작했다. 어렵게 어렵게 오르락내리락하면서 비재에 도착하였다. 산딸기가 있어서 아빠에게 찍어서 보냈는데 아빠는 산딸기를 보고 내 손에서 피가 나는 줄 아셨나 보다. 깜짝 놀라셔서 바로 전화를 걸어와 물었는데 산딸기였다고 했다. 산딸기를 집으로 따오라고 하셔서 어떻게 넣을까 고민했는데 후미대장님이 아이디어를 주셔서 뭉개지지 않게 담아 집으로 가져왔다. **_홍준범**

■── 오르막길을 걸으면 땀이 나서 정말 찜찜했다. 아스팔트길이 보일 때는 끝이 난 줄 알고 기뻐하다가 버스가 없어서 실망했다. 하지만 산딸기를 산에서 처음 보고 또 먹어 봐서 좋았는데 나중에 속이 쓰라렸다. 바람도 불지 않고 매우 습해서 더웠다. 짧지만 힘든 산행이었다. _이정인

■── 날씨가 너무 습하고, 이슬비도 내리고, 오르막길도 여러 번 나오고 해서 더 짜증이 났던 것 같다. 내 딴에는 많이 잔다고 잤는데도 산행 도중 잠이 갑자기 몰려왔다. 하지만 친구들이랑 같이 산행을 하니까 아무리 힘들고 졸려도 즐거웠다. 이런 기쁨을 계속 느끼고 싶다. _이경환

■── 걸을 때 머릿속에는 집 생각과 씻고 싶다는 생각밖에 없었다. 정말 집에 가기 위해서라면 산 오르는 것 빼고는 뭐든지 할 수 있을 것 같았다. 어쨌든 열 시간이 되어서야 버스에 도착할 수 있었다. 너무 감격스러웠다. 하지만 버스에 가 보니 씻는 곳이 없었다.

곰곰이 오늘 짜증났던 이유를 생각해 보니 아무래도 허탈함 때문이었던 것 같다. 마을이 보여 거의 다 내려왔다 싶었는데 다시 올라가서 마을이 보이지 않는 경우, 아저씨들의 거짓말을 믿고 갔는데 아니었을 경우. 정말 다음 산행은 안 그랬으면 좋겠다.

다음 산행 때 올지 안 올지는 확실하지 않지만 제발 짧고 시원한 곳으로 가고 싶다. 그리고 산에 가는 이유는 상쾌한 공기와 자연을 보기 위해서인데, 우리는 상쾌한 공기는커녕 뜨거운 공기를 마셨고, 자연을 보기는커녕 묵묵히 걷기만 했다. 좀 짧고(서너 시간?) 여유롭게 갈 수 있는 구간을 가서 자연도 보고 싶고 느끼고 싶고 상쾌한 공기도 마셔보고 싶다. _윤해솔

* * *

■── 구름이 자욱한 길을 걸으면서 조카 정연이의 꿈에 대해서 이야기를 나누었다. 애니메이션에 관심이 많아 미야자키 하야오의 작품에 대해서 이런저런 얘기를 했다. 스토리의 배경과 삶에 대해서……. 〈원령공주〉, 〈하울의 움직이는 성〉, 〈천공의 성 라퓨타〉, 〈센과 치히로의 행방불명〉, 〈마녀배달부 키키〉 등 작품의 세계와 관점에 대해서 이야기하는데 자신은 몰입은 되지만 배경이 이해가 잘 안 된다고 했다. 그래서 세상은 아는 만큼 보인다고 했다. 소나무를 볼 때 그냥 사람들이 보면 소나무이지만, 전문가가 볼 때는 금강송, 안강형, 왜송, 리기다소나무 등등이 보이고, 목수가 볼 때는 재목으로 보인다고. 나는 미야자키 하야오 감독을 존경한다고 했다. 그 사람의 세계관, 반전, 반핵, 탈도시, 인본주의 등은 시대를 이끄는 철학이며, 나중에 어른이 되면 같은 작품도 다르게 보일 수 있다고 이야기를 했다. 어릴 때 꿈을 키워나가는 조카를 보면서 새로운 가능성을 발견했다. _**김인현**

■── 나에겐 고질병이 하나 있다. 잘 지내다 여름이면 발병하기에 나와 식구들은 '여름병'이라 말한다. 마치 곰 서너 마리를 등에 업고 있는 듯한 느낌이다. 나이에 숫자를 더하면서 생체리듬이 빨라진 건지, 올해는 일찍부터 나의 여름병은 시작되었다. 해마다 여름이면 용하다는 한의원과 꽤나 크다는 병원을 찾는데, 한의원에서는 맥이 약하다며 한약을 권하고, 병원에서는 의심 가는 이런저런 검사 끝에 결과는 이상 없음과 처방은 과로에 맞는 비타민 주사이다. 올해도 난 한의원을 찾았다. 병원에서는 의학적으로는 정의할 수 없는 병이며 추론하자면 혈액이 표피 쪽으로 몰리면서 오장육부가 제 기능을 못해 그런 것 같다고 한다. 또 한의학적으로는 주하증이라고 한다.

남편은 산행을 말렸지만 이미 의무가 되어버린 산행을 멈출 수는 없었다. 난 두 번의 영양제를 맞았고 두 재의 한약을 지어 백두 가기 전 하나라도 더 먹기 위해 애를 썼다.

갈령에서 첫발을 딛는 순간 갑자기 기분이 좋아졌다. 비에 젖은 산은 나한테 너무나 익숙하고 그리운 풍경이다. 내가 현수보다 훨씬 어릴 적 비가 그치고 나면 난 동생과 장화를 신고 산으로 향했다. 버섯을 따기 위해서다. 밤나무 밑에서 자라는 밤버섯, 소나무 아래 이끼 속에 있던 싸리버섯……. 동생과 난 어디쯤에 버섯이 있는지 알기에 동네 아이들이 오기 전 부지런히 버섯을 따서 집으로 가져가면 엄마는 소금물에 절였다가 고추장을 풀어 얼큰한 버섯매운탕을 만들어 주셨다. 비오는 눅눅한 저녁 여름 감자 넣고 쫄깃한 식감의 버섯 매운탕을 여덟 식구가 둘러앉아 먹었던 저녁은 지금도 나한테는 행복의 시간이고 눈물겹게 그리운 시간이다.

그래서인지 난 오르막인데도 힘든 줄 모르고 걷는다. 마음속으로는 이상하다 이상하다, 약발인가? 이렇게 안 힘들어도 되나? 하면서 뒤를 보니 남편은 숨조차 제대로 쉬지 못하고 일행이 정체로 설 때마다 허리를

꺾고 힘들어한다. 이상하다, 난 아무렇지도 않은데 왜 저렇게 힘들어하지? "괜찮아?"라고 묻는 것밖에는 할 게 없다. 그렇게 난 힘들이지 않고 남편은 엄청 힘들게 갈령삼거리에 도착을 했다.

갈령삼거리까지는 어둠속을 걸었다. 주변이 보이지는 않지만 보이지 않는다고 못 보는 건 아니다. 이 나이쯤 되면 보고 들은 게 많아 짐작으로도 보이는 게 있다. 그래서 난 내 나이가 좋다.

대기 중 수분으로 랜턴 빛이 땅에 도착하기 전 공중에서 분해가 된다. 아직 새벽이라 산이 깨어나지 않아 고요하다. 바로 뒤에 따라오던 현수가 졸음을 못 이겨 힘겨워한다. 잠깐 쉬는 시간에도 바닥에 주저앉는다. 평소에 보던 현수와 다르다. 녀석, 잠을 못 자고 출발을 했나 보다.

갈령삼거리에서 간단히 요기를 하고 다시 출발. 암릉이다. 앞서 걷던 규연아버님께서 뒤돌아 빛을 보낸다. 한 번에 그치지 않고 내리막길마다 돌아서서 뒷사람을 위해 빛을 주시며 기다린다. 백두는 오롯이 내 발로 걷긴 하나 혼자의 힘만으론 어려운 길이다. 이렇게 힘이 모아져 가야 하는 게 백두대간이란 걸 새삼 다시 느낀다. _이희자

■ ── 갈령 표지석을 보고 올라가는 입구는 지난번 산행 코스의 길 건너편이었다. 그때 정말 다들 무엇에 홀리긴 했었나 보다. 곁길도 아닌 정반대 방향에서 출발했다니 웃음이 나왔다. 이미 전국적으로 비가 예고된 장마의 한가운데서 비 한 방울 맞지 않고 새벽산행을 한다는 건 하늘이 도왔다는 말 말고는 달리 설명할 길이 없다. 예감이 나쁘지 않았다. 체력 고갈을 피하기 위해 틈틈이 간식과 아침밥 게다가 아침을 깨우는 향긋한 커피까지 얻어먹고 비재를 넘어 내려와 도로에 누워 봉황산을 바라본다.

전설 속 길조 봉황이 머물렀대서 나도 그 신령스러운 기운을 받아보려나 기대하며 힘들여 올라가니 정상은 소박하고 겸손하다 못해 초라하기까지 해서 놀랐다. 대체 봉황은 이 산 어디서 30년이나 머물렀단 말인

가. 안개인지 안개비인지 모를 자욱한 습기 속 어디선가 허연 수염을 날리는 산신령을 태운 봉황이 나타날 것 같아, 푹신한 능선 위에서 두리번거리는데 산신령은 고사하고 앞서 간 선두들은 자취도 없다. 어쩌면 선두들은 봉황이 물어다 준 활력제를 받아먹고 저만치 가고 있거나, 산신령이 알려 준 축지법을 써서 하산해 버렸는지 모른다. 봉황과 산신령을 만날 기회를 선두에게 빼앗겨 버렸나 보다.

잎사귀에 떨어지는 빗소리를 들으며 비가 오나 보다 했는데 한 20분 땀을 씻어주고는 금방 그쳐 버렸다. 완만하고 푹신한 산길을 내려오며 하산길이 이보다 더 좋을 순 없다고 입은 감탄하는데 몸은 지쳐버렸는지 쉽게 동의하지 않는다. 하산길 끝 무렵에 우란맘빠와 앞서거니 뒤서거니 하며 같이 쉬기도 하고 이야기도 나누면서 내려오는데 경사가 완만한 곳에서 발맞추어 뛰어 내려가는 키 크신 두 분의 모습이 어찌나 귀여운지 혼자 웃다가 울 뻔했다.

'나만의 프리즘'이라고 멋지게 타이틀을 달아주신 분도, 전혀 의도하지 않으셨겠지만 '군더더기'로 나를 미궁에 빠지게 한 분도 기획대장님이다. 병 주고 약도 주셨으니 어쨌든 해결은 내 몫이다. 처음엔 비를 왕창 맞으며 군더더기를 씻어내야겠다고 마음먹었는데, 하늘의 뜻이 그게 아니었는지 군더더기를 씻어낼 만큼 비가 내려주지도 않았다.

이제 나만의 프리즘으로 나의 군더더기와 화해할 시간이 가까워졌다. 군더더기와 각을 세우고 치워내고 내다 버릴 것이 아니라 그냥 내 안에 품고 녹여 내야겠다. 옳고 그르고를 떠나 내 삶의 군더더기들이 지금 여기로 나를 데려다 주었으니 그냥 감사히 싸안으려 한다.

군더더기 하면 연상되는 수많은 부정적 이미지들이 이번 산행에서 나만의 프리즘을 통해 새롭게 정화되고 향기롭게 거듭난 것 같다. "군더더기가 봉황산을 넘으면 무지개가 된다"고 하면 리얼리티 떨어진다고 누가 구박할라나? _임지수

■—— 우리는 '특권층'이었습니다. 내 예감대로 산행 내내 비다운 비는 내리지 않았고, 대신 구름 속에 안겨 맘껏 출렁일 수 있었으니까요. 새벽 3시, 짙은 구름(안개가 아닙니다!)이 다시 찾은 갈령에 진군해 있었습니다. 지난번에 갔던 길을 뒤에 두고 갈령삼거리로 이어지는 산길로 접어들었습니다. 헤드랜턴의 불빛 속에서 물알갱들이 춤을 춥니다. 나뭇잎에 매달린 물방울들이 우리의 발길에 놀라 후두둑 모습을 감춥니다. 뭐라 해야 할까요. 캄캄한 새벽, 물알갱이로 안받침을 한 짙푸른 강보(襁褓)에 싸여 신선한 산기운을 들이마시는 나는 어떻게 여기까지, 이런 신화적인 장소에까지 와 있는 것일까요.

속세의 온갖 먼지들을 잠재워버린 숲속에서 나는 엉뚱하게도 어둠과 빛의 경계를 생각했습니다. 캄캄한 어둠 속에서 태어나 빛 속에 잠깐 머물다 다시 영겁의 어둠 속으로 사라질 생명의 운행(運行)을 떠올린 것이지요. 빛을 잉태하고 낳은 어둠은 그 빛을 다시 어둠 속으로 내밉니다. 빛은 어둠에 안겨 자라고, 어둠은 빛을 품고 설렙니다. 대자연은 깊은 어둠이고, 인간은 잠시 반짝이다 사라지는 빛입니다. 그러니까 우리는 아슬아슬한 불빛에 기대 저 위대한 어둠 속을 걸어가고 있는 셈입니다. 그 알량한 빛으로 인간은 어둠을 살해하고, 그 위에 빛의 왕국을 세우고자 했습니다. 인류의 역사는 자신을 낳아준 어머니를 배반한 과정이라 해야 할지도 모릅니다.

갈령삼거리에서 이정표를 따라 비재 방향으로 길을 다잡습니다. 새벽 5시, 짙은 구름으로 에워싸인 산정에 둘러앉아 '새벽식사'를 치릅니다. 어둠 속에서 머뭇거리고 있던 빛이 어렵사리 찾아와 땀과 안개비에 젖은 얼굴들을 쓰다듬습니다. 그곳은, 빛과 어둠이 섞여 뒹구는 그 산정은 현재 나의 사유가 힘겹게 겨루고 있는 모습을 가장 구체적으로 보여주는 장소였습니다. 자연과 인간, 죽음과 삶, 여성과 남성, 동양과 서양 등등 이 항대립적 사유의 틀을 돌파할 수 있는 경계의 사유 또는 '사이'의 상상력을 수묵화처럼 보여주는 현장이었습니다. 그 장소/현장에서 나는 '사이들'을 몸으로 느끼고 있었습니다. 이 산을 내려가면 가당찮은 지식과 윤리의 칼날로 이 느낌을 죽여 버릴 것이라는 관성적인 불안을 온전히 감추지는 못했지만, 그 순간의 느낌만은 아주 확실했습니다.

백두대간 길에서 만날 수 있는 유일한 습지인 못제를 보며 나는 한동안 생각을 잃었습니다. 후백제를 일으킨 견훤은 이곳에서 목욕을 하면서 새로운 힘을 얻었다 합니다. 이 사실을 안 보은의 호족 황충이 이곳에 소금 삼백 가마를 풀었고, 그 후 이 못은 신비한 힘을 잃었다는군요. 더 이상 힘을 얻을 수 없게 된 견훤은 결국 황충에게 패하고 말았답니다. 나의 흥미를 끌었던 건 이런 전설이 아닙니다. 어떻게 작은 계곡 하나 찾아볼 수 없는 산등성이에 저런 못이 생겼을까요. 사람들이 판 것일까요 아니면 거센 빗줄기가 새긴 것일까요. 나뭇가지와 무성한 풀잎에 가려진 작은 못 위에 감도는 신화의 시간을 어찌 가늠이나 할 수 있겠습니까. 인간의 '삽질'이 차마 범접하지 못할 좁직한 습지를 보면서 포클레인 앞에 스러져간 수많은 습지들을 생각했습니다. 이처럼 외진 곳에 자리를 잡고서 온갖 생명을 품고 있을 대지의 작은 가슴이 안쓰럽고도 고마웠습니다.

흔히 우리는 짙은 초록에서 왕성한 생명력을 발견하고, 거무스름한 색채에서 불길한 죽음을 떠올립니다. 그러나 그림자를 거느리지 않은 빛이 없듯이 죽음을 거느리지 않은 생명을 상상하기란 쉽지 않습니다. 나는 구름 속을 걸으면서 여기저기 눈에 밟히는 죽은 나무들과 죽어가는 나무들을 지나칠 수 없었습니다. "죽은 나무는 오래된 숲에 의존해 살아가는 약한 생물들을 구원하는 노아의 방주"(차윤정, 〈나무의 죽음〉, 웅진지식하우스, 2007. 61쪽)입니다. 죽은 나무는 그저 죽은 나무가 아닙니다. 우리가 그렇듯이, 모든 생명이 그렇듯이 나무 역시 태어나면서부터 죽어가기 시작합니다. 죽어가는 나무와 죽은 나무 안에 다람쥐와 박새가 집을 짓고, 온갖 이끼와 풀이 생명의 터전을 마련합니다. 그렇게 죽은 나무는 헤아리기 어려운 생명들을 보듬고 기른 후 흙으로 돌아갑니다. 죽음은 새로운 생명의 시작인 셈이지요. 초록이 펼치는 축제에 눈이 어두워 모든 죽은 것들을 잊지는 말아야 할 것입니다. 구름 속에 안긴 산에서는, 이따금씩 안개비가 내리는 어둑신한 숲속에서는 죽어가는 것들의 품에서 자라나는 생명의 숨소리를 더욱 뚜렷하게 들을 수 있습니다. _정선태

10

게으른 산행

전광석화와 같이 빠른 것만이 주목받는 시대에 살면서 우리는 어느덧 그에 동화된 삶을 살아가고 있습니다. 등산로에 널려 있는 수많은 꽃들과 식물들을 바라보면서 그저 나무요, 풀이겠거니 하는 타성적인 마음으로 산행을 한다면 이 산행이 주는 의미는 '그저 걷는다'라는 차원을 벗어나기 힘들 겁니다. 세상 천지에 똑같은 잎사귀, 수피, 꽃잎 등을 가진 식물은 하나도 없습니다. 그저 그렇게 비슷한 특징을 가진 개체들을 편의상 뭉뚱그려 이름을 부여하고 분류를 할 뿐이지요. 어느덧 우리의 산행도 10차 산행을 목전에 두고 있습니다. 10은 '완전한 숫자', '신의 수'로 통합니다. 10이라는 숫자에 걸맞게 우리의 산행도 이제는 변화가 필요한 때가 아닌가 생각해 봅니다. 조금 느리게 걸을지라도 주변을 참견하고, 느껴보고, 공감하고, 더 나아가 내 마음밭에 평생 기억될 '추억의 사진' 몇 장 새길 수 있는 작은 여유와 준비가 필요하지 않나 생각해 봅니다. 이번 10차 산행은 시간에 의해 떠밀리는 그저 그런 산행이 아닌 내가 준비하고, 내가 만들어가는 산행을 만들어 보시고, 이제껏 앞만 보고 달리던 내 자신에게 '브레이크'를 걸 수 있는 여유로운 산행이 되길 바랍니다. 우리 백두8기 달팽이 가족들, 천천히 움직여보시죠! 속리산 정상을 향해!!!

산행일시 **2012년 7월 21일(토)**

산행코스 **갈령 · 천왕봉 · 문장대 · 밤티재**

|인상과 풍경| "돌길을 따라 눈을 감고 걸으면 문장대가 보인다"

■── 또 새벽 산행. 졸려서 쓰러질 뻔했다. 초반에 기운이 없어서 돌에 무릎을 찧었다. 빨리 가려고 하니까 무릎에 멍이 들어서 짜증이 머리끝까지 났다. 그래서 도로 내려가려는 생각까지 했다. 아침을 먹기 전까지는 굉장히 힘들었다. 특히 나방 때문에 더 그랬다. 고글을 썼는데도 나방이 그 안으로 들어오고, 물을 마실 때도 나방이 입안으로 들어와서 나방을 다 제거하고 싶었다. 모든 산이 오르막길로 시작한다는 것도 이젠 짜증이 났다. 해가 뜨기 시작한 4시쯤 나방이 사라지니까 이번엔 다리가 아파왔다. 7시쯤에 라면을 먹었다. 유부초밥과 함께 라면을 먹었는데, 유부초밥이 플라스틱처럼 딱딱해서 먹기가 정말 힘들었다. 하지만 라면이 있어서 아침은 행복했다. 밥을 먹고 바로 산을 타니까 속이 좀 쓰라렸다. **_이정인**

■── 이번에도 어김없이 습했다. 갈령삼거리까지 오르막길을 오를 때는 지난번 산행보다 땀이 더 많이 나고 새벽부터 걸어서인지 짜증이 많이 났다. 주현이는 빨리 해가 떠서 아침을 먹고 싶다는 말밖에 안 했다. 나는 아무것도 먹고 싶지 않았고, 그저 빨리 끝내고만 싶었다. 형제봉 비좁은 바위 위에서 아침을 해결하고 천왕봉을 향해 걸었다. 피앗재쯤에서 기획 대장님이 싸리버섯인가 하는 것을 우리 엄마에게 주셨다. 냄새를 맡아 보니까 향이 좋았다. 형제봉이 가까워질수록 풀들이 무성해졌고 경사도 급해졌다. 나는 빠른 속도로 올라갔다. 하나 둘씩 벤치가 나오고 드디어 천

왕봉에 도착했다. 잠자리가 많이 날아다니고 있었는데 잠자리들 때문인지 잡벌레들이 하나도 없었다. 그런데 너무 땡볕이어서 바로 그늘을 찾으러 내려갔다.

근처 헬기장에서 점심을 먹었다. 거기도 잠자리들이 무척 많이 날아다니고 있었다. 문장대까지 가는 길은 엄청나게 큰 바위들이 많았는데, 사람 형상과 까마귀 형상을 한 바위들이 있었다. 주현이의 사진기를 빌려 풀숲 속에 가려진 전망대를 찾아 아주 큰 바위들과 하늘을 찍었다. 문장대에 도착해 전망대에 올라가 경치도 보고 내려와서는 민규랑 같이 등목을 했다. 땀을 많이 흘려서 정말 시원했다. 일주일만의 산행이라 가기가 싫었지만 문장대라는 멋진 곳이 있어서 다행이었다. 문장대는 내 기억에 꼭 남을 것 같다. _이종승

■── 너무 힘들어서 숨이 턱턱 막혔는데 그때마다 앞에는 엄청나게 큰 돌계단이 있고 또 있고 또 있으니까 다리도 아프고 얼굴에는 땀이 주룩주룩 흘렀다. 나는 지금까지 걸어온 길 중에 이렇게 길게 이어지는 돌계단은 처음 본 것 같았다. 가다가 마라톤을 하는 분들을 만났는데 그분께서는 제일 어려운 코스를 왜 애들을 데리고 가냐고 하셨다. 그때 나는 다시 한 번 제일 힘든 구간이라는 걸 알게 되었다. 천왕봉을 가는 데만 다섯 시간이 걸린 것 같았다. 뭐 항상 어른들은 한 시간 남았다고 하고, 또 한 시간 남았다고 하고, 이제는 40분 남았다고 하고, 또 다시 한 시간 남았다고 하는데 듣는 우리들은 미치는 줄 알았다. 그리고 그 다음부터는 어른들을 피하게 되었다. 그리고 또 겨우겨우 미치도록 올라 천왕봉에 도착했더니 아저씨들이 천왕봉만 지나면 계속 평지라고 말씀하셨다. '그건 또 뭔 소리래!' 하면서 나는 절대로 이제부터는 아저씨들과 모든 어른들을 믿으면 안 된다는 의지를 다졌다. _최새연

■—— 진짜 긴 산행이었다. 초반엔 1058미터나 되는 천왕봉을 여덟 시간 넘게 오르느라 힘이 들었지만 나름대로 괜찮았다. 태풍이 지나가고 난 뒤라서 그런지 냄새도 좋고, 피톤치드가 몸에 스며드는 느낌도 좋았다. 새소리도 듣고 신기하게 생긴 바위도 많이 보았다. 오르다가 경치를 봤는데 나무들이 아주 멋있었다. 그렇게 천왕봉을 오르고 점심을 먹었다. 천왕봉을 오르고 나선 별로 힘들지 않았다. 오르고 내려가고를 반복했지만 계속 오르기만 하는 길은 없었다. 그렇게 대략 3킬로미터를 걸어 문장대에 도착했다. 도착하자마자 전망대에 올라가 주위를 내다보니 정말 절경이었다. 그런데 천왕봉이 그리 멀어 보이지가 않아 좀 허무했다. 우린 힘들게 왔는데……._강우진

■—— 천왕봉까지 두 시간 30분이라고 적힌 이정표가 있었는데, 그거 순 엉터리였다. 두 시간 반이 네 시간이 됐다. 그리고 우리가 가는 도중에 "몇 시간 남았어요?"하고 물어봤더니 아저씨가 "응. 여기서부터 한 시간이면 도착이야" 하셨다. 하지만 한 시간 하고도 삼십 분이 지나도 천왕봉은 눈에 보이지도 않았다. 그래서 다시 "진짜 지금부터 몇 시간 가야 해요?" 하고 물어봤다. 그랬더니 아저씨가 또, "여기서부턴 진짜 한 시간이면 충분해"라고 하셨다. 한 시간 남았다는 말만 생각하며 열심히 오르막길을 오르고 다시 내려가고, 내려온 만큼 다시 올라가고 다시 내리막길이 있고, 그 내리막길의 길이만큼 다시 올라가고……. 이렇게 반복하면서 올라갔는데 왜 다시 내려가는 건가 하면서 한 시간을 넘게 갔다. 이제 문장대가 눈에 보이긴 했지만 저 멀리 위에 있었다. 위를 쳐다보는데, 눈앞을 보니 또 내리막길이다. 이럴 때가 제일 짜증난다. 어차피 올라갈 길을, 왜 내려가는 거야?! 한 시간을 넘게 갔는데도 천왕봉이 머리 위에 있어서 아저씨한테 또 물어봤다. "아저씨! 한 시간 남았다고 하신 게 벌써 두 번째예요!! 이번엔 진짜 솔직하게 말해주세요!!"했더니 기록대장 아저씨가

"지금부터 빠르면 한 시간, 느리면 한 시간 반 정도야" 하셨다. 나는 그래도 의심이 되어, "아저씨 진짜 맞아요?"라고 물어봤더니, "아저씬 기록대장이잖아. 아저씨는 지피에스로 봐서 정확해" 하셨다. 그렇게 한 시간 반쯤을 올라가서, 드디어 꿈에 그리던 천왕봉에 도착했다. _**허솔**

■── 이번 산행은 '게으름'이란 주제로 시작되었다. 친구들은 게으름을 피우며 다녔지만 "왜 나는 못했을까?"라고 생각해 보았다. 정신이 없어 게으름을 피우지 못해 아쉽다. 처음에는 선두에서 뒤에 위치한 자리로 등반을 했지만, 선두가 좋아 계속 선두로 다녔다. 천왕봉까지 약 3킬로미터 정도 남겼을 때 허솔은 졸려서 그런지 매우 힘들어했다. 천왕봉에 도착하기 전 안내판에서 쉬고 다시 출발하여 연이은 오르막길을 오르니 포기하고 싶은 마음이 굴뚝 같았지만 지금까지 온 것이 아까워 계속 걸었다. 천왕봉에 도착했을 때에는 기뻤지만 실망스러웠다. 왜냐하면 정상에 올라쉴 수 있고 다음 목적지에 갈 수 있었지만 너무 무덥고 햇살이 강했기 때문이다. 그래서 바로 천왕봉에서 내려와 헬기장에서 점심을 먹고 헬기장에서 낮은 곳에 위치한 계곡에서 기획대장님께 물집 치료를 받았다. 계속 짜증내며 문장대까지 오니 힘이 풀렸다. 문장대에서 약간 잠을 청해 에너지 재충전!! 그리고 문장대에서 법주사까지 선두로 내려오다 친구들과 만나 같이 노래를 들으며 법주사에 도착했다. 저번보다 딱히 힘들지는 않았지만 내 다리와 몸이 백두대간을 다니며 적응되어가고 있다는 것이 느껴졌다. 앞으로의 산행을 통해 내가 어떻게 변화될지 기대된다. _**김상아**

■ 　초등학교 5학년 때 선생님이 해 주셨던 말이 생각났다. "어차피 내려올 거 왜 산을 오르느냐"는 말. 아마 이 말은 세계 최고의 문장인 것 같다. 뭐, 오르내리면서 많은 것을 볼 수 있을지라도 말이다. 이번에도 역시 새로운 꽃들이 여럿 피어 있었다. 길게 늘어진 줄기 주변에 촘촘하게 피어 있는 조그맣고 하얀 꽃들이 보였다. 집에 와서 찾아보니 '까치 수영'이었다.

　천왕봉까지 오르는데 정말이지 죽을 맛이었다. 땀은 주룩주룩, 앞은 까마득. 중간중간 쉬었지만 너무 힘들었다. 다 올라가니 이보다 높은 산이 없어 경치가 좋았다. 잠자리가 많이도 날아다녔다. 점심을 먹고 문장대로 가는데 눈이 반쯤 감긴 채였고, 발은 술 취한 사람처럼 휘청거렸다.

　나는 길옆에 쓰러져 누웠다. 동섭이도 같이 있어서 그냥 잤다. 파리하고 모기들 때문에 정말 귀찮았다. 계속 물어대는 바람에 가려워 미치는 줄 알았다. 일어나 보니까 몸을 계속 긁어대서 그런지 만신창이가 되어 있었다. 다시 짐을 챙긴 다음 열심히 올라가서 앞의 친구들을 따라잡고 선두로 문장대까지 올라갔다. _김주현

■ 　형제봉부터 조금 완만한 길이 많아서 '아, 괜찮다!' 하는 순간에 피앗재와 천왕봉이 나를 기다렸다. 한 시간 남았다고는 하는데, 계속 두 시간씩 가

고……. 정신적인 한계와 육체적인 한계가 오면서 정말 힘들었다. 그래도 어떻게든 완주하고 내려가는데 천왕봉이 1000미터가 넘는 높은 봉우리인지라 내려가는 데도 많은 시간이 소요되었다. 거의 다 와가는 것 같고 사람들도 보이는데 버스는 보이지 않고……. 등산화도 잘못 가져와서 크기가 작아 발도 아팠다. 법주사에 도착하니 매표소가 보이고 옆에 계곡이 있었다. 사람들이 신나게 놀고 있는데 '나는 놀지도 못하고 뭐하고 있나' 생각하니 슬픔이 몰려왔다. 버스 주차장은 일반 주차장이랑 다르게 또 얼마나 멀리 있던지……. 시장이 있는 길을 한참 걸어서, 진짜 한참 걸어서야 식당과 버스를 보았다. 그 순간 울컥해서 눈물이 찔끔 나왔다. **_김수련**

＊＊＊

■── 산길을 걸을 때면 선두로 가는 게 쉽다고들 한다. 나도 처음에는 빨리 가려고 열심히 걸었다. 사람들은 빨리 가는 것을 쉽고 편리하다고 생각하지만 느리게 걷는 것도 그 나름의 의미가 있는 것 같다. 산엘 다니면서 야생화를 많이 보았는데 이번 산행에서도 그랬다. 그중에서도 그냥 지나칠 수도 있었을, 정말 작은 흰 꽃을 보며 저 꽃은 무슨 꽃이며 무슨 인연으로 지금 여기에서 내가 저 꽃을 보고 있는 것일까 생각했다. 세상과 사물의 촘촘한 인연에 대해서 말이다. 편해지기 위해서 사람들은 빨리 가고, 선행학습을 하고, 남보다 먼저 생각하고, 먼저 움직인다고들 한다. 좋은 대학을 나와서 편안히 생활하기 위해서 빠르게 움직인다고 하지만, 그러다 보면 고은 시인이 "내려갈 때 보았네/올라갈 때 못 본/그 꽃"이라고 노래했듯이 산에 빨리 오르다 보면 꽃을 보지 못할 때가 많다.

속리산은 쉽게 그 모습을 보여주지 않는다. 느림의 미학을 생각하면서 땀을 흘리며 열심히 걸었다. 거의 다 와 가는데 솔이와 아이들이 어른들은 산에 오면 거짓말을 한다고 해서 GPS를 꺼내 얼마나 남았는지 알려

쳤다. 빠르면 한 시간 늦으면 한 시간 반 걸린다고 했다. 하지만 아이들은 어른들의 기준에 문제가 있다고 한다. 어른들은 아이들이 힘들고 지칠까 봐 거의 다 왔다, 조금만 더 가면 된다고 하는데, 오히려 이런 말들이 더 지치게 만드는 것 같다. 산에서 배워야 할 것은 겸손도 있지만 정직도 있는 것 같다. 아무리 우리가 타인을 배려하기 위해서 '착한 거짓말'과 '나쁜 거짓말'을 구분해도, 거짓은 거짓일 뿐 아이들은 그런 말에 위안이나 편안함을 느끼지 못하는 것 같다. 차라리 말해 주자. 총 몇 킬로미터 남았고, 너희들 걸음으로는 얼마를 더 가야 한다고, 한 걸음씩 걸어가면 언젠가는 목표 지점에 도달할 것이라고 말이다. _김인현

■── 이미 익숙해져 우리 집 앞마당 같은 갈령에서 체조를 하고 산을 오른다. 별 총총 맑은 하늘 아래 천천히 선두를 따라가니 벌써 갈령삼거리다. 행여 일출을 못 볼까 노심초사하여 새도록 자지 못하고 형제봉의 일출을 기대했던 건 아니었지만 사방이 안개로 자욱한 형제봉에서 우리는 그저 무심하게 밥만 먹고 다시 걷는다. 형제봉에서 천왕봉에 이르는 길은 기온도 그리 높지 않고 습도도 적당한 그늘 길이어서 최적의 산행코스였다. 갈령삼거리까지는 랜턴 불빛 때문인지 어지럽기도 하여 이 상태로 20여 킬로미터를 갈 수 있을까 적잖이 걱정이 되었는데 아침밥을 먹고 나니 기운이 솟아 발걸음도 가볍게 천왕봉으로 향했다.

이상했던 건 형제봉에서 천왕봉까지 가는 동안 새 소리가 한 번도 나지 않았다는 점이다. 이 산에서 새들에게 무슨 일이 있었던 걸까. 어떤 환경 요인이 새들의 서식을 방해하는 걸까. 무엇이 새들에게 침묵을 강요하는가. 그 때문에 새들은 지하조직으로 소리 없이 활동하는 레지스탕스가 되었나. 이렇게 새들이 침묵하는 조용한 산을 다녀 본 적이 없어 별별 생각을 다하며 가다 보니 어느새 천왕봉에 이른다. 햇볕 쨍쨍한 천왕봉에서 가쁜 숨을 고르고 보니 잠자리들이 수없이 설쳐댄다. 이 'dragonfly'들!

'fly'하고 있는 'dragon'들 때문에 새들이 숨죽이고 있는 건 아닌지 괜스레 잠자리만 원망하며 길을 재촉한다.

선두들이 자리 잡고 밥을 먹는 동안 구름이 해를 가려주어 시원하기까지 했던 헬기장은 내가 도착하자 기다렸다는 듯 구름 사이로 존재를 과시하는 햇살 때문에 금세 일광욕장이 되어버렸다. 몸이 차서 그런지 그다지 더위를 타거나 땀을 많이 흘리는 편이 아니지만 이런 따가운 여름 햇살 아래선 아예 기운을 못 쓰는 데다, 내 몸 안의 수분은 대부분 처음과 같은, 진짜 이슬로 채워져 있어 천적이라 할 수 있는 햇살을 피해야만 했다. 작렬하는 햇살 아래의 나는 머리카락 잘린 삼손이다.

뜨거운 헬기장을 피해 적당한 빈터가 나오면 밥을 먹으려고 내려오다 며느리도 모를 기가 막힌 장소를 찾아 자리를 폈다. 나와 남편 그리고 해솔아빠 이렇게 셋이 웅장한 바위 사이 그늘진 곳에 둘러앉으니 신선이 따로 없다. '별유천지비인간(別有天地非人間)'이란 이런 것을 말하는지도 모른다. 우리는 천 년 전 어느 산속 지금과 같은 신령한 곳에서 도끼 자루 썩는 줄 모르고 바둑 두던 동료들이었을까. 상상의 나래를 펼치다 해솔아빠의 배낭에 붙어 있는 이름표에서 단서를 찾아내었다. '1학년 윤해솔빠 윤형제'. 등산복과 스틱으로 애써 정체를 감추고 있지만 흰 도포와 지팡이만 갖추면 바로 산신령이 될 것 같은, 어쩐지 예사로워 보이지 않던 형제봉의 주인장, 그분이 아니신가? 덕분에 웬만한 공덕이 아니면 절대 찾아내지 못했을 신령한 곳에서 우리는 하늘의 3수를 만들어 밥이 아니라 신기(神氣)를 먹었다.

문장대로 향하는 길은 이슬이 증발해 버린 내 몸 때문에 만만치 않은 험로였다. 문장대 입구에서 문장대에서의 경치를 다른 사람들에게 양보하고 자리를 깔고 누워 간간이 꿈도 꾸는데 주현아빠가 얼굴을 심하게 다쳐 내려오셨다. 이런저런 위로의 말들이 오가는데 그 어떤 위로의 말도 그 아픔을 대신해 줄 수 없어 안타까웠다. 부디 아무런 흉터도 남지 않게

조각 같은 외모를 되찾으시길.

　뽀송한 얼굴로 반바지에 티셔츠를 입고 올라오는 무리를 뒤로하고 땀 냄새 풀풀 풍기며 내려가는 하산 길은 지루하기 짝이 없다. 힘들게 등산을 하고 내려오는 길이 이렇게 길고 긴 아스팔트일 때가 제일 힘들고 짜증이 나는데, 종승맘과 이런저런 이야기를 나누며 내려오는 길은 나쁘지 않았다. 나이 차가 많아서인지 당연한 듯 나를 '언니'라고 부르는 데다 남들이 선뜻 묻기 어려워하는 질문도 밉지 않게 하는 모습이 이뻐, 미주알고주알 속을 다 내보이고 말았다. 두 언니들에게 늘 부르기만 했던 호칭을 들으니 가슴이 벌렁벌렁하기도 했지만 무심한 듯 솔직하게 자기 이야기를 하고 상대방의 마음 깊은 데 있는 아픔까지 고통 없이 이끌어내는 솜씨는 가히 21세기 심리학의 신기술에 가깝다. 내가 좋아하는 이빨 빠진 종목이가 왜 8살의 고수가 되었는지 짐작할 수 있었다.

　장장 22킬로미터에 달하는 '게으른 산행' 덕에 내가 누구인지, 어디로 가고 있으며 어디로 가야 하는지 확신하게 된다. 평소 같으면 상상도 못 했을 백두대간 길도 이렇게 함께 땀 흘려 가고 있는데, 내가 이 생에 가지고 온 사명을 다하기 위해 어찌 피눈물을 마다하겠는가. **_임지수**

11

만병통치의 묘약

복중 더위에 안녕들 하신지요? 11차 산행은 1박2일 산행입니다. 산행 구간은 23, 24구간입니다. 두 구간 모두 삼복더위에 체력적인 부담을 최소화하기 위해 역주행 코스로 잡았습니다. 암릉이 많은 구간이지만 산은 대체적으로 육산의 성격을 가지고 있어 아기자기한 코스가 될 것 같습니다. 그렇다고 쉬운 구간이란 말은 아닙니다. 밧줄구간과 바윗길 등이 많이 있어 지루하지 않을 뿐, 험한 코스임에는 틀림없습니다. 장갑이 꼭 필요한 구간이지요. '금강초'라는 풀이 있습니다. 뿌리와 잎줄기, 잎맥이 자색을 띠는 약초입니다. 몇 년 전만 해도 이 금강초 한 뿌리가 일백만 원을 넘기도 했습니다. 많은 사람들이 금강초를 만병통치의 약초로 여겼으니까요. 하지만 지금은 구하려고 마음만 먹으면 얼마든지 구할 수 있는 흔한 약초가 되었습니다. 세상 천지에 '만병통치의 묘약'이 있을까요? 저는 단호히 말합니다. 없습니다. 있다면 그건 '산행이 우리에게 주는 유익함'이 만병통치의 묘약에 근접할 겁니다. 산에 든다는 자체만으로 이미 치유의 길을 걷고 있음을 우리는 망각하며 살고 있습니다. 이 묘약이 우리 몸에 더디게 반응하며 느리게 효과를 발휘하기 때문이지요. 하지만 꾸준히 이 묘약을 사용하면 어느 순간 말끔히 치유되어 있는 자신을 발견하게 됩니다.

산행일시 **2012년 8월 11일(토)~12일(일)**

산행코스 **이화령 · 황학산 · 백화산 · 사다리재 · 시루봉갈림길-성터 · 은티마을(첫째 날)**

은티재 · 악휘봉삼거리 · 막장봉갈림길 · 장성봉 · 버리미기재(둘째 날)

"바람에 씻기고 비에 젖어"

■── 포장도로를 조금 걷고 난 뒤 산을 올라가기 시작하였다. 경사가 엄청난 계단이었다. 초반부터 생고생이었다. 헤드랜턴이 머리에 고정이 되지 않아 손으로 일일이 누르면서 갔다. 스틱을 애매하게 하나만 써서 그런지 더 힘들었던 것 같다. 가는 도중 후미대장님이 "초반 오르막길만 올라가면 다 쉬운 코스입니다!" 했다. 풋 웬걸? 오르막길이 한없이 이어지는 정말 쉬운 코스였다. 크크크. 산행이 중반부에 이르자 선두와 후미 격차가 많이 났다. 후반부까지는 조용히 산행을 해서 힘들었다는 것 외에는 딱히 할 말이 없다. _천신영

■── 선두대장님이 힘들다고 계속 쉬시는데 우리는 빨리 가서 푹 쉬고 싶었다. 그래서 선두대장님을 졸라서 빨리 올라갔다. 가다가 보니 선두대장님이 우리더러 기획대장님을 따라가라고 하셨다. 기획대장님을 따라가는 것은 힘들지만 그래도 산장에 빨리 가고 싶어서 열심히 쫓아갔다. 미친 듯이 산행을 하고 이제 한 시간 30분 정도밖에 남지 않았다. 우리는 다리도 아프고, 발바닥도 얼얼하고, 어깨도 엄청 아팠지만 열심히 내려갔다. 그런데 가다 보니 앞에 가시던 기획대장님이 사라졌다. 길을 찾으려고 왔던 길을 그대로 올라가 보기도 하고 반대편으로 가 보기도 했지만 길은 찾을 수 없었다. 한 시간 정도 길을 헤매고 있는데 반대편에서 아줌마 한 분의 소리가 들렸다. 얼른 그쪽으로 가봤더니 아줌마가 거기 계

섰다. 드디어 길을 찾아서 쭉 내려갔다. 길을 잃고 길을 찾을 땐 몰랐는데 내려가다 보니까 다리도 너무 아프고 발바닥도 너무 화끈거리고 얼얼했다. 은티마을로 내려와서 은티산장으로 가는 길을 걷는데 너무 아파서 미칠 것만 같았다. 다행히 금방 산장이 나와서 미치진 않았다. _**유다연**

■── 3주 만에 하는 산행인 데다 아주 귀찮을 때 비까지 내려 앞길이 막막했다. 이화령에 내렸을 땐 안개가 자욱하게 끼어서 한 치 앞도 안 보였다. 이화령에서 출발해 황학산까지 가는 오르막길에서는 무릎이 아파 더 힘들었다. 그런데 한 걸음 한 걸음 걸었더니 갑자기 안개가 없어지는 것 아닌가! 또 습기도 사라졌다. 나는 그때부터 기분이 좋아졌다. 나는 원래 맑은 날씨가 좋다. 그래서 친구들과 함께 열심히 걸어서 황학산에 도착했다. 나는 이번 산행에서 후미의 재미를 깨달았다. 그래서 민규와 함께 후미로 여유 있게 가다가 이만봉으로 가는 길에 다른 사람들에게 칭찬도 받았다. 우리 엄마는 이번엔 나보다 빨리 갔다. 아줌마의 힘인가 보다. 이만봉에서 내려와 성터까지 가는 길에서는 무릎이 몹시 아팠지만 나 혼자 경치를 즐기며 천천히 걸었더니 아주 빨리 온 것 같다. 나는 은티마을까지 무사히 내려왔지만, 우리 엄마는 길을 잃었다고 했다. 다음에는 꼭 다른 아줌마들 옆에 붙어서 내려오길……. _**이종승**

■■── 계속 걷다 보니 물집이 또 잡힐 것 같았고 뒤꿈치와 발 전체가 아팠다. 거의 울 뻔한 지경이었다. 워낙 정신이 없어서 점심 때 무슨 일이 있었는지 지금도 도무지 생각나지 않는다. 백두산행을 처음 만드셨다는 아저씨와 내려가는데 지옥에 온 느낌이었다. 그리고 백두를 왜 만들었나 속으로 원망도 했었다. 바위에서 내려올 때 그 느낌이 싫었다. _**홍준범**

■■── 처음 산을 탈 때는 "뭐, 저번하고 비슷하겠지"라고 생각을 했었다.

하지만 이번에는 달랐다. 항상 달랐지만 이번에는 산속 구조 자체가 바뀐 것처럼 달랐다. 힘든 구간에 1박2일까지, 정말 힘들었다. 백두대간을 그만두고 싶을 정도로 힘들었다. 하지만 마지막에 버스를 볼 때는 정말 기뻤다. 산에서는 얘기할 힘조차도 없었고 거의 무의식으로 간 것처럼 산에서 있었던 일은 비가 온 것만 빼고 기억이 잘 나지 않는다. 숙소 은티산장에서 밥을 먹고 난 뒤에 고기와 팥빙수를 먹으니까 찜찜한 것만 빼고 기분이 좋았다. **_이정인**

■── 이튿날 아침 7시에 사람들을 깨웠다. 이불을 갠 뒤 아침을 먹었다. 그런데 국이 부족해서 못 먹는 사람들이 생기자 산행대장님이 산장사람들에게 화를 내셨다. 멋졌다! 그렇게 아침을 먹고 대망의 두 번째 산행이 시작됐다. 산행을 시작하지도 않았는데 발이 아픈 상태라 많이 힘들 것 같았다. 전날보다는 좀 덜 힘든 산행을 하고 있는데 가던 도중 갑자기 소나기가 몰아쳤다. 가방을 엄마랑 바꾼 터라 비옷과 가방을 싸는 걸 찾는데 오래 걸려서 비를 많이 맞았다.

비가 오니까 손도 더러워졌고, 그날 땀을 엄청나게 흘렸기 때문에 땀과 물이 합쳐져 찜찜함의 절정을 이루었다. 찜찜한 걸 벗어나고 싶어 빨리 가려고 했지만 암릉구간이 많아서 천천히 가야 했다. 중간에 너무 찜찜해서 점심을 안 먹고 그냥 가려고 했지만 어른들이 많이 걱정을 하셨다. 나는 점심을 굶으면서까지 혼자서 묵묵히 갔다. 백두대간 리본을 따라 갔는데 혼자 가는 산행도 괜찮았다. 묵묵히 가다 보니 친구들과 갈 때보다 훨씬 빨리갔다. 그런데! 후미에서 3번 무전기까지 따라잡았던 나는 3번 무전기 아저씨들 앞에 간 뒤 얼마 안 있어 반대편에서 오고 있는 아이들을 봤다. 후미였다. 허무했고 어이없었다. 점심도 안 먹고 빨리 온다고 왔는데 길을 잘못 들었던 것이다! 불행 중 다행으로 길을 잃지는 않았지만 같이 올라가 보니 위에 3번 무전기 아저씨들이 기다리고 있었다.

'뭐지?' 라는 생각과 함께 배가 고파왔다.

비가 그쳐서 밥을 먹었다. 밥을 먹고는 동섭이랑 허솔이랑 지호선배
랑 같이 걸었다. 재미있는 말도 많이 하면서 덜 힘들게 걸은 것 같다. 맨
밑까지 내려가서 신발과 양말을 벗고 슬리퍼를 신어야 하는데 발이 마비
된 것 같이 아팠다. 사람들이 안 잡아줬으면 혼자 넘어졌을지도 모른다.
그리고 계곡에 가서 시원한 물에 발을 담갔다. 아, 참 행복했다! _박진우

■── 둘째 날, 시작하자마자 오르막길이 쉴 틈 없이 계속됐다. 처음 쉬는
곳에 은티마을부터 한 시간이 걸린다고 적혀 있었는데 우리는 40분 정도
만에 올라왔다. 기분이 좋았다. 조금 가다 보니까 큰 바위가 있는 곳이 많

이 나왔다. 크고 둥그런 바위는 올라가도 안 미끄러지고 재미있다. 그런 바위에 앉아서 좀 쉬었다. 그런데…… 비가 오기 시작했다. 처음에는 시원하고 재미있었다. 비를 맞으면서 등산하고 있다니! 정말 기분이 좋았다. 하지만 조금 뒤, 비가 엄청나게 거세졌다. 그리고 조금만 쉬어도 추워졌다. 그래도 걸으면 다시 괜찮아졌다. 이때까지만 해도 우리는 선두였다. 하지만 진짜 문제는 '출입금지' 표지판이 나오면서부터 시작됐다. 멸종위기에 처한 동식물들이 많이 살고 있으니 출입을 금해 달라는 표지판이었다. 출입금지가 법으로 지정되어 있었고, 걸리면 50만 원의 벌금을 내야 했다. 그런데도 어른들은 그냥 들어가기로 하고 선두는 들어갔다. 지호언니랑 나는 출입금지 지역을 들어가도 되나 싶어서 계속 서 있었다. 또 추워져서 가만히 서 있었다. 출입금지 지역을 들어가기는 싫고 너무 추워서 그냥 왔던 길로 돌아가고 싶었다. 그런데 새연아빠는 그냥 들어가자고 하셨다. 어차피 다 들어갔는데 어쩔 수 없다면서. 그렇게 후미가 올 때까지 30분 동안 우리는 정말 가만히, 가만히, 그 앞에 서 있었다. 정말 미치도록 추웠고, 발에 물이 들어가려 해서 짜증이 났다. 대장 아저씨가 그냥 가자고 하셨다. 새연아빠는 300미터쯤만 가면 표지판이 있다고 하셨다. 그러면서 다른 사람들도 그냥 다 들어갔다. 어쩔 수 없이 우린 들어갔다. 출입금지 지역을 법을 어기고 가는 거라서 조심스럽게 살금살금 들어갔다. 조금 가서 표지판이 나오긴 했지만, 우린 계속 출입금지 지역으로 갔다. 으아악! 그런데 내가 정말 놀란 것은 다른 사람들도 엄청나게 많았다는 거다! 1킬로미터도 안 가서 어떤 아저씨들이 방울토마토를 주셨다. 그리고 중간에 아주 많은 다른 사람들을 만났다. 난 조금 많이 놀랐다. 나도 법을 어기고 이렇게 들어와 있지만, 이렇게 많은 사람들이 아무렇지도 않게 들어왔을 줄은 몰랐다. 어쨌든, 어쩔 수 없이, 출입금지 지역에서 밥도 먹고 계속 갔다. 오랫동안 가다 보니까 거기가 출입금지 지역이라는 것도 까먹었다. _허솔

■── 첫째 날은 거리만 척 보아도 그렇듯이 좀 괴로운 산행이었다. 걸어도 걸어도, 이쯤이면 끝나겠지 싶어도, 길은 끝날 줄 몰랐다. 너무 힘들었다. 전체적으로 마지막 부분이 내 기억의 너무나 많은 부분을 차지했기 때문에 힘들다는 표현을 썼다. 사실 처음 시작 부분과 끝나는 부분을 빼면 갈 만했다.

새벽 3시. 산행 전에 거의 잘 수도 없는 시간이었다. 그동안의 산행 중에서 가장 이른 시간이었다. 너무하다. 헤드랜턴으로 간신히 발밑을 보면서 걸었다. 길이 너무 좁고 옆으로 기울어져 있는 데다, 그곳은 더 이상 발을 디딜 수 없는 컴컴한 암흑의 공간이었다. 안개도 끼어 있어서 뿌옇게 시야를 가렸다. 어지럽고 숨차고 답답하고 무엇보다 무서웠다. 진짜 옆으로 떨어질 것 같았다. 앞 사람은 자꾸 멀어졌다. 그래서 발 뻗는 게 더 무서웠다. 아무튼 그 악몽 같은 새벽이 지나고, (아니 아직도 새벽이긴 했지만) 드디어 빛이 보였다. '아!' 절실했기 때문에 조금의 빛이었지만 느껴졌다. 이렇게 소중한 것이구나. 같은 산이 다르게 보였고 마음이 한결 편해졌다.

한여름이었지만 간혹 시원한 바람이 불어주어서 잘 걸을 수 있었다. 빛도 바람도 산 위에서는 더더욱 소중하다. 그게 비록 작은 것이더라도 그때에는 감사하게 느껴질 따름이다. 그래서 난 산에서 바람을 느낄 때면 항상 초등학교 때 배운 이 노래가 생각난다. "산 위에서 부는 바람 서늘한 바람 그 바람은 좋은 바람 고마운 바람 여름에 나무꾼이 나무를 할 때 이마에 흐른 땀을 씻어준대요."

그렇게 빛과 바람을 동무 삼아 걸어갔다. 그리고 하산을 시작하고, 성터까지는 희망으로 가득 찼다. 성터에 가기 전 표지판 옆에서 쉬고 있는데, 그 말은 도대체 어디서 나온 건지, '10분에서 15분쯤'이라는 소리를 들었다. 그래서 신나게 걸어갔는데 지금 들으니까 터무니없는 얘기다. 그냥 '뻥'이었다. 걸으면 걸을수록 너무하다는 생각을 했다. 마지막 하산할 때 아빠랑 동섭이랑 내려갔는데, 아빠는 무릎이 아파서 거의 한 쪽 다리만 쓰듯이 절면서 내려갔다. 뒤에서 본 다리를 끌며 산을 내려가던 아빠가 너무 애처로웠다. 동섭이 얼굴에서도 가면 갈수록 괴로움이 드러났다. '으악!' 나도 진짜 괴로웠다. 힘이 들진 않았지만 새벽 3시부터 쉬지 않고 걸은 내 발이 불쌍했고 끝없는 내리막길은 지겨웠다. 그래도 어쩌겠는가, 이곳을 벗어나려면 그냥 가는 수밖에.

'팥빙수, 팥빙수⋯⋯.' 헉헉, '바비큐, 바비큐⋯⋯.' 마지막에는 이것들이 있어서 나의 걸음에 그나마 의미가 생겼다. 그렇게 언제 끝날지 아득했던 산행은 끝났고 차를 탈 때 진짜 행복했다. 기사님한테 정말 감사했다. 저녁에 엄마랑 씻을 때도 너무너무 행복했다. 이렇게 좋은 곳에서 씻을 수 있다는 게 다행이었다. 드디어 내 몸에 편한 상태가 되었다. 그리고 팥빙수는 환상이었다. 그 맛을 음미하면서, 순간이지만 내 정신에는 큰 치유가 되었다.

고3 선배 어머니, 그리고 엄마가 이야기할 때 옆에서 대화를 같이 들었다. 저 분처럼 자기 삶에 완전히 만족하고, 확신에 선 목소리로 하루하루가 행복하다고 할 수 있는 사람이 얼마나 될까. 난 커서도 시골에서 살긴 힘들겠지만. 음, 어느 정도 나에게도 영양가 있는 이야기도 들을 수 있었다. 현재 시골의 문제들, 실제로 이미 그렇게 되고 있는 그런 안타까운 이야기들도 있었다.

두 번째 날 산행은 첫째 날의 상처(?)를 많이 가시게 해주었다. 재미가 있었다. 그동안 한 번도 솔직하게 '재미있다'는 표현을 쓸 만한 산행은 없었는데 이번엔 그랬다. 산행 시간이 '딱'이었고 나에겐 첫 우중 산행이었지만 비가 적당해서 신발도 적당한 만큼 젖고, 다이내믹하고, 뭔가 멋지고, 덥지 않아 걷기 좋았던 날이었다.

백두를 하고 여름이 되면서, 숨은 많이 차지 않아도 몸과 얼굴이 너무 화끈거려서 자주 쉬고 싶어졌다. 그러나 이번은 비가 왔기 때문에 오래 쉬면 추워져서, 계속 걷게 해주는 날씨였다. 물에 젖은 주먹밥을 먹는 것도 새로운 경험이었다. 6기에게는 미안한 말이지만, 어쩜 8기는 비가 와도 곱게 오든지……. 비가 와서 더 좋을 만큼 비가 밉지 않았다. 그래, 상쾌했다.

앞으로 우리 백두8기에게 자연이 어떻게 대해줄지는 모르겠지만 자연이 참 고마웠다. 희미한 빛도, 미미한 바람도, 뜨거운 몸을 식혀준 빗방울들도. 지금까지 우리에게 좋은 것들만 준 듯하다. 1박2일 산행, 거대한 여정을 마친 후, 내 자신이 대견하다. _박예린

■ ─── '매직등산버스'를 타고 어느 곳에 내렸다. 나의 상상 속 대장님은 또 우리나라 백두대간 어느 장소에 내려 주셨다. 생명가방을 메고 출발 준비를 한다. 어두운 숲속 나는 반딧불이처럼 빛을 내며 다닌다. 앞에는 대장님이 웃으며 친구들과 같이 간다. 앞에는 요즘에 나랑 이야기하는 시훈이와 현수가 있다. 가다가 '모기리우스'와 나방족이 습격을 했지만 손으로 물리쳤다.

슬슬 하늘이 밝아졌다. 다행이다. 나의 자체발광 시스템이 스톱되기 시작했기 때문이었다. 앞의 동생들과 게임 이야기를 하며 계속 걸었다. 저번에 나의 인내심을 건드렸던 새끼발가락 동생과 누나 그리고 대장발가락이 다시 꿈틀거린다. 하지만 참을 수 있어서 인내심을 발휘하기로 했다. '후후, 이번에는 나의 승리다!'라고 위안하면서 말이다.

나의 3-4차원 생명가방에서는 물이 많이 나왔다. 내장 가능한 용량이 45리터이다. 물은 4리터, 도시락 2개, 간식, 구급용품, 등산용품 등이 꽉 찬 생명가방. 든든하다. 밧줄을 타고 올라갔다가 다시 내려갔다. 내 앞에 있는 길을 따라 오르막길 내리막길, 점심장소를 찾아 오르막길 내리막길, 내 정신을 찾아 오르막…… 퍽! 내 자아 속 악마가 때렸다. "그만해! 등산에 집중을 못 하겠잖아!" 악마는 자신의 나쁜 본색이 사라지고 있다는 것

을 모르고 등산에 집중했다.

중간에 정인이와 같이 이야기하면서 많은 걸 느꼈다. 이야기를 하면 금방 목적지에 도착한다는 것을. 나는 메이플스토리에서 이 땅에서 저 땅으로 점프하는 것처럼 스톤 골렘을 밟고 다녔고, 지나가는 여학생 두 명과 같이 목표 지점까지 갔다. 내가 낸 '40분 동안 신발 벗고 길을 걸어가기' 아이디어와 같이 말이다. 이로써 하나의 튜토리얼이 완성되었다. **_김상아**

* * *

■── 백두대간을 시작하기 전 수많은 고민을 했었다. 2월에 시작한 예비산행 두 번과 지난번까지 열 번의 산행을 거치며 백두대간은 내 삶의 중심으로 다가와 버렸다. 남들은 산이 뭐가 그렇게 대단하냐고 하지만 내가 백두대간을 시작하기까지는 약 4년 이상의 시간이 소요되었다. 마음을 먹는 기간 2년과 실제로 준비하는 기간이 2년이다.

큰아이가 이우에 입학했을 때 백두대간을 해야 한다는 이야기를 듣고 그렇지 않아도 이우에 대해서 별로 좋지 않게 생각하고 있었는데, 이것은 완전히 초주검이었다. 땀 흘리기를 싫어하고 힘든 것을 누구보다도 싫어하던 나에게 백두대간이라니 청천벽력 같은 소리다.

하지만 강제가 아니라는 말을 듣고 안도감을 느꼈고, 큰아이가 여자아이라 위험하니 산에는 안 된다는 명분으로 온 가족이 다 빠졌다. 당시에 내 체중은 103~106킬로그램을 오르내리던 시기라 모든 준비가 부족했다. 첫째와 둘째가 입학하고 이우 활동을 띄엄띄엄 하는데 백두라는 조직이 의외로 끈끈하다는 것을 느꼈다. '왜 저 사람들은 저렇게 유별나게 티나게 행동하나?'라고 생각하기도 했고, 하지만 나와는 상관없는 일이라 생각을 했다. 그런데 시간은 흘러 막내가 입학을 할 것을 가정하니 갑자기 당황스러워졌다. 큰애들은 여자라는 이유로 빠졌지만, 남자인 막내는 무슨 이유를 댈까 했는데 마땅한 명분이 없었고, 고민 끝에 내린 결론은 어차피 피할 수 없는 것 즐기고, 제대로 준비하자고 생각을 했다. 그래서 주변에 등산에 대해서 가르쳐 주는 곳이 없는지 수소문을 했고, 그 결과 추천받은 곳이 '한국등산학교'라는 곳이었다.

그 사실을 알고 그곳에 들어가기 위해서 1년 전부터 로비(?)를 하고 체중감량에 들어갔다. 쉽지는 않았지만 88킬로그램까지 체중을 줄이고 등반학교에 갔더니 이것은 등반학교가 아니라 암벽학교였다. 암벽학교에서 한 달 반의 훈련(?)을 통해서 '백두대간형 사나이'로 마음을 무장하고, 체력단련을 위해 압구정동에 있는 헬스클럽에서 몸 만들기에 들어갔다. 워낙 게을러서 실제로 운동한 날은 10일도 채 되지 않았지만. 식단으로 체중을 나름대로 조절하긴 했으나 역시 만족할 만한 수준은 아니었다. 초기에는 체력단련을 위해 계속 계단으로 다니고 대중교통을 이용했다. 이제는 조금 시들해졌지만, 백두는 어느덧 내 삶의 중심으로 다가와 있었다.

제11차 1박2일 산행 이튿날, 은티재(520m)에서 악휘봉 삼거리(821m)로 가는데 수많은 대간꾼을 만났다. 지금까지는 거의 대간꾼을 보지 못했는데 우리가 역주행을 해서 그런 것 같았다. 암릉구간이 많다고 했는데 몇 구간을 지나니 비가 내리기 시작한다.

방수는 잘 안 되더라도 외투를 꺼내 입고 한참을 가는데 비옷을 준비하지 않은 아이들이 많다. 초등학생 현수에게 바람막이를 입혔는데 아이는 땀이 잘 통하지 않는다며 짜증을 낸다. 종승맘이 비옷을 꺼내서 주는데 울면서 올라가 버렸다. 마음이 아프다.

열심히 올라가다 비가 약간 멎어서 현수와 아빠가 만나서 열심히 처치를 했다. 현수빠가 마음을 달래주고 다른 옷을 입히니 마음이 좀 돌아온 것 같다. 점심을 먹고 열심히 걸어가니 악휘봉 입구부터 출입금지 구간이란다. 이런 황당할 데가……. 아이들이 반발을 한다. 많은 사람들이 불법으로 출입금지 대간을 달리고 있었다. 돌아갈 수도 없고 해서 그냥 가기로 했다. 악휘봉삼거리에서 열심히 걸어가는데 비와 어울리는 우중 산행이라 제법 낭만적이라 생각하며 열심히 걸어갔다.

몇 시간을 더 가니 신발에 물이 들어와서 걷기가 상당히 힘들어졌다. 신발을 벗고 짜고, 장갑의 물을 짜고 모자의 물을 짜면서 계속 걸었다. 비 가 잠시 멎은 곳에서 사람들이 쉬고 있었는데 정말 장관이었다. 그래서 즉석으로 이름을 지었다. 신선대라고……. 아무도 이견을 제시하지 않았 다. 나는 신선대에서 몇 장의 사진과 동영상을 찍고 아이들과 다시 걷기 시작했다.

선두가 장성봉에 도착을 했다는 무전이 왔고 GPS로 위치를 확인했다. 한참을 걷는데 너무 배가 고팠다. 좀 쉬면서 남은 밥을 먹으려고 했는데

사람들이 계속해서 빨리 가자고 한다. 발가락은 불어서 아파오고 배도 고프고 속도는 떨어지고 최악의 컨디션이었다. 후미로 처져서 발을 식히고 다시 물기를 짜내고 신었다. 남은 도시락을 먹고 장성봉으로 향했다. 장성봉(915.3m)에서 잠시 쉬었다가 버리미기재로 다시 향한다. 무전에는 먼저 도착한 사람과 산림청 사람 간에 숨바꼭질이 벌어진다. 한참을 내려가니 버리미기재를 만나서 이번 산행이 끝났다. 버리미기재 밑 계곡에서는 비를 피해서 준범맘빠와 준범이의 가족상봉이 이루어졌다. 이와 함께 성공산행을 자축하는 막걸리 파티가 열렸다. 계곡에서 대충 씻으려고 하는데 기획대장이 맘들을 데리고 내려온다. 이런 황당할 데가! 상당히 의도적이다. 옷을 다 벗고 갈아입어야 하는데 맘들이 와버린 것이다. 대충 가려달라고 해서 어둠을 이용해서 옷을 그냥 갈아입었다. 열심히 옷을 입고 버스에 와서 출발을 하는데 노래방이 열린다. 노래방 기계가 없었다면 어쩔 뻔했는지. 다들 노래도 너무 잘한다.

특히 우란빠의 '상아의 노래'는 많은 맘들의 마음을 사로잡은 것 같다. 우란맘도 우란빠의 노래에 반해서 결혼을 했다고 한다. 열심히 노래를 부르며 가다 보니 괴산휴게소에 도착했다. 비가 엄청나게 와서 잠시 쉬다가 휴게소에서 향미암 우동을 먹는다. 예전의 대충 만든 밀가루 우동이 아니라 아주 맛있게 우동을 먹었다. 잠시 자고 일어나니 동천동이다. 짐이 엄청 많았고 물을 먹어서 더 무거웠는데 지연빠가 차에 짐을 실어줘서 편하게 집으로 왔다. 피곤한 몸을 이끌고 대충 정리한 다음 잠자리에 들었다. 1박2일의 11차 산행도 힘은 들었어도 행복하게 마쳤고 꿀맛 같은 잠의 세계로 빠져들었다. _**김인현**

■── 새벽 3시 이화령에서 시작한 첫째 날 산행은 황학산, 백화산, 사다리재, 시루봉갈림길을 지나 산성터 삼거리에서 끝났습니다. 산성터 삼거리에서 은티마을로 이어지는 바위투성이 길 같지 않은 길을 타달타달 내

려와 산장에 배낭을 부린 후, 나는 마을 옆을 흐르는 차고 맑은 작은 계곡에서 땀 냄새를 씻었습니다. 행여 내 몸을 떠난 인공의 냄새가 물속을 노니는 물고기들의 생체리듬을 어지럽히지나 않을까 저어하면서도 맑은 물의 유혹을 이길 수가 없었습니다. 상아아빠가 내 등을 씻어주었고, 내가 상아아빠의 등을 훔쳤습니다. 등의 표면적을 계산해 보면 전혀 수지가 맞지 않은 '거래'인 셈이지요.

이 얼마만의 등물인가요. 샘물로 등에 흐르는 땀을 씻어주던 손길의 기억이 물 위에 일렁이는 푸른 나무 사이로 되살아옵니다. 목욕탕에서 다른 사람의 등을 밀어주는 '미풍양속'이 사라진 건 언제일까, 또 왜일까. 뜬금없이 그런 생각을 하면서 머리를 감고, 온몸을 닦고, 옷을 갈아입습니다. 상아아빠는 민망해서인지 등을 돌리고, '조각미남' 정인이는 아슬아슬하게 균형을 잡고 돌 위에 서서 옷을 갈아입는 비대칭의 몸뚱이를 자꾸만 흘깃거립니다. 아마도, 나의 착각이겠지만, 황홀해서였을 것입니다! 나중에 정인이가 레오나르도 다빈치의 '인체비례도'를 본다면 상투적인 비례와 대칭의 미학을 과감하게 수정해버릴지도 모릅니다.

산으로 둘러싸인 은티마을에 어둠이 내립니다. 이 마을에는 사과밭이 많습니다. 푸르고 붉은 사과를 깨물고 싶은 생각에 입에는 자꾸만 침이 고입니다. "한 알 따서 먹을까?" 누군가 이렇게 말했지만 아무도 엄두를 내지 못했습니다. '서리'는 곧 '도둑질'이라는 무언의 명령 때문에 서리의 추억마저 꺼낼 수가 없습니다. 지천으로 널린 달고 신 사과를 그저 바라볼 뿐, 나무에서 갓 따낸 햇사과를 한 입 깨물고 싶다는 생각일랑은 미리 감치 접어야 했습니다.

은티산장 식당 배식구 천정 아래 액자가 하나 걸려 있습니다. '如山嚴正 如嶽剛健 如登頂自立'이라는 글귀가 적혀 있더군요. 출처는 분명하지 않습니다. 보잘것없는 한문 지식에 비춰보아도 문법상 어딘지 어색합니다. 어쨌든 맥락을 고려하여 풀어 보면 '산처럼 엄정하고 큰 산처럼 강건

하며 산에 오를 때처럼 스스로 서라' 정도로 읽을 수 있을 것입니다. 작은 산이든 큰 산이든 오만방자한 인간의 손길이 파헤치지 않는 한 엄정하고 강건합니다. 그런 산을 오르는 자가 산의 가르침을 외면할 수는 없겠지요. '산을 오를 때처럼 스스로 서라'는 '명령'은 엄정하고 강건한 산의 깊은 고독을 웅변하는 말일 겁니다. '스스로 서는 자'는 외로움을 동무로 삼을 수밖에 없지 않겠습니까. 함께 끌고 당기며 산길을 걸으면서도 끊임없이 고독과 외로움의 의미를 되새김질하는 것도 어느새 이러한 산의 가르침을 조금은 알아들었기 때문일 겁니다.

시루봉갈림길을 지나 산성터로 향하는 중간 지점에 배너미평전이 있습니다. 산속에 자리한 상당히 넓은 평지입니다. 그곳에는 유난히 쓰러진 나무들이 많습니다. 평전을 휩쓴 거센 바람 때문이었을까요. 햇살도 스며들기 어려운 곳, 낙엽이 겹겹이 쌓여 안으로 안으로 썩어드는 냄새가 가득합니다. 낙엽이 부식토로 변하면서 새로운 생명들을 키우는 분주한 소리가 들려오는 듯도 합니다. 그러니 '썩는다'는 표현보다 '삭는다'는 말이 적절할 것 같습니다.

'부패'와 '발효'. 썩어서 다른 생명의 발아를 가로막는 부패는 인간의 일에 가깝고, 삭아서 새로운 생명을 품고 기르는 발효는 자연의 일에 가까울 것이라는 근거 없는 상념 때문에 다시 울적해집니다. 발효하는 관계보다 부패하는 관계가 더 기승을 부리는 세상에서 나는 어떠한가. 이상(理想)을 공유하고 있다는 얄팍한 믿음으로 다른 꿈과 상상은 싹부터 무질러버리는 관계란 과연 지속할 가치가 있는 것인가. '이해관계'라는 지상명령과도 같은 관계를 떠난 관계의 상상은 정말 불가능한가. '나'가 독아적(獨我的)인 '나'로 정립할 수 없다면, 주체성이란 관계 속에서만 상정할 수 있는 것이라면, 관계를 떠난 '나' 또는 주체는 생각하기 어려울 것입니다. '나'란 '나'와 '너' 또는 '그'의 사이 어디쯤에서 이합집산하는 '그 무엇'이라고 항변하면서도 나는 관계가 암묵리에 요구하는 정형화된 정체성 때문에 적잖이 피곤했던 모양입니다.

배너미평전에서 연둣빛 싹이 초록의 기억을 간직한 채 검은 흙으로 번신(翻身)하는 과정을 어설프게 그려보면서 나는 관계의 그물을 어떻게 짤 것인지, 어떻게 찢어버릴 것인지 한참을 생각했습니다. 엄정하고 강건한 산의 깊은 고독이란 어쩌면 관계를 갈망하면서도 그럴 수 없는 존재감각에서 우러난 것인지도 모릅니다. _정선태

■── 떠나기 전날부터 들떠 있었다. 산속 시골집에서 하루를 보낸다는 생각에, 은하수는 볼 수 있을까, 폭염으로 근 20일 가까이 숙면을 취하지 못했는데 그곳은 시원할 거야, 툇마루에 앉아 뉘엿뉘엿 지는 해를 바라보며 도란도란 이야기해야지, 오랜만에 텐트 안에서 잠을 자는구나 생각하며 설레는 마음으로 떠난 길이었다.

시작은 좋았다. 헤드랜턴에서 뿜어져 나온 빛은 이리저리 떠다니는 물방울을 만나 사방으로 흩어지며 희뿌연 주변을 조성하고 적당히 시원한 새벽공기와 더불어 신선세계 분위기를 제대로 표현하고 있었다. 뚝뚝 떨어지는 이슬소리와 함께 뿌연 새벽이 몽환적으로 다가와 마치 내가 선녀가 아닐까 하는 착각도 일으키게 하였으니까. 신선놀이도 지겨워질 쯤 사방은 거짓말처

163

럼 깨끗해지고 랜턴의 강한 한 줄기 빛이 새벽의 어둠을 가르는 선명함에 즐거워했다.

적당한 오르막도 마음에 들었고 폭염에 지친 나의 몸이 시원하다 못해 다소 쌀쌀하기까지 한 서늘함을 모든 감각으로 받아들이며 깨어나고 있었다. 전망대에 올라 운무가 깔린 산 아래로 햇살이 퍼지던 광경을 보았다. 전혀 다른 또 하나의 일출. 평이하게 진행되던 산길이 지루해질 쯤 나타난 밧줄길은 새로운 놀이였다. 졸립고 힘들어 짜증이 한 바가지였던 시훈이는 밧줄을 보자 깔깔대며 내가 뒤로 넘어갈 소리를 한다. "이제야 좀 재밌네. 이런 길만 나왔으면 좋겠다!" 허걱, 애야, 아줌마는 무릎이 몹시 안 좋단다. 무슨 그런 무시무시한 말을……. 그렇게 조봉을 지나고 황학산을 지나고 백화산을 오를 때까지도 나는 행복했다.

딱 여기까지만 기억하고 싶다. 여기까지만 기억하런다. 그 뒤에 무슨 일이 일어났는지는 생각하고 싶지도 않다. 그저 툴툴대고 걸었다. 그야말로 짜증스러울 정도로 딱 내가 움직인 만큼 정직하게 줄어드는 거리. 어느 순간 이 길이 헛돌이길이라고 알아차린 순간의 패닉 상태. 1킬로미터도 안 되는 거리를 한 시간 동안 걷고 있는 느린 발걸음. 전망이고 뭐고 진행방향이 아니면 단 한 발자국도 움직이고 싶지 않은 마음. 그런데 선두대장은 도대체 무슨 생각으로 우회길을 놔두고 꼭 바윗길을 타고 넘으라고 표시를 해 뒀는지. 갈림길에서 은티마을 표지를 보았을 때 희양산 쪽으로 방향을 트는 사람들은 아주 밉상이었다.

다 왔다고 생각했을 때 나타난 새로운 이정표. 은티마을 3.2킬로미터. 사람 돌게 만드는구나. 선두대장 표현대로 길 같지 않은 길을 내려오며 정신줄을 놓기 시작한다. '천국과 지옥이 다 마음에 있나니 이곳이 천국이라 생각하면 곧 천국인 것이다.' 돌아온 대답, '빌어먹을!' 크크크. 그래 내가 욕먹을 소리 했지, 욕먹을 소리 했어.

매실음료를 들고 우리를 기다리는 고산님과 사모님을 만났을 때는 눈물겹도록 고마웠다. 그러나 마음과 다르게 입에서 나온 소리는 "아이고, 도대체 백두를 왜 만드셨어요?" 그리고 그야말로 다 왔다고 생각했다. 그런데, 그런데……(저녁에 이야기를 나누면서 알게 된 것인데 그 먼 산길을 2리터 물병 10개를 지고 올라오셨단다. 세상에나. 너무 얼지는 않을까, 혹 다 녹지는 않을까 하며 정성스럽게 딱 적당한 온도로 얼리기 위해 신경 쓰며 준비해 가지고서.) 가도 가도 끝없는 하산길, 짜증 제대로다. 도대체 줄어들지 않는 돌투성이길을 내려가면서 지호와 솔이를 만났다. "애들아, 힘들지 않니?", 지호 왈, "아니요, 지금 야생마처럼 뛰라고 해도 할 수 있어요. 10분 걷고 30분 쉬고, 10분 걷고 30분 쉬고 하면서 왔는데 뭐가 힘드나요?" 허걱, 그래 니들은 젊어서 좋겠다. 어둑어둑해지는 계곡, 앞서 뛰어가는 아이들의 웃음소리, 땅으로 꺼질 것 같은 나의 몸…….

새벽 3시 반에 시작한 산행은 오후 6시 반이 되어서야 끝이 났다. 그런데 말이다, 힘든 건 힘든 거고 스멀스멀 기어 올라오는 이 못된 즐거움은 또 무엇인지. 스스로를 괴롭히며 묘한 쾌감을 맛본다는 매저키스트적 기질이 나에게도 존재하는 것인지. 나 원 참.

20일 가까이 계속되는 열대야에 시달리며 불면의 밤에 시달리던 나는 이 날 내 몸이 모기의 식량으로 사용되는 줄도 모르고 정말 시체처럼 널브러져 잠이 들었다. 아무나 느낄 수 없는 행복의 상한선을 만끽하면서. 이제는 정말 만나기만 해도 즐거워 웃음이 먼저 나오는 백두8기 가족들, 이번 산행이 육체의 만병통치까지는 몰라도 마음의 만병통치의 묘약이라는 사실은 인정해야 하지 않을는지. **김선현**

■── 내가 그를 처음 본 건 학년 송년 모임에서였다. 모임의 분위기가 무르익을 즈음 그는 전작이 있었는지 조금은 흐트러진 모습으로 나타나 작은 난동(?)을 부렸다. 그 일로 난 그를 알고 그는 나를 모르는 관계가 시작된다.

내가 그를 두 번째 본 건 백두 1차 산행 때이다. 난 이유를 알 수는 없지만 그가 그곳에 나타난 게 참 의아하게 느껴졌다. 그는 아주 피곤한 모습으로 산행을 시작했다. 그리고 중간중간 앉아서 쉬는 모습이 눈에 띄곤 했다. 그럴 때마다 난 "괜찮으세요?"라고 묻곤 했다.

내가 그를 세 번째 본 건 백두 2차 산행 때이다. 그날도 그는 조금은 피곤한 듯한 모습이었다. 난 1차 산행 때 그의 모습이 생각나 마주칠 때마다 "괜찮으세요?"라고 또 물었다.

내가 그를 네 번째 본 건 수지로 향하는 버스 안에서였다. 자정이 가까워 오는 시간이었고 난 반가워 인사를 건넸는데, 그는 어색한 듯 "아, 네……" 하는데, 그 상황을 불편하게 느끼는 게 나한테도 전해진다.

내가 그를 다섯 번째 본 건 백두 3차 산행 때이다. 난 이제 그에게 "괜찮으세요?"라고 물어볼 수가 없다. 그와 난 걷는 속도가 다르기에 마주칠 일이 없어졌다. 그때 난 알았다. 내가 "괜찮으세요?"라고 물을 때 그는 속으로 "너님이나 잘 하세요!"라고 했을 것이라는 걸. 그래서 난 나한테 말해주었다. "너나 잘 하세요!"

그는 요즘 날아다닌다. 처음에 봤던 외롭고 피곤한 듯 느껴지던 뒷모습은 찾아볼 수가 없다. "네" 라는 대답 외에는 말을 아꼈던 그가 요즘은 산행을 마치고 하이파이브를 청하기도 하고, 가끔은 농담을 건네기도 한다. 깃털처럼 걷는 그의 뒷모습은 무대 위에 서 있는 남자 무용수 같기도 하고 고독한 철학자의 모습을 보일 때도 있고 때론 장난꾸러기 아이 같은 모습을 보이기도 한다. 또 입꼬리를 살짝 올리며 웃는 냉소적인 모습에서는 섹시함까지 느껴진다.

그는 원래 이런 사람이었을까? 아니면 백두가 그를 전보다 밝은 느낌의 사람으로 바꾸었을까? 그는 현재 백두8기 대간꾼들 중 가장 산행을 즐기는 사람 중 하나다. 백두대간을 마치는 내년 10월쯤이면 그도 나도 또 우리도 어떤 모습으로 어떻게 현재와 달라져 있을지 궁금하다. _이희자

■── 짧은 여름내 해왔던 새벽 산행은 늘 채 깨어나지 못한 육체의 피로와 함께 시작됩니다. 마치 두 끼 식사와 간식으로 꽉 차 있는 배낭 위에 뭔가를 더 얹어놓은 듯, 어깨는 무겁고 물기를 머금은 스펀지처럼 몸은 축 처져 있으니 어떻게 이 산행을 마칠 수 있을까. 해 뜨기 전까지는 정말 고역이지요. 그냥 아무 생각 없이, 뭘 보겠다는 의지도 없이 꾸역꾸역 갑니다.

그러다 해가 뜨면서, 이른 아침 식사를 하면서 몸에 에너지가 보충되고 생기를 얻습니다. 사물이 제대로 보이기 시작하면서 경치도 감상하고 주변사람들과 대화도 나누다가 또 어느 땐 홀로 걸어가면서 생각에 잠기기도 합니다. 무념무상, 그렇게 걷다 보면 산속의 시간은 또 어찌나 잘 가는지요. 끝이 없을 것 같은 긴 산행의 종지부를 찍는 하산길이라 그 거리(3.2킬로미터)와 난이도가 만만치 않았음에도 방심을 했었나 봐요. 성터를 지나 은티마을로 내려오는 길. 백두1기 선배님이신 동석 부모님을 만나 매실음료로 목을 축인 뒤 더욱 발길을 재촉하며 내려가는 길. 그만 아차, 하는 순간에 길을 잃었습니다. 앞뒤로 예준맘빠와 현수아빠, 채림아빠가 계신 걸 위안 삼았는지 혼자서 겁도 없이 내려가다가 말이지요.

처음엔 이 길이 아닌가 보다 하는 순간 마지막 백두 표시 리본이 있는 나무까지 되돌아갔지요. 그리고 그 자리에서 주변을 아무리 봐도 아까 잘못 갔던 길이 맞는 길 같아 다시 또 내려갔습니다. 그런데 한참을 내려가다 보니 아무래도 느낌이 이상해요. 다시 또 되돌아가고 싶었지만, 다시 올라갈 길도 막막할 정도로 많이 내려온 것 같아 그냥 혼자서 길을 찾아가 보기로 했습니다.

설령 그 길이 아니더라도 계곡물만 따라가면 어쨌든 출구는 있겠지 하면서 말이지요. 어쨌든 내려가는 길이고, 얼마 남은 것 같지도 않은데 가다 보면 나오겠지, 나올 거야 스스로 주문을 외우면서 내려가길 한 시간째. 계곡을 따라 간다는 게 그리 쉽지 않음을 절감했습니다.

잔돌들과 평탄한 바위만 있는 게 아니라 갑자기 절벽 같은 바위가 나
오는가 하면 도저히 건너갈 수 없을 만큼 깊은 물이 앞을 가로막습니다.
다시 옆길로 나왔다가 옆길이 무성하면 다시 계곡으로 들어왔다 하기를
몇십 차례, 서서히 기운도 빠지고 슬금슬금 겁도 나기 시작합니다. 날이
저물어 가고 있는 시점이었으니까요. 갑자기 무섬증이 확 몰려오면서 동
시에 몸이 뻣뻣하게 긴장을 합니다. 잘 가고 있었는데 바위에서 미끄러지
기 일쑤이고 마른 낙엽인 줄 알고 밟았다 무릎까지 쑥 들어가 혼비백산
하고……

　　그동안 몰랐던 스틱의 고마움을 새삼 절감하면서 여기서 다치기라도

하면 정말 끝이란 생각을 하며 계곡물에 시원하게 땀인지 눈물인지 모를 뜨거운 액체들을 씻어냅니다. 안 되겠다 싶어 방전되어 꺼진 핸드폰을 다시 켜서 꺼져가는 불씨를 살리듯 산행대장님의 번호를 찾아 발신을 해봅니다. 아, 띠디디딩……. 효과음을 끝으로 완벽하게 꺼져버린 불씨. 그 순간이 얼마나 안타깝고 절망스럽던지 눈물이 나옵니다.

난 정말 강한 사람인데, '무적의 삼형제'를 키우는, 그보다 더 씩씩하고 강한 엄마인데 이제 웬만하면 눈물 같은 거 흘리지 말고 살자 다짐하고 사는데. 이런 불가항력적인 상황에서는 어찌할 수 없는가 봅니다.

주변에 사람이 없음을 알면서도, 구호 요청을 해봐야 소용이 없을 줄 알면서도 딱 한 번 소리 내서 누군가를 불러봤습니다. "거기 누구 없어요?" 절망의 순간, 위기의 순간, 몇 가지 생각들이 머리를 어지럽히더군요. 하나는 우리 삼형제들 생각. 우리 삼형제들 어떻게 하나……. 또 하나는 내가 만일 늦게까지 못 내려가면 우리 백두8기 가족들 난리가 날 텐데……. 아무튼 제가 워낙에 긍정적이고 낙천적인 성격인지라, 삼형제와

8기 가족을 생각해서 울지 말고 죽을힘을 다해 앞으로, 밑으로 내려가자 하면서 구르듯 내려왔습니다.

마을과 가까워지며 사람 발자국 비슷한 것, 하다못해 과자 껍질, 출입 통제 푯말 같은 것만 봐도 얼마나 반갑던지. 마을에 내려가면 택시를 잡아타고 산장으로 가야지 하면서 내려오는데, 어느덧 얕은 지대가 펼쳐지면서 눈앞에 빌라인지 별장인지 멋진 건물이 한 채 턱 나타납니다. 아, 살았다! 이제 살았다 생각하니 거짓말 같이 평안이 찾아오네요. 일단 마을로 더 들어가보자 하고 터벅터벅 걸어가는데, 저 앞에 웬 SUV 차량이 멈칫멈칫. 그리고 차문이 열리며 나타난 반가운 정인아빠. "왜 그리로 내려오세요?" 어머낫! 출구는 다른 길이라도 저 제대로 내려왔나 봐요.

한 시간이 마치 열 시간 같았던 나홀로 헛돌이길. 그럼에도 후미보다 더 일찍 내려왔으니 그동안의 나홀로 '생쑈'를 누가 알겠으리오. 이미 상황이 종료되어 잘 내려와 있는 마당에, 감정은 이미 수습되어 있는 마당에, 길 잃어 고생했다는 말은 했지만 그 당시의 절박함과 두려움은 어찌 생생하게 전할 도리가 없었네요.

아무튼 그날 그 후유증으로 은티산장에서 저녁 식사 후에 그 좋아하는 술 한 잔과 바비큐 구이와 따뜻한 대화의 시간을 마다한 채 일찍 잠자리에 들며 이런 생각을 했답니다. '아, 나는 왜 이런 고생을 하며 백두를 하는 것인가. 너무 힘들고, 고달프고, 길까지 잃어서 이젠 산에 진저리가 나려 하네.' _**박경옥**

12

막다른 길

"우리 인생의 길에는 비바람도 있고 어두운 길도 있다. 그래도 우리는 계속 그 길을 따라간다. 끝까지 가보지 못한 사람은 결코 느끼지 못할 그 무언가가 길 끝에 있음을 알기에…… 그 길의 끝에는 사람 냄새가 나는 희망이 있다. 그걸 보려고 우리는 쉼 없이 걸어가고 때론 달려본다. 그리고 드디어 그 길의 끝에 다다랐을 때, 심호흡을 한 번 하고 눈앞에 펼쳐진 풍경을 여유롭게 즐긴다."(윤방부, 『건강한 인생, 성공한인생』)

다시 시작입니다. 며칠 전의 11차 산행을 뒤로 한 채 12차 새로운 길을 갑니다. 산에 오를 때마다 막다른 길을 만납니다. 숨이 턱까지 차고, 팍팍한 다리를 내딛기가 버거워지는 순간마다 갈등을 합니다. 포기하고도 싶고, 좀 더 가보고도 싶습니다. 그리고 그 길의 막다른 곳에서 또 다른 나를 만납니다. 산만큼 나 자신을 잘 보여주는 거울이 있을까요? 특히 이제껏 만나보지 못한 가장 힘든 순간에 도달하면 적나라하게 산은 나의 본모습을 일깨워줍니다. 이 막다른 길에 섰을 때 나의 모습은 어떨까요?

산행일시 **2012년 8월 25일(토)**

산행코스 **이화령 · 조령산 · 신선암 · 923봉 · 821.5봉 · 조령 제3관문 · 고사리마을**

"정신줄은 놓더라도 밧줄은 놓지 마라!"

■── 버스에서 내려서 보니까 해가 거의 떠 있었다. 역시 2시에 만나니까 이렇게 좋구나! 자세히 보니까 지난번에 시작했던 그 터널 있던 데랑 똑같은 곳이었다. 지난번엔 터널이 정말 길게 느껴졌었는데, 밝을 때 보니까 터널이 그렇게 길지도 않고 끝이 가깝게 보였다. 이번엔 터널을 지나지 않고 바로 산으로 올라갔다. 물론 체조를 마친 다음에. 처음에는 지루하고 심심한, 심하지 않은데 그렇다고 쉽지도 않은 어중간한 오르막길이 계속 나와서 좀 실망했다. 이런 길만 끝까지 계속 나오는 것인가……

이러면 안 되는데. 아침 먹을 때까지 거의 계속 이런 길이었다. 아침을 먹고 나자 드디어 바위 구간이 나오기 시작했다. 아이, 좋아라! 재미있었다. 바위 구간은 시간은 좀 많이 걸리지만, 재미있고 앞사람이 오르는 동안 기다릴 수 있어서 좋다. 이번에는 정말 신기하게도 난 졸리지 않았다. 으아악! 재미있는 데가 슬슬 많이 나오고, 내리막길과 오르막길이 골고루 조합된 길이었다. 내리막길에선 지호언니가 막 날아다녔다. 난 내리막길이 무섭다. 나도 내리막길을 잘 가고 싶다. **_허솔**

■ — 어둡지만 어렴풋이 보일 정도의 밝기에서 새들이 지저귀었고, 꽃은 활짝 웃어 주었다. 드디어 아침 먹는 장소, 속이 좋지 않았지만 산에서 나는 약수를 마셨다. 자연에서 마시는 자연의 물은 말끔하고도 매끄러웠다. 역시 여름인지 나무들이 풍성하고, 내 발밑으로는 작은 생물들이 지나간다. 다행히 열을 피할 수 있도록 비가 내린다. 비가 내려 추웠지만 굵은 거미줄을 타고 올랐다 내렸다 해야 했기 때문에 우비는 입지 않았다. 도중에 작은 버섯들이 옹기종기 다정하게 모여 이야기를 하고 있었고, 큰 우산처럼 커다란 버섯들이 길을 이어가고 있는 장면도 보았다. 가쁘지만 상쾌한 숨, 시원한 빗줄기, 아찔한 바위 위의 나. '막다른 길'에서 줄을 이용하여 앞으로 나아가고 또 가고. 막혀 있어도 우리가 앞으로 갈 수 있는 것은 우리 인간이 길을 만들어 가고 있기 때문이라는 생각을 했다. 많은 사람들이 모두 같이 시작하고, 같은 목적지를 갖고 있어도 서로 다른 길로 간다면, 서로 다른 자연의 느낌을 받지 않았을까? 같은 산을 같이 출발하고 같이 도착해도 다른 체험을 한다. 그렇다면 꼭 다른 사람들이 정하지 않은 길로 가보는 것도 좋지 않을까? **_김상아**

■ — 아침을 다 먹고는 선두로 가고 싶었지만 선두가 너무 빨리 출발해 버리는 바람에 그냥 후미로 가기로 했다. 이왕 후미로 가게 된 거 천천히

걸으면서 사진도 찍고 얘기도 하면서 걸었다. 걷다 보니 뭔가 빨리 갈 수 있을 것 같아서 나무계단이 나왔을 땐 다리 아픈 걸 꾸욱 참고 빨리빨리 올라갔다. 덕분에 지연이랑은 떨어지게 되었다. 계속 가다가 기록대장님을 만나 함께 빠른 걸음으로 갔다. 가는 길에 암벽이 엄청나게 많이 있었다. 나는 암벽이 재미있고 그나마 힘도 덜 들어서 좋았다. 예진이랑 같이 밧줄을 잡고 암벽을 탔더니 효과음이랑 괴성이 마구마구 튀어나왔다. 소리를 지르면서 산을 타니까 더 재밌었다. 우리가 너무 시끄러웠는지 지나가던 아저씨가 산신령님이 노하시겠다고 하셨다. **_유다연**

■── 산행을 하는 도중 비가 많이 왔다. 지연이는 캥거루 비옷을 입었고, 다연이는 보라돌이가 되었다. 나는 비옷이 찢어져서 점퍼를 입었는데, 색깔이 어두워서 늙은 보라돌이가 되었다. 무장을 한 뒤에는 더 힘든 암벽구간들을 탔다. 신나게 암벽구간을 오른 뒤 구름 속에서 점심을 먹었다. **_임예진**

■── 아침을 먹기 전까지는 쉬운 편이었다. 이윽고 암벽이 모습을 드러내기 시작했다. 안개 때문에 그 높이를 실감할 수 없는 낭떠러지에서부터 거의 90도에 다다르는 각을 가진 바위들을 오르내렸다. 여기선 정말 '난 이 밧줄을 놓치는 순간 죽는구나'란 생각을 끊임없이 했다. 이번 암벽을 탈 때 진짜 뼈저리게 느낀 것은 '사람은 다리가 길고 볼 일'이라는 것이다. 다리 긴 사람들이 이때만큼 부러울 때가 또 있었으랴.

바위를 오르고 나면 언제나 어김없이 쏟아지는 바람과 끝을 알 수 없는 안개가 저 밑에서 기다리고 있었다. 정말 멋있었다. '신선암'이란 이름이 붙은 이유도 알 것 같았다. 그렇지만 오르막이 있으면 내리막도 있는 법! 이것 때문에 더 힘들다. 기껏 힘들게 바위를 올라왔더니 이번에 반대로 내려가야 한다니.

그렇게 한참을 가서 점심을 먹으니 그 다음부터는 내리막이 시작되었다. 역시 내리막이 편하긴 편했다. 한참을 내려가니 조령 제3관문이 나타났다. 그런데 거기에 도착하니까 잔디와 건물과 하늘이 너무 예뻤다! 그래서 잔디에 누웠다. 바라본 하늘은 정말 청명한 색깔이었다. _강우진

■── 아침을 먹고 암벽을 탔더니 먹은 게 증발한 기분이다. 게다가 날씨가 나른해서 졸렸다. 해서 한숨 자고 있는데 비가 왔다. 귀찮게 우비를 꺼내야 했다. 우비로 가방까지 씌우니 마치 곱등이 같았다. 중반을 넘어갈수록 더 험하고 높은 암릉구간이 나왔다. 구름 위의 바위를 걷는 기분이었다. 그러나 그런 기분도 잠시, 조금이라도 옆으로 가면 떨어져서 즉사할 것 같은 구간이 나왔다. 진짜 긴장되었다. 시험 볼 때보다 더 긴장되었다. _이민규

■── 암벽구간은 좋은데 이번 구간은 힘들었다. 거의 직각으로 돼 있어서 올라가는 것이 힘들었다. 안개가 끼고 붙잡을 것도 없는 데가 많아 무서웠다. 바위에 구멍이 파였는데 그 속에 물이 고이면서 생긴 장구벌레를 다 죽이고 싶었다. 그것이 모기로 변해서 나를 물면 가렵고, 산이라서 더 힘들기 때문이었다. _이정인

■── 다음 목적지는 조령산! 1000미터가 넘는 산이라 조금은 걱정을 하였지만, 그냥 아무 생각 없이 처음 온 승연이를 도우면서 같이 가니 금방 조령산. 그까짓 거 별거 아니었다. 그 다음 923봉에 도착, 이때는 좀 힘들었던 것으로 기억한다. 사실 923봉 이후에 봉우리들은 잘 기억이 안 난다. 내려올 때 역시 시간이 많이 걸렸다. 그러나 암벽구간이 많아 힘들다기보다 미지의 세계를 탐험하는 기분이었다. 오늘 산행은 정말 쉽고 재미있었다. 다음에도 신선처럼 구름 위를 거닐면서 암벽 등반을 하고 싶다.

비록 비는 왔지만 비가 우리를 막을 수 있을 것이냐! _**김수련**

■── 백두대간을 하는 아이들은 이번 산행이 쉽고, 재밌고, 짧아서 아쉬
웠다고까지 하던데, 난 처음이라서 그런지 계속 올라가도 익숙해지기보
다는 그저 힘들다는 생각밖에 들지 않았다. 게다가 절반쯤 갔을 때, 왼쪽
발목을 삐는 바람에 걷는 게 더 힘들어졌다. 그래도 암벽 타는 것을 도와
주신 아저씨들과 같이 걸어준 친구들 덕분에 악을 쓰고 버스까지 도착하
긴 했지만, 다녀온 그날 저녁부터 기다렸다는 듯이 찾아온 온몸의 근육통
때문에 다시 가고 싶다는 생각이 깨끗하게 사라져 버리고 말았다. 하지만
엄마께서는 장비도 모두 구입했고 먼저 가고 싶다고 한 것도 나였으니
무조건 계속 다니라고 하셨다. 뭐, 나는 이런 힘든 산행을 계속하고 싶진
않지만 그래도 여러 번 다니다 보면 처음이었던 이번 산행보다는 좀 더
나아질 거라는 생각으로 다녀야겠다. _**차승연**

■── 조령산을 지나고 나서 내가 좋아하는 로프구간(암벽구간)이 많이 나
왔다. 로프에는 까만 때가 묻어 있어 잡으면 나뭇잎 부스러기, 흙 등이 많
이 묻어났다. 높은 암벽을 오르면 그 위에는 엄청난 바람과 함께 하얀 구
름바다가 등장하였다. 신선암에도 구름이 많아서 진짜 신선이 나올 것만
같았다. 나는 로프구간 하나하나, 언덕 하나하나를 지날 때마다 이것만
넘으면 끝나겠지 생각하면서 걸었다. 어느새 안개가 싹 걷히고 해가 뜨니
주변 경치가 날 반겨주었다. 큰 바위에서 누워 구름을 보며 무슨 모양일
까 생각해 보았다. 짱구 모양도 있었고 토끼와 거북이 모양도 있었다. '조
령 제3관문 1킬로미터'라는 표지판이 보이자 우리는 언덕만 빼고 쏜살같
이 달려갔다. 드디어 조령 제3관문에 도착하였다. _**이종승**

■── '정신줄은 놓더라도 밧줄은 놓지 말라!' 누가 말했는지 기억나진

않지만 산행 내내 생각하며 외웠던 명언이다. 목적지에 도착하였을 때 비가 왔다. 이번에는 기필코 선두로 가겠다는 다짐으로 출발했다. 처음에는 계속 올라가기만 하다가 갑자기 암벽코스가 나왔다. 그 후로는 틈만 나면 암벽코스가 나왔다. 그때는 비가 왔다 그쳤다 했던 터라 돌이 많아 미끄럽진 않았지만, 갑자기 하늘이 뻥 뚫린 듯이 비가 쏟아졌다. 소나기면 좋겠다 생각했지만 한 시간 동안 계속 왔다. 그때부터 계속 돌에 부딪히고, 찍히고, 넘어지고……. 너무너무 미끄러웠다. 그래도 가다보니까 아픈 것도 잊고 재밌어졌다. 그런데 무서운 구간이 나타났다. 산처럼 솟아오른 암벽의 가운데를 밧줄 하나에 의지해 건너야 한다. 양옆은 바로 낭떠러지인 데다 고소공포증까지 있어서……. 그래도 결국 무사히 건넜다! _윤해솔

■ ── 밧줄구간이 정말 많았다. 그런데 장갑을 못 챙겨왔다. 뭐 이리 준비 못 한 게 많은지. 아무튼 맨손으로 밧줄을 타야 했다. 조금씩 비가 오더니 우수수 떨어졌다. 반팔이었는데 우비를 입을까 말까 고민도 하기 전에 홀딱 젖었다. 그냥 이러고 다니기로 했다. 약간 으스스했지만 산을 오르다 보니 덜 추웠다. 하지만 더 걱정되는 것은 땅이 젖어서 미끄러지지 않을까 걱정이었다. 우진이가 우비를 입으니 비가 그쳤다. 계속 입고 있으라고 했다. 크크. 자꾸 같이 가던 친구들이 미끄러져서 불안했다. 그리고 나도 자빠졌다. 오르막길에서 뒤로 자빠져서 허리가 아팠다. 뒤로 쿵 떨어졌는데 놀이기구 타는 느낌이었다. _김주현

■ ── 높이 올라가는 암릉구간을 다 오르니 막 구름이 걷히고 마을이 서서히 보였다. 늘 보듯 산에 둘러싸인 마을이었지만 산행 시작 후 처음 보는 풍경이었다. 안개가 사라지고 더운 바람만 불어왔다. 암릉구간 너머에서 정인이가 선두라고 소리쳤다. 그리 기쁘진 않았지만 아무튼 달려갔다. 민규랑 종승 등 많은 사람들이 모여 있었다. 출발할 때 바로 따라가서 선두

와 같이 갔다. 많은 아이들이 오랜만에 모여 갔
다. 끝나기 30분 전 쯤에 난 혼자 왔다. '깃대봉
0.3킬로미터'라 적힌 이정표를 보니 지금까지
산을 한 바퀴 돈 느낌이었다. 끝까지 신기하게
발이 아프지 않았다. _박진우

■── 우리들은 작은 노란버스를 타고 갔다.
아담해서 잠이 잘 왔다. 차가 도착하고 준비
운동을 하다가 장갑이 하도 거치적거리고 보
는 눈도 없어서 차에 두고 왔다. 나는 그 장갑
이 얼마나 소중한지 처음 알았다. 바위를 딛고
나무에 의지하며 로프에 몸을 지탱하다 보니
손은 이미 흘러내리는 땀조차 닦지 못할 상황
이 됐다.

그렇게 험난하지만 스릴 있는 곳은 조령산
부터 조령 제3관문까지였다. 커다란 바위가 어
쩔 땐 벽이 되고, 길이 되고, 사다리가 되고, 나
무가 자라나는 틈새가 되기도 했다. 이번 산행
엔 흙보다는 바위가 더 많았던 것 같다. 로프구
간을 과감히 내려오다 '이런 밧줄은 누가 매달았을까, 바위를 누가 깎아 놓
았을까'라는 생각보다, '이런 밧줄이 없었으면 어땠을까, 바위를 깎아두
지 않았으면 어땠을까'라는 생각을 했다. 생각하면 가슴이 턱턱 막힌다.
바위가 앞길을 막는데 바위가 매끈해서 올라가지 못했을 것이다.

비스듬히 기울어진 바위 위에서 점심을 먹었다. 솔직히 유부초밥이랑
소시지랑 같이 담아갔더니 유부초밥에 소시지 맛이 섞여 텁텁했다. 점심
을 든든하게 먹고 또 암릉구간을 넘나들었다. 산행을 하다가 맞은 비는

무엇인가를 상쾌하게 해 주었다. 난 나의 파트너 준범이랑 이정표를 보며
조령 제3관문을 향해 갔다. 이정표의 숫자가 차츰 줄어들자 발걸음이 빨
라졌다. 마침내 조령 제3관문에 도착해서 고사리 마을로 가려니 또 오래
걸렸다. 가면서 조령 제3관문이 선비들이 과거를 치르러 가는 길이라는
것을 알게 되었고, 아스팔트로 걸어서 그런지 산에 있을 때보다 다리가
더 아파왔다.

　고사리마을에 도착하니 사람들이 식당에서 밥을 먹고 있었다. 나는

김치찌개를 먹고 싶은 의욕이 넘쳐서 가방도 안 벗고 먹으려 했다. '아침도 점심도 저녁도 밥도 국도 반찬도 김치찌개'였던 우리집 김치찌개보다 맛있었다. 산을 왜 타느냐고 묻자 '산이 거기 있으니까'라고 답한 조지 레이 말로리처럼 나도 김치찌개가 거기 있으니 먹으러 가는 것 같다.

밥을 먹고 친구들이랑 캐치볼을 하며 놀았다. 산행을 하고 밥을 먹고 노니까 뭔지 모를 뿌듯함이 있다. 이제 노을이 지고 버스에 오르자마자 잠이 들었다. 눈을 떠 보니 큰 차는 없고 내가 탔던 차만 늦게 왔다. 집에 오니까 팔 군데군데에 상처가 나 있었다. 언제 다쳤는지도 몰랐다. 빨리 아물기를 바랄 뿐이다. **_김동섭**

■─── 그렇게 밧줄에 기대 절벽을 오르고 암벽을 넘으며 오르락내리락 하는 시간은 도무지 끝날 것 같지가 않았다. 드디어 1.5킬로미터 남았다는 이정표를 보았다. 천리 길도 한 걸음씩. 아홉 시간 동안 잠도 잘 못 이루면서 갔지만 정말 한 걸음씩 가면 보람을 느끼는구나. 내리막을 계속 가다가 드디어 평지에 도착했다. 평지에서 쉬다가 나는 벌레를 죽이는 사건을 저질렀다. 쉬고 있는데 벌들이 계속 내 주위에 몰리자 짜증이 나서 바닥에 있는 녀석을 손으로 눌러버린 것이다. 하지만 아직도 살아 있었다. 언제 죽을지도 모르고……. 이대로 두면 고통만 남기고 동료들도 도와줄 것 같지도 않고……. 그래서 벌을 어떻게든 죽이려고 해보았다. 정말 개미보다 끈질긴 생명력이다. 그런 다음에 흙으로 덮어서 벌의 무덤을 만들어주었다. 나중에야 후회가 밀려왔다. 기분도 안 좋았다. 처음부터 죽이지 않았더라면! 벌아, 미안해……. **_유지훈**

■─── 지난번 산행과는 무관하게 한동안 나는 '백두대간 공포증'에 휩싸여 있었다. 동생 진우와 함께. 엄마가 백두대간 이야기만 해도 온몸이 괴롭고, 아빠가 카톡으로 새로 산 진우의 등산화 사진을 보여줄 때도 '아!

백두!' 하면서 나의 머릿속에서 백두대간을 잠시라도 꺼내고 싶지 않았다. 결국 12차 산행은 다가왔고, 전날인 금요일 학교가 끝나갈 무렵, 그 공포는 내 마음을 몸부림치게 만들었다. 그래서 친구들한테, "얘들아, 나 내일 백두 가는데 용기를 북돋아줘……."라고 불쌍하게 말했다. 그리고 여원이가 정말 밝은 표정으로 "파이팅!!"이라고 말해 주었다. 여원이를 보니까 그래도 힘이 좀 났다. 저렇게 가냘픈 여원이도 백두대간 완주를 했는데, 나도 할 수 있을 것이라고 스스로를 위로했다.

몇 시간 자고 일어나자 머리가 지끈지끈 아팠다. 아무것도 아니겠지 하며 참다가, 그래도 엄마가 준 아스피린을 먹었다. 버스가 이화령에 도착해 산행준비를 할 때(원래는 이때가 가장 괴로운 시간이다), 나는 갑자기 기분이 좋아졌다. 뭐랄까, 산행에 대한 부담이 없어지고 희망이 생긴 느낌? 별것 아닌 말에도 히죽히죽 웃음이 나왔다. 나도 내 자신이 왜 이러는지 몰랐는데 알고 보니 그 이유는 아까 먹었던 아스피린 때문이었다.

그리고 날 보던 엄마가 아빠에게 말했다. "얘 좀 봐, 아까 아스피린 먹고 기분 좋아져서 계속 웃는다." 그 상황도 웃겨서 또 웃음이 나왔다. 음, 산행 전에 아스피린 한 알 먹는 것도 꽤 괜찮은 방법인 듯싶다. 마약만큼은 아니지만, 마약과 비스무레한 효과가? 하하.

이번 산행은 저번과는 다르게, 내가 황송해야 할 지경인 일정이었다. 새벽 다섯 시에 출발, 그리고 한 시에 도착이었다. 물론 선두 기준이지만. 하늘은 산행준비를 하는 동안 많이 밝아졌다. 착용하고 있던 헤드랜턴을 도로 가방에 집어넣으면서 얼마나 좋던지.

항상 처음이 가장 무료하고, 숨차고, 가슴이 답답하면서 턱 막히는 기분이다. 일단 기본적으로 컴컴하기도 하고, '이제 또 시작이구나' 하는 생각에 갈 길이 너무나 아득하게 느껴진다. 어쨌든 마음을 다스리면서(?) 그 고비를 넘겼다.

'벌써?' 샘물이 있었다. 아직 오래 걷진 않았어도 그 물은 정말 맛있었다. 샘물을 마시려는 사람들이 많이 있어서 그랬지, 입을 떼면서 '아, 조금 더 먹고 싶다' 하며 아쉬워했다.

　조령산에서 길을 떠난 이후부터였던가? 줄타기가 시작되었다. 다행히도 예전부터 로프구간을 싫어하지 않았고, 오히려 좀 좋아해서 재미있게 산을 탈 수 있었다. 평범한 길은, 꼭 힘든 길이 아니라 하더라도 마음이 먼저 지치게 된다. 지루해지기 때문이다. 반면에 로프구간은 보다 체력이 많이 들어가지만, 통과할 때는 마치 미션 하나를 수행한 것 같은 성취감이 있다. 액션 영화에 나올 것만 같은 다이내믹한 구간은 더 스릴 있고 더 뿌듯하다.

　그렇게 로프를 엄청나게 많이 탔다. 이 산행은 마치 '로프구간 완전정복 코스'로 짜여진 것 같았다. 이런 저런 로프구간을 지나오고 나니까 어느 정도 요령이랄까, 숙련이 된 것 같았다. 그런데 '진짜' 로프구간은 따로 있었다. 나중에 등장한 곳이었다. 멀리서 바위 봉우리를 보았는데 그 바위 봉우리의 옆면, 그러니까 거의 세로로 된 면에 로프가 달려 있는 것이었다. 저기 아무 일도 없다는 듯 유유하게 매달려 있는 하얀색 로프가 미웠다. 그곳까지 가는데도 만만치 않았다. 일명 '말타기바위'(우리 엄마가 발을 어디다 둘지 몰라서 밟고 넘어가야 하는 부분에 말안장 위에 앉듯 앉아버린 바위)와, 호중이 어머니를 울게 만든 경사진 바위 구간도 있었다. 거기까지 가서 보니 진짜 다행히도 아까 그 직벽 로프구간은 예전 길이었는지, 훨씬 경사가 덜한 다른 길이 있었다. 휴! 그런데 그 바위도 만만할 리 없었다. 옆으로 기울어진 쪽은 낭떠러지 수준이었고, 바위 틈새에 발을 디뎌야 했지만 너무나 좁았다. 그래서 호중이 아빠가 잡아 주셨다. 그런데 잡아 주실 때 난 중심을 잃어서 바위에 엎드려 누워버리기도 했다. 가슴이 철렁했다. 다들 힘들게 그 구간을 통과했다.

　그러한 난코스가 있었다고 해서 로프구간이 앞으로 많지 않다는 건 아니었다. 계속 밧줄을 세게 잡으니까 손이 아팠다. 굳은살이 생길 것 같았다. 로프구간에서는 항상 줄타기 달인 수준의 지훈이 어머니를 보면서 감탄했다. 어딜 밟고 가야 할지 감이 안 오는 곳에서도 척척 갈 길을 만들어 가셨다.

마지막에는 호중이 어머니가 발목이 아프셔서 천천히 오셨고, 나와 엄마는 조금 더 일찍 내려갔다. 가고, 가고, 또 갔다. 드디어 산이 끝났다! '제3관문'!! 내려가니까 멋진 잔디밭과 멋진 성문, 그리고 음식을 파는 야외 식당이 있었다. 그리고 아이스크림도 팔았다!

조금 있으니 후미 사람들 모두가 내려왔다. 사진 찍고, 이제는 평지를 걸어 내려갔다. 법주사 때가 생각났다. 아무리 평지라 해도 이미 지친 발로 걸어도 걸어도 끝이 언제일지 모르는 길이었다. 그때는 엄청난 행운으로 어떤 교회 차를 얻어 타고 내려왔었다. 그때처럼 차를 타고 싶다는 생각을 하면서 걷다가, 호중이 엄마 발목이 아프셔서 식당차가 올 거라는 소식을 들었다! '역시, 후미가 이렇게 좋기두 하구나!' 마음이 순식간에 가벼워져서 몸도 가벼웠다.

조금 더 걸어서 시원한 계곡물이 흐르는 데로 갔다. 가방도 내려놓고, 신발도 벗고, 양말도 벗고, 물에 발을 담갔다. 정말 상쾌했다. 그동안 지끈지끈, 내 몸무게와 가방무게를 버티고 저 큰 산을 다 걸어다녀 준 발을 계곡물에 담그니 피곤이 많이 풀렸다. 세수도 하고 팔도 적시고, 이런 느낌은 역시 고생한 다음에야 진정으로 맛볼 수 있다.

차를 타고 식당에 가면서, 이 길을 다 걸어간 사람들이 참 대단하다고 느꼈다. 그리고 좋았다. 다들 우리가 도착하자 반겨주셨다. 수고했다고. 가장 감동적인 것은 환상적으로 맛있는 김치찌개가 있었다는 거였다. 공기에 가득한 밥을 보고 다 못 먹을 거라고 생각했는데, 먹을수록 쑥쑥 넘어갔다.

12차 산행이 어땠느냐고 물어보면 나는 재미있었다고 대답할 것이다. 이번 산행의 의미는, 나에게 용기를 준 것에 있다고 생각한다. 난 백두에 대한 막연한 두려움을 가지고 있었다. 물론 이런 두려움은 아직도 내 마음속에 존재한다. 앞으로도 그렇긴 하겠지 생각한다. 하지만 중요한 것은 내 마음에 크게 자리 잡고 있던 두려움이 사그라지고 이젠 두려움보다는 이것을 할 수 있을 것 같은, 이뤄내고 싶은 희망과 의지가 더 커졌다는 것이다.

생각해 보니까 벌써 12차 산행을 마쳤다. 꽤 많이 왔다. 걱정스러웠던 여름도 지났고 내 몸도 조금씩 더 맞춰지는 것 같다. 점점 어렵겠지만 할 수 있을 거다. 어떻게든 할 수는 있을 것이다. _박예린

■── 이상하게 나는 산을 오를수록 무식해진다. 따로 생각할 게 없기에 생각할 필요가 없는 것이라고 믿게 된다. 물론 다른 사람과 재미있게 이야기하며 걸을 때는 여느 때보다도 생각이 많아진다. 산에서는 편안하게 걸으면서 그냥 가볍고 기분 좋은 생각만 하는 게 나로서는 최선의 방법이다. _이인서

* * *

■── 아시다시피 연이은 불참으로 대장님의 관리대상 리스트에 오른지라 적잖은 부담감에도 용기를 내어 아들과 함께 참여한 백두길이었습니다. 오랜만에 오다 보니 허둥지둥, 화요산행이랑 헷갈리기도 해서 놓고 온 건 왜 그리 많은지, 이거야 원. (반팔 입고 안 추운 척하느라 혼났습니다.) 그래도 바짝 겁을 먹어서 그런 건지 아니면 적성에 맞는 종목을 만난 탓인지 조금 즐거웠고, 여전히 많이 힘은 들더군요. 그리고 지금은 팔이 많이 아픕니다. 이번 등산은 사지를 사용해야 했던지라……. 그래도 오랜만에 만나는 얼굴도 반가웠고 어느새 깊어져버린 백두의 산골짜기와 등성이가 하는 일 없이 거저 받은 선물처럼 띄엄띄엄한 저에게도 멋진 자태를

보여주었습니다. 너무 아름답고 푸르고 싱싱했습니다. 아들 녀석은 즐거웠다며 앞으로 절대 빠지지 않겠다고 합니다. 저도 아들에게 '나도 그럴게' 라고 속으로만 다짐했습니다. _윤채영

■── 이화령에서 내려가다 좌측 방향으로 산행을 시작했다. 어둑하고 축축한 길에서 백두대간을 이어주기 위한 공사가 한창인 것 같다. 10월 완공 예정이라는 신문기사를 본 적이 있다. 여기저기에 공사장 숙소와 장비, 현장이 보인다. 벌써 밝아 오는 여명을 보며 비에 젖어 축축한 바위들과 나무와 운무가 어우러져 마치 수묵화 속을 걸어가는 것 같다.

신선암은 나중에 알고 봤더니 문경산악회의 암벽코스 중 하나였다. 중간중간의 대슬랩과 침니를 보면서 정말 멋진 곳이라 생각을 했는데, 맑은 날에 찍은 사진을 보니 좌우가 다 보였으면 오히려 가기가 더 힘들지 않았나 생각했다. 사람들이 말하는 작두바위가 최고의 코스 같았다. 세 개의 연속 밧줄을 잡고 마루금을 건너면서 바람이 불면 상당히 위험한 코스 같다고 생각했는데 실제로 백두에서 가장 위험한 구간 중 하나라고 한다.

깃대봉을 우측으로 돌아 내려가니 조령 제3관문이라고 한다. 산 자체가 하나의 성이기 때문에 수많은 사람들이 이것을 두고 싸워 왔을 것이다. 후삼국시대의 아막산성, 그리고 이 관문 등은 모두가 치열한 삶의 현장이다. 백두는 단순히 산의 연결선이 아니고 우리 민족, 우리 삶의 치열한 역사의 현장이며 삶의 터전이라 할 수 있을 것이다. _김인현

■── 산행이 예정된 금요일에는 약속을 잡지 않으려고 매번 노력하지만, 개인의 의지와는 별개로 어김없이 회식 약속이 생긴다. 주중에 기획대장님이 올린 산행 공지문에 적힌 거리와 시간을 신뢰할 수 있다면 금요일 밤의 소맥 몇 잔 정도는 괜찮을 거라 생각했다. 2차를 가자는 회사 동료들을 간신히 뿌리치고 집에 와서 현수막에 날짜를 바꿔 붙이고 가져가야

될 짐을 대충 정리하니 벌써 11시다. 잠깐 눈을 붙였다가 일어나 보니, 여전히 비는 오고 있다. 왠지 불길한 예감. 일기예보대로라면 벌써 날이 갰어야 하는데! 집사람이 다리에 깁스를 해서 운전을 못 한다. 나도 음주운전이라 어찌 갈까 고민하고 있는데 1층에서 다연이랑 다연맘께서 기다리신다고 집사람이 알려줬다. 죄송스럽지만 그래도 별 대안이 없다. 염치 불고하고 얻어 타는 수밖에.

이화령에 도착하니 동이 막 트려고 한다. 그동안 야간 산행을 많이 하다 보니 잠이 부족했는데, 오늘은 훨씬 덜 피곤하게 느껴졌다. 해솔이도 잠이 많다 보니 새벽 산행을 힘들어했는데 오늘은 컨디션이 좋아 보였다. 날씨가 덥지도 않고 시원한 바람이 불어서 참 좋았고 구름과 어우러진 산속의 경치도 아름다웠다. 오후에는 날이 개면서 조령산과 조령 사이 암반 위에서 보게 된 조령의 경치도 환상 그 자체였다. 조령산에 오를 때 누군가 나에게 왜 조령산인지 이야기해 주었다. 조령이 너무 유명해서 조령 옆에 있는 산이 조령산이 되었다고(믿거나 말거나)!

산행은 생각보다는 많이 힘들었다. 거리는 짧았지만 암반구간이 많아서 밧줄을 많이 타야 했다. 출발 전에는 몰랐지만, 산을 오르면서 지도를 보니 밧줄을 타야 하는 구간이 9군데나 표시되어 있었다. 처음에는 지도에 뭘 이런 걸 다 표시하나 생각했는데, 지나고 나서 보니 지도에 표시할 필요가 있을 정도로 어려웠던 구간이 많았다는 생각이 든다. 그런데 머피의 법칙이라고 했던가? 하필이면 이번 산행에 장갑을 못 챙겨가지고 왔다. 술 마시고 정신이 없어서 제대로 챙기지 못한 어젯밤을 후회하면서 손바닥이 까지는 아픔을 참으며 밧줄을 잡아야 했다. 설상가상으로 산행 중간에 비가 왔다. 비는 잠깐 오고 그쳤지만 젖은 옷과 가방, 미끄러운 바닥은 암반구간과 더불어서 산행 내내 사람들을 괴롭혔다.

후미 전문 대장 지연빠가 오늘은 개인 사정으로 앞으로 가버렸다. 얼떨결에 같이 있다가 무전기를 받았는데, 할 수 없이 가장 후미에서 가게 되었다. 처음에는 중1 남학생들과 후미에서 같이 다녔는데, 점심을 먹고 나서는 산행대장님이 중1 남학생들을 데리고 먼저 앞으로 가셨다. 점심 이후에는 주로 엄마들이 후미에서 가게 되었다. 엄마들에겐 밧줄을 타야 하는 암반구간이 가장 부담스러운 듯했다. 체력적으로 힘들다기보다는 정신적으로 힘든 구간이었다. 나조차도 아찔한 암벽구간을 밧줄로 내려 가거나 올라가고 나면 몸에서 힘이 쫙 빠지는 느낌이 들곤 했다. 산행을 마치고 호중맘께서 너무 늦었다고 미안해하셨지만, 별로 미안해하실 일 은 없었다. 산행은 누구에게나 힘든 일이고 힘들어서 오히려 즐거운 추억 이 된 산행이었다. 오히려 지나간 산행에서 후미에 있다가 그냥 앞서 가 버린 적이 많았는데, 지연빠가 혼자서 챙기느라 많이 힘들었으리라는 걸 이제야 알았다. **_윤형제**

■──── 한눈을 파느라 제 갈 길을 모르는 시간, 나는 떠날 시간을 기다리면 서 뜬금없이 기다림의 밀도와 심장박동수의 함수관계에 대해 생각하고 있었습니다. 기다림이 간절할수록 심장은 다급해집니다. 그러다 어느 순 간 갑자기 멈춰버립니다. 이런 생리적/심리적 현상을 뭐라 명명해야 할 까요. 그 장소가 나를 기다리는 것도 아닐 텐데 나는 왜 이렇게 그곳을 갈 망하는지, 참 알다가도 모를 일입니다.

어떤 사람이 묻더군요. 왜 그렇게 산행에 빠져드는 거냐고. 아주 잠깐 고민하다가 대답했습니다. '아무개 사용법'을 아는 사람들과 어울려서라 고. 올해 초, 〈철수 사용 설명서〉라는 소설이 잠깐 관심을 끈 적이 있습니 다. 취업과 연애에 실패한 '철수'라는 스물아홉 살 청년의 우울한 초상을 그린 소설입니다. 사용 설명서를 매달고 팔리기를 기다린다는 점에서 전 자제품이나 '철수'나 다를 게 없습니다. 그런 사람이 어디 '철수'뿐이겠습 니까.

공자님 말씀을 빌리지 않더라도 나를 알아주고 내 안에 깃든 무형의 힘을 이끌어내주는 이야말로 참된 벗이 아니겠습니까. 그런데 지금 우리는 튼실한 내면보다 외형의 '디자인'에 쉽게 유혹당하는 세상에 살고 있습니다. '스펙'이라 부르든 '커리어'라 부르든 내실이 뒷받침되지 않는 화려한 겉모습이야말로 스스로 눈을 어지럽히고 정신까지 교란시키는 자기기만(自己欺瞞)이 아니고 무엇이겠습니까.

산행을 시작하면서부터 지금까지 나는 서서히 '아무개 사용법'을 아는 사람들과 조금씩이나마 꾸준히 가까워져왔습니다. 어린이든 늙은이든 누구나 다른 사람의 인정을 욕망합니다. '인정투쟁'이 관계를 피폐하게 하는 예도 적지 않지만 그렇다고 인정받고자 하는 욕망을 억압할 수는 없는 노릇이지요. 어떤 상황에서, 누구에게, 어떻게 인정받느냐는 점이 중요합니다.

내 경험에 비춰보건대, 우리는 인정과 수용에 대단히 관대합니다. '아무개 사용법'에 능숙하다는 말입니다. 오해할 리가 없겠지만, 지금 말하는 '사용법'이란 〈철수 사용 설명서〉의 '사용법'이나 전자제품 '사용법'과는 분명히 다릅니다. 관계의 사물화 따위는 비집고 들 여지가 없는, '흐르는 삶의 관계'를 이어가고자 하는 '백두8기식 아무개 사용법'이라 할 수 있을 것입니다. 이것은 의도했든 의도하지 않았든 산행대장과 기획대장의 철학에 바탕을 둔 '사용법'일 것입니다. 그리고 그들의 '명령 아닌 명령'을 '알뜰한 구속'으로 받아들이는 이들의 삶의 철학이 녹아 있는 '사용법'일 것입니다.

벌써 잠든 식구들에게 다녀오겠다는 인사도 하지 않고 새벽 마실 떠나는 처녀처럼 집을 빠져나왔습니다. 새벽바람에 '붉은 이슬'을 삼킨 몸이 후끈 달아오릅니다. 이번 산행 코스는 이화령에서 조령산, 신선암봉, 깃대봉을 거쳐 조령 제3관문에 이르는 길입니다. 조령산까지는 가뿐하게 올랐습니다. 그런데 조령산 이후 조령 제3관문으로 내려가는 갈림길까지는 온통 '밧줄길'뿐입니다.

바라보기만 해도 아찔한 바위를 밧줄에 의지해 타고 오르는 모습을 보고 있노라니 그야말로 가슴이 콩알만 해지더군요. 한 발만 잘못 디디면 아득한 구름 속 낭떠러지로 추락할 수밖에 없는 아슬아슬한 '길(!)'이 이어집니다. 해솔이와 현수를 비롯해 아이들은 무섭다는 말 한마디 없이 잘도 기어오릅니다. 날렵한 다람쥐처럼. 서촌선생과 '능글맞은' 새연아빠의 도움이 든든한 버팀목이었던 듯합니다.

아이들이 밧줄을 놓치지나 않을까 노심초사하면서 나는 연신 "정신줄은 놓더라도 밧줄은 놓지 말라!"고 애원했습니다. 아이들은 놀이공원에서 공포를 즐기듯이 밧줄길을 즐기는 듯했습니다. 하지만 엄마들은 어찌할까. 우란엄마, 예준엄마, 호중엄마, 진우엄마가 밧줄에 매달려 바르르 떨고 있는 모습이 자꾸만 눈에 밟혀 발걸음을 떼기가 힘들었습니다. 그 모습을 지켜봐야 했던 진우아빠와 해솔아빠는 얼마나 애를 태웠을까요. (산행을 마치고 드니 호중엄마는 그만 정신줄을 놓고 엉엉 울었고, 예준엄마는 자기를 뒤에 놓고 미련 없이 훌쩍 앞서 가 버린 남편을 원망하며 그 '힘'으로 산을 내려왔다더군요.)

마대봉을 지나면서부터 서서히 운무가 가시더니 험준한 바위산들이 제 모습을 드러내기 시작합니다. 밧줄에 기대 어둑신한 운무를 뚫고 지나온 우리들의 눈앞에 환한 초록빛 풍경이 펼쳐집니다. 좌우의 칼날 같은 낭떠러지를 운무로 가림으로써 험난한 길을 오르내리는 우리의 두려움을 덜어주려 했던 하늘의 깊은 뜻을 알 것도 같았습니다. 미처 보지 못한 풍경들이야 언젠가 다시 볼 수 있겠지요. 언젠가 분명히, 하늘 맑은 날, 아무런 두려움 없이 그 풍경을 맘껏 담으면서 이 길을 오르내릴 수 있을 것입니다. 그때는 북쪽으로 월악산과 문수봉과 소백산이, 남쪽으로 우리가 지나온 속리산 문장대가 보일 것입니다. _정선태

■── 낮은 비구름 저 너머로 동이 터서 랜턴을 켜지 않아도 산행을 시작할 수 있었다. 오늘의 산행코스를 대충 머릿속에 그려놓고, 처음부터 절

대 무리하면 안 된다고 다짐하며 후미 쪽에서 천천히 오르는데, 뒤에 계신 서촌선생께서 오늘 우리가 가는 이 코스는 백두대간 중 몇 안 되는 어려운 코스로 꼽히지만 능선 좌우의 경치가 아주 훌륭하다며, 힘들지는 않아도 어려운 코스라 알려주신다.

'힘들지는 않아도 어려운?' 순간 머릿속에서 단어의 의미가 뒤엉켜 동시에 내 발도 꼬여 넘어질 뻔했는데, 마치 그럴 줄 알았다는 듯 "힘든 것과 어려운 것은 다르잖아요?" 이러신다. "아, 네에."

겨우 대답을 해놓고 다시 혼란에 빠졌다. 그동안 습관적으로 '힘들다'

190

와 '어렵다'를 아무렇지 않게 뒤섞어 사용하고 있었으니 뒤통수를 한 대 얻어맞은 것 같았다. 난해한 수학 문제를 '어렵다'고 하지 '힘들다'고 하지 않듯이, 오랜 시간 산행을 하니 '힘들다'고 하지 '어렵다'고 하지 않듯이, 아주 명백히 다른 의미인데 도대체 내가 언제부터 이 둘을 내 맘대로 섞어버렸단 말인가? 까마득해 보여도 차근차근 시간과 공을 들이면 해결이 될 '힘든' 일도 '어렵다'고 푸념을 하고, 특별히 주의를 기울이고 고도의 집중력을 발휘해야만 마무리 지을 수 있는 '어려운' 과제 앞에서는 '힘들다'고 한숨지으며, 심지어 '힘들고 어려운'을 떼려야 뗄 수 없는 운명의

한 단어처럼 착 붙여 마음껏 사용하고 있었다.

조령산 정상을 지나면서 비가 본격적으로 내리기 시작했고, 비와 운무가 걷히면 로프를 타면서 눈앞에 펼쳐진 푸른 산맥의 장관을 만끽하리라던 부푼 기대를 접어야 했다. 처음엔 우의를 입지 않고 비를 맞으며 산행을 해볼 만했는데, 로프구간에서 차례를 기다리면서 대책 없이 맞아야 했던 강한 비바람의 난폭한 세례를 더는 참을 수가 없어 점퍼를 꺼내 입었으나, 이미 뼛속 깊이 스며든 냉기 때문에 추위에 떨어야 했고, 그때부터는 침도 삼킬 수 없을 만큼 목이 아파왔다.

경치라고는 눈곱만큼도 볼 수 없는 암벽코스를 지나면서, 머리에서 물이 뚝뚝 떨어지도록 비를 맞으며 침도 삼키기 어려운 목 때문에 물도 마음껏 마시지 못하고 힘든 걸음을 걷고 있자니, 어느새 뒤따라오던 종승맘이 나더러 무슨 깊은 생각에 잠겨 혼자 그렇게 걷는 줄 알았단다.

호중맘이 말한 작두(!)구간이 거기였는지 모르겠지만, 고소공포증이 있는 내가 아무렇지 않게 그 어려운 작두를 탈 수 있었던 건 몸이 아파 반쯤은 정신이 없었기 때문이고, 청명하지 않아 발밑 시야가 잘 보이지 않았기 때문이고, 또 한편으론 그분(!)의 도우심 때문일 것이다. 일출이 기막히다던 형제봉도, 경치가 장관이라던 조령산도 왜 우리 8기에게는 이런 것을 허락하지 않는지 내내 원망을 하고 있었는데 이때만큼은 경치를 꼭꼭 감춘 운무가 이렇게 고마울 수 없었다.

이런 난코스를 선두그룹의 아이들도 다 지났다고 생각하니 다시 기운이 난다. 백두를 하는 이우 아이들은 어린 나이에 참으로 값진 몫을 쌓아가고 있는 것 같아 대견하고 기특하고 부럽기 짝이 없다. 백두를 통해 얻은 경험으로, 살면서 마주칠 크고 작은 어려움들을 극복하면서 자기 삶에 당당하고, 주변의 삶과 세미한 이야기들에도 겸손히 귀를 기울이며 마음을 나누고 세상과 소통할 아이들 한 사람 한 사람의 미래가 조금씩 보이는 것만 같았다.

몸을 떨며 겨우 점심을 먹고 나니 비와 운무가 걷히고 해가 난다. 그냥 구름 사이로 살짝 나와 놀고 있는 게 아니라 찬 몸과 젖은 옷을 말려주고는 땀까지 빼줄 만큼 쨍쨍 내려준다. 게다가 오전에 못 본 걸 보상이라도 해 주듯 병풍처럼 조령 산맥의 경치를 펼쳐주기까지 한다.

감기몸살만 아니었으면 힘들지는 않고 어려웠을 이번 산행이 오히려 내게는 어렵지는 않고 힘이 들었다. 어렵지 않았던 건 그 '어려운' 코스를 무난히 종주하도록 도와주신 하늘과, 나를 둘러싼 많은 사람들 때문이고 다행히 그 도움들로 인해 암벽과 로프구간을 즐길 수 있었기 때문이다. _

임지수

■—— 지난번 산행에서 고생한 것을 알기라도 하는 듯, 구간이며 날씨며 체력이며 기분이며 모든 요건들이 박자를 맞춰 저를 위로하고 응원했습니다. 너무도 매력적이며 스릴 넘치는 암벽구간. 힘들게 올라가다가도 숨을 고를 수 있게 해주는 쉼터 같은 암벽이 있어 전 덜 힘들었네요.

밧줄을 타고 올라가는 것도 내려가는 것도 나름대로의 요령만 있으면 그리 힘들지도 어렵지도 않지만, 높은 곳에 대한 두려움과 겁은 좀 없어야 할 듯합니다. 적절하게 분배된 팔 다리 근육의 사용으로 이튿날 근육통이 느껴졌지만 묘한 쾌감을 느끼게 해주네요. 다음 날 회사에 와서 수원시 실내암벽장을 알아봤습니다. 이러다 암벽등반가가 되는 건 아닐는지.

게다가 날씨 또한 끝내줬습니다. 한 번 우중 산행의 경험이 있어서인지 비가 오기 시작함에도 별로 겁이 나지 않더군요. 오히려 바람과 비가 뒤섞인 적당히 찬 기운이 몸도 식혀주었고, 비가 선사하는 쾌적한 느낌도 정말 좋았습니다. 더구나 신선암을 지나며 언제 그랬냐는 듯이 맑아진 날씨. 눈앞에서 구름이 순식간에 물러나며 티 없이 맑은 경치가 드러나는 모습이란.

문경새재. 조령 앞에서 감탄을 아니 할 수 없게 됩니다. 아무리 밧줄

구간이 좋았던들 계속 구름 끼고 안개 자욱해서 경치를 제대로 보지 못했다면 이 또한 좋았다 말할 수 있을는지요.

마지막에 조령 제3관문에 다다라 서거정의 〈대구 어버이 뵈러 가는 길에 새재를 넘으며〉라는 시를 읽으며, 새재를 넘어온 시인이 아닌, 말의 상태에 감정이 깊이 이입됩니다.

꾸불꾸불 새재 길 양장 같은 길
지친 말 부들부들 쓰러질 듯 오르네
길 가는 이 우리를 나무라지 마시게
고갯마루 올라가서 고향 보려함일세

대구 시댁에 내려가느라 중부내륙고속도로를 가다 보면 문경을 지나게 되는데, 예전에는 저리 힘들게 꾸불꾸불한 길을 말을 타고 넘어갔군요. 물론 사람도 힘들었겠지만 부들부들 쓰러질 듯 오르는 지친 말이 꼭 백두를 하는 저의 모습 같기도 합니다. _**박경옥**

■── 나에게도 악산만을 즐기며 다니던 시절이 있었다. 가깝게는 북한산의 의상능선, 도봉산의 포대능선, 관악산의 육봉으로 해서 치악산, 운악산, 월악산 등을 뛰어(?)다녔다. 그런데 육중한 몸무게로 어울리지 않는 격한 운동을 지속한 결과 의사는 나에게 '슬개골연골연화증'이라는 진단을 내렸고, 그 이후 나는 그 좋아하는 쇼트트랙 스케이트와 바위산 등산을 그만두었다. 무릎에 전혀 힘을 줄 수 없는 상태가 되어 버려 쪼그리고 앉아 내 힘으로 일어나기가 어려워졌고, 무릎을 굽히고 앉지도 못하며 높은 계단은 전혀 올라가지 못하게 되었다. 그 이후 난 편안한 육산만을 찾으며 그래도 이렇게라도 산에 다닐 수 있음에 감사하였다.

이번 산행은 정말이지 미리 알았더라면 안 왔을 길이었다. 아이들은 거의 서커스에 가까운, 계속되는 밧줄 구간에 신나고 재밌는, 아빠들은 군대 시절의 젊음을 다시 한 번 추억하는 즐거운 산행이었을지 모르겠지만, 난 정말이지 죽을 맛이었다. 날씨가 좋아도 버티기 힘든 바위 표면이 빗물에 젖어 미끄럽기 그지없었다. 게다가 대형 태풍이 이곳에만 먼저 온 건지 바람은 왜 또 그리 심하게 부는지.

거의 90도에 가까운 절벽을 오직 팔 힘에 의지해 가까스로 내려왔건만 두세 발자욱 움직이자 절벽길을 다시 올라가란다. 정말 눈물 나왔다. 이게 맞는 길이긴 한 건지, 선두가 정말 이 길로 지나간 건지, 이것도 길이라고 내가 이 밧줄을 다시 잡아야 하는 건지……. 굽힌 무릎에 힘을 주고 일어설 수가 없다. 도대체 어찌 해야 하나. 암릉길이 이토록 계속될 거라고 생각하지 않았기에 손목에 끼워둔 스틱은, 줄 타는 동안 바위에 이리 부딪히고 저리 부딪히고 밑부분이 빠져 달아나버렸다. 스틱을 줄이고 확실히 고정시키지 않은 탓이었다.

이때부터 화가 나기 시작하였다. 이 웬수 같은 백두, 거지 같은 산길, 제기랄……(백두 하면서 욕만 느는구나.) 이제는 나보다 더 산행을 즐기는, 먼저 가버린 남편이 그리 야속할 수가 없었다. 어차피 산행은 혼자 하는 것이고 자기도 즐기러 온 것인데, 나 때문에 천천히 갈 필요 없고 알아서 갈 테니 스스로를 즐기라고 말은 그렇게 하였지만, 그래도 그렇지 마누라 무릎 안 좋은 것 뻔히 알면서 먼저 가버리다니 이런 괘씸한……. 기획대장님은 이번 산행 주제를 퍽이나 잘도 지으셨다. 막다른 길. 이건 아니야! 그래서 나보고 어쩌라고.

이 와중에도 아이들은 즐거워 어쩔 줄 모른다. 아이들은 위험함을 모르나 보다. 까르륵, 깔깔, 꺄악! 다연이와 예진이의 즐거운 함성 소리가 산을 뒤집는다. 지나가는 산객이 한마디 하신다. "산신령님 노하신다. 조용히 해라." 그 어떤 놀이공원보다 재밌단다. 그래 니들이 어리긴 어리구나. 차암, 좋겠다.

중간에 퇴로가 있었으면 그리 내려가리라, 이런 길은 나 더 이상 못 간다 하고 씩씩거리며 전진하였다. 스틱도 없어 점점 심해지는 무릎 통증. 이러면 안 되는데, 나 산에 못 다니게 되면 안 되는데……. 밀려오는 두통, 이제 머리까지 아프다.

산행은 어느 때보다 짧게 아홉 시간 만에 끝이 났다. 힘들었다기보다 두려웠던 산행이었다. 이제 빼도 박도 못하게 되어버린 백두, 앞으로 이런 길이 없기만을 바랄 뿐이다. 돈이 생기는 것도 아니고 밥이 생기는 것도 아닌데 도대체 이 짓을 왜 하는지. 그럼에도 불구하고 다음번 산행의 짐을 꾸리고 있는 내가 보인다. 2년 동안 아니 이제 1년 반 동안은 마약과도 같은 이 미친 짓에서 헤어날 방법이 없어 보인다. **김선현**

13

양파

8월도 어느덧 마지막 날입니다. 어제 백두 번개를 하면서 '양파녀'를 만났습니다. 까도 까도 또 다른 껍질이 나오는 양파처럼 언제나 만날 때 면 새로운 모습을 보여주는 '양파녀'의 모습에 저마다 탄성을 내지르곤 합니다. 켜켜마다 같은 듯 다른 새로움이 양파를 깔 때마다 새록새록 풍깁니다. 그 새로움은 웅덩이의 물이 아닌 흐르는 물 같은 것이었으며, 늘 자신을 변화시키려는 노력과 현실에 안주하지 않는 바지런한 본성과 타인에 대한 관심에 기인하지 않나 싶습니다.

'양파녀'는 백두8기 댓글왕입니다. 저와 동갑이라며 목에 바짝 핏대를 세워가며 얘기할 때조차도 '양파녀'의 관심과 애정이 얼굴에서 출렁입니다. 그런 '양파녀'를 보면서 양파가 '정물'이 아닌 '동적인 어떤 것'이며, 그 내재된 생명력이 무한한 근원의 '무엇'이 되기에 충분하지 않나 생각해 봅니다. 산이란 어떤가요? 같은 시기, 같은 장소, 같은 계절에 가도 산은 천차만별의 모습을 보여줍니다. 끊임없이 변모하는 이 생명의 공간을 사랑하고 존중하고 기억 속에 오래 간직하세요. 내 마음밭에 인장처럼 박히도록 많이 느끼는 13차 산행이 되길 두 손 모아 기원하겠습니다.

산행일시 **2012년 9월 8일**

산행코스 **조령 제3관문 · 마패봉 · 부봉 · 평천재 · 탄항산 · 하늘재**

|인상과 풍경|　　　　　　　　　　　　　　　"가을을 부르는 버섯 향기"

■──── 이번 산행의 시작은 새벽 2시였다. 음……. 사실 백두는 그냥 왠지
모르게 좋아서 간다. 딱히 교훈을 얻고 싶어서 가는 것도 아니고, 그렇다
고 산을 평소에 좋아하던 사람도 아니었는데 나도 내가 왜 백두를 가고
좋아하는지 모르겠다. 친구들 보러 가는 거면 그냥 여기서 놀아도 될 것
을 왜 사서 고생하는지 가끔 이해도 되지 않는다. 하지만 역시 요즘 내 기
분을 풀어주는 데엔 백두만 한 게 없다. 기분이 꿀꿀하거나 그런 일이 있
을 때 백두에 가서 아무 생각도 없이 그저 산을 오르다 보면 어느새 기분
이 좋아진다. 숲의 기운을 받아서인지 아무 생각도 안 하고 걸어서 그런
건지 아니면 평소에 운동을 많이 안 해서 하고 나면 좋은 건지 자세히는
나도 잘 모르겠다. _**강우진**

■ —— 이번 산행의 짐을 열심히 싸고 있었다. 그러나 중간에 비가 온다는 소식을 듣고 끔찍한 상상을 하고 말았다. 난 산행 중 비가 오는 것을 엄청 싫어한다. 찝찝한 걸 싫어해서 그렇다. 그렇게 무거운 발걸음으로 백두 버스로 향했다. 아빠와 같이 앉아 잠을 잤다. 휴게소에서 5시에 아침을 먹는단다. 그나마 좋은 소식이었다. 맛있는 우동을 먹다가 혀를 데고 말 았지만 배부르게 어묵과 우동을 먹고 버스를 탔다. 12차 산행 출발지점 에 내리니 비가 감쪽같이 그쳐 있었다. 엄청난 행복과 함께 나는 산행을 시작했다. 조령 제3관문에서 멈춰 모두 모여 준비 운동을 하고 다시 출발 하였다. 나는 인서, 규연이와 같이 갔는데 엄청 웃으면서 갔다. _박진우

■ —— 가다가 부봉인가, 저번에 깃대봉처럼 굳이 안 올라가도 되는 데가 있었는데, 끝까지 버티다가 사람들이 경치가 예쁘다고 해서 올라갔다. 이 번에는 정말 올라가길 잘했다고 생각했다. 산이 안개에 어느 부분만 가려 져 있고, 뭔가 앞이 트여 있어서 기분이 좋았다. 그런데 내려와 보니 모두 들 가버리고 없었다. 어쩌나. 우린 다시 산을 타기 시작했다. _임예진

■ —— 부봉에 올라가 보니 저 너머 산과 구름들이 다 보였다. 우리 엄마도 올라갔으면 좋았을 텐데 왜 안 올라갔는지……. 부봉 다음은 계단구간이 었다. 거기서는 바위에 붙어 자라고 있는 작고 어린 소나무를 보았다. 흙 도 없는데 어떻게 자랄까 궁금했다. _이종승

■── 이번 산행에서는 꽃이나 작은 식물보다는 나무 같은 거대한 식물이 눈에 띄었다. 태풍 볼라벤 때문에 나무가 다 쓰러진 것 같은데 다들 꺾이거나 휘어져 버렸다. 태풍 때문에 죽은 걸 보니 좀 불쌍했다. 근데 그런 나무들 때문에 더 힘들어진 산행 같았다. 비가 와서인지 바람이 불면 물방울이 떨어지고 바닥이 많이 미끄러웠다. 아버지가 물이나 흙이 신발에 들어갈까 봐 비닐을 씌워주셨다. 처음엔 짜증나고 많이 하기 싫었는데, 아버지 덕분에 신발에 돌이 많이 안 들어가고 편했던 것 같다. 아빠 땡큐! _**박준형**

■── 조령 제3관문에서 하늘재까지 거리는 약 11킬로미터. 음, 나는 그렇게 힘들지는 않았다. 인서와 진우 그리고 나는 게임이야기(리그 오브 레전드), 이런 저런 이야기를 하면서 갔다. _**김규연**

■── 12차 산행이 끝났던 곳에서부터 산행을 시작하였다. 위로 올라가는데 아스팔트길이 나오니 오히려 등산하기가 더 어려웠다. 문경새재에서 체조를 하고 출발했다. 이번에도 오르막길이 쉬웠다. 올라가다가 나무 막대기를 주웠는데, 그것으로 길가의 독버섯들을 부수다가 이상한 가루를 뿜어대는 버섯을 보았다. 물어 보니 방귀버섯이라 했다. 지나가는 곳마다 있어서 꾹꾹 눌러주고 갔다. 어느새 점심을 먹고 다시 출발하였다. 버섯을 캐는데 계란버섯이 제일 많았다. 계란버섯, 목이버섯, 그리고 다른 종류의 버섯들도 캤는데 재밌어서 계속 캤다. 시간이 금방 지나갔다. 식용버섯들이 다 신기했다. 오늘은 '후미악동'이란 칭호를 획득하였다. 좋은 건지는 모르겠지만 뭔가 재미(?)있다. _**홍준범**

■── 기억에 남는 것은 컬러풀한 버섯들이다. 가을산에 가서 그런 것일까, 버섯들이 많이 있었다. 빨간색, 하얀색, 진하고 연한 갈색 등등 형형색색의 색깔에 손톱만 한 버섯이 있는가 하면 빈대떡처럼 큰 버섯들도 많

았다. 날씨는 2퍼센트 부족했다. 바람이 더 많이 잘 불어왔으면 딱 좋았을 것이다. _김동섭

■── 이번 산행은 땅을 밟는 느낌이 이상했다. 산책을 하는 느낌 같았다. 부봉에 올라갈 때까지는 버섯을 부수면서 갔다. 그러다 산행대장님께 혼나서 그만두었다. 하지만 그 대신에 버섯을 캐면서 갔다. 정지곤, 이민규, 홍준범, 나 이렇게 모여서 버섯을 채집하면서 산을 탔다. 모르는 것이 있으면 아빠한테 물어보았다. 계란버섯이 널리고 널렸다. 하지만 독버섯이 더 많아서 마음대로 뽑지는 못했다. 대부분의 버섯을 지곤이가 캤다. 비가 오는 날에 버섯이 잘 나오는데 이번 산행에는 비가 온 바로 다음 날이어서 버섯이 많이 보였다. _이정인

■── 불필요한 물들을 빼고 나니 가방이 매우 가벼워졌다. 가방이 가벼우니 저절로 앞으로 나아가게 되었다. 쭉쭉 앞으로 나가다 숲속에서 사람의 인기척이 들려서 잠시 멈춰 섰다. 저 아래를 살펴보니 기획대장님이 계셨다. 처음에는 볼일을 보시는 줄 알았는데 주위를 기웃거리셨다. 그리고 잠시 후에 올라오시더니 비닐 봉투에 버섯들을 담아오셨다. 내가 올라오면서 보았던 독버섯과는 다르게 색이 단조롭고 화려하지 않은 버섯들이었다. 게다가 무슨 산호초같이 생긴 버섯도 있었다. 다 먹는 버섯이라고 하신다. 함께 가던 지곤이는 버섯에 흥미를 느꼈는지 기획대장님을 졸졸 따라다니며 버섯에 대해서 공부를 했다. 나도 함께 공부하고 싶었으나 기획대장님의 그 스피드와 지곤이의 팔등신 몸매, 긴 다리를 따라잡을 수가 없었다. 하는 수 없이 정인이, 준범이와 함께 몰래몰래 독버섯만 부수면서 다녔다. _이민규

■── 이번 산행에는 버섯이 아주 많았다. 이 녀석을 먹어도 되는지 안 되

는지 고민하지도 않고 보고 지나갔다. 그런데 진짜 많았던 것 같다. 이쁜 버섯도 있고 못생긴 녀석도 있고, 탁구공이나 골프공처럼 신기하게 생긴 버섯도 있었다. 힘들게 오르다 보니 하늘재까지 조금씩 가까워졌다. 이정표를 볼 때마다 설렜다. 친구들이랑 이런 저런 이야기를 하면서 오르니 금방이었다. 안개가 많이 끼어 있었는데, 무슨 커다란 바위에 올라가 보니 구름이 움직이는 것이 보이고, 멋졌다. **_김주현**

■── 이른 점심으로 물냉면!! 달콤하고 짭짤한 그 맛, 백두에서만 먹을 수 있는 나의 점심 도시락이었다. 그러다 한 가지 궁금증이 생겼다. 왜 항상 내가 밥을 먹을 때마다 벌이 꼬이는지 아직도 모르겠다. 다른 사람들한테는 거의 안 가면서. 그것도 점심, 아름다운 점심에! 개미들이 내가 흘린 김치를 먹으려는지 모여들었다. 아무래도 난 벌레들의 신이었나 보다. **_김상아**

■── 드디어 하늘재에 도착했다!! 일단은 내 시야를 가득 채운 모든 아름다운 것에 감탄했다. 그에 버금가는 것이 또 하나 있었는데, 그것은 바로 하늘재 울타리 너머엔 바로 우리 버스가 있었던 것이다! 아빠와 손을 흔들며 인사도 했다. 이렇게나 버스가 가까운 산은 처음이었던 것 같았다. 가방을 벗어두니 몸이 자유로운 새가 된 것 같았다. 하늘재에서 여유를 만끽할 수 있었다. 하늘재를 엄마랑 함께 느끼고 싶어서 하늘재로 오는 갈림길까지 마중 나가 엄마를 기다렸다.

사람들 목소리가 들려왔다. 엄마와 몇 사람들이 도착하자, 나는 환영하며 꼭 하늘재에 올라와 보라고 길을 이끌었다. 역시 엄마는 와아 소리를 내며 감탄했다.

하늘재에서 기념사진을 많이 찍었다. 포스를 뿜어내는 백두대간 기념비와도 사진을 찍었고, 엄마랑 나는 윤수아빠의 지시를 따라 여러 각도로 다양한 포즈를 취하는 모델이 되었다. 마지막 남아 있는 맛있는 과일들을 해치우고 바로 보이는 저 버스로 가볍게 내려갔다.

어른들은 한창 최고의 시간을 즐기고 계셨다. 나도 파전과 막걸리를 얻어먹었다. 파전이 새로 나오자마자 순식간에 사라져버려서 아쉬웠던 찰나, 고기를 먹으러 간다는 소식을 듣고 환호했다. 약돌구이 고기집이었다! 밥 한 공기에다 고기까지, 과연 뱃속에 다 들어갈까 했지만 아주 잘 들어갔다. 식사하며 지훈이랑 이야기도 꽤 많이 해서 좋았다. 언제나 느끼는 것이지만 지훈이의 말은 마치 글을 쓰는 것처럼 정돈되어 있다. 무엇을 말할지 다 생각하고 말하는 듯해서 신기하다. 그리고 이야기하면서 물어보진 못했지만 지훈이에게 궁금한 것도 생겼다. _**박예린**

■── 오늘 산행은 기훈이 아저씨하고 같이 가기로 마음먹고 갔다. 처음 산행은 즐거웠다. 왜냐하면 비가 오고 안개바람이 시원하고 공기가 좋았기 때문이다. 하지만 햇빛이 나오자 너무 더웠다. 찜통이야. 그렇게 계속 가다가 10시가 되자 간식을 먹고 아저씨하고 이야기꽃을 피웠다. 계속 올라가다가 부봉에 도착했다. 시 한 구절이 저절로 떠오른다.

하늘이 아름답구나
하늘은 왜 파랄까
이런 세상 속에 왜 이런 파란 하늘은 존재할까.

궁금하구나
하늘은 어떻게 태어났을까
아름답구나
아름다운 하늘 난 그 하늘이 좋다네. _**유지훈**

* * *

■── 지난 12차 때 근력 제로(그
럼 이 살은 다 뭐란 말인가)의 신체 상
태와 이 원수 같은 끝없는 암벽,
발밑에 펼쳐지는 아찔한 풍경은
산행의 의미를 다시 한번 정립해
야겠다는 생각을 하기에 충분했
지요. 하지만 이번 산행은 뾰족하
니 날 선 제 마음을 부드럽게 달
래주는 듯했습니다. 뭐 세세히 걸
었던 길이 생각나진 않습니다. 한
자가 이상하다 싶었던 탄항산에
서 마신 막걸리(청와대에 납품한다
는)가 참 맛있었다는 기억, 그리고
하늘재에 닿기 직전 밤밭을 발견
하고, 공짜라면 양잿물도 마신다
는 말을 제대로 증명하며 밤을 주
웠던 것, 서촌선생님의 인도로 하

마터면 그냥 지나칠 뻔했던 하늘재 백두대간비를 볼 수 있었다는 점. 주
변 풍광은 뭐라 표현하지 못할 정도로 아름다웠습니다. 그리고 산행을 마
친 후 노곤해진 몸을 촉촉하게 적셔준 막걸리와 배를 채워준 돌삼겹구이
(?)의 맛은 일품이었습니다. 수련이와 같이 오지 못한 것이 천추의 한이
될 것 같네요. _옥은희

■── 참으로 많은 것들이 변한 듯하다. 모두들 마찬가지겠지만, 회사에
서나 집안에서 무슨 행사를 하게 되면 맨 먼저 백두일정과 겹치는지 체
크하는 버릇. 마냥 힘들기만 하던 산행이었던 처음의 모습에서, 산행 시

작 후 등에서 땀이 나기 시작하면서 느껴지는 야릇한 쾌감과 함께 가벼워지는 발걸음. 목적지를 가고 오는 버스 안에서의 몇 시간이 마냥 불편하기만 했던 모습에서 마치 침대에 누워서 자듯이 편안하게 취침하는 우리들. 아침 점심 식사를 자신에게 맞는 메뉴로 바꾸어가는 기막힌 요령. 그중에서 산행대장님의 전파로 인해 백두8기의 고정메뉴가 되어버린 스파케티+냉면육수는 단연 으뜸인 듯. 후미에서 힘들어하던 중1 여학생들의 한숨과 원망이 변해, 절벽구간이 나올 때마다 터져나오는 즐거운 비명과 괴성.

그중에서도 단연 최고의 변화는 백두8기 가족들 간의 끈끈함인 듯하다. 누구의 체력이 많이 좋아졌는지를 알아채고 격려와 칭찬해주는 서로에 대한 관심. 가끔 백두에 빠진 가족들의 안부를 걱정해주는 배려. 산행기를 올리면 꼼꼼히 읽어주고 한마디씩 남겨주는 열정. 각자의 맡은 역할에서 백두8기 가족들의 편안함과 안전을 책임지려는 최선의 모습들. _김재린

■── 지난번, 새도 날아 넘기 어렵다는 조령산을 힘들게 오르고 나서 아예 꽉 잠겨버린 목과 여분의 몸살 때문에 한 일주일 더 몸이 편치 않았는데 그게 뭐 좋은 거라고 온 식구들에게 돌림병으로 나눠주고 나서야 나은 것 같았다. 나잇값을 하려는 탓인지, 이렇게 오래 감기를 앓거나 목이 쉬어서 소리가 안 나온 적도 없었기 때문에 당황스럽기까지 하였다. 비축해 놓은 것도 없이 체력을 너무 소모하며 살았나 보다.

　강한 돌풍과 호우가 예고된 산행이라 꼼꼼히 배낭을 꾸리고 잠시 눈을 좀 붙이려는데 창 밖에 내리는 빗소리가 마치 '너희들, 고생 좀 하겠다!'고 약을 올리는 것 같다. 빗속에서 작두도 탔는데 겁날 게 뭐 있겠나 싶기도 하였지만 우중 산행에 대비해 만반의 준비를 하면서도 이런 준비가 필요할 만큼 비가 오지는 않을 거라는 생각이 들기는 했다.

　빗소리에 밥알이 곤두섰던 탓인지 버스에서 내내 거북했던 속이, 비 내리는 충주휴게소에 닿자 매스껍고 울렁거리기까지 한다. 소화제를 먹고도 속이 답답하여 지나가는 기획대장님께 손을 따달라고 부탁하자 바늘이 없다면서 어찌나 신나게 손바닥과 등짝을 아프게 때려대든지 등이 아파 복통을 잊을 지경이었다. 실컷 두들겨주고 나더니 뭘 좀 먹으면 얹힌 것이 내려갈 거라고 아침을 먹으란다. 이런 걸 고맙다고 해야 하나. 어쨌든 시키는 대로 밥과 따뜻한 국물을 두어 숟갈 뜨고 나니 조금씩 괜찮아지는 것 같았다. 약이 아니라 매가 필요했던 체증이었나 보다.

　이름도 귀여운 '고사리', 조령 제3관문 앞에서 내 키만 한 고사목(枯死木)의 색과 모양에 반해 이리저리 감상하고 있는데 새벽부터 무술 5단의 손맛

206

을 아낌없이 보여주신 기획대장님께서 컵에 약숫물을 담아 건네주신다.

"쭈욱 마시면 속이 좀 더 편해질 거예요." 정성에 감동하여 쭈우욱 마시고 나니 저쪽에서 누가 이렇게 소리친다. "이 물 마시면 안 되는 거래요!" "품!" 이런 걸 고맙다고 해야 하나. 일체유심조(一體唯心造)라 했다. '내가 방금 마신 물은 아픈 곳이 씻은 듯이 낫는, 신선이 내린 약수로다. 약수로다, 약수로다……'

비 그치고 적당히 흐린 날씨의 호위를 받으며 보무도 당당하게 일행을 따라 산에 오른다. 인원도 많은 데다가 초반 완만한 산길 때문에 간격이 좁아져 앞사람의 뒷모습을 보며 따라 걷는데 호리하고 단단한 체격의, 이름표도 없어 누구 아빠인지 알 수 없는 분이, 앞서 오르는 아이한테 계속 이야기를 건네시며 문경새재, 영남대로의 유래, 역사적 배경 등등을 아이의 눈높이에 딱 맞게 잘 설명해 주신다. 즐겁게 귀동냥을 하며, 산행에도 줄 잘 서는 게 얼마나 중요한지 실감하였다.

마패봉이라 구전(口傳)되는 마역봉에 올라 잠시 쉬면서, 그 옛날 이 봉 언저리에서 다리를 쉬고 말을 먹이던 한양행 수험생들이 암행어사 박문수가 봉우리에 마패를 걸어 놓고 쉬었다던, 부러움과 희망 섞인 이야기들을 막걸리에 담아 나누며 가슴 한켠에 원대한 꿈을 품던 그때를 상상해 보았다. 청운의 꿈을 품은 사나이들의 야망과 포부와 희망 그리고 그들의 숱한 이야기들이 아직도 마패봉의 아우라로 남아 있는 것 같다.

용도 폐기된 동암문의 돌벽에 걸터앉아 쉬려니 바로 옆에서 시원한 맥주가 개봉된다. 이런 고마울 데가! 아까 내 앞에서 해박한 지식을 녹여 차근차근 문경새재를 설명해 주시던 바로 그 분, 백두 5기 '푸른산'님이시란다. 작은 사이즈의 캔 맥주라도 몇 개가 모여 배낭 속 등짐이 되면 무게가 만만치 않은데 백두의 애주가들을 위해 기꺼이 수고를 감수하셨다고 생각하니, 그 따뜻한 마음 씀 때문에 시원한 맥주가 몇 배의 감동으로 목을 타고 흘러 들어가는 것 같았다. 게다가 몽골에서 원정 온 스텐 소주

잔의 소주 맛은 얼마나 일품이었던가! 맥주, 소주, 소맥의 때 아닌 호사를 누리고 있는 사이 준형빠가 나눠 주신 한 입 고구마, 선두대장님의 육포 등의 안주거리들이 입을 즐겁게 해 주고 있었다.

　새연빠가 한 잔 가득 담아 오신 막걸리는 잠시 한눈을 파는 사이 남편 차지가 되어버렸는데, 그 일로 "나 삐쳤어. 내가 준 막걸리 한 모금도 안 마시고!" 이러면서 나를 미안하게 만든 새연빠는, 삐쳤다고 말하면서도 눈은 하회탈처럼 웃고 있다. 늘 웃으며 말하는 새연빠와 파리채를 옆에 두고도 손맛이 나야 한다며 벌레를 손으로 때려잡는다는 새연맘, 이 둘이 엮어가는 소소한 일상이 어떨까 상상하니 실없는 웃음이 멈추질 않는다. 숲속 괴물이니, 슈렉이니 하며 엄마들이 아무리 놀려도 사람 좋은 눈웃음 과 살인 미소를 날리는 새연빠를 어떻게 좋아하지 않을 수 있을까. 배가 나와 술을 끊었다는 말을 들으면 지나가는 소도 웃을 일이니, 목을 축이 라며 일부러 막걸리 한 잔을 가져다 준 따뜻한 마음이 고마워 새연맘도 같이 불러 조만간 술 한잔 사야겠다.

　절경이라면 매 산행마다 질리도록 봤다면서 백두대간 길이 아니면 한 발짝도 내딛지 않겠다는 예준맘의 결연한 의지에 의연히 동참하며, 기어 이 부봉에 올라 경치를 구경하겠다는 선두들을 기다리던 부봉삼거리에 서 잠시 비축해 둔 체력과 동암문에서 마신 몇 잔의 이슬과 보리물 덕분 에 힘들이지 않고 선두를 따라갈 수 있었다. 처음 체조할 때와 함께 모여 아침밥 먹을 때 말고는 하산할 때까지 마주 칠 일이 없는 선두대장의 뒤 를 따라 부지런히 쫓아가니 선두자리를 빼앗길까 봐 초조해진 선두대장 님께서 꽁무니를 빼듯 달아나신다. '히…… 나 이렇게 일취월장하다가 백 두 시시해져서 철인삼종경기한다고 하는 거 아냐?'

　계단을 타고 주흘산갈림길까지 가는 길은 눈이 호강하는 능선이었다. 예나 지금이나 주흘산은 좋은 것만 보여주려는 풋풋한 애인 같다. 산이 나를 이해해 주고 포근히 품어 준다고 처음 생각하게 된 것이 주흘산이

었으니 말이다. 갈림길에 이르니 배가 좀 고파지는데 뒤따라 오신 우란네
도 점심을 드시겠다면서 라면을 끓이신다. 물 끓이는 소리만 들어도 몸이
따뜻해지는 것 같은데 찬밥을 먹는 우리 부부를 위해 금쪽같은 라면 한
사발을 선뜻 내주신다. 곁에서 라면을 함께 드시던 선두대장님은 내가 뒤
따라가서 선두를 뺏기라도 할까 봐 아직 밥도 다 안 먹었는데 재빨리 내
빼신다. 불공평하다.

　이름도 멋스러운 하늘재가 이 '하늘산'을 만났으니 어찌 반갑지 않겠
는가. 나무와 새와 숲의 열렬한 환호와 인사를 받으니 발걸음도 한결 가
벼워져 초가을의 햇살과 바람의 안내로 힘든 줄 모르고 하산을 하였다.

　처음 일가족이 힘든 산행을 마치고 저녁을 먹는, 옆자리의 지영맘은
"도대체 이 힘든 산행을 왜 하는 거예요?" 하며 정색을 하며 묻는다. 왜
사냐고 묻는 것과 다를 것 같지 않은 어려운 질문을 툭 던지고 즉답을 기
다리는 양 귀를 모은다. 지금은 힘들어서 아무 생각이 없겠지만 다음에
또 오고 싶을 거라는 뚱딴지 같은 말을 해 주고 집으로 돌아오는 차 안에
서 나와 지영맘에게 하고 싶은 말을 생각해 보았다.

　매 산행의 서로 다른 경험과 감성, 생각의 퍼즐조각이 하나씩 모아져
'나의 백두'를 마치고 나면 큰 그림이 될 것이다. 그 완성도와 미적 수준
은 '백두'와 더불어 지나온 삶의 농도와 흔적과 내공이 함께 버무려진, 어
느 누구도 함부로 평가할 수 없는 자기만의 것일 터이다. 구상 중인 큰 그
림을 멋지게 완성하기 위해, 또는 '지금, 나, 여기'에 최선을 다하여 그 날
의 퍼즐 조각을 뿌듯하게 안고 돌아가기 위해, 또 다른 수만 가지 이유를
달고 우리는 힘든 산행을 위해 배낭을 꾸리고 땀을 쏟는 것일까.

　이보다 더 좋을 수 없었던 13차 산행은 백두의 수많은 '양파'들이 없
었다면 아무리 산행거리가 짧고 편안하였다 해도 노랫말처럼 문경새재
구비구비가 눈물이었을지도 모른다. 산행대장님부터 고문대장님까지, 나
의 '이보다 더 좋을 수 없는 산행'을 위해 도와주고 애써주고 미소 짓게

해 주고 감동을 준 이들이 한두 분이 아니다. 저런 분이었나 싶게 또 다른 모습으로 내면의 속살을 보여줄 때마다 감동의 물결이 출렁인다. 잘난 척 하며 마치 내 힘으로 하는 양 어린아이처럼 우쭐댄다 해도 이런 백두의 '양파'들이 곁에 없으면 어림도 없는 말씀이다. 난 이제 '양파'라고 쓴 것을 '백두8기'라고 읽을 거다. _임지수

■─── 중부내륙고속도로 충주휴게소에서 쏟아지는 비를 바라볼 때만 해도 이리저리 심란했습니다. 지난여름 가혹했던 무더위가 물러난 후 찾아온 이른 가을의 표정에 눈길을 줄 여유 따위는 끼어들 틈이 없었습니다. 새벽 4시, 을씨년스런 기운을 온몸으로 느끼고 있었습니다. 이렇게 비가 내리는데 굳이 산에 올라야 할까. 슬그머니 핑곗거리를 찾아 산행을 피하고 싶기까지 했지요. 속이 좋지 않다며 휴게소 의자에 앉아 파르르 떨고 있는 채림엄마를 보고 있자니 괜히 안쓰럽기도 했습니다.

농담 반 진담 반, 넌지시 산행대장을 '유혹'했습니다. 이런 날은 김치찌개 푸지게 끓여 놓고 술추렴이나 하는 게 낫지 않겠느냐고. 찬비 맞으며 무리하게 산에 올랐다가 문제라도 생기면 어떡하겠느냐고. 그러니 대표선수 두셋만 '특파'해서 다녀오라 하고 나머지는 물소리 들으며 오순도순 이야기나 하자고. 산행대장은 딴청을 부리며 듣는 척도 하지 않더군요. 처음 당해보는 '무관심의 폭력'이었습니다. 내 제안은 보기 좋게 거절당하고 말았습니다. 인정머리 없는 사람 같으니라고. 투덜대며 충무김밥을 우겨넣었습니다. 속이 쓰립니다. 지도부에서 결정하면 따라야 뭐. 차라리 서용엄마처럼 '비겁하게' 아예 버스에 오르지 말았어야 했어. 옆에서 느물느물 웃기만 하는 기획대장이 더 얄밉습니다.

고사리에 내리자 빗줄기는 거짓말처럼 흔적도 보이지 않았습니다. 휴양림의 아침 공기를 실컷 들이키며 조령 제3관문으로 향했습니다. 계곡의 물소리는 높고, 아이들의 웃음소리 상쾌합니다. 북쪽 하늘에는 푸른빛

이 얼비치고, 남쪽 하늘에는 먹구름이 시위를 하고 있습니다. 우리는 그 아슬아슬한 경계를 걸었습니다.

조령 제3관문에서 시작한 산행은 마패봉과 동암문을 지나 부봉(釜峰)에서 절정에 이르렀습니다. 무쇠솥을 엎어놓은 듯한 바위 봉우리에서 바라본 월악산의 풍경은 아릿한 환희의 물결이었습니다. 나와 더불어 내내 맨앞에서 산행을 이끈 지훈이가 감탄을 연발합니다. 부봉에서 내려와 다시 마루금으로 접어든 길에서 지훈이는 환희의 여운을 시로 읊었습니다. 기억이 정확하지 않습니다만, '부봉의 바람과 구름 현실의 고통을 잊게 해주는구나'라는 내용이었습니다. 이른바 '전문가'가 듣기에도 서늘한 풍경 속에 안긴 순간적인 심경을 언어로 포착하는 솜씨가 만만치 않습니다.

그랬습니다. 이번 산행에서 나는 지훈이와 참 많은 이야기를 주고받았습니다. 무연한 표정으로 묵묵하게 발을 내딛는 그의 모습이, 관계의 의미를 예리하게 읽어내는 웅숭깊은 언어가 하도 듬직해서 제 동무와 함께 오겠다며 뒤로 처진 내 짝꿍 현수의 존재마저 까맣게 잊었습니다. 해솔이도 없고, 현수도 없고, 다연이도 없고, 승연이도 없는 휑하고 외로운 선두의 길을 지훈이가 충분히 채우고도 남았습니다. 산허리를 감도는 구름은 하늘로 스며드는가 싶더니 산발치를 향해 내닫고, 긴 병풍처럼 늘어선 바위산들은 참으로 의젓하고 튼실합니다. 그 풍경들을 지훈이와 나는 하나하나 눈에 담으며 길을 걸었습니다. 먹구름은 우리의 오붓한 시간을 방해하지 않으려는 듯 잔뜩 힘을 주어 빗방울을 그러안고 있었습니다.

가을의 기운을 가득 머금은 바람이 능선을 넘나듭니다. 그 바람 맞으며 사잇길을 걷습니다. 나는 비를 몰고 다니는 6기 태관아빠를 원망 섞인 눈으로 바라봤던 게 민망했습니다. 내 유혹을 야멸차게 거절한 산행대장이 그렇게 믿음직스러울 수가 없었습니다. 갈림길에서 선두를 훌쩍 추월해 나를 애태웠던 상아네 엄마 아빠도 다 용서할 수 있었습니다. 손수 컵라면을 끓여서 순순히(?) 건네준 우란 엄마 아빠의 너그러운 마음도 다 산신령의 은총 덕분일 거라고 생각했습니다. 그리고 비를 핑계 대고 오지 않은 사람들을 약올리고 싶었습니다.

요즈음 딸에게 남자친구가 생기면서 휑했던 마음 한구석이 조금 진정된 것도 가을의 길목에서 읽은 세월의 흔적 때문일 겁니다. 때가 되면 떠날 줄 번연히 알면서도 딸이 당장이라도 다른 곳으로 훌쩍 가버리고 말 것이라는 '불길한' 예감 때문에 적잖이 불편했던 것 같습니다. 자식은 소유물이 아니라 독립적 인격이라고, 그러므로 성인이 되어 제 갈 길 가겠다면 두말없이 보내야 한다고 그렇게 입만 열면 말하곤 했었습니다. 그럼에도 딸의 남자친구라는 존재가 때 이른 헤어짐을 예고하는 징후처럼 보여 내심 서운했습니다. 그렇지요. 말로야 뭘 못하겠습니까.

말이 나와서 얘긴데, 나는 어느 쪽이냐 하면, 개인과 개인의 '강고(强固)한 관계'를 그다지 탐탁하게 여기지 않는 편입니다. 그것이 부모 자식 관계든, 연인 관계든, 동지 관계든 마찬가지입니다. 이렇게 생각하게 된 연유가 없을 수 없지요. 어린 시절부터 비교적 최근에 이르기까지 내가 직접적으로 또는 간접적으로 겪어온 '관계의 경험'이 이런 판단을 내리는 데 일정한 '기여'를 한 것으로 보입니다.

이산가족을 양산하는 자본주의 사회에서 우리는 자발적이든 그렇지 않든 각별한 사람들과 헤어져 살아야 합니다. 전쟁만이 이산가족을 낳는 것은 아닙니다. 공부를 이유로, 생계를 이유로 우리는 가족과 헤어져 삽니다. 부모와 형제들을 일 년에 한두 번밖에 만나지 못하는 이가 나뿐만은 아닐 것입니다. 이렇게 자본주의 사회에서 우리는 일상적으로 이산(離散)의 아픔을 겪으며 살아가야 합니다. 우리가 주위에 있는 사람들과 '강고한 관계'를 맺고 싶어하는 이유도 그 아픔을 (상상적으로) 치유하려는 욕망 때문일 겁니다.

그런데 '강고한 관계'를 향한 강렬한 욕망은 많은 경우 폭력이나 배반으로 귀결되곤 합니다. 강렬하게 욕망할수록 비극성은 깊어지는 것, 이를

8기 백두

2012. 9.

나는 관계의 부조리라 명명하고 싶습니다. 딸의 애정과 관심이 다른 대상으로 옮겨가고 있다는 것을 감지한 순간 엄습해온 불안감의 정체도 그런 부조리와 관련이 있을 터입니다. 프로이트의 정신분석을 들먹일 필요도 없습니다.

그렇다면 '관계의 부조리'에서 빠져나올 수 있는 방법은 없는 것일까요. 사람이 혼자 살 수 없다는 것은 삼척동자도 압니다. 다시 그렇다면 어찌해야 할까요. 잠정적이긴 하지만 내가 찾은 답은 자유로운 사람들이 느슨한 관계의 흐름을 형성해야 한다는 것입니다. 조용필이 알려주었듯이 '사랑이란 모든 것을 거니까 외로운' 것입니다.'킬리만자로의 표범'만 그럴 리가 없습니다. 개인과 개인이 균등하게 감정을 교환한다는 것은 불가능한 일입니다.

따로 또 같이, 조화를 유지하되 굳이 하나가 되려고 갈망하지 않는 관계를 상상합니다. 그것이 나와 그/그녀뿐만 아니라 관계 자체를 무너뜨리지 않는 길이 될지도 모르겠습니다. 내가 여러 사람들과 더불어 백두대간을 걸으면서 되새김질하곤 하는 것도 바로 이것입니다. 서로를 배려하되 '강고한 관계의 장'에 갇히지 말 것, 이것이야말로 소중한 관계를 훼손하지 않는 방법일 것이라고 생각하곤 합니다. 낯가림이 심하고 소심하기 짝이 없는 나의 억지스런 자기 보호 방책이라고 나무랄 이도 있을 것입니다. 또 경계를 하면서도 어느 순간 그 장에 갇혀버릴 수도 있을 것입니다. 그때 무슨 변명거리를 들이밀지 지금은 알지 못합니다. 어찌됐든 산행을 이어가면서 화이부동에 기초한 관계의 미학에 대한 나의 생각도 조금씩 깊어지는 듯한 느낌입니다.

주흘산갈림길에서 먹은 새우탕면, 하늘재에서 민들레 장아찌를 안주삼아 마신 막걸리의 맛이 아직도 남아 있습니다. 그리고 문경 읍내 '새재할매집'에서 먹은 약돌돼지고추장양념석쇠구이, 비교적 까다로운 내 입맛을 무력화해버린 진미였습니다. 음식 때문만은 아니겠지만 이번 조령 제3관문~하늘재 구간 산행은 오래도록 잊히지 않을 것 같습니다.

이제 우리는 가을과 함께 바로 그곳, 지리산으로 갑니다. 지리산에서 나는 또 누구를 만나 무슨 얘기를 나눌까요. 따로 또 같이 걸어갈 길이 꿈 속인 듯 아련하게 이어집니다. 그곳에서 만날 사람들과 풍경들을 기다리며, 오늘부터라도 목욕재계하고 하늘의 도움을 빌어야 하겠습니다. 지리산의 일출을 볼 수 있게 해달라고……. _**정선태**

제2부

가을에서 겨울로

14

고해, 그리고 희망을 쏴라

아이가 울음으로 세상의 문을 엽니다. 그리고 성장하면서 인생의 바다를 제각각 유영합니다. 수많은 곡절과 사연과 관계가 아이를 키워나갑니다. 그리고 종국엔 치기 어린 아이의 마음이 되어 세상에 작별을 고합니다. 이 일련의 과정 속에서 사람은 누구나 자신의 세계를 만들어 갑니다. 그 세계들이 모여 우리들만의 우주가 만들어지고, 더 나아가 시대의 거대한 흐름이자 파도가 만들어집니다.

꽃이 피고 지는 건 잠깐이지요. 하지만 보이지 않는 과거(수많은 헌신과 사랑과 배려) 덕에 이듬해 새로운 꽃이 그 자리에서 피어납니다. 지금 나의 세계를, 더 나아가 우리들의 시대를 아름답게 가꾸고 이끌어 가는 것은 과거와의 단절이 아닌 과거에 대한 반성과 성찰을 통해, 과거에 대한 고해(告解)로부터 출발한다고 생각합니다.

각기 다른 이데올로기를 가지고 서로에게 총부리를 겨누던 시기가 있었죠. 나와 생각하는 바가 같지 않다 하여 타인의 생명을 무참히 살육하던 광란의 시기, 그 처참함이 가장 극에 달했던 곳이 지리산이 아닐까 생각해 봅니다. 또한 어느 편에도 서지 않았다는 이유로 무수한 양민들이 도륙당했던 곳도 지리산 일원이 아닐까 반추해 봅니다.

과거 없이 현재는 존재치 않으며, 현실의 땅을 밟지 않고 미래를 꿈꿀 수 없는 것처럼, 우리의 부끄러운 과거를 고백하지 않고는 현재의 평안도 미래의 번영도 있을 수 없지 않나 조심스레 되짚어 봅니다.

현대사의 무수한 파란곡절을 온몸으로 받아낸 지리산. 처처에 서린 우리의 과거를 산비탈을 걸으며, 능선을 넘나들며, 바위에 오르며 다시금 되새김질하고, 마음 깊은 곳으로부터 감사하고 고백하는 산행이 되었으면 싶네요. 더불어 백두대간의 마침표격인 이 지리산이 대간의 종점이 아닌 대간산행의 첫 디딤돌이자 관문임을 스스로 자각하고, 이를 통해 우리 백두인 개개인의 희망을 담는 소중한 산행이 되었으면 합니다.

산행일시 **2012년 9월 22일(토)~23일(일)**

산행코스 **중산리 · 로타리산장 · 법계사 · 천왕봉 · 제석봉 · 장터목 · 연하봉 · 촛대봉 ·**

  세석산장 · 영신봉 · 칠선봉 · 덕평봉 · 벽소령(첫째 날)

  벽소령 · 형제봉 · 삼각봉 · 연하천 · 명선봉 · 토끼봉 · 화개재 · 삼도봉 ·

  노루목 · 임걸령 · 노고단 · 성삼재(둘째 날)

"지리산의 밤, 별빛은 꽃잎처럼 흩날리고"

■── 4시 30분 중산리에서 출발했다. 처음에는 아무 생각 없이 올라갔다. 그러다 해가 뜨면서부터 간식을 먹으며 친구와 얘기를 나누면서 후미로 올라갔다. 버섯을 찾아보았으나 보이지 않았다. 산이 건조한 것 같았다. 7시 7분에 법계사에 도착했다. 아침을 든든히 먹고 7시 30분에 다시 출발했다. 11시 10분, 천왕봉에 도착해서 11시 30분에 출발했다. 점심을 먹을 때 밥이 적어서 배가 고팠다. 12시 30분에 장터목대피소에 도착했다. 옆에 있던 이상한 아저씨가 담배를 피워서 정말 짜증이 났다. 12시 40분에 출발했다. 세석대피소를 지나고 초저녁에 벽소령대피소에 도착해서 저녁을 많이 먹었다. 그러다가 지곤이와 후미대장님을 마중하러 갔다가 추워서 다시 돌아왔다. 잠을 잘 때 정말 찝찝해서 못 잘 것 같았다. 하지만 일어났을 때는 더 자고 싶었다. 다음날 아침에 밥을 못 먹고 가서 힘들었다. 점심 먹기 전 노루궁뎅이버섯을 발견, 점심밥이랑 같이 먹었다. _이정인

■── 대망의 지리산 종주! 어김없이 산행이 시작되었다. 처음부터 힘들었다. 약간의 오르막길도 계단 천 개를 걷는 느낌이었다. 멍하니 올라가다가 돌에 걸려 넘어질 뻔했지만, 힘들다는 것을 잊어버리려면 이 방법밖에 없다. 13차 산행 때부터 해가 밝으면 기분이 좋아서 가파른 오르막길도 뛰어 올라간다. 천왕봉 올라갈 땐 햇빛이 쨍쨍했음에도 나는 뛰어갔

다. 뛰고 또 뛰어서 천왕봉에 도착했다.

다음날엔 반야봉에도 올랐다. 여기저기서 산을 잘 탄다고 칭찬을 받아서 더 빨리 올라간 건지도 모른다. 노고단 대피소에 도착. 시설이 제일 좋은 것 같다. 유명한지 꼬맹이들도 많이 올라오고 사람들도 많았다. 성삼재로 내려가는 중간에 섬진강이 보이는 장소에서 경치를 구경했다. 섬진강을 멀리서 봤는데도 컸다. 성삼재로 내려가는 길도 꽤 길었는데 지리산 종주라는 목표가 바로 앞이어서인지 난 행복했다. _이종승

■──── 지리산이다. 참 나도 어떻게 지리산까지 왔는지는 모르겠다. 지리산은 무조건 가야 한다는 아빠의 주장 때문에 또 가게 되었다. 그러나 이번에는 몸도 마음도 즐겁게 출발하였다. 첫날 새벽에 출발하여 지리산으로 가는데 다섯 시간 정도 걸렸다. 준비 운동을 하면서 천천히 주위를 둘러보다가 문득 하늘을 보았는데, 별들이 정말 예쁘게 떠 있었다. 도시에서는 볼 수 없는 이쁜 별들이 정말 좋았다.

천왕봉 가는 길은 그리 힘들지 않았다. 천왕봉까지 5킬로미터 정도 남았을 때 개선문이 나왔는데, 그게 왠지 모르게 아직도 기억에 남는다. 천왕봉에 도착하기 직전에 많은 돌계단들을 올랐다. 천왕봉은 보일 듯 말 듯 하고, 신비롭게 구름도 보이고, 바람도 불고 했는데 그때 기분이 참 좋았다. 천왕봉에 올라가니 사람들이 많았다.

지리산은 높고 힘들 줄 알았는데 그렇지도 않았다. 약간 덕유산과 같은 분위기였다. 풍경도 멋있었고 볼거리도 많았고, 무엇보다도 대피소가 마음에 들었다. 이제 사람들에게 지리산 종주했다고 자랑하고 다녀야지! _김수련

■──── 버스에서 내리니까 쌀쌀했다. 1박2일 산행이라 짐이 많아서 가방도 무거웠다. 또 컨디션도 별로 안 좋아서 출발할 때 너무 힘들었다. 새

벽에 산을 가다가 랜턴을 떨어뜨렸는데 렌즈가 다 깨져서 랜턴을 사용할 수가 없었다. 너무 절망적이었다. 그래도 한 발 한 발 가다보니 해가 떴고 그나마 다행이었다. 이번 산행은 천왕봉만 가면 수월해진다고 해서 천왕봉까지 힘을 내서 갔다. 가다 보니 앞에도 뒤에도 아무도 없어서 너무 좋았다. 앞에 누가 있으면 따라가야 하고 뒤에 누가 있으면 챙겨야 하는데 아무도 없으니까 너무 좋았다. 어떤 아저씨가 주신 사탕을 먹으면서 천왕봉을 올랐다. 천왕봉은 올라가는 데 힘들었지만 천왕봉에서 내려다본 경치는 가장 멋있고 가장 뿌듯했다. 산들 중에서 가장 높은 봉우리기 때문에 내 시야에서 모든 봉우리들이 보이는 것 같았다. _**최새연**

■── 천왕봉 꼭대기에 올라가니 바람이 불고 온통 구름으로 뒤덮여 있었다. 무서운 영화에만 나올 법한 나무 위에 까마귀가 많이 날아다녔다. 그리고 이름 모를 작은 새를 바위에 앉아 다가가 찍으려 했지만 뒷모습만 보이고 사라졌다. 천왕봉에서 내려오는 길엔 투구꽃이 참 많이 보였다. 여러 송이의 꽃이 둥글게 피어 있기도 했는데, 가운데 무엇인가를 지키기 위해 둘러서 있는 여러 병사들 같기도 하였다. 또 여러 돌탑들을 보았는데 신기하게 중심을 잡아놓은 것도 있고, 돌탑 모양이 새같이 생긴 것도 있었다. 자연산 버섯도 맛보았고, 친구들과 구름을 보며 무슨 모양인지 얘기하기도 했다. _**김주현**

■── 힘이 들어 몸에 기운이 쫘악 빠졌을 무렵 드디어 기다리고 기다리던 벽소령대피소가 나왔다! 우리가 도착했을 때는 벌써 해가 어둑어둑질 때쯤이었다. 걱정스럽게도 후미는 해가 지고 한참 뒤에 도착했다. 후미가 걱정되긴 했지만 우리는 우리 몸 챙기기도 힘들어 머릿속으로만 걱정했다. 숙소에다 가방을 내려놓고 옷도 갈아입고 밑으로 내려가서 아줌마들이 해주신 고기가 듬뿍 들어간 맛난 김치찌개를 먹었다. 너무 너무

너무 맛있었다. 먹고 나서 나는 감기몸살 기운 때문에 몸이 조금 좋지 않아서 바로 잤다. 땀 흘리고 씻지도 못하고 양치도 못해서 찜찜했지만 몸이 너무 힘들어서 그냥 잠들어 버렸다. 생각해 보니 진짜 힘들긴 했지만 뭔가 뿌듯한 게 남는 산행이었다! _유다연

■── 장터목대피소에서 라면 한 그릇을 다 먹고 약수터에서 물을 받은 후 다시 산행을 시작했다. 주변에는 예쁜 꽃들이 많이 피어 있었다. 노란색부터 파르스름한 꽃까지 색색의 꽃들이 만발했다.

준형이는 먼저 가고 동섭이는 잠을 잤다. 나는 무얼 할까 생각하다 사진을 찍었다. 지리산의 고요함이 신기하여 동영상을 찍어 보기도 하였다. 그렇게 잉여시간을 보내는 동안 산행대장님과 후미대장님이 오셨다. 최후미가 된 것이다. 그 사실이 충격적이어서 나는 서둘러 길을 걸었다. 해는 기웃기웃 저무는데 우리는 아직 촛대봉이다. 지나가며 만나는 아저씨들이 우리가 벽소령까지 간다는 것을 알고 있는지 지나칠 때마다 "빨리 가라"는 말씀을 하셨다.

이젠 산행을 하며 버섯을 캘 여유도, 시간도 없었다. 해는 벌써 저물어 일몰도 끝나가고, 무전기에서는 '선두 도착'이라는 말이 들렸다. 아름답고 운치 있는 지리산을 두고 풍경도 감상하지 못하고 땅만 보며 걷기만 하는 산행. 나는 좀 못마땅했다. 종주도 종주지만…… . 산에 오는 이유는 뭘까? 어른들은 아마 대부분 풍경을 보러 온다고 말씀하실 것이다. 그러나 지금 내가 하고 있는 산행은 마치 교과서를 공부할 때 이해하려 하지 않고 줄줄 외는 그런 공부를 하는 느낌이다. 물론 나 혼자의 생각이고 최후미로 온 내 잘못이긴 하다. 하지만 나중에 시간이 된다면 나 혼자 지리산을 다시 와보고 싶다. 그땐 시간에 쫓기지 않고 자연을 느끼며 자연인이 되어 산행을 하면 좋겠다.

아, 해는 완전히 꺼졌다. 이제 나의 눈이 되어줄 것은 헤드랜턴밖에 없다. 그러나 나는 헤드랜턴 없이 장님이 되어 산행을 해보기로 한다. 나의 오감을 최대한 사용해서. 돌부리에 걸려서 넘어질 뻔한 게 벌써 세 번이다. 헤드랜턴을 켤까 말까 망설이기도 했다. 하지만 그때마다 '그냥 가자'라는 결론을 내리고 계속 산행을 했다. 그러기를 20분. 좀 적응이 된것 같다. 나의 커진 동공이 내 앞을 밝혀 주었다. 이젠 다 보인다. 돌들, 나무들, 심지어 꽃까지 보인다. 참 인간의 몸은 신비하다.

장님으로 산행한 지 40분쯤 지났을까? 저 앞에 불빛 여러 개가 보인다! 대피소였다!! 벽소령대피소!!! 대피소 불빛에 힘을 얻은 나와 동섭이는 초스피드로 달려갔다. 불빛들이 점점 더 커졌다. 대피소의 지붕 윤곽도 뚜렷하게 보였다. 대피소 입구에 들어섰다! 들어가자마자 동섭이와 얼싸안고 환호했다. 선두였으면 그냥 그저 그랬겠지만 밤까지 산행을 한 우리들에겐 의미가 남달랐다. _이민규

■── 오늘은 아빠하고 같이 가기로 마음을 먹었다. 선두에 가지 않고 아빠하고 같이 가면서 즐거운 대화를 나누었다. 동성동본 결혼에 대해서도

알아보았다. 아빠하고 같이 대화를 나누면서 나는 중요한 무언가를 깨달은 것만 같다. 나는 아빠를 누구보다도 사랑하고 있다. 그것만큼은 절대로 변치 않을 것이다. 아빠하고 대화를 나누면서 '나는 좋은 사람'이라는 것을 조금은 다시 깨우치게 된다. 지리산의 산행은 이런 점에서 고맙다. 산행길엔 돌이 많긴 하였지만 걸을 만했으며, 코스도 좋고 날씨도 좋아 대화를 나누기엔 아주 적절한 장소였다. 숙소인 벽소령대피소에 도착했다. 저녁식사로 김치찌개를 먹었다. 하지만 숟가락이 없었다. 그러나 고문대장님이 나한테 숟가락을 빌려 주셨다. 다행이다. 숟가락이 없었으면 밥도 못 먹을 뻔했는데……. 엄마는 왜 챙겨 주지 않았을까. 마실 것도 안 챙겨 주시고. 너무 하다는 생각이 들기도 하였다.

저녁을 먹고 남자 숙소에 들어갔다. 숙소에 들어가서 바로 잠을 자는 아버지. 많이 피곤하셨나 보다. 하긴, 몇 달 만에 하는 산행이니까 힘드시기도 하겠지. 아버지는 달리는 운동을 할 때 사용하는 근육과 산행할 때 쓰는 근육이 다르다는 말씀을 하셨다. 확실히 그런 것 같다. 운동을 잘하고 나보다 힘이 훨씬 강한 아버지인데 산행을 그렇게 힘들어하는 모습은 처음이다. 아빠하고 팔씨름을 하면 이기지도 못한다. 어렸을 때 산행을 할 때도 아빠가 이끌어 주어야 잘 갔었는데……. 내 몸이 그렇게 성장을 하였다는 것을 이제야 알 것 같다. 확실히 내 몸은 전보다 많이 좋아진 것 같다. _유지훈

■──── 천왕봉까지 올라가는 코스는 제일 힘든 구간의 연속이었고, 1박2일 산행 내내 모두 자갈 혹은 돌 혹은 바위밭이어서 발도 엄청 아팠다. 하지만 천왕봉에 도착하고 나니 경치가 멋있었다. 모든 고생과 아픔이 씻겨 나가지는 않았지만, 그래도 기분도 좋고 바람도 불어서 시원했다. 천왕봉 올라가기 직전에 수직 돌계단이 있었는데 바로 앞에 천왕봉이 있음에도 불구하고 1킬로미터를 걷는 듯한 느낌이었다. 동섭이는 진짜 미친 체력

이다. 새벽부터 계속 걸었는데도 그 돌계단에서 나를 이끌고 가 준다. 백두할 때는 여러모로 동섭이한테 고맙다. 산에서는 날 도와주고, 버스에서는 MP3 빌려 주고. 동섭인 정말 착한 것 같다고 새삼스럽게 느꼈다.

이튿날에는 벽소령대피소를 출발해 성삼재로 향했다. 이번에는 혼자 걷지 않았다. 중간에 넓은 공터에서 쉬었는데, 거기서 반야봉에 갈 사람과 가지 않을 사람을 나누었다. 어떤 선생님께서 천왕봉과 반야봉이 지리산에서 제일 좋다고 하셔서 가기 싫은 마음도 있었지만 한편으로는 경치가 궁금해서 가기로 했다. 민규와 동섭이는 가지 않는다고 했다. 그래서 나는 우진이, 주현이와 가게 되었다. 반야봉에 오르기까지 몇 번이나 후회했다. 평지나 내리막길은 없고 거의 45도 정도 되는 각도의 산을 탔다. 타는 게 아니라 기어갔다. 풍경이 정말 기가 막혔다. 그리고 90명 중 10명만 반야봉에 갔다 왔다고 하니까 왠지 기분이 좋았다. _**박준형**

■── 벽소령대피소에서 자고 일어나 밥을 먹고 후미로 출발했다. 어쩌다 보니 속도가 점점 빨라졌고 1킬로미터를 20분 만에 갔다. 그런데도 힘들지 않았다. 그럼에도 나는 속도를 내서 선두를 따라잡았다. 선두는 노고단에 도착해서 10분~20분쯤 쉬었다. 나는 신영이가 선두에 있을 줄 알았는데 선두에서 이탈해 조금 더 빨리 가서 노고단대피소에서 세 시간을 기다렸단다. 와우, 세 시간 거리를 한 시간 만에 왔단 말이다! 너무 빠른 건가? 잘은 모르지만 나는 솔직히 꽤 빨리 걸은 건 확실하다. 나는 요즘 백두가 재밌어졌다. 다음 산행에서도 처음에는 짜증을 내겠지만 그래도 나중에는 재밌어질 것만 같다. _**김규연**

■── 벽소령대피소에서 일어나 5시 30분쯤 모든 준비를 마쳤다. 맛있는 밥을 먹고 출발! 이틀째라 그런지 몸이 무거웠다. 달라진 점은 가방이 가벼워졌다는 것뿐이었다. 주변은 점점 밝아오고 하늘의 색이 변하는 것이

신기하기도 했다. 하지만 더 신기한 것은 주변의 새로운 식물들, 환경이었다. 그 전날과는 달리 길이 온순해져 가벼웠다. 삼도봉과 노루목을 지나고 임걸령을 건너 노고단까지 가기까지 많은 친구들과 동행했다. 마지막 오르막길을 오르고 나서야 선두랑 만났다. 너무 행복했다. 다행히 안전하게 산행을 마쳐서 행복하기도 했다. 성삼재로 내려오는 길, 어떤 곳에 서니 멀리 섬진강이 한눈에 보였다. 안개와 어우러져 마치 하늘에 있는 강 같았다. **_김상아**

■── 그 다음날은 쉬웠다. 왜냐하면 새연이, 지영이와 함께 역사탐방을 갔기 때문이다. 이것도 초반에 한두 시간 동안은 계속 경사가 급한 길을 내려가서 조금 힘들었지만, 가다가 나온 계곡에서 놀면서 쉬어서 괜찮았다. 내리막길을 내려가고 나서는 거의 다 평지였다. 서촌샘께서 여긴 등산로가 아닌 그냥 산책로라고 하셨다. 서촌샘께서 얘기도 들려주시고 '해방춤'이라는 춤을 추시며 노래도 불러주시고 진짜 너무 재밌었다. 종주를 못해서 좀 많이 아쉽긴 하지만 정말 재밌는 산행이었다. **_김정연**

■── 산을 가는데 끝날 것 같으면 또 가고 끝날 것 같은데 또 가서 그냥 갔더니 결국 도착하였다. 그리고 애들 말과는 달리 쉬운 코스여서 그런지 힘들지만 은근히 재미도 있었다. 다음 산행길은 어렵다고 하니 쉬운 코스와 어려운 코스가 얼마나 차이가 나는지 한번 봐야겠다. **_옥지영**

* * *

■── 버스를 타고 올라갈 수 있는 가장 높은 곳까지 올라갔다 중산리 탐방지원센터 주차장에서 체조를 하려는데 밤하늘의 별이 도심에서 볼 수 없을 정도로 많았다. 맨눈으로 볼 수 있는 별이 이렇게 많다니 장관이라

는 말로 표현하기에는 너무 많은 별들로 가득 차 있었다.

은하수와 별들을 바라보면서 수많은 별들 속에서 지구라는 별 속의 나라는 사람과 가족, 함께하는 많은 사람들과의 인연을 생각했다. 랜턴 불빛을 보면서 걷노라니 하늘의 별들이 땅에 내려앉아 움직이는 듯하다. 함께하는 모든 사람들이 별보다도 더 소중한 존재라고 생각하면서, 시간 과 은하수, 별과 사람에 대해 생각하면서 한 발씩 나아갔다. 하늘의 별과 땅의 별, 열심히 길을 가다 보니 하늘의 별도 사라지고 땅의 별도 사라진 다. 멀리서 동이 트는 게 보이기 시작한다. **_김인현_**

■ 나에게 지리산은 젊음을 상징한다. 20대 혈기왕성한 시절, 지리산 (智異山, 어리석은 사람이 머물면 지혜로운 사람으로 달라진다)을 이름대로 느껴 보고 싶어 계절에 맞추어서 네 번의 산행을 했다. 시간은 많고 돈은 없어 서 한번 산에 들어가면 경치 좋고 쉬기에 좋은 곳에서 텐트를 치고 며칠 이고 머물면서 좋은 친구와 산에서 채취한 나물 안주에 정겹게 잔을 기 울이곤 했다. 이번에도 그런 꿈을 가지고 지리산에 올랐다. 아니 다시 젊 음을 회고하고 싶었다고 하는 것이 맞을 것이다.

하지만 너무 망가진 산을 보면서 자연은 그대로가 가장 좋은데 하는 생각을 한다. 등산을 하라고 하는 건지, 계단을 올라 정상만 가라는 건지 알 수 없지만 그래도 여유를 가지고 천천히 걸으면서 참 행복했다. 그 길이 나를 포함한 많은 등산객들로 인해 풀이 죽고 흙이 떠내려가서 예전에 비해 너무 돌이 많았고 인공이 첨가되었지만, 그래도 중간중간 나타나는 나무 그늘 밑의 검은 흙길이 있어 정말 정겹고 행복했다. 옛날같이 맨발로 걸을 수는 없었지만 그래도 그 흙을 밟을 수 있어서 참 좋았다.

넋을 놓고 볼 수 있는 풍경이 정말 많은 곳이 지리산이다. 그래도 나는 산하의 아름다움을 보면서 걷고 있었지만 아이들에게는 미안했다. 백두대간종주라는 목적 아래 풍광을 즐기지 못하고 친구와 함께 열심히 걷고 있는 우리 아이의 모습을 보면서 그리고 이미 내가 아이를 따라가지 못할 만큼의 저질 체력이 되었다는 자괴감에 많이 슬픈 산행이기도 했다.

내가 좋아하는 민중가요 중에 '지리산'이라는 노래가 있다. "눈보라 몰아치는 저 산하에 떨리는 비명소리는 누구의 원한이랴? 죽음의 저 산. 내 사랑아 피 끓는 정열을 묻고 못다 부른 참 세상은 누구의 원한이랴? 침묵의 저 산." 참 슬픈 우리의 과거를 느낄 수 있는 가사와 음이어서 좋아했었다. 지리산이 품고 있는 슬픈 사연은 언제쯤이나 끝날 수 있을까 생각하니 가슴이 아려왔다. _**김종훈**

■───── 지금 내 왼발은 반깁스를 하고 있다. 지난 토요일 새벽 중산리에서 출발한 지 얼마 되지 않아 바위에서 바위로 건너가면서 발목이 접질린 후유증 때문에……. 시작은 호기롭게 선두를 따랐지만 이후로 이틀 내내 후미를 맴돌았다. 15차 산행 때까지 발목이 나을지?

첫날은 정말 힘들었다. 발목을 다친 이후 근처 바위에서 기획대장의 처치를 받고 조심조심 걸었다. 앞서 가던 큰딸은 내가 넘어진 걸 모르고 계속 가서 멀어지고, 뒤에서 오던 아들을 만났다. 아들은 다친 엄마가 걱정이 되는지 같이 가다 내가 뒤처지면 기다려주고 또 앞장섰다가 기다려주기를 반복했다. 백두를 하면서 아들과 함께 걷기는 이번이 처음인 것 같다.

아침을 먹고 기획대장의 테이핑 처치를 받고 다시 걸었다. 장터목에서 점심을 먹고는 채림아빠가 챙겨 오신 발목보호대까지 얻어 발목에 감고 걸었다. 점심때까지는 딸과 같이 걸었는데 이후로 딸은 앞장서 가고 남편이랑 걷게 되었다. 남편은 2번 무전기를 맡았지만 다친 마누라를 챙기느라 결국 후미 바로 앞까지 밀려난 셈이다. 이후로는 벽소령에 도착하기까지 주욱 남편과 함께 걸었다. 결국 첫날은 같이 갔던 가족 모두와 함께 걸은 셈이다, 운 좋게도…….

깜깜한 밤에 벽소령에 도착해 지원팀이 준비해 놓은 밥과 국을 먹고 다음날 먹을 주먹밥 준비하는 걸 잠깐 돕고는 잠자리에 들었다. 발목은 계속 아프고 다음날 산행을 생각하니 걱정이 태산이었다. 딸은 옆에 누워 헤드랜턴 불빛 아래서 영어 단어를 찾으려고 하다가 벌레가 눈앞에서 기어다니는 걸 보고는 놀라 불을 끄고 같이 누웠다. 많은 숙제에도 불구하고 희연이가 이번 산행을 따라온 목적은 지리산 밤하늘의 별을 보고 싶어서였는데 하필 구름 때문에 별을 많이 보지 못했다. 새벽에 일어나 다시 별을 봐야지 다짐하면서 잤다.

이리저리 뒤척이다 보니 새벽이 되었다. 머리는 깨어나는데 몸을 바닥에서 일으키기 힘들어 한참을 더 뒤척이다 일어났다. 희연이가 보고 싶어했던 별은 어느새 하늘에서 자취를 감추고 주위가 밝아왔다. 지원조의 수고 덕분에 국과 밥으로 아침 요기를 하고 희연이랑 다시 벽소령을 출발했다. 주변을 둘러봐도 남편과 아들이 보이지 않기에 먼저 출발했나 보다 하면서.

언제나 느끼는 것이지만 처음 출발은 항상 힘들다. 몸이 어느 정도 데워져 산행의 리듬을 잡아갈 때까지 숨이 차고 그 숨참이 힘들다. 뒤에 오던 솔이랑 다연이, 예진이는 긴 다리로 잘도 걸어간다. 남자아이들처럼 뛰어가는 것도 아니고 터벅터벅 걷는 것 같은데도 금세 거리가 멀어진다.

지금까지는 후미에 있어도 빨리 가야 한다는 강박관념에 마음이 편치 않아 여유를 즐길 수가 없었다. 하지만 이번에는 조금 달랐던 것 같다. 조금은 여유로워졌다고 해야 할까.

사실 성격상 늦는 걸 너무나 싫어하고 다른 사람에게 폐를 끼치는 건 죽기보다 싫고 뒤처지는 것도 싫어하다 보니, 항상 마음은 앞에 있고 그에 한참 못 미치는 몸 때문에 더 힘들었던 것 같다. 이번 산행에서 뒤에 있다 휙 스쳐 앞서 가는 아이들을 보면서 '토끼와 거북이'가 떠올랐다. 아이들은 토끼, 나는 거북이. 정말 거북이 같다. 빨리 못 가니 느릿느릿 그렇지만 쉼 없이 걸어가는 거북이. 한 번에 속력을 못 내니 내 페이스에 맞춰 느리지만 꾸준히 가는 게 나에게 맞는 산행 방법이 아닐까 싶다.

두서없지만 산행 중간중간 이 길도 빨치산이 지나간 길일까 생각해 봤다. 앞으로 가도 죽고 뒤처져도 죽는 길을 걸어야 했던 그들의 마음은 어땠을까? 극단의 상황, 이성이 숨쉬기 힘든 그 시절에 내가 살았더라면 나는 어떤 모습이었을까? 나는 역사에, 아니 스스로에게 부끄럽지 않은 모습으로 살 수 있었을까? 솔직히 자신이 없다.

대학 시절부터 숱하게 들어왔던 지리산 종주를 마쳤다. 내 발로. 친구나 선배들이 지리산 종주를 마치고 와서 늘어놓던 하소연 겸 은근한 자부심에 찬 자랑들. 이제 나도 지리산 이야기가 나오면 낄 수 있게 되긴 했는데 어떤 이야기를 나누어야 할지는 잘 모르겠다. _**문선희**

■───── 장터목에 이르러서야 햇살이 구름 사이로 비낍니다. 장터목은 이름 그대로 장이 섰던 곳입니다. 함양군 백무동과 산청군 중산리를 잇는 고개에 덩그러니 펼쳐진 '광장'을 보면서 감회에 젖지 않을 수가 없습니다. 장터목 말고도 화개재에서도 장터가 펼쳐지곤 했습니다. 지리산 주능선은 동과 서를 가르며 남으로 내달리다 꽤 널찍한 터를 마련해 놓았고, 사람들은 이 높은 고개까지 물건을 지고 올라와 먹을거리와 입을거리를 바꾸었습니다.

내가 중학교를 다닌 인월(引月)은 옛날부터 5일장으로 유명했던 곳입니다. 지금은 저 무지막지한 '마트'에 밀려 간신히 명맥만 유지하고 있지만, 30년 전까지만 해도 전국의 장돌뱅이들이 집결하던 꽤 알려진 장터였습니다. 이곳에 이런 장터가 형성될 수 있었던 것은 바다에서 섬진강을 따라 구례까지 올라온 각종 해산물과 소금이 화개재를 넘고 뱀사골을 지나 다시 뗏목을 타고 인월까지 도달할 수 있었기 때문이라고 합니다. 그러니까 우리가 지난 장터목과 화개재의 공터는 바닷사람과 산사람을 이어주는 통로의 요충이었던 셈입니다. 화개재에서 내가 꽤 오랜 시간 동안 푸른 햇살과 뒹굴며 게으름을 피웠던 것도 무거운 짐을 지고 험한 고개를 오르내렸을 사람들의 환영(幻影) 때문이었습니다.

장터 얘기가 나와서 말이지만 초등학교 때만 해도 어머니를 따라 장에 가는 것이 그 무엇과도 바꿀 수 없는 기쁨이었습니다. 별별 희귀한 생선에서부터 울긋불긋한 옷감들까지, 내 눈동자는 너무 바쁘게 움직인 나머지 열이 날 지경이었습니다. 장날이면 빠짐없이 찾아오는 놀이패들의 노래와 재담, '돌돌이기계'에서 가공할 폭음과 함께 쏟아져 나오던 튀밥의 후끈한 향기, 어머니가 큰맘 먹고 콩이며 참깨 등속을 주고 바꾼 돈으로 사준 짜장면의 맛, 그리고 아쉬운 표정으로 짜장면 그릇 바닥을 긁고 있는 나를 그저 바라만 보고 있던 어머니의 모습, 장날이면 어김없이 술에 취해 동네방네 소동을 몰고 다녔던 아버지의 휘청거리던 발걸음…….
가난해서 서글펐던 어린시절의 기억에 방향제를 뿌릴 생각은 없습니다. 그러나 지금도 '마트'나 백화점에만 가면 눈이 아물아물해지고 어지럼증까지 느끼는 나는 옛날 그 장터의 풍경과 그 바닥을 헤집고 다니던 모습이 참 그립습니다.

촛대봉에 서서 가을을 맞이하느라 분주한 세석평전을 바라봅니다. 28년 전, 나는 그 이름도 당당한 방위병이었습니다. 그것도 '신이 내린 보직'으로 알려진 면사무소 방위! 예비군훈련통지서나 민방위훈련통지서를 배달하며 건들거리는 게 일과였지만, 실은 HID나 UDT 못지않게 혹독한 정신적 고통을 겪고 있었습니다. 세상살이에 첫걸음을 채 내딛기도 전에 시대의 물결에 휩쓸렸다가 환멸만 안고 돌아와 지리산의 젖을 빨며 원기를 되찾으려 용을 쓰고 있던 때였지요. 때로는 중대장의 90cc짜리 오토바이를 훔쳐 타고 뱀사골로 내달려 계곡에다 분노를 부리기도 했고,

때로는 근무지를 무단이탈해 지리산 이곳저곳을 싸돌아다니기도 했습니다. 나는 길 잃은 들개였습니다. 다른 사람과 자신을 할퀴고 물어뜯던 들개는 이곳 세석평전에서 휘황한 헛것을 보았습니다. 아득히 저 멀리까지 펼쳐진 철쭉들이 봄바람의 느릿한 반주에 맞춰 춤을 추고 있었습니다. 분홍빛 아지랑이가 눈을 찌르는 바람에 제대로 바라볼 수조차 없었습니다. 바로 그 헛것이야말로 나에겐 실체이자 젖줄이었습니다. 바로 그 헛것의 힘으로 지금까지 내 삶을 지탱해온 것인지도 모릅니다. 헛것이되 헛것이 아닌 꿈, 그 꿈을 이해 가능한 언어로 바꾸는 게 문학이고 또 예술이 아니겠습니까.

하늘과 능선 사이에 걸린 초이레 달이 제 빛을 잃지 않으려 애쓰면서 벽소령을 비추고 있습니다. 바람이 찹니다. 우리의 산행을 지원하러 나온 이들이 정성을 기울여 지은 밥을 달빛과 별빛과 바람에 비벼 먹었습니다. 온몸에서 진액이 빠져나가 버린 듯합니다. 맑은 정신으로 심성 고운 사람들과 더불어 처음으로 지리산에 고마움과 미안함을 전하는 자리인지라 꽤나 긴장했던 모양입니다. 깊은 산속에서 깊은 사람들과 깊은 향기를 술에 담아 마시는 이들을 뒤로하고 일찌감치 잠을 청했습니다. 바람 소리에 섞여 노고단 할머니의 자장가가 들립니다.

'반야부인'을 만나야 했습니다. 마루금에서 살짝 비껴 있는 반야봉을 오르는 길은 녹록치가 않습니다. 세월에 쏠려내린 돌길을 거슬러 오릅니다. 고운 향기가 코끝을 떠나지 않습니다. 어디에서 오는 향기일까. 향나무 냄새 같기도 하고, 솔잎 냄새 같기도 하고, 어머니가 머리에 바르던 동백기름 냄새 같기도 한, 그런 향기입니다. 나뭇잎을 비벼 코끝에 대보아도 알 수가 없습니다. 여기저기 태풍에 우지끈 허리가 꺾인 나무들이 속살을 드러내고 있습니다. 돌담 아래 수줍게 피어 있는 연분홍 코스모스 빛깔을 띤 속살입니다. 모르긴 해도 반야부인의 속살이 저런 빛일 겁니다. 향기는 오랜 세월을 견디다 거센 바람에 꺾인 나무의 속살에서 번지는 것이리라고 믿기로 했습니다.

치마폭을 잡고 어렵사리 기어오르니 완만한 곡선을 이룬 반야봉이 나를 기다리고 있습니다. 여느 이름난 봉우리와 달리 위압적이지가 않습니다. 세속의 시련에 시달리다 찾아온 이들을 넉넉하게 품어주는 지혜로운 정신의 넉넉한 젖가슴, 그래서 이름도 반야(般若, 프라냐)일 겁니다. 저 멀리 천왕봉이 아련합니다. 고개를 돌리자 노고단이 또 아련하게 보입니다. 천왕봉과 노고단을 잇는 하나의 꼭짓점, 덕유산이 엷은 구름 사이로 얼비칩니다. 노고단 할머니를 노엽게 하지 말라고 애원하고 싶었지만 좀처럼 입이 떨어지지 않았습니다. 오히려 내가 반해버렸다고 하는 편이 솔직한 심경입니다. 하늘가에서 나를 내려다보는 반야부인의 표정은 노고단 할머니의 질투가 스며들 틈이 없을 만큼 정갈합니다.

노루목을 지나쳐 임걸령 샘터로 걸음을 재촉합니다. 선두대장은 이미 선두가 아닙니다. 반야부인의 향기와 지혜와 표정에 넋을 놓고 있는 동안, 성미 급한 이들이 앞서나간 지 이미 오랩니다. 샘터에서 물을, 아

니 상처 입은 인간을 보듬고 물려주던 젖을 게걸스럽게 들이켭니다. 이제 이 젖을 먹지 않고도 삶에 직면할 수 있어야 한다는 생각이 좀처럼 머리를 떠나지 않습니다. 내 영혼의 후미진 그늘에 서식하고 있던 씁쓸하고도 아린 기억들이 되살아 옵니다. 그 기억들에 맞서지 못하고 지리산 당신의 품속에서 칭얼대는 부끄러운 얼굴이 포개집니다. 젖을 끊을 때가 훨씬 지난 나를 어르고 품어준 당신을 이제 떠날 때가 아닌가 싶습니다. 이번 지리산 주능선 종주는, 적어도 내게는, 이별의 의식이었습니다. 샘물이 목젖으로 시리게 흘러들고, 햇살을 안은 푸른 바람이 기억의 뒷마당을 쓸고 지나갑니다. _정선태

■── 다시 지리산이다. 20년도 훨씬 전 밟아 본 그 지리산은 높고도 웅장한 자태 속 구구절절한 핏빛 애환과 추억을 지닌, 한 서린 산이었다. 그런데 이번에 내가 가려는 지리산은 '다른 지혜'의 '智異山'이다. 격동과 혼란 속, 서로 다른 이데올로기로 갈등하고 대치하면서 속절없이 숱한 죽음을 불러온 적대의 지혜가 아닌, 누구도 시비하거나 갑론을박할 수 없는, 지금껏 세상이 알지 못했던 명징한 지혜가 이 지리산에서 '智異'로 발원하는지도 모른다. 소수의 강자가 다수의 약자들을 억압하고 유린하는, 아직도 이런 천박한 세상 속에서, 땅에서 솟아나는 진리와 하늘에서 하강하는 의로움이 만나는 지리산의 그 거룩한 꼭짓점 한가운데 서서 천지를 진동하는 생명나무의 '智異'를 얻고 싶었다.

드디어 천왕봉! 거기서도 제일 높아 보이는 꼭짓점에 올라 '智異' 언기를 두려운 마음으로 기원해 본다. 그 길이 인간의 오욕칠정을 모두 내려놓고 가야만 하는, 외롭고 험한 가시밭길이라도 내가 걸을 수 있을지에 대한 확신도 없으면서 헛된 욕심으로 '智異'를 탐하는 것은 아닌지, 그럴 자격이나 있는 건지…….

잠시 복잡해진 마음을 어렵사리 달래며 돌길을 따라 걷고 또 걷는다.

세석산장에서 3시 30분이 넘으면 벽소령산장 가는 길을 금한다는 조건 때문에 거기서 숨도 못 고르고 벽소령을 향했다. 그 시간에 세석산장을 나와 걷는 우리 일행을 보고 "에구, 언제 가시렵니까?" 하며 안 됐다는 표정으로 서둘러 산장으로 들어가던 분들의 말에 정신이 번쩍 들었다. 해지기 전에 벽소령산장에 가야 한다는 일념으로 부지런히 걷기만 하는데, 해가 지고 6시가 넘자 다리가 후들거리고 남은 체력을 박박 긁어 걷고 있다는 느낌이 들었다. 땅을 밟고 걷는 건지, 구름 위를 걷는 건지, 꿈을 꾸는 건지, 순간순간 정신이 오락가락하기도 했다.

마지막 1.1킬로미터는 왜 그리 긴지, 가도 가도 끝이 없었고 멀리 보이는 산장의 불빛은 신기루처럼, 보이다 안 보이다를 반복하는데 3번 무전기로 반달곰을 만났다는 기획대장님의 무전은, 반달곰을 만나 피 튀기며 사투를 벌이는 장면을 연상케 하여 그러지 않아도 혼미한 내게 두려움과 불안감을 더해 주었다.

다음날에도 많은 이들의 도움을 받으며 어렵디어렵게 산행을 마쳤다. 노고단에서 저 멀리 보이는 천왕봉이 우리가 얼마나 먼 길을 왔는지를 알려 주는 듯한데, 도저히 내가 걸어온 길이라고 믿어지지 않는다. 내가 그렇게 걸어온 지리산은 땅의 산, 빨치산의 산, 한 맺힌 피 울음의 산이라고만 하기에는 그의 품이 너무 넓고 크다. 세상 소리에 뜻 없는 소리가 없듯 '智異山'은 우리가 모르는 심오한 다른 지혜를 품고 사람을 통해 뜻을 펼치는 우주의 산, 하늘의 산, 궁창(穹蒼)의 산인 것 같다. **임지수**

■── 나는 산을 참 열심히 탄다. 산을 타는 것은 기도하는 것과 같다. 나는 산에 집중해서 산을 탄다. 산에서 만나는 사람들도 아름답지만, 아직 사람을 살필 여유는 호사이고, 산이 날 받아주길 바라면서 간절히 산을 탄다.

다른 사람들이 보면, 산을 왜 그리 심각하게 탈까 하겠지만, 나는 늘

한계상황에 쉽게 도달하기 때문에 심각할 수밖에 없다. 시작할 때부터 숨이 턱에 차고, 더 이상 걸을 수 없을 만큼 힘들어 멈춰서 숨을 골라야만 다시 갈 수 있기에, 도란도란 대화를 하면서 가는 것은 불가능하다. 그 호흡까지 아껴야 한다. 산소탱크를 달고 심해에 들어간 잠수부처럼 조심조심 호흡을 조절해 가며, 쉬어 가면서 심각하게 갈 수밖에 없다.

뭔가 약한 사람은, 다른 사람이 아무렇지도 않게 하는 일도, 조심조심 애타하면서 한다. 그리고 남들이 아무렇지도 않게 이룰 수 있는 일인데도 내가 해냈을 때는 스스로 대견해하고, 만족해한다. 하지만 표시내지는 않는다. 남들에게는 별일이 아니기 때문이다.

산에서 나는 늘 내가 달팽이 같았다. 1차부터 13차까지 죽 후미에서만 관찰되는 개체다. 같은 종인데 왜 이렇게 느리게 몸이 돌아가게 창조되었는지. 겉에서 보기엔 참 평온하게 스르르 움직이는 것 같지만, 내 안에서 나는 나의 껍질이 터져라 하고 세포에 산소를 불어넣어서 에너지를 만들어 한 걸음 한 걸음 내딛고 있다. 전력을 다해 질주하는 달팽이……. 힘을 다해서 온몸은 소용돌이치는데도 겉에서 보기엔 움직이고 있는 건가 할 정도로만 움직이는 그런 생명체.

하지만 누가 뭐래도 나는 하나님의 목적에 따라 만들어진 존재니까, 나는 누가 뭐래도 성실히 백두대간의 마루금에서 나의 좌표를 조금씩이나마 옮기고 있으니까, 하늘에서 내려다봤을 때는 쏜살같이 날아가는 새나, 꿈틀대며 가는 달팽이나 모두 똑같이 자신의 존재가치를 최대한 빛내면서 살아가는, 마루금 위에서 빛나고 있는 똑같이 아름다운 생명들이니까. 그렇게 스스로를 위로하며 나름의 백두를 만들어 가고 있었다.

늘 숨이 차서 걷다 쉬다를 반복하면서 산을 탔다. 초창기에는 온몸이 여기저기 염증을 일으켜서 항생제와 진통제, 영양제에 의존하면서 다녔고, 산에 다녀오면 3, 4일은 계단을 절면서 다녔지만, 백두대간의 기운이 나에게 뭔가를 줄 것이라는 믿음이 분명했기에 내 몸의 아우성들은 무시하고 또 산을 탔다.

지리산 종주, 특히 오르막에서 맥을 못 추는 나에게 천왕봉 1915미터 고도까지 한달음에 치고 올라가야 한다는 선배들의 이야기는 늘 부담이었다. 하지만 지리산을 한 주 앞두고 훈련을 할 수 있는 주말 번개산행도 일 때문에 놓치고 말았다. 할 수 없이 늦은 밤이라도 퇴근 후에 진우와 30분간 아파트 광장에서 왕복달리기와 계단오르기 정도라도 간단히 했다.

지리산이기에 무조건 푹 자고 떠나자. 이것도 실천을 못 했다. 금요일에는 아예 일하러 나가지 않으려고 굳게 결심했건만, 아침부터 급한 문제들이 생겨서 또 서울로 갔다. 오전 근무만 하고 와야지 했지만, 예상 외의 주문건 등을 놓칠 수가 없어서 결국 나는 저녁 8시에야 집에 도착하게 되었다. 한숨도 나고, 시간이 야속했다. 짐을 꾸리고 나니 10시 반, 거의 잠을 자지 못하고 누워만 있다가 출발했다. 바로 그 높고 높은 천왕봉을 가는데, 왜 나는 단호하게 일을 제껴 버리지도 못하고 또 이렇게 잠도 못 자고 다니는 건지 한심했다. 달팽이 주제에 잠까지 안 자고 오면 도대체 어떻게 산을 다른 사람들과 같이 탄다는 거야, 스스로가 미련하게 느껴졌다.

지리산의 별은 역시 아름다웠다. 대학교 때 친구들과 누워서 지리산의 별과 은하수를 볼 때 느꼈던 감동이 되살아났다. 마냥 놀기만 하러 왔으니 예쁘다 예쁘다만 연발하면서 즐기면 되는 때였다. 하지만 나는 지금 체조 중에 허리를 뒤로 젖히고 별을 바라보고 있다. 왠지 모를 불안감과, 전쟁터에 임하는 듯한 결사적인 느낌을 가지고 한 손에 칼을 든 오리온자리의 별들을 바라본다. 스트레칭을 잘 안 하면 사고가 날 수도 있다는 말에 서둘러 시선을 거두고 별보다 내 다리근육이 잘 늘어나고 있는지 살핀다.

4시 30분경 산행이 시작되었다. 역시 새벽산행은 힘이 든다. 쉬다가 걷다가 반복하면서 몸을 덥혀갔다. 다행히 동이 터오기 시작했다. 구름이 끼었지만 일출도 보고 계속 올라갔다.

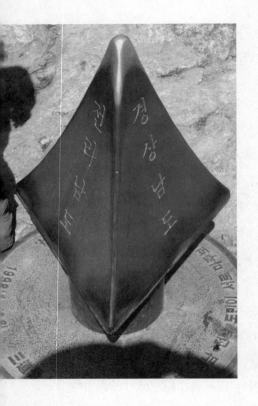

천왕봉이 2킬로미터, 1.5킬로미터, 1킬로미터 남았다고 하는 표지를 보면서 계속 올라갔다. 그런데 천왕봉이 0.5킬로미터 남았다고 하는 지점에서부터 "어, 내가 왜 이렇게 잘 올라가고 있지? 내가 이럴 리가 없는데" 하는 생각이 들기 시작했다.

0.3킬로미터, 이제 제일 가파른 구간이 시작된다. 주변은 안개도 적당히 끼어서 산을 타기에 딱 좋은 날씨였다. 뭔가 내 몸이 삐그덕삐그덕거리다가, 삐걱, 삐걱, 이어서 끄으윽, 끄으윽 이렇게 소리를 내다가 어느 순간 차르르, 차르르 움직이고 있다는 느낌이 든다. 어, 이상하다, 이 느낌은 뭐지, 처음 느껴보는 힘이다. 다리에 힘이 생기고, 올라가라고 하는 데로 내딛으며 숨은 기분 좋을 정도로 가쁘다. 저 위에 보이는 꼭대기까지 가뿐하게 올라갈 것만 같다.

0.2킬로미터, 〈포레스트 검프〉에서 보조기를 착용한 포레스트가, 나쁜 친구들에게 쫓길 때 빨리 뛰어, 빨리 뛰어 안타깝게 손을 움켜쥐어도 절뚝절뚝 돌을 맞으면서 넘어질 듯 뛰다가, 갑자기 다리에 힘이 생기면서, 다리에 끼운 보조기가 팅겨져 나가고, 자신의 두 다리로만 뛰어가게 되는 순간, 그 감동의 순간, 모든 관객이 감동을 느끼던 그런 순간이……. 지금 나에게 현실이 되었다.

0.1킬로미터, 예린이는 벌써 조금 앞 선두에서 가고 있다. 나는 가쁜 숨을 몰아쉬는 예린아빠와 같은 속도로 가고 있다. 예린아빠가 평소대로 가는 속도에 내가 발맞추는 것뿐인데도, 나에게는 엄청난 변화이며 작은

기적이다. 신체적인 연약함, 그 속에서 늘 불편함을 감수하면서 살아왔던 나의 역사 속에서 나는 큰 변화를 일궈낸 것이다.

500미터 앞. 아직도 힘이 남아 있다. 쉴 필요가 없이 가파른 계단을 올라가고 있다. 산행대장님이 여러 번 말씀하시던 이야기. 지리산 전과 지리산 후. 그렇게 지리산을 기점으로 역사는 달라진다고 하시던 그 말을 들을 때 '나에게도 그 역사가 이루어지길' 간절히 바랐다. 왜 내가 이렇게 급작스럽게 달라졌을까 생각해 보았다. 하루 종일 바빠 일하다 왔고, 잠도 한숨 못 잤으며, 취약한 오르막길인데……. 곰곰이 생각해 보았다. 저녁에 짬짬이 한 진우와 왕복달리기? 너무 피곤해서 약국에서 사먹은, 병후 기력 회복을 위해서 먹는 로얄젤리 한 봉지? 그것 때문일까? 복분자 원액을 먹어서일까? 등등.

아, 1주일 전부터 시작한 1일 1.5식. 체중이 1.5킬로그램 줄고 혈관이 깨끗해져서인 것 같다. 꼭 나누고 싶어서 이우공감터에 책 소개를 올려놓고, 실천한 지 1주일 정도 되었다. 백두를 한 이후에 너무 지쳐서 허기를 이길 수가 없었다. 식당 간판들만 눈에 들어오고, 꾹 참고 지나가다가도 가던 길을 다시 돌아가서 식당에 혼자 앉아서 한 그릇 뚝딱 먹고, 그렇게 폭식을 했다. 체중이 조금씩 늘어나더니 급기야 61킬로까지 불어나고, 산행은 할 때마다 편해지지 않고, 계속 힘들고 괴로웠다. 20대엔 누구나 날씬하지만 52킬로의 체중이었고, 아이를 낳을 때마다 3킬로그램씩, 그리고 최근에 3킬로그램. 그렇게 늘어난 체중이었다. 그런데 오늘은 거기서 1.5킬로그램이 빠진 59.5킬로그램의 몸으로 산을 오르고 있다. 내가 느끼기에 20대 때보다도 훨씬 더 힘찬 발걸음과 건강한 호흡으로 산을 오르고 있다. 아, 이 감격!

100미터 앞. 이제 조금 남았다. 구름과 멋진 바위들과 시원한 바람들이 어우러져 천왕봉의 자태가 눈에 들어온다. 마음의 여유가 생기니 내 발 아래만이 아니라, 주변을 둘러보게 된다. 뒤를 돌아보니 사람들이 많지 않다. 정말 내가 선두 쪽으로 오고 있나 보다. 예린아빠에게 천왕봉에 오르면 내가 여자 중에서 몇 번째인지 세어 보라고 했다. 정확하게 기록을 남겨두고 싶었다.

천왕봉 도착! 높은 바위들로 이루어진 멋들어진 천왕봉이 정겹다. 두렵고 무섭게만 보이던 봉우리의 바위들이 날 반겨주는 것 같다. 천왕봉이 뭔가 투명한 끈을 내 허리에 묶어서 죽죽 끌어당겨 준 것 같다. 여기저기 풍광을 둘러보고, 사진도 찍고, 좋은 자리에 앉아서 산 아래를 감상했다. 이백동동(이우학교 백두대간동아리 동문) 선배님들은 대부분 먼저 도착해 계셨다. 정말 산사람들인가 보다. 먼저 도착한 예린이는 선두대장님 뒤에 청소년학교 남학생 둘, 그 다음 네 번째로 도착했다고 한다. 기특한 딸. 예린아빠에게 물어보니 백두8기 엄마들 중에서는 1등이란다. (실은 몇 명 안 된다. 게다가 날아다니는 상아맘과 채림맘이 남편들의 무전기 순서 때문에 뒤에 묶여 있으니, 남은 사람은 정말 몇 명 안 된다.) 이백동동 선배님들을 앞지를 수는 없었지만 어쨌든 등수에 상관없이 나는 기쁘게, 즐겁게 이곳에 올랐다.

머릿속에 빰빰빰빰~ 빠라라라~ 하면서 베토벤의 환희가 울려 퍼진다. 기쁨을 참 잘 표현했구나, 이런 게 기쁨의 결정체구나, 생각하면서 기쁨 속에 폭 파묻혀 있었다. _류정아

15

동행, 새로운 출발의 초례청에서

사람은 누구나 저마다의 복을 가지고 태어납니다. 그리고 성장하면서 그 복을 제대로 누리고 살기도 하고, 그 복을 누리지 못하고 스러지기도 합니다. 어떤 복이 가장 좋은 복일까요? 저마다 의견이 분분하겠지만 저는 사람과 사람이 만나면서 가지게 되는 '관계의 복'이 가장 으뜸 되는 복이 아닐까 생각합니다. '백두대간'이라는 신명나는 공간이 만들어낸 끈끈한 유대를 바탕으로 우리는 산을 타고 있는 것이 아니라, 사람과 사람의 관계의 산을 타고 있는지도 모릅니다. 처음엔 산 자체만을 타기 위한 목적이었을지 몰라도 거듭되는 산행을 통해서 어느새 관계의 산속을 오르고 있는 자신을 발견하게 되죠. 애당초 산을 오르는 것이 목적이 아닌 관계를 맺기 위한 산에 온 사람들처럼 말입니다. 산이 제공한 마력(魔力)이 우리들을 '즐거운 관계' 속으로 빠뜨렸다고 믿어 의심치 않습니다. 이번 백두7기, 백두8기, 이백동동 연합산행은 다시없는 즐거운 관계 속의 '동행'이 될 것입니다. 종점을 코앞에 둔 백두7기 선배들에겐 이 동행이 종주 후의 새로운 출발점이 되기를, 백두8기에겐 단지 15차 산행이 아닌 새로운 관계를 통해서 산을 새롭게 볼 수 있는 산행이 되기를, 이백동동 선배님들에겐 새로운 관계 성립과 더불어 이우 백두인으로서 심기일전의 산행이 되기를 바랍니다. 따뜻한 흙가슴을 가진 우리, 마루금 능선에 차려진 초례청(醮禮廳)에서 한번 흐드러지게 놀아볼까요?

산행일시 **2012년 10월 13일(토)**

산행코스 **(진동리) · 조침령 · 900.2봉 · 북암령 · 단목령 · (진동리)**

"낙엽 사이 숨은 도토리를 주우며"

■── 어제 형들이랑 엄마랑 새벽 일찍 산에 갔다. 엄청 재미있었다. 조금 힘들었지만 내려오고 나니 기분이 좋았다. 산에는 나뭇잎이 알록달록 무지개 같다. 개울에서 개구리를 잡으려고 했는데 못 잡고 발만 씻었다. 얼음처럼 차가웠다. 산 밑에 내려와서 밥을 먹고 내 친구 찬서랑 형이랑 모래놀이를 했다. 다음에도 산에 올 거다. __이종목__

■── 백두 7기와 8기가 만나 연합을 이룬 128명의 대규모 산행 작전. 조침령에서 단목령까지 여정이 계획되어 있었다. 연이은 오르막길과 내리막길, 짧지만 숨이 목까지 차올라 벅차기도 했다. 산은 익숙하면서도 새로운 단풍이 차지하고 있었다. 맑고 시원한 바람이 부는 좋은 조건에서 동무들과 같이 노래를 들으며 쉬엄쉬엄 걸었다. 천천히 걸었다. 우리는 128명 중 56번째 정도에 있었을 것으로 추정하던 중 저 앞에서 누렁이가 지나갔다. 개처럼 생겼지만 백두대간 산행 중에, 그것도 산속에서 나오는 그 생물체에 우리는 위기감을 느껴 천천히 피해 갔다. 휴, 다행히 지나갔다. 만약 물렸다면? 아팠겠지? 중간중간에 절경이 많이 나왔는데 점점 시간이 지나면서 흥미를 잃고 말았다. 내가 느낄 수 있는 것은 새총을 만들 수 있는 나무를 찾는 희열감. 하지만 끝내 찾지는 못했다. __김상아__

■── 버스로 한참을 가다가 도착해서 '김가네' 김밥으로 아침을 때운 후

출발했다. 처음부터 길은 가파르지 않고, 우리 학교 언덕 수준이었다. 그리고 새벽산행도 아니어서 체력 소모가 적었다. 그냥 쉬면서 즐겁게 즐겁게 가다 보니 안내소가 나오고, 마을을 지나 점심 먹는 곳에 도착했다. 정말이지 점심 때 도착한 것이 감격스러웠다. 엄청 쉬운 만큼 그리 기억나는 곳도 없고, 딱히 힘들었던 곳도 없는 것 같다. 앞으로 이런 산행만 쭈욱 있었으면 좋겠다아! _김수련

■── 이미 아침이 밝은 상태에서 준비 운동을 해서 그런지 상쾌했다. 밝은 상태에서 출발하는데 사람이 많아서 그냥 시작부터 뒤에서 출발하였다. 하늘이 아주 맑았다. 종승이 동생 종목이와 종신이도 왔는데 너무 귀여웠다. 친구들이랑 함께 걸었는데, 장난도 치고 이야기도 나누면서 오르니까 금방이었다. 이번 산행에는 단풍이 꽤 많이 물들어 있었다. 이미 떨어진 낙엽들도 많았다. 오르내리면서 보니까 기획대장님께서 길을 '창조'하고 계셨다. 크크. 나무 사이를 지나다니면서 버섯을 채집하셨다. 노루 꼬리(?)라는 버섯을 보여주셨는데 진짜 노루 꼬리 같이 생겼다. 조금 먹어 보았더니 말린 사과 맛이었다. _김주현

■── 도착하여 바깥에 나갔더니 저번 산행보다 더 추웠다. 준비 운동을 하고 1킬로미터쯤 걸었을 때 백두대간 시작점이 나타났다. 올라가면서 주위를 둘러보았더니 산이 죽어가는 것 같았다. 물론 버섯도 없었다. 내려올 때는 도토리를 주우면서 걸었다. _이정인

■── 백두에 온 후 두 번째 산행이었다. 그랬기에 내 느낌은 매우 특별했다. 사실 저번 14차 산행은 나에게는 고통이었지만 다른 사람들은 모두 쉽다고 웃어넘겼기 때문에 아주 불안했다. 다음 산행은 얼마나 어려울까. 내가 이겨내지 못한다면 어쩌지. 그렇게 생각에 빠져 있는 동안 나는 어

느새 15차 산행 출발지점으로 가는 버스를 타고 있었다.

이번 산행은 나에게 지옥과도 같았다. 거리는 저번 산행보다 짧았지만 엄청난 경사를 자랑했고 비가 몰아치는 날씨에 앞도 잘 보이지 않는 깜깜한 밤. '이렇게 산행하기에 안 좋은 조건이 더 있을까' 라고 산행 내내 나는 무의식적으로라도 생각하고 있었다. 하지만 주변 사람들을 둘러보니 그들은 꿋꿋이 이겨 내고 있었고 오히려 이 상황을 즐기는 사람도 있었다. 그걸 보고 생각했다. '어디에나 희망은 존재하는 것이구나.' 내 자신이 심히 한심했다. 혼자서 힘들어하기보다는 이 상황을 즐겨야 더 의미 있는 산행이 되지 않을까? 사실 다시 바라보면 그렇게 나쁜 상황은 아니었던 것 같다. 비록 날씨는 비가 왔지만 친구들이 함께 있었고 우리는 웃고 떠들며 재미있게 갔다. 내 마음만 어두워서는 나뿐만이 아니라 다른 사람들에게도 피해를 준다는 사실을 인식해야 한다. 이번 산행은 최후에는 안 좋은 기분으로 끝났지만 다음에는 조금이라도 더 나아져 있을 것이다. 왜냐하면 이번 산행을 통해서 난 많은 것을 배웠고 더 배워갈 것이기 때문이다. _**이도균**

■── 짧은 산행이라고 생각하니 마음이 더 여유로워졌는지 한번 쉬는데도 10분씩은 쉰 것 같다. 민규는 새총을 만들고 있었는데 칼로 나무를 몇 시간 동안 손질해서 만들었는지 Y자 모양이 잘 나왔다. 단목령으로 가는 길에 냇가가 있었다. 냇가로 가는 내리막에서 내가 뛰어가다가 냇가에 빠졌는데 그 냇가에서 세 명이 일을 봤다는 것! 등산화가 방수라 젖진 않았지만 뭔가 찜찜했다.

단목령에 도착했다. 거기에는 순찰대원이 순찰하다가 쉬는 작은 오두막이 있었는데, 나도 나중에 혼자 산을 순찰하다가 거기에서 살아봤으면 하는 생각을 했다. 밥 먹는 장소에 도착해 버스에 앉았더니 바로 잠이 들었다. 역시 산은 쉬워도 다 끝내면 피곤한 법이지. 설악산 가을 풍경을

TV로 보니 엄청 좋았다. 단풍과 따뜻한 햇빛, 시냇물이 어우러진 경치를 꼭 가을에 보고 싶다. 그리고 지리산 종주를 했으니 웬만한 큰 산은 힘들지 않을 것 같으면서도 막상 오르면 힘들다. 언제쯤 오르막길을 뛰고도 다리가 아프지 않을 때가 올까? _**이종승**

■── 나는 선두에서 걷고 있었다. 그런데 초등학교 애들이 몸이 가벼워서 그런지 걷는 속도가 꽤나 빨랐다. 단목령을 지나 진동리에서 점심을 먹고 버스에서 잠을 자려고 하는데 뱃속에서 엄청난 신호가 왔다. 화장실에 갔더니 남자화장실에는 대변기가 없었다. 식당 안에 또 화장실이 있어서 통쾌하게 일을 보았다. 바람이 솔솔 부는 느낌이 좋았다. 역시 산행의 장점은 혼자 조용히 가면서 여러 가지 생각을 할 수 있다는 점과 다리가 단단해지는 것이다. 단점은 다리가 굵어진다는 것이다. 원래 굵긴 했지만……. _**이원준**

＊＊＊

■── 지난 산행에서 다리를 다친 아내가 누워 있어서 침대의 따스함이 더 그리웠고, 정말로 자리에서 일어나기가 싫었다. 아내는 힘들면 문자 보내고 가지 말라고 했다. 정말 그러고 싶었다. 보통의 경우 아내가 먼저 일어나 모든 준비를 하고 깨우는데, 단잠을 자는 아내와 중간고사 준비에 정신이 없는 딸을 보면서 함께 빠지고 싶은 마음이 굴뚝 같았다.

나태함이 나를 공격한다고 생각하고 벌떡 일어나서 준비를 했다. 뜨거운 물을 준비하면서, 추워진 가을밤 가게에 가서 라면을 준비해 준 딸들의 정성스러운 메모를 보고 웃었다. '추운 밤에 딸들이 사러 갔다 왔으니 맛있게 드세요'라는 메모와 '라면 먹고 말 잘 듣는 착한 동생이 되었으면 좋겠다'는 메모였다. 아들이 이 메모를 봤는지 모르겠다. 예전보다 큰 불평 없이 따라오는 아들을 보면서 많이 변했다는 생각을 하기도 했다.

어느 틈에 다가온 가을날을 산길에서 만났다. 걸으면서 '관계의 복'이 야말로 복 중의 복이라 생각했다. 롤러코스터를 탄 듯 5년을 보내고 나니 새삼 사람들과의 관계가 더 소중하게 생각되고, 이웃 사람들과 함께 마루금이라는 초례청에서 깊어가는 가을산을 본 하루가 너무 좋았다. 어울려 노는 자격은 내가 부여하는 것이지 남이 주는 것이 아니다. 오늘 저녁 세상이 끝난다 해도 나는 푸짐하게 한판 놀아야겠다. _김인현

■── 100명이 넘는 일행을 위해 준비되어 있는 넓은 길을 따라 올라가니 금세 조침령이다. 산이 높아 나는 새도 하루를 자고 간다 하여 '鳥寢嶺'이라는데, 지친 새들과 함께 텐트에서 잠을 자고 조용히 아침을 맞은 야영객이 떠들썩한 우리 일행 때문에 방해를 받은 것 같아 미안했다.

능선길을 따라 걸으며 좌우를 살피니 단풍든 골짜기가 손짓을 하고 저 멀리 동해의 수평선이 말을 건넨다. 노랗고 붉은 단풍과 낙엽 깔린 푹

신한 흙길을 걸으며 가을의 추상(抽象)을 온몸으로 실감한다. 언제부터인가 나는 봄의 꽃보다 가을의 단풍이 훨씬 더 좋아졌다. 단풍 든 잎, 그 바랜 듯한 색깔 속에 겨울의 인내와 봄의 설렘과 여름의 정열과 가을의 회한을 두루 다 품고 있는 것 같아 넉넉함과 기품이 느껴진다. 사계절의 소리와 햇살과 바람을 담고 엉클어진 모습으로도 완벽한 색의 조화를 이루어 내는 그 중후한 멋에 감탄이 절로 난다.

낙엽 깔린 푹신하고 아담한 자리, 단풍나무들 사이에서 햇살을 한 줌 받으며 지친 몸을 기대어 눈을 감고 그대로 누워 있으면 단풍잎이 되고 낙엽이 되고 흙이 될 것 같았다. 그랬으면 좋겠다고 생각했다.

단목령으로 내려올수록 예쁘게 붉은 단풍에 눈이 시리다. 앞서던 종신이는 뾰로통한 얼굴을 하고 배낭도 없이 혼자 걷는다. 다섯 시간이면 된다는 말을 믿고 오른 산에서 그 시간을 넘기자 배신감에 화가 치밀었나 보다. 배낭을 엄마한테 던져주고 화를 삭이며 걷는 바둑의 대가 종신이는 몸을 힘들게 하는 이런 산행이 정말 싫은 모양이다. 하산길 개울에서 물고기를 관찰하며 기분이 풀렸다고 했다.

동생 종목이는 잰 걸음으로 잘도 걷는다. 찬서랑 둘이 재미나게 걷다가 시냇물에 발을 담그자고 하니까 점잖게 사양하는 듯하더니 어떤 아저씨의 감언이설에 홀딱 양말을 벗는다. 말로는 저 위쪽 폭포에 가서 놀다가 떠내려 오자며(낙차가 조금 있는 그곳이 폭포로 보였나 보다) 뻥이 심한 말을 진지하게 주고받는데, 두 아이가 그 얕은 물에서 떠내려 오다가 다칠까 봐 간곡히 말렸다. 저희들이 무게도 안 나가는 소품인 줄 아나 보다. 폭포에 가서 놀다 떠내려 온다더니 냇물에 발을 담그자 미끄러질까 봐 내 팔을 꼭 잡고 서서 걸음을 못 뗀다. 고사리 같은 손으로 나를 붙들고 조그만 발을 담근 모습이 너무 귀여워 통통한 볼을 꼬집어 주고 싶었다.

선수들에게는 산책 코스였으나 종신이에게는 길고 지루했으며, 나에게는 체력 보강이 절실했던 이번 산행은 가을 산의 절정에서 만난 어울림의 한마당이었다. 우리는 약간의 시차를 두고 같은 풍경 속에서 같은 길을 걸으며 하루를 온전히 공유하면서 '백두'의 이름으로, 잊지 못할 가을의 추억 한 페이지를 채워 갔다.

진동리 눈부신 가을 햇살 아래 우리는 꽃보다 아름다운 가을의 단풍이 되고 풍경이 되었다. 그리고 전설이 되었다. _**임지수**

■ —— 일요일 오후입니다. 거실 안쪽까지 점령했던 햇살이 맥없이 스러진 후 집 안은 갑작스레 찾아온 찬 기운과 더불어 더욱 쓸쓸하고 고즈넉합니다. 왜 이렇게 집은 넓기만 한지. 하릴없이 책상 앞에도 앉아 보고, 냉장고 문을 열어보기도 하고, 라디오 채널을 이리저리 돌려 보아도 눈에 들어오는 것 하나, 귀에 잡히는 것 하나 없습니다. 이렇게 넓고 휑한 공간에 이 작은 몸뚱이 하나 갈무리할 곳이 없다니. 몸뚱이가 아니었을 겁니다. 마음을 둘 곳이 없는데야 몸 둘 곳이 어디 있겠습니까. 진공지대와도 같은 거실을 몽유병자처럼 떠다니다가 텔레비전을 켰습니다. 낯익은 얼굴이 화면을 가득 채우고 있습니다. 1964년에 제작된 흑백영화 〈그리스인 조르바〉입니다. 알렉시스 조르바를 연기하는 앤소니 퀸이 버질에게 이렇게 말합니다. "골치 아픈 일을 찾아다는 것이 살아 있다는 증거요!" "당신이 그렇게 좋아하는 책 속에 뭐가 있습디까?" 그의 말 한마디 한마디가 새삼 아프게 다가옵니다.

내 청춘의 낙서장에 간단없이 등장하곤 했던 인물 알렉시스 조르바. 니코스 카잔차키스가 쓴 소설 〈알렉시스 조르바의 삶과 모험〉에 등장하는 주인공입니다. 자유와 열정으로 자신의 삶을 증거하는 이 그리스인은 한때 내 청춘의 우상이었습니다. 합리적 이성으로 무장한 허여멀건 지식인 '버질'의 성채를 생생한 삶의 감각으로 단숨에 무너뜨리는 조르바의 언어는 지중해의 진주 크레타에 내리쬐는 햇빛보다 강렬하고 뜨거웠었지요. 다른 사람 눈치 보지 않고 오로지 자신의 감각에 충실할 뿐인 조르바, 그의 삶이야말로 나의 '로망'이었습니다. 그런데 어쩌면 이리도 까마득하게 그를 잊고 있었을까요. 진공 속을 떠돌던 내 눈길은 조르바의 몸짓을 놓칠세라 화면을 떠나지 못했습니다. 조르바는, 아니 조르바의 삶을 갈망하던 영혼은 정녕 희미한 옛사랑과 함께 사라지고야 말았는가. 나는 결국 버질의 입장에서 조르바의 자유와 열정을 기웃거리기만 했던 게 아닌가. '사업'을 말아먹은 뒤 해변에서 조르바와 버질은 춤을 춥니다. 조르바가 끼고 다니던 악기 '산투리'의 여운이 깊고 길게 흐르고, 조르바가 버질을 닦아세우던 말이 텅 빈 방을 가득 채웁니다. "보스, 당신은 이유가 없으면 아무 일도 못하는 사람이오? 무슨 일이건 그냥 하고 싶어서 하면 안 되는 거요? 대체 무슨 생각이 그리 많소? 하고 싶은 일이 있거든 눈 질끈 감고 해버리는 거요. 당신이 갖고 있는 책은 몽땅 쌓아놓고 불이나 질러버리쇼. 그러면 누가 알겠소? 당신이 바보를 면하게 될지."

새벽입니다. 조침령(鳥寢嶺)을 오를 때 보았던 8월 그믐달의 희미한 빛이 창가에 서성거리는 듯합니다. 보름달이 그믐달로 이우는 시간을 멀리서 안타깝게 지켜보았을 노란 달맞이꽃이 어른거리는 듯도 합니다. 상록수들 사이사이로 붉게 또는 노랗게 물든 나뭇잎들이 바람에 나부끼는 길을 걸었습니다. 여느 산길과 달리 강한 긴장과 반전을 동반하지 않은 밋밋한, 아니 미끈한 능선입니다. 계절이 갑작스레 찾아와서였을까요, 단풍잎들의 단장이 썩 곱지만은 않습니다. 가을은 깊은 산속에까지 발길을 들여놓았고, 구석구석에 초대하지 않은 손님의 흔적들……. 예기치 않은, 때 이른 서리에 일격을 당한 나뭇잎이 황망하게 청춘을 지우는 분주한 몸짓이 눈에 선합니다. 한해살이를 마감하는 시간이, 무엇엔가 화들짝 놀라 정신없이 시늉만 한 모양새라고나 할까요.

추석, '마지못해' 아버지의 무덤에 인사를 하러 갔을 때, 무덤가에 서 있는 느티나무 잎사귀에서, 가을바람을 이기지 못해 시들시들하다가 봄바람과 함께 떠난 농투성이의 흐릿한 삶을 떠올렸습니다. 돌아오는 길,

나는 참 어리석게도 이런 소리를 내뱉고야 말았습니다. "무덤가에 핀/코스모스처럼/쓸쓸하게 홀로/시들어간들 또 어떠랴//돌아볼 이 없는/꽃그늘에/혼자 잠들어/달빛으로 흩어진들/또 어떠랴"…….. 난감합니다. 언젠가는, 내가 철이 들고, 내 아이가 아무 말 없이 나를 떠나기 전에, 그, 쓸쓸하디쓸쓸하게 세상과 이별한 그 사내의 이야기를 들려주고 싶었습니다. 그러나 몇 번이고 단단히 마음을 여몄음에도 아버지 얘기를 한다는 건 적잖이 힘든 일인가 봅니다.

어둠이, 벽 한 면을 차지한 창을 온통 새까맣게 덧칠해 버린 밤입니다. 너무도 찬란해서 바라볼 수조차 없었던 하늘은 한 점 미련도 없이 어둠에 자리를 내주고 숲으로 사라졌습니다. 태양이 사라진 휑한 스크린, 몇 올 남지 않은 머리카락을 쓸어올리는 늙은 사내의 얼굴엔 굵은 주름이 흙탕물을 실은 도랑처럼 굽이쳐 흐릅니다. 일곱 살에 고아가 되었다는 사내, 어머니가 세상을 하직하던 날 나뭇가지에 올라 매미 흉내를 냈다는 사내, 어느 날 낯선 곳에서 순진한 처자를 보리밭으로 유혹했다는 사내, 그 사내의 얼굴이 유리창에 어립니다. 의식적으로 입력해 둔 적이 없는데도 내 가난한 기억의 디엔에이는 놀랍게도 그 사내의 목소리와, 발걸음과, 표정까지 뚜렷하게 그려 냅니다. 놀라운 홀로그램의 미혹(迷惑)입니다.

나는 그 사내를 좋아할 수가 없었습니다. 내 감수성 어느 구석에도 그 사내에 대한 애틋함 따위는 깃들지 못했습니다. 날이 갈수록 무관심과 미움만이 무성하게 자라났습니다. 그 사내가 병마와 싸우면서 고통스러워할 때에도, 병마의 집요한 공격에 손을 들고 순순히 길을 떠날 때에도, 나는 빈말이라도 따뜻한 인사조차 건네지 못했습니다. 왜 그렇게 탐욕스러웠느냐고, 왜 그렇게 이기적이었느냐고, 왜 그렇게 조바심치며 살았느냐고 다그쳤습니다. 그가 내 목소리를 들었는지는 모르겠습니다. 자상한 말 한마디 할 줄도 모르고, 손자를 끌어안고 있을 때 말고는 인자한 표정 한 번 지을 줄 몰랐던 그 사내를 향한 원망은 끝을 모를 지경이었습니다. 그

사내가 살아온 내력 따위에는 전혀 귀를 기울이지 않았습니다. 그가 견뎌야 했을 가난과 외로움, 세파(世波)에 휩쓸리지 않으려 몸부림쳤을 시간들은 다 남들 이야기였습니다. 차라리 그 사내를 향한 원망(怨望)이 나를 키운 자양분이었다고 할 수 있을지도 모르겠습니다.

그 후로 오랫동안, 나는 육신의 아버지를 '살해'하고 정신적 아비를 찾아 길을 떠난 소설 속의 주인공들을 사랑했습니다. 죽음을 앞둔 육친을 뒤로하고 '선생'의 편지를 들고 기차에 오른 '나'가 그렇고(나쓰메 소세키 〈마음〉), 아버지와 한 여성을 두고 한판 싸움을 벌인 카라마조프 집안의 형제들 중 하나인 드미트리가 그렇습니다(도스토예프스키, 〈카라마조프가의 형제들〉). 프랑스혁명이 왕=아버지의 머리를 벤 형제들의 연대라는 것을 눈치채고는 쾌재를 불렀습니다. 알렉시스 조르바의, 저 자유와 열정으로 가득한 삶을 찬양했던 것도 같은 맥락에서 얘기할 수 있을 것 같습니다. 하지만, 지금 생각하면, 가증스런 이율배반입니다. (무)의식의 디엔에이가 그려낸 아버지의 일그러진 초상에 내 얼굴이 겹쳐지는 것을 무시로 확인하면서 나는 두려움에 어쩔 줄 모르곤 합니다. 어떤 정치사상가는 서양이 제국주의의 길로 치달았던 것은 아비를 죽인 자의 불안 때문이었을 거라는 흥미로운 분석을 내놓은 바 있습니다. 자기 존재의 근원을 제거해야 할 대상으로 돌려버리는 사람은 숙명적으로 불안과 두려움을 안고 살아야 하고, 그 불안과 두려움을 감추거나 지우기 위해 자신의 존재감을 폭력적으로 증명하고자 하는 모양입니다. 어떤 형태로든 맞서 싸워야 했음에도 나는 외면하기로 일관했습니다. 창밖의 어둠이 몰고오는 깊은 회한은 비겁한 정신의 상처를 허겁지겁 처맨 당연한 대가일 터입니다.

단목령에서 진동리로 내려오는 길, 서늘한 바람에 우수수 나뭇잎이 떨어집니다. 서리 맞은 색채가 정오 근처를 휘돕니다. 능선에서 보았던 색채와는 사뭇 다른 빛입니다. 계곡 옆 조그만 연못에는 떨어진 나뭇잎들이 수련(垂蓮)으로 다시 피어납니다. 사랑하는 방법에 너무도 서툴렀던 그 사내의 표정이 자꾸 앞을 가립니다. 그 사내를 미워하면서 나는 그를 닮

아가는 게 아닐까. 고운 향기마저 뿜어낼 듯한 스러지는 나뭇잎을 바라
보면서 나는 처량하게 노래를 불렀습니다. 누가 듣지나 않을까 조바심을
치면서. "낙엽이 우수수 떨어질 때/겨울의 기나긴 밤 어머니하고 둘이 앉
아/옛 이야기 들어라/나는 어쩌면 생겨나와 이 이야기 듣는가/묻지도 말
아라 내일 날을/내가 부모 되어서 알아보리라"……. 그럴 수 있을까요?
시도 때도 없이 내 딱한 영혼의 문을 두드리는 그 사내를 나는 어떻게 돌
려보낼 수 있을까요? 아마 불가능할 겁니다. 계곡 입구를 출발해 능선으
로 번지는 가을빛을 바라보면서 나는 그 사내와 춤을 추고도 싶었습니다.
술기운이 아니면 자신의 속내 한 자락 펼쳐 보일 용기마저 갖지 못했던
그 늙은 사내와 말입니다.

　　나뭇잎이 저를 키워준 나무를 떠났다가 다시 돌아오듯이 우리들이 지
나온 길에서 만난 가을도 다시 돌아올 것입니다. 주세페 베르디의 오페
라 〈운명의 힘〉 전곡이 모두 끝났습니다. 〈마농의 샘〉에서 꼽추 장의 하
모니카에 맞춰 그의 아내가 불렀던 노래가 담긴 오페라입니다. 이제 떠날
시간입니다. 내가 간신히 깃들어 숨 쉬고 있는 '공동묘지'에 또 무서운 침
묵이 찾아왔습니다. 이 침묵을 어떻게 견딜 수 있을까요. 내가 그랬듯이
내 곁을 훌쩍 떠나고야 말 사랑들이 남길 여백을 어떻게 채울 수 있을까
요. 썩어서 다시 돌아오리라는 약속이 얼마나 부질없는지를 알아버린 중
년 사내의 한숨이 깊어만 갑니다. 이 가을처럼, 이 어둠처럼……. 모든 사
라지는 것들을 위하여 기도하는 방법이나 알았으면, 소멸하는 것들을 위
한 환희의 노래를 부를 수 있었으면, 그리하여 회오(悔悟)의 시간이 빚어
낸 장단에 맞춰 그 늙은 사내와 마지막 춤이라도 출 수 있었으면! **_정선태**

16

내면의 길

참으로 많은 길을 걸어왔습니다. 지나온 길을 되돌아보면 많은 추억과 회한이 손에 잡힐 듯 눈에 어른거립니다. 첫 산행의 고남산, 봄이 노래하던 덕유산, 단체로 길을 잃었던 갈령삼거리, '알탕(계곡물에 옷을 벗고 몸을 담그는 것)'의 추억이 서려 있는 속리산, 두려움으로 시작해 희열로 마무리한 지리산 등등……. 우리가 앞으로 가야 할 길은 지나온 길보다 더 길고 험할 것입니다. 하지만 우리는 홀로가 아닌 동행의 길을 가기에, 지나온 길을 통해 지나갈 길을 헤쳐 나갈 지혜와 용기를 얻었기에, 우리 앞에 있는 가야 할 길들이 그리 짐스럽지 않고, 기대와 설렘으로 맞이할 수 있습니다. 인간은 태어나 저마다의 길을 갑니다. 그 길의 끝 깊은 곳 언저리 어딘가엔 내면으로 통하는 길이 있습니다. 그 길은 마음으로 그려지는 길이며, 영혼을 살찌게 하는 길이며, 궁극의 나를 돌아보고 되찾는 길입니다. 천지간 모든 만물이 그렇듯 그 길 또한 우리의 마음이 투영되었을 때 살아 숨 쉬는 길로 재탄생합니다. 주옥처럼 깔려 있는 단풍을 밟으며, 눈으로 담기에 벅찬 색채의 향연을 만끽하면서 걷는 이 길이 우리 모두의 내면을 살찌우는 행복길이 되길 바랍니다.

산행일시 **2012년 10월 27일(토)**

산행코스 **화방재 · 수리봉 · 만항재 · 함백산 · 중함백 · 은대봉 · 싸리재**

"가을비에 젖어 세월을 배웅하다"

■── 비가 온다는 소식이 있어 '제발 지나가는 소나기여라' 빌고 빌면서 새벽산행을 시작하였다. 걷자마자 바로 오르막길이 나왔다. 그동안 지리산 등 여러 산들을 많이 걷다 보니 그다지 힘들지 않았다. 앞에 가는 아주머니들은 헉헉거리셨는데 나는 왜 힘들지 않지? 흐흐흐. 달이 훤히 보이는 수리봉에 도착했다. '수리수리마수리봉'이라고 중얼거리면서 계속 우진이와 주현이를 따라 걸었다. 우진이가 틀어준 노래를 들으면서 걸으니까 해가 뜨고, 곧 군부대가 하나 나왔다. 넓디넓고 지금까지 봐왔던 풀이 무성한 헬기장과 다른 최신식 헬기장이 짠!! 하고 나타났다. 그곳에서 조금 따뜻한 유부초밥을 먹고 만항재로 가는 도중에 손이 너무 차가워서 가위바위보에서 진 사람 등에 손을 넣기 게임을 했다. 동섭이와 주현이가 걸려서 나는 아주 따뜻하게 만항재까지 걸을 수 있었다. 만항재에 도착하자마자 비가 보슬보슬 내리기 시작했다. 우비를 입으니 몸이 따뜻해지고 비도 안 맞을 수 있었다. 함백산 도착, 내려가는 길에 두문동재까지 1.3킬로미터 남았다는 표지판이 보였다. 하지만, 그럴 리가 없지! 역시 낚시를 던지네. 20분 걷다 보니 1.7킬로미터 남았단다. 뭐지, 이건? 은대봉이 나오고 저기 멀리서 차 달리는 소리가 들렸다. _이종승

■── 산행 시작. 이제는 적응이 되어서 그냥 묵묵히 간다. 나는 처음 올라갈 때가 제일 싫은데, 오늘도 새벽산행이라 그런지 어지럽고 힘들었다.

산길은 굉장히 쉬웠다. 그렇지만 다리에 근육통이 있어서 내려갈 때는 조금 아프긴 했다. 군부대를 지나 밥도 먹고, 평평한 찻길처럼 보이는 곳을 내려와 보니 공원 같은 곳이 있었다. 그곳에서 솟대도 보았다. 중간에 비가 와서 우비를 쓰고 걷기도 했다. 드디어 함백산이 보였다. 어디선가 주워들은 함백산이 있다는 게 놀라웠다. 가뿐하게 함백산 정상에 올랐다. 조금 내려오니까 버스가 있었다. 두둥!! 충격이었다. 뭔가 허무해서 "끝난 거예요?" 하고 물어보고 다녔다. 버스에 앉아서 밖을 보는데 비 오는 모습이 왠지 분위기 있었다. 다음 산행은 20킬로미터다. 지금 다리가 너무 아픈데 그만 아팠으면 좋겠다. _**김수련**

■── 바람막이밖에 입고 오지 못해서 떨면서 산행을 시작하였다. 이제 어두운 산길을 걷는 데 익숙해져야 할 때가 온 것 같다. 너무 어두워서 사진은 찍지 못하고 내 손안의 조그만 랜턴보다는 뒤에 빛이 센 우진이 랜턴에 더 의지하며 산을 올랐다. 해가 거의 다 뜰 즈음 헬기장에서 샌드위치를 아침으로 먹었다. 해가 떠도 춥긴 마찬가지였다. 추워서 그런지 걸음걸이가 무진장 느렸다. 낙엽들이 많이 떨어져 있었다. 길을 잘못 가서 돌아오던 도중 빗방울이 조금씩 떨어지기 시작하였다. 추워 죽겠는데 비까지 오니 절망적이었다. 산행 시작하기 전에 아빠가 오후에 비가 오니 선두로 일찍 끝내는 게 좋다고 하셔서 최대한 일찍 가고 있었지만, 비가 일찍 오는 바람에 일찍 우의를 꺼내 입었다. 우의 덕분인지 덜 추웠다. _**김주현**

■── 버스에 올라 내릴 때까지 기분이 찜찜했다. 준비 운동을 하고 산행을 시작할 때는 기분이 눅눅했다. 해가 뜰 때까지 아무 말 없이 길을 걸었다. 해가 뜨고 나서 길이 잘 보이자 많은 친구들이랑 함께 갔다. 하나둘씩 친구들이 지쳐 갔다. 뒤에 남겨두고 혼자 걸었다. 후회는 없었다. 헬기장까지 와서 아침을 먹는데 주변에 반짝이는 돌이 많이 있었다. 몇 개 주워

가지고 왔다. _이정인

■—— 오랜만에 야간산행을 한다. 추워서 그런지 땀이 나지는 않고 얼굴이 뜨거웠다. 힘들게 걷다 보니 어느새 해가 떠 있었다. 비가 온다고 해서 비가 오기 전에 후미까지 도착하려고 빨리 걷기 시작했다. 걷는 도중 아침밥을 먹으려고 헬기장에 앉았다. 밥을 다 먹고 주위를 보니 반짝이는 (?) 하얀 돌이 있었다. 신기해서 몇 개 주워서 주머니에 넣었다.

걸으면서 산이란 무엇일까 생각했다. 산은 인공으로 만들 수 없다. 그만큼 거대하다는 뜻이다. 산은 흙이 쌓여 높아지고, 바람이 땅을 깎고, 신진대사가 일어나고……. 그런 식으로 깎이고 쌓여 형성된 것이리라. 내가 잠깐씩 밟는 땅도 내 발 밑에 놓이기 위해 수십억 년을 기다려야 했을 것이다. 산은 더 말할 것도 없다. 나는 그런 땅을 걷고, 그런 산을 오른다. _홍준범

■—— 걸을 때마다 심장이 같이 뛴다. 하지만 이 고난을 견디고 오르면 평지가 나온다. 마음이 편안해진다. 신발을 더 꽉 조이고 물 한 잔을 꿀꺽한다. 아직 해가 떠오르기 전인데 5시는 넘은 것 같다. 중1 친구들의 꼬리를 잡고 간다. 바닥에는 지렁이처럼 보이는 것이 있었다. 작지만 귀여웠다. 드디어 주변의 풍경이 보인다. 가을이라 낙엽들이 떨어져 있고, 내 눈은 끝없을 것 같은 길을 보여주고 있다. 조그마한 공군 건물 옆의 헬기장에서 김밥을 한 입 베어 먹는다. 역시 꿀맛이다. 빗방울이 조금씩 떨어져 파란 우비를 입었다. 목이 말라 물 대신 구름을 입속으로 넣는다. 아무 느낌이 없지만 목이 축여진 것 같았다.

다 내려오니 아스팔트가 보였지만 주변엔 아무것도 안 보였다. 조그마한 주차장과 커다란 기둥밖에는. 기둥에는 두문동재라고 적혀 있어 행복하였다. 버스를 찾던 중 저 멀리서 빛이 보였다. 알고 보니 근처에 버스가 대기하고 있었지만 안개 때문에 잘 안 보였던 것이다. 친구들은 놀면

서 다녔지만 나에겐 약간 버거운 길이었다. 하지만 이 경험과 기억이 쌓이고 쌓여 나중에 도움이 될지도 모른다.

　요즘 생활에 지친 나, 이 넓은 산에서 몇 시간밖에 안 되는 길을 걸으며 불평도 하고 짜증도 냈지만 사실 산에서 시간을 보내며 나름 행복해하는 속마음이 더 큰 것 같다. 친구들을 보면 부럽기도 하다. 아무렇지도 않게 수다를 떨며 즐기는 그런 아이들. 너무너무 부럽다. 나도 언젠간 그렇게 하게 될 것이다. 나는 내 두꺼운 허물을 벗어 새로운 인간이 되고 말겠다. _**김상아**

■── 한참을 걸어가다 보니 비가 내리기 시작했다. 나와 진우는 같이 가다가 걸음을 멈추고 난 겉옷을 입고 진우는 비옷을 입고 가방에 레인커버를 씌우고 다시 갔다. 나와 진우는 메이플스토리 이야기를 하면서 걸었다. 이런저런 얘기를 하면서 걷다가 우리 학교 여자애들 이야기를 꺼냈다. 누구는 어떤 것 때문에 불편하고 누구는 어쩐지 조금 편하다 등등. 이런 이야기를 하면서 오다 보니까 벌써 도착지점에 와 있었다! _**김규연**

■── 주유소 옆에서 간단한 준비 운동을 한 다음 산을 오르기 시작했다. 다리가 뿌드득, 똑딱거리더니 쥐가 났다. 아니 이게 무슨 소리요. 선두가 바로 앞인데 찍찍 쥐 때문에 후미로 가야 한다니. 의사양반 도와주시오……. 내가 온갖 가지 오버를 해대니 그제서야 다리의 쥐가 풀렸다. 쌩쌩해진 14세의 육체는 뛰어올라가서 다른 14세들의 육체와 함께 산을 오르기 시작했다. 올라가다가 도중에 헤드랜턴이 분해되어 건전지가 절벽으로 떨어지는 불상사가 발생하긴 하였지만 마침 해가 뜨고 있던 터라 별 어려움 없이 새벽산행을 할 수 있었다.

좀 더 올라가니 해가 더 밝게, 더 높이 떴다. 사진 찍기에 굶주려 있던 나는 서둘러 가방 문을 열고 카메라를 꺼냈다. 여기서 잠깐. 나는 왜 사진 찍기에 굶주려 있었을까? 시간을 되돌려 여섯 시간 전의 일이었다. 이번 산행이 쉽다는 말을 들은 나는 예전부터 산에 가져가려고 벼르던 DSLR카메라를 들고 가려 했다. 그러나 비가 온다는 말에 금세 풀이 죽었지만 내가 누군가. 초딩 때 한 이름 했던 이민규 아닌가. 나는 오랫동안 쓰지 않았던 뇌의 부분을 이용해 간단하게 카메라 보호장비를 만들었다. 간이장

비라서 비닐, 에어백, 플라스틱컵으로 만든 렌즈 햇빛 마개가 고작이었지만 이 정도면 산에 카메라를 들고 갈 수 있다는 생각에 조금 뿌듯했다.

하여튼 이러한 이유로 나는 사진 찍기에 굶주려 있었다. 간이카메라 보호장비가 제 성능을 발휘할지도 궁금했다. 카메라의 전원을 켜고 뷰파인더에 눈을 갖다 댄 후, 일출에 초점을 맞추고 셔터를 눌렀다. '촬칵!' 놀랍게도 보호장비는 매우 만족스럽게 작동되었다. 기분 좋았다.

산의 새들은 한숨도 잠을 못 잤을 것이다. 새벽부터 내가 촬칵촬칵 소리를 내며 사진을 찍어대며 조잘댔으니. 그렇게 소란스레 산을 오르자 벌써 아침 먹는 장소에 도착하였다. 헬기장이었다. 14세 육체들이 앉아 있는 곳에 나도 껴 앉아서 삼삼오오 밥을 먹었다. 맛있었다.(라면이라서 더 맛있었다!)

아침 식사 후 비가 부슬부슬 내려오기 시작하였다. 많은 양은 아니었지만 앞으로 많이 올 듯한 조짐을 보인 비였다. 나는 서둘러 카메라를 넣고 우비를 입었다. 승우는 노란색의 우비를 입었는데, 뒤에서 보니 작은 병아리 같았다.

비를 맞고 가기를 두 시간째, 슬슬 비가 지겨워지기 시작했다. 답답하고 불편하고 짜증이 났다. 방울방울 내려서 우비를 찰싹 때리고 흘러내리는 비가 밉기만 했다. 그러던 와중, 무슨 표지판이 보였다. '함백산 1.2킬로미터'라고 적혀 있는 표지판이었다. '함백산? 뭐지? 아, 그거였지! 그거만 넘으면 산행 다 한 거나 마찬가지라던 거!' 아버지가 하신 말씀이 떠올랐다. 산을 빨리 내려가고 싶었던 나는 약간 스피드를 냈다. 졸음이 몰려왔지만 그럴 때면 승우가 빨리 가자며 재촉을 해서 빨리 갈 수 있었다.

고비고비 넘고 구비구비 돌아 오르막을 오르니 함백산이다. 그렇다. 바람이 발광을 하는 함백산이다. 1500미터의 감격도 잠시, 추워서 사진 몇 컷만 찍고 어여 내려왔다. 내려오는 도중 지곤이와 준범이가 다른 길로 가는 바람에 서둘러 가서 데려오는 등 체력소비가 있긴 했지만 내리막이 많아서 별로 힘들지 않았다.

한 시간 30분쯤을 뛰어내려왔더니 안개가 자욱하게 피어 있었다. 앞이 안 보일 정도였다. 그래서 도중에 한 번 넘어지기도 하였다. 질퍽질퍽한 진흙에 찰싹하고 엉덩방아를 찧는다고 상상해 보라. 얼마나 기분 더럽겠는가? 그 '더티한' 기분을 온몸으로 체험했다. 머드 축제 뺨치는 진흙이었다. 피부 미용엔 좋을 듯하다.

10분 더 내려오자 차도가 보였다. 설레고 신나는 기분을 잠재우고 침착하게 버스가 어디 있는지 살폈다. 앙? 버스가 없다!? 설마 이게 끝이 아닌가? 불안한 심정으로 도로를 따라 걸었다. 주변에는 안개가 매우 자욱하게 끼어 있었다. 옆에서 누군가가 와도 보이지 않을 정도였다. 불안한 몸짓으로 안갯속을 헤맸다.

앞 사람들의 경로를 따라 걸었다. 사람들이 조잘조잘 떠드는 걸 보니 더 갈 것 같은 느낌은 아니었다. 그렇게 생각을 하던 중, 저 멀리서 정인이가 걸어왔다. 우산을 썼고 배낭은 없었으며 옷이 다른 옷이었다. 그럼 그렇지! 다다다 달려가 보니 안개가 가장 짙은 도로 가장자리에 버스가 위치하고 있었다.

사람들은 매점에서 이야기를 나누거나 버스에서 옷을 갈아입거나 잠을 자고 있었다. 피곤했던 나는 옷을 갈아입고 창문에 기대어 한숨 잤다. 그러고는 일어나서 김치찌개를 먹고 커피를 약간 마시고 수면을 취했다. 비가 와서 기분은 찝찝했지만 한편으로는 약간의 뿌듯함도 있었다. _**이민규**

* * *

■ ─── 추적추적 내리는 가을비 속에서 온몸으로 그 스산함을 받아들이며 산길을 걸었다. 사방에서 웅웅거리며 낮게 깔리는 바람의 울음소리를 선명하게 들을 수 있었다.

비닐에 떨어지는 빗소리가 좋아 비닐우산만을 고집한 적이 있었다. 타프에 떨어지는 빗소리를 들으려 일부러 우중 캠핑을 감행한 적도 있었다.

조용히 내리는 가을비가 내 우비의 모든 곳을 가만가만 두드리며 스치고 지나간다. 오랫동안 그리워했던 깨끗한 그 소리. 내 마음의 깊은 곳에 오래도록 간직하고 싶은 맑고 청아한 그 소리.

안개인가 구름인가. 턱까지 차오르는 숨을 가다듬으며 사방을 둘러본다. 희뿌연 장막. 순식간에 나타났다 순식간에 사라지는 공기방울들. 번쩍이는 흩어짐. 젖은 나뭇잎 사이로 말없이 스며드는 애잔함. 깊고 높은 산 속의 신비함. 보일 듯 말 듯 이어지는 산천의 모습들. 먹먹한 가슴.

온통 뿌연 시야 속에서 아무것도 눈에 들어오지 않았건만 난 왜 태백산의 천신단을 보았다고 생각한 것일까. 이 비 그치면 이 산의 나무들도 마지막 남은 자신의 잎사귀를 모두 떨궈낼 것이다. 자신의 이름처럼 시리도록 푸른 하얀 빛의 눈을 머리에 이고 그렇게 깊은 겨울잠을 자겠지.

그렇게 그렇게 세월은 간다. **_김선현_**

■── 랜턴을 켜고 한참을 가는데 지난번 함백산을 왔을 때와는 완전히 다른 지형이어서 헛돌이를 하는 것이 아닌가 걱정했었다. 계속 가다가 보니 동이 터 오고 멀리 함백산 통신기지가 보였다. 헬기장에서 아침을 먹고 출발을 하니 만항재가 나타났다. 고인돌 같은 유적지에서 사진을 찍고 함백산으로 오르는 길로 접어들었다.

MP3로 다운받은 노래를 들으며 올랐다. 〈시월의 멋진 어느 날〉, 〈가을이 오면〉, 〈가을우체국 앞에서〉 등을 들으며 올라가니 마음이 편안했다. 함백산에 오르니 비가 살짝 멎으며 산세를 보여주는데 장관이었다.

다시 마루금을 내려가는 길, 주목군락지를 지나가는데 멀리 '하이원 리조트'가 보인다. 자연이 파괴된 모습이 안타까웠다. 인간의 욕심이 자연을 너무 심각하게 훼손하는 것이라 생각했다. 사람과 자연, 지역 경제가 공존, 공영할 수 있는 방법은 없을까 잠시 고민을 하기도 했다.

계속 길을 가는데 비가 더 세차게 내렸다. 아이들은 빗속에서도 잘들 간다. 힘들다고 아우성을 치던 아이들도 이제는 제법 자연과 교감을 하는 것 같다. 백두의 반환점이 거의 다가오고 있는데 아직까지 나는 백두가 어렵다. 힘들다는 것이 개인의 판단이고 개인의 몫이기는 하지만, 모두들 각자의 길을 함께 걸어가는 것이 백두가 아닌가 생각한다.

중함백과 은대산을 지나 싸리재로 내려가는데 임도를 만나서 잠시 길이 헷갈렸다. 빗줄기가 더 굵어져서 서둘러 내려갔다. 싸리재까지 내려가서 다 끝났다고 생각했는데 차가 보이지 않았다. 조금 내려가니 휴게소에서 차가 대기하고 있었다. 빗속의 길, 참 많은 생각을 한 산행이었다. **김인현**

■───── 돌아와 시를 쓸 것 같지 않은, 중년 사내의 늦가을 솔로 산행을 끝내 모른 척할 수 없어 고민 끝에 그림자를 보태기로 했다.

남편이 회사 행사로 16차 산행에 함께 갈 수 없어서 20일 혼자 산행을 한다기에, 몇 번이나 같이 가주겠다 해도, 괜찮으니 27일 정기산행에 사람들과 같이 다녀오라며 솔로 산행을 고집하고 있었다. 백두 정기모임에서 목요일 선행 산행 이야기가 나오고 기획대장님이 약초로 만든, 암도 치유한다는 기적의 약술을 미끼로 함께 가자는 말에 혹해, 일정을 조정하여 거기에 합류할 기미가 보이자 동행하기 어려운 날에 자기만 빼고 재미있게 다녀오는 게 은근히 섭섭한 기색이다. 이럴 때, 싫다고 아니라고 해도 따라 나서주길 바라는 것이 인지상정인지라, 슬쩍 "같이 가자"고 하니 냉큼 "그러자!"고 한다. 그럼 난 목요일에 약술 맛보러 소풍 삼아 또 갈까?

화방재휴게소에서 아침 식사를 할 수 있다는 정보는, 도착한 시간이 너무 빨라 문이 잠긴 식당 앞에서 우리를 당황하게 한 몹쓸 것이 되고 말았다. 산행 시간이 그리 길지 않아 거기서 아침을 사 먹고 하산 후 점심을 먹자 하여 물과 간식만 달랑 준비했는데, 아침부터 쫄쫄 굶고 무슨 힘으

269

로 산에 오를까 생각하니 걱정이 앞섰다. 따끈한 국물이 있는 아침밥을 기대하고 간식도 충분히 가져오질 않았으니 이를 어쩌나. 30분을 더 기다려야 식당이 문을 열 것 같아, 배낭 속 빵만 조금 먹고 그냥 가기로 했다.

함백산은 다섯 번째로 고도가 높은 산(1,573m)이라는데 워낙 고도가 있는 곳에서 출발을 해서 그런지 조금 오르막을 걸으니 금방 능선길이다. 식사량에 비례한 시간만큼만 힘을 쓸 수 있어 간식으로라도 허기진 배를 채우지 않으면 안 될 것 같아 입맛도 없는 간식을 억지로 구겨 넣었다. 기초 체력이 없으니 밥 한 끼 굶고 비실거린다며 옆에서 쓴소리를 해대는 남편이 얄미워 같이 오지 말걸 그랬다는 생각이 들기도 했다. 하긴 그런 말도 옆지기가 아니면 누가 해주겠나 싶지만 늦가을 낙엽 진 산속에서는 그런 현실적 타박이 썩 어울리지는 않는다.

아무리 다른 산이라지만 겨우 일주일 만인데, 그 화려했던 단풍들은 다 떨어져 발밑에서 버석거리고 가지에는 떨어질 날만 기다리는 마른 잎들만이 초라하게 걸려 있었다. 일주일 전 단풍진 산의 눈이 시리게 붉었던 절경을 떠올리면, 일주일이 한 달은 된 것 같은 느낌이었다. 동이 트고 잠을 깬 해님이 기지개를 켜는 아침인데도 씽씽 찬바람을 앞세운 늦가을의 산속은 아침 숲의 싱그러움과는 거리가 먼 향취를 풍기고 있었다. 손끝은 시리고 볼은 차가웠다. 이렇게 속절없이 가을은 떠나려는 것인지.

산을 오르고 있는 사람은 내가 분명한데, 그림자가 낙엽이 쌓인 길을 걸으며 소리를 높이는 바람과 조우하고 있는 듯이 보였다. 그림자의 방향만 아니라면 해가 머리 위로 떠오를 낮을 향해 가는 오전인지, 서산으로 기우는 황혼 전의 오후인지 분간하기 어려웠다. 마치, 맺힌 눈물 때문에 눈앞의 사물이 원근을 잃고 흐리게 일렁이는 것처럼, 가을은 추억과 회한의 상념들이 순서 없이 뒤얽혀 깊은 침묵 속에서 내면을 정화시키는 계절인 것 같다.

치열하게 여름을 지낸 지친 가을 햇살은, 힘들게 산을 오르는 내 곁에서 이글거리며 더는 짓궂게 방해할 뜻이 없다며 화해의 제스처를 보낸다. 이제 겨울이 오면 햇살 한 조각이 아쉬울 터라, 오랜 연인처럼 서로 기대어 의지하며 함께 가자고 속삭이듯 화답하였다.

빛바랜 가을 풍광이 한눈에 들어오는 도로에 서서 정상을 바라보니 하얀 눈이 쌓인 함백산의 설경이 오버랩 된다. 하얀 함백산 밑에서 아직도 바람에 흩날리는 눈을 맞으며 산의 일부가 되어버린 내 모습도 환영(幻影)처럼 스쳐갔다. 이름 때문인지 저 함백산(咸白山)은 가을의 단풍이 아니라 겨울의 설경이 제격일 것만 같다.

늦가을 함백산의 매서운 찬바람을 정상에서 맞으며 눈 아래 펼쳐지는 주황색 능선과 골짜기를 잠시 바라보다가 정상을 지킨다는 흰둥이도 못 만나고 서둘러 하산을 했다. 바위를 붙잡고 있지 않으면 세찬 바람에 넘

어질 것만 같았다. 어디서 시작된 바람이 함백산 정상에 와서 이리도 힘자랑을 하는지, 햇살 좋은 정상에서 숨도 고르지 못하고 배낭을 메야 했다.

내려오다 보니 듬성듬성 늘어선 고사목 한 줄기에 잎이 무성하다. 나무의 반 이상이 죽었는데도 한 가닥 생명줄을 잡고 삶을 이어가는 그 끈질긴 생명력에 탄성이 절로 나온다. 저렇게라도 살고자 몸부림쳤을 암흑과 같은 고통의 시간을 생각하니 연민이 느껴져 한동안 나무에서 눈을 떼지 못했다.

중간중간, 몇 명의 일행과 함께였다면 동그랗게 둘러앉아 쉬었다 가기 좋은 쉼터들이 보였다. 넓고 평평한 돌로 식탁도 만들어 놓고 의자도 갖추어 놓았다. 그런 쉼터 언저리에는 거기에 머물다 간 산사람들의 온기와 웃음소리가 배어 있는 것 같아 나도 모르게 살짝 웃게 된다.

마른 낙엽들 사이로 올라온 푸르디푸른 잡초(?)들의 군락을 지나는데, 다들 겨울채비를 하고 있는 이런 때 계절을 몰라 그러는지 자기들만 파릇하니 푸르름을 주장하고 있어 생뚱맞아 보였는데 노인정에 재롱잔치 온 생기 넘치는 유치원 아이들 같아 귀엽기도 했다.

일주일의 시차를 두고 풍성하고 넉넉한 황금빛 가을과 낙엽과 바람소리로 잦아드는 쓸쓸한 가을을 만났다. 한껏 멋을 부린 화려한 가을의 겉모습에 지금껏 반해 왔다면 이번 가을엔 꾸미지 않은 그의 속살과 뒷모습까지 다 보고 만 느낌이다. 가을이라는 한 계절 속에 이렇게도 많은 색과 소리와 감성과 여운이 있음에 새삼 놀란다.

가을이 가버렸다고 단정하기엔 조금 이른 함백산에서 나는 서둘러 가을을 떠나보냈다. 휑한 가슴은 이만큼만 채우고, 겨울이 올 때까지 이 가을이 남겨준 내밀한 이야기에 귀 기울이며 아직 듣지 못한, 아름다운 중에서 아름다운 말을 기다려 보려 한다. _**임지수**

17

새로운 길

속절없이 빠르게 지나가는 가을을 반추해 봅니다. 그리고 그간 다채로운 색채의 향연을 뿜어내던 땅 위로 내려온 가을을 보낼 채비를 해봅니다. 가지 끝에서 한댕거리는 잎새도 계절의 순환 원리에 따라 떠나갈 채비를 하고 있습니다. 산모롱이 길숲에는 서리에도 아랑곳없이 만추를 불태우는 산국이 오롯이 서서 비어버린 가을의 허공을 환하게 밝히고 있습니다.

저는 '지치'라는 약초를 제일 좋아합니다. 항암약초로 두루 쓰이는 약초로, 사람으로 치자면 팔방미인쯤 되지 싶습니다. 이즈음 지치를 캐보면 싱그런 새싹이 많이 보입니다. 내년에 올라올 싹대입니다. 벌써 이놈들은 다음 해의 새로운 길을 준비하고 있습니다. 연합산행, 그리고 7기 종산식을 치르면서 우리도 우리 나름의 '새로운 길'을 찾아야 할 전환기에 다다른 것 같습니다.

이제는 소풍가듯 설레던 마음과 범람하던 가을의 감흥을 조금은 내려놓고, 대간길이 풀어놓은 내밀한 언어에 귀를 쫑긋 세울 때입니다. 정갈한 가을의 노래가 우리 백두인의 가슴에서 뛰놀도록 했으면 참 좋겠습니다.

산행일시 **2012년 11월 10일(토)**

산행코스 **신풍령 · 수정봉 · 삼봉산 · 소사고개 · 삼도봉(초점산) · 대덕산 · 덕산재**

■── 터벅터벅, 잠에서 덜 깬 내 발을 그리 많지 않은 조립식 나무계단으로 옮긴다. 차고 시원한 바람이 분다. 내 두꺼운 겉점퍼를 뚫지는 못하지만 찬 기운은 날 소름끼치게 했다. 하지만 내 몸은 찬 기운과 바람에 저항이라도 하듯이 열을 열심히 낸다. 그래서 어쩔 수 없이 발걸음을 멈추고 수많은 낙엽이 쌓여 있는 옆길에 가방을 두고 겉점퍼를 벗었다. 내 몸이 이긴 것이었다. 승리를 뒤로하고 사각사각 낙엽이 쌓인 길을 걷는다. 찬 기운에 벌써 지친 몸이 한심해질 때쯤 드디어 수정봉에 도착하였다. 가방에서 주섬주섬 소시지빵을 꺼내어 한입 베어 먹었다. 내 앞의 절경이 아주 멋졌다. 그래서 더 자세히 보고 싶은 마음에 챙겨온 망원경을 꺼내어 보았다. 초록색깔의 산속 몇 그루 안 되는 주황색 나무들이 쓸쓸해 보인다.

친구들을 따라 말벗이 되어 주변의 바람이 되었다. 그러다 벌써 삼봉산 정상에 도착! 슬슬 아름다운 경치에 너무 빠져 정신이 혼미해졌을 때쯤 큰일이 일어났다. 내 4개의 다리(내 다리 2개, 스틱 2개) 중 1개가 휘어버린 것이었다. 삼봉산에서 소사고개로 내려가는 구간에서 조심하지 않아 미끄러지면서 스틱이 나무에 걸렸던 것이다. 역시 내리막길은 조심해야 했던 것이다. 결국 나는 내 다리의 통제를 잃고 통치권을 정신에 뺏기고 말았다. 다행히 사과로 유명한 소사고개로 가는 길까지 거리가 별로 안 되어 내 정신을 유지하며 갔다. 소사고개에 도착 후 점심 시간. 매우 따끈한 짜장밥을 먹으려고 할 때 혼자만 먹는다고 고문대장님에게 혼났다. 깨갱……. 앞으로는 맛있는 것은 나눠 먹어야 한다는 걸 깨달았다. **김상아**

■──── 여자 아이라곤 나밖에 없는 산행, 너무 슬프다. 산행 시작! 몸이 무거워서 힘들었다. 농촌봉사 때문에 다리 근육이 뭉쳐서 평소에 쉽게 오르던 구간도 힘들었다. 늘 그렇듯이 처음 시작할 때 그 산이 너무 싫다. 그런데 이번에는 처음 구간이 쉬워서 기분이 좋았다.

산행이 많이 길다. 진짜 힘들었다. 하지만 중간에 밥을 먹을 때 어느 정자 같은 곳에서 쉬었는데 아주아주 귀여운 강아지가 있었다. 왠지 그 강아지를 보니까 힘이 샘솟았다. 다시 산행 시작. 고도표를 보니까 암담하다.

산행이 끝나고 김치찌개를 먹으러 갔다. 빨리 집에 가고 싶었으나 그래도 김치찌개 맛이 좋았기 때문에 슬프지 않다. 네 시간에 걸쳐 집에 돌아오는 길, 수고했다고 나 자신에게 말한다. 다음 산행은 해솔이가 왔으면 하는 바람과 함께!! 신나게 다음 산행을 준비해야겠다. **김수련**

■──── 아침으로 제공된 김밥을 먹으면서 친구들과 떠들다 보니 밖은 해가 떠서 밝았다. 맨날 오던 여자애들이 안 보이니까 뭔가 허전했다.

고도표를 보니 오르락내리락하는 구간이 많아서 무릎 부상을 당하지 않도록 내리막에서는 천천히 걸었다. 나는 수정봉만 오르면 바로 삼봉산인 줄 알았는데, 중간에 삼거리와 된새미기재가 끼어 있었다.

삼봉산에서 소사고개로 내려가는 길은 매우 험하고 내리막이 급했다. 발에 힘을 주고 가서 발이 엄청 뜨끈뜨끈하고 발톱이 빠질 듯이 아팠지만 금세 사라져 버린다. 소사고개에 도착하니 아스팔트가 나온다. 원래이런 경치가 나오면 백두가 끝났다는 기분이 든다. 하지만 12시밖에 안

됐는데 끝날 리가 있나?

점심을 먹고 바로 삼도봉, 대덕산을 향해, 아니 궁극적인 목표인 버스를 위해 걷고 걸었다. 대덕산도 문제 없었다. 내가 딴생각을 하며 걸었는지는 몰라도 신속하고 편하게 올라온 것 같다.

대덕산에서 덕산재까지 이어지는 내리막도 내 발을 아프게 하지 않을 수 없었다. 하지만 이 길고 긴 산타기를 끝낼 수 있다는 희망 하나만으로 달려 내려갔다. 어떤 형의 경험에 의하면 소나무가 많이 나올수록 도착지점이 가까워진다는데, 점점 소나무가 많아질수록 내 발걸음은 빨라졌다.
_이종승

■── 이번 산행은 확연히 저번 산행보다는 길었다. 육체적으로든, 심적으로든 말이다. 그래서 가는 도중에 꽤나 고생했다. 몸은 지치고 힘든데 올라야 할 언덕은 한참이고……. 그리고 엄청난 오르막으로 다리를 학대한 다음에는 상처에 소금물 뿌리듯이 높은 경사의 내리막이 기다렸다. 참기 힘들 정도였다. 다행히도 비는 오지 않아서 순조롭게 산행할 수 있었다. 하지만 무엇보다도 이번 산행에서 가장 신경이 쓰였던 것은 친구와 다툰 일일 것이다. 몸도 마음도 지치다 보니 어느새 말다툼을 한 것 같다. 지금이야 화해했지만 그때 바로 대화를 해보지 못한 것이 아쉽기도 하다. 여러모로 어지러운 산행이었다. _이도균

* * *

■── 햇살 좋고 바람 한 점 없는 삼봉산 정상에서 쉬는 사이, 반대편에서 조그만 배낭을 메고 뛰듯 산에 오르신 중년의 남자 한 분이 "아따아, 좋다!"를 연발하며 여기가 얼마나 좋은지 전화에 대고 중계를 하신다. 남도 사투리가 민요처럼 구수하게 들리는 이곳이 전라도라는 것을 그 목소리

로 확인하였는데, 친정 부모님의 고향이 전라도이고 사투리를 사정없이 쓰셨던 할머니 덕에 전라도 사투리는 귀에 익어서 오랜만에 듣는 본토 억양과 말투가 반갑기도 했다. 삼봉산 인근이 집이라는 아저씨는, 날씨가 좋으니 가야산, 지리산이 다 보인다며 아이처럼 좋아라 하셨는데 폼 나게 찍어드린 사진을 보며 입이 함박만 해진다. 그 소박하고 맑은 행복에 나도 덩달아 기분이 좋아졌다.

소사고개로 내려오는 길엔 그늘진 곳에 살짝 쌓인 눈 때문에 미끄러질까 봐 팔과 다리에 과한 힘을 주는 바람에, 나중에는 가만히 서 있어도

팔 다리가 덜덜 떨리는 지경이 되었다. 발을 헛디뎌 삐끗하기라도 하면 이후에 벌어질 일이 암담하여 긴장을 늦출 수가 없었는데 그러고도 두 번쯤 엉덩방아를 찧고 말아 때 아닌 몽고반점(!)을 달게 되었다.

소사고개에서 마을을 지날 때 혼자서 백두대간 종주를 하신다는 할아버지를 두 분이나 만났다. 인사를 나누고는 앞서서 획 지나가 버리는데 앞서 가는 할아버지를 따라가다가 그만 눈앞에서 놓쳐 버렸다. 옛날에도 저런 분들이 흰 옷을 입고 나무 지팡이를 짚고 산길을 다니시며 뿌린 숱한 일화들 때문에, 사방 도처에 축지법을 쓰는 산신령이 있다는 이야기가 난무한 것이 아닐까.

양지바른 무덤 앞에 나란히 앉아 점심을 먹는 사이 '빛고을 산악회'의 리본을 단 무리들이 초점산(삼도봉)을 향해 달려 오른다. 마라톤 연습을 산에서 배낭 메고 하는 모양이다. 급경사를 천천히 오를 때, 이번에도 '빛고을 산악회' 회원들이 줄을 지어 따라온다. 아까 그 사람들은 선두 그룹이었고 뒤에 오는 이분들은 중간, 후미 쪽인 것 같다. 입을 떼지 않고 가는 우리 두 사람도 그들 일행인 줄 알고 정겨운 사투리의 대화에 우리를 끼워 주시는데, 이럴 때 천연덕스럽게 "징하게 힘드네요 잉!" 하고 한마디 했으면 누구도 의심하지 않았겠는데 웃음이 나서 계속할 자신이 없어 출신을 밝히고 말았다. 그러고 보니 빛고을에서 이렇게 떼로 몰려와 빛을 공수해 주어 날씨가 좋을 수밖에 없었나 보다⋯⋯.

삼도봉이라 불렸던 초점산 정상에 발 도장을 찍고 다시 대덕산을 거쳐 덕산재로 내려오는 길은 바람 한 점 없는 쨍한 11월의 햇살 때문에 덥고 지루해서 힘이 들었다. 얼었던 흙과 쌓인 눈이 녹아 질어진 길은 미끄러웠고 등산화에 붙은 진흙 때문에 발은 무거웠다. 길고도 힘든 산행으로 기가 빠져 버린 것 같아, 평소 같으면 잘 찾지도 않는 '에너지 엑기스'의 아니꼬운 맛을 기꺼이 참아내야 했다. 3시에 대덕산에서 증명사진을 찍고 주변 경관을 둘러보고 있는데, 4시까지는 버스가 기다리는 덕산재까지 가야 한다고 발을 동동 구르며 서두르는 '빛고을 산악회'의 후미들을 보며 백두8기의 후미가 얼마나 축복인지를 실감하였다. 기다려 주고 도와가며 즐기는 우리의 산행이 새삼 자랑스러웠다.

눈 쌓인 삼봉산 하산 때 무리한 긴장과 힘을 준 무릎이 아파, 더 길게만 느껴졌던 하산길이었다. 폭우에 아무렇게나 휩쓸려 험하게 방치되어 있는 나무계단도 불편한 다리 때문에 괜히 짜증이 났고, 잠시 쉬는 것 말고는 달리 방법이 없는데도 무릎이 아프다고 자꾸 악을 써대는 내 모습도 실망스러웠다. 나는 언제 선수들처럼 '이 또한 지나가리라' 여기며 신체의 고통을 이겨내고 의연하게 산행을 할 수 있을까.

일상으로 돌아오려고 일상을 떠난 백두에서, 삶이 무시로 나를 곤경에 빠뜨리는 순간마다 고통을 동반한 인내의 한 걸음으로 이겨내는 법을 배우려고, 우리는 길고도 험한 길을 찾아 나서는가 보다. 더 단단하게 여물기 위해, 마침내 사랑의 찬가를 부르기 위해, 징하고 징한 사선(死線)을 뚜벅뚜벅 넘는다. _임지수

■—— 산에서 내려와 버스를 타고 무풍면 지성리로 이동, 시장식당에서 김치찌개에 된장을 먹으니 신선이 따로 없었다. 같이 앉아 있는데 아들이 밥을 먹지 않아서 걱정이 많이 되었다. 예전 같으면 빨리 밥 먹으라고 눈치를 주었을 텐데 나름 이유가 있을 것이라 생각하고 화를 내지 않았다. 화장실에서 소금기 있는 얼굴을 좀 씻고 차에 있는데 아들이 옆자리로 왔다. 백두를 하면서 처음으로 함께 자리를 했다. 흔들리는 미니버스였지만 아들과 함께 가서 마음이 뿌듯했다.

휴게소에서 자신이 원하는 음식을 사주고 버스에서 친구들과 나눠먹으라고 '델리만쥬'라는 빵을 샀다. 델리만쥬는 아이들 엄마가 직장에 다니던 시절, 어린이집에서 기다리는 아이들을 생각하며 구로역에서 출발해 금정역에서 지하철 갈아탈 때 사와서 아이들에게 주던 빵이다. 아들에

게는 추억의 빵이 되어서 지금도 고속도로 휴게소에 들르면 아이들은 델리만쥬를 가끔 사달라고 한다. 하루 종일 기다리던 엄마를 보면서 같이 먹는 빵, 기다림의 빵, 만남과 재회의 빵, 안심의 빵, 눈물을 훔치며 엄마를 기다리며 먹던 델리만쥬, 나에게는 아이들에게 미안함이 한가득 묻어 있는 빵이었다.

추억이 깃든 빵을 한 개씩 나누어 먹다 동천동에 도착했다. 집으로 가는 길에 친구들에게 많이 주지 않았느냐고 물어봤더니 원래 봉지가 두 개 들어 있어야 하는데 하나밖에 없었다고 우리가 낚였다고 서로 웃으며 어이없어했다. 예전에 내가 자랄 때는 부모님께 혼난 적은 있어도 매를 맞은 기억은 없다. 그래서 독하게 사회생활을 하지 못해서 내가 힘든 삶을 산다고 생각을 해서 아이들이 자랄 때 엄하게 매를 많이 들었다. 누군가가 사랑을 줄 때 강해진다고 했는데 요즘 그 이유를 알 것 같다. 아이에게 '교양 있는' 부모가 되기 위해 요즘은 여러 가지 이야기를 많이 하고 있다. 이런 나의 변화과정을 우리 아이들도 즐기는 것 같다. 나도 백두를 통해서 많이 성장하고 있어서 좋다. _김인현

■── 사나흘 전만 하더라도 계절의 고비에서 환희의 노래를 부르던 샛노란 은행잎이 차가운 비에 씻기고 거센 바람에 휘날려 아스팔트 위를 뒤덮고 있습니다. 간신히 이파리 한두 개만을 매단 은행나무는 쓸쓸한 눈길로, 지난 시간을 함께한 흔적들을 물끄러미 내려다보고 있습니다. 비 뒤에 찾아온 추위에 파르르 떠는 나뭇가지, 그 사이로 시커먼 구름이 밀려오고 또 밀려갑니다. 이틀 전, 삼도봉 중턱에서 만난 풍경과 달라도 너무나 다른, 거대한 도시의 음울하고 신산한 표정이 왜 이렇게 낯선지요. 비에 젖은 나뭇잎들은 저 무지막지한 도시의 껍질을 뚫고 땅으로 스밀 수나 있을까요. 그리고 마지못해 떠나야 했던 나뭇가지에 다시 생명의 둥지를 틀 수나 있을까요.

신풍령(빼재)에서 시작한 산행은 삼봉산을 지나 소사고개로 이어집니다. 고갯마루에는 '세븐일레븐'도 '씨앤유'도 '지에스25'도 침범하지 못할 구멍가게가 있습니다. '복순이'라는 강아지가 새장 같은 제 방을 지키며 재롱을 부리는 그곳에서, 돌길을 헤치고 배추밭을 에돌아 가파른 산길을 내려온 우리는, 정갈한 김치 조각을 안주 삼아 툽툽한 막걸리를 마시고, 후더분한 아주머니가 끓여 주는 라면을 맛나게도 먹었습니다. 찬바람에 오그라들었던 가슴에 훈기가 돌고, 눈자위에는 희미한 분홍빛마저 얼비칩니다. 저 멀리 노랗게 불타는 낙엽송 너머로 초점산(삼도봉)을 지나 대덕산으로 뻗어 있는 능선이 엷은 안개 속으로 보입니다.

무지막지하게도 콘크리트를 처바른 살풍경하고 몰취미한 들길을 지나 나뭇잎이 버석거리는 산길로 접어듭니다. 이제나 저제나 비를 뿌릴 궁리만 하고 있던 구름은 서늘한 바람에 쫓겨 동쪽으로 흩어지고, 햇살과 함께 그 모습을 드러낸 하늘은 눈이 시릴 정도로 파랗습니다. 삼도봉을 눈앞에 둔, 능선 바로 밑, 바람도 비껴가는 마른 풀밭에 주저앉았습니다. 가슬가슬한 마른 풀잎의 향기에 코를 벌름거리며 쏟아지는 햇살 속에 몸을 담급니다. 서촌선생이 들려주는 〈양단 몇 마름〉이 좋고, 까만 밤 별빛처럼 빛나는 현수와 수영이의 눈빛이 좋고, 얼굴을 스치는 잠풍한 바람결이 좋습니다.

능선에 올라서자마자 기다렸다는 듯이 거센 바람이 몰아칩니다. 이파리를 떠나보낸 나뭇가지들이 불어오는 바람을 맞으며, 흩어진 제 몸붙이를 부르는 듯, 장대한 음악을 빚어냅니다. 으악새(억새)의 노랫소리가 귓바퀴 주위를 하염없이 맴돕니다. 눈을 감아야 할 때입니다. 눈을 감으면, 들리지 않던 음향들이 환호성과 함께 찾아듭니다. 거대한 오선지가 펼쳐지는가 싶더니 화진포의 맑은 모래밭에 밀려들던 파도가 대덕산 마루께에서 하얗게 흩어집니다. 산정에서 듣는 파도 소리, 끊임없이 밀려왔다 밀려가는 파도가 으악새 마른 잎 사이사이로 스러집니다.

대지의 풍경(landscape)이 아니라 소리의 풍경(soundscape)에 주목한, 머레이 쉐이퍼라는 캐나다 출신 작곡가가 있습니다. 그는 신화시대부터 현대에 이르기까지 소리의 풍경이 어떻게 변해왔는지를 추적하면서 자연의 소리를 자신의 음악으로 재현하고자 했습니다. 바람과 물과 풀과 새와 천둥……. 온갖 자연물이 들려주는 소리를 악보에 옮기고자 했던 그의 노력이 열매를 맺었는지는 알 수 없습니다. 다만 인공의 소리가 아니라 자연의 소리에 귀 기울이면서, 시각의 전횡에서 벗어나 청각을 해방하고자 했던 그의 아름다운 노고에 깊이 공감할 수는 있습니다.

청각뿐만이 아닐 것입니다. 근대는 흔히 시각의 시대라고들 합니다. 청각은 물론이고 후각, 촉각, 미각, 온갖 감각들이 시각의 독재 아래 신음하고 있습니다. 시각은 빛의 산물입니다. 빛은 그림자를 거느리게 마련인데도, 빛의 유혹에 길들여진 우리는 그림자를 외면하기 십상입니다. 그러나 그림자 없는 형상을 상상하기란 쉬운 일이 아닙니다. 그럼에도 빛의 이면을 들여다볼 수 있기까지는 많은 인내와 노력이 필요한 것은 우리가 '눈에 보이는 것이 진리'라는 명령에 굴복한 지 오래이기 때문일 터입니다. 그렇습니다. 우리는 눈을 감고 퇴화한 다른 감각들을 다시금 담금질해야 합니다.

나는 바람과 햇살 속에서 으악새의 서글픈 노래를 듣습니다. 으악새가 바람을 만나 뒤설레는 소리를 감지한 바깥귀가 떨립니다. 가운뎃귀를 통과한 음파가 달팽이관을 지나면서 긴 그늘을 드리운 추억 속에서 자맥질을 합니다. 으악새가 아직도 슬피 우는 사연을 알 것도 같습니다. 모질게 문을 잠가 버린 우리의 귀, 그 귀에 닿지 못할 하소연이 서러웠기 때문일 것입니다. 대덕산을 넘어 덕산재로 내려오면서 나는 내내 으악새의 하소연을 어떻게 들어줄 수 있을지 생각하고 또 생각했습니다. 으악새의 하소연만이 아닐 겁니다. 바스락거리는 낙엽의 아우성, 고조곤한 물소리, 크낙한 나무에 부딪히는 까마귀 소리, 그리고 하늘에 박힌 별들의 소리까지, 우리 청각이 예민해지기를 안타깝게 기다리는 소리들이 어찌 한둘일수 있겠습니까.

남진과 나훈아와 조용필과 대학가요제밖에 모르던 내가 음악을 만난건 참으로 우연이었습니다. 1986년 5월 어름이었을 겁니다. 최루가스를 피해 허겁지겁 숨어든 곳이 하필이면 음악감상실이었습니다. 소파에 몸을 기대고 클래식 따위나 듣는 무리들에게 냉소를 퍼붓던 시절입니다. 일주일이 멀다 않고 흉흉한 소식이 들리던 그악스런 세월이었지요. 음악감상실에 숨어든 나의 귀를 점령한 것은 너무나 낯선 소리였습니다. 찝찔한 눈물이 말라붙을 즈음, 나는 어두침침한 공간을 떠돌던 소리에 조금씩 빠져들었습니다. 충격이었습니다. 〈스와니 강〉이나 기껏해야 〈운명〉의 '콰과쾅 쾅'밖에 모르던 내게 그 소리는 참으로 놀라웠습니다. 나중에 안 사실이지만 그때 내가 들었던 곡은 차이코프스키가 작곡한 〈바이올린 협주곡 D장조 제35번〉이었습니다. 누가 바이올린을 연주했는지는 분명하지 않습니다.

음악감상실의 충격파는 나를 그동안 듣지도 보지도 못했던, 말 그대로 '신세계'로 내몰았습니다. 그때부터 나는 게걸스럽게 음악들을 해치웠습니다. 서양 고전음악, 한국 전통음악, 블루스와 재즈와 록을 거쳐 프로그레시브 록과 월드뮤직까지, 장르를 가리지 않았습니다. 허름한 반지하방을 LP들이 차지하기 시작했고, 갖가지 앨범들이 쏟아내는 음들에 취해 많이도 소주를 들이켰습니다. '반'지하생활자의 '자발적 고독'은 비 내리는 여름낮이나 나뭇잎 떨어지는 가을밤이나 눈보라 내리치는 겨울밤과 더불어 깊어만 갔습니다. 시간과 공간을 종횡무진 내달리며 휘감아오는 소리들, 소리들…….

이유 없이 마음이 어지럽거나 날카로운 사금파리에 베인 듯 가슴 한켠이 아리거나 지나가는 개를 보고 울적해지거나 할 때면, 나는 새우깡을 안주로 소주를 두 병쯤 들이부은 다음 불을 끄고 턴테이블에 판을 걸었습니다. 모든 감각이 잠들고 오직 청각만이 또렷하게 살아 소리들을 빨아들였습니다. 드럼에 이끌려 베이스기타가 판을 마련하면 기타가 흐느끼는 보컬을 감쌉니다. 어둠에 잠긴 방을 휘돌던 소리들이 디오니소스를 부르고, 지중해의 물결이 송광사의 풍경과 목어에 부딪힙니다. 순서고 체계고 없었습니다. 그저 혼미한 의식의 끄트머리에나마 흐릿한 여운이 흐르는 것만으로 충분했습니다.

그렇게 나는 혼란스런 상태에서 음악이란 걸 만났습니다. 그때의 흔적들이 아들놈의 방 벽면 하나를 빈틈없이 차지하고서 뭉툭해진 감각의 방문을 기다리고 있습니다. 검은 플라스틱에 감금된 소리들이 바늘에 긁히는 아픔을 견디고 빛나는 날개짓으로 날아올라 귓바퀴를 감쌀 날은 언

제쯤일까요. 음반이 아니라 음원이 대세를 이루고 있는 요즘에야 어지간한 호사가가 아니고서는 LP가 들려주는 소리에 귀를 기울이는 사람이 많지 않습니다. 잡음이 철저하게 제거된 '진공 속의 음향'에 익숙해진 이들에게는 바늘이 긁어올리는 소리가 거슬리기도 할 겁니다. 하지만 나에게 그 잡음은 짧지 않은 세월의 흔적을 끌어안고 있는, 그 어떤 기술로도 '처리'해버릴 수 없는 한숨이자 후회이자 탄식입니다. 한숨과 후회와 탄식을 배음(背音)으로 거느리지 않은 삶이 없을진대, 어찌 시간의 퇴적층을 훌쩍 뛰어올라 이상적인 순수 진공 속으로 비상할 수 있겠습니까.

우연히 음반에 담긴 소리에서 놀라운 세계를 만났듯이, 나는 또 우연히 따라나선 이 길에서 놀라운 소리풍경을 만납니다. 계절의 리듬에 따라

푸른빛과 들큰한 내음과 매끄러운 감촉을 뒤로하고, 메마른 채로 바람에 쓸리며 서글프게 울어예는 으악새의 사연이 귓전에 쟁쟁합니다. 아늑한 으악새 덤불에 안겨 순한 고라니의 눈길로 제 먹을거리를 건네준 이들의 마음소리마저도 들리는 듯합니다. 바람과 햇살에 청춘을 돌려주고 흙으로 돌아갈 메마른 잎새들의 몸짓이 전하는 노래에서 빛과 그림자, 삶과 죽음이 어울리는 소리를 듣는 것은 나의 감수성이 지나치게 예민하고 여린 탓만은 아닐 겁니다.

바람이 붑니다. 바람에 묻혀 으악새 우는 소리가 들립니다. 하얀 물거품을 몰고 모래밭으로 내달리는 파도소리도 들립니다. 차창에 매달려 있던 붉디붉은 단풍잎이 푸드득 까만 하늘로 솟구칩니다. 불을 끄고 눈을 감아야 할 시간입니다. _**정선태**

일상과 일탈의 틈바구니

겨울입니다.

일제히 만발하던 개나래, 진달래의 봄을 떠나온 게, 약동하던 초록의 함성을 듣던 게, 가을의 단풍으로 호사를 하던 게 엊그제 같은데, 계절은 어느새 종착지인 겨울의 끄트머리를 향해 내달리고 있습니다.

사무실 책상 옆 벽에 붙은 산행 계획표를 물끄러미 들여다봅니다. 8기 백두대간 종주를 하면서 처음 맞는 겨울 산행이자 마지막 겨울산행을 어떻게 치러낼까 고민을 해봅니다. 그리고 가야 할 구간과 지나온 구간을 비교하면서 나의 고민이 부질없음을 깨닫습니다. 힘든 난관을 슬기롭게 극복해 온 백두8기 개개인의 응집력이면 이 겨울 산행도 무사무탈하게 잘 이겨낼 것이란 확신이 고민의 빈자리를 넉넉히 채웁니다.

이 확신의 근거는 어디서 비롯된 것일까요? 아마도 그건 백두대간 종주라는 일종의 일탈을 즐기고 있는 이우인의 따뜻한 얼굴과 마음에서 비롯되지 않나 싶습니다. 서로 가진 것을 나누는 넉넉한 마음과 상대를 즐겁게 해주는 배려의 마음이 융화되어 우리 백두8기의 근간(根幹)으로 자리 잡은 것 같습니다.

일상의 틈바구니 속에서 늘 마음은 산을 내달리고 있을 우리의 백두8기 개개인의 얼굴이 오늘따라 더욱 그립고 고맙고 따뜻하게 다가옵니다. 18차 산행에서도 즐거운 얼굴로 뵙겠습니다.

산행일시 **2012년 11월 24일(토)**

산행코스 **덕산재 · 838.7봉 · 안부 · 부항령 · 1170.6봉 · 삼도봉 · 해인산장**

"낙엽은 함박눈처럼 쌓이는데"

■── 버스에서 내리자 매서운 칼바람이 날 반겨주었다. 그냥 버티기에는 내 귀와 손이 얼음으로 변할 것 같아서 두건과 장갑을 끼고 나왔다. 마치 도둑 같았다. 정인이는 내 모습이 잠자리 같단다.

산행 시작! 친구들을 따라서 천천히 박자 맞춰서 걸었다. 뒤에 있는 후미대장님과 함께. 아, 내가 또 후미라니 이게 무슨 소린가. 내가 진정 후미 악동조의 명예 멤버가 되어 버렸단 말인가! 어쩔 수 없이 후미에서 지곤이 뒤를 졸졸 따라다니며 칼바람 산행을 하였다. 으으으, 생각만 해도 춥다.

친구들과 떠들기도 하고 혼자서 풍경을 감상하기도 하면서 산행을 하니 벌써 점심 먹을 시간이다. 원래 점심 먹을 장소는 헬기장인데 워낙 칼바람이 거세서 헬기장 약간 아래에 있는 양지에서 밥을 먹고 있었다. 나는 그곳에 사람들이 너무 많은 것 같아서 그냥 헬기장에서 먹기로 했다. 혼자 앉아서 어머니가 싸준 밥을 먹었다. 차갑고 딱딱했지만 많이 맛있었다.

친구들과 합세하여 다시 산길을 걸었다. 선두를 잡기 위해 그리고 너무 추워서 빨리 걸었다. 서둘러서 가다 보니 올라갔던 봉우리 이름들도 기억이 안 난다. 후에 고도표를 봤더니 '내가 이런 데도 갔었나?' 하는 생각이 들었다. 그만큼 빠른 속도로 갔다. 빨리 가다 보니 해인산장으로 가는 길이 있는 삼거리가 있었다. 푯말에 '해인산장 0.5km'라고 적혀 있었다. 오예, 빨리 가야지!

　　그러나 그 이정표는 속임수였다. 아무리 내려가도 아스팔트길은 끝나지 않았다. 이걸 다 내려가기에는 너무 지쳐 있었다. 그런 생각을 하는데 갑자기 뒤에서 트럭 한 대가 나타났다. 후미를 태우고 내려가는 트럭이었다. 마지막 희망을 놓치지 않기 위해서 나와 친구들은 그 트럭을 잡은 후, 트럭에 탔다. 아저씨들은 우리가 타라고 일부러 내려주셨다. 정말 감사했다. 아저씨들은 눈에서 멀어져 갔고 순식간에 중1들은 해인산장에 와서 밥을 먹었다. 그다지 배고프진 않았지만 그래도 밥을 먹었다. 막상 먹다 보니 밥 한 공기를 다 비웠다.

　　밥을 다 먹자 후미를 기다릴 필요도 없이 버스에 탔다. 우리가 후미였으니까, 크크크. 피곤해서 누워 있는데 기획대장님이 오늘 따신 말굽버섯을 보여주셨다. 엄청나게 크고 신기하게 생겼다. 정말 말굽처럼 생긴 버섯이었다. 버섯을 보면서 '어떻게 이런 버섯들을 찾아내실까', 궁금했다.

다음엔 한번 기획대장님을 따라다녀 봐야겠다. _**이민규**

■—— 밖으로 나와서 산행을 시작해야 하건만 밖이 너무 추워서 몇 분 있다가 버스로 들어가고를 반복했다. 나의 몸뚱아리는 추운 것을 왜 그리 버티지 못하는 것인가. 솔직히 이 추위에 어떻게 갈지 막막했다. 후미로 출발해서 느긋하게 가자는 마음을 가지고 당당하게 최후미로 마치려 했다. 그러나 마음과는 다르게 또 다시 선두를 해 버렸다. 이번에는 올라가는 곳이 많고 길어서 힘들었다. 그래도 뭐 항상 하는 일이니까……. 우여곡절 끝에 연결로에 도착하니 모르는 차가 지나간다. 나랑 해솔이랑 태워달라고 애원을 했다. 그런데 해인산장에 도착하니까 연결로를 태워주는 차가 있었다. 허무한 느낌이 들었다. 해인산장에서 김치찌개는 최악이었다. 돼지털이 아직도 생각난다. _**김수련**

■—— 오랜만에 하는 산행이라 걱정을 많이 했다. 게다가 이제 겨울이라……. 그래도 아주 조금은 설렜다. 겨울 산행은 쉽다기에 가벼운 마음으로 왔다! 체력이 좋아진 탓인지는 모르겠지만 내 생각으로는 3분의 2가 오르막길인 것 같은 산길이 별로 힘들지 않았다. 또 예상시간보다 더 빨리 도착한 것 같았다. 쉴 때는 옷을 입어도 춥고, 걸을 때는 벗어도 더웠다. 어쩌란 말인가! 그래도 다행히 보온병에 담아온 따뜻한 물에 컵라면을 끓여 먹었더니 살 것 같았다! 그때 그 컵라면 맛을 지금도 잊을 수 없다. 이 맛에 백두를 다니는 것 같다. 드디어 도착했다! 도착하고 나니까 전날 밤 잠을 못잔 탓인지 피로가 파도처럼 밀려왔다. _**윤해솔**

■—— 다시 올라갔다. 조금 올라갔더니 헬기장이었다. 다시 내려가고 올라가고 내려가고……. 이러다 보니 8킬로미터 정도 남았다고 했다. 쉬었다가 다시 내려가면서 경치를 보았다. 여름에 보았던 것과는 다른 나무들

의 모습이 눈에 띄었다. '겨울에는 이런 모습에 하얀 눈이 덮이겠지.' 이런 생각을 하면서 친구들과 함께 내려갔다. _홍준범

■— 끝없이 이어지는 오르막길을 쉬지 않고 올라갔다. 몇 걸음 안 간 것 같았지만 아니었다. 뒤를 돌아보니 바닥에는 작은 나무들과 마을이 있었다. 체감으로는 700미터 정도 되는 것 같았다. 낙엽이 무릎까지 올라올 정도여서 신기했고, 부서지는 소리가 너무나도 좋았다. 하지만 점점 시간이 지날수록 낙엽 소리는 신경에 거슬렸고 나중에는 낙엽이 미워지기까지 했다.

따뜻한 곳에서 점심을 먹은 후 다시 낙엽을 밟으며 걸었다. 하얗고 딱딱하게 얼어붙은 눈도 눈에 띄었다. 부항령을 지나 백수리산 정상에 도착하였다. 아무 이유 없이 머릿속에서 버스커버스커의 〈여수 밤바다〉가 맴돌았다. 어이가 없어 생각하지 않으려고 했지만 제어가 되지 않아 슬펐다. 삼도봉에 올라 내려다보니 경치가 진짜 최고였다. 산줄기 여러 개가 나란히 중심을 잡고 있었고 하늘은 맑았다. 삼도봉은 백제와 신라가 서로 점령하려던 곳이라고 푯말에 적혀 있었다.

이번 산행에서 나는 나의 끈기를 찾은 것 같다. 그 끈기를 계속 이어서 열심히 살아야겠다고 생각했다. 규칙적인 생활에서 벗어날 수 있는 곳은 오직 백두뿐인 것 같다. 왜 내가 백두를 하는지는 아직 잘 모르겠다. 백두를 통해 얻는 것은 짧지만 달콤한 자유이다. 난 오직 그것 하나 때문에 산에 오는 것만 같다. _김상아

■— 나랑 같이 다니던 친구들 몇 명이 오지 않아서 모처럼 혼자 경치를 즐기며 산을 탔다. 곳곳에 얼음이 얼어붙어 있었다. 백수리산에 올라가니 저편에 리조트가 보였다. 산 대신 리조트에 있었더라면 얼마나 좋았을까? 어느새 해인산장갈림길에 도착했다. 몇몇은 삼도봉에 올라갔지만 나

는 바로 내려갔다. 산길을 내려와 아스팔트길을 걷는데 얼마나 멀든지 발톱이 빠질 것만 같았다. 이번 산행은 기억이 생생히 난다. 혼자 걸으니 좋은 점도 많았고……. 나도 다음에 혼자 지리산이나 다시 가 볼까? _이종승

■── 백두산행에 네 번째 참가한 터라 조금 덜 힘들 줄 알았지만 그것은 내 착각일 뿐이었다. 길고도 긴 산행 때문에 다리는 못 쓸 정도로 아팠고, 다녀온 후의 스트레스도 장난이 아니었다. 내 주위 사람들은 다 점점 익숙해져 가는데 나만 아닌 것 같다. 이 정도는 일반적이라고 하는데 나중에 어려운 산을 갈 때 어떻게 살아남을지 걱정이다. 진짜로 다른 애들이 흔히 말하듯 헬기를 타고 가야 하나. 정말 걱정된다. 다음 산행은 부디 쉬웠으면 좋겠다. _이도균

■── 산행을 시작했을 때 나는 시훈이와 수영이가 안 와서 아빠 옆에 꼭 붙어다녔다. 가다가 마스크가 불편해서 벗으면 귀가 시리고 마스크를 쓰면 답답해서 짜증이 났다. 그 다음 낙엽이 많은 곳을 지났는데 그 길이 좀 불편하였다. 그런데 무전기로 그 길이 아니라 다른 지름길이 있다고 해서 좀 화가 났다. 점심을 먹을 때도 유부초밥이 너무 차가워 먹을 수가 없었다. 세 개의 봉우리를 넘어야 정상이 나온다고 했다. 세 번째 봉우리가 제일 힘들었다. 다 내려와서 도로를 걸을 때 많이 심심하였다. 마침내 식당에 도착해 저녁을 먹었다. 근데 돼지고기에 까만 털이 그대로 남아 있어서 좀 꺼림칙했다. _김현수

* * *

■── 낮에 ○○을 만나 히말라야 적금을 들었다. 공식 비용이 300만원이니까 한 달에 25만원씩 1년짜리로. 새롭게 만든 적금통장을 보면서 일 년

뒤의 그날을 흐뭇하게 상상한다.

3시에 버스에 탑승해 비몽사몽으로 시간을 보내고 나니 6시 반에 버스는 우리를 덕산재에 내려준다. 오메, 시원한 거. 깜깜한 숲속 바람이 쌩하게 온몸으로 파고든다. 으이구. 그래, 히말라야의 칼바람에 비하면 오늘은 애들 장난이지 뭐. 마음을 다잡고 초롱초롱한 새벽 하늘의 별들을 바라본다. 오늘 날씨는 끝내주겠다.

환한 아침 햇살이 고요한 숲속으로 퍼져 나간다. 겨울 차비를 위해 앙상한 가지를 드러낸 마른 나무들 위로 따스하게 아침의 향기가 퍼진다. 난 이 순간을 사랑한다. 모든 생명이 서서히 하루의 기지개를 켜는 이 순간. 조금씩 알 듯 모를 듯 그렇게 젖어드는 아침의 기운.

조금만 올라가면 곧 정상이 나올 거고 그러면 그 다음부터는 조금은 편한 능선길일 거라는 나의 믿음은 헛된 것이었다. 눈앞에 보이는 오르막을 갖은 인내로 버티며 간신히 올라왔는데 올라오자마자 내리막. 저 봉우리가 마지막일 거야 하고 스스로를 속이며 버텨 오르기를 도대체 몇 번이나 반복하였던가. 오르락내리락, 오르락내리락. 끝도 없이 계속되는 오르막과 내리막.

바람이 너무 심해 쉴 수조차 없었다. 숨이 차오르고 다리가 아파 조금이라도 쉴라치면 사정없이 몰아치는 겨울바람에 뼛속까지 한기가 돈다. 강한 칼바람에 도대체 걸음을 멈출 수가 없다. 다시 또 전진. 전날부터 스멀스멀 기어나온 몸살 기운에 눈앞은 빙글빙글, 머리는 어질어질, 발걸음은 휘청휘청. 가만, 배낭 어딘가에 감기약을 쑤셔 넣은 것 같은데……. 무슨 부귀영화를 보겠다고 약까지 먹어가며 악착같이 버티는 것인지. 나 원 참.

늦가을의 산속은 나무들이 떨궈낸 나뭇잎으로 어디가 등산로인지 어디가 비탈길인지 도저히 구분이 되지 않는다. 수북이 쌓인 낙엽 밑으로 계단이 있는지, 돌부리가 있는지, 웅덩이가 있는지 확인할 길이 없다. 저

벅저벅 밟히는 나뭇잎 더미들. 그냥 확 불을 질러 버릴까 보다!

그냥 무작정 걸었다. 그러다 갑자기 몸이 균형을 잃고 휘청, 비탈길로 굴러떨어질 뻔했다. 깊게 파인 웅덩이 위에 쌓인 낙엽을 밟은 모양이다. 순간 십년감수. 내 비록 내 나머지 생이 산속에서 소리 소문 없이 사라지기를 바라고 살아간다고 해도 오늘이 그날은 아니지. 그러니 더욱 조심조심. 낙엽 쌓인 늦가을의 산행은 눈 쌓인 겨울 산행보다 더 위험한 것 같다.

눈이 부시게 파란 하늘과 햇살에 반짝이는 억새들. 그저 내딛는 한 걸음 한 걸음에만 집중하는 이 단순함. 사납게 몰아치는 바람 소리. 눈이 부시게 푸르른 날에는 그리운 사람을 그리워하라고 했던가. 세찬 바람에 조금이라도 걸음을 멈추면 떨어지는 체온을 견딜 수 없어 점심으로 준비해 간 샌드위치를 먹으면서 걸었던 산행이었지만 이런 단순한 가슴 떨림을 포기할 수 없어 난 또 이렇게 산 위에 서 있다.

지루한 하산길을 아무 생각 없이 내려오는데 걸려온 한 통의 전화. 환자(?)를 위해 구호차량(?)을 보내니 후미를 기다려 같이 타고 내려오란다. 오메 이게 웬 떡! 우리의 구호차량은 무릎이 안 좋은 나를 위해 마련된 것을 사람들은 알랑가 몰라. 크크크. 뭔 근거로? 개인적으로 차 타고 내려오라는 전화 받은 사람 있으면 나와 보시라. 덕분에 한 시간이 넘는 아스팔트길을 트럭 타고 편히 내려온 우리는 흑돼지 김치찌개로 맛있는 뒤풀이를 하고 행복한 산행을 마무리하였다. _**김선현**

■── 부항령을 지나 967봉을 올라가는 길 오른쪽으로 또 다른 길이 보였다. 왼쪽이 대간길임을 알리는 표시가 있었지만 지도상으로는 오른쪽이 지름길임이 분명하였다. 대간길을 벗어나는 게 미안해서 상아빠에게 내 GPS를 가지고 가라 하고는 지름길로 갔다. 혹시 헛돌이를 할지 몰라 걱정을 하면서 길을 갔다. 혼자 가려고 했는데 기획대장이 함께 간다. 조

금은 안심이 되었다. 함께 걸으면서 캠핑에 대해서, 아이들 교육에 대해서 이야기를 나누었다. 아이들의 공통점에 대해서도 이야기하고 초보아빠 시절의 실수에 대해서도 서로 이야기를 하였다.

마루금에 도착을 했는데 기획대장이 연장을 꺼내서 무엇인가를 캐기 시작한다. 내가 속이 좋지 않아 설사를 자주 한다고 하니 자기가 지금 캐는 것이 모두 위와 장에 좋은 것이라고 한다. 나는 잎이 다 떨어진 가느다란 줄기를 어떻게 구별하느냐며 신기해했다. 약초를 달인 물이라고 해서 몇 잔을 받아먹었는데 신기하게도 속이 편안했다. 물은 약초 맛보다도 단맛이 더 진했다. 한참을 있으니 선두가 오고 있었다. 어떻게 이렇게 빨리 왔느냐며 놀란다. 산에서의 작은 일탈은 에너지를 많이 축적해 주었다. 조금 더 가다가 백수리산을 넘어서 싸리나무 있는 곳에서 점심을 먹었다. 식사 후 다시 걸으면서 바라본 갈대밭과 하늘은 그야말로 장관이었다. _김인현

■── 세상 물정 모르고 겉멋만 잔뜩 들어 말만 무성했던 대학 시절, 친구들과 나이 40에 무슨 낙으로 세상을 살 수 있을지에 대해 이야기를 나눴던 때가 있었다. 40이면 세상을 살 만큼 살아서 더 이상 새로울 것도 없고 흥미로울 것도 없을 거라는 걸 전제로, 그 나이가 되도록 살아 있다는 건 저주임에 틀림없다고 우리는 입을 모았다. 찬란하지도 희망적이지도 못한 시간 속에서 긴장과 우울의 아우라가 어디에나 무겁게 내려 앉아 있었지만 피가 뜨거워 마음과 몸이 같이 움직여 주던 그때, 우리는 나이 먹을 시간이 없었다. 굵고 짧게 살 거라고 모두들 단단히 결심하였다. 40의 나이테는 우리에게 새겨질 리 절대 없는, 죽음의 마지노선인 셈이었다.

물처럼, 예준맘, 산행대장님들을 신풍령에 내려주고 덕산재로 향하는 길은 동틀 녘 흔치 않은 구름의 장관과 일출을 감상하기에 그만이었다. 기하학적 모양과 색깔의 구름에 눈을 떼지 못하고 있는데 앞자리의 고문 대장님이 구름을 보라고 들뜬 목소리로 외친다. 구름을 찬양했다던 보들

레르까지 들먹이며 자연의 아름다움에 감탄하는 모습에 덩달아 구름 처음 보는 아이가 된 기분이었다.

초등학교 6학년 무렵, 하굣길 한적한 곳에 가방을 베고 누워 시간 가는 줄 모르고 구름을 감상하던 때가 있었다. 나에게 있어 흐르는 건 물이 아니라 구름이었고, 한순간도 멈추지 않고 흐르고 바뀌면서 내가 알고 있던 사물과 생각들을 순서도 없이 꺼내 와 마음껏 조합하고 상상하게 만들어 주었던, 내밀한 즐거움의 소재도 바로 구름이었다. 지금처럼 그때도 구름을 찬양하지는 않았지만 고개를 들어 하늘을 우러러보며 평화와 기쁨을 맛보게 해준 매개가 구름이었기 때문에 어쩌면 그 시절의 나는 어린 보들레르였는지도 모르겠다.

봄비를 맞아 촉촉해진 산길은 싱그러움이 넘쳐났고 무엇보다 갖가지 초록들이 저마다 개성 있는 생기를 내뿜고 있었다. 은빛 초록, 금빛 초록, 옅은 초록, 짙은 초록, 빨간 초록, 파란 초록, 찢어진 초록, 구멍난 초록……. 이렇게 다양한 초록들은 같은 듯 달랐고, 초록은 동색이되 동색이 아니었다.

세 사람이 하는 산행에 선두가 어디 있고 후미가 어디 있겠나 싶었지만 어쨌든 나는 오늘 처음부터 끝까지 선두를 할 수 있겠다며 혼자 좋아했다. 덕산재에서 부항령까지는 그럭저럭 선두대장님을 따라갈 수 있었는데 아무리 간식을 부지런히 챙겨먹어도 기운이 딸리는 데다 잠을 한숨도 못 잔 탓에 아침 햇살을 받으며 걷는 평지에서는 졸기까지 했다. 전방위로 생기를 쏟아주는 초록들이 아니었으면 부항령에서 그냥 퍼져 '배째'라고 했을지도 모른다.

저만치 앞서 어른거리던 선두대장님이 흔적도 없이 사라졌지만 내 페이스대로 가지 않으면 더 힘이 들 것 같아 선두를 포기하고 걷고 있는데 어디서 멧돼지 같은 소리가 크게 들린다. 가까이 있는 것 같아 스틱을 치며 소리를 내는데, 혼자 앞서 가던 선두대장님이 멧돼지의 공격을 받고 쓰러져 있는지도 모른다는 생각이 들자 겁이 더럭 났다. 한참을 그렇게 걸으니 멧돼지가 도망을 갔는지 조용하다. 그런데 선두대장님은 어떻게 되었을까……. 피를 철철 흘리고 어느 골짜기에서 신음을 하며 누워 있는 걸까. 어쨌든 조금만 더 빨리 가보기로 했다.

부항령에 먼저 도착해 벤치에 한가롭게, 살아 앉아 있는 선두대장님을 만나니 너무 반가웠다. 멧돼지가 아니라 고라니였다는데 고라니가 왜 멧돼지 소리를 냈는지 알 수 없었다. 고라니 덕분에 잠이 확 깼다.

부항령 표지석에 새긴 글씨체가 너무 정겨워 한참을 들여다보니 뒤에 김천 산꾼들이 썼다고 새겨놓았다. 돌에 새긴 글씨에도 새긴 사람의 마음과 품성이 고스란히 담겨 있는 것 같다. 투박한 듯 소박하고 반듯하면서도 막걸리 냄새가 풍기는 글씨체를 거기서 처음 만났다. 이름도 얼굴도 모르는 글씨체의 주인공 김천 산꾼들이 금방 좋아졌다.

백수리산까지만 오르면 힘들게 오르내리는 코스가 없대서 좋아했는데 왜 이렇게 속도도 안 나고 힘이 드는지 모르겠다. 산책 같은 덕유산 코스라고 해서 처음 따라 붙은 백두에서 마음을 비우고 시작했는데 하다보니 백두로 마음을 꽉 채우고 있었고, 운동 삼아 다니던 백두가 일을 삼아 가야 하는 의무가 되어 버렸다. 또 일상의 스트레스도 풀고 몸과 마음을 정화한다며 올랐던 백두가, 이젠 산행을 위해 운동을 하고 한약까지 먹어야 하는 지경에 이르니, 일상의 스트레스가 아니라 백두의 스트레스를 풀기 위해 백두대간을 가야 하는 이상한 순환 고리가 만들어진 것 같다.

그렇다면 지금 나에게 백두란 무엇인가. 모른다. 그걸 모르니까 알 때까지 또 가야 한다.

그걸 언제 알 수 있을까. 모르겠다. 다만 백두가 아닌 어느 곳, 어느 때일 것이라는 생각은 든다. 너무 지치고 힘들어서 포기한 백두가 아니라 눈물, 콧물을 짜며 끝마친 백두의 끝, 아니 그보다 훨씬 더 오랜 세월이 지난 미래의 어느 때일지 아니면 오늘 밤 잠자기 전일지, 나는 모른다.

삼도봉 바로 밑에서 해인산장까지 내려가는 길은, 경사까지 있는 아스팔트가 반 이상이다. 무릎과 발목에 파스를 뿌려대고 남편이 잡아주는 스틱을 잡고 뒤로 걸으며 그 길고도 지루한 아스팔트길을 다 내려와, 두 사람을 멀찍이 떨어져서 계곡 물에 발을 담그고 물소리에 박자를 맞춰가며 진도아리랑을 구성지게 부르면서 아스팔트 스트레스를 날려 버렸다. 그런데 선두대장님은 아리랑하고 스리랑을 누가 낳았는지 왜 아직도 모른단 말인가?

나이 40이 넘어서야 세상 돌아가는 이치를 머리에서 끌어내려 손끝, 발끝으로 조금씩 알게 되었고 이때껏 좌충우돌하며 경험했던 내 삶의 모든 것을 녹여 하늘의 이치에 맞는 땅의 일을 두려움과 설렘으로 준비하려는데 언감생심, 하늘이 주신 생명에 대해 함부로 왈가왈부하였다니. 나이를 먹는다는 것은 젊음의 열정이 식고 세상에 대한 호기심과 아름다움에 대한 감동이 줄고 무뎌지는 게 아니라, 열정과 호기심과 감동이 나의 경험과 만나 더 풍부해지고 여유로워지고 커진다는 뜻일 것이다.

해인산장에서 17차 보충팀을 다시 만나, 대학 시절과 유사한 장면을 연출하며 밥을 먹었다. 물론 옛날보다 훨씬 사치스럽게 고기를 굽고 질 좋은 막걸리와 소주에 몇 가지 반찬이 더 있었지만, 그때도 보았던 어느 선배들처럼 선두대장님은 청중에 상관없이 계속 자기 노래를 불렀고, 산행대장님은 그냥 해도 될 얘기를 정색을 하고 너무 진지하게 하여 좌중을 쓸데없이 긴장시켰다.

어쨌거나 가재는 게 편이고 초록은 동색이니, 동시대의 경험을 공유했던 평균나이 50쯤 되는 우리 7인의 용사들은 그날, 뭘 해도 서로 이해

가 되고 양해가 되는 뽀뽀뽀 친구들, 해인산장의 일곱 빛깔 초록이 되었다. _임지수

■── 저는 백두버스가 출발하는 곳 바로 옆 아파트에 삽니다. 그중에서도 가장 가까이 길가에 붙어 있는 집이랍니다. 무더운 여름날, 베란다 문을 열어 놓고 있으면 한밤중에 시끌벅적한 소리가 나곤 했지요. 더위가 지나간 때라도 백두가 출발할 즈음이면 한 번은 창문을 통해 내다보곤 했습니다.

아, 오늘도 저이들은 백두엘 가는구나. 부럽네 부러워. 두 주일을 열심히 살아내고 만나게 될 산은 또 얼마나 많은 위로를 줄까? 대체 백두가 뭐기에 주말의 안식을 포기하고 저렇게들 무식하게 몸을 내던지지? 사람들이 욕심도 많지 뭘 저렇게 그악스럽게 백두대간에 목을 매고 말이야…… 등등 제 마음 상태에 따라 부러움과 질투에 찬 온갖 생각들이 춤을 추곤 했습니다. 그리고는 그/그녀들의 안전한 산행, 즐거운 산행을 빌어주기도 했지요.

이제는 저도 백두를 원하면 아주 가볍게 떠날 수 있는 몸입니다. 창문을 열었을 때 버스가 부릉거리는 소리를 내고, 아이들이 왁자지껄 떠들어대고 무슨무슨 대장님 타이틀을 건 아저씨들이 챙기는 소리가 들려오면 가볍게 슬슬 걸어 나가면 되는 겁니다.

아, 그러니 8기에 들어오라구요? 그런 말씀들을 지나가는 말로라도 해주시니 고마울 따름입니다. 어차피 단기간의 완주에는 뜻이 없고 한 십년쯤 걸쳐서 하게 될 백두산행인데 저를 끼워주시는 곳에서는 다 제 기수로 알겠습니다. 8기가 끝나면 9기, 10기 다 제가 속할 곳이라고 여깁니다. 그렇게 편하게 마음먹어도 되겠지요? _김란경

19

마음의 산

　실타래처럼 얽힌 세상사, 소소한 곁가지 일상들과 세상의 잡음으로부터 잠시 벗어나 우리는 산에 오릅니다. 산에 들어서도 끝내 떨쳐버리지 못하지만 세상사의 무게를 잠시 내려놓고 산이 선사하는, 자연이 내어주는 천연의 공간을 온몸으로 맞이합니다.

　사람은 누구나 저마다의 '마음의 산'을 품고 삽니다. 남이 보기에 마음을 비우고 사는 사람조차도 그 마음속엔 커다란 '마음의 산'이 존재한다는 것을 우리는 관계와 관계 속에서 이미 터득한 지 오래입니다. 그 마음의 산이 어떠한 색의 산인지, 어떤 형태의 산인지 그 내밀한 속을 들춰보지 않아 투명하게 볼 수 없지만, 어림셈으로도 꽤나 큰 산이 자리 잡고 있음을 부인할 수 없습니다.

　그 '마음의 산'은 어떤 감정의 응어리들의 산물일 수도 있고, 나를 제어하고 나를 키우는 자양분일 수도 있습니다. 또 누군가에겐 삶의 목숨줄 같은 것일 수 있고, 또 다른 이에게는 극복해야 할 장애물일 수도 있습니다. 나에게 주어진 나만의 '마음의 산', 지혜롭게 그리고 슬기롭게 오를 수 있기를…….

산행일시 **2012년 12월 8일(토)**

산행코스 **선자령 · 동해전망대(우두령 · 삼도봉 · 해인동 폭설로 구간 변경)**

"대관령의 칼바람, 생사의 기로에 서다"

■── 버스에서 잠이 들었고 좋은 꿈
을 꿨다. 버스에서 좋은 꿈을 꾼 건
처음인 것 같다. 하지만 날씨는 좋지
않았다. 밖에 나가서 가방을 꺼내 장
비를 착용한 후 대장님들의 배려로
준비 운동 전에 버스 안에 잠시 들어
와 설명을 듣고 다시 나가 준비 운동
을 하고 아이젠을 착용했다. 드디어
출발이다.

눈이 많이 와 있었지만 포장도로
를 걸어서 편한 산행일 거라고 생각
했다. 그리고 지도를 보고 같은 곳으
로 돌아온다는 걸 알고 어이없어했
지만 돌아오는 길에 양떼목장이 있
는 걸 보고 좋아했다.

하지만 본격적인 능선으로 들어서자 돌풍이 불었다. 처음에는 좀 참
을 만했다. 하지만 가면 갈수록 바람은 심해지고 스틱을 잡고 있던 손에
감각이 서서히 없어지기 시작했다. 중간에 손이 아예 안 움직이자 걱정하
는 날 보고 장갑을 빌려준 상아가 고마웠다. 손을 녹이고 장갑을 돌려주

자 얼마 안 돼서 또 감각이 사라졌다. 장갑을 두 개 가져왔지만 사이즈가 같은 거라 같이 낄 수도 없었고 장갑이 너무 얇았다. 자주자주 손을 움직여 주니 조금 괜찮아졌다.

언제부터인지 모르게 바람은 제대로 못 걸을 정도로 강해졌고 얼굴에 찬바람이 들이쳤다. 서서히 백두를 하다 보면 겪게 되는 인내심의 한계에 다가섰다. 걸어도 걸어도 끝은 보이지 않고, 걷기도 힘들고, 손에 감각도 없고…… . 점심 먹기 전까지는 투정을 부리면서 왔다.

바람이 불지 않는 곳에서 점심을 먹으면서 몸을 녹이고 다시 출발했다.

바람은 더 강해진 것 같았다. 출발할 때부터 앞으로 못 걸어가서 고생했다. 그렇게 추위를 이기며 고통스러운 시간을 보내고 있을 무렵 나의 인내심이 폭발했다. 바람에게 속으로 욕을 해댔고, 갑자기 바람을 정면으로 맞으면서 달려가는 비정상적인 행동을 계속하기도 했다. 정말 혹한기 훈련도 아니고 이 상태로 산행을 계속하는 것이 정말 이상했다. 죽을 뻔한 게 아니라 중간에 눈 위에 누워서 죽고 싶은 마음까지 들었다.

결국 산행을 중단하고 버스를 탔지만 백두 사상 최악의 산행이 아닐까 싶다. 비정상적 행동, 자살(?) 충동까지 느껴 보았고, 인내심을 더 길러야 하는 걸 알았다. _박진우

■ 오랜만에 스패츠와 아이젠을 가방에 넣고 버스에 탔다. 이번에 폭설이 내려 눈이 쌓였기 때문이다. 한편으로는 눈 덮인 백두대간을 등산하는 것이 처음이었기에 설레기도 했다. 대관령에 가기 전에 황태국을 아침

으로 먹었다. 산행 당일이 진우 누나의 생일이었는데 미역국을 먹으면 산에서 미끄러져서 황태국을 먹는다고 하신 민규빠의 재치 있는 말씀이 나를 웃게 했다.

온통 하얀 눈과 나무밖에 보이지 않는 풍경이 너무나도 낯설고 신기했다. 저 멀리에서 하얗고 조그마한 풍력발전기가 느리게 돌고 있었다. 생각보다 작아 보여서 우스웠다. 산행 초기에 잠깐 전망대 같은 곳에서 쉬었는데 진우의 장갑이 벼랑 끝으로 날아가서 아찔했지만 다행히 멈추어서 줍고 다시 걷기 시작했다. 점점 바람이 강해지면서 몸을 가누기가 힘들었다.

아까 보이던 풍력발전기는 엄청나게 컸고 엄청나게 빨랐다. 풍력발전기의 뒤를 지나갈 때에는 바람이 너무나도 거셌다. 계속 귀마개가 빠져 점퍼 주머니에 넣고 모자를 누른 채 갔다. 진우, 규연, 나는 바람을 이겼고, 오랜만에 보는 이우학교 방향표시를 보고 달려갔다. 깊은 내리막길 아래 우리 백두인들이 점심을 먹고 있었다. 그래서 잠시 자리를 잡고 컵라면을 꺼내어 끓여 먹었다. 너무 따뜻했고 행복했다. 점심을 다 먹고 난 후 기획대장님께서 피운 불 앞에 가서 몸을 녹였고 다시 나아갔다. 그런데 바람이 갑자기 세져서 앞으로 가기 힘들었다. 바람의 반대로 가야 했기 때문이었다.

그 이후에도 바람은 우리의 앞을 막았고, 우리는 풍력발전기들의 모임에 참여하게 되었다. 이 지역에는 널린 것이 풍력발전기였다. 엄청나게 컸다. 아파트 18층보다도 더 높은 것 같았다. 도중에 준범이와 민규와 지곤이랑 만나서 같이 갔다. 계속 모자와 얼굴 바람막이와 선글라스 사이로 바람이 와서 귀가 약간 추웠다. 그래도 거슬리진 않아 나아갔다.

전망대에 거의 도착할 때쯤 새연빠의 모자로 추정되는 것이 날아가서 스틱으로 잡았지만 놓쳐 뛰다가 자빠졌다. 그 뒤로 새끼손가락이 따끔했다. 그리고 왼손에 힘이 나지 않았다. 사람들이 모여 있는 곳으로 갔고 뒤

이어 버스가 왔다. 버스에 타려고 하자 산행대장님이 300미터를 더 가야 한다고 했다. 그렇지만 우리의 슬픈 표정을 보시곤 타라고 하셨다. _김상아

■── 백두를 시작한 후 처음으로 눈이 온 겨울산행을 시작했다. 대관령 이란 곳으로 출발한단다. 오기 전까지만 해도 대관령을 아주 평탄한 길에 바람도 잘 불고 넓디넓은 초원 위에 거대한 풍차가 있는 아주 평화로운 곳이라고 생각했다.

하지만 내 예상은 빗나갔다. 바람이 태풍 볼라벤보다 더 세게 불었다. 걸을 때마다 바람 부는 방향으로 내 발걸음이 따라갔다. 겨우 중심을 잡을 수 있을 듯한 매서운 바람이었다. 점심 먹을 때까지 하나님, 부처님, 알라신 등 온갖 신들에게 살려달라고 빌었다. 볼을 때리는 눈과 모래를 맞으면서 바람이 불지 않는 점심 장소에 도착했다.

그전부터 춥고 손도 얼어 있었는데, 쉬니까 더 추워지고 움직이기 싫어졌다. 대장님들이 불을 피워주셨지만 완전히 감각이 없는 손에는 기별도 안 갔다. 대장님의 옷을 걸치고 목도리를 하고 장갑을 끼고 점퍼를 세겹이나 입었나? 걸으면서 온갖 짜증에 홧병이 나서 죽을 뻔한 적도 있고, 손이 너무 시려서 손을 세게 때려 보기도 했다.

곤신봉을 아주 힘들게 죽을 듯이, 무슨 에베레스트 산도 아닌데 사람이 날아갈 것 같은 바람을 맞으며 도착했다. 버스가 위까지 올라온다는 말에 나는 너무너무너무 행복했다. 딱 전망대에 도착한 순간 저 편에서 파란 버스가 올라오는 게 보인다. 버스에 탔더니 주현이와 우진이가 날보고 크게 웃었다. 나는 죽다 살아왔는데 내 꼴이 우스운가 보았다. 다른 애들보다 내 손이 빨리 차가워진다. 왜 그럴까.

다음부터는 방한복으로 완전무장하고 핫팩도 챙겨야겠다. 내 꽁꽁 언 손가락을 녹여 준 엄마가 참 고맙고, 진우 부모님께도 감사드린다. _이종승

산행 준비를 하면서 갈까 말까 고민을 하다가 결정적으로 가야겠다고 생각한 것은 아마 눈이 온 겨울 산을 찍고 싶어서였던 것 같다. 나는 카메라를 들고 선두로 출발하였다. 겁나게 추웠다. 카메라 렌즈를 닦으려고 '하아' 하니까 렌즈 위에 입김이 그대로 얼어붙었다. 그렇게 시작되었다. 지금 생각해 보니 시작할 때의 추위는 후반에 비하면 천국이었던 것 같다.

풍차가 가까워지고 주변에 나무들이 서서히 안 보이기 시작할 때부터 바람에 그냥 날아갈 것 같았다. 선자령에 도착했는데 너무 추워서 쉬고 싶지가 않았다. 더 가다가 산 옆으로 조금 빠져서 바람이 많이 안 부는 곳에서 밥을 먹었다. 밥이, 밥이, 내 밥이 얼었다. 그래도 조금씩 파면서 먹었다. 덜덜덜 떨면서 조금만 먹고 다시 집어넣었다.

다시 나와서 출발하니 정말이지 날아갈 것 같았다. 아니 바람에 날아갈 것만 같았다. 귀가 시렸는데 체조대장님께서 귀마개를 빌려주셨다. 무진장 감사했다. 풍차를 가까이서 보니 굉장히 컸다. 풍차가 돌아가는데 나도 돌아버릴 것 같았다. 바람이 원망스러웠다.

가다가 버스를 부른다는 소식을 듣고 좋아서 날아갈 것 같았다. 바람이 아닌 기분이 날아갈 것만 같았다. 버스를 타고 옷을 다 갈아입고 쉬니 정말이지 천국이 따로 없었다. 친구들 얼굴과 내 얼굴을 보니 한 10년은 늙은 것 같다.

사진을 많이 못 찍어서 아쉬웠다. 날씨만 좋았으면 정말 좋은 코스였을 텐데 힘들었다. 나중에 날씨 좋을 때 다시 오고 싶다. 아니 다시 올 것이다. _**김주현**

■—— 우리는 아이젠을 착용한 후 눈길을 걷고 뛰었다. 마치 초원을 만난 야생마처럼 즐거웠다. 그런데 나는 꼭 눈이 쌓인 데만 다녀서 체력 소모가 더 심했던 것 같다. 내 친구들이 너무 추워 보였다. 나는 바람과 맞섰다. 바람이 나보다 잘난 게 뭔데 하며 혼자 중얼거리며 다녔다. 하지만 그게 정말 효과가 있었을까. 지금도 생각하면 의문이다. 가던 중 정말 추워 보이는 정인이에게 장갑과 점퍼도 빌려줬다. 왠지 뿌듯했다. **_정지곤**

■—— 처음 올라갈 때는 차가 올라갈 수 있는 넓은 길이었다. 그 길을 따라서 올라가다가 사진을 찍었다. 사진을 찍고 계속 올라가 등산로로 갔다. 내려가는 길이 미끄러웠지만 아이젠이 있어서 심하게 미끄러지진 않았다.

가다 보니 바람개비 비슷한 풍력발전소가 있었다. 엄청나게 커서 매달려 경치를 내려다보면 좋을 것 같았다. 하지만 그때부터 바람이 몹시 불었다. 마스크에다 장갑을 두 겹이나 끼고 모자를 써도 추웠다. 바람에 날리는 눈덩이들이 다리를 쳐서 따가웠다. 엄마가 억지로 싸준 옷들이 아니었더라면 어찌 됐을지 모르겠다.

가다 보니 눈이 많이 쌓여 있어서 옆길로 피해 갔다. 중간에 바람이 많이 부는 곳에서 몸을 서서 눕는 것 비슷하게 해보았다. 그래도 안 넘어져서 재밌었다. 하지만 조금 있으니 추워서 아무 생각도 안 났다. 친구들은 급속하게 동상까지 걸리는 판이다. 나도 머리까지 얼어 무의식 상태로 계속 걷다 보니 양떼목장에 도착하였다. 다행히 난 동상에 걸리지는 않았는데 사방이 난리다. **_홍준범**

■—— 옷이 너무 불편해서 벗었다 입었다를 계속 반복하다 보니 손과 발에 감각이 없어져서 죽는 줄 알았다. 지곤이가 바람막이 점퍼를 줬다. 한결 나았다. 점심을 먹으려고 하는데 종승이가 추위 때문에 힘들어했다.

나는 종승이가 꾀병을 부리는 줄 알았다. 그런데 아빠가 불까지 지피는 것을 보니까 큰일이 난 것 같았다. 라면 덕분에 손을 녹이고 출발했는데 바로 손이 차가워졌다. 바람이 너무 세서 앞을 볼 수도 없었지만 다리에 힘을 줘서 앞으로 나아갔다. 신발에 눈이 계속 들어가서 얼어 죽는 줄 알았다. 매봉까지 가는 줄 알았는데 밑에서 버스가 올라왔다. 버스기사 아저씨가 타라고 하는 순간 모래 폭풍이 눈을 찔렀다. 그래도 이번 산행은 꽤나 재미있었다. _**이정인**

■ —— 대관령 산행을 생각하면 아직도 한숨만 나온다. 사실 백두에 가기 전까지는 나는 눈에 대해서 좋은 감정들만 가지고 있었다. 학교에서 내리는 첫눈은 매우 아름답게 보였다. 세상이 하얗게 뒤덮이고, 아이들이 밖에 나가 뛰어놀고. 그렇게 내가 행복하게 즐겼던 눈은 백두에서 내 뒤통수를 아주 크게 쳤다.

초반 산행은 쉬웠다. 왜냐하면 산길이 아니라 포장도로로 올라갔기 때문이다. 사전에 대관령이 매우 쉬운 코스라는 소리를 들어서 나는 산행 내내 이렇게 편안하게 갈 줄 알았다. 뭐, 그렇다면 내 직감이 믿을 게 못 된다는 사실을 스스로 증명하는 꼴이 되겠지만 말이다. 문제는 산길로 접어들면서부터 시작되었다. 물론 산길을 들어서자마자 깊은 눈이 쌓인 길이 끝없이 이어지기는 했지만 이건 힘든 것도 아니었다.

진짜 고난은 조금 올라간 뒤의 언덕이다. 언덕에 올라가자마자 내 몸이 날아갈 정도의 바람과 그 바람과 함께 온 수천의 모래알들이 나를 환영(?)해 주었다. 도대체 앞으로 전진할 수가 없었다. 그야말로 나와의 싸움이었다. 나는 지금까지도 그때의 기억을 명확히 떠올릴 수가 없다. 그만큼 힘들었다. 하지만 여차여차해서 끝까지 가서 우리를 데리러 오는 버스를 봤을 때는 구원받은 느낌이었다.

이번 산행은 오랫동안 내 기억에 남을 것이다. 왜냐하면 꼭 힘들어서

가 아니라 내가 내 한계를 이겨낸 얼마 안 되는 케이스 중 하나이기 때문이다. 확실히 백두가 내게 자신감을 불어넣어 준 것은 맞는 것 같다. 앞으로도 나는 내 자신의 한계를 이겨내려고 노력할 것이다. _이도균

* * *

■—— 3일 전에 무지하게 많은 눈이 내렸고 산행 당일은 날씨가 맑게 갠다는 예보가 있어서 모처럼 오랜만에 하얗게 쌓인 설산에 대한 기대감으로 출발하였다. 순백의 동화 같은 라플란드를 기대하고 떠나온 길이었는데, 그날 우리가 부딪힌 상황은 남극의 블리자드였다.

대관령 옛 휴게소에 도착해 버스에서 내릴 때에도 바람이 제법 불었다. 폭설이 지나간 이후 전국적으로 한파주의보가 발동된 상태였고 동 트기 전이라 추위가 심했지만 겨울이 다 그렇지 뭐, 해가 뜨면 좀 나아지겠지 하고 낙관적으로 생각하였다.

출발 이후 나무가 있는 숲속 길을 따라 오르막을 오를 때는 그래도 괜찮았던 것 같다. 나무가 어느 정도 바람을 막아주었고 오르막이라 열도 좀 났다. 능선에 올라선 이후론 심한 바람에 정신을 차리기 어려웠다.

사납게 몰아치는 바람을 정면으로 맞으며 콧물을 질질 흘려가며 빨리 오늘의 목적지에 도착하기만을 바라며 걸었다. 카메라 배터리가 자꾸만 나가버려 사진 찍기가 어려웠다. 핫팩을 꺼내 주머니 속에 카메라와 같이 넣어 두었지만 꺼내는 순간 다시 얼어붙는 카메라.

10시 반쯤 선두는 왼쪽 계곡에서 몰아치는 바람을 피해 오른쪽 비탈길로 내려가 휴식 장소를 만들었다. 바람을 조금 피하면서 점심을 먹었지만 난 계속 전진하고 싶은 생각뿐이었다. 잠시 바람을 피하는 것은 좋지만 이렇게 오래 지체하면 체온이 급격히 떨어져 더 힘들 텐데……. 눈밭에 앉아 얼어붙은 점심을 먹는 것은 그다지 좋은 생각이 아니다.

이런 겨울 산행에서는 그냥 초콜릿이나 비스킷으로 간단하게 열량 보충이나 하고 계속 걷는 것이 좋다. 체온이 떨어지면 정말 걷잡을 수 없는 상태가 된다. 좀 힘들어도 계속 움직여 주어야 한다.

이렇게 생각하면서 난 눈밭에 앉지 않았다. 너무 추워 앉고 싶지 않았고 계속 움직이면서 어서 선두가 출발하기만을 기다렸다.

다시 올라선 능선은 이제 걸음을 옮기기도 힘들게 바람이 분다. 잠시도 그치지가 않는다. 나무 한 그루 없는 허허벌판에 어디 바람을 피할 곳도 없다. 몰아치는 눈보라에 눈도 제대로 뜨지 못한 채 그저 감으로 진행할 뿐이다. 육중한 몸무게의 내가 날아갈 지경인데 아이들은 어떨까 걱정이 된다. 하지만 달리 어찌해 줄 수가 없다.

바람에 모자가 날아갔다. 잡을 생각도 못 하고 데굴데굴 굴러가는 모자를 멍청히 바라보았다. 이런 상태에서 매봉까지 진행하는 것은 미친 짓이다. 하산길을 찾아야 한다. 선두에게 하산을 건의했다. 그런데 여기에는 탈출구가 없고 조금 더 가야 하산길이 나온단다.

감각이 없어지는 손끝 때문에 계속 주먹을 폈다 쥐었다 하며 바람에 의해 벗겨지는 겉모자를 움켜잡고 휘청거리는 몸의 균형을 잡아가며 그렇게 그렇게 걸음을 옮겼다. 솔이와 예진이의 얼굴이 심각하다. 동상에 걸린 것 같다. 핫팩을 건네주었다. 달리 내가 무엇을 할 수 있을까.

그래도 지도부의 현명한 판단으로 버스가 전망대까지 올라왔다. 그 꼭대기에서 버스를 만나다니. 육체의 극한까지 나를 몰아넣고 그 상태를 견디는 경험을 해보고 싶다는 생각이 조금 수그러들었던가.

극한까지는 아니더라도 참 하기 힘든 경험이었다. 겨울산을 그렇게 숱하게 돌아다녔지만 이런 바람을 만난 적은 없었다. 아이들이 없었다면 끝까지 가볼 만도 했을까. 버스에서 몇몇 아이들의 동상 상태를 보면서 할 짓이 아니구나 생각했다. 빨리 나아야 할 텐데.

아이들의 피부는 생각 외로 약하고 상황 대처 능력이 어른과 비교도 안 되는 만큼 그들을 챙겨주고 보살펴 주어야 하는데, 사실 내 몸 하나 간수하기 힘들어 아이들에 대해 거의 신경을 쓰지 못했다. 어찌 했어야 했던 걸까. 휴, 많은 생각이 오간다. 아무것도 한 것이 없지만 그래도 아이들을 챙겨야 한다는 그 부담감이 마음을 무겁게 짓누른다.

그래도 나는 겨울산이 좋다. 고생을 덜 했나 보다. 아이들 없이 다시 가자고 하면 또 따라나설 것만 같다. 사실 이런 상황에서 믿을 것은 나 하나밖에 없다. 혼자 몸도 추스리기 버거운 상황에서 누구에게 기대고 누구를 챙기겠는가. 조금 더 진행하였다면 동상에 걸렸을까, 저체온증이 왔을까, 바람에 날려갔을까.

조금은 아쉽지만 정말 다행인 산행이었다. 산타의 마을 라플란드를 꿈꾸며 떠난 그날 우리는 남극일기를 쓰고 왔다. _김선현

■── 아무리 가려고 해도 앞으로 나갈 수가 없었다. 숨이 턱턱 막혀왔다. 다시 내려갔는데 너무 힘이 들었다. 바람 때문에 숨을 쉴 수가 없었다. 여기서 죽을 수도 있겠구나 하고 생각을 했는데, 올라갈 수도 내려갈 수도 없는 상황이었다. 바람을 피해 반대쪽으로 내려가야 하는 게 상식인데 딸은 앞에 갔고 아들은 뒤에 있고 나는 죽을 것 같고…… 진퇴양난, 사면초가가 이런 거구나 생각했다. 우왕좌왕하는데 우란맘빠가 나왔다. 너무 힘들다고 했더니 그냥 가자고 한다.

이게 운명이구나 생각하며 같이 따라나선다. 너무 힘이 들었다. 무전으로 산행을 포기한다고 했다. 도저히 내 자신을 어떻게 할 방법이 없었다. 체력도 고갈되었고, 또 나즈목이에서 곤신봉으로 올라가는 길엔 더 강한 바람이 몰아쳤다. 앞사람이 왼쪽으로 가는 게 보이는데도 몸은 오른쪽으로 가고 있다. 바람과 싸우고 있는데 후미가 따라붙었다. 아들이 한 손으로 모자를 잡고 가는 게 보였다. 모자를 제대로 묶지 않아서 바람에 날아가려는 것을 한 손으로 잡고 있었다. 초인적인 힘을 발휘해서 아들에

게 가서 끈을 묶어 주려고 했지만 쉽지 않다.

그야말로 남극 세종기지에서도 경험을 하지 못했던 생애 최고의 바람이었다. 식겁이 아니라 포기와 체념을 한 상태였다. 이런 상태에서 별별 생각을 다 했다. '군대서도 바람이 강하면 훈련을 중단하는데…… 백두는 자연과 싸워서 이기는 극기훈련이 아니지 않은가. 백두는 자연에서 배우고 자연을 사랑하기 위해 하는 게 아닌가. 나는 우리 땅을 더 늦기 전에 한번 밟아보기 위해 백두에 나섰다. 극기훈련 삼아 백두를 하는 것은 아니라는 뜻이다.'

저체온증으로 고생하고 있는 종승이가 또 힘들다고 했다. 다른 등산객이 와서 매봉으로 가려면 어떻게 해야 하느냐고 물어서 우리는 바람이 너무 강해서 등산을 포기하고 탈출을 하려고 한다고 했더니, 그분들도 그게 좋겠다며 서둘러서 내려간다. 그분들이 부러웠다. 그만 내려가자는 말은 들리지 않는다. 어떻게 할 것인지 무전으로 대책을 강구하는데 전망대 쪽에 도착한 선두가 그쪽에 다른 버스가 있으니 전망대로 버스를 부르자고 했다. 그러기로 했다. 죽으나 사나 전망대까지 가야 한다. 너무 힘들어서 새연빠에게 같이 좀 데려가 달라고 했다. 나는 새연빠를 놓치면 죽을 수도 있다고 생각했다. 열심히 뒤를 따라 걷는데 새연빠가 곤신봉에서 볼일을 봤다. 죽음의 문턱에 선 나도 생리현상이 급박했다. 곤신봉 눈더미 옆에서 볼일을 보니 조금 나아지는 느낌이었다.

역시 만만한 산은 어디에도 없었다. 쉽다고 이야기했던 산은 비바람에 힘들었고 어렵다고 하던 산은 한 걸음 한 걸음 걸어갈 때 오히려 더 쉽게 다가왔다. 쉽고 어려움, 그 모든 것은 생각 속에 있는 것이었다. **김인현**

■ —— 11월에 들어서면서 찾아온 심한 우울과 무기력증은 지금껏 오뚝이처럼 살아왔다고 내심 자부하던 내게 감당하기 힘든 것이었지만, 가까이에서 예기치 않게 받은 깊은 상처만큼이나 출구를 찾기도 어려웠기 때

문에 무작정 시간이 흐르기만을 기다릴 수는 없었다. 일신할 수 있는 '한 방'이 필요했다. 지금껏 경험하지 못한 새로운 것을 통해 마음의 찌꺼기를 쓸어내고 나와 내 주변을 냉정하고 객관적인 시각으로 조명해 보면서 스스로를 추스르고 해결의 실마리를 찾아보고 싶었다.

오랜만에 꾸려보는 배낭에 아이젠과 스패츠로 대표되는 겨울용품들을 꼼꼼히 챙겨 넣고 기능성 내의에다 두툼한 폴리스 셔츠와 등산용 기모 바지, 방수 점퍼, 두 겹의 양말과 두 겹의 장갑, 바라클라바와 귀마개가 있는 방수용 모자, 돗수를 넣어 맞춘 선글라스 등을 몸에 걸치고 산에 오르면 추위를 느낄 새가 없을 것이다. 보온병에 코코아와 유자차를 담아 넣는 걸로 배낭을 잠그고 집을 나섰다.

김이 모락모락 나는 밥과 황태해장국을 먹으면서 이렇게 아침을 잘 먹고 아주 특별히 고생하는 건 아니냐며 우란맘과 주고받았던 농담이, 바로 몇 시간 후 우리의 현실이 되는 줄도 모르고 깔깔대었다. 불안한 예감은 빗나간 적이 없다.

동트는 대관령의 아침은 영하 13도로 시작이 되었는데 우울한 내게 필요한 그 '한 방'에는 나를 확 깨워줄 찬 공기도 들어 있어 견디기로 했다. 결과적으로 영하 13도, 체감온도 영하 15도 정도의 아침 추위는 내가 대관령에서 얻어맞은 그 '한 방'의 '새 발의 피'에 불과한 것이었다.

초입부터 눈길이었고 찬바람이 조금씩 불기 시작하더니 안경에 서린 김이 그대로 얼어버려 앞을 보기 위해서는 오히려 안경을 벗어야만 했다. 눈을 찌푸리며 걷는 내게 다들 몸이 안 좋으냐고 한마디씩 한다. 몸은 둘째 치고 도무지 앞이 보여야 말이지……. 겨우 코앞에 있는 발자국만 따라 걷노라니 바람이 점점 거세어진다. 눈은 무릎까지 쌓여 있어 앞사람의 발자국을 딛지 않으면 바지가 다 젖을 것 같아 조심조심 걷는데 하늘에서 눈이 내리는 게 아니라, 쌓였던 눈이 바람을 타고 다시 하늘로 오르는 광경은 히말라야 등정대 다큐방송에서나 보던 소리와 장면이었다. 처음엔 그것도 나를 반겨주는 대관령의 퍼포먼스라 여기고 하늘로 오르는 눈의 향연을 즐기려 하였으나 반겨도 정도껏 반겨야 즐겁지 이렇게 미치게 반겨주면 좋기는커녕 무섭다.

눈보라의 강도가 점점 세지더니 왼쪽에서 불어대는 눈보라 때문에 자꾸 오른쪽으로 몸이 기울어지려 하여 똑바로 걷기 위해 힘써 애써 중심을 잡아야 했다. 폭풍 때문에 정신이 없어 다른 사람들은 어떻게 가는지 돌아볼 겨를이 없었는데 아침 체조가 끝날 때쯤, 답답해서 안 입고 온 내복을 아쉬워하던 호중맘이 생각났다. 얼마나 추울까.

바람이 부는 게 아니라 때리고 있는 것 같았다. 하도 때려 대서 왼쪽 귀와 뺨이 아프고 어지러웠다. 바람에 휘청 오른쪽으로 넘어지는데 언제 따라왔는지 뒤에 있던 기획대장님이, 넘어진다고 재미있어 하면서 마치 심마니가 심 봤다고 기쁨에 겨워 소리치듯 "바람 분다고 넘어진다아!"고 신나게 외친다. 아, 정말! 점심 때 날 찾아와 챙겨준 손수 담근 약술 두 잔이 아니었으면 100년은 넘게 삐칠 뻔했다.

커다란 선자령 표지석을 보고도 너무 추워 잠시도 쉬고 싶지 않았는데, 마침 카메라를 들고 계시던 사진대장 진우빠께서 사진을 찍어 주신다기에 고마운 마음으로 그 앞에 섰다. 이런 눈보라 속에서 사진을 찍어주는 여유와 배려가 한없이 부러웠다. 뒤에서 바짝 따라오던 아이들 사이에서 모자도 귀마개도 바라클라바도 없이 꽁꽁 언 귀와 볼을 연신 감싸면서 빠르게 추월하던 주현이를 보니 마음이 짠하고 안타까웠는데 내 코가 석자라 어찌 도와주지도 못했다. 점심 먹는 곳에서 만나면 챙겨줄 게 있는지 찾아 봐야겠다.

선두들이 쉼터로 자리 잡은 곳은 바람이 불지 않는 오른쪽 골짜기였는데 쉰다고 긴장이 풀려서 한꺼번에 몰려 온 어지러움을 달래기 위해 스틱에 몸을 기대고 한참을 서 있어야 했다. 한기가 뼛속까지 파고드는 것 같아 등에 진 배낭의 온기조차 아쉬워 그대로 매고 앉았다. 손이 곱아 손가락을 움직이기도 어려웠고 꼼짝도 하기 싫어 마침 남편에게 있다는 여분의 귀마개를 주현이에게 주라는 부탁을 하고, 곁에서 챙겨주는 빵과 코코아를 먹으며 떨고 앉아 있자니 우란맘이 자기가 먹을, 하나밖에 없는 컵라면을 나눠먹자고 내민다. 우란맘은 알고 보면 천사인가 보다.

쉼터에서 배낭에 든 오버트라우저를 꺼내 입었으면 다리가 추워서 그 고생을 안 했을 텐데 추워서 머릿속까지 다 얼어붙었는지 한 걸음이라도 빨리 가서 차를 타고 싶다는 생각만으로 선두 일행이 앞서간 그 눈보라 속을 무작정 따라 걸었다. 시간이 지날수록 강도를 더해가는 야속한 대관령의 눈보라 속에서 남극과 북극과 에베레스트 그리고 K2 같은 곳을 쉴 새 없이 넘나들었다. 자꾸 오른쪽 골짜기로 밀어내는 눈보라와 강풍은 나를 제물로 삼아야 멈추겠다는 듯 으르렁거리는 것 같았다. 내가 제물이 되어 바람이 멎고 모두들 행복한 산행으로 잊지 못할 추억을 남길 수 있다면 그것도 괜찮다고 생각했다.

한참 산에 미쳐 있던 젊은 시절에는, 산사람은 산에서 죽어야 행복한 최후가 될 거라고 생각 없이 떠들어대곤 했는데 말이 씨가 되어 대관령 골짜기에서 얼어 죽게 생겼다. 죽을 때 죽더라도 옷이나 입고 죽자 싶어 풍력발전기의 커다란 기둥 밑에서 속점퍼를 꺼내 입으려 하니 그 큰 기둥 어느 구석에도 바람을 피할 곳이 없었다. 옷을 그렇게 껴입고 가는데도 내가 마치 반바지에 반팔티를 입고 눈보라 속에 있는 것만 같아 옷이 벗겨졌나 수시로 확인을 했다. 몇 겹의 옷은 몸을 전혀 보호해 주지 않았고 거친 눈보라는 내 살과 뼈를 다 훑고 지나가고 있었다.

내 운명과 숙명의 종착점이 대관령 골짜기 어디쯤이라면 반항하지 않겠노라 마음먹고, 의식이 살아 있는 마지막 순간까지 내 안에 고인 슬픔과 상처와 이상을 향한 목마름을 한 방울도 남기지 않고 다 쏟아내고 갈 거라고 다짐했다. 그래야 가볍게 홀연히 떠날 수 있을 것 같았다.

생사의 기로에서 이렇게 비장한 각오를 하고 있는데 어디서 부르는 소리가 들린다. 조금 전 눈보라 속을 아무렇지 않게 뚜벅뚜벅 걸어가던 알미운 기획대장님이 저만치서 "다 왔어요!"하며 팔을 벌리고 나를 기다린다. 곁에는 우리가 타고 온 버스가 기다리고 있었다.

　우울한 나를 소생시켜 줄 '한 방'을 기대하고 떠난 대관령에서 '스트레이트, 어퍼컷'을 연거푸 두들겨 맞고 돌아온 느낌이다. 물집이 세 개쯤 잡혀 있는 왼쪽 귀는 빨갛게 퉁퉁 부어 건드리지도 못할 만큼 아프고, 눈 밑 왼쪽 볼에 동전만 한 물집이 봉긋 솟은 주변에는 특수부대 분장처럼 시커먼 자국들이 자리를 잡고 있다. 발톱은 까맣게 죽었고 오른손 가운데 손가락은 끝에 얼음이 들었는지 두껍게 부어 있다. 종합적 임상소견은 '동상'. 동상이라면 만주나 상해에서 야음을 틈타 광복군을 돕던 비밀 떡장수들이나, 지리산에서 이현상을 중심으로 인민해방을 꿈꾸던 빨치산들이나, 히말라야 정상을 넘보는 전문 산악인들의 전유물인 줄 알았다. 아픈 곳이 하필 거기라 약을 바르고 가운데 손가락을 쳐든 내 오른손을 보

며 누구한테 하는 거냐며 히죽거리는 딸들 앞에서 민망한 웃음을 멈출 수 없는 나는 지금 우울할 겨를이 없다.

　욕심이 많아서 우울했던 건 아니었는데 그 또한 사람에 대한 믿음과 기대와 삶에 대한 이상과 꿈이 높아서였나 보다. 그냥 물처럼 바람처럼 상처와 슬픔, 노여움과 원망을 다 흘려보내고, 뒤따르는 숙명과 앞에 놓인 운명 사이에서 담담하고 청아한 마음의 온기를 지펴 이 겨울을 나야겠다. _**임지수**

■──── 이른 아침, 어둑신한 대관령휴게소엔 까마귀 여
섯 마리가 비잉 선회를 하더니 한 곳
으로 내려앉습니다. 거센 바람
과 뺨을 훑어내는 냉
기가 오싹했지

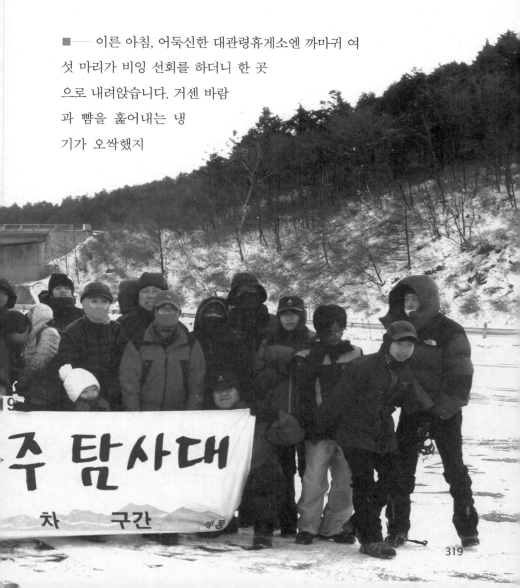

만 까마귀를 보니 반가운 마음이 입니다. 어스름한 속에서도 기름이 좔좔 도는 까마귀들의 모습을 좀 더 가까이서 보려 다가갔는데도 녀석들은 아랑곳하지 않고 바닥에서 열심히 먹을 것을 찾고 있더군요. 평소에 시간이 나면 동천동 우체국 뒷길로 저수지가 보이는 정자까지 오르곤 합니다. 찬바람이 불면서 본격적인 겨울이 되니 그곳에서 유일하게 볼 수 있는 동물이 까마귀입니다. 저수지 위를 날면서 깍깍대는 까마귀가 왜 길조가 아니고 흉조일까. 만물이 쉬고 있는 휴식의 계절에 홀로 부산떠는 모습이 달갑지 않아서일까. 어쨌든 저는 맵찬 날에도 용을 쓰며 살 궁리를 하고 있는 까마귀들이 반갑기만 합니다. 그들이 지하세계의 왕 하데스의 전령으로 우리에게 모습을 보였다 하더라도 말입니다.

스승으로 여기는 분께 여쭌 적이 있습니다.

"제가 요즘 산엘 다니는데 힘들지 않고 즐겁게 다닐 방도를 좀 알려주십시오."

"무슨 일이나 다 마찬가지다. 지금 여기에 집중해라. 한 발자국 한 발자국 발뒤꿈치를 먼저 땅에 대고 거기 발바닥에서 오는 느낌을 고스란히 받아들이고 다음 스텝으로 나아가라. 입으로 숨을 쉬면 안 된다. 숨은 코로 들이마셔라."

해서 이번에는 스승의 충고에 따라 발자국에 집중해서 걷습니다. 걷고 또 걷고……. 하지만 스무 발짝 아니 열 발짝을 떼기도 전에 다른 생각들이 밀고 들어옵니다. 발자국이 선명히 찍히는 눈길을 걸으니 전인미답의 길을 헤쳐 걸어가 모두가 우러르며 뒤따르며 큰 길을 이루게 된 위인이 떠오릅니다. '함부로 이리저리 길을 걷지 말아라. 뒷사람이 이 길 따라 걸을 때 심란하게 해서야 되겠느냐'는 내용의 시구절도 떠오릅니다. 그러니 함께 걷는 길의 의미도 새기고……. 이렇게 나 홀로 인생길 걷는다 생각하지만 실은 얼마나 많은 이들이 꽤나 오랫동안 또는 잠시라도 함께 힘이 되어주며 길을 걸어가는 것이냐! 제 삶을 돌아보기도 합니다. 뿌드득거리는 소리가 견디기 힘들어질 때쯤 '인체의 신비'도 떠오르고. 그거 아시나요? 눈의 뽀드득 소리, 매직펜의 찌익 소리, 칠판에 실수로 손톱이 긁혔을 때 나는 소리에 소름이 돋고 머리칼이 쭈뼛하는 이유를요? 우리의 디엔에이에 태곳적 생명을 위협하던 그 소리들이 각인되어 있어서라나 봐요. 죽음에 대한 공포와 경계심은 삶이 대를 이어 계속되면서 함께 유전된다는군요. 그래야 종을 유지하는 데 유리하니까.

발자국에 집중을 하면서도 계속 밀려드는 생각에 정신이 없을 정도였습니다. 심지어는 까마귀와 눈길을 걷는 우리를 빼고는 다들 어디서 무얼 하고 있을까를 생각하니 어느새 저는 어린 아이가 되어 있었습니다. 땅 아래 하데스의 세계에서는 그의 아내 페르세포네가 온갖 동물들을 불러다가 잔치를 벌이고 있을지도 몰라. 다람쥐는 알밤을 선물로 들고 가서는 귀여움을 받겠고, 오소리와 곰돌이도 한 자릴 차지하고 노랠 부르고 있겠고, 여우는 여기저기 쏘다니면서 수다 떨기에 바쁘겠구먼. 하데스 왕의 위엄에 겉으로는 다들 쥐 죽은 듯이 머릴 조아려도 잔치를 벌인다는 사실에 신이 나서 어깨는 들썩거리고. 아, 손 큰 만두 할머니도 거기에 계시면 더 재밌겠는걸. 제풀에 흥이 나서 저는 콧노래까지 흥얼거렸답니다.

하지만 저라고 왜 안 추웠겠습니까. 지하철, 마음 여리게 생긴 아낙이 한 켤레도 제대로 팔지 못한 모습이기에 호기롭게 산 폴라폴리스 장갑 사이로 냉기가 들어오니 손가락이 얼마나 아프던지 몸의 어느 곳이 잘린 것만큼 통증이 심했습니다. 지금도 왼쪽 손가락 셋은 저릿저릿합니다. 약하게 동상 걸린 오른 쪽 귀에도 느낌이 오래 남을 것 같습니다.

다만 으레 겨울산행이 다 이런 거려니 했지요. 두려움은 이미 갖고 있는 경험에서 비롯된다는데 저는 죽을 만한 추위에 대한 경험이 없었던지라 '이 정도쯤이야. 결국은 지나가는 바람이겠거니.' 가볍게만 여겼습니다. 바람개비들이 늘어서 있는 들판을 지나면서도 '쟤네들 푸지게 부는 바람에 다들 멋지게 제 역할을 하고 있구나. 게다가 이름이 'UNISON'이

네. 아주 걸맞은 이름이야.' 소리를 하나로 내며 부르는 그레고리안 성가
라도 감상하는 기분으로 웅웅 울어대는 바람 소리를 들었습니다. 제겐 모
든 게 그렇게 동화만 같은 날이었습니다. 바람이 순식간에 몸을 두어 걸음
옆으로 옮겨놓아도 저는 생각보다 가벼운 몸뚱이의 반응에 즐겁기만 했
습니다. 물론 그 순간 불현듯, 현수가 떠올랐습니다. 댓글에는 아빠가 안
오신다던데. 누가 현수를 붙잡아줄까? 잠깐 걱정을 했지만 워낙 똘망똘
망하게 산을 즐기는 아이인지라 유쾌하게 그 구간을 지나오리라 생각했
습니다. 나중에서야 현수가 오지 않았다는 걸 알고는 다행으로 여겼지요.
　이번 산행은 '뒤늦게라도 뉘우침은 오고 새롭게 배울 기회도 온다'는

것을 깨달은 귀한 시간이었습니다. 얘기인즉슨 이렇습니다.

저는 백두 3기에 아들 녀석만 보냈습니다. 그때만 해도 저는 이우학교의 부모들은 아이들을 함께 키운다는 생각으로 모였다고 생각했습니다. 모든 부모들이 저마다 이우학교의 여러 곳에서 한 역할을 한다고 여겼기 때문에 아이만을 가볍게 보냈습니다. 저는 백두에 갈 형편이 안 되니 형편이 되는 부모들이 자기 아이 돌보듯 산에서도 그리 보아주면 된다고만 여겼습니다. 제가 일을 하면서 생색을 내본 적이 없으므로 다들 내 마음만 같겠거니 생각하고 고마움의 표시도 한 기억이 없습니다.

그런데 한 번 두 번 산에 오르는 일이 늘어감에 따라 다른 곳에서 아이들을 돌보는 것에 견주어 함께 산행을 한다는 것이 얼마나 신경 쓰이는 일인지를 알게 되었습니다. 얼마나 많은 분들이 노심초사 안전산행에 신경을 쓰시는지 알게 되었습니다. (그날도 기획대장님이 버섯이나 약초를 캘 생각은 전혀 안 하고 선두 근처에서 맴도는 것을 보고는 상황이 만만찮다는 걸 어렴풋이 눈치채기는 했습니다.) 그동안의 무사고가 거저 생긴 것이 아니었다는 걸 이번 산행에서 뒤늦게 알아보고는 미안함과 고마움이 새록새록 솟아납니다. 타인에게 무심한 저도 사실은 아이들이 염려되어 뒤를 돌아보곤 했는데 넘치는 모성애를 가진 엄마들은 얼마나 안타까웠을까요. 산을 잘 아시는 분들은 그 어려운 상황에서 얼마나 마음을 졸였을까요. 뒤늦게 산행기들을 훑어보다가 철모르고 즐겁게만 산을 탄 제가 참 부끄러웠습니다. 반성합니다. 늦었지만 이제라도 제가 산을 함께 타는 날만이라도 무슨 역할을 해야 하나 고민을 하게 됩니다. 부모 없이 온 아이들 엄마 노릇이라도 해서 3기에 진 빚을 갚아야 할까요? _**김란경**

20

참을 수 없는 유혹, 2013!

19차 산행은 참으로 힘들었습니다. 쌓인 눈은 그리 대단치 않았으나 거센 바람과 벌인 사투가 만만치 않았습니다. '바람의 언덕'이란 명성답게 몸을 가누기 힘들 정도의 '칼끝바람'이 뼈마디를 훑고 지나는 듯한 생생한 체감이 아직도 선연한 느낌으로 다시금 떠오릅니다. 산행의 훈장처럼 동상에 걸리신 분도 더러 있고, 후유증세로 지금도 혼곤한 정신에 휩싸여 계신 분도 간혹 있으리라 사료됩니다.

참으로 대단한 바람이었습니다. 유니슨과 배스타스에서 만든 풍력발전기의 일부가 작동되지 않을 정도로 기온은 너무 낮았고, 바람은 그 깊이를 가늠할 수 없을 정도로 가공할 위력을 쉴 새 없이 퍼부었었지요. 권투로 치자면 속사포처럼 이어지는 카운터펀치의 연속이었습니다. 이런 악전고투의 환경 속에서 생환하신 우리 백두8기 가족여러분, 정말 존경하고 감사할 따름입니다.

산은 언제나 우리에게 '교훈'을 주고, '화두'를 던집니다. 몸으로 생생히 체득되는 진저리나는 19차 산행을 통해 개개인마다 나름의 교훈을 얻으셨으리라 봅니다. 또한 이를 계기로 진정한 산행의 의미를 스스로에게 물으며 답을 갈구하고 계실 줄 압니다. 쉬운 산행은 없다는 평범한 진리를 다시금 되새기는 계기가 되셨기를 바라며, 우리가 몸으로 써가는 이 힘겹고도 지루한 산행이 우리 삶의 자양분이며, 행복의 활력소가 되기를 백두8기의 이름으로 기원합니다.

산행일시 **2012년 12월 22일(토)**

산행코스 **대관령 동해전망대 · 매봉(우두령 · 해인동 폭설로 구간 변경)**

"대관령 눈밭의 향연"

■── 이번 산행은 눈이 많이 와서 못 갈 수도 있다는 아빠의 말이 실현
되기만을 빌면서 잠들었다. 산행 시작 지점인 우두령에 도착했다. 딱딱한
떡이 들어 있는 떡국을 먹고 있는데 오늘 산행코스를 대관령으로 바꿨다
는 이야기를 듣고 이번 산행은 편하게 끝나는구나 생각을 했다. 하지만
대관령까지는 버스를 타고 네 시간 더 가야 했다.

드디어 대관령 입구에 도착했다. 대관령에서 저번 산행 때 보지 못한
많은 시설을 봤다. 정말 놀러오기 좋은 곳 같았다. 지금까지 왔던 백두대
간 중 가장 시설이 좋은 산이었다. 편의점에서 먹는 것보다 편하게 라면
을 먹고 나서 잠시 버스를 타고 이동해 산행을 시작했다. 경사도 완만하
고 저번 산행처럼 바람이 강하지도 않았다. 스패츠 끈이 끊어져서 신발이
젖었지만 그리 큰 문제는 아니었다. 정말 딱히 쓸 이야기가 없을 정도로
짧은 시간에 정상에 도착했다. 돌아가는 길도 비슷했다. 완만하고 편했
다. 드디어 도착지점이 보였고, 긴 산행 때보다 더욱 기뻤다. 후미까지 모
두 도착하고 창밖을 보니 많이 어두워져 있었다. _**박진우**

■── 전날 눈이 와서 또 저번처럼 엄청 춥지 않을까 생각했지만 우두령
에 눈이 많이 쌓여서 대관령으로 향했다. 대관령이라 또 엄청 추울까 봐
걱정을 했는데 내려 보니까 저번이랑 딴판이었다. 저번 산행에만 날씨가
그랬나 보다.

우리는 내리막길에서 구르기도 하고 다이빙도 하면서 재밌게 내려오니 어느새 매봉에 도착했다. 눈 위에서 사진도 찍고 친구들이랑 눈싸움을 했다. 눈이 엄청 많이 쌓여 있는 데다가 윗부분이 얼어 있어서 손으로 흠집을 내어 파내면 온갖 모양이 다 나왔다.

돌아오는 길에 바라보니 언덕 너머로 노을이 눈에 비춰 아름다운 주홍색 빛을 반사하고 있었다. 내려올 때는 즐겁게 내려왔는데 올라갈 때는 만만치 않았다. 눈이 쌓여 있어서 밟을 때마다 미끄러졌고, 버스가 저 멀리 보이는데 걸어도 걸어도 가까워지지 않았다.

다시 동해전망대에 도착했다. 전망대에 올라서 출발할 때 모습보다 어두워진 저편의 도시 건물들을 보았다. 버스를 타고 10분쯤 있으니 얼굴이 후끈후끈해졌다. 별로 춥다고는 느끼지 못했는데 내 얼굴은 엄청 추웠나 보다. **_이종승**

■──── 스패츠와 등산 장비를 모두 준비하고 산행 시작, 출발점은 대관령 전망대였다. 그런데 저번 산행 때와는 다른 느낌이었다. 바람도 약하고 눈도 저번보다 깊었다. 쌓인 눈 위쪽이 얼어서 빠삭빠삭한 느낌이 들어 재미있었다. 걸을 때마다 보이는 커다란 풍력발전기, 눈밭이 너무나 멋졌다. 산행 중간중간 구르거나 눕기도 하였다. 별로 힘들지는 않았지만 눈의 깊이가 내 종아리의 반 정도까지 와서 걷는 속도가 느렸다.

대관령은 남극처럼 보이기도 했다. 왜냐하면 너무나도 하얀 눈밭이 저 멀리까지 펼쳐져 있었기 때문이다. 오르막길을 올라 매봉에 도착하였다. 매봉에서 약간의 휴식을 취한 뒤 출발지인 전망대로 다시 돌아왔다. 전망대에 서 보니 대관령의 다른 모습이 보였다. 그리고 발밑을 보니 아찔했다. 그런데 그 밑에 사람의 발자국이 있었다. 사람들이 들어갈 수 없는 곳 같은데 어떻게 발자국이 찍혀 있었을까.

백두를 시작한 게 어제 같은데 벌써 20차까지 달려왔다. 어렸을 때 등산하다 큰 벌에 쏘인 뒤 등산과 벌을 멀리하게 되었다. 하지만 백두를 통하여 등산도 즐거워지고 벌에 대한 공포증이 사라진 것 같다. 처음에는 믿기지 않았지만 막상 해보니 좋았던 점은 키도 크고 살도(아주 약간) 빠졌다는 것이다. 무엇보다 몸이 건강해져서 좋았다. 등산을 하면서 어리석었던 부끄러운 순간도 있었고, 나름 잘 해낸 구간도 많았다. 무엇보다 부모님과 같이 할 수 있는 활동이 있어서 괜찮았다. 이제 2학년이 된다. 더욱 더 성숙해진 모습으로 살아가는 백두인, 이우의 학생이 되어야겠다. _**김상아**

■—— 정말이지 산책코스라 선두와 후미라는 개념 자체가 없었다. 많이 쉬고 싶다면 빨리 갔다가 다시 오면 되겠지만, 사람들 모두가 버스에서 지루하고 울렁거려서인지 풍경을 감상하면서 갔다. 나 역시 최근에 흥미가 극도로 높아진 버섯들을 찾으며 다녔다. 나무가 많지 않아 버섯 찾기가 어려웠다. 찾으려면 저 아래까지 가야 했는데 내려갈 엄두도 나지 않았다. 그래서 가끔씩 보이는 버섯들 몇 개만 따면서 갔다. 나무들에 겨우 살이가 걸려 있었는데 너무 높아서 그냥 지나쳤다. 다른 친구들은 눈밭에서 구르고 눈 위의 얼음을 잘라서 던지고 난리가 났다. 선두대장님도 썰매를 타려고 막 미는데 안 내려가서 애들이 굴리고. 크크크. 애들은 다 재밌게 노는데 나는 너무 걷기만 했던 것 같다. 다음에 만약! 이런 산행이 있다면 귀마개 대신 썰매를 가져올 것이다. _**이민규**

■── 벌써 점심 시간이었다. 산에 둘러싸여 있는 목장 휴게소에서 라면으로 점심을 때웠다. 버스를 타고 전망대까지 올라갔다. 지난번보다는 춥지 않았다. 눈이 쌓인 상태로 윗부분이 얼어 있었다. 바스락 소리가 크게 들렸다. 엄청나게 넓은 눈밭에서 잠시 동안 정신없이 놀았다. 친구들과 마치 이불 위에서 뒹굴 듯이 그 넓은 눈밭을 뒹굴었다. 많이 걷지 않아도 돼 너무 행복했다. _홍준범

■── 이번 산행에서는 절대 추워서 떨지 않으려고 여러 가지를 챙겨왔다. 하지만 바람이 많이 안 불어서 그런지 그다지 춥지 않았다. 야호! 그래도 만일을 대비하여 마스크를 주머니에 넣고 가방을 두고 카메라만 달랑 들고 산행을 시작하였다. 가볍게 다닐 수 있었다. 야호!

신영이는 시작부터 눈 바닥에서 뒹굴었다. 나도 같이 굴렀다. 눈 위에 살짝 얼음이 있었다. 신기했다. 기분 좋은 산행의 시작이었다. 날씨도 좋고 풍경도 좋고……. 좋은 산행이었다. 길도 편하고 별로 힘들지 않아서 친구들이랑 장난치면서도 가고 눈 위를 구르면서도 놀고 재미있었다. 다시 왕복해서 돌아올 때 해가 조금씩 저물었는데 노을이 보이면서 멋있는 풍경이 펼쳐졌다. _김주현

■── 아홉 시간을 버스를 타고 가서 산행한 것은 두 시간밖에 되지 않는다. 버스에서 내려 땅을 밟으니 땅이 딱딱했다. 눈에 겉면이 다 얼어붙어서 발을 찍고 앞으로 나아가면 얼음이 발목을 때렸다. 어차피 왕복하는 것이어서 편하게 갔지만 앉아 있는 동안 눈이 바지에 묻어서 엉덩이가 젖었다. 애들이랑 눈으로 무언가를 만들며 그것으로 놀면서 갔다. 버스에 도착했을 때 나는 바지부터 말렸다. 식당에 가서 짬뽕을 먹었는데 맛이 문어빵 맛이었다. _이정인

■── 나는 무지개색 불빛이 비치는 버스의 천장을 세 시간 동안이나 쳐

다보고 있었다. 아이팟의 배터리도 없고, 주변의 사람들도 전부 자고 있다. 잠도 오지 않는데 난 무엇을 할 수 있을까? 보통 이런 곳에서 사람은 미치기 마련인데 이런 환경을 견뎌낸 내 자신이 대견하다. 버스에서 내린 뒤로는 정말 쉬웠다. 설산의 경치도 아름답고 코스도 어렵지 않았다. 저번에 내가 경험한 지옥이 이렇게 천국으로 변할 줄은 상상도 하지 못했다. 오랜만에 즐거운 산행이었다. 매번 이랬으면 정말 좋겠다. **_이도균**

* * *

■── 나로 말할 것 같으면 4기의 똘망똘망한 개구쟁이 한승훈을 첫 주인으로 모시던 바람막이올습니다. 지금은 나이랑 걸맞지 않는 사고와 행동으로 여러 사람을 황당하게 하기도, 즐겁게 하기도 하는 주책없는 물처럼을 주인으로 여기고 있습지요. 오, 그녀는 정녕 나의 근심의 진앙지!

첫 주인을 맞이하여 그의 몸에 입혀지던 그날의 황당한 배신감. 그날의 느낌을 또렷이 기억합지요만 결과적으로는 운 좋게도(!) 승훈 엄마의 뛰어난 안목으로 사레와 매장, 길고 긴 행거에 걸려 있던 이 몸이 발탁되었습니다. 나의 생김새로 말할 것 같으면 양쪽 팔 끝에는 아리따운 꽃 한 송이가 수놓아져 있고 허리 부분은 맵씨를 돋우려 약간 잘록하게 들어가 있습니다. 색깔은 누가 입어도 전혀 촌스럽게 보이지 않을 베이지와 갈색 중간쯤? 어느 모로 보나 나는 아름다운 여인과 환상적으로 짝을 이룰 팔자였던 거지요. 나는 미지의, 그러나 틀림없이 매력 넘칠 그 여인의 몸을 휘감을 꿈에 부풀어 공상에 빠져 있곤 했지요.

헌데 주인이 열 몇 살짜리 개구쟁이 사내녀석이라니요. 아직 여자옷인지 남자옷인지 구별을 못하는(지금 와서 생각하면 얼마나 다행스러운 일인지 모릅니다) 승훈이는 나를 무람없이 대하며 백두에 끌고 다녔습지요. 힘이 펄펄 남아도는 한창 때인지라 어느 날엔 배낭에 처박혀 산구경이라고는 눈곱만큼도 하지 못했지만 하루하루 백두대간의 숨결이 내 몸을 훑고 지나갈 때면 나는 산이 되고 바람이 되어, 그리고 승훈이와 하나가 되어 결국에는 내가 없어지는 경지에까지 다다르기도 했답니다. 이런 경지를 사람들은 오르가즘, 또는 엑스터시에 이르렀다고 말합디다만 하여튼 나는 백두를 맛보며 한 경지에 이르렀다는 말씀입지요. 어느 때는 우리(주인과 나)가 날다람쥐처럼 먼저 봉우리에 뛰어올라 풀 위에 대(大)자로 뻗어 한 시간쯤이나 푹 자고 나면 후미가 나타나곤 했습지요. 또 어느 때는 바람처럼 날아올라 선두를 호령하곤 했습지요. 우리는 어느 때나 잽싸고 날렵하게 산을 휘젓고 다녔습지요. 번개처럼 날아다니는 소년의 속도가 벅차어지러운 적도 있었지요만 싱그런 청춘이 뿜어내는 그 숨결은 언제나 나를 신천지로 이끌었습니다. 그러니 아리따운 여인의 장식품이 되어 일 년에 한두 번 입어줄까 말까 하는 신세가 되지 않은 것이 얼마나 고마운 일인지요. 나를 입고서 온갖 군데를 안 돌아다닌 곳이 없는 승훈이가 얼마나 사랑스러운지요. 그렇게 승훈이는 나와 하나가 되어 아주 멋지게 백두를 마무리했습지요. 지금도 그 마지막 순간을 떠올리면 가슴이 벌렁벌렁하는 것이 함께한 내가 참으로 자랑스럽습니다.

하지만 토사구팽이라고, 백두를 하면서 주인은 마음이 쑥쑥 크듯이 날이 갈수록 키도 자라더니 내가 도저히 감당할 수 없을 만큼 장대 같은 녀석이 되어버렸습니다. 나로서는 더 이상 주인과 함께할 수 없다는 것이 슬픈 일이었지만 내 평생의 은인, 백두가 주인을 멋진 청년으로 만들어놓았으니 뭐라 달리 할 말이 있었겠습니까.

첫 주인의 엄마, 뛰어난 안목의 소유자인 알뜰한 아줌마가 나를 인도하여 지금의 주인 물처럼에게 넘겨준 것은 내게 재앙이었을까요, 행운이었을까요? 물처럼으로 말할 것 같으면 일 년을 가야 자발적으로 백화점이나 대형마트에 한번 가는 일이 없는 게으른 아줌마입니다. 소비에 대한 무슨 멋들어진 철학이 있어서가 아니라 그저 게을러서이지요. 그러다 보니 제 옷은 물론이고 자식들 옷도 거의 다 얻어다 입힙니다. 인복이 많은 건지 인품이 좋은 건지 곁에 있는 오지랖 넓은 아줌마들은 원래 저런 사람이려니 하고 또 다들 챙겨줍디다. 어쩌다 자식들이 멀끔하게 차려 입고 나서면 그건 영락없이 이모들이 사준 겁니다. 에미가 좋은 옷 한 벌을 사주지 않으니 이모들이 제 새끼들 걸 사면서 하나씩 더 사는 겁니다. 참으로 이 아줌마가 사는 법이 어이없지요?

물처럼을 주인으로 삼은 이후로 나는 찬바람이 불 때면 어디든 안 가본 곳이 없습니다. 태생이 원래 바람막이인지라 동네 뒷산이나 탄천은 그렇다 쳐도 무개념 이 아줌마는 코디란 걸 몰라요. 땀에 절어 빨래를 하지 않는 이상 늘 평상복이 되어 일보러 갈 때나 이웃에 놀러갈 때도, 장보러 갈 때나 도서관에 갈 때도, 학부모 모임이나 다른 모임에 갈 때도, 선생님을 찾아 뵐 때나 다정한 동무를 만날 때도, 영화관이나 공연장엘 갈 때도, 아무리 어려운 자리에 갈 때에도…… 늘 나를 걸치고 다니는 바람에 물처럼이 살아가는 세상의 물정을 어느 정도는 깊게 맛보았다고나 할까요.

그렇게 물처럼과 한 몸이 되어 지냈는데, 글쎄 그녀가 백두를 한다는 게 아닙니까. 오매불망, 가끔 꿈속에서나 노닐곤 하던 그곳엘 주인아줌마가 본격적으로 다니겠다고 하니 내 비록 몸뚱이는 방에 쑤셔 박혀 있지만 마음만은 먼저 그 새벽의 푸른 숲, 계곡, 꽃이 만발하거나 또는 눈 쌓인 벌판, 햇빛이 명랑하게 비치던 가파른 절벽…… 그리로만 뛰어가고 있었습지요. 언제나 그리던 그곳을 이젠 숨이 차지 않고 느릿느릿 물처럼의 행보에 맞게 맛보며 가리라. 나같이 복 많은 바람막이가 또 있을까! 들떠 있었지요.

헌데! 이런 내 마음은 아랑곳없이 무심한 주인아줌마는 나를 달랑 몇 번 입고 가더니 바로 이번 산행에서 변심을 한 것 같습니다. 나를 가차 없이 내치기로! 운명의 그날 무적의 삼형제가 입고 온 따뜻하고 실하게 생긴 바람막이 점퍼를 보더니 갑자기 주인아줌마의 눈이 희번덕거립디다.

어디서 샀냐, 값은 얼마냐, 다른 색깔은 없냐 등등 평소에 그녀에게서 나올 수 없는 발언들이 끊임없이 쏟아지더군요.

물론 내가 예전과 같이 제 역할을 못하고 있는 것은 사실입니다. 몸은 늙고 삭아서 살피듬이 허옇게 떨어져 내립니다. 내 바로 안에서 주인을 감싸고 있던 채원이의 등산셔츠에 내가 뿌려댄 허연 가루를 보더니 주인은 기겁을 합니다. 오래 된 고어텍스가 다 그렇지 뭐. 산행을 위해 벗어 놓았던 나를 다시 입으려니 지퍼가 잘 안 채워지나 봅니다. 낑낑대는 꼴을 보다 못한 다현맘이 도와주려 했지만 도무지 채워지지가 않았습니다. 이 나이 되면 다 그렇지요 뭐. 내 나이 사람으로 치면 환갑진갑 다 넘긴 셈인데 그 정도 고집불통 기능은 저절로 생기는 게 자연스럽지 않겠습니까? 나달나달하게 닳아빠진 소매 끝을 보더니 다현맘이 웃으며 한소리 합니다. 웬만하면 하나 사라고. 억장이 무너지는 줄 알았습니다. 이제부터 나는 본격적으로 백두대간 동아리의 대통합을 위해 백두2기 채원이가 입던 옷, 백두3기 영무가 쓰던 스패츠, 이번에 동무에게서 선물 받고 좋아라 하는 장갑 등등과 기막힌 연대를 이루어갈 생각이었는데 말입니다. 어디서든 멋진 연대의 길은 험난한가 봅니다.

나 이제 어찌 할까요? 우리 모두는 자기만은 영원히 살 줄 알고 이 세상에서 용을 쓰며 몸부림치지만 결국은 한 목적지, 죽음을 향해 하루하루 나아가고 있다는데 나도 운명을 받아들이고 체념을 하는 게 맞을까요? 백두대간 주행을 두 번이나 하겠다는 것은 바람막이 주제로서는 과욕일까요? 요즘 세상이 하도 어수선하니 나도 세파에 편승하여 늙은이 고집을 부리고 있는 건 아닐까요? 그래도 나는 추하게 늙고 싶지는 않았는데……. 쌈박하고 화끈하게 하고픈 일 하다가 때가 왔다고 신호가 오면 미련 없이 자리를 내주고 훨훨 가리라 마음먹기도 했더랬는데.

이렇게 내 삶을 풀어내는 넋두리를 하고 나니 조금은 마음이 가벼워집니다. 화기애애한 8기와 다시 한 번 '기쁨의 잔치'에 동참하는 일이 진정 과욕이라면, 나 가뿐히 떠나가려 합니다. 이제 이 글을 읽는 여러분에게 부탁을 합니다. 패션감각이라고는 눈을 씻고 찾으려야 찾을 수 없고 멋이 어떻게 생겨먹었는지도 모르는 우리 주인에게 맞춤한, 나를 대신할 만한 멋진 바람막이를 추천해주시기를 바라마지 않습니다. 그래도 몇 번은 더 가고 퇴장할 것입니다! _**김란경**

■── 이렇게 긴 시간 버스를 타고, 이렇게 짧은 산행을 하고, 이렇게 긴 여운과 뒤끝이 있는 산행도 처음이다. 대체 내가 왜 그랬을까……. 우두령으로 향하는 산행 계획에 변경이 없어, 눈 때문에 괜찮을까 하는 우려를 안고 추운 겨울 산행에 대비한 장비를 꼼꼼히 보충해 챙긴 배낭을 꾸려 집을 나섰다.

오늘은 제 시간에 출발할 수 있을까. 출발 예정 시간인 3시가 넘도록 오지 않는 사람들에게 전화를 하는 남편 곁에서, 이번에도 늦어지겠거니 했다. 좀 더 일찍 전화하지 왜 3시 10분에 전화해서 지각하게 하느냐고, 짐짓 성난 척 생글거리며 30분 늦게 나타난 새연빠의 지각은 애교였고, 지각의 단맛을 알아버린 욕심 많은 고문대장님이, 선두대장의 겹타이틀에도 만족하지 못해 '지각대장'의 삼관왕을 거머쥐려고 무려 한 시간이나 늦게, 그것도 40명이 넘게 타고 앉아 기다리는 버스를 집 근처까지 불러들이는 만행을 저지를 줄이야…….

기획대장님의 엄포에도 불구하고 시간을 엄수할 수 없었던 수많은 사정들 때문에, 4시가 넘어 출발한 버스가 우두령에 도착한 것이 7시경이었는데, 전날 내린 폭설로 산행이 위험하다는 지도부의 결정에 따라, 지난번 눈보라 때문에 완주 못한 대관령·매봉 구간(왕복 두 시간 거리)을 가기로 했다. 아침을 먹고 우두령에서 네 시간 넘는 거리의 대관령에 도착하면 12시가 넘을 것이었다. 쉬지도 못하고 열 시간 넘도록 운전을 하실 기사님을 생각하니 미안하기 짝이 없다. 어젯밤 얼마나 꿈자리가 사나웠기에 백두에서 이 고생을 하시는 것일까…….

비행기로는 태평양 건너 미국에도 갈 수 있는 시간을, 버스로 우두령을 거쳐 대관령으로 향하는 아홉 시간 반 동안, 아침에 먹은 김밥과 떡국은 벌써 소화가 다 되었다. 새벽 두시에 일어나 비몽사몽간에 등산화 끈을 조이던 버스 안의 우리들이나, 밤새 잠 잘 자고 집에서 따신 아침을 먹고 스키장으로 향하는 자가용 여행객들이나, 아침 햇살 눈부신 봄비는 영동 고속도로에서 차가 속도 내기를 기다리기는 마찬가지였다. 아이들 말마따나 '백두대간'이 아니라 '버스대간'이다.

삼양목장 휴게소에서 점심을 먹고 오르는 차창 밖의 엽서 속 풍경에 반해, 저번에는 눈보라를 피해 타고만 싶었던 버스에서 빨리 내리고만 싶

어졌다.

　바람 한 점 없는 대관령 전망대에서 물 샐 틈 없는 장비를 갖추고 물과 간단한 비상용품을 작은 가방에 챙겨 메고 가벼운 마음으로 매봉을 향했다. 드넓게 펼쳐진 설경을 감상하며 걷는 눈길 산행은 말 그대로 '그림'이었다. 머리에서 발끝까지 장난기로만 똘똘 뭉쳐 있으면서도 사람의 형상을 하고 있는 새연빠에게 눈덩이를 맞기도 하고 밀쳐서 넘어지기도 했지만 바람 없는 대관령이 그저 고마워, 무릎 이상으로 빠지는 눈길도 마냥 즐거운 마음으로 걸었다. 거리가 짧다지만 눈길을 헤쳐 걷는 산행이 그리 만만한 건 아니어서 온몸에 힘을 주고 걸으니 땀이 삐질삐질 난다.

　매봉에 와서 쉬는 사이 후미들도 모두 도착했는데, 금지구간으로 묶인 코앞의 진짜 매봉에 발 도장을 찍기 위해 나선 선두 몇 분을 기다리던 후미 그룹은, 왔던 길로 선두가 되어 떠나고 후미가 되어버린 선두들은 걷기 편한 임도를 찾아 다른 길을 택해 돌아내려갔다. 내려오는 길도 쌓인 눈 때문에 쉽지는 않았고, 뒷사람들을 위해 표면이 살짝 언 깊은 눈길에 발자국을 내 주시는 선두 분들은 훨씬 더 힘들 것 같았다.

　한참을 가다 보니 저만치 경사진 곳에서 두 사람이 소리를 지르며 눈 속에서 굴러 내리고 있었다. 임도를 빙 돌아 한 길 정도의 높이 위에선 선두 분들이 경사진 곳을 가리키며 그 지름길로 올라오라고 하시는 것 같은데, 경사진 곳이라 눈이 가슴까지 차올라 오르기가 어려워 보였다. 그냥 선두들이 갔던 길로 가는 것이 더 나을 것 같아, 그 길로 가면 안 되냐고 몇 번을 소리쳐 물어도, 못 들었는지 아무도 대답을 해 주지 않고 경사진 지름길로 오르라는 신호만 하신다. 게다가 앞서 가시던 물처럼님이 다시 이쪽으로 되돌아오시는데 그리로 갈 수 없냐고 물으니 뭐라 하시는데 알아들을 수가 없었다. 가슴까지 쌓인 눈을 헤치고 그리로 오를 자신이 없어 선두가 갔던 길로 가고 싶었던 나는, 말 안 듣고 혼자 가다 곤경에 처할까 봐, 선두가 시키는 대로 그냥 경사로를 오르기로 했다.

옆에서 가슴까지 쌓인 눈을 헤치고 오르시던 다현맘께서 더 이상 나아가지 못해 어쩔 줄 모르시는데 위에서 보고 있던 남편의 도움으로 겨우 빠져 나오신다. 나 역시 눈 속에 파묻혀 오도 가도 못하고 있었는데, 왜 이리도 힘든 길로 오라 했는지 이해할 수 없었고 진퇴양난에 처한 꼴이 한심하고 화가 나서 눈물이 나올 지경이었다. 때마침 바로 위에 서 있던 남편에게, 이런 길로 올라오라고 하면 어떡하냐고, 아까 사람들 구르는 거 못 봤냐고, 왜 임도로 돌아가면 안 되냐는 말에 대답도 안 해주고 이런 길을 가라 해서 모두를 힘들게 하느냐고 속사포처럼 쏘아붙였다. 그러고도 화가 안 풀려 씩씩거리고 있자니, 언제부터 뒤에 있었는지 모르는 새연빠께서 가기 힘드시냐며 몸을 두어 번 날려 길을 내주면서 기분을 풀어 주려고 애를 쓰신다.

힘들게 겨우겨우 그 길을 빠져나오니 다시 무릎 높이의 눈길이었다. 화를 내던 나를 달래 주려는지 새연빠께서 조곤조곤 말을 붙이시는데 갑자기 후회가 밀려왔다. '내가 조금 전 뭘 한 거지?' 입을 열어 화를 내지 않았어도 달라질 것 없는 상황에서, 힘든 것을 견디고 묵묵히 걷던 동료들의 마음까지 불편하게 하였다고 생각하니 부끄러웠고, 아직도 마음을 다스리지 못하는 내 자신이 실망스러웠다.

버스가 기다리는 전망대로 돌아가는 내내, 화를 참지 못한 내 행동에 대한 후회와 이렇게까지 과하게 화를 낸 이유가 대체 무엇이었나를 생각하느라, 하얀 능선 너머로 지는 황홀하리만치 아름다웠다는 노을도 못 보고 한심한 나를 자책하며 무거운 발걸음을 옮기고 있었다. 대선의 우울한 쓰나미가 덮쳤대서 그랬다면, 모두들 쫄바지를 입은 덩치 큰 헐크가 되어 산행이 아니라 난장판을 만들었어야 했다. 화를 내서 해결할 수 있는 일이 어디 있다고 평소 나 자신도 감지하지 못했던 야성을 드러내었는지 알 수가 없었다. 지천명이 낼 모래인데 내 마음자리 하나 못 다스려 이러고 있으니 어찌할까나.

지루한 버스에서, 나를 볼 때마다 주지도 않을 소주 한 잔 하시라고
부추기던 기획대장님이, 집으로 올 때는 닉네임을 '처음처럼'으로 바꾸라
며 약을 올리는데, 후회와 미안함으로 풀이 죽어 있던 내게는 그 말도 '잡
생각 하지 말고 처음 산에 오를 때처럼 마음 비우고 묵묵히 겸손하게 오
르거라. 처음처럼!'이라는 하늘의 음성처럼 해석되었다.

영동과 영서의 큰 관문이었던 대관령에서 한 번은 몸을 뒤집고, 한 번
은 마음을 헤집는 당황스러운 경험을 하였다. 아흔 아홉 구비를 대굴대굴
굴렀대서 '대굴령'이라 불렀다는 그 크고 험한 관문을 두 차례에 걸쳐 넘
었으니 2012년 끝자락이 인생의 터닝 포인트가 될지도 모르겠다. 그랬으
면 좋겠다.

살면서 마주했던 답답하고 억울했던 순간들과 속에서만 맴돌던 하고
싶었던 말들이 마음 저 편 심연 속에 똬리를 틀고 있었던가 보다. 왜 나한
테 이런 길을 가라 하냐고, 왜 내 말에 귀 기울이지 않냐고, 왜 속 시원히

대답해 주지 않냐고, 왜 나를 힘들게 하냐고……. 이런 마음 속 의문들이 왜 하필 아홉 시간 넘게 차를 타고 두 번째로 온, 바람 한 점 없는 대관령에서 입 밖으로 터져 나왔는지 모르겠지만.

어쩌겠는가, 사람은 어느 누구도 이 물음에 명쾌한 답을 줄 수 없는 존재인 것을. 그렇다고 아무나 붙잡고 화를 내면 안 된다. 나처럼 금방 후회하고 쥐구멍을 찾게 될 테니까. _임지수

■── 차가운 바람 부는 길을 걷다가도, 마른 나뭇가지 사이로 멀리 보이는 하늘을 바라보다가도, 잠든 아가의 숨소리처럼 다가오는 어둠을 무연히 지켜보다가도, 어머니와 누이와 아내가 언 손을 불어가며 담근 김치를 우물거리다가도, 종이 위에 빼곡하게 들어찬 활자를 줍다가도 울컥 왼쪽 가슴이 날카로운 쇳조각으로 헤집는 듯한 통증을 가라앉히기가 쉽지 않습니다. 지난 19일 저녁 늦게 불쑥 찾아와 아직껏 돌아가지 않은 반갑지

않은 손님을 어쩌지 못해 안절부절못하는 내 여리고 가난한 정신이 딱하기 짝이 없습니다. 마음의 병인지 아니면 몸의 병인지 알 수가 없으니 더욱 난감한 노릇입니다.

글 한 줄을 제대로 쓸 수가 없었습니다. 책을 펼쳐도 어느 순간 제 갈길로 흩어져버리는 글자들을 간종그릴 수가 없었습니다. 하염없이 펼쳐진 눈밭을 바라보며 매봉에도 올랐습니다. 몸에 깊이 스민 한기(寒氣)를 털어내기 위해 맵디매운 짬뽕 국물을 들이켜도 보았습니다. 깊은 산속의 깊은 향기를 간직한 더덕주를 마시기도 했습니다. 술의 힘을 빌려 뒤엉킨 심사를 풀어보려 노래를 부르기도 했습니다. 그러나 밤안개 뒤에 숨어 나를 노려보는 음산한 눈길로부터 도망칠 수는 없었습니다.

30년 저쪽, 앉은뱅이책상 앞에 앉아 충성과 애국을 다짐하는 중학생이 있습니다. '중단 없는 전진'이라는 표어를 장착한 그의 영혼을 '구국의 영웅'이 지배하고 있었습니다. 그 '영웅'이 총에 맞아 '급서(急逝)'했다는 소식을 들은 것은 고등학교 1학년 때, 하숙집 마당 한 켠에 무르춤하게 서 있던 대추나무 이파리가 누렇게 시들어가는 10월의 끄트머리였습니다. 눈초리와 입가에 삶의 주름이 깊어가던 하숙집 아주머니는 몸서리를 치며 대성통곡했고, 그것을 지켜보던 하숙집 딸과 하숙생들은 불안에 떨며 겁에 질린 표정으로 그 모습을 지켜보았습니다. 그렇게 '하늘'은 무너졌고, 우리는 주인 잃은 개처럼 꼬리를 사타구니에 감춘 채 사람들의 눈치를 살피며 전전긍긍했습니다.

한참 후에야 80년의 봄이 핏빛으로 물들었다는 것을 알았고, 그로부터 또 한참이 지난 후에야 '구국의 영웅'이 제작한 꼭두각시들이 세상을 틀어쥐고 있다는 것을 알았고, 나 역시 충실한 노예이자 비굴한 종이었다는 것을 알았습니다. 20대 초반, 낯선 서울 생활에 적응하지 못해 겉돌기만 하던 나를 사로잡은 것은, 사범대학에 다니던, 몸피는 40대 아주머니 같고 마음 씀씀이는 남동생 네다섯을 둔 큰누이 같은, 어느 선배의 이글거리던 눈빛이었습니다. 그 눈빛의 치명적인 '유혹'에 넘어가 봉천동 달동네의 처참한 삶 속으로 숨어들었고, 구로동 인쇄공장의 을씨년스러운 풍경 속으로 빠져들었습니다. 밤이면 빈 소줏병을 수집하러 다니다가 남은 술에 취해 하얗게 새벽이 올 때까지 토악질을 해댔습니다. 하지만 비겁하게도 나는 늘 시늉만 하다가 도망치기를 반복했습니다. 청춘의 알리바이를 작성하기 위한 교활한 흉내 내기였습니다. 반역이나 혁명은 금세 흩어질 구름과도 같은 허망한 그 무엇이었습니다.

면도날을 생산하는 공장에 다니던 '공순이' 누이들의 땀과 눈물과 한숨을 도둑질하면서, 정 많은 동료와 선후배의 동정과 연민을 구걸하면서, 소화하지도 못한 언어들을 동원해 분노를 위장하면서, 노예근성을 감추기 위해 유형 무형의 폭력을 휘두르면서 살아온 나는 영락없는 '아Q'였습니다. '정신승리법'으로 무장하고 자신의 무력감과 비겁함과 노예근성과 기회주의를 정당화하는 1910년대 중국의 '아Q'가 나의 정신과 육신을 장악하고 있었던 것이지요. 그렇게 '구국의 영웅'이자 '하늘'이었던 자가 사라지고 난 영혼의 빈터에는 '아Q'가 뿌린 독버섯이 무성하게 자라고 있었습니다.

지나온 시간을 불러내 지금의 나와 맞대면시키기란 적잖이 고통스런 일입니다. 수치와 치욕으로 얼룩진 시간일수록 더욱 그렇습니다. 그래서 나는 그리고 사람들은 망각이 가져올 선물을 안타깝게 기다리는 것인지도 모르겠습니다. 기억에다 원형을 알아볼 수 없을 정도로 조미료와 향신료를 잔뜩 뿌려도 그 잔상은 좀처럼 사라지지 않습니다. 사라지지 않을 것이라면 기꺼이 불러내서 한판 붙는 게 나을 터입니다만 그 역시 쉬운 일은 아닙니다. 식민지와 분단과 전쟁과 독재로 너덜너덜한 현대사가 대량생산한 인형들……. 나는 그런 인형이 아니라고 어떤 말로 어떻게 변명할 수 있겠습니까. 지금 이곳에서 살아가는 나와 우리를 조형(造型)한 손길을 찾아내 한바탕 대결을 펼칠 수 있을까요. 지금의 나는 쉽사리 고개를 주억거릴 수가 없습니다.

　부끄러운 영혼의 흉터를 응시하는 가장 좋은 방법은 눈을 감는 것입니다. 누구에게 보여주기 위해서가 아니라 내가 나를 구원하기 위해서라도 눈을 감고 흉터의 내력을 톺아야 합니다. 12월 19일 화려하게 귀환한 '유령'이 나에게 내린 명령입니다. 궁색한 변명들 늘어놓지 말고 있는 그대로 흉터의 이면을 들여다보아야 한다는 명령 말입니다. 어느 날 갑자기, 도둑처럼 유령이 찾아온 것은 아닐 터입니다. 우리 안의 집단적 욕망이 그 유령을 갈망하고 있었는지도 모릅니다. 굴욕의 시간 속에서 공포를 내면화해 온 이들의 지극히 '정당한' 자기 방어 욕망이 유령의 재등장을 초래했다고 하는 것이 옳을 것입니다. 그리고 유령을 향한 나의 저항은 눈을 감고 흉터를 응시할 용기가 없었다는, 내 정신 속의 '아Q'를 다독이기 위한 무의식적인 몸짓이었을 것입니다.

　2012년 12월 8일, 선자령에서 동해 전망대로 향하는 길에서 만난, 정말이지 뼛속까지 파고들던 가혹한 바람을 나는 기억합니다. 깊은 계곡 아니면 어두운 동굴을 빠져나와 쉴 새 없이 몰아치며 우리의 몸을 얼어붙게 했던 그 바람이 다시 다가오고 있는 듯합니다. 우리가 그랬듯이 피할 수 없다면 맞서야 하겠지요. 가끔은 바람 잔잔한 곳에서 다리쉼을 하기도 하겠지만, 그렇다고 멈출 수는 없는 노릇입니다. 탈출구는 잘 보이지 않습니다. 눈이 허리까지 차오는 계곡에서 참나무 가지에 매달린 겨우살이를 채취해 담근 쓰디쓴 술 한 잔으로 몸을 녹이며, 코끝과 모자 챙에 자라는 고드름을 털어내며, 비치적거리는 아이를 끌어안아 떨어진 체온을 끌어올리며 우리는 길을 가야 할 것입니다.

　유령의 발자국 소리 높아가는 깊은 밤입니다. 눈보라 몰아치는 황량한 벌판에서 나는 떨고 있습니다. 산길을 걸으며 어둠을 응시할 힘을 얻고 싶습니다. 지나온 길이 전하는 가르침을 떠올리면서 나는 다시 길 위에 설 것입니다. 처음처럼._정선태

21

처음처럼

이제 2012년도 산행을 20차로 마무리하고, 2013년도 첫 출정을 목전에 두고 있네요. 정말로 다사(多事)하고 다난(多難)했던 한 해였습니다. 많은 역경이 도사리고 있었지만 우리는 서로의 어깨에 기대어, 지혜를 나누며 난관을 슬기롭게 헤쳐 왔습니다.

기대 반, 우려 반 속에서 시작한 고기리의 첫 산행, 깃대봉을 서로의 물을 나누며 힘겹게 올랐던 4차 산행, 육산의 부드러움으로 우리의 오월을 빛나게 해준 덕유산의 6차 산행, 갈령에서 단체 헛돌이로 점철된 8차 산행, 잘생긴 주현빠의 얼굴에 굵은 생채기를 던졌던 속리산의 11차 산행, 산장 예약의 전쟁을 치렀던 14차 지리산의 1박2일 산행, 백두7기, 이백동동 선배님들과 연합산행을 실시했던 단풍 곱던 조침령·단목령 구간의 15차 산행, 그리고 가깝게는 눈보라와 사투를 치러야 했던 19차 대관령 구간 산행과 이와 대조적으로 눈밭에서 영화 한 편을 찍던 매봉 구간의 20차까지…… 어느 구간이고 소중하지 않은 구간이 없네요.

우리 백두8기엔 소주 예찬가가 한 분 있습니다. 아무리 먹어도 얼굴 색조차 변하지 않고 술자리가 파한 뒤에도 처음처럼 아주 말짱한 사람이 딱 한 분 계시죠. 산행기를 멋들어지게 써서 가뜩이나 설 자리 없는 고문 대장님을 위협하는가 하면, 소주를 싫어하는 저조차도 '소주가 저렇게 맛있는 술이었나' 싶을 정도로 홀딱 반하게 만들곤 하죠. 그래서 20차 산행 때는 제가 '처음처럼'으로 닉네임을 변경할 것을 종용했더니 떨떠름한 표정으로 생각해 보겠다고 시큰둥한 반응을 보이더라구요.

천 가지 만 가지의 자잘한 잡음들이 긴장이라는 실타래를 엮어 마음 속에서 뭉툭뭉툭 피어나는 첫 산행의 오묘함. 이제 우리는 그 오묘함을 간직한 채 2013년의 첫 여정을 시작합니다. 처음처럼 맑은 마음으로, 처음처럼 낮아진 마음으로, 처음으로 세상을 만나는 초록의 새싹이 되어, 처음으로 비상하는 햇내기 새들이 되어 경계를 짓지 않는 자연이 부여하는 무한의 공감의 세계에 우리를 맘껏 내던지고 느끼실 것을 간절히 바랍니다. 자, 이제 떠나볼까요, 처음처럼!!

산행일시 2013년 1월 12일(토)

산행코스 우두령 · 화주봉(밀목재 · 삼도봉 · 해인동 구간은 폭설로 중단)

|인상과 풍경|　　　　　　　"눈 덮인 산은 우리의 놀이터다"

■── 2013년도 백두대간 첫 산행이 시작됐다. 우두령에 도착, 버스 안에서 대장님들이 나눠주신 떡국을 받아 먹고 밖으로 나갔다. 전과 달리 어떤 사람들이 와서 눈을 다 치워놨다. 제발 이번 산행만큼은 신발 안에 물이 안 들어갔으면……. 우두령에서 삼도봉을 향해 출발했다.

산길에는 눈이 많이 와 무릎까지 쌓여 있었다. 대관령 산행 때는 표면이 얼어 걸을 때마다 부딪쳐서 아팠지만 이번에 쌓인 눈은 아주 보드라웠다. 석교산을 지나 삼도봉으로 향하는데 저 앞에서 고문대장님과 몇몇의 사람들이 다시 돌아오는 중이었다. 삼도봉 구간에 눈이 많이 쌓여서 더 이상 못 간다는 것이었다.

우리는 석교산에서 다시 내려와 넓은 곳에서 시산제를 올렸다. 시산제를 치를 때 중1들은 눈이 높이 쌓인 곳을 파서 구덩이를 만들면서 놀았다. 얼마 안 가서 무너지긴 했지만 꽤나 잘 만든 이글루였다.

시산제를 끝내고 하산길로 내려가나 보다 했는데 다시 우두령으로 돌아간다고 했다. 탄식을 하면서 다시 온 길을 되돌아가는데 생각보다 일찍 우두령에 도착했다. 올라오는 데는 세 시간이 걸렸는데 되돌아올 때는 한 시간밖에 안 걸렸다. 오는 중간에 신발에 기어이 물이 들어가 찜찜했지만 내려오면서 눈 위에서 미끄러지고 놀면서 즐겁게 내려온 것 같다. 이번 산행은 바람도 적당하고 겨울산행으로 딱 좋은 날씨였다. _이종승

■──── 요즘 백두의 겨울산행은 늘 짧다고 느꼈었다. 생각해 보니 모두 환경적 요인 때문이었다. 19차는 거센 바람, 20차는 15센티미터가 넘게 쌓인 눈……. 한 달에 두 번 정도밖에 못 가는데 그마저도 중간에 산행 중단. 좀 아쉬웠다. 한편으로는 조금만 가도 된다는 생각에 좋기도 했다. 그러나 이제는 산행을 하는 것이 즐거울 때도 있어서 백두를 할 때는 끝까지 갔으면 좋겠다는 바람이 있다. 과연 이번 21차 산행은 구간을 완주할 수 있을지…….

산을 오르기 시작했다. 날이 밝아서 헤드랜턴이 필요 없었다. 친구들이랑 이런저런 얘기를 하면서 천천히 올라갔다. 그런데 조금 있으니까 천천히 올라가는 수준이 아니었다. 완전 기어가는 수준이었다. 원인은 눈 때문이었는데 너무 보드라워서 자꾸 미끄러졌다. 마치 러닝머신 위를 뛰고 있는 기분이었다.

계속 올라가다 보니 미끄러지지 않는 요령을 터득해서 빠르게 올라갔다. 옆에는 눈이 꽁꽁 얼어서 단단해져 있기도 했다. '신기한데?' 올라가 보았더니 폭 빠졌다. 짧디짧은 다리가 푹! 들어갔다. 인서도 재밌다며 함께 푹 빠졌다. 나오려 해도 계속 빠지니까 저절로 웃음이 나왔다.

오르락내리락하며 순조롭게 가다가 계속되는 오르막이 나왔다. 힘들어서 중간에 풀썩 앉아 지곤이가 준 간식을 먹었다. 스패츠에 눈이 끼어서 털고 있는데 위에서 무슨 소리가 들렸다. 잠시 후 애들이 우르르 내려오는데 물어보니 되돌아간단다. 헐! 그 당시는 힘들었던 터라 다시 내려간다는 말이 좋았지만 지금은 다 못 간 것이 아쉽고, 보충을 해야 한다는 생각을 하니 착잡하기까지 하다. 14년을 살면서 어른들이 눈 온다 하면 시큰둥하고 싫어했던 이유를 올 겨울 온몸으로 깨달았다.

어쨌든 우리가 잠시 선두가 되어 내려갔다. 가다가 따뜻한 곳에서 점심을 먹었다. 눈이 딱딱하고 두텁게 쌓인 곳 아래였는데 애들이 두터운 눈에 굴을 파고 있었다. 지곤이랑 정인이가 얼마나 깊게 팠는지 어른도 들어갈 수 있을 정도였다. 그리고 잠시 후, 그 굴은 제작자들의 손에 의해 사라졌다.

시산제가 끝난 후에 다시 내려갔다. 내려갈 때는 길이 잘 다져져 있어서 온몸으로 썰매를 타며 내려갈 수 있었다. 썰매가 있었다면 정말 재밌었을 코스였다. _**이민규**

■── 출발한 지 얼마 되지 않아 해가 떠올랐다. 눈이 무릎까지 푹푹 빠졌다. 눈이 저번 산행과는 다르게 부드러웠다. 그래서 그런지 앞으로 나아가기가 힘들었다. 바람도 적당히 불고 날씨도 아주 좋았다.

눈 때문에 다들 계속 넘어졌는데 눈 덕분에 하나도 아프지 않았다. 기분 좋게 산행을 할 수 있었다. 산 밑으로 조금 내려가서 밥을 먹었다. 친구들이랑 간식도 나눠먹고 쉬면서 허기를 달랬다. 조금 위에서 아이들이 쌓여 있는 눈을 파서 그 안에 공간을 만들었는데 신기했다.

아래쪽에서는 시산제를 올리고 있었다. 가서 떡을 먹고 애들이랑 얘기하다가 다시 올라왔다. 올라가서 다시 산행 준비를 하였다. 왔던 길을 다시 되돌아가야 한다고 해서 순간 기겁했지만 한 시간 내지 두 시간 걸린다고 해서 축축한 몸을 이끌고 왔던 길을 되밟아 내려왔다. 멋진 산행이었다. _**김주현**

■── 시작점인 우두령에서 하얀 떡 수프를 먹고 탐험에 참가하였다. 주변이 온통 하얀 배경을 뒤로한 채 슬슬 걸었다. 역시 걷기 힘들었다. 눈이 무릎까지 올 줄은 상상도 못하였기 때문이었다. 우리는 점점 지쳐갔다. 다리의 힘은 빠지고 머리는 아파온다. '아, 진정 여기까지가 끝인가 보다' 생각할 때쯤 앞에 가던 전령이 퇴각하라는 말을 전한다. 눈의 여왕이 폭주하면 엄청 포악해지고 강해지기 때문에 더 이상의 전진은 불가능했다. _**김상아**

■── 눈이 보들보들해서 발이 푹푹 빠졌다. 발을 빼기가 힘들었다. 그래도 눈이 쌓여 산이 하얗게 물든 것 같아서 참 좋았다. 한참을 간 것 같았는데 너무 짧은 거리를 왔다고 해서 걱정을 많이 했다. 아니나 다를까 올라갈수록 바람이 많이 불어서 되돌아간다고 했다. 다시 왔던 길로 내려오니까 발자국 덕분에 걷기가 쉬웠다. 눈이 무덤처럼 쌓인 곳에서 친구들이 열심히 굴을 파고 있었다. 즐거운 산행이었다. 이제부터 꾸준히 백두 다닐 거다!! _**최새연**

■── 다른 사람들이 점심을 먹는 동안 나는 친구들이랑 눈으로 집을 만들면서 놀았다. 그 집들이 무너지면 사람 묻기 놀이로 바꿨다가 다시 집짓는 놀이를 하기도 했다. 민규가 눈 속에 갇히고 싶다고 해서 눈집 안에 가둬 두었는데, 민규는 사람들이 출발할 때쯤에야 그 안에서 나왔다. _**이정인**

■── 산을 오르는데 역시나 익숙한 곳이다. 문제는 눈이 너무 많이 쌓여 있다는 것! 무릎까지 푹푹 빠지는 바람에 몸이 휘청거렸다. 몇 번이나 자빠졌다. 이럴 때 비료포대가 있었으면 얼마나 좋았을까……. 도대체 얼마나 넘어진 걸까? 쉬자는 사람들의 말을 꿋꿋이 뒤로한 채, 앞으로 걸어가다 쉬고 다시 걸어갔다. 드디어 석교산에 도착했다. 그런데 돌아간단다. 아, 안 돼! 나 그럼 여기 또 와야 해!! 흑흑……. 결국엔 돌아왔다. 난 왜 여기 올 때마다 헛돌이를 하거나 되돌아와야 하는 걸까? _이민아

■── 눈이 많이 쌓여서 썰매를 타고 싶다는 생각을 하면서 올라갔다. 어떤 데는 무릎까지 닿을 정도로 눈이 쌓여 있었다. 계속 올라가다가 갑자기 되돌아가라는 소리를 듣고 잠시 동안 절망에 빠졌다. 알고 보니까 헛돌이가 아니라 눈이 가슴 높이까지 쌓여서 못 간다고 했다. 우리에겐 좋

은 소식! 다시 내려오는 동안 참 많이 미끄러졌고, 참 많이 넘어졌다. 그런데도 재미있었다. 어찌 됐든 이 구간은 우리가 갈 운명이 아닌가 보다. 그리고 겨울 산행은 취소되는 맛에 가는 것 같다. _허솔

■──── 바람이 많이 불지 않아서 정말 좋았다. 해가 뜨자 해 뜨는 방향에서 바람이 불어왔다, 하지만 그것도 아주 조금……. 친구들과 노닥거리고, 넘어지고, 뛰고, 먹고, 쉬고 하면서 산행을 했다. 거의 선두쯤에 있었는데 갑자기 앞선 사람들이 걸음을 멈추고 서 있는 것이었다. 순간 무언가 직감했다. 무슨 일이 났나? 산행 중단이었다. 바람이 너무 많이 불어 더 이상 앞으로 갈 수 없었다. 그래서 왔던 길을 그대로 다시 되돌아갔다. 한 시간 안에 갈 수 있다니 참 좋았다. 돌아오던 중 시산제와 점심 식사를 했다. 추운데 산에서 직접 떡과 과일, 음료를 가져와서 신령님께 제사를 드리니 어른들의 모습이 참 대단해 보였다. 그렇게 모든 것이 끝나고 우두령으로 되돌아왔다. _김동섭

■──── 민규가 버섯을 찾는대서 따라가 보기도 하고 눈에 푹푹 빠지면서 장난을 치면서 올라갔다. 중간에서 쉬고 있는데 다시 돌아가야 한다고 했다. 맨 뒤에 있던 우리는 선두가 되었다. 아주 조금 더 가서 밥을 먹으려고 하니 시산제를 지낸다고 했다. 나중에 알고 보니 제사에 쓴 떡은 우리 아빠가 지고 온 것이었다. 시산제를 보고 나서 밥을 먹고 잠시 눈싸움을 했다. 잠시지만 오랜만이어서 참 재미있었다. _이인서

■──── 난 힘들고 춥고 칼바람 부는 겨울산행을 그다지 좋아하지 않는다. 그러나 이번 산행은 바람도 선선히 불고 별로 춥지도 않아서 엄청나게 좋았다. 물론 눈이 너무 많아서 힘들기는 했지만 말이다. 우리는 한 시간 30분에 가야 할 거리를 눈 때문에 세 시간 만에 도착했다. 우리는 가망이

없다는 판단을 하고 포기를 할 수밖에 없었다. 하지만 그래도 의미 없는 산행은 아니었다. 특히 옆 산의 풍경이 정말 멋있었다. 경사진 면은 눈으로, 평평한 면은 나무의 가지로 뒤덮여 있어 마치 능선을 따라 사방으로 길들이 펼쳐져 있는 것 같았다. 그 모습이 정말 멋있었다. _강우진

■── 산행을 시작하면서 눈이 쌓인 곳을 일부러 힘주어 밟아 보았다. 혹시 얼지는 않았나 싶어서 그랬던 것인데, 다리가 푹푹 빠지면서 앞쪽으로 절하듯이 무릎이 꺾였다. 아이젠을 신었는데도 내딛는 발마다 자동차 바퀴가 헛돌 듯이 헛돈다.

내리막길은 별로 없었지만 내리막길을 만나면 미끄럼을 타듯이 미끄러져 내려가니 신이 났다. 이런 산에서는 스키나 썰매를 타도 되겠다고 생각했다.

한참 가다 보니 올라가는 코스가 계속 이어졌다. 천천히 가다가 길이 조금 평평해진 곳이 나왔는데 갑자기 산행을 중지한다고 했다. 눈이 너무 많이 쌓여서 계속 나아가기가 무리라는 것이었다. 처음에는 휴우 살았다 싶어 좋았다. 그런데 내려가면서 생각해 보니 오늘 계획한 산행을 다 안 하면 나중에 다시 해야 한다는 데 생각이 미쳤다. 그러니 비로소 지금까지 올라온 길이 아쉬웠다.

조금 내려가다가 눈이 높이 쌓인 곳에서 쉬었다. 거기에서 시산제를 지낸다고 했다. 지금까지 스무 차례 산행을 무사히 마쳤다고 산신령에게 감사를 드려야 한다고 했다. 어른들이 여러 가지 음식을 미리 준비해 갖고 오셔서 산신령에게 바쳤는데 나중에 시루팥떡을 나눠주어 맛있게 먹었다. 아직 따뜻한 기운이 남아 있는 팥떡을 먹는 바람에 엄마가 싸준 돈까스를 먹지 못했다.

시산제를 지내는 곳 옆에는 높이 쌓인 눈을 파서 굴을 만드는 애들도 있었다. 상당히 쌓인 눈을 엄청 깊이 파서 사람이 들어갈 수 있을 정도였

는데, 몇몇 아이는 실제로 들어가기도 하였다. 그런데 나중 시산제를 끝내고 돌아와 보니 눈동굴은 다 무너져 있었다. 혹시 그 안에 묻힌 사람이 있을까 했는데, 진짜 민규가 묻혀 있었다.

거기서부터 내려갈 때는 썰매를 타듯이 꿇어앉아서 내려갔다. 그렇게 빨리 내려가다 보니 힘든 길인데도 힘들지 않았다. 쭉 내려가다 보니 아침에 출발했던 터널이 보였다. 버스에 도착해서 스패츠에 낀 눈들을 털어냈다. 눈과 함께 올랐다가 눈과 함께 내려온 산행이었다. **_홍준범**

＊＊＊

■── 제임스 프레이저는 인류학과 신화학의 고전 〈황금가지〉에서 이렇게 말합니다. "겨우살이는 참나무의 생명의 근원으로 여겨졌으며, 그것이 손상되지 않는 한 어떤 것도 참나무를 죽이거나 해칠 수 없었다. 겨우살이가 참나무의 생명의 근원이라는 생각은, 참나무가 낙엽수인 반면 그 위에서 자라는 겨우살이는 상록수라는 사실을 관찰함으로써 원시인에게도 자연스럽게 다가왔을 것이다. 겨울에 헐벗은 가지 사이로 그 싱싱한 푸른 잎이 자라는 광경은 참나무 숭배자들에게 신성한 생명의 표현으로 환영받았을 것이 틀림없다. 잠자는 사람의 몸이 꼼짝 않는 동안에도 심장은 계속 뛰듯이, 그 신성한 생명은 나뭇가지에 생기가 멈추었을 때에도 겨우살이 속에 계속 살아남았던 것이다."

눈으로 뒤덮인 산길을 헤치고 나가다가 메마른 참나무 가지에 아슬아슬하게 매달려 있는 겨우살이를 보았습니다. 온갖 나무와 풀과 버섯의 생리 및 약효를 달달 꿰고 있는 우리 기획대장이 알려주었지요. 겨우살이가 참나무에 피어 있는 것을 직접 눈으로 본 것은 처음이었습니다. 흐릿한 눈에도 찬바람을 온몸으로 맞으며 푸르게 살아 있는 그 모습이 뚜렷이 보였습니다. 그리고 오래 전에 읽었던 〈황금가지〉가 떠올랐습니다. 연구실에 오자마자 책을 펼쳤습니다. 내 손끝의 감각은 아직 녹이 슬지 않은 모양입니다. (책은 머리로 읽는 게 아니라 손끝으로 느끼는 것이라는 나의 믿음은 여전히 유효합니다!) 〈황금가지〉라는 대작의 실질적 주인공이 겨우살이였다는 것을 다시 확인하는 순간, 나는 몇 번이나 눈을 슴벅였습니다.

이 땅에 사는 사람들뿐만 아니라 아주 오랜 옛날 저 스칸디나비아에 살던 이들도 겨우살이의 약효를 신뢰했던 듯합니다. 프레이저에 따르면, 그들은 그것이 수많은 질병의 특효약이라 믿었으며 또 생식을 촉진하는 힘을 가지고 있다고 보았습니다. 예컨대 드루이드 교도는 겨우살이로 만든 묘약이 새끼를 못 낳는 가축을 수태시킨다고 믿었고, 이탈리아인은 여자가 겨우살이 한 조각을 몸에 지니고 다니면 아이를 임신하는 데 도움이 된다고 생각했습니다.

그러나 중요한 것은 겨우살이의 약효가 아니라, 겨우살이를 주인공으로 하여 펼치는 죽음과 부활에 관한 상상력입니다. 조금 더 얘기를 해볼까요. 북유럽 신화를 읽다보면 독자의 마음을 사로잡는 매력적인 신이 등장합니다. 이름은 발데르, 주신(主神) 오딘의 둘째아들로 빼어난 용모와 지혜를 겸비한 것으로 알려져 있습니다. 모든 신들이 그를 사랑했습니다. 그런데 어느 날, 발데르는 자기의 죽음을 예고하는 듯한 불길한 꿈을 꿉니다. 이 소문을 들은 신들은 회의를 열어 그를 모든 위험으로부터 보호하기로 결의합니다. 오딘의 아내 프리그는 불과 물, 쇠와 모든 금속, 돌과 흙과 나무, 질병과 독, 모든 네발짐승과 새 등으로부터 결코 발데르를 해치지 않겠다는 약속을 받아냅니다.

마침내 발데르는 불사신이 된 것처럼 보였겠지요. 그런데 재앙의 신 로키만은 그런 그를 못마땅해했습니다. 로키는 노파로 변장하고 프리그를 찾아가 묻습니다. "모든 것이 발데르를 해치지 않기로 약속했나요?" 프리그가 대답합니다. "발할라 동쪽에 겨우살이라는 식물이 있는데 너무 어려 보여서 맹세를 받지 못했네." 이 말을 들은 로키는 겨우살이를 뽑아다

눈먼 신 호테르를 유혹해 발데르에게 던지게 합니다. 호테르가 던진 겨우살이는 발데르를 관통하고, 그는 쓰러져 죽습니다. 슬픔에 젖은 신들은 죽은 발데르를 바닷가로 데려가 어렵사리 불에 태워 저승으로 보냅니다.

그렇다면 발데르는 무엇이고, 겨우살이는 또 무엇이었을까요. 참나무가 곧 발데르였고, 발데르를 죽인 '무기'가 바로 그 참나무가 키워낸 겨우살이였습니다. 참나무는 봄에 싹을 틔우고 가을에 잎을 떨구는 낙엽수일 뿐만 아니라 긴 겨울, 혹독한 추위로부터 인간을 지켜주는 훌륭한 땔감이기도 합니다. 그래서인지 북유럽에서는 참나무를 신성하게 여겼다고 하는군요. 그런데 잠든 듯 보이는 겨울에도 참나무는 겨우살이를 키웁니다. 불멸하는 영혼을 상징하는 것이지요. 사람들은 겨우살이를 보고 불에 태워진 발데르의 영혼이 되살아난 것이라고 믿었다고 합니다. 재앙을 몰고 다니는 신의 획책으로 자신의 영혼에 의해 살해당한 발데르는 겨우살이의 모습으로 다시 부활합니다.

'발데르 신화'에 담긴 신화적 의미를 다 풀어낼 수는 없지만, 나는 겨

우살이에 깃든 발데르의 영혼을 얼핏 본 것도 같습니다. 시간과 공간을 훌쩍 뛰어넘어, 우두령에서 화주봉으로 오르는 산길 옆, 땅에서 한참 떨어진 참나무 위에서 오롯이 푸른 기운을 피워 올리고 있는 겨우살이. 그것은 죽은 것처럼 보이지만 결코 영영 잠들지는 않았음을 보여주는 증거가 아닐까요. 신화는 인간의 간절한 바람을 담은 지혜의 그릇입니다. 태곳적 북유럽 사람들은 아름다운 신 발데르의 죽음을 죽음으로 끝내지 않고, 불을 통한 정화(淨化)를 거쳐 겨우살이로 재생시켰습니다. 그리고 그들은 결코 죽일 수도 없고 사라지지도 않는 '황금가지'=겨우살이를 마음속 깊이 간직했습니다.

신화는 나에게 소중한 상상력의 샘입니다. 그런데 눈이 허벅지까지 와 닿는 험한 산길에서 바로 그 신화 속의 황금가지를 만나리라고는 차마 상상도 못했습니다. 여리디 여린 겨우살이에서 생명의 근원을 발견했다면 과장일까요. 생기가 멈춘 것처럼 보이는 우리의 삶에도 겨우살이가 피어날 자리가 있을까요. 아니, 우리가 서로에게 겨우살이가 될 수는 없을까요. 삼도봉까지 가기로 했지만 우리는 자연이 만류하는 바람에 중도에서 내려와야 했습니다. 그러나 아쉬움은 조금도 없습니다. 이렇게 생생하게 싱싱한 황금가지를 간직할 수 있게 되었으니까요.

하얀 눈 위에 부서지는 햇살 아래에서 우리는 천지신령님께 조촐한 제를 올렸습니다. '구름 속의 범' 같은 사내가 건네준, 겨우살이로 담근 술을 다시금 천지신령님께 올리고 싶습니다. 도톰한 이파리와 황금빛을 띤 열매가 시린 술에 잠긴 채 책꽂이 사이에서 나를 조용히 지켜보고 있습니다. 그 술을 마시면 머나먼 스칸디나비아의 정령을 만날 수 있을까요. 그 소망까지 아울러 담아 이렇게 기원합니다. _정선태

355

유세차

단기 4345년 임진년 섣달 초하루
서기 2013년 1월 12일
이우 백두8기 회원 일동은
임진년을 보내고 계사년 새해를 맞아
이곳 석교산 봉우리에 모여
이 땅의 산하를 굽어보시며 모든 생명을 지켜 주시는
천지신령님께 정갈한 마음으로 제를 올리옵나이다.

천지신령님이시여!

자애로우신 신령님의 보살핌으로
지난해 3월부터 오늘까지 우리 백두8기 회원 모두
멀고 험한 산길을 함께 걸으며
흙이 꽃으로 피어나고 이슬이 강물로 흐르는
자연의 숨소리에 귀 기울일 수 있었기에 감사드리오며,

처음 그 마음으로 다시 길 위에 선 우리들
그윽한 눈길과 지극한 손길로 이끌어 주시고,
아이들과 부모들 함께 어울려 길 떠나는 우리들
녹슨 철조망을 넘어 걸어서 백두까지 이르게 하시옵소서.

천지신령님이시여!

무례한 인간들이 파헤친 이 땅에

뭇 생명 무성하게 자라나게 하시어
우리들 길을 잃고 방황할 때라도
울울한 숲속에서 두려움 없이 꿈꾸게 하시옵소서.

흙과 물의 마음 헤아리고
산과 강의 세월 가늠하게 하시어
서로에게 씨실과 날실이 되는 우리들
자연 속에서 아름다운 무늬 엮어가게 하시옵소서.

지나온 길을 돌아보고 가야 할 길을 기다리며
여기 백두8기의 정성 어린 마음을 담아
조촐한 술과 음식을 드리고 큰절 올리오니
천지신령이시여,
부디 흠향하시옵소서.

단기 4345년 임진년 섣달 초하루
이우 백두8기 회원 일동

상향

22

거북이

동장군의 기세가 대단합니다. 근간에 따뜻한 날씨가 이어지기에 기어이 봄이 오나 보다 했었는데 세밀 추위가 절정을 향해 치닫고 있습니다. 2012년 12월부터 시작된 지지부진한 산행이 벌써 2월까지 이어지고 있습니다. 엄동의 기세도 이제 막바지인 듯합니다. 본격적인 산행을 위한 기지개를 켤 때가 점점 다가옴을 우리는 시절의 변화 속에서 경험을 통해 이미 알고 있습니다. 조금씩 우리의 본격적인 산행을 위한 준비가 필요한 시점이 아닐까 생각해 봅니다. "빨리 가려면 혼자서 가고, 멀리 가려면 함께 가라." 라디오에서 종종 듣던 말인데 오늘따라 이 구절이 그럴듯하게 가슴을 파고듭니다. 백두8기라는 동행이 있어 우린 이 긴 여정을 반나마 넘게 진행하고 있습니다. 빨리 가야 한다는 조바심도 없고, 함께여서 그저 좋은 이 여정이 무한정 이어졌으면 하고 바라는 분들도 더러 있을 줄 압니다. 참으로 기분 좋은 변화입니다. 우리의 일상에서, 내면에서 벌어지고 있는 이 경이롭고 기분 좋은 변화의 진원지가 우리들 자신으로 귀착되는 걸 보면, 우리 백두8기 한 사람 한 사람이 얼마나 소중한 존재일까요. 이런 사람들이 만들어가는 관계는 또 얼마나 아름다울까요.

어째서 이 말 끝에 그녀가 떠올랐을까요. 다리를 다쳐 몇 달간 산행을 쉬면서도 산행기를 정리해 주고, 산행참가표를 만드느라 머릿속으로만 산행을 하고 있을 그녀를 생각하니 좀 안쓰럽기도 하고 미안한 마음이 앞서기도 합니다. 이 혹독한 추위가 어서 사그라지고 그녀가 어서 우리와 함께 산행할 수 있기를 백두8기의 이름으로 간구합니다. 아울러 백두8기 모든 가족들, 설 명절 행복하게 잘 보내시고 복 많이 받으시기 바랍니다.

산행일시 **2013년 2월 17일(일)**

산행코스 **괘방령 · 가성산 · 장군봉 · 눌의산 · 추풍령**

"미끄러지고 굴러서 추풍령까지"

■── 쓸쓸한 겨울이 지나고 이제 곧 봄이 된다. 아직 겨울이 완전히 지나지도, 봄이 완전히 오지도 않은 이 시기에 잠시 내려놓았던 배낭을 다시 등에 짊어졌다.

쌀쌀한 새벽 기운을 뒤로하고 따끈한 올갱이국을 먹으러 식당에 들어갔다. 처음 먹어보았지만 올갱이가 씹히는 느낌이 골뱅이 같았다. 국물은 시원하다. 올갱이의 기운이 나의 속을 개운하게 해주었다.

오랜만에 체조를 하고 산행을 시작하였다. 예전 겨울산행과는 달린 눈이 많이 있지는 않았다. 친구들과 재미있게 이야기를 하며 걸었다. 점점 눈이 밟히기 시작해서 아이젠을 신었다. 사악사악 소리가 오랜만이었다. 그런데 가끔씩 멧돼지의 발자국이 보이기도 해서 소름끼치기도 했다.

우리의 목표는 10킬로미터였다. 그런데 이상하게도 그 거리가 너무나도 길게 느껴졌다. 어느샌가 하얀 눈이 스패츠에 들러붙었고, 그 눈이 얼고 녹아 양말 속에 들어오니 축축해졌다. 그래도 천천히 걸어서 발이 다치지는 않았다. 도중에 급경사인 내리막길이 있었다. 썰매를 탄 것처럼 빠르게 내려왔는데, 다 내려와 보니 엄청나게 가파르고 높은 길이었다.

눌의산 정상에 도착했다. 눌의산이란 이름이 신기하게만 느껴졌다. 정상에서 사진도 찍고 쉬다가 내려갈 준비를 하고 있었다. 이젠 내려가기만 하면 되는데, 급경사다! 게다가 얼음바닥! 위험하다. 그래서 한 가지 방법을 생각했다. 바로 썰매였다. 친구들과 같이 썰매를 타고 내려가는데 가끔 길에서 벗어난 적도 있었다. 그러다 최고의 코스를 만났다. 바로 눈길 로프구간이었다. 미끌미끌하고 눈이 쌓여 있어 잘못 밟으면 큰일이다. 그래도 다행히 천천히 조심조심 내려와서 별일은 없었다.

겨울에 등산하는 게 싫었다. 미그럽고 걷기도 버겁고. 하지만 막상 겨울을 보내려니 아쉽기도 하다. 그래도 따스한 봄이 오니 기분이 상쾌해졌다. 다음 산행 때에도 눈이 있다면 즐겁게 등산을 할 수 있을 것 같다. 뭐든지 너무 많이 하면 질리지만 가끔 하면 즐겁다는 말이 맞는 것 같다. _**김상아**

■── 산행 초반엔 다리가 아프고 귀찮아서 혼자 땅을 보며 걷는다. 가성산에 도착하기 전 지곤이가 싸온 컵라면과 계란을 다섯 명이 나눠먹었다. 추운 겨울산에서 함께 나눠먹으니 힘이 났다. 등산로 옆 비탈길에서 기획대장님과 새연아빠가 썩은 나무 밑동을 삽과 곡괭이로 파고 있었다. 물어보니 썩은 소나무 뿌리에서 진귀한 것이 있어서 파고 계신 거라 했다.

애들이랑 놀면서 가다 보니 장군봉은 어느새 훌쩍 넘어버렸고, 썰매를 타고 눈싸움을 하면서 눌의산 정상에 도착했다. 눌의산 정상에서부터 추풍령까지 내려가는 길은 썰매를 타기에 아주 좋았다. 민규와 인서는 쌩쌩 내려가는데, 나는 바지의 재질 때문인지 잘 내려가지 못했다.

산길에서 벗어나 시골길을 걸었다. 애들이랑 같이 가는데 버스까지 참 길었다. 식당에서 밥을 먹는데 엄마가 안 내려와서 전화를 해봤더니 길을 잘못 들어 헤매고 있다고 해서 걱정이 됐다. 저번에도 길을 잃고 깜깜해져서야 내려왔었는데……. 다음번엔 같이 내려와야겠다. 그런데 나는 눈이 쌓여서 춥고 힘든 길보다 따뜻하고 시원하고 화창한 날씨의 가을 산행과 여름 산행이 더 좋은 것 같다. _**이종승**

■── 처음 올라가는 길은 그다지 가파르지 않았다. 중간에 계속 올라가는 곳이 있었는데 고도표에서 본 그 높은 곳이 아니었다. 내려갈 때는 앉아

서 눈썰매를 타면서 내려갔다. 이때까진 눈썰매를 타면서 내려가는 게 효율적이고 더 빠르다고 생각했었다. 하지만 내려가다 바지가 찢어진 애들도 있었고, 나는 중간에 튀어나온 나뭇가지에 부딪혀서 꼬리뼈가 부러진 줄 알았다. 산행 다녀와서도 한참이나 아팠다. 앞으로 눈비탈에서 썰매를 타더라도 다리를 모으고 타거나 앞을 보면서 타야겠다고 생각했다.

그리고 눈 덮인 내리막길에서 마치 내가 선두대장인 것처럼 앞장서 내려오는데 뒤에 오던 진우가 미끄러지면서 앞으로 확 내 쪽으로 넘어졌다. 발을 헛디뎠던 모양인데 내가 잽싸게 진우 팔을 잡았다. 와우, 나의 이 환상적인 순발력! 내가 안 잡았더라면 진우는 가파른 낭떠러지로 심하게 굴렀을지도 모를 아찔한 순간이었다. 뒤에 오던 엄마가 장난치던 우릴 보고 장난치지 말라고 잔소리를 하고 난 참이었는데, 말이 씨가 됐나? 어쨌든 진우를 구했다.

이러면서도 처음 산행에 온 엄마에게 신경을 쓰느라 목적지에 뒤늦게 온 것이 아쉬웠다. 하지만, 어차피 놀다 올 거였는데 뭐⋯⋯. 거의 다 왔을 무렵에 어떤 사람이 넘어져서 뼈가 부러졌다는 얘기를 들었다. 어른들이 그 사람을 옮기느라 한참 어수선했다. _홍준범

■—— 새벽 일찍부터 맛없는 올갱이국밥을 먹으니 힘이 더 줄어드는 것 같다. 이번 산행은 쉽다고 해서 마음먹고 선두로 출발했다. 가다가 선두대장님이 아이젠을 안 해도 된다고 해서 안 했다. 그런데 도중에 선두대장님이 아이젠을 신겨 주셨다.

가성산을 올라갈 때 선두대장님과 중3 형을 따라잡으려고 애를 썼다. 올라가는 것은 언제나 힘들다. 가성산에 도착했다. 너무 힘들었다. 아직 3분의 1밖에 안 왔다니!

내려갈 때, 선두대장님이 무전기로 내려가는 길이 힘들다고 아이젠을 착용하라고 했다. 그리고 대장님이 썰매를 탔다. 그래서 나도 따라했다.

장군봉에 도착했다. 장군봉은 아주 쉬웠다. 그런데 선두랑 후미랑 아주 많이 차이가 나서 오랫동안 쉬었다.

어느새 눌의산에 도착했다. 내려오다가 어느 묘지에 도착했다. 그곳에서 쉬는데 영빈이 형이 다쳤다고 해서 걱정이 되었다. 한 시간 넘게 쉬었다. 이제 추웠다. 그래서 내려왔다. _**옥수영**

■── 오르막이지만 완만했다. 경사가 적당한 길이어서 좋았다. 그리고 산길에는 눈이 있고, 산길이 아닌 곳에는 눈이 쌓여 있지 않은 것이 신기했다. 눈도 적당히 쌓여 있어서 좋았다. 얼마큼 가다 보니 내리막길이 보였다. 내리막길 경사가 너무 미끄러워서 어떻게 내려갈까 잠깐 고민하다 썰매 타듯이 내려갔다. 이것이 이번 산행의 60%를 차지한 '썰매타기'다. 천연썰매의 특징 중 하나는 썰매 이용자의 엉덩이를 무시하는 돌들과 얼음들이다. 엉덩이가 매우 아팠지만 단지 재밌어서 썰매를 탔다. 오르막길 외에는 거의 다 경사가 있는 내리막길이고 눈이 쌓여 있어서 그렇게 했다. 또 하나 신기한 것은 바지가 찢어지지 않았다는 것이다. 엄마가 바지를 무진장 좋은 것을 사오셨나 보다. 어쨌든 정말 재밌게 산행을 했다. _**김동섭**

■── 시간이 정말 굼벵이처럼 갔다. 네 시간 동안 계속 산행을 했는데 정작 시간은 두 시간밖에 안 지났다. 겨울산은 멋있고 예쁘지만 여러 가지로 힘들고, 눈이 싫어지는 유일한 케이스다. 힘들었지만 경사진 내리막길이 있어서 미끄러지면서 가니까 쉬웠다. 중3 영빈이형이 많이 다쳤다고 하는데 빨리 나았으면 좋겠다. _**장원조**

■── 다른 산과 마찬가지로 오르막길은 힘들었다. 하지만 기대하지 않았던 눈 쌓인 내리막길은 재미있었다. 썰매를 타듯 내려갔기 때문이다. 하지만 빠르게 내려가긴 했지만 뒤에 같이 가는 사람들을 기다려야 해서

조금 지루하긴 했다. 하지만 난 이번 산을 계기로 겨울산이 좀 더 좋아졌다. 예전부터 좋아한 눈과 즐거운 내리막길이 함께 있었기 때문이다. 그리고 그 산을 내려와서 먹은 점심. 그 점심 역시 맛있는 김치찌개를 기대하는 것과 달리 처음 보는 새로운 종류의 김치찌개와 이상한 맛. 언젠가 백두를 생각하면 새로 맛본 김치찌개와 조금 힘들기는 하지만 재밌었던 겨울산이 생각날 것 같다. _옥지영

■── 선두까지 쉬지 않고 내달렸다. 가는 도중에 친구가 내 신발에 눈을 집어넣었다. 스패츠를 안 한 것은 내 잘못이지만 정말 기분이 좋지 않았다. 그래서 나도 똑같이 해 주었다. 그런데 그 친구가 또 내 얼굴에다 눈을 던졌다. 화가 났지만 참았다. _이정인

■── 아이젠이 효과가 별로 없어서 나무를 잡고 가는데 내리막길에서 갑자기 속도가 빨라져서 하마터면 구를 뻔했다. 그때 준범이가 내 비명소리를 듣고 순간적으로 나를 잡았다. 준범이가 아니었으면 뼈가 부러지거나 큰 사고가 날 수도 있었다. 그렇게 큰 고비를 넘기고 반쯤 갔을 때 한 형이 다리가 골절됐다는 얘기를 들었다. 거의 다 내려와서 아이젠을 풀고 있을 때 한 사냥꾼 아저씨가 총과 조끼 안쪽에 잡은 꿩을 보여주셨다. 실제 총을 처음 봐서 처음엔 무서워했지만 인사도 하고 사냥개도 봤다. _박진우

■── 친구들과 같이 가면서 썰매를 탔는데 엉덩이가 많이 아팠고 위험하기도 했다. 중간에 꿩을 잡아 꿰차고 가는 사냥꾼을 만나기도 했다. _김규연

■── 이번 산행에서 나를 힘들게 한 것은 수많은 오르막길이었다. 오르막길 위에 오르막길 위에 오르막길…… '이 산은 내가 오르막길을 얼마나 혐오하는지 알고 있는 게 분명해.' 그것도 그냥 오르막길이 아니다.

'페이크 오르막길'이다. 이건 내가 붙인 이름인데, 그런 오르막길들의 특징은 우리가 '우와! 끝이야! 이젠 내리막이군!' 이라고 생각하는 순간, 그 위에 숨겨져 있는 끝없는 오르막 세트들을 보여줌으로써 순간적으로 다리에 힘이 풀리고 그냥 하산하고 싶게 만드는 것이다. 물론 저번 산행과 그 이후의 공백 때문에 약해질 대로 약해진 내 다리는 그런 오르막들을 감당하기 어려웠다. 그럼에도 불구하고 내가 이 산에 오를 수 있었던 이유는 내가 이 산을 오르는 유일한 사람이 아니었기 때문이다. 등산하면서 많은 친구들과 얘기하고 떠들며 걷자, 힘은 들어도 마음 한 구석으로는 재미있었다. 이런 것이 백두의 묘미가 아닐까 한다. 아무리 산이 힘들어도, 아무리 고개가 높아도 소소한 추억과 재미들이 있기 때문에 우리는 산을 타는 것 같다. _**이도균**

***

■── 눈이 녹지 않은 북쪽 사면은 거의 죽음이었다. 경사진 얼음 비탈길은 엉덩이 썰매를 타기에는 너무 위험한, 그렇다고 한 발 한 발 걸어 내려오기에는 너무나도 미끄러운, 도저히 어찌해 볼 수가 없는 최대의 난코스였다. 가성산에서 내리막길을 내려오면서 정말 눈물 난다고 생각했다. 한 발짝 떼기가 너무 무서운, 그렇다고 마냥 서 있을 수도 없는 얼음 비탈길.

아이들은 그대로 주저앉아 쌩쌩 잘도 내려갔지만, 한순간 잘못하면 경로를 이탈해 그대로 아래까지 곤두박질칠 무서운 빙판길이기에 쉽사리 미끄러져 내려갈 생각도 하지 않았다. 일단 숨을 가다듬고 목표물이 될 만한 나무를 정한다. 그 나무까지 미끄러져간 다음 재빨리 그 나무를 껴안아야 한다. 그 나무를 놓치면 그대로 추락. 내가 제어할 수 없는 속도로 내 몸이 휘리릭 내려간다. 쿵! 멈춤 성공!

다음은 저 나무다. 다시 또 쌩쌩, 쾅! 이번엔 아이젠을 신은 발로 나무

를 찍어 브레이크를 잡는다. 멈추기는 했는데 발을 통해 허리를 타고 올라와 머리까지 쭈뼛 서게 만드는 그 충격! 장난 아니다. 관절 마디마디가 찌릿찌릿하다. 할 수 없이 다시 일어나 스틱에 온몸을 의지하면서 조심조심 걸음을 옮긴다. 한순간 쭉 미끄러지며 180도 다리찢기 신공 발휘.

안 되겠다. 이번엔 발을 힘껏 디뎌 눈 밑에 깔린 얼음에 아이젠이 박히게 해야겠다. 그러면 안 미끄러질 거야. 힘차게 땅에 발을 박은 순간 무릎이 나가는 듯한 충격, 눈 밑이 얼음이 아니라 바위였다. 이런 제기랄. 너무 아파 눈에 눈물이 핑 돈다.

그 와중에 아이들은 왁자지껄, 좀 더 효과적인 하산 방법에 대해 의견이 분분하다. 어쨌든 애들은 걱정이 없다. 내가 문제지. 썰매를 타다 경로를 이탈해 비탈길로 추락한 아이들이 낄낄거리며 얼음 사면을 다시 올라온다. 그리고 또 다시 주저앉아 커다란 함성과 함께 고속질주. 부럽다!

그렇게 생고생하며 약 11킬로를 일곱 시간 반에 걸쳐 내려왔다. 백두 끝나도 내 다시 산에 올 수 있을까 많은 생각이 오고갔다. 그만큼 힘들고 무서운 하산길이었다.

그러나 그럼에도 불구하고 내리막이 지나면 언제 그랬냐는 듯이 마음이 바뀐다. 장군봉을 지나 눌의산을 가는 중간 넓게 펼쳐진 하얀 나무숲이 동화의 세계로 나를 데려간다. 아빠를 따라가는 두 아이의 즐거운 걸음걸음. 모든 배경이 흑백으로 처리되며 두 아이의 움직임만이 색깔을 가지고 나의 눈에 들어온다.

갑자기 몽환적으로 바뀌는 날씨. 흐릿한 시야 속에 듬성듬성 눈에 띄는 비현실적인 움직임. 어느덧 세상의 모든 것이 정지해 버리고 모든 소리가 사라진다. 하얀 벌판에 나 혼자만이 덩그러니 남겨진 듯한 적막함. 대부분의 산행에서 그러하듯 육체의 힘겨움이 잠깐이라도 나를 떠나면 어김없이 산 속의 신비한 기운이 나를 찾아온다. 황홀경! 갑자기 나타났다 홀연히 사라지는 순간적 몽롱함. 이런 매력을 뿌리치지 못해 난 또 다시 힘든 배낭을 꾸릴 것이다.

눌의산에서 또다시 명줄을 단축하는 죽음의 내리막길을 한 번 더 경험하고 추풍령으로 하산하였다. 누구는 열 시간이 안 걸렸다고 매우 좋아하더라만, 그래, 아홉 시간이 걸리든 열 시간이 걸리든 그게 무슨 상관인가. 내 두 다리로 백두대간을 오롯이 걸어내고 있다는 것이 중요한 거지. **_김선현**

■── 저는 생각과 말의 거리가 너무나도 가까워서 반성을 하게 되는 일이 종종 있습니다. 저 같은 종류의 사람을 좋게 말하면 성격이 심플하고 표리부동하지 않다고들 하지만 사실을 말하자면 됨됨이가 경박한 것입니다.

이번 산행 신청 때만 해도 그랬습니다. 개인적인 일들로 한동안 뜸했던 데다가 이번에도 작은아이 졸업식이 겹치는 바람에 22차 산행은 생각도 못했는데 일요일로 날짜를 옮긴다는 공고를 보니 저절로 댓글을 마구 마구 달게 되더라니까요! 뒤늦게야 '주일을 믿음으로 보내는 분들도 있을 텐데 환호작약하는 나의 댓글을 보고 맘 상한 분도 있겠구나' 하는 생각을 했습니다. 이왕 엎질러진 물이니 어쩌랴. 하지만 문제는 나는 늘 물을 엎고만 산다는 것!

이번 산행에서야 비로소 우리 일행 모두가 제 눈에 들어왔습니다. 명실상부하게 8기의 일원이 된 기분이랄까요? 대충 얼굴과 이름만 알던 분들이 이번 산행에서는 개성을 가진 존재들로 확 제게 다가왔습니다. 그놈이 그놈 같던 아이들도 하나하나 제대로 제 눈에 담겼습니다. 저는 대체로 의무적으로 알아야 하는 관계를 맺지 않고 사는 편입니다. 누구든 만나다 보니 알게 되고 좋아지고 이해하게 되는 거지 억지로 하게 되는 것은 일이든 관계 맺기든 제 성미에 맞지 않습니다. 적당한 시간과 멋진 공간이 제게 새로운 벗들을 선물로 안겨주었습니다. 이번 산행이 새삼스레 고마운 이유입니다. **_김란경**

■── 한참을 내려가는데 빙벽이 나왔다. 열심히 후미를 보살피고 가려던 기사도 정신은 로프구간 빙벽을 만나고 나니 어디 저기 멀리 두고 온 것 같았다. 빙벽에서 차분히 두 여인이 서로 도와가면서 내려가는데 멀리서 내 몸 하나 건사하기 힘들었고 어떻게 도와줄 방도가 없었다. 조금 더 내려오니 신발이 젖어서 얼음과 같이 쩍쩍 들러붙었다. 한 발 한 발을 떼는데 잠시 쉬면 아이젠과 얼음이 하나로 달라붙어서 움직일 수가 없었다.

어디선가 총을 쏘는 듯한 소리가 들렸다. 사냥꾼들이 겨울 사냥을 하는 것 같았다. 백두대간을 걸어오면서 사냥꾼의 총소리를 들은 것은 이번이 두 번째. 처음에는 무장공비가 내려온 줄 알고 경찰에 신고도 했었는데, 이제는 군에서 듣던 총소리와 달라서 사냥꾼이라 생각했다. 사고가 나면 어떻게 하나 생각을 했는데 총소리에 대한 고민보다 더 빨리 내려가고 싶은 마음밖에 없었다.

　더 내려오니 고속도로가 보이고 민가가 나왔다. 처음 내가 추풍령을 만난 것은 초등학교 때 어머니와 함께 서울에 살던 외삼촌 집에 가면서였다. 고속버스 안내양이 구름도 쉬어간다는 추풍령이라고 말해주었었다. 경부고속도를 만들면서 돌아가신 분들의 위령탑이 있다고 엄숙하게

설명하던 것도 기억이 난다. 추풍령은 경주를 떠나 서울로 갈 때와 서울에서 경주로 갈 때 항상 쉬어가던 휴게소였다. 잘사는 외삼촌 집과 서울말을 쓰는 외사촌들은 항상 부러움의 대상이었는데, 어릴 적 경부고속도로를 차를 타고 지나다니면서 서울로 간다는 설렘과 경주로 내려간다는 약간의 답답함이 교차하던 곳이 바로 여기 추풍령이다. _김인현

제3부

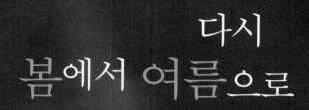

다시
봄에서 여름으로

준비 운동

남녘은 벌써부터 꽃소식이 전해져옵니다. 노란 유채꽃이 범람하는 제
주의 꽃소식을 시작으로 이제 복수초, 매화, 산수유, 생강나무들이 일제
히 꽃망울을 터뜨릴 기세입니다. 지독히도 많은 눈들로 뒤덮였던 등산로
를 볼 때면 언제 봄이 오려나 하는 조바심이 앞서곤 했는데 이제 절기상
우리는 봄의 문턱으로 들어섰습니다. 겨울의 흔적들이 봄의 전령으로 인
해 조금씩 지워지는 이때, 우리들 또한 얼어 있던 겨울의 마음을 지우고
봄의 신선한 내음으로 긴 겨울잠에서 깨어나야 할 때인 것 같습니다. 23
차 산행은 꽤 먼 거리입니다. 백두8기가 고기리에서 대간 산행을 시작한
이후 가장 멉니다. 하지만 22차까지 많은 산행을 통해 체득된 우리의 몸
이 감내하기엔 적절한 고도이며 거리입니다. 집에서, 직장에서 워밍업을
많이 하시고, 겨울에 길들여진 내 몸을 조금씩 봄에 맞게 변화시켜 즐거
운 산행이 될 수 있도록 해주시기 바랍니다.

산행일시 **2013년 3월 9일(토)**

산행코스 **추풍령 · 금산 · 사기점고개 · 작점고개 · 용문산 · 국수봉 · 영민봉 · 큰재**

"눈을 먹고 생강나무를 씹으며
때 아닌 더위를 달래다"

■── 추풍령 근처 식당에서 아침을 먹은 뒤 포근한 햇살을 즐기며 산행을 시작했다. 그런데 30분도 안 가서 너무 더워 옷을 벗고 바람막이만 걸친 채 걸었지만 그래도 더웠다. 애들이랑 노래도 부르면서 작점고개에 도착했다. 정자가 있고 넓은 평지에다 날씨까지 맑아서 누워서 쉬기 딱 좋았다. 한참을 걸어 국수봉인 줄 알았는데 아니었다. 어둑어둑해질 무렵에야 국수봉에 도착했다. 시원한 바람이 불었다. 큰재까지 그냥 아무 생각 없이 걸었다. 다음 산행엔 그냥 따뜻했으면 좋겠다. _**이종승**

■── 오랜만에 나선 산행이어서 그런지 시작할 때 기분이 엄청 상쾌하고 좋았다. 오랜만에 사진기를 들고 하루 종일 찍으니 기분도 좋았다. 출발할 때는 조금 선선했는데 갈수록 더워졌다. 눈이 중간중간에 조금씩 남아 있었는데 만져 보니 굉장히 시원했다. 국수봉을 오를 때쯤 시원한 물이 부족했다. 그만큼 더웠다. 일단 뜨거운 물이라도 나눠 마시면서 국수봉에 도착했고 3킬로미터 정도 더 내려가서 큰재에 도착하였다. 끝날 것 같지 않던 산행이었는데, 걷다 보니 금방 도착해 있었다. _**김주현**

■── 산행 시작 후 물을 마시려고 하는데 물이 거의 다 비어 있었다. 아빠가 물어보시기에 나도 그때야 깨닫고는 모른다고 했다. 차에 탈 때 가

방을 들고 탔는데 차 안에서 물 두 병이 없어졌다. 갑자기 물이 없어져서 황당하기도 하고 화가 나기도 했다. 몰래 마시고 빈병만 내 가방에 꽂아 놨다. 정말 양심이 없는 것 같다. 그래서 점심 먹을 때까지는 물을 전혀 안 마시고 갔다. 이제 물 한 병으로 산행 끝날 때까지 버텨야 했는데 인서 랑 현도가 물을 달라고 해서 몇 모금 줬다. 인서도 물이 부족했고, 현도는 물을 전혀 가지고 오지 않았다 한다.

작점고개에서 점심을 먹을 때 신발을 벗고 발 마사지를 했다. 컵 떡국 을 먹고 나니 후미였다. 잘 가고 있었는데 아빠가 물이 부족할 것 같다며 포카리스웨트를 주셨다. 괜찮다고 했는데 꼭 마시라고 했다. 그리고 물 간수를 잘 못했다고 많이 혼났다. 내 물건도 잘 챙기지 못할 바에는 앞으 로 산행하지 말라고 하셨다. 더운 날씨에 산행할 때는 물 한 병이 목숨과 같다는 말이 아직도 생생하게 남아 있다. 오후엔 원조랑 국수봉까지 같이 갔다. 국수봉 정상에서 쉬는 기분은 참 좋았다. 땀날 때 바람이 불어서 시원하고 앉을 곳도 있어서 좋았다. 내려갈 때 사람이 별로 없어서 좀 불안하기도 했는데 저 멀리에서 어떤 사람이 손을 흔드는 것을 보니 마음이 편해졌다. 손을 흔든 사람이 있는 곳에서 10분쯤 내려간 다음에 좀 평평한 곳에서 누워서 쉬었다. 다시 일어나서 생강나무를 씹으며 내려갔다. _**이정인**

■── 이번 산행을 통해 물의 중요성을 알았다. 처음에는 기온이 적당해서 물은 별로 필요 없을 거라고 생각을 했는데, 점차 시간이 지나면서 기온이 높아지니까 물이 많이 필요하게 되고, 물을 많이 마시니 갈증은 더더욱 심해졌다. 갈증이 심해지면서 땀은 점점 더 많이 나오고, 땀이 나오면서 물을 더 마시게 되는 증상이 일어났지만, 고도가 높아지면서 기온이 낮아지고 기온이 낮아지니 바람이 많이 불어서 그때부터는 물이 별로 필요가 없게 되었다. 그렇게 한참 동안 물과 싸움을 하면서 걷다 보니 도착해 있었다. _**김규연**

■── 조금 올라가니 운지버섯이 여기저기에 많이 보였다. 잘린 고목에는 운지버섯이 자라고 있었고 나는 무심코 지나쳤다. 너무 많아서 혼란스럽기도 하였다. 그렇게 운지버섯 군락지를 지나 선두를 쫓아 달렸다.

한 네 시간쯤 지났을까? 높은 산 하나를 지나고 평탄한 지형을 걸었다. 중간중간 간식도 꺼내 먹으면서 체력을 보충했고, 내리막을 내려갈 때는 봅슬레이를 하듯이 옆으로 '샥샥' 지나갔다. 도로가 보였다. 엉? 설마 벌써? 내려가 보니 모두들 삼삼오오 옹기종기 앉아서 점심을 먹고 있었다.

밥을 먹고 나서는 국수봉을 향해 올라갔다. 고도표로 보면 고개가 둘 있는데 첫 번째 고개는 가파르고 두 번째 고개는 그나마 완만했다. 승우가 소금사탕을 줘서 맛있게 먹으며 올라갔다. 조금만 더 올라가서 쉬자, 더 올라가서 쉬자……. 이런 생각을 하며 올라가니 벌써 국수봉이었다.

만세! 국수봉 이후로는 계속 내리막이어서 매우 쉬웠다. 역시 봅슬레이를 하며 내려갔고 어느새 선두였다. _이민규

■── 아직 표정이 밝은 친구들과 천천히 걸어갔다. 낙엽 밟는 소리가 크게 들렸다. 아침이라 그런지 쌀쌀하였다. 그래도 다행히 바람막이를 챙겨서 그런지 춥지는 않았다. 그런데 어쩐지 점점 더워지는 기분이었다. '어? 분명 1년 전 이때쯤에는 눈이 엄청 쌓여 있었고, 추웠는데? 기분 탓이겠지 뭐.' 라고 생각하며 그만 다시 이야기 속으로 들어갔다. 한동안 친구들의 이야기를 들으면서 쉬었다.

우리는 갑자기 이유 없이 빨리 걸었다. 생각해 보니 우리가 후미에 속해 있다는 마음속의 무의식이 발동되었나 보다. 재미있게 이야기도 하고, 노래도 부르고, 과일도 먹고, 쉬기도 하였다. 이렇게 길을 가다가 손이 어딘가에 쏠려 까졌는데 지곤이가 밴드를 빌려줘서 다행히 아픔을 참을 수 있었다. 빵도 먹고 맑은 공기도 마셨다. 그런데 '어라? 벌써 포장도로다.' 순간 '아, 벌써 끝났나?' 했는데 역시나 아니었다! 무릎이 아파 앉아서 쉬고 있을 때 지곤이가 젤리형 파스를 줘서 무릎에 발랐다. 고마웠다.

덕분에 뛸 수 있었다. 계속 걷다 보니 헷갈리는 곳도 있었는데 다행히 리본이 나무에 달려 있어서 제대로 점심 먹는 곳에 갈 수 있었다. 지친 다리를 이끌어 시원한 그늘로 가서 자리를 잡았다. 주섬주섬 가방에서 뜨거운 물과 라면을 꺼내서 입에 넣었다. 맛있었다. 빵과 같이 먹었더니 배가 불렀다.

다리에 힘이 풀리고 졸음이 오고 힘이 빠질 때쯤, 이런, 물이 떨어졌다. 다행히 가끔 눈이 있어서 퍼먹으며 갔다. '와, 이렇게 지루하고 시간이 느리게 가는 산행은 처음이다!' 라고 생각하며 걸었다. 그것보다 엄청나게 웃으며 이야기하던 친구들이 조용해졌다. 지쳤나 보다.

나는 버스에서 노래를 들으며 자는 생각을 하며 뛰었다. 헉헉. 체력이

부족하다.

국수봉이 저 멀리에 보였다. 기뻤다. 그것도 매우 무척이나 기뻤다. 다
행히 물이 두 모금 정도 남았다. 쉬지 않고 걸었더니 연속 오르막길이 나
온다. 희한하게 숨이 진정이 되지 않았다. 평소처럼 계속 숨을 진정시키
려고 노력해 봤지만 소용없었다. 그래서 쉬니 저 멀리에 떨어지는 해가
보였다. 슬슬 걸었더니 다행히 나아졌다. 드디어 국수봉에 도착하였다.
따스한 햇살을 받으며 엎어져 버렸다. 생각보다 많은 친구들이 있었다.

서로 물을 나누어 마신 뒤 3킬로미터에 이르는 하산길에 들어섰다. 연
이은 내리막, 생각보다 경사가 너무 급했다. 거기다 잘 미끄러지는 진흙,
너무 싫었다. 두 번 정도 넘어졌는데 바지가 진흙에 젖었다. 그래서 다시
일어나 걸었다. 하늘을 보니 해가 저물고 있었다. 어두워지면 헤드랜턴을
써야 한다는 생각이 들어 뛰었다. 쉬지 않고 걸었다. 드디어 저 멀리 버
스가 보인다. 뛰었다. 너무 기뻤다. 20킬로미터가 넘는 산행 길이와 물 두
통과 음료수로 버틴 이번 산행은 내게 치밀한 준비가 얼마나 중요한지를
알려주었다. **_김상아**

* * *

■── 오후가 되니 바람이 불기 시작했고 날씨는 더 더워졌다. 여기저기
서 내복을 벗고 가는데 나는 춥다며 입은 채 계속 갔다. 한참을 가는데 너
무 힘이 들었다. 앉았다 일어나니 핑 도는 것이 후미대장은 아무나 하는
게 아니구나라는 생각을 했다. 백두 내내 뒤쪽에서 후미대장과 함께 가
서 별것 아니라고 생각을 했는데, 직접 후미를 맡아 보니 챙겨야 할 것이
하나둘이 아니었다. 떨어진 휴지와 분실물 챙기기, 아이들 독려해서 걷게
하기, 신발 신기기, 무전기 챙기기…… 또한 학생대장의 부관까지 하니
장난 아니게 힘이 들었다. 내가 가면 바로들 출발해서 나도 열심히 따라

갔더니 배터리 방전되듯이 에너지가 완전 방전되었다.

'나도 폼 나게 이 사람 저 사람 돌보고 싶은데 완전 배터리 방전이라니, 이 나이에 배터리 방전이라니…… 젠장!' '난 백두형 인간이 아닌가 보다. 누가 말했듯이 완전 평지형, 방바닥형 인간이었나 보다.' 산행대장님께 말씀을 드렸더니 내가 걱정이 되는지 산행대장님께서 되돌아와서 보신다. 산에서 보는 산행대장님이 더욱 멋있어 보였다.

내복을 벗으라고 했다. 머뭇거리다 내복을 벗고 길을 가는데 그렇게 상쾌할 수가 없었다. 이참에 조금 앉아서 쉬면서 초코파이 두 개를 꺼내서 먹었다. 에너지가 충전되는 느낌이었다. 국수봉에서 사진을 찍고 큰재에 도착하고서야 거의 열두 시간이 걸렸다는 것을 알았다. 반갑게 후미를 마무리하고 차에 올랐다. 참 힘들고 어려운 산행이었다. _김인현

■── 겨우내 모진 추위와 쌓인 눈의 무게를 견디던 낙엽이 봄 햇살에 버석거리며 푹신해진 양지쪽 완만한 산길을 걸으며 산행에 한 점 부족함이 없는 맞춤날씨에 감사와 충만함의 심호흡을 하며 천천히 걸음을 옮겼다. 봉우리 사이로 오르는 일출도 새삼 정겹다. 작점고개까지 중간 앞 정도의 속도로 걸었으니 체력이 그리 저질이 아닌 것 같아 다행이라 여겼다.

산에 오를 때마다 어느 산도 결코 만만하지 않다는 생각을 하게 된다. 쉽다고 오버해서도 안 되고 어렵고 힘들다고 쉽게 포기해도 안 된다. 높은 경사로를 보고 지레 겁먹을 필요도 없고 기운이 넘친다고 무리를 하면 금방 지쳐 낭패를 보게 된다. 항상 초심을 잃지 않고 겸손하게 가야 한다.

점심 때 잘 먹은 것만 믿고 오르고 내리기를 반복하다 보니 몸이 서서히 지쳐왔다. 게다가 산에서 왜 그리 구리고 얄얄한 냄새가 나는 건지 숨 쉬기도 괴로웠다. 맑은 공기를 마셔도 시원찮을 판에. 예준빠는 산불이 나서 약품처리를 한 것 같다는데 약품을 화장실에서 만들었는지, 도중에 저편 축사에서 풍기는 악취까지 더해져 속이 울렁거렸다. 산불진화용

으로 쓴 약품 냄새 때문에 타지 않은 나무들도 살맛을 잃을 것 같았다. 이 꾸진 냄새 때문에라도 산불은 절대로 일어나서는 안 된다고 생각했다.

걷다 보니 무릎부터 종아리, 발바닥, 뼛속까지 욱신거리고 화끈거리는 데다가 칼질을 잘못하여 베인 왼쪽 둘째손가락 손톱과 선자령에서 까맣게 죽어버린 오른쪽 발톱이 빠질 것처럼 아프다. 달리 할 것이 없어 종아리에 파스를 뿌리고 아픔을 잊기 위해 그냥 한 걸음씩 걷고 또 걷는다. 고행의 수도승처럼 무념무상으로 걷고 있는데 배낭이 가지에 걸렸는지 뒤로 잡아당기는 것 같아 뒤를 돌아보니 어느새 뒤따라온 기획대장이 장난기 가득한 얼굴로 내 배낭을 당기고 있다. 아, 정말! 가뜩이나 힘든 걸음을 겨우겨우 걷고 있는 와중에 이런 어이없는 장난을 하다니. 맥이 풀려 화를 내고 싶은데 말도 잘 안 나왔다. 같이 온 새연빠도 똑같은 장난에 한몫을 한다. 그러고는 힘든 경사로를 휙 올라서서, 힘겹게 그 길을 오르는 나를 내려다보고 에베레스트 등정하는 사람 같다며 속을 긁는다.

앞서가던 남편에게 새연빠가 따라가며 "오늘 이 산이 '그때봉' 같지 않아요? 날씨도 그렇고 거리도 그렇고." 이렇게 말하자 "아, 맞아요! '그때봉' 정말 그러네요"라고 맞장구를 친다. '그때봉? 그때 어느 봉? 그동안 수없이 많은 봉우리를 거쳤을 텐데 저렇게만 말해도 척척 알아듣는단 말인가?' 아무리 산행이 힘들다고 이런 말도 안 되는 대화를 아무렇지 않게 하는 걸 보니 살짝 걱정이 되었다. 이심전심의 두 사람 간 간결한 대화도 그렇고, '그때봉'으로 공감을 이뤄 낸 새연빠가 안심을 하고 앞서 휘리릭 가버리는 뒷모습이 너무 웃겨서 혼자 맥없이 웃었다.

나중에 알고 보니 '그때봉'은 4차 산행의 '깃대봉'을 내가 잘못 들은 것이었는데, 은연중 나 혼자 잘 못 듣거나 보고 지금껏 오해하고 있는 것은 또 없는지 생각해보게 되었다.

가까스로 오른 용문산에서 국수봉을 바라보며 나도 모르게 신음과 같은 한숨을 내쉬었다. 시원한 바람이 부는 나무그늘 아래 누워 하늘을 보니, 봄 햇살이 닿는 가지 끝마다 겨울을 견딘 겨울눈이 곧 꽃을 피우려는지 한껏 들떠 있는 것처럼 보였다. 겨울눈의 인내를 묵상하며 그 인내를 몸과 마음에 담아 남은 산행을 하기로 했다.

앞에 있지만 멀고 높게만 느껴지던 국수봉도 정상을 향해 발을 한걸음 내디디면 길이 보인다. 늘 두려움은 머릿속에서 먼저 피어오르고 나아갈 용기를 방해하는 것 같다. 잘 먹고 용기를 내어 목표를 향해 걸으면 길은 열리고 이어진다. 폭풍의 도움으로 땀을 식히며 꾸역꾸역 걸으니 국수봉 정상이다. 야호!

그늘진 하산 길, 낙엽 밑 얼음의 복병을 피해 떨리는 발에 힘을 주며 급경사로를 내려오는데 바로 눈앞의 봉우리에서 누군가 손을 흔든다. '누군지 궁금하면 빨리 오라는 메시지인가?' 누군지 정말 궁금해서 힘을 내어 가보니 예준빠께서 혼자 계신다. 자리가 있으면 가겠다고 산행 신청도 하지 않고 온 예준맘이, 산행을 힘겨워하는 걸 봤던 터라 내가 힘들 때마다 예준맘은 여길 어떻게 오고 있나 궁금했었는데, 중간에 예준빠와 함께 택시를 타고 버스가 기다리는 큰재에 먼저 가서 쉬고 있다고 한다. 거기에 배낭을 두고 거꾸로 올라오신 예준빠가 선두를 만나 더 안 가고 기다리셨던 모양이다.

산에서 마주칠 때마다, 마누라를 어디다 내팽개치고 이렇게 앞서서 혼자 다니시냐고 물으면 "혼자 뒤에서 잘 와요" 하며 늘 부처님같이 온화한 표정을 지으시는 예준빠가 우리 부부와 우란네를 만나자 함께 내려간다고 하신다. 채림엄마가 오늘처럼 힘들어하는 걸 처음 본다고 하시는 우란빠의 말씀을 흘려듣지 않고 내 배낭을 대신 들어주신대서 미안하고 고마워서 어쩔 줄 모르겠는 데다, 산행 내내 등에 진 배낭 때문에 힘이 든다는 생각이 없던 터라 그냥 가도 괜찮을 것 같았는데 배낭을 맡기고 나자 몸이 날아갈 것만 같았다. 이를 어쩌나, 예준맘의 불행이 나의 행복으로 이어지다니…… '미안해요 예준

맘. 그대의 불행이 나의 행복이라는 말이 오늘 나의 현실이 될 줄 나도 몰랐다우. 오후에 귀인을 만나리라는 것이 오늘의 운세였는지 살다가 이런 좋은 일도 생기는가 보네요.'

　　배낭 없이 토끼처럼 가볍게 내려갈 줄 알았는데, 무릎이 아파 스틱에 체중을 싣고 발을 끌며 한 발 한 발 천천히 내려오자니, 내 배낭을 메고 앞서 가시다 걱정스레 자꾸 뒤를 돌아보시던 예준빠가 내가 봐도 지루한 슬로우 모션을 견디다 못해 눈앞에서 사라져버렸다. _**임지수**

24

물처럼

2000년 이후 백두대간을 비롯한 산을 찾는 모임들이 우후죽순 많이 생겨났습니다. 긴 수명만큼이나 이에 따른 건강에 대한 욕구, 그리고 오염된 환경으로부터 자신을 지키려는 열성, 더 나아가 쳇바퀴처럼 도는 자신의 삶의 단면을 조금이나마 찾아보려는 마음에 산을 오르는 사람들이 많이 늘었습니다. 하지만 산에 오르는 행위에 뒤미처 산에서 지켜야 할 예의와 자연을 대하는 태도만은 이에 미치지 못해 많은 산들이 상처 입고 있는 게 현실입니다. 산행의 결과물처럼 버려지는 쓰레기로 전국의 유명산들은 몸살을 앓고 있습니다. 특히 마루금이 아닌 계곡을 따라 산행을 하다 보면 이런 현상은 더욱 여실히 나타납니다. 더더욱 문제인 것

은 우리 스스로가 이런 유의 사례에 점점 둔감해진다는 데 있습니다. 배려의 마음은 온데간데없고 오직 나 하나쯤이야 괜찮겠지 하는 이기적인 마음이 산을 점점 아프게 하고 있습니다. 이제 대한민국에 오지라고 생각되는 땅은 점점 찾아보기 힘이 듭니다. 그만큼 많은 사람들이 산을 찾는다는 반증이고, 산의 새로운 면모를 보고자 하는 욕구가 크다 보니 자연스레 이해되는 부분이기도 합니다. 천지간 대자연의 순환과 자체 치유, 그리고 스스로 이루어 나가는 자연의 위대함에만 기대기엔 우리는 너무 많은 것을 가지거나 보려고 하는지 모르겠습니다. 조금 부족한 것에 대한 자족감과 배려가 필요한 시점이 아닐까 곰곰 생각해 봅니다. 꽃피는 봄이 오면 우리네 부끄러운 손길은 이제 잊고 흐르는 물처럼 흔적을 남기지 않는 깨끗한 산행을 했으면 하는 바람입니다.

산행일시 **2013년 3월 23일(토)~24일(일)**

산행코스 **우두령 · 화주봉 · 삼도봉 · 해인산장(첫째 날)**

우두령 · 황악산 · 여시골산 · 괘방령(둘째 날)

"산행을 마치고 계곡물에 발을 담그면"

■── 헤드랜턴을 쓰고 야간 산행을 하다 보니 해가 보이기 시작했다. 그리고 우리의 아침은 시작되었다. 역시나 밥을 먹고 바로 산행 시작. 체할 것만 같았다. 그래서 맨 뒤에서 걸었다. 내 체질에는 후미가 어울리나 보다. 밥을 먹고 가서 그런지 힘들긴 했다. 그래도 나는 묵묵히 갔다. **_정지곤**

■── 세 번째 도전하는 우두령이다. 안개가 내 얼굴을 촉촉하게 만들었다. 주위를 돌아보니 하늘은 아직 남색인데 해가 뜨는 부분은 약간 붉어지고 있었다. 여러 가지 생각을 하며 걷다 보니, 우와, 주변이 약간 짙은 하늘색으로 변하고 있었다. 기분이 오묘하였다.

헬기장을 지나 계단을 올라가는데 무너진 곳도 있었고, 진흙 때문에 미끄러지기도 하였다. 다 올라오니 마음이 편해졌다. 삼도봉까지 별로 남지 않은 것 같아 힘을 내서 걸었다. 저 멀리에 철탑이 보인다. 그리고 익숙한 위치인 삼도봉에 도착하였다.

해인산장으로 가는 긴 내리막길을 내려가다 약수터에서 물도 마시고, 냇가에서는 아픈 발을 담그기도 했다. 정인이랑 차가운 물에 손을 넣은 뒤 일찍 빼는 사람이 냇물을 마시기로 했다. 장난을 하려고 물장구를 치다가 손이 물 밖으로 나와 내가 졌다. 물기를 닦고 오미자 농장을 지나 해인산장에 도착하였다.

다음날, 처음에는 완만한 코스라고 생각했는데 막상 고도표를 보니 우울했다. 마치 지리산을 보는 듯한 기분이었다. 천왕봉이 생각날 만큼 오르막길은 너무 길었다. 내가 지은 죄가 많아서 이런 길이 있는 것일까 궁금했다.

　도중에 '여시굴'을 보았는데 참 신기했다. 이 굴에 여우가 살았다니. 산속의 여우를 보고 싶어졌다. 이어서 여시골재에 도착해 쉬었다. 그리고 얼마 지나지 않아 벌써 버스 근접 지역의 급경사 내리막길에 도착하였다.

_김상아

■── 진짜 오랜만에 1박2일이다! 작년 여름 은티산장에서 먹었던 우유 팥빙수와 고기를 떠올리면서 또 그렇게 맛있고 재미있는 밤을 기대하며 시작했다.

　예진이가 안 왔지만 난 그래도 남자애들이랑 재미있게 갔다. 새벽산행을 해서 처음엔 많이 추웠다. 아침 먹을 때까지는 몹시 쌀쌀했는데 해가 뜨면서 조금씩 따뜻해졌다. 그리고 땀도 약간 나고 날씨가 많이 좋아졌다.

　여유 있게 놀고 떠들면서 제일 높은 정상까지 올라갔다. 정상에서 내려와 종승이가 엄청나다고 말했던 아스팔트길이 나왔다. 약수터가 있어서 머리에다가 물을 끼얹었더니 진짜 시원하고 좋았다. 역시 날씨가 좋아지니까 물이 정말 시원하고 좋다!

　내려오기 시작했는데 내리막길이라서 발가락이 앞으로 쏠리고 발이 많이 아팠다. 내려오다가 옆에 계곡이 있어서 신발을 벗고 발을 담갔다. 가위바위보를 해서 진 사람이 머리 담그기를 했는데 주현이가 걸렸다. 팔굽혀펴기 자세로 시원하게 담갔다. 크크크. 그 다음 우진이도 담그고 김동섭도 담그고……. 많이 놀다가 간식도 다 털어먹고 느릿느릿하게 산장에 도착했다.

　계곡에서 같이 사진도 찍고 물수제비뜨기도 하며 놀다가 고기를 먹었다! 진짜 맛있었다. 찌개도 맛있었다. 엄청나게 많이 먹었다. 산장주인께서 노래방 기계를 켜 주셔서 노래를 불렀는데 진짜 재미있었다. 내가 노래방을 자주 안 가서 그런지 모르겠지만, 여태까지 노래 부르면서 놀았던 것 가운데 가장 아니면 두 번째로 재미있었다.

아침에 눈을 떴더니 신기하게도 5시 58분이었다. 이어폰에서는 아직도 노래가 나오고 있었다. 밖에서 대장님께서 일어나라고 하셨다. 밖으로 나가서 옷을 갈아입고, 아침을 먹은 다음 산행을 시작했다.

우진이가 선두대장이라서 나도 같이 선두로 갔다. 대신 내가 나중에 선두대장 할 때 같이 가주기로 했다. 선두는 생각보다 많이 힘들진 않았는데, 선두의 뒤에서 혼자 느긋하게 가는 것도 좋았다. 햇빛이 좋고, 바람도 살랑살랑 불어서 기분도 좋고, 노래를 몇 곡 들으니까 더 좋았다.

쉬다가 다시 출발해서 황악산에 도착했다. 황악산에서 내려가면 끝이라 좋아하며 열심히 갔는데, 알고 보니까 중간중간에 봉우리도 있고 여시골산이라는 산이 하나 더 있었다. 싫었다. 이번에 갑자기 느낀 건데, 오르

막길이 나왔다가 내리막길이 나왔다가 또 오르막이 나오고 적당한 길이로 섞여서 나오는 게 꼭 '밀당'을 하는 것 같다!

여시골산에 드디어 올라가서 쉰 후 30분 정도 더 내려오니까 버스가 보였다! 두루버스가 엄청나게 반가웠다. 친구들과 놀다가 엄청나게 양이 많은 동태찌개를 먹고 버스에서 쿨쿨 잤다. _**허솔**

■── 드디어 삼도봉에 도착했을 때는 정말 기분이 좋았다. 사진도 찍고 친구들이랑 이야기하면서 쉬기도 하고 좋았다. 내려오면서 계곡에서 머리도 담갔다. 정말 시원했다. 해인산장에 도착해서 친구들이랑 놀다가 고기를 먹었다. 오예! 맛나게 먹었다. 다 먹고 또 친구들이랑 노래방 기계를 틀었다. 오래된 기계여서 다 옛날 노래였지만 최근 리메이크된 곡을 찾아서 불렀다. 즐거웠다. _**김주현**

■── 세 번째로 온 우두령·삼도봉 구간, 겨울이 지나갔어도 여전히 산의 아침은 추웠다. 신영이네 집에서 자고 온 터라 제대로 된 등산복을 갖추지 못하고 그냥 걸었다. 해가 뜨는 장면과 구름으로 둘러싸인 경치를 보느라 석교산을 눈 깜짝할 새 와 버렸다. 애들이랑 같이 얘기 하며 걸으니까 오르막길도 말하는 동안엔 힘들지 않았다. 삼도봉 정상에 올라갔을 땐 고생한 만큼 좋은 경치와 보기 좋은 석상이 있었다. 산장에 내려와서는 산장 아저씨가 준비해 주신 노래 자판기로 신나게 불렀다.

아침이 되고 우두령에 다시 도착했다. 우진이가 선두대장을 맡아 같이 선두로 바람재까지 거의 쉬지 않고 간 것 같다. 바람재에 도착하니 비석 위에 '바람재'라고 예쁜 글씨로 적혀 있었다. 황악산까지 '2.3km'라고 표시되어 있었는데 나는 망각하고 있었다. 황악산 다음에도 엄청 길다는 걸……. 빌빌거리며 황악산 정상에 도착했을 때는 반대로 올라오는 등산객들도 많았다.

여시골산에는 여우들이 많이 살아서 여우골산인가 본데 사투리로 여우가 여시인가? 여시골산을 내려갈 때 저 멀리 파란색 버스가 보였다. 그 버스를 향해 우린 달리고 달렸다. 30분 뒤, 우리는 멋지게 내려와서 밥도 맛있게 먹었다. 다음에는 꼭 등산복을 입고 다녀야겠다. _이종승

■── 해인산장은 이제 안녕이다. 다시 우두령으로 출발. 다시는 안 갈 줄 알았는데, 어쩔 수 없다. 이제 우두령도 정말로 안녕이다. 선두는 얼마나 빨리 가는지 보이지가 않는다. 바람재 도착. 한 시간 정도 쉰 다음, 후미가 온 뒤에 출발한다고 했다. 바람재라는 이름에 맞게 바람이 불었다. 강하지도 않은 시원한 바람이. _이민아

* * *

■── 백두8기 체조대장님만의 특별한(!) 박자에 맞추어 준비 운동을 하고, 랜턴을 목에 걸고 오르는 신새벽의 컴컴한 산길. 빛을 벗어난 곳은 볼 수가 없으니 랜턴에서 흘러나오는 흐릿한 빛이 이끄는 대로 바로 앞만 보며 묵묵히 걷습니다. 시간이 지남에 따라 흐릿하던 주변의 형체는 또렷이 구별되고, 흑백의 명도가 선연해지더니 갑자기 붉은 여명이 아스라이 먼 산을 끼고 나타납니다! 헬기장에서 서성거리는 우리들은 무슨 의식이라도 치르려 모인 비밀결사단만 같았습니다. 멀리서 붉게 퍼져오는 하늘을 우러르니 커다랗고 엄숙한 기쁨이 깊숙한 곳에서부터 서서히 차올랐습니다.

오르락내리락을 반복하던 석교산 즈음, 갑자기 우뚝 솟아 있는 절벽. 밧줄을 붙잡은 둥 마는 둥 하며, 허튼소리를 내뱉으며 재잘거리며, 별것 아니라는 듯이 다들 성큼성큼 잘도 올라갑니다. 나랑 짝꿍해줄 듯이 내내 곁에서 길을 걷던 준범어머니마저 가뿐하게 오르시더니 휘리릭 자취도

없이 사라졌습니다. 저는 갑자기 오금이 저리고 머릿속이 하얘집니다. 아래를 보니 천 길 낭떠러지. 다른 분들이 비웃더라도 내게는 그렇게 느껴졌으니 천 길 낭떠러지가 맞습니다! 이럴 줄 알았더라면 오지 않는 건데 괜히 왔다는 후회가 밀려옵니다.

뒤에서는 상아엄마 아빠가 아이들과 차례를 기다립니다. 몇 발짝을 떼 보았지만 오히려 그 자리에서 오도 가도 못하는 신세가 되고 보니 상아엄마가 코치를 시작합니다. 이곳에 왼발을 디뎌라, 다음 발짝은 거기에 대고 손을 뻗어 가지를 잡아라……. 몸뚱이가 꿈쩍을 않으니 갑자기 밑에 있던 상아엄마가 내 발을 받쳐 번쩍 옮겨 줍니다. 위를 바라보니 인서아빠는 재밌다는 듯이 사진을 마구 찍어대고. 저는 그에 부응하여 속절없이 웃었나 봅니다. 허참. 힘겹게 밧줄구간을 벗어나고 보니 온몸이 유격훈련을 마치고 나온 듯한 상태가 되어 가관입니다. 장갑은 바위에 닳고 옷엔 흙먼지투성이, 팔다리에서는 힘이 빠져 후덜덜. 그 시간 이후로 마냥 귀엽게만 보이던 상아엄마가 우뚝한 선배님이 되었습니다. 그녀에게 넘치는 애정에 더해 존경의 마음도 품게 되었습니다.

아이들 곁에서 녀석들의 재재거리는 소리를 들으며 걸으면 시간이 어떻게 흘러가는지, 목적지가 얼마나 남아 있는지도 모르고 녀석들의 세계에 빠져들게 됩니다. 녀석들은 끝도 없이 재밋거리를 찾아 까르륵댑니다. 끝말잇기를 하며 놀다가 싫증이 나면 숫자놀이를 하고 쉬다가 먹다가 뛰다가 합니다. "……", " ….립", "립스틱", "틱장애", "틱장애가 뭐야?" "응, 그건 무언가 문제가 있는 이상한 행동을 계속 반복하는 거야." "어? 그럼 우리네? 날마다 학교에 다니잖아." 저는 빵 터져버렸습니다. 학교에 다니는 이상한 짓을 날이면 날마다 반복해야 하는 현실이 이 아이들에게는 정말로 장애로 보이지는 않았을 테지요. 주말이면 굽이굽이 산으로 들로 휘젓고 다니면서 마음껏 자신을 내뿜을 수 있는 이 녀석들만큼 행복한 청소년이 이 땅 어디에 또 있을까요? 모든 아이들이 다들 타고난 저마다의 결대로 살아갈 수 있는 세상이기를.

이튿날 오른 일명 '황악산'은 '황학산'이 맞다고 생각합니다. 어리보기인 제가 보기에도 큰 바위 하나 어른거리지 않는 산에 큰바위 악(岳)자가 이름자에 들어 있는 것은 영 이상하다고 생각했습니다. 설악산이나 북악산, 관악산을 보더라도 깎아지른 듯한 바위들이 절경을 이루는데 황악산은 암만 살펴보아도 내 몸뚱이만한 큰 돌도 보이지 않는 육산이더군요.

내 맘대로 황학산이라 단정짓고 나니 '황학루'에 관한 전설과 시가 한 수 떠오릅니다. 옛날 중국 악양 지방의 어느 주막에 흰 옷을 입은 노인네가 날마다 찾아와 밥과 술을 구걸했답니다. 마음씨 좋은 주인 내외는 노인에게 날마다 밥과 술을 공짜로 주었고, 이에 노인은 고마움의 표시로 주막집 벽에다가 누런 귤껍질로 학을 한 마리 그려주고는 홀연히 자취를 감추었답니다. 그날 이후로 주막에서 풍악이 울리고 노랫소리가 울려퍼질 적마다 벽에서 황학이 나와 훨훨 춤을 추었다지요. 당연히 주막은 그 고장의 명물이 되어 춤추는 황학을 보려 사람들의 발길이 줄을 이었겠지요. 주인네는 부자가 되었고. 시간이 흐르고 흐른 어느날, 노인은 다시 나타나 벽 속에 있는 학을 불러 타고 날아갔다고 합니다. 이를 애석하게 여긴 주인네는 황학루를 지어 떠나간 학과 노인을 기념했답니다. 그 노인과 황학은 어디로 날아갔을까요? 혹 여기 황학산 어느 골짜기에 깃든 것은 아닐까요? 저는 그렇게만 생각되어 어디에서 노인을 태운 학이 날아오지는 않을까 하여 하릴없이 이리저리 둘러보기도 했답니다. 괘방령에 내려와 안내문을 살펴보니 아닌 게 아니라 '황학산'이라고 표기해 놓았더군요. 정상에 세워놓은 표지석을 황학산이라고 바꾸든 괘방령에 있는 안내 문구를 황악산이라고 바꾸든 행정기관에서는 이런 사소한 것들에도 신경 좀 써주면 오죽이나 좋을까요.

황학루에 관한 시는 부지기수지만 최호(崔顥)의 것을 최고로 칩니다. 시선(詩仙) 이백도 황학루에 관한 시를 한 수 지으려다가 최호의 시를 보고서는 '졌다. 나는 이보다 더 멋진 시를 지을 능력이 안 된다'며 포기했다는데 멋진 시 한 수 감상하시길 바라며 이만 줄입니다.

> 옛사람 황학을 타고 날아가 버리고, 이곳엔 황학루만 남았구나
> 황학은 한 번 떠나 돌아오지 않으니, 흰 구름만 천 년을 유유히 떠도네
> 맑은 날 강가엔 빛나는 한양의 나무, 앵무섬에는 방초만 가득하구나
> 날은 저무는데 고향은 어디인가, 안개 피어나는 강가에서 수심에 잠기누나 _김란경

■── 둘째 날, 산장의 공기는 맑았다. 밥 짓는 소리를 알람 삼아 평상시보다 한 시간가량 일찍 일어났다. 여기저기 다니며 산행준비를 하는데 아들은 벌써 일어났는지, 밤을 샜는지 샤워는 하지 않고 전날 옷차림 그대로 화투장을 들고 있다. 저런 집념은 어디에서 나오는 것인지……. 빨리 치우고 식사하라고 몇 번 이야기를 했는데도 아이들이 내 이야기를 귓등으로 듣는다. 은근히 부아가 치밀어 올랐다. 다른 아이들은 어떻게 하지 못하고 내 아이만 불러냈다. 왜 말로 해서 듣지 않느냐고 물어봤는데도 묵묵부답. 순간적으로 손이 올라갔다. 나도 어떻게 제어하지 못하는 상황이었다. 더 심하게 혼낼 수도 있었는데 진우빠가 말린다.

속으로 꾹 참으면서 빨리 밥을 먹고 산행준비를 하라고 했다. 지난번 1박2일 지리산 산행에서는 내가 직접 주먹밥을 만들었는데, 이번에는 다른 분들께서 솜씨를 발휘한다. 백두를 하면서 아들과 더 친해지려고 했는데 더 멀어지는 것 같다. 울컥한 마음을 다스리려 한참 동안 마음을 달래다 밥을 먹고 산장을 나섰다. 아무런 이야기를 하지 않고 버스에 가니 정인빠가 칡을 잘라서 준다. 받아서 버스에 올랐다.

칡을 한 번도 먹지 못한 아들에게 사과의 의미로 칡을 줬다. '씹어서 물만 빨아먹고 버려라.' 혼자서 자리로 돌아와 앉았지만 여전히 마음이

불편하다. 체조를 하고 우두령에서 황악산을 향해 후미로 출발했다. 산을 오르며 아들에게 미안해서 삼성봉에서 한참을 기다리는데 오지 않는다. 배낭을 두고 마중을 나가니 친구들과 여전히 열심히 놀고 있다. 서로가 미안해서 그런지 사진을 한 장 찍자고 하니 거부하지 않는다.

    사진을 함께 찍고 가다 보니 산이 많이 훼손되었고 그쪽을 지나니 바람재가 나온다. 이어서 한참을 오르니 800개의 나무계단이 있는 여정봉

이 나온다. 여정봉과 형제봉을 지나는데 김천 근교 산이라 그런지 역주행하는 등산객들이 많다. 한참을 더 가니 황악산이다. 조금 쉬면서 사진을 찍으려는데 선두에서 내려오라고 했다고 한다. 헬기장 쪽으로 내려가니 눈 위에서 아이들이 놀고 있다. 눈이 녹은 산길에는 끈적이는 산흙이 많이 깔려 있었다. 백운봉과 운수봉을 돌아서 가다 보니 여우가 많이 나온다는 여시골산이라는 팻말이 보였다. 여시골산에 여시굴을 보니 수직으로 내려가 있는 여우굴이었다.

아이들과 사진을 찍고 GPS에 기록을 하고 내려가니 멀리 괘방령에 버스가 보인다. 점심 겸 저녁으로 동태탕을 먹는다는 이야기를 듣고 이 산골에서 무슨 동태탕이냐는 생각을 하고 내려갔는데 찻집에서 동태탕을 끓이고 있었다.

동태를 한 대접 끓여 내는데 아주 맛이 좋았다. 열심히 한 그릇을 다 비우고 사이다도 한잔 하며 옆을 보니 아들은 소파에 곯아떨어져 있었다. 마지막에 내려와서 아주 맛있게 끓인 동태탕을 먹고 나니 계산은 주현맘께서 하셨다고 하신다. 열심히 먹고 나서 일어서는데 찻집 주인이 잘 가라고 손을 흔든다. 정물화 같은 초봄의 1박2일의 산행은 그렇게 끝이 났다.

나는 언제나 어른이 될까? 정녕 물처럼 살 수는 없는 것일까? _김인현

■─── 그토록 매몰차게 우리의 발길을 받아들이지 않았던 산길, 우두령에서 화주봉을 지나 삼도봉에 이르는 그 길옆에서 나무들이 마뜩찮은 표정으로 우리의 발자국을 내려다보고 있었습니다. 나무들은, 인간의 발길

이 닿지 못할 정도로 그악스럽게 눈을 쏟아붓던 지난겨울이 못내 그리운 모양입니다. 그들의 내밀한 고독과 쓸쓸함을 헤아릴 길이 없어 나는 잠시 '드디어' 삼도봉에 오르고야 말았다는 성취감을 맛보기도 했지요.

젊었던 시절 그리고 그후로 오랫동안 나는 외로움을 이기려 안간힘을 썼었지요. 못난 모습을 감추려 외로움이라는 벽돌로 성채를 쌓고, 그 속에 스스로를 감금하고는 그럴 듯한 포즈를 취하기도 했었습니다. 하지만 그것은 성룡이 출현한 영화를 본 후 그의 발길질을 흉내내는 것과 조금도 다를 바 없는 민망한 몸짓에 지나지 않았다는 것을 알기까지 참 오랜 시간이 필요했습니다. 저 혹독했던 추위와 눈보라를 견뎌온 참나무를 보면서 나는 내면에서 발효된 고독에는 깊디깊은 삶과 사유의 향기가 깃들어 있다는 것을 다시금 깨닫습니다.

지리산 능선이 한눈에 보이고 덕유산 향적봉이 손에 잡힐 듯 가까운 삼도봉에는 흉물스런 기념탑이 세워져 있습니다. 경상도와 전라도와 충청도의 화합을 기원하며 세운 것이랍니다. 저런 상상밖에 하지 못하는 관료들의 규격에 갇힌 감각이 딱하다 못해 한심하기까지 하더군요. 여의주를 문 용 세 마리라, 그것도 기계를 동원해 대리석을 깎아 만든…… 그야말로 몰취미의 극치입니다. 하기야 어디 관료들만 탓할 수 있겠습니까. 그들의 사고방식이나 발상법에서 우리는 또 얼마나 멀리 있는지 생각하지 않을 수 없습니다.

화합을 표나게 내세우는 것은 결국 분열증상을 확인하거나 조장하는 것과 크게 다르지 않다는 판단에 동의할 수밖에 없습니다. 역사가 알려주듯이 화합이나 질서를 강조하는 자들은, 개인의 고독과 자유 그리고 자발적 차이를 용인하지 못한다는 점에서, 대단히 위험합니다. 저 몰취미하기 짝이 없는 기념물을 바라보면서, 차이들이 만나 빚어내는 진정한 화합은 아득하게만 보여 잠시 갑갑하기도 했습니다.

삼도봉에서 해인산장으로 이어진 길, 착실하게 그리고 견실하게 나이

테를 그려나가는 오래된 나무들이 말합니다. 고독을 견디기 위해서는 더 깊은 고독이 필요하다고. 고독을 치유하는 방법은 더욱 절실한 고독뿐이라고. 그러니 고독은 존재하는 모든 것들의 숙명이라고. 깊고 아픈 고독을 품고서 겨울을 지나온 생강나무 한 그루가, 아직 차디찬 물이 흐르는 계곡 옆에 비스듬히, 외롭게 서서, 통증의 시간을 여리지만 깊은, 노란빛 향기로 빚어내고 있었습니다. 나의 눈인사에 응답이라도 하듯 여린 꽃잎이 건듯 부는 바람에 파르르 손짓을 합니다.

해인산장(海印山莊)입니다. 시끌벅적한 목소리들에 둘러싸인 성찬이 채 끝나기도 전, 나는 산행 뒤에 어김없이 찾아오는 묵직한 피로를 달래려 아침부터 우리와 함께했던 봄날의 태양보다 먼저 잠을 청했습니다. 얼마나 지났을까. 깊은 잠의 동굴을 쩌렁쩌렁 울리는 우리 산행대장의 코고는 소리와 차가운 물에 적신 속옷을 입기라도 한 것처럼 선득거리는 방바닥의 냉기를 견디지 못하고 눈을 떴습니다.

열이틀 달이 부연 달무리를 두른 채 검은 산봉우리 사이를 힘없이 건너고 있는 시각, 나는 잠자리에 돌아갈 줄 모르고 조촐한 향연의 뒷자리를 서성거렸습니다. 빗자루 자국만이 흐릿하게 남은 화로, 차갑게 식어버린 난로, 정갈하게 닦인 탁자……. 그 정밀(靜謐)한 시간을 침범하는 것이라곤 코고는 소리와 나의 숨소리뿐이었습니다.

"안 주무십니꺼?"

"실컷 잤습니다."

"혹시 방이 추버서 깬 것은 아이고예?"

"아, 예에. 춥기도 하고 또……."

"군불을 더 때야겠네예."

산장지기였습니다. 나는 잔뜩 몸을 웅크리고 큼직한 무쇠솥이 걸린 아궁이 앞에 앉았습니다. 그는 뒤란에서 불땀 좋은 참나무 장작을 몇 아름씩이나 날라다 주었습니다. 나는 쭈그리고 앉아 그야말로 열과 성을 다

8기 백두대

2013 . 03 . 23

종주 탐사대

4. 제 24차 13,14 구간 삼도봉 ~ 궤방령

401

해 불을 피웠습니다. 굵직한 참나무 둥치는 종이조각 몇 장을 실마리 삼아 깊은 불길 속으로 들어갔습니다.

　나는 불을 숭배하는 조로아스터교의 독실한 신도라도 되는 양, 자못 진지한 표정으로 그 깊은 불길을 바라보았습니다. 어느 산자락에서 봄이면 환희에 젖어 싹을 틔우고, 여름이면 뭇 벌레와 새들을 푸른빛으로 감싸주고, 가을이면 견실한 열매를 맺어 산속 여러 동무들의 양식을 제공하고, 겨울이면 깊은 고독으로 제 몸을 다지던 그 참나무가, 지금 어둠 속에 홀로 앉아 있는 제 분신(分身)의 쓸쓸한 얼굴을 붉게 물들이고 있습니다. 아궁이를 빠져나온 연기는 참나무가 살아온 세월의 향기를 코끝에 남기고 차가운 하늘로 흩어집니다.

　언제쯤이나 나는 제 몸을 태우는 참나무의 기쁨과 두려움과 그리고 웅숭깊은 쓸쓸함을 몸에 배게 할 수 있을까요. 부지깽이를 들고서 눈부시게 붉어서 뜨거운, 아니 뜨거워서 붉은 덩어리를 멍하니 바라보고 있었습니다. 아궁이 앞에 앉아 밥을 짓던 가난한 어머니의 치마폭에 감싸인 아이가 환하게 웃는 모습, 세상의 파도에 시달리다 간신히 돌아와 지난날을 추억하는 중년 사내의 모습, 언젠가 붉은 열기와 향기 속으로 사라질 늙은이의 모습이 바람만바람만 뒤엉켜 흐릅니다.

　이런 모습이 안쓰러웠는지 산장지기는 막걸리 두 병과 김치 한 보시기를 꺼내와 권합니다. 서울에서 사업을 하다가 '때려 치고' 이곳으로 내려왔다는, 산을 벗 삼아 농사도 짓고 산사람 시중도 들면서 살고 있다는, 경상도 사투리가 더없이 살갑고 말주변도 참 좋은, 일흔 살을 세 걸음 앞둔 그 산장지기와 막걸리 두 병을 사이좋게 나눠 마셨습니다. 외삼촌 같기도 하고 큰형님 같기도 한 그는 산에서 사는 사람의 즐거움과 쓸쓸함을 조근조근 털어놓았습니다. 스마트폰에 넋을 빼앗긴 손자 녀석의 앞날이 걱정이라고. 제 앞가림 하느라 정신이 없는 아들이 참 딱하다고. 용돈을 주기는커녕 이쪽에서 용돈을 주지 않으면 표정이 달라지는 며느리가 무섭다고.

그가 잠을 청하러 떠난 자리에 예준아버지가 찾아왔습니다. 꼭두새벽 잠을 이루지 못하는 것은 아마도 나이 탓일 겁니다. 그의 '늙수그레한' 얼굴도 장작불 앞에서 보니 소년처럼 곱고 환합니다. 다시 막걸리 몇 잔이 오갑니다. 짧지 않은 시간 동안 독일에서 어렵사리 화학 공부를 하고 돌아온 후, 이 땅에서 녹록치 않은 삶을 헤쳐온 그의 이야기에도 삶의 지혜가 그득합니다. 지혜는 아프고 깊은 고독의 결실일 것이라는 생각을 하면서 바라본 그의 표정에 언뜻 야멸찬 세월의 옹이가 비치는 것도 같습니다.

그렇게 아궁이 앞에서 꼬박 여섯 시간을 앉아 있었습니다. 아니, 인간의 시간이 아니라 참나무의 한살이가 스민 고독과 환희와 소멸의 시간 속에서 나의 상념은 긴 여행을 했다고 해야 할 것입니다. 인간의 시간이 휘발되어버린 듯한 고적(孤寂)한 산장에 닭 울음소리가 가득합니다. 산장의 추억은 한 줌의 재로 사라진 참나무 이야기와 더불어 긴 여운을 드리울 것만 같습니다.

햇살이 나무들 사이로 물결처럼 번지는 아침, 다시 길을 떠나는 나의 발걸음은 한결 가볍습니다. 피곤에 전 코골이로 나를 깨웠던 이가 고맙기만 합니다. 우두령에서 바람재를 거쳐 황악산을 지나 가파른 내리막길이 끝나는 곳에 괘방령(掛榜嶺)이 있습니다. 나는 '과거나 시험에 합격한 사람의 이름을 써 붙였다'는 그 야트막한 고갯마루에서 높고 쓸쓸한 고독이 깃발처럼 내걸려 있는 것을 보았습니다. _정선태

25

봄이 오는 소리

　겨우내 밀린 빨래를 하듯 우리는 이제 5주차 산행을 통해 그간 밀려 있던 산행구간을 탐사합니다. 모든 것이 얼어 정지되고 새로운 봄은 아득하게만 느꼈던 게 엊그제 같은데 이제 꽃피는 봄이 되었습니다.

　봄은 상승의 계절입니다. 고요한 옹달샘 같던 겨울의 기(氣)는 상승하는 봄의 기운에 저만치 밀려 사그라지려 하고, 나뭇가지에 흙무지에 봄이 오는 아우성이 귀에 쟁쟁합니다. 이번 산행코스는 큰재에서 신의터재까지 22.3킬로미터에 이르는 꽤 먼 거리입니다. 하지만 표고가 낮고 평이한 구간이라 아무런 문제가 없을 듯싶습니다. 5주차 산행을 하니 우리 백두8기 가족을 자주 볼 수 있어 참 좋습니다.

산행일시 **2013년 3월 30일(토)**

산행코스 **큰재 · 개터재 · 백학산 · 개머리재 · 지기재**

"꽃에 물들고 산에 속고"

■── 아빠의 배려로 작은 가방을 들고 갈 수 있어서 가기 전부터 기분이 좋았다. 버스에서 그럭저럭 자다 깨다 하다가 정신을 차리고 보니 버스가 멈춰 있었다. 밖은 항상 그렇듯이 매우 추웠지만 전날 밤 집에 갈 때보다는 따뜻했다. 이번에는 일찍부터 야간산행을 시작했는데, 규연이가 학생 선두대장이었다. 그래서인지 선두가 무척 빠르게 산행을 해서 동이 트기 전까지 매우 멀리 갈 수 있었다. 주먹밥을 먹은 후 친구들과 함께 올라갔는데, 너무 더워서 옷을 다 집어넣었다. 하지만 가방이 매우 가벼워서 발걸음도 가벼웠다. 물론 중간중간에 힘든 곳도 있었지만 전체적으로 평이해서 금방 갔다. _이인서

■── 생강꽃이 굉장히 많이 피어 있어서 사진기로 찍고 싶었지만 카메라 배터리가 부족해서 많이 찍지는 못했다. 끝없이 이어지는 산길. 끝날 듯하면서도 전혀 끝날 것 같지가 않았지만 거의 다 도착했을 때는 그냥 정신줄을 놓고 갔다. 산을 꼴딱꼴딱 넘어가면서 표지판을 두근두근 바라보았다. 아, 조금씩 거리가 줄어들었다. 만세! _김주현

■── 이번 산행은 참 느렸다. 최대한 빨리 가려고 했지만 고문대장님이 막으셔서 너무 느리게 갔다. 솔직히 어른들이 빠르다고 하셨지만 사실 느리다고 생각하셨을 것이다. 내 생각엔 정말 느렸고, 내가 만일 빨리 갔으

면 진짜로 못 따라올 속도였을지도 모
른다. 솔직히 오전에 끝내고 싶었다. 그
러면 집에 빨리 갈 테니까 애들도 좋고
어른들도 쉴 수 있어서 모두 다 편할 텐
데, 고문대장님이 걱정하는 마음에 나
를 앞으로 안 보내셔서 늦게 끝났다고
도 할 수 있다. 그래도 예정시간보다는
빨리 끝났다. **김규연**

■── 밖은 추웠다. 졸려서 더 추웠다.
이번에 내가 후미에서 무전기를 가지고
갔다. 맨 뒤에서 가다 보니까 엄청 으스
스했다. 길을 한 번 잃었는데 정말 정말
무서웠다. 그리고 비몽사몽 걷다가 도
저히 안 되겠다 싶어서 잠깐 졸았다. 나
는 신기하게도 깊이 자면 안 그런데, 수업시간이나 평소에도 짧게 자면
귀는 들리고 눈은 약간 뜨고 있으면서도 몸은 완벽히 잠든다. 그래서 주
변의 소리가 들린다.

아침 먹는 곳까지 어떻게 갔는지 기억이 안 난다. 아침을 먹고는 조금
쉬었다가 출발했는데 또 졸렸다. 그렇게 점심 시간을 간절히 바라면서 점
심 먹는 곳까지 간신히 도착했다. 점심을 먹고 힘을 내서 열심히 가고, 올
라가고 계속 올라갔다. 후미에서 무전기 하는 게 무지 어렵고 힘들었다.
그래서 정상에 올라가서는 후미대장에서 잘렸다. 솔직히 원하던 거라 기
뺐다. 그리고 치킨이나 피자를 먹는다는 얘기를 듣고 신나서 또 열심히
갔다.

중간에 마을 같은 게 나와서 끝인 줄 알았는데 그냥 통과하는 데였다.

그런 마을에는 진섭이가 뛸 때 짓는 표정을 닮은 개도 있었다. 정말 사납고 무서웠다. 이번에는 다행히 평지가 많아서 비교적 쉽게 갔던 것 같다. _**허솔**

■── 처음에 뒤에 처져 있다가 길을 살짝 잃었는데, 선두 불빛도 안 보이고 뒤에 누가 있는 듯해서 너무 오싹했다. 춥고 어두워서 쉬지 않고 열심히 갔다. 피곤하기도 하고 헤드랜턴 때문에 혼이 빠진 채로 걸었다. 날이 밝아 풍경을 보며 갈 수 있었다. 이번에는 꽃이 핀 것을 볼 수 있었다. 유난히 노란꽃이 많았다. 산수유인 줄 알았더니 주현이가 생강꽃이라 했다. 비슷하게 생겨서 뭐가 다른 건지 알 수가 없었다. 백학산까지 가는데 계속 산한테 속아서 힘들었다. 저기가 정상일 거야 하고 올라가면 더 올라가야 하고, 또 올라야 하고, 또 다시 올라야 하고……. 이번엔 유난히 많이 속은 듯하다. _**임예진**

■── 감기몸살 때문에 걱정했는데 시작이 좋았다. 생각보다 편안한 출발이었다. 딱히 힘든 오르막길이나 내리막길이 없었기 때문이다. 친구들과 많은 이야기를 하며 즐거운 산행을 하였다. 후미의 바로 앞에서 걷다가 출발한 지 얼마 지나지 않아 아침 먹는 곳인 개터재에 도착하였다. 장갑을 벗으니 아까 나뭇조각에 찔렸던 곳이 빨간 피로 물들어 있었다. 그래서 물티슈로 닦고 가방에서 라면을 꺼내 뜨거운 물을 부어 맛있게 익혀 먹었다. 친구들에게 국물도 나누어 주었다.

걷다가 문득 낙엽이 안 없어지고 계속 쌓여 있다는 생각을 했다. 이상하게 가을이 지난 지 한참이 지났는데도 낙엽이 없어지지 않았다. 그리고 그 낙엽들은 계속 걷는 나의 발 근처에 붙어서 따가웠다. 낙엽은 초반에만 좋고 후반에는 필요가 없어지는 그런 안쓰러운 존재다.

우리는 군대놀이도 하고 등산 장비 이야기도 꺼냈다. 그러다 정치 이야기도 하였는데 역시 정치는 공약으로만 이뤄지는 것은 아니라는 생각이 들었다. 많은 이야기를 하면서 가니까 많이 걸었는데도 그다지 힘들지 않아서 좋았다.

우린 힘을 내어 백학산 정상을 향해 한 걸음을 내디뎠다. 평소 산행에서 많이 보지 못했던 마을들이 보였다. 힘들어하는 예진이와 솔이에게 산행고도표를 보여주며 거의 다 왔다고 힘을 주었다. 약간 짧고 낮은 오르막길을 걸으니 백학산 정상에 올랐다.

백학산 정상에서 내가 후미대장을 맡기로 했다. 무전기를 들고 산행하는 것이 처음이라 낯설었다. 그리고 가슴이 두근거렸다. 그렇게 나의 첫 무전 산행이 시작되었다. 앞 무전에서 공지가 오면 답하거나 '후미 접수'라는 말을 해야 한다.

개머리재에 도착하였다. 사람들이 점심을 먹고 있었다. 나도 빵을 꺼내어 냠냠 쩝쩝 빨리 먹어 치우고 누웠다. 그리고 쉬다 보니 선두가 출발하였다. 그리고 10분 뒤에 후미 "개머리재에서 출발합니다." 라는 무전을 남기고 떠났다. 원조가 계속 배가 아프다고 해서 원조의 소화제를 구한다고 무전을 날렸다. 다행히 3번 무전기 아저씨가 갖고 계신다고 해서 나는 3번 무전기 아저씨가 두고 가신 소화제를 찾기 위하여 손잡이 줄이 달린 오르막길과 내리막길, 그리고 오르막길들을 뛰어 산행대장님과 물처럼님이 계신 곳에 도착하였다. 다행히 소화제가 그곳에 있었고, 뒤이어 원조와 지영, 해솔아버지가 오셨다. 물처럼님께서 바늘로 손을 따셨고 T봉을 붙이셨다. 그리고 소화제를 먹인 뒤 출발하였다. 다행히 나아져서 노력한 보람이 있었다. 그런데 원조가 그런 나의 노력을 모르는 것 같아 한편으로는 아쉽기도 했다.

뒤이은 내리막길을 걷고 무서운 개집을 건너 지기재에 도착하였다. 포장도로 옆으로는 포도밭으로 추정되는 밭이 사방에 퍼져 있었다. 개들은 우리한테 '저리가! 여긴 우리 영역이야!' 라고 하듯이 컹컹 짖었다. 난 그냥 무시하고 걸었다. 그리고 산행대장님이 가르쳐주신 길대로 걸어 다행히 올바른 산행길로 왔다. 도중에 헷갈리는 길이 있었지만 우리의 길잡이인 리본이 우리의 산행을 지켜 주었다.

발이 뜨거웠지만 참으며 걸었다, 표지판이 지기재 이전보다 많이 튀어나왔다. 계속 좁혀지는 거리에 우리는 행복했다. 3.5km, 3.2km, 2.7km, 2.2km, 1.7km, 0.9km 등등의 표지판들이 자리를 지키고 있었다. 드디어 우리의 두루버스가 보였다. 무전으로 두루버스가 보인다고 무전을 날렸고, 통닭파티에 참여했다. 첫 무전기대장이었으며 첫 통닭파티가 있었던 이번 산행은 재미있었고, 즐거운 경험을 많이 하였다. _**김상아**

■── 아침 먹을 때는 약간 쌀쌀했지만 정말 말로 표현할 수 없을 만큼 등산하기 좋은 날이었다. 따뜻하고 포근했다. 믿지 못하겠지만, 장장 24킬로미터를 걸었는데도 그렇게 힘들지 않았다. 그 이유는 세 가지인 것 같다. 첫째, 친구들과 산행을 하니 너무 즐거워서, 둘째, 길이 너무 평탄해서, 셋째, 학생 선두대장과 후미대장이 훌륭해서. _**정지곤**

* * *

■── 버스에 오르니 반가운 얼굴들이 인사를 한다. 종승이는 못 간다고 하니까 대뜸 상아엄마가 묻는다. "어떻게 종승이 없이 혼자 갈 생각을 했어요?" 처음엔 무슨 소리지? 생각했는데 그 이유를 곧 알게 되었다. 그러게, 내가 어떻게 시작한 백두대간이며 어떤 의미를 갖고 있는 백두대간인데…….

확실히 뭔가로부터, 그동안 나를 둘러싼 그 어떤 굴레에서 벗어나는 느낌이다. 아들 때문에 백두를 한다는, 해야 한다는 당위성이나 강박관념에서 벗어나 이제는 나만의 백두를 할 수 있다는, 할 수 있겠다는 생각이 들었다. 그 느낌은 분명 아쉽긴 하지만 홀가분하고 개운한 느낌 그 이상이었다. 이렇게 생각을 했지만 사실 산행 내내 아들이 산행길 어딘가에 걷고 있는 듯한 느낌에 주위를 둘러보곤 했으니, 아직 아들의 굴레를 덜 벗어난 게 틀림없다.

지난번에 이어 또 랜턴을 구걸해서 달밤에 체조를 한 후 마을이 내려다보이는 깜깜한 산길을 오른다. 보름달이 살짝 이지러지기 시작했지만 여전히 밝아서인지 봄 새벽의 정취를 누릴 만하나 제대로 못 잤기 때문인지 온몸이 천근만근이다. 개 짖는 소리, 소 우는 소리도 자장가처럼 들릴 정도인데 그 와중에도 허위허위 걷고 있는 내가 신기할 따름이다.

시야에 뭔가가 들어오기 시작해서도 아침밥을 먹는 개터재에 다다랐어도 졸음은 여전히 나를 괴롭혔다. 먹는 것도 마시는 것도 귀찮고 어디 적당한 데만 있으면 누워 자고 싶은 마음뿐이었다. 하지만 그 와중에 또 아침밥을 챙겨먹고 규연아빠께서 건네주는 홍삼액으로 원기 보충을 하니 졸음이 조금 달아났다.

윗왕실재에서 기념촬영과 휴식을 취하고 백학산을 거쳐 개터재로 가는 길에 졸음은 사라졌지만 여전히 몸은 말을 안 들어서 자꾸 헛발을 내딛었다. 다행히 중간에 정인아빠를 만나 하수오주를 얻어 마셨다. 바로 기운이 나는 듯해서 연거푸 석 잔을 마셨더니 세상이 새롭게 보인다. 신선이 마시는 약술이 바로 이런 게 아닌가. 약술의 효험인지 취한 기운 때문인지 모르겠지만 아무튼 효과는 있었다. 이제부터 기운이 딸리거나 힘이 들 땐 누군가 뭔가를 권한다면 염치 불고하고 얻어먹어야겠다. 흐흐흐.

개터재에서 아침을 먹고, 또 개머리재에서 점심을 먹고 나니 일단 '개졸림'은 사라졌다. 하지만 또 다른 복병이 나타났으니 이번엔 얼마 들어 있는 것 같지도 않은 배낭이 천근만근의 무게로 어깨를 눌러온다. 배낭을 어부바한 것처럼 업어도 보고 한쪽 어깨끈을 풀어서 삐딱하게 메어도 보고 해도 소용이 없다. 배낭 위에 돌덩이를 얹어놓은 것 같은 무게가 몸을 휘청이게 했다. 그냥 지기재에서 끝났으면 딱 좋았을 것을, 거기서 또 마을을 건너 신의터재까지 가라고 한다. '멘붕' 직전이다. 어렵게 어렵게 산행을 마무리할 수 있었다.

스물다섯 번의 산행 중 내게는 제일 힘들었던 구간. 컨디션만 좋았더라면 이렇게 힘들지는 않았을까. 비단 그것 때문만이었을까.

집에 돌아오니 종승이는 역시나 집에 없었다. 미식축구를 한다고 학교에 가서 저녁 일곱 시가 되도록 돌아오지 않았다. 며칠 전 정혜신 박사가 강의에서 한 말씀이 생각난다. 진정한 힐링은 자기를 느끼며 사는 것. 누구의 아내로 누구의 어머니로 사는 것도 물론 중요하지만 무엇보다 나자신의 감정과 느낌을 소중히 여기고, 자신에 대한 강한 애정을 가지고 사는 것. 나는 이제부터 더 이상 아들을 위해 백두를 하지 않는다. 나는 나의 길을 가련다.

물론 산행 초반에도 느꼈던 거지만, 산행 내내 벗어날 수 없었던 그 어떤 그림자에서 완벽히 벗어날 수 있을 것 같다. 이제는……._박경옥

411

■── 일교차가 심한 봄날은 옷 입기도 까다로운데 추위도 많이 타는 주제에 덥고 답답한 건 또 못 참아, 조금 걷고 해가 나면 금방 추운 걸 잊을 수 있을 거라 생각하고 기모바지는 안 입기로 했다. 아침밥을 먹을 때까지 그렇게 추워서 벌벌 떨 줄 알았으면 누구처럼 기모바지에 내복까지는 아니어도 새로 산 춘추용 바지는 입지 말았어야 했다.

봄이 왔다고 좋아하며 칙칙하고 두꺼운 등산복을 밀어두고 화사한 셔츠에 남방과 점퍼, 조금 얇은 바지를 챙겨 입고 노란 개나리(여성용 배낭을 구분하려 매장에서 달아놓은 조화)를 단 빨간 배낭을 메고 산행을 하려니, 나만 보면 미운 말만 골라하는 기획대장이 배낭에 달린 노란 꽃에 눈길을 주며 하다하다 별짓을 다한다고 핀잔을 준다. 산에 안 가는 날 병원에 한번 데려가 보라며 남편에게 진심어린 조언까지 덧붙여. 그러면 그렇지. 이런 걸 놓칠 기획대장이 아니지. '흥! 내가 얼마나 봄을 기다렸는지 아냐구. 그리고 내 나이 돼 봐. 세상 모든 게 다 이쁘게 보인다니까. 심지어 조화까지도.' 배낭을 사 놓고 노란 조화가 붙어 있는게 웃겨 떼려다가 봄을 기다리는 내 마음을 조화에 담아 산행을 하기로 했는데 이런 야멸찬 반응이라니. 말은 그렇게 하면서도 부러웠던 게 틀림없어……

오랜만에 랜턴을 켜고 깜깜한 산길을 가는데 저 아래 보이는 불빛들이 여기 사람들이 산다고 말을 해주고 있는 것 같았다. 고도가 높지는 않지만 마을은 멀리 보이는데 한참을 걷다 보니 가까이에서 개가 짖는다. '어? 이게 웬 개소리지? 근처에 집이 있나?' 내 생각과 동시에 바로 앞에서 씩씩하게 걷던 종승맘이 이걸 말로 하면서 주위를 둘러본다. 어라! 내 생각을 말로 하다니. 그동안 호형호제하며 술친구로 막역하게 지내다 보니 어느새 종승맘이 내 아바타가 되었나 보다. 산행이 아니었으면 이걸로 안주를 삼아 깔깔대며 한 병은 족히 마셨을 텐데 가다가 웃으면 보행과 호흡의 리듬이 깨질까 봐 웃음을 꾹 참으며 걸으려니 장이 꼬이는 것 같았다. 한번 무엇에 꽂혀 웃음이 터지면 눈물이 날 때까지 웃는 이상한 버롯도 백두가 고쳐주고 있다.

봄이니까 필요 없다고 밀어두었던 두꺼운 장갑을, 새벽에는 추울 거라고 챙겨준 남편의 정성에도 불구하고 손이 곱아 스틱을 겨우 쥐고 걸었다. 한 시간 남짓 걸으니 손이 서서히 녹았는데 마치 순서가 온 것처럼 이번엔 콧물이 줄줄 나와 연신 콧물을 닦으며 훌쩍거리며 가다 보니 서서히 동이 트는데 어디선가 소들이 아침을 깨운다. 콧물이 잦아들 때쯤엔 새들이 날아와 지저귀었고 금방 아침이 밝았다. 시간의 추이에 따라 일어나는 신체적 반응과 자연의 현상들이 한 치의 오차도 없이 맞물려 돌아가는 느낌이었다.

큰재에서 출발하여 개터재, 윗왕실재, 백학산, 개머리재 같은 일관성 없는 일련의 지명들은 어떻게 생겨났는지 정말 궁금하다. 우리는 '개터재'에서 아침을 먹고 '개머리재'에서 점심을 먹었는데 산행대장님 말마따나 그런 지명에서는 보신탕을 먹었어야 했나 보다. 어쩐지 새벽녘에 들은 개소리가 예사롭지 않다 했더니. 고고한 백학산을 정점으로 그 아래에 윗왕실재가 있고 더 아래에 개터재와 산 너머 비슷한 고도에 개머리재가 있으니, 나름 빈곤한 상상을 하자면 왕실에서 세 봉우리가 학이 나는 것 같다는 신령한 백학산 나들이를 명분으로, 개터재로 행차하여 경치 좋은 백학산 산허리에 자리 잡고 아랫것들이 개터재에서 날아오는 개고기를 먹으며 하루를 즐겼으렷다. 우리가 오래 휴식을 취했던 윗왕실재에는 공놀이를 해도 될 만큼 넓은 공터가 있었는데 왕실 나으리들이 행차 때마다 개고기를 잡숫던 곳이 아닌가 싶다. 산 너머 개머리재는 주로 서민들이 영양을 보충하던 곳이었을까. 개머리재를 지나면 '지기재'가 나오는데 처음엔 그걸 '기지개'로 보고 개고기로 배가 부른 사람들이 이쯤에서 기지개를 켜면서 즐거웠던 하루를 마치고 집에 갈 채비를 했나 보다 하며 참 친절한 지명도 있다 싶었는데 나중에 보니 '지기재'였다. 난청에 난독증까지……. 나 정말 별 걸 다 한다.

산행 내내 가지마다 움이 트는 꽃망울과 새순들이 너무 귀여워 걸음을 멈추곤 했다. 이제 막 입을 벌려 소리를 내려는 아이의 옹알이처럼 자기가 지금 거기 있다고 옹알거리는 것만 같았다. 단음으로 소리를 내는 녀석, 몇 음절로 옹알이를 하는 녀석, 얼핏 보면 노란 산수유 같은 생강나무 꽃처럼, 활짝 피어 아예 문장을 말하는 녀석까지 온 산, 나뭇가지마다 옹알옹알 난리가 났다. 동이 틀 무렵 날아와 맑은 소리로 귀를 간질여 주던 새들은 오전반이었는지 그거 조금 하고는 휙 날아가버렸는데 점심을 먹고 오후가 되자 다시 오후반 새들이 노래를 하고 간다. 새들도 봄에는 워밍업을 하는 모양이다.

지기재를 지나 신의터재로 가는 길은 참 폭신하고 정겨운 길이었다.

날이 흐렸기에 망정이지 쩅쩅한 봄날이었으면 그 긴 대간길이 얼마나 힘들었을까. 알고 보니 신의터재는 내가 두 번째로 참가한 8차 산행에서 막판에 더위를 먹어 정자에서 배낭을 놓고 떡실신하여 사람들을 긴장시킨 바로 거기였다. 길 건너편에서 다리를 끌고 내려와서 잠시 기절한 곳이었는데 1년이 채 안 되어 24킬로미터를 걷고 와서 말짱한 얼굴을 하고 치킨을 먹고 있었으니 내가 생각해도 놀라울 뿐이다.

길고도 먼, 흐린 봄날의 산책길에서 나는 나무들이 내는 옹알이를 들었다. 내 자식을 키울 때는 잘 몰랐는데 요즘은 어디서 갓난아기들이 내는 소리를 들으면 너무 귀여워, 그 소리야말로 '내 귀에 캔디'다.

채림이가 옹알이를 시작할 무렵 "오~오~오~" 하며 옹알이를 하자 어

린 조카들이 신기하다며 누운 아이 곁에 빙 둘러앉아 "5 곱하기 1은?" "2 더하기 3은?" "6 빼기 1은?" "10 빼기 5는?" "4 다음은?" 이러면서 채림이가 천재라 "5"라고 정답만 말한다고 호들갑을 떨어 웃음을 자아내던 생각이 난다.

언제 들어도 무장 해제되는 그 옹알이를, 난생처음 백두에서 봄의 길목에 선 꽃망울에게서도 들어 보았다. 봄이 오는 소리를 옹알이로 들었대서 난청이라 해도, 움트는 새 순과 꽃망울이 아기처럼 보였대서 난시라 해도 할 수 없다.

내 눈과 귀에 그렇게 보이고 들려 이 봄에 가슴이 뛰는 걸 어쩌겠는가. _임지수

26

청풍

25차 큰재에서 신의터재에 이르는 긴 구간을 무사히 종주하신 백두 8기 가족께 진심으로 감사를 드립니다. 주마다 연속되는 산행인데도 몸 관리도 잘 하셨고, 무엇보다 정신적으로 재무장된 듯 긴장을 늦추지 않고 산행하시는 모습이 정말 감동이었습니다. 한 명의 낙오도 없이 긴 거리를 완주하시느라 힘드실 텐데 이번 26차 산행까지 이어지는 3주 연속 산행을 성공적으로 완주한다면 우리 백두8기 일원 모두 진정한 대간꾼의 반열에 오르기에 손색이 없어 보입니다. 이번 산행 주제는 백두8기 기록의 대변자인 기록대장의 닉네임 '청풍'입니다. 고된 산행의 위로자이자 우리의 영원한 동반자인 바람처럼 언제나 시원하고 부드러운 아우라로 우리 백두8기의 땀방울을 식혀주는 그 품성에 조금이나마 고마움을 표하고자 산행 주제를 '청풍'으로 하였습니다. 3주 연속의 산행이지만 늘 우리 곁에는 묵묵히 자신의 위치를 지켜주고 최선을 다하는 분들이 있어 안전하고 즐거운 산행을 할 수 있지 않나 다시금 생각해 봅니다. 백두8기를 대신해 심심한 감사를 전하며 앞으로도 많은 도움과 격려 부탁드립니다. 봄이 온 용추계곡을 보고 싶군요. 건강관리 잘 하시고 즐거운 모습으로 곧 뵙겠습니다.

산행일시 2013년 4월 27일(토)

산행코스 늘재 · 청화산 · 갓바위재 · 조항산 · 고모령 · 밀재 · 용추계곡

"진달래를 따다 꽃지짐을"

■── 백두를 시작한 이후로 처음 내가 후미대장을 맡았다. 애들끼리 무전을 할 때에는 무전도 잘 됐지만, 실전에서 후미대장을 맡아서 무전을 해보니 힘든 점도 많았다. 그래도 기록대장님께서 잘 알려 주셨다. 그리고 먼저 가고 싶었지만 끝까지 기다렸다가 출발하는 것도 조금 힘들었다. 하지만 많이 쉬었다가 갈 수 있어서 좋았다. _정지곤

■── 이번 출발지는 늘재라는 곳이다. 아직 해가 뜨지 않았지만 하늘이 완전히 까맣지는 않았다. 헤드랜턴의 배터리를 바꾸니 밝았다. 청화산에 올라가는 오르막길에서 어떤 비석을 보았는데 한문으로 되어 있어 어떤 뜻인지 몰랐다. 그리고 그 비석에서 진우랑 같이 사진을 찍었다. 사진을 찍고 나서 잠깐 쉰 다음 다시 걸었다. 해가 벌써 뜨고 있었다. 그리고 점점 흙과 나무가 자세히 보였고 새들도 노래를 불렀다. 정신없이 올라오다 보니 아침을 먹는 시간이 되었다. 지금은 봄이 지나가는 시간이었지만 매우 추웠다. 그래서 빨리 보온병에 있는 물을 컵라면에 부었다. 따뜻했다. 뚜껑을 열고 국물을 먼저 마셨다. 와! 진짜 맛있었다. 세상에서 제일 맛있는 컵라면이었을 거다. _김상아

■── 밖은 꽃샘추위처럼 봄 같지 않게 추웠다. 초반에는 경사가 많이 급했지만 아빠와 같이 잘 올라갔다. 계속 걷는 동안 해 뜨는 걸 보지 못했는

데 어느새 해가 뜨고 조금 뒤 아침을 먹었다. 아침을 먹고 친구들과 장난
도 치다가 중간쯤에 친구들과 같이 출발했다. 걸으면서 재미있는 이야기
를 계속 하면서 가는데 큰 바위들이 많았다. 중간에 준범이가 따라오지
않아서 한참을 기다리다가 점심을 먹는 것 같아서 되돌아가다가 상아를
만나 점심을 같이 먹고 있는데 준범이가 길을 잃으신 어머님을 찾으러
갔다가 돌아왔다. 어쩌다 보니 규연이와 둘이 가게 되어서 둘이 얘기하면
서 걷다가 계곡 앞에서 길이 두 개인데 어디로 갈지 몰라 하시는 어머니
두 분과 함께 길을 갔다. 계속 가다가 징검다리도 놓고 해서 제대로 된 왼
쪽 길을 갔는데 후에 왼쪽 길이 이상하게 느껴져서 다시 오른쪽 길로 갔

다. 뒤에 있던 아주머니들은 왼쪽 길로 먼저 가서서 도착하고 우리는 원조를 따라서 전혀 다른 곳으로 가버렸다. 조금 쉬다가 다시 계곡으로 내려가서 반대로 가는데 다행히 후미대장님을 만났다. 못 만났더라면 우린 더 깊이 길을 잃었을 것이다. _박진우

■— 적응이 된 것인지 옛날에는 새벽 산행이 힘들었는데 이제는 아무렇지도 않다. 나무 사이로 아른거리는 예쁜 보름달을 보며 갔기 때문일까? 이번 산행은 암릉구간이 많다는데 솔직히 나는 암벽 타는 산행이 더 좋다. 내 취향일지 몰라도 나는 위험한 게 좋은가 보다.

조항산은 경치가 좋을 줄 알았는데 좁고 비석도 나무와 돌 사이에 숨어 있어서 못 보고 지나칠 뻔했다. 도착지점까지 얼마 안 남았다는 소식에 기분이 좋은 상태로 고모령에 도착했는데 샘이 있어서 가보았다. 물이 벽을 타고 흐르기에 나뭇잎 하나를 끼워 봤더니 쫄쫄쫄 잘 나와서 에디슨이 된 기분이었다. 한자를 읽어 보니 돌석 자에 사이 간자를 써서 바위 사이의 샘인 것 같은데 그러면 석간샘 아닌가? _이종승

■— 조항산에 도착하고 바로 내려가기 시작했다. 처음엔 그곳이 조항산인지도 몰랐다. 그런데 50미터쯤 더 갔을 때 엄마가 헛돌이를 한다고 했다. 놀라서 가방을 길가에 두고 조항산에 다시 올라갔다. 엄마가 길을 잃었다는 소식이 어떻게 전해졌는지 대장님이랑 다들 무전 치고 난리다. 그런데 후미는 고모령을 지나 삼거리에서 무슨 일이냐는 듯이 쉬고 있었다. 도대체 엄마는 어디 있다는 거야? 두리번두리번 엄마를 찾는데 조금 있다가 엄마를 찾았다고 했다. 나중에 들어 보니 오던 길을 되짚어 와서 중간에 가던 분들과 만났다고 한다. 에잉! 그런데 이번에는 밑에서 기다리는 애들에게 점심 먹으라는 말을 전하고 물을 끓이러 조항산에 또 올라갔다. 그러고도 이런저런 사정으로 모두 일곱 번이나 조항산을 오르내렸

다. _홍준범

■—— 밀재가 나오길 엄청 바라면서 가니까, 밀재가 나왔다. 밀재에서 조금 쉬고 계속 내려갔다. 이번 산행에서는 밀재에서 버스까지 가는 길이 제일 좋았다. 옆에는 계곡이 있고, 진달래도 많고, 햇빛이 물에 반사되면서(반사되는 거 맞는지 모르겠다) 햇살이 정말 좋고 봄이라는 게 느껴지는 풍경이었다. 친구들이랑 놀고 싶은 곳이었다. 엄마가 화전을 해준다고 해서 내려가면서 진달래도 땄다. _허솔

■—— 언제나 그렇듯이 해가 나기만을 기다리면서 어두운 길을 걸었다. 이때가 제일 싫다! 정말 별생각 없이 머릿속으로 좋아하는 노래를 부르면서 그저, 참았다. 그러고 나니까 조금씩 날이 밝았고 조금씩 기분도 나아졌다. 아침을 기대하면서 걸었다. 아침을 먹고 이런저런 생각을 했다. 난 가만히 생각할 수 있는 시간에, 소위 의미 있고 쓸 데 있는 것들은 생각하고 싶지가 않다. 그런 것들은 왠지 떠올리기만 해도 괴롭기 때문이다. 생각을 하는 것뿐인데도, 그러한 진지하고 어려운 것들은 나를 지치게 만든다. 안 그래도 몸도 충분히 힘든데, 힘이 더 드는 생각까지 하고 싶지 않아서 난 항상 내가 하고 싶은 생각만 한다. 감성적이고 감각적인 것들, 뚜렷한 형체나 언어로 표현할 수 없는, 그냥 순간순간 스쳐 지나가듯 떠오르는 이미지 그리고 음악 등……. 사실 진로나 삶에 대한 진지한 고민이 필요한데, 나는 그런 게 부족한 것 같다. 이렇게 계속 하고 싶은 생각만 하다가 진로에 대해서는 깊은 고민 없는, '생각 없는' 사람이 되는 건 아닌지. 가끔씩은 스스로가 걱정스럽기도 하다.

이런 생각을 했다. 가파른 오르막길을 오르는 것이 산행에서 가장 힘든 부분으로 떠오르겠지만 정작 올라가고 있는 그 순간에는 생각만큼 그렇게 괴롭지 않다. (나만 그런가?) 숨이 가빠오면 잠시 멈춰 숨을 고르다 가

면 되고, 목이 말라오면 물을 마시고 가면 되기 때문이다. 그럼 나를 정말로 괴롭히는 그 실체는 무엇일까? 나는 '내 앞에 남아 있는 길'이라고 생각한다. 앞으로 몇 킬로미터가 남았고, 몇 시간이 남았고, 어떤 코스가 남아 있다는 그 생각들이야말로 정말로 나를 괴롭히는 것들이다. 정작 그 오르막길을 오를 땐 아무렇지도 않은데도, 항상 앞으로 올라야 할 오르막길을 생각하면서 먼저 지치곤 한다.

집에 오는 버스에서 지훈이랑 잠시 이야기를 나눴다. 우리 학년 문제에 대한 이야기. 지훈이가 먼저 꺼냈다. 아, 지훈이는 주변 친구들에게 관심이 많구나. 새삼스럽게 반성하게 되었다. 나는 언젠가부터 학년 전체에게 '사랑'을 쏟지 못했다. 매일매일, 그렇게 몇 년 동안 얼굴을 마주 대하면서도, 그만큼의 관심도 주지 못하는 내가 미안해졌다. 내 친구에 대한 관심이 단순히 흥미가 있고 없고에 따라 마음대로 생각해도 되는 그런 문제가 아니라는 것도 잘 안다. 그런데 난 내가 좋아하는 것들, 흥미가 가는 것들에만 관심을 가지고 있었다. 아무튼 지훈이 덕에 한 번이라도 더 그 친구에 대해 생각할 수 있었다. 고마웠다.

이번 산행에서 조금 용기를 얻은 것은, 앞으로 어떤 힘든 산행에서도 내가 서 있는 바로 이 곳, 내 발 아래, '현재'에 충실하면 될 것이라는 걸 깨달았다는 것이다. 날 괴롭게 하는 것은 앞길에 대한 걱정, 그리고 부담감뿐이라는 걸 깨달았다. 그렇게 한 걸음 한 걸음, 현재에 충실하게 걸어간다면 그렇게 두려울 것도 없을 것이다. _박예린

* * *

■── 체조를 끝내고 장비를 점검하는 사이, 어둠을 배경으로 가로등의 스포트라이트를 한 몸에 받고 선, 하얀 벚꽃나무 한 그루에 마음을 빼앗겨 새벽 한기를 잠시 잊고 망연자실 서 있자니 뒤쪽 산등성이에 걸린 보

름달이 따스하게 나를 내려다본다. 봄 햇살 아래 흐드러진 화려한 벚꽃 터널이 마음을 들뜨게 했다면 고즈넉한 새벽녘 교교한 달빛 아래 만개한 벚꽃나무 한 그루는 절정의 아름다움을 과시하지 않는, 무심한 듯 다소곳한 매력을 은은하게 풍겨 잔잔하고 뭉클한 감동을 준다.

주변의 모든 엑스트라들은 사라지고 청풍명월 아래 음풍농월하는 벚꽃나무와 내가 서 있다. 나무 뒤쪽, 가지가 부러져 휘지 않았으면 완벽한 배경이 되었을 소나무 한 그루와 큰 돌로 쌓은 시크한 석탑이 이 어둔 새벽 하얀 벚꽃나무의 조연이 되고 찰나는 영접이 된다. 벚꽃은 짙은 어둠이 배경인 새벽, 고요한 달빛 아래서 봐야 제 맛이라는 걸 처음 알았다.

오르고 또 오르면 못 오를 리 절대 없는 984미터 청화산 정상을 향해 걷다가 땀이 나서 답답해진 재킷을 벗으려니, 곁에서 산행대장님이 재킷을 벗어도 되겠다고 공지하신다. 살다보면 경험과 상식에 어긋나 당황하게 되는 경우가 종종 있는데 그때 재킷을 벗어 넣고 산에 오른 내가 그랬다. 땀이 날 만큼 몸이 더워졌는데도 재킷을 벗자마자 습한 새벽 산바람이 어찌 그리 추운지 가면 갈수록, 부드럽고 맑은 청풍, 춘풍이 아니라 북풍한설 찬바람이 불어대고 있었다.

갈수록 한기가 몸속으로 파고들어, 동이 트기를 기다리다가는 몸이 얼 것 같아 다시 재킷을 꺼내 입었다. 아무리 새벽이라지만 차고 습한 강풍을 봄바람이라 할 수는 없었고 다들 재킷을 벗고 오른다 해도 추위에 약한 내가 다른 사람들과 똑같이 해선 안 되는 거였다. 의심하고 깊이 사유(思惟)하여 취사선택하는 일은 이렇게 사소한 일이라고 예외가 될 수 없다.

아침이 밝아오고 청화산 정상에 올라 병풍처럼 늘어선 속리산 일대 풍광을 바라보며 아침밥을 먹는데, 오랜만에 산에 온 6학년이 된 현수와 몇 달 새 부쩍 커 버린 시훈이가 바로 눈앞에 서서 아주 빠르게 주고받는 대화에서 겨우 알아들은 건 "그러면 거기서 뇌구조를 바꿀 수 있어!"라

는 단 한 문장이었다. 외래어도 아니고 외계어도 아닌 그들의 대화는 게임에 관한 거였는데, 어딘지는 모르지만 나도 거기서 추위를 도무지 느낄 수 없는 뇌로, 구조를 바꾸고 싶었다.

예년과 달리 늦도록 추운데다 봄 같은 봄날이 며칠 되지도 않았고 4월 말이 다 되도록 변덕스러운 날씨 때문에 꽃이 피려다 멈추고 새순이 돋다가 마는 듯, 추위에 화들짝 놀란 가지와 꽃봉오리마다 '얼음!'이 된 것 같았다. 어쩌다 화창한 날 재빨리 꽃을 피워낸 진달래와 이름도 알 수 없는 작고 조그만 꽃들은 봄의 변덕에 맞서 스스로 '땡!'처리를 하여, 가지가지 모양과 색깔의 꽃을 앙증맞고도 예쁘게 피웠는데, 온몸으로 '그 어떤 방해에도 나는 내 길을 간다!'고 외치는 것 같아 여리고 조그만 속

에 깃든 기상(氣像)과 호연지기가 기특하고 대견하여 웃음이 났다. '얼음 · 땅' 놀이에 신이 난 봄의 청화산에 언제 꽃이 피고 잎이 나려나.

암릉구간이 많다 하여 물처럼님을 긴장시킨 이번 산행은, 줄을 잡기도 애매한 아주 불친절한 암릉투성이었는데 그런 길은 발바닥만 아프고 즐겁지도 않다. 곳곳에 보이는 넓고 멋진 바위들은 누워 쉬거나 풍광을 감상하기에 금상첨화였지만 갈 길 바쁜 우리들에게는 그림의 떡이었다. 청화산을 지나 조항산 가는 길에 와서야 줄타기를 할 만한 구간이 나왔는데 그때까지 암릉구간이 별 것 아니라는 듯 씩씩하게 걷던 물처럼님이 바로 앞에서 몹시도 겁을 내며 힘들어 하였다. 내공이 만만치 않은 물처럼님에게는 암릉이 아킬레스건인가 보다. 몇 번만 더 해보면 금방 익숙해져 아무것도 아니게 될 것이 뻔한 아킬레스건.

며칠 전 이 몸이 싫다고 빠져 버린 발톱과 불친절한 암릉 때문에 불이 나는 듯한 발바닥, 헬기장 조금 못 가서 경사진 돌 위에 대책 없이 미끄러져 화끈거리는 오른팔과 허벅지로 인해 점점 기운이 빠져 사력을 다해 고모령에 도착하니 기진맥진, 앉아 있기도 힘이 들어 배낭에 기대어 정신 못 차리고 누워 있자니 곁에서 상아빠는 시원한 배를 권하고 기획대장은 약술을 먹으라고 내밀고, 새연빠는 홍주를 갖다 준다.

주는 것을 마지못해 받아먹으며 안주는 왜 안 가져 오냐고 인상을 쓰자, 맘씨 좋은 새연빠가 재빨리 정체불명의 어묵을 갖다 준다. 다 먹고는 그릇을 가져가라고 되려 큰소리를 치고 다시 누우니, 곁에서 안하무인이니 뭐니 하며 설왕설래, 갑론을박이다. 나를 그냥 '마님'이라 부르면 된다고 정리해 주자, 맞은편에서 다정하게 밥을 먹던 물처럼님, 다현맘까지 가세하여 별당마님이니 새끼마님이니 행수니 아씨니 하며 다시 시끄러워졌는데, 투덜이 기획대장이 대뜸 나서서, 저렇게 요염하고 삐딱하게 누워 있으니 '선데이 서울', 줄여서 '선데이'란다. '뭐래!' 살다가 별소릴 다 듣는다.

물맛 좋다는 고모샘에서 남편이 떠다 준 물을 마시고는, 명란젓을 넣어 삼각김밥을 만들어 준 멋진 와이프 때문에 기분이 좋아 싱글벙글하는 산행대장님을 뒤로하고 밀재를 향해 걷고 또 걷는다.

경사가 급한 내리막길에서 만난 불친절한 암릉들은 무릎에 무리한 힘을 주게 하였고 꼭 그런 암릉 다음에는 낙엽이 쌓여 깔린 완만한 길로 이어졌는데 낙엽 밑에 꼭꼭 숨은 잔 돌들 때문에 또 넘어질까 봐 긴장하고 조심해야 했다.

마루금과 구간 외를 합해 16킬로미터 정도라 예상하고 나선 이번 산행은, 고도의 편차가 심하고 암릉구간이 많아 체감거리는 그걸 훨씬 웃도는 것 같았는데 총 길이보다는 경사도와 고도, 길의 'Quality'가 산행의 강도를 결정한다는 생각이 든다.

어느새 우리를 앞서 간 밀재에서, 흔적을 남기고 하산하겠다는 산행대장님과 헤어져 용추계곡을 따라 내려왔다. 다리와 무릎이 너무 아파 경사가 거의 없는 길을 걸어도 속도를 낼 수가 없었다. 여름이면 계곡이 인파로 빽빽할 것 같은 한적한 용추계곡의 시원한 물소리가, 기분은 좋게 하여도 기운을 북돋우지는 못했다.

힘든 산행의 절정은 맨 마지막, 계곡을 다 내려와 버스가 있는 주차장을 찾아가는 길에서였다. 저기가 끝이려니 하고 있는 힘을 다해 내려왔는데 고개 하나를 넘어 버스를 찾아가야 하는 길에서는 몸과 마음이 천근만근이었다.

계곡을 사이에 두고 어느 쪽이 주차장인지 이정표도 하나 없었고, 주차장이 있어야 할 곳에 있는 음식점과 엉뚱한 곳에 만들어 놓은 드넓은 주차장은 사람들의 동선을 조금도 고려하지 않은 탁상행정이라는 생각이 들어 부아가 났다.

'Sunny'한 선데이에는 봄의 짓궂은 '얼음·땡'도 끝이 나서 청화산에는 부드럽고 맑은 청풍이 불고, 조항산에는 새들이 날아와 목청껏 노래를 불러 주어 물오른 가지마다 꽃이 피고 싹이 났으리라. **_임지수**

■── 이번 26차 산행코스는 암릉구간이 꽤 있다는 말에 겁이 더럭 났습니다. 지난번 석교산에서도 아찔한 경험을 한 터라 신청을 해야 하나 말아야 하나 고민을 했습니다. 사전에 여러 분에게서 정보도 수집했습니다. 어떤 분은 그저 돌이 많은 언덕일 뿐이니 걸어서 지나가면 된다 하셨고, 어떤 분은 자기도 고소공포증이 심하지만 그곳은 그다지 무섭지 않은 곳이라 말했습니다. 저를 잘 아는 또 다른 한 분만이 좀 걱정스런 눈빛으로 절 바라보았지요. 하지만 나중에 공룡능선을 가려면 이 정도 코스에서 겁을 먹어서야 되겠느냐는 격려성 질타를 듣고 난 뒤에야 결정했습니다. 마인드콘트롤을 확실히 해서 고소공포증을 이겨내기로. 게다가 상아아빠는 절경을 놓치지 말라며 동영상을 찾아 카페에 올려놓으셨고 상아엄마는 뒤에서 코치를, 로샤스님은 앞에서 끌어주신다니 힘을 내볼 밖에요.

26차 산행을 기다리면서 높은 곳을 날거나 높은 데서 떨어지는 꿈도 몇 번 꾼 것 같습니다. 다른 때보다 긴장된 마음으로 집을 나섰습니다. 그때 흐드러진 벚꽃 사이로 보름을 갓 지난 둥그런 달이 달무리를 두르고 아름답게 비추는 모습을 보았습니다. 마음을 가다듬고 달님께 빌었지요. 부디 비는 내려주지 마시고 두려움 없이 멋지게 산을 만나게 해달라구요.

어두운 새벽의 오르막길을 밝히는 점점의 랜턴……. 하지만 휘영청 달빛이 도와주니 산멀미를 할 겨를도 없습니다. 한참을 묵묵히 올라갑니다. 새벽 어스름. 곁에서 기획대장님이 바닥이 마사토라며 심상치 않다

는 말을 하기가 무섭게 곧이어 큼지막한 바위들이 나타납니다. 생각했던 것만큼은 어렵지 않은 돌/바위길이 계속됩니다. 상아네 닭살부부는 제가 걱정스러운지 가까이에서 맴을 돕니다. '이런, 내가 괜한 엄살을 부려서 저들에게 부담을 주었나 보구나.' 누군가가 힘들지 않느냐 물어옵니다. "에이, 이 정도는 껌인데요?" 입이 방정. 말하기가 무섭게 '후달달코스'가 나옵니다. 스틱을 다른 분에게 맡기고 엉금엉금 기어서 겨우 암릉지대를 벗어났습니다. 스틱을 돌려받으니 그분은 저 멀리로 내뺍니다. 그래, 자기 페이스대로 가야지.

언제 곁에 있었나 싶었던 기획대장님은 어느 결에 사라졌다가 저에게 전해줄 무언가를 들고 다시 나타나곤 했는데 겁을 잔뜩 집어먹은 제가 미덥지 못해 내내 돌봐주기로 마음먹은 모양입니다. 저를 잔뜩 추어올리고 챙겨주고 하는 품이 '칭찬 속에서 용기를 내어 네 길을 잘 가라'는 메시지가 담뿍 들어 있는 것만 같아 그 추임새에 모르는 척 함께 장단을 맞춰주었습니다. 샘솟는 고마움과 미안함에 몸 둘 바를 몰랐습니다.

다시 사라졌던 기획대장님이 어느 결에 흙이 잔뜩 묻어 있는 연삼 몇 뿌리를 들고 나타나 건네줍니다. 당뇨에 특효랍니다. 달여서 마시라는 말씀에 누워계신 엄마의 기운 없는 모습이 떠오릅니다.

자식 일곱을 낳아 길러 다들 떠나보내고 지금은 버석한 몸뚱이로만 남아 있는 엄마. 고혈압에 당뇨에 갑상선질환, 골다공증……. 몇 년 전에 뇌경색으로 쓰러지신 뒤로 점점 하늘나라가 가까워지고 있는 분입니다. 지난 구정에 건강이 더 안 좋아지신 걸 보고는 마음을 먹었습니다. 내 아무리 바쁘고 날라리로 살아도 일주일에 한 번은 찾아뵙기로. 그래야 나중에 엄마가 보고 싶을 때 못 보게 되더라도 후회가 없을 테니. 그 후로 매주 수요일에 찾아뵙는 일은 아직 한 번도 거르지 않고 있습니다. 엄마를 살뜰하게 돌봐주시는 간병인도, 자상하게 챙겨주시는 아버지도 곁에 계시지만 어쩌다 힐끔 들여다보는 날라리자식이 반가우신가 봅니다. 이번에는 날라리 모습을 좀 면해보리라 하며 기획대장님이 챙겨주신 연삼을 달여 가져다 드리니 두말 않고 달게 드십니다. 기획대장님, 감사드려요. 일 리터 정도의 연삼물을 드신다고 깊어진 병이 가시겠는가마는 엄마가 좋아하시는 모습을 보니 고마운 맘이 새로 솟구칩니다.

다시 걷는 길……. 이번에는 기획대장님이 원추리를 한줌 뜯어다 안겨 줍니다. 입에 넣고 우걱우걱 씹다 보니 단물이 나옵니다. 어릴 적 살던 집이 떠오릅니다. 담장 아래 한켠으로 머위며 원추리가 그득했지요. 여리디여린 원추리를 뜯어다가 된장을 풀어 재첩이든가 올갱이를 넣어 시원하게 끓여주시던 엄마의 맛이 떠올랐습니다. 엄마를 떠나 살면서 단 한 번도 그립지 않아 먹어 보지 않은 그 원추리된장국을 어서 먹고 싶은 마음에 조바심마저 났습니다. 다음날 아침 원추리를 넣고 된장국을 끓였습니다. 입에서 설설 녹는 그 맛이란! 한 번도 먹어보지 못한 이상한 풀(!)을 넣고 끓여서인지 딸아이가 처음에는 안 먹겠다고 야단이더니 제 어렸을 적 이야기를 해주니 슬쩍 맛을 봅니다. 곧 한 그릇을 뚝딱 해치우더니 슈퍼에서는 안 파냐고 묻습니다. 이렇게 원추리된장국에 대한 추억을 모녀 3대가 공유하게 되었습니다. 그러니 다시 또 기획대장님이 고맙습니다.

어렵기만 하고 무섭기만 하던 그곳은 여전히 제 기억에 그렇게 남아 있습니다. 앞으로도 무섬증을 극복하기가 쉽지는 않을 것 같습니다. 하지만 저는 그와 같은 암릉구간이 계속해서 나온대도 다시 또 고민고민하다가 여러분과 함께 그 길을 걸어가게 될 것 같습니다. 왜냐하면 그 공포를 훨씬 능가하는 커다란 기쁨이 그곳에는 함께 있기 때문입니다. 저와 같은 겁쟁이와 기꺼이 함께하겠다는 마음이 있는 벗들이 있음을 알기 때문입니다. _김란경

27

혁명, 그 파도에 몸을 실어라

27차 산행부터는 본격적인 강원권 산행입니다. 소백산은 경북과 충북에 걸쳐 있는 산이지만 산세는 강원권의 산과 별 차이가 없습니다. 강원권의 고산들은 아기자기한 맛은 없지만 가슴을 먹먹하게 하는 장쾌함이 깃들어 있지요. 소백산 구간 중 가장 힘든 곳을 들라면 저는 개인적으로 죽령에서 소백산천문대 구간을 서슴없이 꼽겠습니다. 수목이 거의 없는 시멘트포장길을 걸어오르는 단조로움과 따가운 직사광선의 열기에 된통 혼난 기억이 있어서 그런지 그 길은 다시 걷고 싶지 않더군요. 우리 백두 8기는 야간에 걷기 때문에 별반 문제될 것이 없어 보입니다. 시절이 참으로 변화무쌍하고 속절없이 빠르지요. 이즈음 나무들을·보면 확연히 느껴지지요. 하루이틀 사이에 무성한 잎을 달고 있는 나무들을 보면 '혁명'의 기운이 느껴지기도 합니다. 겨우내 나무의 심과 나무껍질은 빈틈없이 붙어 있습니다. 물이 오르는 사오월이 되면 나무의 심과 껍질은 틈을 만들어 지하의 뿌리에서 흡수된 영양분이 잔가지 끝까지 충분히 닿을 수 있도록

만듭니다. 이 과정을 통해 나무는 하루가 다르게 변모하고 성장합니다. 우리들 또한 이즈음의 나무들처럼 이 산행을 통해 충분히 자양분을 흡수하여 내적으로나 외적으로나 혁명적인 성장을 이뤄낼 것임을 확신합니다. 이 혁명적인 산행에 함께 몸을 싣기만 한다면 말입니다.

우리의 혁명엔 '피냄새' 대신 '공감'과 '사랑'과 '배려'의 냄새가 나는군요. 자, 혁명의 소용돌이로 들어가 봅시다!

산행일시 **2013년 5월 17일(금)~18일(토)**

산행코스 **죽령 · 연화봉 · 비로봉 · 고치령 · 좌석리(첫째 날)**

좌석리 · 마구령 · 늦은목이 · 남대리(둘째 날)

433

"저만치 핀 꽃, 저만치 흐르는 구름"

■── 이번 백두 산행은 1박2일이어서 좀 싫었다. 나는 당일만 하는 걸 좋아해서 1박2일 코스는 별로 좋아하지 않는 편이다. 솔직히 최근 한 달 동안에 도보기행과 체육대회로 지친 몸을 이끌고 백두를 했지만 도보기 행보다는 쉬운 듯했고 다른 애들도 그렇게 생각할 수도 있을 것 같다. 솔 직히 백두는 힘들지는 않은데 아빠가 가서 가기가 싫을 수도 있고, 아침 에 일어나기 싫어서 그럴 수도 있지만, 시작하면 애들과 떠들면서 가서 재밌고 힘들 때 도와주기도 하니 백두에서 친구들과 더 친해질 수도 있 는 것은 참 좋은 것 같다. _김규연

■── 체조가 끝나고 나는 규연아버지, 지연아버지와 함께 후미를 맡았 다. 죽령에서 아직 출발하지 않은 사람이 있나 확인해 보고 출발하였다. 천천히 포장된 아스팔트를 올라갔다. 중간중간 뒤가 싸늘해서 돌아보니 아무도 없다! 약간 무서웠지만 계속 걸었다. 도중에 지친 사람들과 같이 가주고 전망대에서 쉬었다. 친구들은 게임 이야기를 했다. 나도 같이 이 야기하고 싶었지만 후미대장이라 너무 앞까진 가질 못했다. 서서히 해가 뜨면서 바람도 거세졌다. 걷다가 뒤를 돌아보니, 두둥! 와, 구름이 진짜 멋지게 지상과 하늘 사이에 있었다. 너무 신기했다. 과연 앞에 간 사람들 은 이 장관을 보았을까? 그리고 그 뒤를 이어 구름이 멋지게 구름산을 이 루었다. 마치 천공의 성 '라퓨타'를 둘러싸고 있는 구름 같았다. 이 즐거

움을 뒤로하고 걷다 보니 저 멀리 천문대가 보인다. **김상아**

■ 　다니다 보니 드디어 산이 바뀐 것 같았다. 초록빛이 돌고 꽃들도 여기저기 여러 종류로 피어 있었다. 계단이 가파른 구간이 있었는데 준범이랑 동섭이랑 빨리 앞에 가서 조금 자겠다는 일념 하나로 뛰어 올라갔다. 조금 더 가니까 바람도 적당히 불고 햇살과 그늘의 기막힌 조합으로 그래 그냥 천당이 있었다. 그냥 쓰러져 잤다. 이런, 우리는 '낙엽조'였다! **김주현**

■── 2학년이 되니 신경 쓸 일들이 많아진다. 국어, 철학, 영어 등의 과제부터 우리집 텃밭일, 미식축구 연습 같은 육체적 과제들도 생겼다. 1학년 때는 내가 제일 바쁜 줄 알았는데 지금 생각해 보니 '그때는 참 좋았다', '공부 좀 할걸' 등등의 생각이 떠오른다. '앞으로 더 어떻게 바빠질까' 하는 생각만 하면 머리가 아프다.

이번 백두에서 그 생각들이 정리되었다. 산에 하루만 있어도 대개는 머리가 텅 비게 되는데 이틀 동안이나 산에 있었으니 머리가 깔끔해질 수밖에. 왜 생각이 정리되냐고? 나도 모르겠다. 그냥 시원한 바람을 맞고 주변 풀들을 보면서 걸으면 그렇게 될 것이다. 나 같은 경우에는 버섯과 약초에 관심이 많아서 걷다 보면 머릿속에 '뭐 좀 캤으면 좋겠는데⋯⋯' 하는 생각과 동시에 머리를 좀먹는 생각들을 밀어버린다. 그러면 기분이 좋아진다.

이번 1박2일 산행 소감을 짧게 말하자면 '눈운동을 열심히 했다'는 것이다. 5월이니만큼 산은 개구리처럼 진한 초록색으로 위장을 했다. 4월의 분홍빛 벚꽃들과는 달리 5월은 풀과 나무들이 진을 치고 뻗어 있었다. 막 산을 오르기 시작했을 때는 '지금도 이렇게 파릇파릇한데 여름에는 어쩌려나?' 하는 생각이 들기도 했다. 길 주변으로 수많은 풀들이 반갑게 맞아주었다. 넝쿨처럼 나무를 배배 꼬면서 올라가는 풀도 있었고, 어린아이가 그린 꽃처럼 단순하게 생긴 식물도 있었다. 꽃도 피지 않은 식물들이었지만 아름답지 않을 수가 없었다. 그러나 심마니들에겐 약초만 보이는 법. 심마니 뺨치는 실력을 가진 정인아버지께서는 뒤에 있는 나에게 약초들에 대해 알려주고 직접 캐서 보여주기도 하셨다. 약초가 많이 나는 방위를 알려주시기도 하셨다. 다른 사람들과 똑같은 길을 똑같이 걸으셨지만 매의 눈으로 약초들을 찾아내는 것이 신기했다. 그래서 나도 약초들을 찾아보려고 요리조리 눈을 굴렸지만 별로 찾지 못하였다. 그마저도 그 지역이 삽주라는 약초가 많이 있어서 찾은 것이었지, 다른 산이었다면 아무것도 찾지 못한 채 실망했을 것이다. 그래도 정인아버지께 많은 것을 배워서 좋았다. 다음에는 약초 책을 가져와서 찾아 봐야지! _이민규

■── 숙소까지는 진짜로 아무 생각도 없이 빠른 속도로 걸었던 것 같아서 생각이 잘 안 나는데, 진우와 상아 등과 같이 계속 걸었다. 아마 그 구간이 '마구령' 쪽으로 가는 길이었을 것이다. 표지판에 계속 십 몇 킬로미터 정도 남아 있어서 마치 소실점 넘어 광막한 우주의 지평선을 걸어가는 것 같았는데, 좀 속도가 붙었는지 500미터 단위로 있는 표지판이 계속 나오다가 마침내 도착했다. _이인서

■── 둘째 날, 나눠주는 간식을 받고 두 번째 트럭을 타고 고치령으로 갔다. 아빠랑 인서랑 상아와 같이 쉬지 않고 빠르게 걸었다. 다행히도 금방 마구령과 거리가 좁혀졌다. 인서와 둘이 걸어가다 마구령에 도착해서 밥을 먹었다. 마구령 이후에는 경사가 좀 있었다. 고통스러운 두세 시간을 걸어서 늦은목이에 도착했다. 좁은 길로 가라는 표시를 보고 가는데 길이 아주 좁고 나무도 많아서 가기 힘들었다. 발도 많이 삐고 발바닥도 많이 아팠다. 계곡도 많이 만나고 여러 번 빠질 뻔했다. 겨우 숲을 나와서 도로를 걷는데 민들레가 많이 피어 있었다. 씨앗들이 완벽한 구를 형성하고 있는 모습이 신비로웠다. 폐허들이 많은 곳이 있었는데 예전에 농사를 짓던 마을이었던 것 같다. 거의 도착해서 간식을 다 먹고 계곡 물에서 발을 씻는데 물이 너무 차갑기도 하고 발바닥도 아팠다. 그래서 인서랑 기어다니면서 올챙이를 잡는 등 재밌게 놀다가 버스를 타고 휴게소에서 밥을 먹고 돌아왔다. 정말 긴 산행이었다! _박진우

■── 연화봉은 쓸데없이 많기만 하다고 불평만 하면서 갔다. 생각해 보니 제2연화봉에서 제1연화봉까지 그렇게 멀지는 않았던 것 같다. 제1연

화봉에서는 바람이 많이 불었다. 다음날, 아침에 본 고치령은 또 다른 느낌이었다. 새소리를 들으면서 산행을 시작했다. 멧돼지를 봤다는 소리도 들었다. 위험하긴 하지만 나도 살아 있는 멧돼지를 보고 싶었다. 어느새 사람들 소리가 들려서 빨리 내려갔더니 마구령이었다. 단체사진을 찍느라 밥 먹을 타이밍을 못 잡아서 올라가며 주먹밥을 먹었다. _**홍준범**

■── 백두를 하면서 산행기는 처음이다. 백두를 가면서 다사다난한 일도 많아지고 힘든 일도 있었지만 하면 할수록 점점 성장해 가는 느낌이다. 비록 백두가 힘들다고는 하지만 계속하다 보니 익숙해지고 내면으로는 점점 성장하는 것 같다. 저번에 도와주신 백두 친구들과 대장님들께 감사드리고 완주할 때까지 열심히 백두에 임할 것이다. _**임현도**

* * *

■── 여명이 밝아 오기 전의 희뿌연 어둠 속에 세찬 바람을 맞으면서 우리는 서 있었다. 머리 위 하늘 천정에 걸린 커다란 십자가는 데네브의 백조자리던가. 젊은 시절 한때의 열정이 가슴 속에서 아픈 통증으로 잠깐 나타났다 사라진다. 별을 쳐다보고 살기를 원했던 시절이 있었다. 두꺼운 천체물리학 책에 머리를 처박고 시간을 보냈으며 청명한 밤하늘 아래 돗자리 깔고 누워 떨어지던 별똥별을 세던 때가 있었다. 그때는 그렇게 살수 있을 거라 생각했다. 천문대-연구실-집을 왔다갔다하며 지극히 단순하게 내가 하고 싶은 것만을 하고 살 수 있을 거라고. 허나 세월은 전혀 다른 방향으로 나를 걸어가게 하였고 지금에 와서 나에게 별은 이루지 못한 시린 추억으로 남아 있다. 그런 열정이 나를 휘감고 있던 10대의 어느 한 시절이었으니까 소백산을 처음 찾은 것은 (오로지 천문대를 방문하기 위한 길이었지만) 30년도 더 되었나 보다. 죽령삼거리에서 연화2봉을 거쳐

438

연화봉까지의 산행은 지나가버린 나의 젊음과 이루지 못한 나의 꿈으로 다소 쓸쓸하고 다소 서글픈 산책길이었다. 아직까지도 마음 한 구석에 휑한 허전함으로 자리하고 있는 지난날의 아쉬움. 이 모든 것을 그저 세월의 하 수상함으로 돌리는 것은 나의 비겁한 변명이겠지…….

해가 막 떠오른 연화봉에는 세찬 겨울바람이 분다. 동천동에는 철쭉도 시들고 햇살이 다소 따가운 초여름이 시작되었는데 이곳은 진달래 만발한 초봄이다. 그리고 이른 아침에 정신없이 몰아치는 소백의 칼바람. 산 아래로 자욱하게 운무가 깔린다. 싱그러운 초록의 산봉우리만을 섬처럼 남기고 뭉게뭉게 하얀 구름이 거대한 바다를 만든다. 거친 바람을 타고 구름은 흰말들이 되어 산과 산 사이의 공간을 빠르게 달려온다. 〈반지의 제왕〉 제1편에 보면 나즈굴의 검에 찔려 정신을 잃은 프로도를 말에 태우고 도망치던 아르웬이 요정의 땅에 이르렀을 때, 낮게 흐르던 계곡물이 사나운 하얀 말이 되어 거침없이 달려오면서 쫓아오던 나즈굴들을 휩쓸어 버리는 장면이 있다. 소백의 세찬 바람을 따라 북으로 북으로 이동하던 거대한 운해의 앞머리에서 난 포말로 만들어진, 사납게 내달리던 하얀 말들을 보았다. 저 구름은 무엇을 삼켜 버리려는 것일까. 화엄사를 들머리로 노고단을 거쳐 반야봉에 올랐던 지리산행의 그 어느 날 이른 아침, 텐트에서 나와 말로 표현할 수 없는 황홀한 광경을 보았는데 그것도 오늘과 비슷한 거대한 운해였다. 그야말로 경험하지 않은 자에게는 뭐라 설명할 수 없는 그 느낌. 지리산의 운해는 세월의 두께를 얹어 훨씬 가슴 벅차게 남아 있다. 오늘의 소백산에서의 이 순간도 시간의 흐름과 함께 점점 더 아름답게 나의 마음속에서 자라날 것이다.

연화봉을 거쳐 비로봉까지는 산책길이었다. 덕유평전과 비슷하게, 하지만 훨씬 웅장하게 펼쳐져 있는 소백의 넓은 능선은 가슴속까지 확 트이게 해 준다. 난 이런 광활함이 좋다. 그 어느 곳에서도 거침없는 이 시야. 우리나라에서는 몇몇의 높은 산 위에서만 가능한 풍경이다. 포스트 백두 코스로 몽골이나 만주평야는 어떨는지. 황량할 정도의 끝없는 벌판에서 거친 바람을 맞아보고 싶다. 파란 하늘에 실비단처럼 엷게 깔려 있는 하얀 구름에 마음이 설레고 계속해서 몰아치는 강력한 바람에 웃음이 그치지 않는다. 한 가지 바람이 있다면 이 바람이 옆에서가 아니라 뒤에서 불어왔으면 하는 것이었다. 이런 세찬 바람이 뒤에서 불면 달나라에서처럼 경중경중 걸어다니는 그런 경험을 할 수 있을 텐데…… 아쉽다. 이 바람을 몸으로 표현해 보자는 서촌님의 제안에 따라 다들 한 포즈 취하지만 단연 으뜸은 인서빠다. 언제나 조용하게 웃기만 하시는 분이 그런 과감한 포즈를 취할 줄은 정녕 몰랐다. 깔깔깔깔, 낄낄낄낄, 호호호호 한 바탕 웃음으로 마무리하고 다시 길을 걷는다. 능선 중간중간 피어 있는 빛 고운 선홍색 진달래. 산 아래 동네에서는 철쭉도 지고 있는데 이곳은 진달래가 이리 곱게 피어 있다. 시간을 거슬러 왔다. 그런데 산 위의 진달래는 왜 저리 빛깔이 고울까, 그 빛깔에 마음이 또 한 번 아려온다.

비로봉을 지나 국망봉까지는 아무 생각 없이 걸었다. 금요일부터 살뜰하게 챙겨먹은 진통제(?)는 제 역할을 충분히 해 주고 있어 슬슬 입질이 와야 할 시간이 되었음에도 불구하고 나의 무릎은 말짱하였다. 너무도 파란 하늘, 깨끗한 공기, 탁 트인 시야, 이대로 시간이 멈춰도 좋겠다. 난 산길을 걷는데 누군가가 옆에 있으면 괜히 신경이 쓰인다. 앞에 가는 사람이 있을 때는 이 사람과 거리가 점점 벌어지면 나의 느린 걸음에 괜히 조바심이 나서 좀 더 빨리 가야 하지 않을까 마음이 편치 않고, 뒤에 사람이 있을 때는 나의 너무 느린 발걸음이 미안해서 이들에게 연신 길을 비켜주다 보면 느린 진행이 더 느려진다. 그래서 대부분 혼자서 걷는 편이다. 허나 지금 이 순간 이 길 앞에 누군가가 걸어가고 있고 내 뒤에 누군가가 걸어오고 있다는 이 사실, 내가 부지런히 걸으면 반가운 누군가가 나를 맞이해 주고, 시원한 바람 속에서 쉬고 있으면 정다운 누군가가 반드시 지나간다는 이 사실이 나를 힘들지 않게 한다. 혼자 걷는 것이 편하면서도 단독 산행을 하지 않고 단체 산행을 계속하는 것은 이런 '따로 또 같이'의 즐거움을 너무 깊이 알아버렸기 때문이다. 혼자는 쓸쓸하다. 허나 혼자가 아니라는 사실, 이것이 나를 힘들지 않게 한다.

국망봉을 지나 숲길로 들어서면서부터는 계절의 여왕이라는 5월이 내뿜는 싱그러운 생명의 기운에 몸이 흠뻑 젖어 들었다. 어찌 이리 푸르를 수 있을까, 어찌 저리 싱그러울 수 있을까. 여기저기 군락으로 피어 있는 온갖 진기한 야생화는 저마다의 아름다움으로 이 계절을 한껏 더 치장하고 있다. 내가 그대의 이름을 불러 주었을 때 나에게로 와서 꽃이 된다고 하였는가? 헌데 이 많은 꽃의 이름을 나는 알지 못하거니와 알고 싶은 마음도 그닥 없다. 산에 산에 피는 꽃은 저만치 혼자서 피어 있어도 괜찮다. 마음에 담았다가 잊어버리고 외웠다가 잊어버리는 수고를 계속하느니 그저 거기에 존재하는 것으로 나와 함께한다는 사실만을 기억하련다. 그 이름, 외운다 한들 내년 봄에 또 다시 낯설지 않을 것인가. 지천으로 자신의 존재를 드러내려고 노력하고 있다는 사실과, 어느 순간 그 모습이 내 눈에 선명하게 들어와 한 순간 경이로움에 취했으며 그 아름다움에 감탄했고 그 신비함에 가슴 떨렸다는 이 사실만은 오래도록 가져갈 수 있을 것이다. 울고 싶을 만큼 지쳐 있을 때 갑자기 나타난 둥굴레 군락지. 하나하나의 꽃도 앙증맞도록 귀엽고 예쁜데 이렇게 군락을 이루고 있으니 신비하기까지 하다. 이런 느낌을 표현할 능력이 나에게는 없다. **_김선현_**

■── 이번 첫날 산행에서 중요한 동반자는 상아였다. 상아와 여러 이야기를 많이 나누었다. '자기탐구'를 왜 바이올린 만드는 것을 했냐고 물으니 목공이 좋아서 했고 바이올린을 좋아한다고 했다. 고등학교를 마치면 독일로 바로 유학을 떠날 생각이라고 한다. 심지가 굳고 묵직한 아이 같았다. 독일어를 혼자서 공부하고 있다고 한다. 나중에 악기 마이스터가 될 것 같은 아이였다. 좋은 씨앗과 함께 길을 가서 너무 좋았다. 길을 가

는데 상아가 코피를 너무 많이 흘려서 무전기를 다른 사람에게 맡겼다. 상아는 책임을 벗어서 그런지 총알처럼 사라지고 없었다.

상아가 사라진 조금 앞에 종승맘이 있어서 같이 가자고 했다. 같이 가면서 삶에 대한 여러 이야기를 했다. 마음 아팠던 이야기를 이제는 담담하게 풀어 놓는다. 지고지순했던 사랑과 사랑을 키워나가던 과정과 세 아이들, 시댁 이야기를 하면서 영겁의 시간 속에 지금의 시간은 찰나에 불과하다는 순수한 사랑과 영혼의 러브스토리의 주인공을 만난 하루였다. 순수한 영혼들과 만나면서 많은 이야기를 나누었고 그렇게 첫날 24킬로미터는 금방 지나갔다.

고치령에 도착하니 먼저 도착한 후미들이 불만이 많다. 꽤 많이 기다렸나 보다. 트럭을 타고 고치재팬션에 도착하니 소고기 국밥이 기다리고 있었다. 밥을 먹고 찬물에 샤워를 하고 누웠더니 애들이 계속 문을 여닫고 다닌다. 신경이 쓰여서 한소리를 했는데 바깥에서 정담을 나누는 소리에 나도 합류를 했다. 정인빠가 가져온 약초술 맛이 기가 막혔다. 치킨과 사이다, 약초술을 함께 먹고 나니 졸렸다. 자리로 돌아가서 자는데 너무 더워서 몸을 꼬치구이 굽듯 돌려놓는다. 새소리가 시끄러워지면서 아침이 밝았다.

산행 둘째 날……. 지난 1박2일 산행에서 아들을 혼낸 경험이 있어서 빨리 깨우려고 하는데 여전히 느리다. 하지만 아버지의 마음으로, 사랑의 힘으로 아들과 아들 친구들을 깨우고 준비를 시키고 밥을 하는 사람들을 기억하기 위해서 사진을 찍었다. 아침밥을 먹고 나니 바로 체조를 하고 선두를 출발시켰다. 나는 다음차를 타기로 하고 준비를 했다. 두 번째 차를 타고 올라가니 예린삼촌이 선두가 막 출발을 했다고 한다. 고치령에서 아들과 사진을 찍고 GPS를 설정하는데 모두 출발하고 없었다. 서둘러서 따라가는데 정신이 없다. 다들 어디로 갔는지 젊은이들을 따라가기가 너무 힘들다.

한참을 따라가 아들의 꽁무니를 따라잡았다. 간섭하는 것을 싫어하는 아들을 그냥 지나친다. 군데군데 멧돼지들이 땅을 파헤쳐서 좀 전에 멧돼지들이 왔다 간 것 같았다. 아이들에게 함께 다니라고 주의를 주고 길을 간다. 오늘은 후미에서 선두로 가겠다는 결심을 하고 열심히 쫓아갔다. 길을 가면서 여러 사람들의 모습들을 사진에 담았다. 각자가 정해진 길을 각자의 짐을 지고 각자의 힘으로 가는 것이 백두의 묘미인데 느끼고 생각하는 것은 모두가 다르다. 멋진 나무 앞에서 엄마들이 사진을 찍어 달란다. 예쁜 엄마들의 사진을 찍고 다시 길을 떠난다. 산은 묘한 치료의 효과가 있는 것 같다. 물처럼 누님은 표정이 너무 굳어 있었는데 지금은 한 송이 꽃을 피운 것처럼 소백산은 사람들의 꽃을 피우고 있었다.

경상도에서 충청도 강원도를 통하는 관문이었던 마구령(매기재)에 도착을 하니 선두가 밥을 먹는다. 같이 밥을 먹고 나니 찔레꽃과 여러 식물들과 입에 풀칠한다는 말의 유래등에 대해서 서촌선생님께서 즉석 강연을 시작하셨다. 의미 있게 이야기를 듣고 나니 선두대장이 〈찔레꽃〉을 노래를 한다. 함께 합창을 하니 마음이 짠해졌다. 노랫말이 무슨 의미인 줄 잘 몰랐는데 찢어지게 가난했던 우리 부모님 세대의 어려움이 가슴에 와 닿아 노래를 듣는데 눈물샘이 자극이 되었다. 역시 호르몬이 바뀌고 있나 보다. 중년 남성의 쓸쓸함을 느끼면서 마구령을 출발했다. 마구령에서 늦은목이로 열심히 가면서 야생화들의 사진을 찍었다. 늦은목이에 도착을 했는데 예린삼촌의 무전소리가 들렸다. 남대리로 내려가는 길이 장난이 아니라고 한다. 장난하실 분이 아닌데 정말 힘든 코스라는 것을 직감했다. 열심히 내려가는데 정말로 밀림을 헤쳐 가는 것 같았다.

이번 산행은 그야말로 '공감'과 '사랑'과 '배려'의 냄새가 물씬 나는 산행이었다. _**김인현**

■── 천문대를 향해 올라가는 길에서 바라본 맞은편 능선의 초록은 기

획대장님 말처럼 이끼같이 보였다. 나무들은 저마다 새순을 피워 올리고 있었지만 동틀 무렵 산맥의 초록은, 오랜 세월 한 자리에서 꿋꿋이 자리를 지키며 풍상을 이겨낸 깊고도 신비한 청록빛으로 아침을 맞이한다. 함부로 흉내 낼 수 없는 고고하고 깊은 울림이 있는 빛과 색. 저런 빛을 보면 나는 가슴이 마구 뛴다. 해가 떠오르고 흰 구름이 몰려와 더 이상 그 빛을 볼 수 없었지만, 우리를 구름 위 신선으로 만들어 준 운해의 장관보다 이끼 같았던 청록빛 초록의 여운이 아직 더 진하게 남아 있다.

오르는 내내 시시각각 다른 풍경을 연출해 주는 소백산에서 제대로 찬바람을 맞으며 야생화, 숲 해설가로 변신하신 서촌샘의 설명을 들었는데 시절도 딱 그렇고 날씨도 기가 막혀 야생화의 천국이 된 소백산에서 경치 보랴, 야생화 보랴 눈이 너무 바빠 정신이 없었다. 평생 봐야 할 야생화를 소백산에서 다 본 것 같았다.

꽃이나 나무 이름은 일반적인 것이 아니면 굳이 알려고도 하지 않고 그저 예쁘다, 곱다 하며 감탄사만 연발하는 내게 그 많은 이름을 한꺼번에 입력하는 것은 불가능하다. 그래도 많이 들어봐야 나중에 책을 보면 다시 생각난다고 자꾸 가르쳐 주시는데 그 많은 야생화 중 삿갓처럼 생긴 삿갓나물, 홀아비바람꽃, 원추리, 괭이눈, 개별꽃 정도만 기억이 난다. 홀아비바람꽃은 이름을 듣는 순간, 홀아비가 바람났대서 붙인 이름인지를 생각하다가 홀아비가 연애를 하는 것은 바람이 난 게 아닌 것 같아 그냥 혼자 '홀아비작업꽃' 아니면 '홀아비수작꽃'이라 개명을 해보다 기억하게 된 것이고, 괭이눈은 가운데 잎이 노랗고 겉잎은 초록이라 고양이 눈을 연상하며 보다가 잊지 않았다. 이름을 불러 주어야 내게로 와 꽃이 된다지만 그 이름을 전부 다 기억할 여력이 없어 그냥 포기하기로 했는데 오래 전 지리산에서 만난 주황색 꽃에 반해 이름을 기억하는 원추리를, '원더걸스'가 세계에 알렸다고 하는 기획대장님의 말에 한참을 웃었다. '노바디 노바디 원추리~'라나 뭐라나…….

비로봉 가는 능선에서 몸이 휘청거리는 바람을 맞으며 이 바람을 몸으로 표현해 보자는 서촌샘의 제안에 다들 재미있게 표현하며 사진도 찍고 즐거워하였는데 저만치서 오시는, 늘 말 없고 점잖으신 인서빠께서 과연 그걸 하실까 의문스러웠다. 거기 서서 바람을 표현하시라고 소리치자 마치 이 순간을 위해 여기까지 왔다는 듯 재치 있는 몸 동작을 서슴없이 연출해서 모두들 깜짝 놀랐다. 백두가 아니면 인서빠의 저런 모습을 어디서 볼 수 있었을까.

이우나 백두에서 간간이 만날 수 있는 독특한 캐릭터 중 한 분인 산행대장님은 늘 웃는 얼굴로, 썰렁하지만 나름 재미난 농담을 하시면서 사람들을 편하게 해 주는데 겉보기와 달리 상처받기 쉬운 섬세하고 예민한 마음결의 소유자이다. 술만 들어가면 평소보다 더 진지해지는 게 남다른 부분이기도 한데, 말투나 표정만으로도

상대방의 의도와 심리까지 예리하게 읽어내는 샤프한 사나이다. 그런 산
행대장님이 산행 중 게으르게 퍼져 노는 아이들에게 하듯, 내게 빨리 가
라고 호통을 칠까봐 산행 중 가끔씩 만날 때마다 "아이구~ '무섭'군! 무
서워"하며 도망치듯 내뺐는데 그 덕에 처지지 않고 겨우 중간을 유지하
며 갈 수 있었다.

　　비로봉을 지나 국망봉에 이르러 바위에 걸터앉아, 나라 잃은 슬픔과
통한의 아픔을 가슴에 담고 찬란했던 신라의 영화와 나라 잃은 백성과
자신의 암담한 미래를 생각했을 마의태자를 떠올려 보았다. 천년 왕조를
하루아침에 항복으로 내어준 비겁한 아버지 경순왕에 대한 원망과 세월
의 무상함을 어디쯤에 내려놓고 금강산으로 향했을까. 내 생각엔 이 국망
봉에서는 아직 원망과 분노가 사그라지지 않았을 것만 같은데, 원통하고
분해 뜨거운 눈물로 통곡만 했는지, 혈기를 주체하지 못해 주먹으로 바위
를 치다 뼈에 금이 갔는지, 악을 쓰며 성질을 부리다 목이 쉬었는지 모를

447

일이다. 좋은 옷과 음식을 구할 수 없어 삼베옷과 풀뿌리로 연명을 했는지, 정말 속세의 헛된 욕망과 망상을 훌훌 털고 하늘의 진리와 도의 길에서 초연하고 자유로운 영혼으로 살다 삶을 마감했는지 몹시 궁금한데, 처지가 안타까워 전설이 되고 신비화된 마의태자가, 고치령으로 내려올 때까지 내 머리 속을 꽉 채우고 있었다. _**임지수**

■── 엄마들 중에서는 제법 산을 탄다고 생각했는데, 언제부터인가 나는 늘 후미 언저리에서 맴돌고 있었다. 백두대간 초기에는 선두는 아니어도 그런대로 중간쯤은 놓치지 않은 것 같다. 선두는 넘볼 여력이 못 되고 후미는 부담스러워 중간쯤 어디에서 앞뒤로 적당한 거리를 유지하며 걷는 게 좋았다. 앞뒤로 아무도 안 보이지만 왠지 아늑하게 보호받고 있는 듯한 느낌 속에서 홀로 유유자적하는 기분이란!

그런데 사람들과 낯을 익히고 친해지면서 혼자 다니는 것보다는 둘이 또는 여럿이 몰려다닐 때가 많아졌다. 나란히 또는 앞뒤로 둘이 다니면서 얘기를 하게 되고, 대화가 많아지면 자연히 숨이 차게 되니 쉬어가는 일도 전보다 많아지는 게 사실이다. 또 여럿이 다니며 주거니 받거니 사진도 찍어주고 정상에서 함께 인증샷도 찍다 보면 지체 시간이 더 길어진다. 아무튼 그렇게 산을 오르내렸었다.

무엇보다도 이번 산행의 하이라이트는 마루금이 끝나고 쓸데없이 걸어야 한다고 잔뜩 투덜거렸던 남대리로 가는 원시림이었다. '시크릿 가든'이란 바로 이런 곳이 아니겠는가. 자주빛 큰앵초, 하얀 미나리냉이꽃, 아기별같은 참꽃마리, 개별꽃, 괭이밥, 게다가 산허리에 흐드러지게 핀 귀룽나무꽃까지. 아아아아아……. 물론 남대리로 내려와 버스가 있는 곳까지 긴 포장도로를 걷는 것이 고역이긴 했지만, 시크릿 가든에서 비밀의 물약을 먹어서인지 내가 마치 내가 아닌 듯이 무사히 내려왔다. _**박경옥**

28

초록바다와 꿈 그리고 여백

하 시절이 속절없이 빠릅니다. 절기상 소만(小滿)을 지나니 초여름 날씨입니다. 겨울을 지나온 게 엊그제 같은데 벌써 여름 문턱에 다다랐다니……. 오뉴월은 과녁을 향해 치닫는 화살 그 자체처럼 빠르게 지나는 것 같습니다. 연둣빛 잎사귀도 녹색에게 금세 자리를 내어주고, 헐벗었던 산들은 어느새 초록 물결입니다. 산정(山頂)에서 바라보는 초록 물결의 풍광은 언제 보아도 장쾌하고 시원시원하지요. 파란 하늘과 흰 구름이 만들어내는 여백이 산과 어우러져 더더욱 그러하지요. 이번 28차 산행은 화방재에서 27차 산행의 날머리였던 늦은목이까지입니다. 1박2일간 산행인데요, 이 산행을 마치고 나면 정확히 열 번의 산행만을 남겨두게 됩니다. 이번 숙소로 정한 도래기재 우구치휴게소 인근은 본래 금광이 유명하던 곳입니다. 한때 금광채굴로 1만2천 명이 살았다고 하니 금광 규모를 능히 짐작하고도 남겠죠. 지금도 사금을 채취하기 위한 동호회 회원들이 활동하는 것을 보면 '금'은 역시 불변의 그 무엇인가 봅니다. 계속되는 1박2일 산행입니다. 체력 안배 잘 하시고 스스로를 채워가는 유익한 산행 하시길 기원하겠습니다.

산행일시 **2013년 6월 8일(토)~9일(일)**

산행코스 **화방재 · 천제단 · 신선봉 · 도래기재(첫째 날)**

도래기재 · 선달산 · 늦은목이 · 생달마을(둘째 날)

"저 오르막길의 끝은 어디인가?"

■── 이번 산행도 1박2일이다. 1박2일의 악몽은 언제까지 계속될까? 가기 전에 여러 번 생각해 봤다. 새벽에 모여 버스에서 잠을 자기 시작했다. 백두를 할 때는 잠자는 시간이 평균 네 시간~다섯 시간 30분 정도다. 항상 이렇게 잠을 자고 산을 타기에는 졸리고 힘들다.

첫째 날에는 정신없이 올라갔다. 졸면서 올라갔기 때문에 별로 기억나는 게 없다. 태백산까지 올라가는 게 높았다. 태백산에서 영섬맘께서 아이스크림을 사주셨다. 첫째 날에는 힘이 없어서 후미로 갔다. 깃대배기봉, 신선봉, 곰넘이재, 구룡산에 갈 때 꼭 한 번씩 낮잠처럼 누워서 잤다. 자고 난 뒤에 15분~20분까지는 정신이 멀쩡했는데 지나고 보면 정신이 조금씩 몽롱해진다. 규연이와 게임 얘기를 하면서 가 봐도 효과가 없었다. 보통 게임 얘기를 하면서 가면 초스피드 같은 힘이 나와서 엄청 빨리 도착한다. 그런데 오늘은 간식을 먹으면서 가도 졸리고 규연이가 준 포도당을 섭취해도 졸렸다. _홍준범

■── 초반부터 오르막이 너무 심했다. 이상하게 이번에는 오르막을 가면 너무너무 힘이 들고 시작한 지 한참 지나도 피곤하고 힘든 게 사라지지 않았다. 보통은 중간쯤 되면 얘기도 하면서 가고 조금 재미있어지는데(전에 비해서 재미있다는 거지 그래도 힘들다), 이번은 정말 그런 게 없었다. 그저 끝나는 것만 기다리면서 걷고, 걷고, 그냥 계속 걷기만 했다. 힘드니까 간

식도 별로 안 먹게 되고, 말도 별로 안 했다. 구룡산 정상에 도착하고, 이제 힘든 건 끝이구나 생각했다. 중간에 오르막들이 두세 개 정도 있었지만 그래도 다 끝나갈 즈음에는 많이 떠들면서 갔던 것 같다. 진짜 마지막엔 가방 들어주는 게임을 했다. 동섭이가 마지막에 6개를 다 들고 왔다. 오노! _허솔

■── 태백산이었나? 거기에서 너구리를 보았다. 신기했다. 그리고 중간중간에 꽃들이 피어 있었다. 몇 개는 찍었지만 정신없이 산을 타다 보니 지나친 게 많다. 그냥 빨리 도착해야겠다는 생각밖에 하지 못한 것 같다. 말할 애들도 없고 입이 심심했다. 그냥 정신없이 오르다가 쉬고 오르다가 쉬고…… 끊임없는 반복이었다. _김주현

■── 연속 1박2일이라 별로 마음이 좋진 않았다. 이미 며칠 전에 터져버린 물집은 고통만 있을 뿐 별로 걸리적거리지 않아서 딱히 힘들진 않았다. 선두로 출발해서 친구들과 같이 걸었다. 해가 뜬 상태라 헤드랜턴은 착용하지 않았다. 연속적인 오르막길은 천왕봉보다 오히려 어렵고 공략하기 힘들었다. 그래도 계속 걸었더니 조그마한 건물이 나와 그곳에서 쉬었다. 그곳은 산령각이었다. 잠시 쉬다가 뒤를 보았는데 해가 뜨고 있었다. 주황빛 붉은색이 예뻤다. 그리고 또 다시 걸었다. 걷다 보니 이런 생각이 들었다. '도대체 오르막길은 언제 끝나는 것인가?' 계속 오르다 끝났다 싶으면 계속 연이은 오르막길이 있었다. 나의 첫 번째 목표는 태백산 천제단에 올라서 파인애플을 먹는 것이었다. 파인애플의 상상에 빠질 때쯤 아침을 먹을 장소에 도착하였다. _김상아

■── 남자애들 숙소가 너무 작았다! 정말 끼어서 잘 수밖에 없었다. 그런데 내가 11시 또는 12시쯤 한 번 깼다. 너무 더웠기 때문이다. 일단 보

일러를 끄고 담요를 덮은 채 나 혼자 밖으로 나갔다. 안은 찜질방인데 밖은 찬바람이 쌩쌩이다. 그렇게 한 10분 있다가 나는 다시 안으로 들어갔다. 들어가서 창문 좀 열어주고 앉았다. 그리고 다시 누우려고 보니 이미 내 자리는 점령당해 있었다. 그래서 나는 그냥 빈자리에 가서 누웠다. 그렇게 좀 자고 일어나니 2시나 2시 반쯤이었다. 나는 또 더워 창문을 열고 바람을 쐬고 다시 누웠다. 아, 맞다! 주현이가 이때쯤부터 아팠었다. 마구 끙끙거리고 엄청나게 아프다길래 물도 주고……. 아저씨들을 깨울까 하다가 말았다. 하여튼 옆에 있다가 3시 반쯤에 주현이가 다시 잠들길래 나도 잤다. 그리고 다시 반쯤 한번 눈떴다가 다시 자고 결국 한 7시쯤 일어난 것 같다. 지금 보니 정말 밤새 한 것도 많은 것 같다. 누군가 나한테 나는 잘 때 눈만 붙이고 있는 것 같다더니, 그 말이 맞는가 보다. _**강우진**

■── 이튿날, 산행이 시작되고 또 로봇이 되기는 우울해서 정말 빨리 점심 먹는 곳으로 도착해서 점심을 먹었다. 박달령에 산림청이 박아둔 게시판 앞에 쓰레기더미가 너무 가슴 아팠다. 누군가 처음에 마땅히 소주병을 버릴 곳이 없어 그곳에 버려두자 그 뒤에 지나가던 여러 사람들이 술병을 버리게 되고 더 나아가 비닐봉지에 음식물쓰레기 과자 쓰레기 온갖 쓰레기들을 그곳에 버려서 큰 쓰레기더미가 되었을 것이다. 남의 쓰레기를 내가 들고 갈 수도 없고 미안하지만 딱한 사정이었다. 그렇게 산행이 막바지에 다다르고 아스팔트 도로가 나왔다. 기억나는 것은 어느 집 앞의 돌탑들이었다. 대단히 아름다운 돌탑들이 여러 개가 있었는데 작은 돌멩이가 여러 개가 모여 하나의 예술품이라고 이름 지어지는 것을 만드니 이목을 끄는 데 훌륭한 아이템인 것 같다. 더운 여름날 산행의 끝에는 물이 있었다. 그것도 아주 많이 매우 많이. 그렇다, 계곡이었다. 버스 앞에서 간단히 짐을 정리하고 물에 온몸을 적시고 나오니까 기분이 좋아졌다. _**김동섭**

내려가면서 박달령에 도착해 점심 아니 간식을 먹고 친구들과 놀면서 좀 오래 쉬었다. 다시 출발했다. 인서랑 같이 가면서 첫째 날처럼 애벌레를 잡았는데 애벌레가 손가락에 얼굴을 부비니 손에 주황색 액체가 묻어나는 것 같아 엄청 놀랐다. 애벌레가 토한 것이라고 인서가 말해줬다. 중간에 가다가 선달산에 도착했는데 좀 쉬다가 5킬로미터나 남은 걸 알고 달리기 시작했다. 정인이랑 둘이서 빨리 내려갔다. 가면서 게임 캐릭터 이름대기 놀이를 했는데 게임을 한 판밖에 안 해본 정인이가 캐릭터를 마흔 개 넘게 알고 있어 놀랐다. 백과사전만 봤나……? _박진우

■── 산에서 맞은 어머니의 생신

산을 내려오다
보이는 벤치에 앉아서
우리는 잠시 신발끈을 풀었다

저 희고 여린 두 발로
사십 육년 그 시간 동안 어떻게 버티어 오셨을까,
하고 나는 생각한다
이제는 엄마 발보다 더 커져버린 내 발이지만
여전히 그에게 기대고 싶은 이 마음은 왜인지

별것 아닌 일에
한없이 기뻐하고 또
한없이 속상해하는 내가
나보다 훨씬 더 큰 짐을 짊어지셨을 당신께
나의 한숨을, 불만 섞인 말들을 내뱉었다
그러자 돌아온 그의 말에 묻은 온기
"그럴 만하지. 힘들 때야."
그 말을 듣고서 나는 괜시리 눈물이 핑 돌았던 기억이 있다.

6월 9일, 그의 생신이
몇 분도 채 남지 않은 그때,
내가 해드릴 수 있는 것이라곤
그를 꼬옥 안아드리는 것뿐
이제는 엄마 팔보다 더 길다래진 내 팔로

정말 엄마를 꼬옥 껴안는다.
우리 둘의 가슴이 맞닿은 그 순간에는
왠지 서로의 모든 것을 알 수 있을 것만 같았다. _**박예린**

* * *

■── 내려가는데 허리와 다리가 약해서 선두와 자꾸 거리가 벌어진다.
늦은목이에서 조금 쉬고 있으니 바로 3번 무전기대장 인서빠가 따라왔
다. 바로 준비해서 내려갔다. 지난번 남대리 쪽으로 내려가는 길은 길이
거의 풀에 묻혀 있어서 힘들었는데 생달마을 쪽은 잘 정비되어서 좋았다.
　내려오다 보니 돌을 쌓아서 만든 주목산장 쪽이 특이해서 사진을 몇
장 찍고 있는데 선두대장이 계곡이 너무 좋다고 씻고 가자고 한다. 내려
가니 평상도 좋고 물도 좋았다. 아직까지는 너무 차가운 계곡물에 발을
오래 담글 수가 없었다. 인서빠가 웃통을 벗고 등물을 하신다. 시원해 보
였다. 나도 망설이다가 웃통을 벗고 러닝셔츠를 물에 적셔 씻었다. 맑은
물에 머리를 감고 나니 너무 시원했다. 다시 챙겨서 내려가는데 그 길이
외씨버선길이라고 한다.
　선두대장이 콘크리트 포장도로를 따라 내려가는 길에 길가의 산딸기
를 따서 준다. 야생 산딸기를 직접 따먹어 본 것은 처음이었다. 약간은 시
면서 단 게 맛있었다. 조금 내려가는데 왼쪽 다리가 저릿하면서 허리까지
전기가 통한 듯 통증이 왔다. 스틱을 뽑아서 가는데 차가 왔다가 간다. 세
워서 좀 태워 달라고 할까 하는데 그냥 보냈다. 조금 있다가 무전이 왔는
데 인서빠가 그 차를 잡아서 올려 보냈다고 한다. 인서빠의 배려에 또 다
시 고마웠다.
　차를 얻어 타고 내려가는데 그분들도 대간산행 중이라고 하신다. 보
통 대중교통을 이용하는데 이번에는 차를 가지고 오셨다고 하신다. 금방

버스에 도착을 했다. 산행을 마무리하고 옷을 갈아입는데 먼저 온 아빠들이 막걸리가 없다고 투정이다. 고민을 하다가 김용해 기사께서 아침에 얼린 우유를 가져왔다. 얼린 우유를 컵에 부어 먹으니 그 맛도 괜찮았다. 내려오는 아이들에게도 먹이니 좋아들 한다.

성이 차지 않은 아빠들이 계속 항의를 하니 차를 우리나라 최고의 약수터라는 근처의 오전약수터로 몰고 갔다. 처음에 보이는 집으로 무작정 찾아갔더니 그 집은 갑자기 단체손님이 올 것을 예상을 못했는지 음료수도 없었고 맥주, 막걸리가 동이 났다. 나는 허리가 아파서 계속 누워 있었다. 오전약수터는 사전에 정보를 알고 있었기 때문에 아들을 데리고 가려고 했는데 따라 오지 않는다. 그래서 아들 대신에 엄마들을 모시고 가기로 했다. 오전 약수가 피부병과 위장에 좋다고 하니 상아엄마가 통을 들고 바로 따라온다. 상아맘과 준범맘, 종승맘과 함께 바로 위 약수터에서 약수를 마시고 사진을 찍었다. 후미가 도착해서 참나물전과 산채비빔밥을 먹고 동천동행 버스에 올랐다. _**김인현**

29

땡큐 이우, 땡큐 백두대간

다시 1년 만에 연합산행을 시작합니다. 이백동동 선배님들과 백두8기, 9기가 어우러진 화합과 배려와 공감의 산행, 이 산행이 특별한 의미로 다가오는 것은 우리 자신이 이우인이기 때문일 겁니다. 내가 가진 것을 함께 나눌 수 있는 대간 같은 넉넉한 마음과 원서 쓸 때의 초심을 잃지 않는 따뜻한 마음을 가진 이우인. 이번 산행은 산행거리는 아주 짧지만 그 의미는 아주 긴 산행이 될 것 같습니다. 나 이전의 너에 대해서, 우리에 대해서 함께 고민하고 공감하면서 백두대간의 숨결을 한껏 느끼시기 바랍니다. 더불어 이우인으로서 우리가 현재 하는 작은 다짐과 실천이 더 나은 이우를 만들어가는 시발점임을 잊지 않으셨으면 하는 바람입니다. 좋은 사람과 함께 하는 행복한 산행, 이제 출발해볼까요!

산행일시 **2013년 6월 22일(토)**

산행코스 **닭목령 · 고루포기산 · 대관령전망대 · 대관령**

"새들과 함께 부르는 노래"

■── 음, 백두 29차라…. 이제 거의 다 끝났다. 분명 10차 산행을 한 게 어제 같은데 시간이 참 빠르다. 그런데 전화기가 먹통이 되는 바람에 늦었다. 그래서 버스를 타기 전 9기 산행대장님한테 엄청 혼났다(사실 난 우리 가족한테 혼날 때는 죄를 뉘우치지만 다른 사람이 혼낼 때는 별로 안 뉘우친다). 하여간 산행 준비를 하고 산행을 시작했다. _**김규연**

■── 구름이 잔뜩 낀 찜찜하고 기분 나쁜 날씨였다. 비가 오는 것도 아니고 안 오는 것도 아닌 축축한 날씨였다. 그리고 산행 오기 전부터 컨디션 조절이 안 돼서 힘든 산행이었다. _**정지곤**

■── 버스에서 내리자 내 눈앞에 보이는 것은 핑크색의 집이었다. 정말 독특했다. 백두 사람들은 그 집 옆에서 체조를 하고 사진을 찍고 산을 타기 시작했다. 비가 조금 내렸던 터라 찜찜하기 그지없었다. 지곤이와 인서가 길옆에 있는 나무를 툭툭 쳐서 비를 떨구고 도망갔다. 평소라면 화가 났을 텐데 비가 시원해서 오히려 웃었다. 그렇게 비가 부슬부슬 내리는 산을 지나자 거대한 비석이 있었다. 어떤 비석인고 하니 고속도로 기념비였다. 하하하. 그저 웃었다. 내려오다가 인서가 초롱꽃들이 있는 것을 보고는 키우고 싶다 해서 보았더니 참 예뻤다. 하얗고 동그란 꽃들이 고개를 숙여 인사를 하고 있어서 너무 예뻤다. _**이민규**

■── 안내판에 전망대까지 얼마 안 남았다고 적혀 있었다. 이번에는 별로 이야기한 게 없고 나무에서 물 떨어뜨리기 등 장난을 치면서 갔다. 더 신기한 건 습기가 아주 많은 산에도 새가 산다는 거였다. 새소리가 기분 좋게 들려 입으로 따라해 봤다. 어느새 전망대를 지나서 선두를 잡고 행

운의 돌탑에 도착하였다. 돌이 많이 쌓여 있었다. 돌을 쌓고 쉬었다가 능경봉으로 출발했다. 얼마 안 남았겠지 생각하면서 올라갔다. 올라가니 아이스크림을 주셨다. 먹고 내려가기만 하면 산행 끝이었다. 백두 시작하고 처음으로 선두를 잡았다. _홍준범

■──── 민규랑 인서랑 계속 나무에 있는 물을 떨어뜨리며 갔다. 덕분에 비는 오지 않았지만 물을 많이 맞게 되었다. 그렇게 힘들지 않게 점심 먹는 곳까지 가서 장난도 많이 치면서 점심을 먹고 다시 출발했다. 앞에서 아저씨들이 무전으로 계속 9기 여학생들 잔소리하는 것도 들었다. 크크크. 행운의 돌탑……. 우습게 생겼다, 돌 하나 얹어 놓고 왔다. _박진우

■──── 고도표를 보니 능경봉까지 가면 이번 산행은 거의 끝이었다. 능경봉 도착했을 때 아이스크림을 나눠주셨는데 얼마나 맛있던지. 능경봉 찍고 내려올 때는 상아랑 동섭이랑 준범이랑 역시 가방 몰아주기 게임을 하였다. 키득거리면서 오다보니 금방 도착하였다. 옷을 갈아입으니 어찌나 좋던지 천국이 따로 없었다. _김주현

■──── 여유롭게 능경봉에 도착하였다. '설레임'! 우린 맛있게 아이스크림을 먹었고 내려오면서 나무를 흔들며 물장난을 하였다. 그리고 가방 들어주기 게임을 했는데 운이 없었는지 거의 다 걸렸다. 하지만 항상 마지막을 장식해주는 한 사람이 있었으니, 저번 산행의 마지막에서도 모든 친구들의 가방을 들었고 이번에도 똑같이 해준 김! 동! 섭! 우린 재미있었지만 동섭인 힘들었을 것이다. 그리고 버스에 도착한 후 맛있는 족발과 진짜 죽여주는 홍어를 먹었다. _김상아

■──── 오늘 등산을 갔다. 내 친구 찬서도 갔다. 차를 타고 나는 잠을 자고

일어나니깐 산이 있었다. 그래서 준비 운동을 하고 산에 올라갔다. 맨 처음엔 힘들어서 밥을 먹었다. 찬서는 삼각김밥을 싸왔다. 나는 그냥 김밥을 싸오고 오렌지주스를 싸왔다. 그런데 비가 왔다. 오후에는 비가 그치고 또 비가 내렸다. 오르막길은 정말 힘들고 내리막길은 좋았다. 그렇게 올라갔다 내려갔다 하고 계속 했더니 정상에 도착했다. **_이종목**

■── 나는 거북이 위에 비가 있는 석상을 보고 실망하고, 또 버스가 없는 주차장을 보고 다시 실망했다가, 버스를 보고 미친 듯이 기뻐했다. 옷을 서둘러 갈아입고 항상 그렇듯이 놀았다. 그 뒤 버스 안에서 잠을 자고, 족발을 조금 먹고 집에 도착하였다. 지금까지 한 산행 중에서 제일 기분 좋은 산행 같았다. 이런 산행을 다음에도 얼마든지 하고 싶다. **_김시훈**

＊＊＊

■── 선두대장 뒤를 따라 무리를 지어 오르는 아이들의 모습이 귀엽고 대견하다. 언제나 그렇듯 첫 학기 중 1들은 초등학생티를 못 벗은 어리숙한 풋내가 뚝뚝 묻어나는데 여름방학을 지내고 나면 몸과 마음이 부쩍 자라서 더 이상 그들에게서 풋풋함을 기대할 수는 없다.

안개는 쉬 걷히지 않았고 이따금 초록 잎사귀에 비 듣는 소리가 들리기도 했지만 싱싱한 초록 잎사귀와 하얀 거미줄에 내려앉은 미세한 이슬방울들은 촉촉한 청량함을 덤으로 선사해 주었다. 짙은 안개가 배경이 된 대간길의 풍경은 멀리 눈길 닿는 곳마다 한 폭의 수묵화였으며 가깝게는 이슬 머금은 각양각색의 초록들이 뽐내는 무도회장이었다.

고루포기산 정상은 표시석이 아니었으면 무심코 지나칠 뻔한 작고 아담한 곳이었다. 여느 산의 정상처럼 대간꾼들에게 넓고 큰 쉼터를 내 줄 아량을 '포기'한 것인지 그조차 과욕이고 허세라 여겨 모든 욕심을 '고루

포기'했는지 모를 정상에서, 백지 같은 허공만 바라보았다.

풍채로 봐서는 깊은 울림이 있는 종소리로 사람을 압도할 것 같은 풍경소리님은, 산사에서 울리는 맑은 풍경소리처럼 잔잔하고 편안하게 말을 건네신다. 내 한 몸 건사하기도 버거웠던 지리산에서는 천지분간 못해, 누군지 몰라 뵙고 인사도 제대로 못 드렸는데 해를 넘겨 대관령 산자락에 와서야 정신을 차리고 산행의 팁을 한 수 배울 수 있었다.

등산복을 갖춰 입은 내 모습이 무색할 만큼 평상복에 등산화만 신고, 물이나 한 병 들어 있을까 싶은 작은 배낭 하나만 메셨는데, 내가 산행을 준비한다며 여분의 물과 간식과 도시락등을 바리바리 챙겨 넣는 동안 그걸 배낭 말고, 뱃속에 미리 넣어두신 건 아닌지 궁금하였다. 자신의 체중

에 땅이 눌려 고도가 낮아졌다는 정겹고 구수한 농담과 함께 쉼터에서 친절하게 가르쳐주신 스트레칭 때문에, 평소보다 조금 더 가뿐하게 남은 산행을 할 수 있었다. _**임지수**

■── 식사를 마치고 따라 나섰다. 조금 가니 왕산 제2쉼터가 나왔다. 고루포기산에 올라서 사진을 찍고 조금 더 가니까 전망대가 나왔다. 전망대에서 사진을 찍었다. 다른 산행기를 보면 전망대에서 대관령을 바라보는 전경이 최고라 하는데, 우리는 운중(雲中) 산행이라 아무것도 볼 수가 없었다. 조금 더 내려가니 신비로운 풍경 속에서 연리지나무가 있다는 설명이 있었다. 연리지(連理枝)는 뿌리가 다른 나뭇가지가 서로 엉켜 마치 하나의 나무처럼 자라는 현상이다. 매우 희귀한 현상으로 남녀 사이 혹은 부부애가 진한 것을 비유하며 예전에는 효성이 지극한 부모와 자식을 비유하기도 하였다. 경상북도 청도군 운문면에 소나무 연리지가 유명하며 충청북도 괴산군 청천면 송면리의 소나무도 연리지로 알려져 있다. 충청남도 보령시 오천면 외연도에는 동백나무 연리지가 있으며 마을사람들에게 사랑을 상징하는 나무로 보호되고 있다. 〈후한서〉 '채옹전(蔡邕傳)'에 나오는 이야기이다. 후한 말의 문인인 채옹은 효성이 지극하기로 소문이 나 있었다. 채옹은 어머니가 병으로 자리에 눕자 삼년 동안 옷을 벗지 못하고 간호해 드렸다. 마지막에 병세가 악화되자 백일 동안이나 잠자리에 들지 않고 보살피다가 돌아가시자 무덤 곁에 초막을 짓고 시묘(侍墓)살이를 했다. 그 후 옹의 방 앞에 두 그루의 싹이 나더니 점점 자라서 가지가 서로 붙어 성장하다가 결(理)이 이어지더니 마침내 한 그루처럼 되었다. 사람들은 이를 두고 채옹의 효성이 지극하여 부모와 자식이 한 몸이 된 것이라고 했다. _**김인현**

30

산과 나

끝이 없을 것 같았던 백두8기 산행의 끝이 점점 가까워지고 있네요. 마음 같아서는 이 산행의 종착점을 진부령이 아닌 백두산으로, 아니 에베레스트 산까지 잇고 싶지만, 저마다의 뒤엉킨 삶과 일상이 있기에 희망사항으로 남겨두겠습니다. 또 모르죠, 가까운 시일 내에 그 희망사항이 현실로 다가올지도……. 이번 산행코스에는 청옥산과 두타산이라는 고봉이 자리를 잡고 있습니다. 지리산에서 시작한 이우 백두 산행이 함백산, 태백산을 거쳐 이곳에서부터 휘모리장단 속으로 빠져드는 시점이 아닐까 생각되는데요. 산정에서 바라보는 능선의 장쾌함과 찬란한 녹음이 백두대간의 숨결을 느끼기에 안성맞춤인 산이지 싶습니다. 산을 타는 것은 행위 이전에 산과 나, 둘만의 행복한 대화입니다. 무엇을 목적으로 산에 오르는 것이 뭐 그리 중요할까요? 그저 산 같은 나, 나 같은 산을 찾아 떠나는 그 자체가 행복 자체인데요. 행복하세요? 그러면 당신은 이미 산을 타고 있는 중일 겁니다. 나만의 행복한 대화, 이제 나누러 떠나시죠.

산행일시 **2013년 6월 29일(토)~30일(일)**

산행코스 **댓재 · 두타산 · 청옥산 · 이기령(첫째 날)**

이기령 · 원방재 · 백복령(둘째 날)

"두타와 청옥을 넘어 동해로!"

■── 1박2일이라 별 생각은 안 했지만 그래도 바닷가에 간다고 해서 나름 재미있을 것 같다고 생각하였다. 백두 버스를 타고 잠깐 눈을 붙이니 벌써 출발지에 도착하였다. 출발지는 댓재였다. 여름이지만 쌀쌀한 기운이 내 주위를 에워쌌다. 친구들 뒤를 따라 출발했다. 습한 지대가 많았다. 주변이 눅눅하여 기운이 많이 날 정도는 아니었다. 두타산 정상에 도착해 파인애플을 꺼내어 나누어 먹었다. 주변에는 많이 상한 듯 보이는 잎과 꽃들이 있었다. 그리고 반가운 박새도 있었다. 박새는 흑마늘잎과 많이 유사한 새이지만 독을 품고 있는 아이다. 선글라스를 꺼내어 습기 막아보기에 도전하였다. 계속 똑같은 환경에 계속 미끄러지고, 정말 수난이 가득한 곳이었다. 그리고 믿었던 선글라스마저 습기로 차버렸다. 고적대에 도착한 뒤부터는 물이 부족하였다. 점점 목에 갈증이 느껴졌다. _김상아

■── 7시쯤 아침을 먹고 중간쯤에서 출발했다. 가방이 좀 더 가벼워졌고 거의 다 끝날 때쯤 민규와 내가 자작나무에 붙어 있는 상황버섯을 조금 따서 봉지에 넣고 기분 좋게 출발할 수 있었다. 이기령을 지나 숙소까지 무사하게 도착. 항상 저녁을 먹은 다음 야식으로 먹던 닭고기를 저녁으로 먹고, 이제는 후식으로 팥빙수를 먹었다. 내일은 바다에도 간다 해서 즐겁고 기쁜 마음으로 잠자리에 들었다. _정지곤

■── 숙소는 생각보다 좋았다. 아무도 없을 때 샤워를 마치고 기다리는데 저녁이 늦게 나와서 배가 많이 고팠다. 영화〈트랜스포머〉를 보다가 8시쯤 닭고기를 맛있게 다 먹고 들어왔더니 닭죽을 먹으라고 하셨다. 닭죽을 먹으면서 영화를 보다가 팥빙수도 먹으라고 하셔서 팥빙수도 두 그릇이나 먹고 들어왔다. 위에는 좁아서 1층에서 잠들었다. _박진우

■── 아침에 일어나서 세수를 하고 닭죽을 먹었다. 감자를 받고 어제 끝난 원방재에서부터 백봉령까지 갔다. 어제 많이 걸어서 오늘은 짧았다. 길도 그다지 험하지 않아서 선두로 왔다. 선두에 친구들이 다 있었다. 다 일렬로 걸으면서 얘기도 하면서 갔다. 간식도 나눠먹으면서 재미있게 걸었다. 그리고 빨리 끝나서 해수욕장에 가기로 했다. 바닷물이 엄청 차가웠다. 결국 끌려 들어갔다. 그리고 진우도 끌어서 들어가게 했다. 끌려들어가는 기분과 끌어서 들어가게 하는 기분 둘 다 알게 되었다. 애들이 조개를 가져오기 시작했다. 발로 휘저어서 돌같이 걸리는 게 있으면 그게 조개라고 했다. 색깔이 알록달록한 조개들이 많았다. 작은 것들은 풀어주고 몇 개는 기념으로 가져왔다. 어떤 사람들은 갈퀴 같은 걸로 조개를 엄청 많이 걸러냈다. 물로 뿌려대고 회도 먹었다. 더 놀다가 동천동으로 출

발한대서 샤워를 하고 버스를 탔다. 해수욕장에서 노는 게 재밌는 걸 다시 한 번 알게 되었다. 나중에 한 번 더 갔으면 좋겠다. _홍준범

■── 이번 백두는 쉽지도 어렵지도 않았지만 제일 기억에 남는 건 해수욕장에 가서 민규네 아버지가 하지 말라는데 계속 하셔서 안경이 사라진 게 기억에 남는다. 장난이 심하면 사람이 죽을 수도 있다는데 안경만 잃어버린 게 그나마 다행이다. 산행은 즐거웠는데 마지막이 좀 그랬다. 그래도 다른 애들이 내 민낯을 보고도 어떤 말도 안 했다는 것이 다행이었다. _김규연

* * *

■── 아침을 먹고 첫 번째 고지였던 두타산을 열심히 올라갔다. 두타산 정상에서 그늘을 찾아 쉬면서 아이들 사진을 찍어줬다. 사람들이 두타산이 무슨 산이냐고 물어봤다. 불교의 두타행에서 나온 것으로 불교의 의미를 지닌 산이라고 설명을 해줬다. 두타산에서 출발하여 청옥산으로 출발했다. 오늘의 가장 큰 어려움을 하나 해결하니 두 번째 청옥산은 그다지 어렵지는 않았다.

구름 속을 오가는 산행이라 그다지 덥지는 않았지만 청옥산에 도착해서 사진을 찍고 연칠성령에 가서 점심을 먹기로 했다. 연칠성령까지 가서 점심을 먹는데 아들을 만났다. 아들에게 점심을 왜 먹지 않느냐고 물어봤더니 아침에 배가 고파서 다 먹어 버렸다고 한다. 황당했다. 물은 있냐고 물어봤더니 물도 하나도 없었다. 도대체 싸준 물은 다 어디로 갔는지 내가 물을 두 통 더 싸와서 그것과 이온음료, 간식을 넘겨줬다. 점심을 먹고 고적대로 올라갔다. 한참을 올라가니 로프구간이 나왔다. 사람들이 올라오는 것을 사진을 찍어 주고 나도 올라갔다. 고적대에서 갈미봉을 지

467

나 이기령을 내려가는 길에서 2번과 3번 무전기가 바뀌어 버렸다. 그냥 진행하기로 했다. 원래는 좀 일찍 가서 정인빠 저녁 준비하는 것을 도와 주려고 했는데 몸 상태가 그다지 좋지 않아서 그냥 무사 산행 임무를 지키는 것으로 정했다. 점심 이후에 선두대장이 후미를 맡고, 나는 3번으로 밀려서 선두대장과 함께 길을 갔다. 이기령을 가는 길에 금강송이 멋지게 서 있었다. 금강송 사이에 껍질이 하얀 자작나무 숲을 지나는데 너무 예뻐서 사진을 같이 찍었다.

이기령 1.1킬로미터 전까지 갔는데 상아맘빠의 상태가 좋지 않다는 무전이 계속 들어왔다. 지영빠가 후미를 처음 맡아서 후미가 얼마나 힘든지를 알고 있기에 발걸음이 떨어지지 않았다. 산행대장의 무전이 들어와서 이기령까지 앰뷸런스가 들어오도록 조치를 했다고 한다. 그때 차량이 함께 들어오니 같이 오라는 무전을 받았다. 이기령에 도착을 하니 다른 사람들은 원방재로 떠나고 없었다. 마침 물이 다 떨어져서 산행대장께서 말한 샘에 가서 물을 길어왔다. 샘까지 150미터라고 했는데 생각보다 엄청 멀어서 당혹스러웠다. 그냥 돌아갈까 생각하다가 한참을 가니 왼쪽에 샘이 보였다. 졸졸 흐르는 샘물이 감질났다. 샘에 가서 물을 떠와서 선두대장과 나눠 마셨다. 이기령에 있으니 여러 명의 대간꾼들이 차례로 왔다.

이들은 이기령에서 비박을 하고 아침에 백봉령으로 떠난다고 한다. 비박 준비를 해와서 쉬는 그들이 부러웠다. 조금 있으니 상아맘빠, 지영빠가 도착했다. 기록을 남겨야 하기 때문에 마침 앰뷸런스도 오고 다른 차도 온다고 해서 나는 내 배낭을 오는 차에 실어 달라고 했다. 나는 물통한 개와 GPS를 가지고 원방재로 출발을 하려고 했는데 가지 말라고 다들 말린다. 그리고 앰뷸런스를 이용하면 병원에 무조건 가야 한다는 무전을 받았다. 상아맘빠가 몹시 당황해한다. 그럼 내가 병원에 가겠다고 했다. 허리도 별로 안 좋고 무릎도 아파서 상아맘빠가 가는 김에 나도 따라가서 진찰을 받으려고 했다. 그런데 상아네 부부는 이제 안 아프다고 한다.

헐……. 그래서 내가 드러누웠다. 나이롱환자인 상아빠와 맘은 뭐가 즐거운지 싱글벙글이다. 계속 움직이다가 추운지 선두대장이 불을 피우기 시작했다.

조금 있다가 보니 나는 정말 환자가 되어 있었다. 누운 채로 편안히 있으니 하루의 피로가 다 가시는 것 같았다. 조금 있으니 앰뷸런스가 도착을 했고 출동한 대원들이 강릉에 있는 병원이나 큰 도시로 나가야 한다고 한다. 너무 멀고 긴급상황이 발생할 수 있는데 나이롱환자 같은 산꾼들을 위해 출동한 소방대원들에게는 매우 미안했다. 허리 아픈 내가 앞에 타기로 하고 나머지는 뒤에 타고 갔다. 앰뷸런스를 타고 내려가다 이런저런 이야기를 하면서 멀리 있는 병원에 가는 것보다 하루 지내 보고 괜찮으면 산행을 하라고 권유한다. 그렇게 하겠다고 하고 내렸다. 간단한 인적사항을 적어주고 민박집에 도착을 해서 짐을 풀었다. 샤워를 하고 나니 정인아빠표 무쇠솥 약백숙이 다 되어 있어서 소금에 찍어 먹었다. 식사 후 아이들에게 팥빙수를 해주고 자리에 누웠다. 하루가 주마등처럼 지나갔다. _**김인현**

■ —— 두타산을 지나 청옥산에서 숨을 돌리고, 〈해리포터〉나 〈트와일라잇〉 같은 영화의 배경이 될 만한 몽환적인 분위기의 숲을 지나, 고적대로 가는 갈림길 쉼터, 연칠성령에는 한 무리의 아이들이 쉬고 있었다. 내친 김에 고적대로 가려고 열심히 걷다 보니, 뒤에서 쉬고 있던 아이들도, 금방 뒤를 따라오던 엄마들도 도무지 나타나지를 않는다.

길을 잘못 든 건 아닐까 하여 가다 서다를 반복하니 나중엔 나 혼자 헛돌이하는 건지도 모른다는 생각이 들어, 산행대장님과 어렵사리 통화를 하게 되었다. 선두는 이미 고적대 근처에서, 내 바로 뒤의 무리들과 아이들은 연칠성령에서 점심을 먹고 있던 상황이었다. 평소 8기들로부터 비난을 받아가며 밀착배행을 해준, '다정'한 줄 알았던 남편은, '무정'한

남의 편이 되어, 나를 내팽개치고 후미들과 점심을 먹고 있단 말인가. 나는 연칠성령과 고적대 사이에서 혼자 미아가 된 셈이었는데 다행히 길을 잃지 않은 미아임을 확인하고 씩씩거리며 오르다 고적대 500미터 앞 암릉 로프구간에서 미끄러져, 하마터면 몇 미터 아래 골짜기에서 산짐승의 먹이가 될 뻔하였다. 산짐승의 먹이로 골짜기에서 인생의 최후를 맞는 것도 유쾌하지 않지만 사멸하는 걸로 존재의 소중함을 웅변하는 것 역시 좋아 보이지 않는다.

내가 혼자 있다는 무전을 받고는 점심을 먹다 말고 심장이 터지도록 쫓아왔다는 '다정'한 남편은, 산행 리듬이 깨져 그 뒤로 몇 번이나 기절하듯 누워 쉬었는데, 기암괴석이 절경인 나무벤치 전망대를 지나 걷기도 불편한 '너덜바위'쯤에 이르자 고른 숨을 쉬게 되었다. 외롭고 쓸쓸한 나만의 '고적대'에서 홀로 미아가 되어 사투를 벌이다 다다른 '너덜바위'는, '두타'행의 끝에 '청옥'을 가슴에 담고 교만해진 틈을 타, 생사의 무섭고 외로운 시험에 든 '고적'한 내 모습 그대로 '너덜너덜'한 마음자리를 표현해주고 있었다.

심신이 바닥을 친 너덜바위에서, 다시 시작하는 마음으로 힘을 내어 갈미봉을 지나 이기령에 도착하였다. 식어도 맛이 좋은 족발을 놓고 기다려 주신 예준빠께 감사하는 마음으로 족발과 이슬을 맛있게 먹고, 남은 기력을 다해 원방재로 향했던 7인의 무리는, 차가 기다린다는 임도에 차는 없고 무전도 통화도 되지 않는 상황에서, 터덜터덜 걸어 내려오는 매니저님을 만났다. 도무지 알 수 없는 상황이었다.

잠시 후 새연빠의 벤츠를 몰고 온 기획대장님 말인즉슨, 베스트 드라이버 겸 로드 매니저인 김용해 기사님은 숙소 옆 좁은 길에서 후진하다가 값비싼 차 유리를 깼고, 이기령을 내려오던 상아빠는 발에 다시 탈이나 힘겹게 하산 중이었고, 상아빠를 위해 부른 앰블런스에 몸을 싣고 강릉에 있는 병원까지 가기를 꺼리는 상아빠를 대신하여 청풍님은 허리 아

픈 나이롱환자가 되어 상아빠 일행과 함께 앰뷸런스를 탔고, 주인아저씨
의 차를 끌고 앰뷸런스 뒤를 따라 일행을 데리러 온 매니저님은, 사고로
속이 상해 들이킨 술 때문에, 자기 차로 또 사고를 낼까봐 조바심을 치며
뒤따라온 주인아저씨께 차 키를 빼앗겨 이기령에서 우리를 만난 원방재
까지 걸어내려 온 상황이었고, 원방재에서 숙소까지 그 멀고도 긴 길을,
닭백숙을 준비한다며 배낭을 두 개나 메고 앞서 걸어간 기획대장님은, 매

475

니저님을 대신하여, 원방재로 내려온 우리를 숙소까지 실어 나르기 위해 새연빠의 차로 몇 차례나 왕복 운전을 해주고 있었다. 한편 그 시간, 차주인 새연빠는 내일 가기로 한 백봉령까지의 산행을 하루에 다 끝내고 일요일 아침 일찍 집으로 가기 위해 직원을 시켜 가져다 놓은 자기차를, 일이 꼬이는 바람에 스케줄이 엉망이 된 8기들에게 내어주고, 해 떨어진 백봉령에서 추위에 떨고 있다고 했다. 어찌 이런 일이……. 그야말로 다중복합 동시다발 테러다!

　국가대표급 철인, 기획대장님이 마법같이 준비한 약초백숙은, 차례로 내려와 몸을 다 씻을 때쯤 상에 올라왔는데, 며칠 전부터 정성스레 준비해 둔 약초와 함께 푹 삶은 토종닭은 시골 농가에서 팔팔하게 뛰어다니는 놈을 골라 잡았는지, 가마솥에 삶았는데도 접시 위에서 다리를 뻗쳐 쳐들고 있어 죽은 것처럼 보이지 않았다. 당장이라도 벌떡 일어나, 없어진 대가리와 뽑힌 털을 찾으러 방을 이리저리 휘젓고 다닐 것만 같았다. 철인의 손을 거치면 죽은 닭까지도 그 성질을 닮나 보다. 기획대장님의 정성과 기력을 다한 내 몸을 생각하면 한 마리를 다 먹어도 시원치 않을 것 같은데, 힘이 들면 입맛이 없어 잘 먹지 못하는 체질이라, 김이 모락모락 나는 상에 둘러앉은 엄마들의 모습을 보며, 원래 닭을 못 먹는 물처럼님과 나란히 앉아 감자로 저녁식사를 대신했다.

　늘 조용히 산행을 하는 진우맘이, 어린 시절 자기 차지가 되지 않았던 닭다리에 대한 사연을 조곤조곤 이야기하는데 먹을 것이 풍족하지 않고 식구들이 많았던 어린 시절을 떠올리며 다들 공감을 하였다. 사소하게 보이는 상처들이 사람마다 가슴 속에 한두 가지쯤은 간직되어 있을 터라 진우맘의 마음속 추억의 상처는, 바로 나와 우리들의 오랜 마음속 생채기이기도 했다.

　생김새뿐 아니라 말수 적고 속 깊은 점이 엄마를 꼭 닮은 예린이와 나란히 앉아, 닭다리를 먹으며 들려주는 진우맘의 가슴 찡한 닭다리 사연은, 결혼 전 진우빠와 데이트할 때 경양식 집에서 일어난 사건에서 절정을 이루었는데, 자기 접시 한쪽에 놓인 닭다리 하나를 보고 감동을 한 '다정'한 진우맘이, 그걸 또 혼자 먹지 않고 진우빠에게 '한입만' 먹어 보라고 권하자 '한입에' 다 먹어버려, 자기 마음을 몰라 준 진우빠가 야속해 그만 울어버렸다고 한다.

닭다리를 한입에 먹어치운 '무정'한 진우빠와 닭다리 먹었다고 울어버린 여리고 착한 진우맘, 또 그 앞에서 어쩔 줄 몰라했을 진우빠를 떠올려 보니 코미디가 따로 없는데, 상상만 해도 웃음이 나는 그 상황을, 차분하고 진지하게 그때의 억울했던 감정까지 꼼꼼히 전하는 진우맘이 더 웃겨 웃음보가 터질까 봐 억지로 참아야 했다. 난 왜 다른 사람의 슬프고 가슴 찡한 사연 앞에서 웃음이 나온단 말인가. _임지수

31

백두대간을 걷는 성자

더러는 절기도 하고, 또 더러는 뒤뚱거리기도 하는 그를 떠올립니다. 바람이라도 불면 훅 하고 날아갈 것 같은, 앙상하기 그지없는, 시쳇말로 뼈다귀뿐인 몸뚱이의 그가 백두대간을 탄다고 했을 때, '과연 될까?' 하고 의아한 마음을 가졌던 적이 있었습니다. 물론 그 의구심은 거듭되는 산행을 통해 해소되었지만, 아직도 마음 한켠에서는 그때의 그 감정들이 수면 위로 치솟으려 한다는 것을 고백해야겠네요. 그는 표리(表裏)가 부동(不同)합니다. 툭툭 내뱉는 말에서 묻어나는 농익은 지식과 그리고 상황에 맞게 적재적소에 적중하는 그의 감각적인 말투는 조금은 우스꽝스런 겉모습과는 왠지 어울리지 않아 보입니다. 치기 어린 눈매와 조금은 익살스런 고수머리에다 작고 선량한 몸피만 봤다면 누구나 영락없는 '어린왕자'로 착각했을 테니까요. 신기하게도 그는 아직도 유년기 적의 천진하고 장난스런 눈을 가지고 있습니다. 그리고 퉁명스런 말투 같은 걸음 걸이로 백두대간 길을 재잘거리듯 잘도 걷습니다. 게다가 우리가 붙여준 지각대장, 길치대장 같은 별명조차도 무슨 큰 훈장인 양 좋아라 하는 것을 보면 분명 사리(事理)를 따지지 않는 아이인지도 모르겠네요. 이 대간길이 이 아이 같은 어른에게 아니, 어른 같아 보이는 그에게 지적 공간의 연장일지, 아니면 무욕의 놀이터가 될지 나는 알지 못합니다. 하지만 백두대간을 걷는 그의 치기 어린 밝은 얼굴이 자꾸만 보고 싶네요.

474

산행일시 **2013년 7월 13일(토)~14일(일)**

산행코스 **죽령 · 삼형제봉 · 도솔봉 · 묘적령(첫째 날)**

묘적봉 · 흙목 · 시루봉 · 투구봉 · 저수령(둘째 날, 폭우로 중단)

■── 도솔봉 올라가는 길은 풀이 무성해서 걷기가 힘들었다. 한 걸음 내디딜 때마다 풀이 따갑게 찔러대는 바람에 여기 온 걸 후회했다. 그럭저럭 애들이랑 얘기하면서 도솔봉 정상을 찍고 가는 도중 벌레 한 마리 없고 거대한 암벽 옆을 지나는 시원한 계단에서 쉬었는데 몸이 날아갈 정도로 기분이 좋아졌다. 흙목 정상에서 하늘에서 천둥이 치기 시작했다. 기록대장님께서 비가 오면 저체온증으로 사람이 죽을 수도 있으니 우비를 준비해 놓으라고 하셔서 우비를 배낭 맨 위로 올렸다. 그런데 안개만 잔뜩 끼었을 뿐 다행히 비는 오지 않았다. _이종승

■── 올라가서 약수를 먹었더니 시원하고 소화도 더 잘 되는 것 같았다. 약수를 먹고 힘내서 다시 출발! 그 후로 아무 말도 하지 않고 어디서 잘지 잠자리를 찾았고, 올라가던 중 큰 돌 하나를 발견했다. 그 돌 위에 누워서 우리들은 잠을 잤다. 너무 추워서 깨기도 했지만 그래도 아랑곳하지 않고 계속 잠을 잤다. 그렇게 자는데 산행대장님께서 깨워주셨다. 일어나니 꿀잠이었다. _정지곤

■── 마지막 구간에서 올라갔다 내려가는 구간이 네 번인가 있었다. 그때 물이 300㎖ 정도였는데 아껴가면서 마셨다. 마지막 정상에서 물을 다 마시고 쉬다가 애들을 다 만났다. 빠르게 내려가서 버스를 탔다. 폐교를

이용한 숙소로 간다고 하셨다. 가는 동안에 잠을 푹 잤다. 폐교에 도착해서 샤워를 하고 신기하게 생긴 매트를 깔고 잤다. 한 번도 안 깨고 잠을 잤다. 아침밥을 먹으러 식당에 갔다. 그런데 폐교에 처음 도착했을 때는 몰랐는데 아침에 보니 도보기행을 갔을 때 식사를 했던 식당이었고 우리가 잤던 폐교 옆에 도보기행 때 잤던 숙소가 있었다. 그때 느낌이 신기했다. _홍준범

■── 빗물이 점점 윗도리를 적셨다. 바지까지 물이 침투하려 들자 방수바지 허리쪽 끈을 단단히 맸다. 나중엔 그냥 비를 반겼다. 길은 점점 질퍽질퍽해졌다. 바지에 들어오려던 빗물들이 바지끈에 노크하던 순간, 비가 너무 많이 와서 돌아간댄다. 와! 나에게 기적이 내렸나 보다. 그때의 기쁨을 글로 표현할 수 없다. 그냥 미친 듯이 좋았다. 김주현

477

■── 둘째 날, 잘 자고 잘 먹어서인지 어제의 그 상처(첫째 날 산행의 고통)는 어느새 사라지고, 별생각 없이 출발했다. 이렇게 대놓고 비가 내리는 날에 산행을 하는 건 처음이었다. 색다른 산행이라서 오히려 기대되었다. 비록 짧은 시간 동안이었는데, 그에 비해서 비 오는 산을 온몸으로 확실하게 느낄 수 있어서 좋았다. 비가 없을 때는, 내 몸을 산을 향해, 모든 자연을 향해 활짝 열어 하나가 된다. 비가 내리는 산에서는, 나 그리고 산이 철저하게 분리된다. 나는 내 몸속을 파고들려는 비를 막으려고 애를 쓴다. 그러나 완전하지는 못하다. 이렇게 자연과 분리되는 느낌은, 내 몸을 두들기는 빗소리와 함께 나를 더욱 나에게 몰입하게 만든다. 더 깊고 깊은 나에게로 들어가는 것처럼. 그렇게 무엇인가에 집중하면서 걷다가 차츰 빗물이 몸에 닿는 게 느껴질 때 즈음, "이번 산행은 여기까지입니다!" 하는 말을 듣고 환호성을 질렀다. 빗속에서 기뻐하며 빗물로 축배를 들고 비옷을 벗어던지는 아이들을 보니까 영화 속의 한 장면 같이 즐거웠고, 멋졌다. 인도로 버스까지 내려오는 길은 꽤 길었지만, 비가 있어서 지루함은 없었던 것 같다. 저 앞에 예쁜 길을 걷고 있는 지곤이랑 준범이가 배경과 함께 예쁜 그림 같았다. 사진기가 있었다면 하고 아쉬워했다. 이렇게 기쁜 산행은 또 없었던 것 같다. _**박예린**

■── 비가 심하게 와서 얼마 가지 않아 결국 산행은 중단되었고 다시 와야 할 코스가 되었다. 그렇게 다들 정리하고 버스에 탔는데 어른들이 찜질방에 가자고 해서 손을 들어 결국 가게 되었는데 막상 어른들은 가지 않고 아이들만 찜질방에 가게 되었다. 정말이지 그땐 너무 어이없고 화가 났다. 항상 우리들의 의견은 묵살하고 마음대로 하는 게 짜증났었다. 할 수 없이 아이들과 같이 찜질방에 갔고 방법과는 달리 결과는 좋았다. 재밌었다. 그리고 집에 돌아와 뉴스를 보는데 우리가 갔던 강원도 지역에서 산사태가 나고 집이 잠기는 일이 벌어졌다는 소식을 들었다. _**박진우**

478

■── 우리의 목적지에 눈물이 떨어진다네.
그래서 눈물이 메마른 곳으로 갔다네.
하지만 그곳도 만만치는 않았다네.
생명의 물을 초반에 많이 마셨다네.

동무들과 같이 휴식을 취하기도
이야기보따리도 열었다네.
고통을 잊기 위해서.

어찌하여 뾰족한 놈들은 왜 이리 많은지
달구지를 타고 가면 좋으려만
나에게는 발밖에 없다네.
천천히 걷는다네…… **_김상아**

* * *

■── 가는 길에 오른쪽 산맥의 마루금들이 우리가 가야 할 곳이라고 산행대장이 이야기한다. 바다 근처에서 봐서 그런지 해발 1000미터 이상의 대간들이 우람해 보였다. 과연 저기가 내가 가야 할 마루금인가 하면서 잠시 감상에 빠지는 사이에 버스는 경포해수욕장의 근처에 있는 찻집으로 안내를 했다. 아담한 카페에서 직접 커피를 로스팅한다고 했다. 커피와 팥빙수로 후식을 먹으며 멋진 바다를 바라보며 휴식을 취했다. 거짓말처럼 비 한 방울 오지 않는 강릉 경포해수욕장에서 바라보는 마루금은 혹시 산행을 계속했다면 비를 맞지 않았을 수도 있다고 잠시 생각을 했다. 그 사이에 산행대장이 게임을 제안했다. 3시 반까지 아이들에게서 전

화가 오면 그 아이의 부모가 차를 사고 그렇지 않으면 산행대장과 아이
가 오지 않은 부모가 산다고 했다. 결과는 물 만난 고기가 육지로 돌아오
지 않는 것처럼 부모의 손을 떠난 아이들이 신나게 노는지 전화 한 통 없
었다. 실제로 커핏값을 산행대장께서 지불했는지는 알 수 없지만 재미난
게임과 백사장 쪽 바위에 가신 분들은 즐겁게 시간을 보내고 나는 나대
로 으욱를 즐기며 시간을 보냈다. 나중에 아이들과 만나서 저녁 8시 반쯤
동천동으로 돌아왔다. 대관령 터널을 지나니 비가 많이 와서 우리들의 산

행 연기는 역시 옳았다고 생각을 하고 1박2일의 산행을 마무리하였다. 성자가 없는 산행에서 성자의 빈 자리도 컸지만, 돌이켜 보니 모두가 성자가 된 산행이었다. **김인현**

■── 장마의 한가운데, 거기다 태풍의 영향으로 중부지방에는 이미 호우주의보가 발령되어 있어 시시각각 변하는 기상 변화에 촉각을 곤두세울 수밖에 없었다. 출발 직전까지 우중 산행의 위험과 사고에 대한 우려 때문에 산행을 취소하자는 의견도 나왔지만, 밀린 산행 일정과 계획을 두루 고려한 집행부는 1박2일의 산행을 강행하기로 하였다.

예정대로라면 성자를 선두에 앞세우고 비를 맞아가며 백봉령·삽당령 구간을 순례하듯 걸었겠으나 이번 산행의 주인공 정 '성자'님은, 멍석을 깔아 줘도 창살 없는 감옥에서 도저히 빠져 나올 수 없었고, 성자가 동반하지 않는 무의미한 백봉령 구간을 피해, 기획대장님은 비가 내리지 않는 것이 확실한 죽령 코스로 우리를 안내했다.

백두대간 중 힘들기로는 다섯 손가락 안에 든다는 것도 모르고, 얼떨결에 '죽령 구간'에 한 표를 던졌는데 무식이 용감이라는 걸 산행을 끝내고나서야 뼈저리게 실감했다. 어차피 한 번은 마셔야 할 독배였지만 마음의 준비도 없이 비를 피해 무작정 오른 죽령 구간은 내게 거의 죽음의 고개, '죽령'이었다.

금방 비가 내릴 듯 낮게 내려앉은 구름 사이 여명을 뚫고 시작된 산행은, 도솔봉까지만 오르면 힘든 산행의 80퍼센트를 한 것이나 다름없다는 기획대장님의 달콤한 말을 순진하게 믿은 데서부터 어렵게 시작된 셈이었다. 쭉 이어지는 오르막의 마루금에서 보이는 뾰족한 도솔봉 정상에는, 한 사람도 서 있기 어려울 것 같았는데 힘들어도 저기까지만 가면 된다는 터무니없는 희망을 안고 걸음을 옮겼다. 힘들게 오른 도솔봉에서 바라 본 주변의 산새는, 비에 씻긴 맑은 초록과 가볍게 흩어지는 흰 구름이 빚어내는 한 폭의 산수화였고 소백산맥의 호방한 기상 또한 장쾌하였다.

도솔봉……. 여기가 아무나 함부로 범접할 수 없는, 거룩한 꼭짓점은 아닐까? 대간길에서 만나는 지명들은 대개 불교의 흔적을 지니고 있는데, 이곳 역시 고되고 지난한 산길과 속세와 연을 끊어버린 고고한 봉우리의 형상을 본뜬 불명(佛名)이 아닌지 생각해 보았다. 충북과 경북을 가로막고 선 높디높은 이 봉우리는, 단순히 지역의 경계를 넘기 위해 올랐을 것 같지 않은데, 득도의 작심을 품지 않고야 어찌 이 뾰족하고 위험한 봉우리까지 올라와 하늘을 우러르고 우주와 교감할 수 있었겠는가. 도솔봉에서조차 경지에 이르지 못한 구도자들은 좌절 끝에 남은 실낱 같은 희망의 끈을 붙들고, 봉우리 너머에 있을 것 같은 도솔천을 찾아 떠돌다 묘적봉에 육신의 겉옷을 묻었을지도 모른다.

아침부터 구름이 끼어 흐린 날씨는, 힘든 산행의 맞춤형이라 할 만큼 적당했는데 골짜기에서 부는 바람이 땀을 식혀주기도 하여 기분이 좋았다. 묘적령을 지나면서부터는 소백산 국립공원의 경계를 넘는 곳이어서 인지 이정표도 제대로 없었고 풀이 우거진 채 관리가 안 되어 있어 걷기에 조금 더 힘이 들었다. 내가 있는 곳이 어디쯤인지, 얼마를 더 가야 목적지에 닿는지를 도통 모르고 가는 길은, 나에게는 고문이다.

야생화도 그다지 많지 않은 산에는 새들도 묵언수행을 하는지 아무 소리가 없고, 화려한 나비와 벌들이 주인노릇을 하고 있었는데, 오르막을 지나 가쁜 숨을 고르며 쉬고 앉아 있으면 꼭 벌들은 떼로 몰려 와 내 주변에서 윙윙 거리고 나비는 얼굴에 와 앉기까지 하였다. 참 나……. 아무리 산에 꽃이 귀하기로, 무슨 부귀영화를 누리겠다고 땀에 절어 꼬질꼬질한 내가 꽃인 양 날아와 쉬지도 못하게 괴롭힌단 말인가. 나를 경계하는 건지 반기는 건지 모를 이상한 상견례를 벌, 나비와 치르고 산행을 계속하였다.

우중 산행에 대비해 다른 때보다 챙겨야 할 것들이 많았지만 꼼꼼한 무전기대장님 상아빠는 무전기 충전뿐 아니라 물기 안 들어가게 무전기를 비닐로 정성껏 싸 와서 모두에게 감동을 주었다. 민첩하고 날랜 솜씨로 고도표와 산행지도를 올려주고 산행참가표도 세심히 관리하는 상아빠는, 무전기를 싼 비닐처럼 백두8기의 물 샐 틈을 막아주는 방수접착제와도 같다.

묘적령을 지나 싸리재까지는 가끔 평탄한 길도 나와 이 정도로 20여 킬로미터를 채우고 하산을 하려나 했더니 저수령까지 남은 5킬로미터의 대반전이 그나마 남아 있던 체력과 진을 다 빼 놓았다. 널뛰기를 하는 듯한 고도와, 경사가 심한 다섯 개의 봉우리. 예전 같았으면 몇 번을 쉬었을 오르막을 천천히 코로 숨을 쉬며 쉬지 않고 올랐다. 힘들다는 말을 아끼면서 숨을 고르고 발걸음을 옮기니 어느새 투구봉을 지나 마지막 촛대봉이었다. 좀처럼 사진을 챙겨 찍지 않는 내가, 두고두고 이 날의 고단한 산행을 기억하기 위해 투구봉 그 아찔한 바위에 걸터앉아 사진을 두 장이나 찍었다.

하산 후, 힘들어 누워 버린 적은 있어도 이번처럼 속이 울렁거리고 어지러워 눕고 싶었던 적은 없었던 것 같다. 나중에서야 상아빠가 올리신 고도표를 자세히 보니 중환자의 부정맥 그래프 같기도 하고 장난스럽게 그려놓은 파도 같기도 하였다. 그걸 보니 속이 한 번 더 요동을 친다.

'여럿이 함께'가 아니라면 이 길을 갈 수 있었을까 다시 생각해 보게 된 산행이었다. 앞과 뒤에서 나와 동행해 준 믿음직스러운 그대들이 있어, 나의 힘겨운 대간 길은 언제나 훌륭한 오케스트라와의 멋진 협연, 풍성하고 감미로운 연주로 추억된다. _**임지수**

■── 묘적봉에서 도솔봉을 바라보며

삶의 흔적들 구석에 쌓아놓고 떠나온 길이다. 지나온 길 아득하고 갈 길 아직 먼데, 나뭇잎들 벌써 아쉽고도 쓸쓸한 이별의 손길을 내민다.

산은 햇살로 머리 감고, 새소리에 얼굴 씻고, 흐르는 단풍으로 곱게 단장한다. 그 안에 우두머니 앉아 하늘을 바라보는 나는 이미 추억이다.

헝클어진 몸 바람으로 여미고 다시 걷는 길, 차라리 길이 나를 잃어주면 얼마나 좋을까.

차라리 시간이 나를 잊어주면 얼마나 좋을까.

수줍게 물드는 나무들과 노닥이며 뒹굴며 사랑할 수 있게. 바람 따라 구름처럼 저 바위 어루만지며 보듬을 수 있게. _정선태

32

파란 하늘을 사랑한 백치공주

31차 죽령 · 저수재 구간을 얼떨결에 완주하신 8기 가족 여러분, 참으로 존경합니다. 그리고 사랑합니다. 대간 구간 중에서 손에 꼽을 만큼 어려운 구간이었는데 한 분도 빠짐없이 완주하시다니 정말 대단합니다. 이번 32차 산행은 백복령에서 닭목재까지 좀 길다 싶은 구간입니다. 하지만 지금껏 보여준 백두8기의 저력을 생각하면 그다지 어려운 구간도 아닐 거라 판단합니다. 야간산행과 긴 거리에 대한 심적 부담이 있을 수 있지만, 늘 상황에 맞게 변신하고 새로운 모습들을 보여주신 그간의 상황들을 종합적으로 판단컨대, 이번 산행은 아주 특별한 의미로 다가오지 않을까 예측해 봅니다. 서늘한 밤공기는 야간산행의 도우미가 될 것이며, 우리를 둘러쌀 짙은 어둠은 숙련의 길잡이가 될 것임을 믿어 의심치 않습니다. 이번 산행 주제는 '파란 하늘을 사랑한 백치공주'입니다. 늘 베풂과 배려에 대해 행동으로 보여준, 이해타산의 세상사와는 거리가 멀어 보이는, 못내 떨쳐버리지 못하는 인생살이의 자국이 살큼 엿보이는 순백의 말간 얼굴마저도 이쁘기 그지없는 백치공주는 이제 파란하늘보다 백두대간을 더 사랑하는 귀한 존재로 거듭나고 있습니다. 작지만 절절한 시간과 감성들이 한데 어우러지면 이 긴 행복의 여로가 큰 역사가 된다는 것을 저는 이 분을 통해 배웠습니다. 사랑하는 백두8기 가족 여러분, 참나무를 만나면 참나무가 되고, 바위에 다다르면 바위가 되십시오!

산행일시 **2013년 7월 27일(토)**

산행코스 **백봉령 · 자병산삼거리 · 생계령 · 고병이재 · 석병산(일월봉) · 두리봉 · 삽당령**

"헛돌이, 저주인가 꿈인가"

■——— 이번 산행 길이가 32킬로미터라고 들었다. 30킬로미터는 아무리 봐도 낯선 숫자였다. 그래서 나는 18킬로미터만 하고 나머지 사람들을 기다렸다. 처음 산행을 하다가 여기저기 나무에 붙어 있는 '카르스트 지형'이라고 적힌 글씨가 무엇인지 궁금했다. 처음 듣는 생소한 단어라 집에 와서 검색해 보니 석회암 퇴적층으로 대단히 아름다운 지형이라 한다. 18킬로미터의 산행길 중 무엇보다 석병산이 기억난다. 잠깐 올라 내려오는 길이었는데 산신령이 수련할 것 같은 돌로 된 봉우리 세 개가 있었다. 친구들과 나는 바람 잘 부는 최고점 바위 위에 앉아 한참 쉬었다. 앉아 있던 바위 밑에 동그란 구멍이 있었다. '일월문'! 참 우리 선조님들은 이름을 잘 짓는 것 같다. 태양과 달이 지나는 문인 일월문이라니, 멋있었다. 나는 누군가 고의로 뚫은 줄만 알았는데……. 일월문 밑에는 좁고 험하고 경사가 높은 내리막길이 있었다. '그 길로 내려가면 한참 내려가다가 또 한참 올라오겠지' 생각했는데 내 친구들은 내려갔다가 다시 올라왔다고 한다. 그리고 맑디맑은 길고 긴 산숲을 지나 삽당령에 도착했다. 삽당령에 와서 고슬고슬 밥 냄새 맡으며 맛있게 점심 식사를 했다. 불고기 맛이 꿀맛이었다. 점심식사를 끝내고 두 번째 구간은 포기했다. 하지만 주현이는 삽당령과 친구들을 뒤로하고 산속으로 걸어 들어갔다. **_김동섭**

■——— 석병산에서 좋은 경치도 보고 높은 곳까지 올라온 시원한 바람을

맞으며 쉬고 계속해서 선두대장님을 따라갔다. 다리의 고통을 억누르며 참고 갔더니 다행히도 빨리 끝났다. 점심을 배급 받고 중간에 멈추려다가 원조의 설득으로 두 번째 코스까지 가게 되었다. 비가 오는 날 왔었던 코스를 옆의 도로가 아닌 산으로 들어갔다. 나는 다리의 피로가 너무 쌓였고 참으며 갔지만 선두에 바짝 따라가긴 무리였다. 하지만 먼저 가도 소용없다는 선두대장님의 이야기에 쉼터에서 한참을 쉬고 출발해서 따라갈 수 있었다. 이번 산행은 엄청나게 오래 참고 갔지만 오래 참은 만큼 끝날 기미가 보이지 않았다. 아직까지도 나의 다리는 걸을 때마다 덜덜 떨릴 정도로 힘든 산행이었다. _**박진우**

■── 점심 먹는 곳에 도착하였다. 아빠가 가방을 메고 있는 것이 뭔가 불안하였다. 역시나 두 번째 구간까지 가자는 거였다. 보충하기 싫어서 밥을 먹고 천천히 출발하고 있는데 새연아빠가 먼저 출발했다. 아빠가 앞에 가고 있는 선두를 잡자고 해서 무진장 빨리 갔다. 정말 빨리 가다보니 얼마 지나지 않아 선두를 만나서 같이 갔다. 다 끝나고 내려오니 참 좋았다.
_**김주현**

■── 10시쯤 석병산 정상에 도착했다. 내가 원하던 탁 트인 정상이었다. 일월봉 쪽으로 가는 길에 바위에 큰 구멍이 뚫려 있었는데 신기해서 다가갔더니 바로 아찔한 낭떠러지여서 순간 소름이 돋았다. 두리봉 가기 전 오르막에서는 그냥 걸었다. 얘기도 안 하고 힘들어서 그랬나? 그런데 두리봉은 그냥 언덕 같은 곳이어서 다소 많이 실망했지만 거기 있는 나무 의자에 앉아 편히 쉴 수 있어 좋았다. _**이종승**

■── 산행을 하며 바위 지형에 적응이 되지 않은 채 친구들과 가방 몰아주기를 하며 삽당령으로 내려왔다. 삽당령에서 쉬며 부모님들이 준비한

간식들을 먹고 헛돌이를 한 친구들을 기다리며 전화를 계속 걸었다. 다섯 시간이 넘은 후 준범이에게서 전화가 와 아버지들의 도움을 받아 구출하는 데 성공! 다행이었다. 내가 이야기했던 저주란 바로 헛돌이로 인하여 힘들었을 친구들의 모험이었다. _김상아

■ ── '쉰길폭포 정상'부터 우리는 이상한 낌새를 느끼고 스틱에 긁힌 자국과 신발 자국, 낙엽이 들춰진 흔적을 찾으며 내려갔지만 하나도 보이지 않았다. 하지만 힘들었던 우리는 아주 간간이 남아 있는 오래된 스틱 자국을 보며 안심하고 그냥 내려갔다. 쓰러진 나무와 길에 얽힌 덩굴을 끊어내고 헤치며 가던 나는, 쉰길폭포 물 부서지는 소리가 들리는 곳에서부터, 6~70도에 달하는 경사에 나무나 로프도 없는 맨 경사를 내려가게 되었다. 거기서부터 쉴 마음이 싹 달아난 나는 폭포에서 놀고 있는 친구들을 버리고, 지상에 드러난 거대한 기반암 덩어리를 따라 난 물길을 따라 정찰을 나섰다. 한참을 미친 사람처럼 부수고 꺾고 밟으며 뛰어 내려가다가 그 표지판을 보고 얼어붙었다. '상황지미'! 이런…… 잠시만, 여태까지 내려온 모든 길을 올라가야 한단 말인가.

늘어져서 아까 온 길을 되돌아가는데, 친구들이 내려오고 있었다.

"너 왜 올라와? 물길 따라간 다음에 마을에서 아저씨들한테 전화하자."

'우리가 길을 잃었나? 난 다시 올라가려 했는데? 일단 친구들 말을 들어보자.'

이번에는 내가 앞장서서 길을 내며 내려갔다. 이번에도 계곡을 따라서 없는 길을 내며 가고 있는데, 마침 숲의 덮개가 뚫린 곳이 있었다. '저 위에 서면 마을과 밭이 보이겠지' 했는데 나에게 보인 것은 아까 일월봉 정상에서 보았던 세 개의 거대한 산봉우리들이었다. 게다가 숲은 덮개를 열어준 대가로 쓰러진 나무들을 가져다 계곡길을 봉해 버렸다. 우리는 잠시 멈추어서 이야기해 보았다. 나는 내가 앞장서서 내려와 놓고선 다시

올라가자고 강력히 말했다. 모두 그렇게 생각하고 있었지만 가지는 않고 앉아 있어서 답답했다. 사람들이 기다리고 있을 터이니 빨리 가야 한다고 생각했다.

어쨌든 내려왔던 길을 다시 올라갔다. (나는 세 번씩이나 오르내렸다!) 올라가는 길은 솔직히 내가 가본 길들 중에 최고로 재앙이었다. 내려올 때도 느꼈지만 진짜로 경사가 60도는 넘었고, 또한 그런 길이 길게 있었다. 더 무서운 것은 쉰길폭포 정상에서 아들바위까지 400미터를 가는 데 한 시간 20분이 걸렸다. 우리는 그까짓 것 빨리 올라가면 30분이겠지 했는데, 이미 폭포까지 오는 데 몇 킬로미터는 온 것 같았고, 그 때문에 힘들어서 한 시간 50분 정도 걸렸다. 아들바위가 가까울 줄 알았는데 엄청나게 멀었다. 올라가는 길에 대략 80도 정도 되는 바위 절벽이 있었는데, 거기 매달려서 핸드폰을 켜 보니 핑이 잡혔다. 사실 우리 힘으로 돌아가서 폐 끼치지 않으려고(아니 귀찮아서) 전화를 하지 않았는데 계속 전화가 오는 것이 거슬려서 그냥 받았다. 그런데 우리 생각보다 일이 크게 된 것 같았다. 그러게 애초에 내 말 좀 듣지…… 아무튼 119를 부르신다는 말도 듣고 아들바위에 있어라, 석병산에 있어라 하는 전화를 받으면서 아들바위에서 쉬고 있다가 석병산에 도전했다. 표지판에 따르면 여기도 250미

터를 가는 데 40분이었다. 내가 갔던 길 중에 여기가 가장 힘들었다. 아무튼 이렇게 힘든 일을 겪으며 올라갔더니 대장님께서 올라와 계셨다. 우리 때문에 산행도 못하신 모양이었다. 매우 죄송했다.

좀 더 갔더니 아버지께서도 올라와서 물을 마시고 편하게 갔다. 아무튼 이번에는 얻은 교훈이 많고 다음부터는 너무 풀어져서 막 다니지 말아야겠다. 기다려주신 다른 사람들께 죄송하고 감사하다. _이인서

■ ── 우리는 계속 내려갔다. 그때 깨달은 게 있었다. 여기는 길이 아니구나! 우리는 계획을 짠 후 빠른 속도로 올라갔다. 석병산까지 올라갔더니 기획대장님이 계셨다. 정말 죄송했다. 그런데 기획대장님은 "좋아된 너희들이 다 보고 왔구나"라고 말씀하셨다. 그리고 간식과 물을 나눠주셨다. 나는 왠지 감사하는 말도 못할 만큼 죄송했다. 내려가던 도중 기획대장님께서 "너희들이 잘못한 것 아니니까 고개 숙이지 마라!" 하셨는데 정말 마음에 와 닿았고 고마웠다. _정지곤

***

■—— 닭목령까지 가는 2차 산행을 포기했으니 한 시간 반여 되는 완만한 하산길만 내려가면 오늘 산행이 끝이라 생각해 급할 것도 없어서 후미 일행이 올 때까지 푹 쉬다 가기로 했다. 그늘진 계곡에서 놀기로 한 우란네, 상아네 들과 준비해 온 음식을 먹고 놀며 쉴 생각을 하니 산행을 다 마친 것 같이 홀가분하였다.

2시에 삽당령·닭목령 구간을 걷는 일행을 배웅하고 점심을 먹는데 4명의 아이들이 늦도록 돌아오질 않는다. 연락도 안 되고 아무리 기다려도 오질 않아 4시쯤에 기획, 산행대장님과 인서빠께서 아이들을 찾으러 다시 산에 올랐다.

몸은 천근만근인데 아이들 걱정에 잠이 오질 않는다. 찾을 거라는 예

2013.07.27.

감이 들었지만 산에서 헤매고 있을 아이들과 배고파 지쳐 있을 모습을 상상하니 안쓰러워 마음이 편치 않았다.

이번 산행을 함께 하지 못한 물처럼님이, 타로점을 쳐보니 속이 문드러질 사람이 몇 있겠으나 무탈하게 다녀올 거라 했던 문자가 그제야 생각났다. 속이 문드러질 뿐만 아니라 닳아 없어지는 것 같았다.

5시가 다 되도록 연락이 없어 119에 신고를 하고 나자 한참 후에 아이들에게서 전화가 왔다. 다른 길로 하산했다가 헛돌이인 줄 알고 다시 석병산 쪽으로 올라간다고 한다. 그러면 그렇지. 혼자가 아니라 4명이 함께 있으니 어떻게든 연락을 하고 찾을 수 있지 않겠냐고 하자, 집단으로 이성을 잃어서 생기는 사건, 사고에 대해 태연히 이야기하던 청풍님의 우려가, 다행히 똑똑한 우리 아이들에게는 기우였던 셈이다.

산에 오기 전 집중호우 피해지역에서 온종일 재난구조의 특수임무를

수행하느라 땀을 뻴뻴 흘리신 대한민국의 대들보 기획대장님께서는 어깨에 날개를 달았는지 발에 모터를 달았는지 그새 석병산 근처에 가고 있다는데, 아이들과 만나기로 했다는 연락을 받고 나서야 속앓이를 하던 남은 일행의 얼굴에 화색이 돌았다.

산행대장님은 전날 마신 술이 귀신을 부른 모양이라며 다음부터는 퇴마사를 옆에 두고 마셔야겠다는 웃기고도 서늘한 이야기를, 숨이 턱까지 차고 땀이 뚝뚝 떨어지던 931봉에서 했었는데, 강한 정신력으로 산행을 진두지휘하시며 술기운에 서린 귀신을 두리봉에 내려두고 아이들의 물과 밥을 챙겨주고 오셨다. 남다른 체력과 책임감, 순발력, 기동력을 두루 갖춘 대장님들이 있어 백두8기는 속이 문드러질래야 문드러질 수가 없다.

아이들을 찾았다는 연락을 받고 나자 아이스박스에 갇혀 있던 술과 안주들이 마구 쏟아져 나왔는데, 부족하지 않을까 싶었던, 우란네가 준비한 닭도리탕과 상아네와 우리가 가져온 음식들은 2구간을 포기한 대부분의 사람들과 2구간을 마친 사람들까지 딱 맛있게 먹을 만큼 알맞았다. 서로를 배려하여 적당히 즐기고 함께 나누려는 마음들이 백두8기 '오병이어의 기적'을 만든 것 같다.

남은 구간이 얼마 되지 않아 자칫 지루하고 느슨해질까 봐, 이런저런 이벤트와 해프닝이 시도때도 없이 생겨나는 8기의 백두대간은 매회 흥미진진한, 감독 없는 드라마이다.

양지가 음지 되고, 선두가 후미 되고, 야상곡이 행진곡 되고, 길몽이 악몽 되고, 휴식이 스트레스가 되는 백두의 반전 드라마가 우리네 인생을 닮아서, 최종회를 볼 때까지 도무지 눈을 뗄 수가 없다. _임지수

■── 아이들이 무사하다는 것을 확인하고는 각자가 준비한 음식을 꺼냈다. 아이들의 안전이 확인되지 않은 상태에서는 아무리 산해진미, 산중진미라도 아무 맛도 없을 것이라는 것을 아는지라 아이들 생사가 확인된

후에야 사람들의 얼굴에 미소가 돈다. 각자가 준비한 음식을 차려서 먹기 시작했다. 상아네는 최고급 양주와 각종 안주를 쉼 없이 꺼낸다. 채림이네도 족발과 맥주, 소주, 후르츠칵테일, 핸드메이드육포, 과자를 꺼내는데 모두들 정신없이 먹는다. 우란이네는 장비대장님답게 멋진 장비를 꺼낸다. 야외침대를 조립하고 요리 장비를 꺼내서 닭도리탕을 끓이기 시작했다. 술이 몇 순배 돌고 나니 보글보글 닭도리탕이 완성되었다. 진짜 산중진미다. 그 와중에 캠핑카를 몰고 와서 자리를 잡았던 라이더들이 자리를 뺀다. 시끄러워서인지 우리들의 준비된 음식들에 기가 죽은 것인지 슬그머니 자리를 떴다. 차안은 덥다고 아이들이 왔다갔다하고 우리는 닭도리탕에 주먹밥을 넣어서 볶아 먹고 산중의 잔치를 벌였다.

백두대간을 사랑하는 사람도 아니고 거창한 역사도 아니지만 백두는 이미 내 삶의 일부로 자리를 잡았다. 과거에는 내가 생각을 하며 산행을 한다고 생각했지만 종반에 이르러서는 그 생각 역시 사념에 불과했다는 것뿐. 이제 백두는 나에게는 무념무상일 뿐이다. 깨달음을 얻은 것 같지만 그렇지 않은 것 같다. 실천이 없는 깨달음은 아무런 의미도 없다는 것을 알기에 그냥 산은 산이고 백두는 백두, 나는 나이다. 물아일체의 경지는 아직 나에게는 오지 않은 것 같다. 모두들 성자가 되고 백치공주가 되는 산행이지만 중요한 것은 그냥 삶이 좋고 산이 좋다는 것이다. _김인현

33

자작나무숲으로의 초대

32차 산행을 많은 곡절과 우려 속에서 안전하게 완료하신 백두8기 가족께 경의를 표합니다. 이번 33차 산행은 오대산 구간입니다. 안개가 자주 끼는 진고개에서 시작해 동대산 구간을 거쳐 두로봉을 경유하는 코스인데요, 이 구간은 진드기가 참 많지만 육산의 부드러움을 느끼기에 안성맞춤인 곳입니다. 또한 등산객들의 이동이 빈번한 곳이다 보니 등산로가 아주 잘 나 있는 곳이기도 합니다. 산행의 출발점인 진고개 구간은 원시의 자작나무가 참으로 많습니다. 세 아름 이상 되는 자작나무를 본 적도 있는데요, 천마총의 천마도와 팔만대장경의 재질로 쓰인 것이 바로 이 자작나무입니다. 보존력이 뛰어날 뿐 아니라 각종 염증치료에 탁월한 효능을 가진 나무라 저는 약초백숙을 끓일 때 종종 이용하기도 합니다. 이곳 자작나무의 특징은 흰색의 수피가 뚜렷하며, 외래종이 아닌 토종 자작나무라는 데 있습니다. 자작나무를 생각하면 이국적인 풍경과 북방의 추운 날씨만을 떠올리는 게 보통인데 이곳 자작나무는 국산 토종 자작나무입니다. 손으로 하얀 수피를 만지기만 해도 하얗게 묻어나는 자작나무, 잃어버렸던 하얀 꿈을 이 숲에서 찾아보시고, 자작나무 숲에 들면 가만히 멈춰 서서 하늘을 올려다보는 여유도 잊지 않으시길 당부 드립니다.

산행일시 **2013년 8월 10일(토)**

산행코스 **진고개 · 동대산 · 두로봉(궂은 날씨로 오대산 · 비로봉 구간 변경)**

■── 랜턴으로 새벽 숲을 밝히고 가면서 자고 있는 생물이란 생물은 다 깨우고 간 것 같다. 마치 새벽에 미친 듯이 굉음을 내면서 달리는 오토바이가 사람들을 깨우듯이. 걷던 중 쉬어가는 것인지 앞에서 지체가 되는 건지 몰랐는데 앞사람부터 랜턴을 끄기 시작해서 나도 끄고 모든 사람이 불을 다 껐다. 다 끄고 나니 내 주변에는 아무것도 보이지 않았다. 사극 드라마에서 배우들이 새벽 달빛에 의지해 도망치는 것은 모두 '조명빨'이었다. 도망치기는 무슨, 정말 코앞에 있는 가방도 못 찾았다. 너무 어두워서 조금만 더 있었다간 잠들 뻔했다. 동대산까지는 아름다운 오르막길이었다. 이제는 힘들다고 표현하기에도 식상할 정도로 많이 힘들었다. 해가 떠오고 랜턴을 안 켜도 보일 만큼 밝아졌을 때쯤 아침 식사를 하는데 비가 오기 시작했다. 이때부터 시작된 비는 우리 8기와 함께하다가 말다가 했다. 그래서 비옷도 벗었다 입었다를 반복했다. 결국에는 번개까지 내뿜으면서 성을 냈다. 참 닮고 싶지 않은 성격이다. 주변사람에게 의지하는 척하다가 어디론가 갔다가 다시 오기를 반복하는 변덕쟁이자 자기 맘대로 화내고 질질 우는 모양이 정말 닮고 싶지 않았다. 그러나 비는 몸에 적시기에 달콤했다. 두로봉에 도착했다. 이곳부터 상원사까지 6킬로미터 정도 된다. 숲길도 아스팔트길도 아닌 도로를 지곤이와 이런저런 이야기를 하면서 내려왔다. 상원사는 유명한 절인지는 잘 모르겠지만 사람들이 아주 많았다. 하지만 역시나 제일 눈에 들어오는 것은 두루버스다! **_김동섭**

■── 준비체조를 한 후 헤드랜턴을 쓰고 오르막길을 올라갔고, 끝없는 오르막길 중간에 헤드랜턴을 끄고 자연의 소리를 들었다. 날이 밝아오는 순간 새소리도 들리고 숨소리도 들리고, 말로 표현할 수 없는 소리까지 들렸다. 정말 좋은 시간이었고 나를 다시 돌아볼 수 있는 시간이라 뜻 깊었다. _정지곤

■──── 두로봉으로 가는 길은 너무나도 높았다. 올라가고, 올라가고, 이정표는 1.2킬로미터를 가리키고 있고, 다리는 후들거리고, 나는 지쳤다. 아까 규연이가 준 발포비타민을 넣은 물을 들이키고 마지막 힘을 쏟아부어 두로봉에 도착하였다. 모든 사람이 지쳐 있었다. 돗자리를 펴고 앉으니 천둥이 쳤다. 그리고 이어서 갑자기 폭우가 내렸고, 저번 삽당령 부근에서 내렸던 비와 같은 상황이어서 급하게 두로령으로 내려갔다. 내리막길에서는 물이 엄청나게 흘렀고, 평지에는 큰 물웅덩이가 많았다. 두로령에 도착하니 비가 그쳤다. 아무튼 비가 올 때에는 빨리 산행을 마무리하게 되는 것 같다. 위험하긴 하지만 시원해서 좋다. 다음에는 많이 오진 않고 적당하게만 내려도 좋을 것 같았다. _김상아

■──── 이상하게 이번에도 산멀미가 났다. 야간산행이 정말 싫어졌다. 위에 가니까 비가 조금 오기 시작했다. 일회용 비옷을 가져와 버린 나는 비옷 대신 바람막이를 입고 갔다. 바람막이는 방수기능이 없나 보다. 아침을 먹을 때 내 가방을 밟아 진흙이 묻었지만 오히려 웃어대는 아이들의 행동이 어이없어서 엄청 화가 났다. 중2니까, 그럴 수도 있겠지만 오히려 그런 생각 때문에 초등학교 시절이 그리워진다. _박진우

* * *

■──── 자작나무 숲속의 묵언수행

헤드랜턴의 불빛 때문에 그런지 온갖 날곤충들이 빛을 보고 달려든다. 땀을 흘리며 한참을 가는데 산행대장

으로부터 무전이 왔다. 헤드랜턴을 끄고 앉은 자리에서 묵언수행을 하란
다. 03시 55분 묵언수행을 시작했다. 다들 랜턴을 끄니 시야가 훨씬 넓어
진다. 오감이 다 살아난다. 바람이 등 뒤에서 왔다가 앞으로 가기도 하고
풀벌레, 새소리, 나뭇잎끼리 부딪치는 소리 등 숲에서 나는 소리가 귓가에
맴돈다. 눈을 감았다. 캄캄한 어둠 속에 혼자 있는 느낌이었는데 아이들의
랜턴 불빛이 숲을 즐기는 것을 방해한다. 아이들이 랜턴을 끄자 더 적막
강산이다. 오로지 의식만이 살아 있다. 오감을 버리고 정신을 가지고 있
으니 별 느낌이 다 든다. 인식을 버릴 때 다른 신체의 감각이 살아 있음을
느낀다. 땀이 머리에서 흘러나와 두 뺨을 지나는 것이 온전하게 느껴진
다. 바람의 이동과 숲이 거대하게 숨 쉬는 소리가 들려온다. 자작나무 숲
속의 묵언수행, 느낌이 좋다……

오락가락하는 비

산행 시작을 알리는 소리를 듣고 다시 헤드랜턴을 켜서 이동을 시작
한다. 동대산에 도착했다. 조금 쉬고 있는데 비가 오는 것 같았다. 비옷을
챙기고 앞으로 나아간다. 06시 00분 아침 식사 장소를 정했다는 선두의
무전을 받고 잠시 후 합류했다. 맛있게 밥을 먹고 계속 갔다. GPS를 확인
하는데 두 시간 전에 내가 잘못 눌렀는지 시스템이 꺼져 있었다. 황당했
다. 다시 켜서 GPS를 확인했다. 그 사이에 차돌백이를 지나는데 옥돌 같
은 흰 차돌을 지나서 계속 갔다. 중간중간에 비가 와서 비옷을 입고 계속
산행을 했다.

천둥번개

08시 06분 신선목이에 도착했고 산 앞쪽에서 천둥번개 소리가 들려
왔다. 점점 가까이 오는데 아무래도 심상치 않았다. 선두에게 무전을 치
고 천둥번개가 오고 있으니 아이들을 빨리 대피시키라고 했다. 응답이 없

길래 빨리 탈출을 하느라 미처 무전을 못했을 거라 생각했다. 혹시나 해서 걸음을 빨리 돌봉 쪽으로 갔다. 09시 01분 헬기장을 지나서 09시 20분 두로봉에 도착하니 아까 무전에 응답이 없었던 이유를 알았다. 아이 어른 할 것 없이 먹을 것을 먹고 있었고 천둥번개에는 아무런 생각이 없었다. 천둥번개가 매우 가까워졌는데 선두대장은 자고 있어서 급하게 깨우고 모두에게 서둘러서 비옷을 입고 탈출하라고 말했다. 때마침 굵은 빗줄기와 함께 천둥번개가 쳤다. 사람들을 대피시키고 다른 대장과 산행대장과 계속 교신을 하면서 내려왔다. 열심히 달리듯이 걸어 10시 02분 두로령에 도착했는데 다행히 비가 그쳐서 모인 사람들과 사진을 찍었다. 두로령에서 팻말을 보니 두로봉과 동대산 사이 오대산 구간이 '낙뢰위험구간'이라 표기되어 있었다. 날씨가 좋지 않아서 임도로 바로 하산하기로 결정했다. 자작나무 숲으로의 초대는 서로를 그리는 사람의 숲으로의 초대였고, 하늘의 오케스트라와 사람의 향기가 어우러진 멋진 잔치였다. **김인현**

■ —— 랜턴 불빛은 어지러웠고 나방과 날벌레들은 성가시게 달려드는데 초장부터 급한 오르막 때문에 금방 지쳐 버렸다. 중복을 지나 말복을 코앞에 둔 절정의 여름 산행은, 새벽이라 해서 우리를 배려해 주지도 않았다. 잔잔한 바람과 밤이슬이 내려앉은 새벽 숲의 습기가, 잠도 덜 깬 우리들의 걸음을 더디고 무겁게 만들었다. 바람이 없으면 여름 산행은 정말 힘들어진다.

불을 끄고 가만히 앉아 새벽 산의 소리와 기운을 느껴보자는 산행대장님의 제안대로, 모두들 배낭을 내려놓고 앉아 쉬던 그 몇 분 동안, 오대산의 정기를 몸속에 채우려 천천히 심호흡을 하고 나서야 정신이 드는 것 같았다. 불을 꺼야 보이고, 눈을 감아야 들리고, 미동도 하지 않아야 느낄 수 있는, 태곳적부터 숲이 간직해 온 생명의 기운이, 나와 우리들에게 촉촉하고 푸른 생기를 살며시 전해준다. 이런 숲속에 있을 때 나는 살아있음을 느낀다. 세포 하나하나가 입을 벌려 숨을 쉬는 것만 같다.

비가 그치고 해가 났다가 구름이 몰려오고, 바람이 불었다 말았다 널뛰기 하는 날씨는 비 소식이 없던 산에서도 계속되었고, 비가 또 한번 내리고 나자 해가 비쳤다. 두로봉을 지나 두로령에서 각자의 배낭 속에 감추어둔 비장의 음식들을 풀기로 했는데 잠시 쉬어 가려던 두로봉에 이르자마자 천둥이 치고 폭우가 쏟아지기 시작했다.

먼저 와 쉬고 있던 선두들이 비를 피하려 분주히 우의를 꺼내 입는 모습이 마치 영상처럼 비현실적으로 보이는데, 우의가 없어 비에 몸을 맡기기로 작정한 나는 바쁜 움직임 속에서 딱히 할 일이 없어 천둥이 내는 산울림 소리를 들으며 쏟아지는 폭우를 그대로 맞고 서 있었다. 내 곁에서 남편은 폭우를 피하려, 벗어두었던 우의를 부지런히 꺼내 입었다.

이런 장대비를 맞아 볼 기회가 흔치 않아 온몸에 휘감기는 비를 맞으면서 묘한 쾌감을 느꼈다. 비를 피하는 비옷이 아니라 하늘이 하사하신 비의 옷, 정말로 '비옷'을 입고 있었다. 비옷 안 입냐고 몹시 애처로운 표정으로 돌아봐 주신 선두대장님을 앞세우고 폭우가 만든 물길을 따라 천천히 내려가니 양말까지 젖어온다. 비옷은 상관없는데 비에 젖은 양말은 찜찜하기 짝이 없다. 두로령에 가까이오자 비가 그친다. 비로봉 코스로 가기로 한 계획은 폭우로 벌써 취소되었는데 동대산에서 쉴 때 비로봉 계획이 작파할 거라는 예언을 했던 타로점술사 물처럼님은 자기가 했던 말에 스스로 놀라며 즐거워하고 있었다.

구름 사이로 햇살이 비치는 게 더 이상은 비가 올 것 같지 않았다. 비가 갠 두로령에 바람이 부니 홀딱 젖어버린 몸이 떨려왔다. 시퍼렇게 떨고 있는 모습이 안됐는지 바람막이로 쓰라고 남편은 선심 쓰듯 우의를 내어준다. 비가 올 때 우의를 안 빌려줘서가 아니라 비 그치자 추위를 피하라고 우의를 내어주는 것을 어떻게 해석해야 할지 난감하였다. 결국 나는 비가 올 때는 만져도 못 본 남편의 우의를 입고, 햇볕에 말려주는 옷걸이 노릇을 제대로 해 준 셈이었다. 나한테 왜 이러는 걸까……. 악한 구석이라곤 찾아볼 수 없는, 선하디선한 얼굴을 한 남편의 속마음이 난 아직도 정말 궁금하다.

동천동으로 달려오는 버스 안에서는 가왕 '조용필'과 '산울림' 스페셜이, DJ선두대장님의 선곡으로 펼쳐졌다. 노래에 얽힌 사연과 청취 포인트까지 짚어 주신 일일 DJ 덕에, 음악 감상을 하느라 놓친 버스의 토끼잠도 아깝지는 않았다. 그런데 우리 선두대장님은 저 날라리 끼를 어디다 감추고 학생들 앞에서 폼 잡고 강의를 하고 있는 건지 알 수가 없다. 그러고 보니 이 나이 먹어도 알 수 없는 게 한두 가지가 아니다.

폭우의 비옷을 입고 산울림을 경험한 내게 남는 이번 산행은, '꼭 그렇진 않았지만 구름 위에 뜬 기분이었어 ♪♫'_**임지수**

34

다시 시작하는 행복 여로

드디어 대망의 설악산 구간이군요. 마등령에서 미시령까지가 빠진 반쪽 구간이지만 설악의 진면목을 느끼기엔 부족함이 없는 구간이네요. 입추를 지나 모기 입도 비뚤어진다는 처서가 지척이건만 여전히 후텁지근한 여름 날씨가 지속되고 있네요. 하지만 이 기록적인 더위가 풍요로운 가을걷이를 기다리는 농부들에겐 더할 나위 없이 좋은 조건이 된다니, 조금 짜증나고 힘들더라도 참고 이겨내는 지혜가 필요한 시점이 아닐까 생각되네요. 갖은 곡절과 추억을 만들며 진행해 온 이 행복의 여로도 이제는 조만간 큰 아쉬움을 남긴 채 끝이 나겠죠. 산이 공(空)으로 주는, 내가 너에게 주는, 너와 내가 우리 모두에게 주는 관계의 기쁨이 더 이상 지속되지 않는다면 이 얼마나 슬픈 일일까요. 하지만 우리는 근 이 년 간 지속된 이 '관계의 산'을 통해 앞으로의 우리의 삶이 어떠해야 한다는 중요한 교훈을 얻을 수 있었지 않나 싶습니다. 아무쪼록 무더위 속 산행이지만 이번 설악산 산행을 통해 참된 산행의 의미를 다시금 느껴보시고, 행복의 여로 되길 바랍니다. 행복하세요! 그리고 사랑합니다!

산행일시 **2013년 8월 24일(토)~8월 25일(일)**

산행코스 **한계령 · 끝청봉 · 중청봉 · 대청봉 · 중청대피소/소청대피소(첫째 날)**

중청대피소 · 희운각 · 신선암 · 공룡능선 · 1275봉 · 나한봉 · 마등령 ·

세존봉 · 비선대 · 설악동(둘째 날)

"설악, 공룡능선의 치명적인 유혹"

■── 첫날, 공룡능선을 가야 한다는 부담감과 오늘 밤에 가는지 실감이 안 나는 상태로 10시까지 짐을 챙겼다. 가방엔 물 3통, 음료수 1통, 햇반 3개, 죽 1개, 볶음밥 1개 등등. 숙소에 차가 오지 못한다고 해서 옷까지 챙겼다. 예상대로 엄청나게 무거웠다. 그런데 갑자기 배가 몹시 아파 왔다. 산모가 겪는 고통이 이 정도인가? 생각할 정도로 고통스러웠다. 30분을 고생하다가 겨우 나아져서 잠들 수 있었다. 새벽 3시 반 차를 타고 버스에 가서 상아와 같이 앉아 갔다. 중간에 휴게소에 들러서 한식뷔페를 먹었는데 나는 엄청나게 짠 제육볶음과 잡채 이 두 가지 반찬을 위주로 먹었다. 매실 음료도 많이 마시고. 드디어 한계령 휴게소에 도착했다. 사람이 많았고 우리는 여기서 사진을 찍었다. 그리고 계단을 따라 출발했다. _**박진우**

■── 나는 백두를 하면서 은근히 마음에 걸릴 때도 있지만 진짜 나의 모습을 찾아가는 것 같다. 뭐든 원래부터 잘하는 사람은 없다. 노력과 경험으로 잘할 수 있게 되는 것이라고 나는 생각한다. _**김규연**

■── 길을 가다가 쉴 때쯤 '중청 찾기'를 했었다. 중청 위에는 동그라미 모양의 건물(?)이 두 개 있는데 멀리서 봤을 때 탁구공만 한 크기여서 나랑 민아는 탁구공 두 개 어디 있냐고 하면서 중청을 찾았다. 끝청에서 어

느 정도 가니 중청이 나왔고 중청인지도 모른 채 중청을 지나쳤다. 왜냐하면 중청 꼭대기(탁구공 두 개 있는 곳)은 들어가지 못하게 막혀 있었기 때문이었다. 중청을 지나쳐서 중청대피소에 가방을 두고 대청을 갔다. 대청봉에서 다람쥐를 잡았다가 놓치고 다시 잡았는데 이번에는 내 손가락을 물어서 봐 주었다. _**옥지영**

■── 텔레비전을 통해 소청 중청 대청에 대해서 한 번씩은 들어봤다. 그 중에서도 대청봉은 지리산 천왕봉만큼 웅장하고 높았다. 그런데 대청봉 정상에도 그렇고 여기 설악산은 다른 산보다 식물이나 동물 모두 멸종위기종과 희귀종들이 많았다. 그리고 다람쥐가 한 한 시간쯤 갈 때마다 서너 마리는 꼭 보인다. 그만큼 설악산은 환경보존이 잘 되어 있다는 뜻 아닌가? 이번 산행은 경치가 좋아서 주변 경치를 보느라 금세 중청 대피소 가기 전 끝청에 올라왔다. _**이종승**

■── 대청봉까지 가는 길을 짧게 간추리자면 단순하고 역동적이면서 험난했다. 그 안에서 풀잎들, 벌레와 나비, 고목, 여러 이름 모르는 나무들이 있었지만 다람쥐가 가장 인상적이었다. 설악산의 다람쥐들은 산행을 하다 쉴 때 종종 등장했다. 등산로 중 여러 명이 쉴 수 있는 넓은 공터가 있는 곳이면 다람쥐가 이리저리 관심을 끌었다. 정말 재빠르게 주변에 먹을 것을 찾아다니면서 날아다녔다. 내 생각엔 다람쥐는 참 성격이 급한 동물 같다. 한시도 가만히 있을 줄 모르며 음식을 먹을 때도 정말 빨리빨리 먹는다. 마치 한국인의 특성이 섞인 것 같기도 하다. 이 다람쥐들은 몇 년 전부터 등산객들에게 간식거리를 받아먹은 것 같다. 사람이 있는 곳이면 나타났다. 다람쥐에 대해 모르지만 산행객들이 주는 음식을 하도 잘 받아먹어서 다람쥐만의 특성을 잃는 것이 아닌지 생각을 해봤다

설악산은 한 편의 그림 같은 곳이다. 조선시대 많은 사람들은 그림을

그리려 직접 올라오지는 않았을 것 같다. 설악산은 멀리서 보는 그 자체가 매우 아름답다. 하지만 그 안에 들어가 보면 무엇인가를 성취하겠다는 사람들의 열정과 땀이 섞여 있다. 등산을 하면서 쉴 때 노래 하나가 생각났다. 이적이 부른 〈같이 걸을까〉였다. 가사 중 '물이라도 한잔 마실까 우리는 이미 오랜 먼 길을 걸어 온 사람들이니까'라는 대목이 있다. 산행에 맞는 곡이었다. 힘들면 잠깐 쉬어가도 괜찮다는 위로의 메시지가 나는 너무 좋다. 설악산은 할 말도 많고, 보고 듣고 느낀 것도 많았다. 설악산은 내가 처음으로 나중에 한 번 더 오고 싶다는 생각을 갖게 한 산이다. _김동섭

■—— 마등령까지 올라가는 길은 아주 힘들었다. 바위가 너무 커서 무너져 내리면 어떡할까 걱정했다. 마등령에 다 온 것 같은데 더 올라가야 한다고 해서 화가 났다. _옥수영

■—— 약간의 오르막길을 걷기만 해도 헉헉 소리가 나왔다. 끝날 것 같은 오르막길을 올라가면 내리막길이 나오고, 다 내려가면 다시 엄청난 스케일의 오르막길이 나오는 그곳, 왜 그곳을 공룡능선이라고 부르는지 새삼 알게 된 것 같다. "왜 공룡능선이라고 부르는지 알아?"라고 물어본다면 난 대답할 수 있다. "궁금하면 가 봐"라고 말할 것이다. 그만큼 할 수 있는 말이 없다는 것이다. 그래도 도중에 부는 시원한 바람 덕에 정신을 차릴 수 있었다. 그래도 이건 별로 힘들지 않았다.

오히려 힘들었던 건 마등령에서 비선대 구간이었다. 가끔의 오르막길을 제외한 엄청난 내리막길……. 공룡능선 본체가 지옥이었다면, 하산길은 그야말로 무(無)이다. 그만큼 더 심했다는 말이다. 그 길을 내려온 사람들 대부분은 알 것이다. 그 돌들을 한 발 한 발 내디디며 밟을 때마다 느껴지는 무릎의 울부짖음과 발의 뜨거움을……. 그리고 아무리 걸어도 헤쳐 나갈 수 없는 그 반복되는 미친 길을. 난 내 머릿속에서 그곳을 지울

수 없을 것 같다. 공룡능선, 다시 가고 싶지 않은, 너무 거대한 그런 곳. 그곳이 바로 설악산이다. 그리고 그곳에 내가 있었다! _**김상아**

■── 공룡능선은 그냥 돌밖에 없었던 것 같다. 그래도 힘들게 힘들게 높은 곳으로 올라가면 멋진 풍경이 나온다. 뾰족하기가 칼보다 날카로워 보이는 봉우리들이 줄지어 늘어서 있었다. 정말 멋져서 아무 말도 안 나왔다. 그런데 그런 봉우리들을 계속 보다 보니까 저 멋있는 봉우리를 보려면 엄청 힘들게 올라와야 하는 대가를 치러야 한다는 것을 알았다. _**장원조**

■── 중청대피소에서 잠깐 밖에 바람을 쐬러 나갔는데 야경이 이루 말로 할 수 없고 표현할 수도 없을 만큼 아름다웠다. 그리고 잠깐 고개를 들어보니 별…… 보신 분은 알 것이다. 뭐랄까. 까만 하늘에 별자리 스티커를 붙여 놓은 것 같았다. _**정지곤**

■── 저녁을 다 먹고 소청대피소로 와서 가방을 내려놓고 쉬다가 물을 사러 나왔는데 해가 지고 있었다. 빨간 빛이 강하게 나는 동그란 해가 밑으로 빠른 속도로 내려갔다. 해가 지고 나서도 아직 다 사라지지 않은 빛이 있어서 하늘은 정말 예쁜 분홍색이 되었다. 구름이 분홍색으로 보였다. 그리고 신기하게, 구름도 거의 안 움직였다. 그렇게 해는 오래토록 여운을 남기더니, 점차 분홍빛이던 하늘은 보랏빛이 되었고, 나중에는 결국 파랑색이 되어서 점점 어두워졌다. 1박2일 중에 가장 아름다웠던 풍경을 꼽으라고 하면 나는 대피소에서 오랫동안 보았던 하늘이라고 말할 것이다. 예진이랑 같이 봤으면 더 좋았을 텐데, 혼자 봐서 아쉬웠다. 그래도 보라색이 될 때쯤 동섭이가 나와서 같이 얘기하다가, 대피소 안으로 들어갔다. 금방 어두워졌다. 별이 보였고, 반짝반짝거렸다. 별이 처음에는 분명히 많았는데, 하늘이 흐려졌는지 적어진 느낌이었다. 더 많은 별들을

보고 싶었는데, 도시의 불빛이 있었다. 도시의 불빛은 점점 많아졌고 점점 선명해졌다. _**허솔**

■── 황색 기반암 덩어리들이 뾰족하게 침식되어 남아 높은 봉을 이루다니, 지질은 정말 신기한 것 같다. 거기다 이런 거대한 바위봉우리들이 공룡의 척추처럼 늘어서 있는 모습이 매우 멋졌다. 멋진 건 그렇다 치고, 중요한 것은 우리가 그 암봉 바로 옆을 꼬불꼬불 돌면서 가야 한다는 것이다. 처음에는 막 내려갔지만 아예 돌로 이루어진 사면을 로프를 타고 올라가는 것이 힘들었지만 새로웠고 재미있었다. 그 위에는 또 계속 올라가느라 힘들었지만 앞으로도 이런 큰 스케일의 암릉구간이 많이 나왔으면 재미있겠다 생각했다. 봉마다 다 힘이 들었지만 어떤 곳에서는 맞이바람을, 어떤 곳에서는 산맥을 넘어가는 구름 덩어리를, 또 어느 곳에서는 울산바위와 붉은 땅의 속살을 볼 수 있었다. 물론 전부 힘들었지만 그만큼 그냥 인터넷을 검색해 보는 것보다 가치가 있었다고 생각한다. _**이인서**

■── 버스는 이제 설악산 기슭을 달리고 있었다. 말로만 지겹게 듣던 그 설악을 내 눈으로 직접 본 순간, 한 치의 거짓도 없이 나는 황홀경에 빠졌다. 지난겨울 네팔에서 저 멀리 하얗게 보였던 히말라야에 도취되었을 적과 같은 기분이었다. 아니, 이번에는 내 바로 앞의, 곧 내가 올라서게

될 곳이었기 때문에 그 장엄함과 기품이 더 강하게 와 닿았다. 그리 멀지 않은 곳에 이렇게 비현실적인 공간이 있었다는 걸 몰랐었다. 이곳은, 그러니까 우리가 오를 수 있을지 의심이 갈 정도로 능선 자체의 굴곡이 다른 곳과는 달랐다. 다듬어지지 않은, 야생적이고 거친 설악의 모습은 마치 땅 속에서 바위가 솟아난 이후 채 얼마 안 되는 듯이 보였다.

처음 1킬로미터 오르막길은 숨이 차는 고통을 꾹 참으면서 올라왔다. 다른 사람들은 '이제 1킬로미터밖에 안 왔단 말야?' 라고 했지만 나는 얼마가 걸렸든 그 1킬로미터가 끝났다는 것이 정말 행복했다. 엄마와 나는 중간에 낭떠러지가 무서운 길가에서 난생 처음 직접 보는 으리으리한 풍경과 사진도 찍었다. 끝청에 오를 때쯤 드디어 주변이 확 트인 능선길로 접어들었다. 유난히 파아란 하늘에, 서늘한 공기, 그리고 변덕스럽게 갑자기 산을 뒤덮다가도 금방 날아가 버리는 구름이 설악산을 느끼기에 딱 적당한 날씨였다. 나를 둘러싼 모든 풍경이 너무 새롭고 아름다워서 지겨울 틈이 없었다. 내일 걱정이 자꾸 떠오르긴 했지만 오늘은 오늘 갈 길만 생각하자 마음먹고 즐겼다. 날이 저무는 순간에는 붉은 빛에 감긴 산을 바라보면서 마음속에서 무언가가 꿈틀거림을 느꼈다.

공룡능선은 '믿을 수 없는' 길들의 연속이었다. 멀리서 바라보면서 도대체 저길 어떻게 지나간다는 말인가 했는데, 실제로 그 길을 걸어야 했다. 공룡능선의 1킬로미터는 평소의 1킬로미터가 아니었다. 그렇게 더디게, 마등령까지는 언제 가고, 또 언제 6킬로미터를 내려갈까 생각하며, 계속해서 걸어갔다. 결국 그 상상 속의 장소가, 내 눈 앞에 다가오는 순간이 있었다! 기뻤다.

내려오는 길이 가장 많이 힘들었다. 발이 고통스럽다고 나에게 계속 신호를 보내왔지만, 난 미안하게도 계속 갈 수밖에 없었다. 나중에 많이 지쳤을 때는 잠시 정신을 놓았다가 무릎이 확 꺾어진 적도 있었고, 발목을 삘 뻔한 적도 여러 번 있었다. 그럴 때마다 정말 큰일 날 수도 있겠구나 새삼 깨달으며 정신을 차려야 했다.

끝없는 길이 야속하게 느껴졌지만 거의 포기하고 싶다고 느꼈을 때쯤 돌계단이 끝났다. 정신이 없을 때 보아서 더 환상적이었던 계곡 쪽으로 얼굴을 향하고 한참을 뚫어지게 바라보았다. 신화에 나올 것 같은, 모든 상처를 씻어줄 것 같은 맑은 물이 나를 끌어당겼다. 마음까지 맑아질 것 같았다, 정말. 처음 보는 사람이었지만, 국립공원 관리자인 듯한 아저씨가 건넨 '수고하셨습니다' 한마디가 내 기분을 날아갈 듯 기쁘게 했다. 그제서야 내가 정말 설악산을 넘었다는 사실을 믿을 수 있었기 때문이다. 다른 산에서와는 다른 고초를 겪었지만 그곳에는 다른 산에서 느낄 수 없었던 색다른 기쁨이 있었다.

2년째 백두대간을 걸으며 스스로에게 가장 자랑스러웠던 순간이었다.

_박예린

＊＊＊

■── 공룡능선의 치명적인 유혹……. 8시 10분쯤 희운각에서 공룡능선으로 출발을 하였다. 산길이 예뻐 보였다. 공룡능선 출발 직전에 샘이 있어서 손수건을 적셔 땀을 닦았다. 공룡능선은 위압감을 주기에 충분했다. 바로 쇠 로프가 있는데 스틱과 스틱을 든 손을 어디에 둬야 할지 모를 정도로 시작이 힘겨웠다. 올라가서 돌아가니 또 로프구간이다. 스틱을 접었다 폈다를 반복하면서 올라갔더니 사람들이 고개에서 쉬고 있었다. 공룡능선은 우리나라 최악의 산악사고가 있었던 곳이라는 기록을 읽고 왔기에 능선의 모습과 로프는 그런 기록과 공포가 어우러져 한 발짝도 내딛기 힘든 마음속의 공룡으로 자리를 잡았다. 한참을 오르락내리락하면서 가는데 정말로 기암괴석이라 불릴 만한 바위가 너무 많았고, 하늘은 이미 가을 하늘이라 너무 맑았다. 다리가 풀려서 후들거렸다. 쉬면서 다리

가 후들거린다고 하니 우란빠께서 에너지튜브를 주신다. 이것을 먹으면 아무리 힘든 곳도 올라갈 수 있다면서 사이클 선수가 언덕을 치고 오를 때 먹는 것이라고 했다. 조금 쉬었더니 힘도 나고, 어떻게든 되겠지 생각하면서 열심히 갔다. 에너지튜브의 힘인지 사람들과 인사도 하고 음식도 나누어 먹으면서 계속 나아갔다. 선배님들께서 공룡능선의 공포를 이기기 위해서 공룡이 아니라 이구아나라는 표현을 했지만 주변의 경치는 공포심을 주기에 충분했다. 어느 정도 경치에 익숙해지고 공포심이 가시면서 주변의 경치가 눈에 보이기 시작했다. 도저히 사람은 만들 수 없는, 신이 아니면 만들 수 없는 기암괴석의 정원이다. 예전부터 수많은 사람들이 이 기암괴석을 보고 느끼려고 불을 향해 달려드는 불나방처럼 죽음을 불사하고 와서 보는 것이 바로 설악산 공룡능선의 치명적인 유혹인가 보다.

_김인현

■───── 마치 대간 산행을 처음하고 난 것처럼 다리가 아파 걷기 힘이 든다. 한 번도 쉽고 만만한 대간 길은 없었지만 설악은 모처럼 감동도 크고 힘도 배나 들었다.

아침 식사를 하기 위해 들른 휴게소에서 바라본 설악의 한 조각 실루엣은 눈을 떼지 못할 만큼 강렬했다. 아침 햇살을 받은 겹겹의 산등성이가 만들어 내는 산의 절경이 화가의 마음과 눈과 손을 거쳐 수묵화로 탄생하였으리라. 그림으로 그려보고 싶다는 생각이 간절했다.

수차례 설악 언저리를 들락거리며 바다를 만나고 온천을 하고 산엘 올랐지만 대간 길 설악은 그 의미가 처음부터 달랐다. 여가를 즐기기 위해 오르는 관광 명소 설악이 아니라, 대간 산행의 연장선상에서 거쳐 가야 하는 반도의 척추, 설악이기 때문이다.

구불구불 고갯길을 올라 바람을 맞곤 했던 한계령에서, 산행의 첫 걸음을 떼었다. 쉽다고도 하고 어렵다고도 하는 설악산 공룡능선 코스는 전문 산악인이 아닌 8기들이 무박산행을 하기에는 벅차고, 대피소에서 1박을 한다면 힘들지 않게 완주할 수 있다고들 했다. 뾰족뾰족 공룡의 등을 닮았대서 붙인 이름이라, 산행은 상상만으로도 겁이 나는데, 쉽게 도전하기 어려운 일이 대개 그렇듯이 두려움과 설렘이 뒤섞인 긴장된 흥분이 일어난다.

능선에 올라 바라본 공룡능선과 눈이 닿는 곳마다 감탄이 절로 나는, 설악의 절경을 감상하며 걷는 산행은 말이 필요 없는 즐거움 자체였다.

동해를 지척에 둔 설악의 명성은 이름값을 하고도 남았다. 우아하고 멋스럽다는 말이 설악에 걸맞은 것 같다. 귀티가 난다.

하마님의 대형 배낭에 숨었던 와인과 치즈 카나페용 안주가, 중청대피소 입소 기념 애피타이저로 모두에게 즐거움을 주었다. 모진 고난을 감수하고 마지막 기쁨을 향유하는 자의 환희와 미소가 하마님의 온몸에서 피어오르는 것 같아 더불어 흥겨웠다. 어마어마하게 큰 황토색 배낭을 짊어진 모습에서 하마의 몸통이 연상되었는데, 수술한 지 2주 만에 공룡능선에 도전하셨대서 하마의 단순하고 우직함과도 닮은 것 같아 외형이 아니라 성품과 어울리는 닉네임이라 생각했다.

그대로 주저앉아 지척의 대청봉을 바라보며 귀한 와인을 한없이 맛보려는데 어느 틈에 맨발에 조리를 신고 대청봉에서 정상주를 마시겠다는 푸른산님과 거기에 혹한 남편을 따라 나도 등산화를 묶었다. 28년 전에 가본 대청봉을 내가 다음에 언제 또 가보겠냐 싶어 퍼지려는 몸을 다독이고 대청봉에 올랐다.

기억이 가물가물하지만 백담사에서 1박을 하고 봉정암, 소청, 중청을

516

거쳐 힘겹게 올랐던 옛날의 그 대청봉 산행로가 아닌 것만 같았다. 수많은 등산 인파의 편리를 위해 산은 깎이고 패이고 단장이 되었다. 작년 지리산에서도 사람의 손이 너무 많이 닿아 자연을 해친 것 같은 인상을 받았는데 무자비한 훼손으로 흐느끼는 설악을 밟고 서서, 과잉 환대를 받는 것 같아 마음이 편치만은 않았다. 범사회적 성형 열풍인가 보다.

중청대피소에서 간단히 저녁을 먹고 서둘러 소청으로 향했다. 중청팀들처럼 오늘 산행이 다 끝났다고 다리 뻗고 앉아 푸지게 저녁상을 벌일 수도 없었다. 밥도 먹는 김에 먹어야 맛도 있고 든든하지, 먹는 둥 마는 둥 시간에 쫓겨 배낭을 꾸려야 해서 소청대피소에 짐을 풀고 나자 피곤이 몰려와, 일몰을 보며 첫날의 산행을 자축할 여유가 없었다. 대청봉에서 내려온 소청팀은 바로 소청대피소로 가서 저녁식사를 했으면 더 좋았

을 뻔했다. 기분도 기분이지만 사람의 동선과 리듬을 고려한 산행 일정은 무엇보다 소중한 가치일 것이다.

검은 구름이 하늘을 덮어 아름다운 노을은 볼 수 없었고 능선 너머로 붉고 둥근 태양이 모습을 감추는 일몰을 감상했다. 짐을 풀다 말고 일몰을 보라는 소리에 잠시 나와 바라본 일몰은 분위기와 여유가 받쳐주질 않아, 그다지 감동적이지도 즐겁지 않았던 소청의 일몰로 두고두고 기억될 것이다.

서둘러 아침 식사를 하고 희운각에서 전열을 정비하고 공룡능선 길에 올랐다. 멀리서 본 뾰족한 바위를 다람쥐처럼 오르내리는 게 아니라 그 봉우리와 능선을 따라가는 길이어서 생각보다 어렵지 않았고 눈길이 닿는 곳마다 펼쳐지는 아름다운 광경과 그늘에서 쉴 때나 걸을 때 골짜기 사이에서 부는 얼음 바람이 피로를 풀어주었다.

비경을 바로 눈앞에 두고 있다는 사실이 믿어지지 않았고 결혼 후 20년 가까이 그리워만 했던 산, 설악의 품속에 들어와 있다는 것만으로도 충분히 감사하고 행복했다. 공룡능선에서 바라본 비경과 벅찬 감동, 저 멀리 동해가 보이는 파노라마 같은 설악의 풍경과 충만한 기쁨을 기억의 창고에 오래오래 간직하고 싶었다.

마등령에서 비선대까지는 돌길을 따라 이어지는 하산길이다. 오르막 못지않게 내리막은 무릎에 무리한 힘을 줄 수 있어 겁이 나는데 공룡능선을 오르내리며 지친 몸에 에너지가 고갈되어 제 정신으로 갈 수가 없었다. 걷다 쉬다를 반복하며 내려가다 보니 푸른산님과 겨울님이, 밑에서 시원한 맥주를 드신다는 꿀배님의 '염장질(?)' 전화를 받고는 빨리 가야 한다며 쌩 소리가 나게 사라지신다. 선수들의 진면목은 아마추어들이 지쳐 있을 때 부각되는 법이다.

반쯤은 제 정신이 아닌 데다가 빨리 가서 쉬고 싶다는 생각만 앞섰는데, 힘이 풀린 다리에 가속도가 붙어 정신없이 비선대로 가는 돌계단을 내려갔다. 돌계단에서 안 넘어진 게 신기할 정도였다.

비선대의 맑은 물을 손끝에 한 방울이라도 묻힐까봐서 물을 건너는 다리를 놓았는가 본데, 그 맑은 물과 넓은 바위를 보니 고등학교 때 수학여행을 와서 비선대에 둘러앉아 목청껏 노래를 불러대고 선생님들을 물에 빠뜨리며 세상에 이보다 즐거운 일이 없다는 듯이 소리 높여 깔깔대던 그때가 떠올랐다. '빨간 마후라'를 부르며 남자 선생님들을 차례로 끌어당겨 물속에 빠뜨리던, 세상에 무서울 것이 없었던 여고생들.

비선대 옆 가게에서 시원하게 목을 축이고 있는 동안 다현맘, 예린맘과 예린이, 우란네까지 다 내려오셨다. 선두와 후미의 시간차가 점점 좁아지는데 몇 번만 더 하고 종산하는 게 아쉽기만 하다. 소공원 주차장까지의 산책로를 따라 가며 남편과, 아이들 어릴 적에 비선대에 데리고 왔던 얘기를 나누었다. 설악은 이렇게 곳곳에 우리의 추억을 한 자락씩 깔고 있어 지날 때마다 시간여행을 시켜주고 있었다.

가기 전부터 갈등도 많았고 망설임도 많았던 1박2일 설악산 대간산행이 꿈과 같이 지나갔다. 지금도 눈을 감으면 파란 하늘을 배경으로 한 공룡능선이 파노라마처럼 펼쳐지고 대청봉으로 피어오르던 하얀 구름과 멀리서 바라보던 기암괴석이 바로 코앞에서 모습을 드러내던 경이로운 순간, 설악의 산등성이 너머로 사라지던 붉은 태양, 능선 바위 틈에서 불어주던 얼음 바람, 함께 땀을 식히며 나누던 이야기와 주고받던 술잔, 정성껏 준비해 온 음식을 따뜻한 마음과 함께 나누던 맘씨 고운 사람들이 영상처럼 스친다.

8월의 늦은 여름, 설악이 내게 준 선물이 너무 커서 생각과 마음의 용량을 업그레이드 하지 않으면 오래 간직하기 어려울 것만 같다. **임지수**

제4부

가을 그리고
우리들의 이야기

35

정상에서

　국립공원은 역시 국립공원이지요. 설악의 능선마다 잘 깔아 놓은 돌길을 걷노라니, 우리가 낸 세금이 이렇게도 쓰이는구나 하는 생각을 했었습니다. 산객을 위해 휑하니 깔아 놓은 길은 길다운 맛을 느끼기에 조금 부족했고, 너무나 잘 정비된 등산로는 이곳이 과연 남한에서 북한산 국립공원 다음으로 가장 많은 사람들이 찾는 국립공원임을 여실히 드러내기에 충분해 보였습니다.

　하지만 34차 설악산 산행이 특별했던 건 우리들 개개인, 백두8기가 함께 산행하였기에 큰 의미가 있지 않았나 생각되네요. 좀 부족한 부분이 있으면 함께 채우고, 나만을 생각하는 것에서 벗어나 함께 공유하고 배려하는 모습은 멋진 일출보다도, 수려한 경관으로 우리의 가슴 한켠에 울림을 주던 도마뱀능선(?)보다도 몇 배 더 아름다웠지 않았나 생각되네요. 34차 설악산 구간을 완주하신 백두8기 가족께 진심으로 경의를 표하며, 곧 이어지는 35차 산행에서도 멋진 모습 기대하겠습니다.

산행일시 **2013년 8월 31일(토)**

산행코스 **닭목재 · 화란봉 · 석두봉 · 삽당령**

"우중 산행, 희비가 교차하다"

■—— 비가 오고 있었다. 슬슬 버스에서 내려 가방을 들고 내 자리로 온 후에 아침으로 햄버거를 먹고 출발하였다. 오우, 진흙이 장난이 아니었다. 뭐 항상 그랬지만 산행의 시작은 오르막길이었다. 거기에다가 비가 왔으니 진창길이 되어버렸고, 잘 미끄러졌다. 중간중간에 죽을 뻔하기도 하였다. 더워서 모자를 벗었다가 추우면 다시 쓰기도 했고, 물은 별로 마시지 않았다. 그냥 평범한 산행을 하고 있었다. 그런데 첫 번째 봉우리인 화란봉에 도착을 하지 못했다. 이렇게 늦게 도착할 곳이 아닌데 말이다. 알고 보니 우리도 모르게 지나쳤던 것이다. 제대로 못 봐서 아쉽다. 그리고 슬슬 다이노사우르스 언덕의 후유증도 느껴졌다. 무릎이 점점 시리고 흔들렸다. 그래도 꾸욱 누르고 산행을 했다. _**김상아**

■—— 이번 백두는 비가 와서 조금 귀찮기는 했다. 나는 비 덕분에 간식을 많이 못 먹기는 했지만 그래도 조금은 먹었으니 됐다. 그런데 산행이 끝나기 두세 시간 전에 원조가 길을 잃었다는 소식을 들었는데 조금 많이 걱정이 됐다. 어쨌든 원조가 무사히 도착한 것이 다행이었고 앞으로는 헛돌이를 하지 않았으면 좋겠다. _**김규연**

■—— 산행 막바지에 이르러서 비가 그치고 연결로에 다다랐다. 내려가고 있는 도중에 뒤에서 차가 와서 내가 재미삼아 히치를 시도했는데 아저씨

가 우리를 삽당령까지 데려다 주셨다. 버스로 도보기행을 왔던 대기2리에 왔다. 점심을 먹은 후에 저번에 잤던 폐교 운동장에 가서 운동기구 앞에서 애들이랑 같이 놀았다. 거기 주변에 피어 있는 예쁜 코스모스가 있길래 엄마한테 꽃다발을 만들어서 선물해 줬더니 엄마가 기뻐했다. 엄마가 기뻐하는 걸 보니까 나도 기분이 좋아졌다. 비가 그치고 시원시원해져서 공놀이를 하며 놀았다. 이번에는 종목이가 비가 와서 산행을 못 했는데 다음번엔 종신이까지 데려가서 같이 산을 타고 싶다. _이종승

■── 금요일 밤 11시 30분에 등산을 하기 위해 형인이 아빠 차를 타고 동천동으로 가서 큰 버스를 탔다. 차에서 잠을 자다 보니 벌써 여섯 시간이 지났다. 그런데 갑자기 비가 쏟아졌다.

그래서 우비가 없는 나는 엄마와 차에 남기로 하고 아저씨, 아줌마, 형들만 산에 올라갔다. 그런데 차에서 잠도 안 오고 엄청 지루해서 핸드폰 게임을 많이 했더니 속이 울렁울렁해서 버스에 토를 하고 말았다. 그걸 엄마가 깨끗이 치워 주셨다. 엄마가 고마웠다.

기사 아저씨가 주무셔서 엄마와 등산을 하기로 했다. 출발한 곳은 백두대간 삽당령이다.

어떤 아저씨가 정상에 올라서 지팡이를 꽂았다고 해서 한자로 '꽂을 삽'해서 삽당령이다. 가다가 힘들어서 떼를 써서 엄마를 힘들게 했다. 지난번에는 이것보다도 더 길고 힘든데도 끝까지 갔었는데 이번에는 우비가 길어서 자꾸 넘어져서 너무 힘들었다. 다시 되돌아 내려와서 버스에서 잠이 들었다. 나중에 등산간 사람들이 내려와서 식당에 갔는데 거기서도 자고 집에 오는 버스에서도 계속 잤다. 잠만 자다 돌아온 거 같다.

비만 안 왔으면 멋진 등산을 할 수 있었을 텐데 아쉽기도 하고 다른 마음은 다행이라고도 생각한다. _이종목

■── 아침 먹고 10분쯤 뒤에 지영이하고 지영이 엄마가 오셔서 다 같이 아침 식사를 하고 있었고, 나는 비도 맞고 해서, 조금 추웠다. 그래서 진우아버지한테 먼저 올라가서 기다린다고 말씀을 드리고 올라갔다. 조금 추웠는데 움직이니까 훨씬 나아진 것 같다. 계속 올라가서 백봉령 5.6킬로미터 떨어진 지점까지 왔다. 거기서 일행들을 기다릴 겸 통나무로 된 의자에 앉아서 이어폰으로 노래를 들었다. 기다리다 30분쯤 졸았을 때 사람들이 오셨다. 그때부터 한 번도 안 쉬고 꽤 빠른 속도로 갔다. 헬기장을 지나서 석병산까지 올라갔다. 석병산에서 뒤에 있는 분들 기다리려다 그냥 빨리 두로봉까지 올라가서 두 다리 뻗고 자야지 하고 가는 도중, 갑자기 쭈욱 내려가기 시작했다. 이상하다는 느낌은 들었는데, 다시 올라가겠지 하고 그냥 갔다.

계속 내려가다 보니 원 모양의 작은 공터가 나왔는데, 거기서 또 내려가는 길이 있었다. 그래서 그 길을 따라 내려갔더니 완전히 길이 없어졌다. 그때 나는 '내가 어디서 길을 잃었지?' 하고 생각했지만, 전혀 어디서 잃었는지 추측조차 안 됐다. 그렇다고 여기서 다시 길을 찾을 수도 없을 것 같아서, 나는 길을 완전히 잃었다는 판단을 하고서, 아래로 내려가기로 했다. 아래로 내려가면 마을이나 도로가 있겠지 생각했다. 연락을 할 수 있을 듯한 곳을 찾아 가장 안전해 보이는 쪽으로 내려갔다.

길이 없어서 많이 넘어지고 부딪쳤다. 내려가던 도중 나는 운이 매우 좋아서 꽤 큰 물길을 발견했다. 물살도 꽤 빨라서 상류임이 분명했다. 물길을 계속 따라 내려가면 하류가 나오겠지 하고, 물을 따라 계속 내려갔다. 내려가다가 흙이 진흙이 되어서 미끄러져서, 물에 빠진 데다 덤으로 돌에 다리가 긁히기까지 했다. 내려가면 내려갈수록 물살은 약해지고 계곡은 폭이 좁아졌다 넓어졌다를 반복했다. 내려가면서 이것저것 본 게 많았다. 개구리가 엄청 많았는데, 주황색 개구리도 있었고, 초록색에 가까운 연두색 개구리도 있었다. 내가 아래로 내려갈 때마다, 개구리가 폴짝

거리면서 뛰어다녔다. 또 엄지손가락 두 개를 합친 크기의 버섯이 쓰러진 나무에 주렁주렁 달려 있고, 흐르는 물에는, 가재같이 생긴 애도 있었다. 평소 같으면 신기해서 좋아했을 것 같은데, 그 당시에는 상황이 심각하기도 하고 반패닉 상태였기 때문에, 그냥 대수롭지 않게 지나갔다. 지금은 다시 봐보고 싶기도 하다. 아무튼 계속 내려가다 보니까 거의 물살이 흐리지 않았고 물살이 흐리지 않은 계곡을 본 후에는, 물 근처가 지나갈 수 없을 정도로 험했다. 마침 계곡은 그리 깊지도 않아서 물 안으로 들어가 지나갔다. 계속 아래로 아래로 내려갔다. 그리고 내려가기가 끝이 났을 때는, 내 키에 허리까지 잠기는 곳이 있었지만, 건너편에 땅이 보여서 그냥 건넜다. 건너서 2미터 정도 올라가니 밭이 있었다. 올라갈 때 다행히 전기 울타리가 없어서 무난히 올라갔다. 큰 밭이 펼쳐졌는데, 작물이 모두 시들어 있었다. 나는 밭길을 따라서 도로로 올라갔다. 도로를 따라 위로 쭉 올라갔다. 왜냐하면 혹시 산으로 올라가는 길이나, 여기가 어딘지 알아보기 위해서였다. 올라갔을 때는 산으로 들어가는 도로가 쭉 있었고, 아무도 없는 공사 중인 곳에 중장비가 있었다. 내려가면서 차가 2대가 지나갔는데, 도와달라는 사인을 하고 눈도 마주쳤지만 모두 지나갔다. 나는 어쩔 수 없이 계속 내려가면서 도움을 요청하기 위해 보이는 집마다 노크를 했다. 그런데 재개발지역인지, 집은 멀쩡히 있는데 사람만 없었다. 물론 밭에도 없었다.

내려가다 보니 작은 언덕 위에 집이 있었는데, 그 앞에 어떤 아저씨 한 분이 계셨다. 난 정중하게 도움을 요청했고, 아저씨가 흔쾌히 받아주셨다. 그때까지 난 그분을 정상인으로 알고 있었다. 늙으신 할머니와 같이 사는 집이었다. 난 그 집에서 전화를 빌려서 통화를 하는데, 그 아저씨는 계속 허공에 대고 쌍욕을 하면서 주먹질을 해댔다. (마당에는 술병이 50병도 넘게 줄지어 있었고, 방안은 2리터짜리 패트병에 든 술로 가득했고, 그 방에서는 술냄새가 진동했다.) 난 처음에 엄마에게 전화를 했다. 그런데 엄마가 전화를 받지 않아서 아빠한테 전화를 했다. 난 아빠에게 대장님들 전화번호를 알아내서 전화를 했다. 산행대장님, 기획대장님 모두 산에 계셔서 그런지 전화를 받지 않으셨다. 그동안에도 그 아저씨는 계속 미친 사람처럼 쌍욕을 하고 주먹질을 했다. 일반인이 쓰는 쌍욕도 아니었고 엄청나게 빠른 속도로 온갖 쌍욕을 쓰면서 소리를 지르기도 했다. 그리고 그분은 계속 대장님과 부모님을 불러오라고 난리를 쳤다. 난 그때 이곳에 더 있으면 문제가 커질 것이라 생각했다. 또 누구든 모셔오면 큰일을 저지를 사

람 같았다. 그래서 난 당장 이곳을 떠나야 한다고 판단했다. 내가 가보겠다고 말을 했지만, 끝까지 내 손목을 잡고 눈을 부릅뜨고 쌍욕을 하며 절대 못 보낸다고 하였다. 또 갑자기 사과를 꺼내어 한입 베어 문 후 나더러 먹으라고 주었다. 난 계속 가겠다고 말을 했지만, 그 사람은 계속 눈을 부릅뜨고 쌍욕을 해대면서 안 된다고 했다. (그 아저씨의 피부색은 완전히 죽어 있었고, 눈동자 주변의 흰자는 노르스름한 색을 띠기까지 했다.) 그래도 난 계속 가겠다고 말을 했다. 그리고 마지막에는 저기 부엌에 칼 있다고, 가면 죽여 버린다고까지 했다. 그래서 나는 알겠다는 듯이 고개를 끄떡거리고 저기 방에 물건을 놔두고 왔다고 하고, 가져다 주실 수 있냐고 물어봤다. 그 사람이 안 보일 때부터 난 진짜 있는 힘껏 옆에 있는 공사장으로 도망쳤다. 천만다행으로 그 사람은 멀리서 보고만 있을 뿐 쫓아오지는 않았다.

공사장에 있는 분들에게 도움을 요청했고, 다시 아빠와 통화를 했다. 그분들은 점심 식사 시간에 임계 시내로 내려가는데 그때 나도 같이 태워줄 수 있다고 해서 일하는 동안 어른들 옆에 앉아 있었다. 중장비를 이용해 나무를 트럭에 옮겨 싣는 일터였다. 나는 완전히 공황상태가 되었다. 수백 가지 생각이 머리에 가득 찼다. 그제서야 그 아저씨 집에서 일어났던 일이 생각났다. 그 상황에서는 무섭지 않았지만 다시 생각해 보니 정말 큰일 날 뻔했고, 상황 하나하나가 공포가 되어서 내게로 왔다. 또 비를 맞고 옷은 젖어 있는 상태였기 때문에 많이 추웠다. 가만히 있어도 다리가 떨리기까지 했다. 내가 공포와 추위에 떨고 있을 때, 쉬고 있던 아저씨들 몇 분이 이런저런 질문도 하면서 잘 대해주었다. (너무 친절했고, 어떻게 내려왔냐? 무슨 일이 있었냐? 등의 질문을 했다. 그리고 가만히 있는 내가 심심하지 않도록 계속 말을 걸어주었다. 난 그분들에게 감사하고 감사하고 또 감사했다.) 또 키가 매우 크고 젊은 형이 나한테 와서 여러 가지 얘기를 했다. 그분도 내 나이 때는 서현에 살았다고 했고, 서현중학교까지 알고 있었다. 또 어른이 돼서는 수지 풍덕천에서 살았다고 했다. 언제 태어났고, 몇 살이냐고 물었는데, 2000년생에 중2라고 대답했다. 그때 그 형은 자신도 생일이 빨라 1년 일찍 들어갔다며 반가워했다. 그리고 내가 배고플까 봐, '몽쉘'도 갖다 주었다. 속으로는 눈물이 났지만, 왠지 모르게 그냥 눈물을 말렸던 것 같다.

덕분에 나는 무서움과 추위를 잠시 잊었다. 그리고 12시에 차를 타고 임계 시내로 내려왔다. 키 큰 형은 다른 아저씨 두 분을 식당 앞에 내려주고 나를 파출소까지 데려다 주었다. 파출소에 가니 순경 계급인 형이 있었는데, 내게 따뜻한 물을 떠 주고, 이름, 나이, 학교, 왜 오게 됐는지 등을 물어보고 메모했다. 그리고 자기는 여기 온 지 얼마 안 된다며 경사 계급 아저씨를 불러왔다. 그 아저씨는 메모를 꼼꼼히 본 후 산행대장님께 전화를 했고, 택시를 불러 주어 삽당령까지 가게 되었다.

택시를 타니 만감이 교차했다. 안심이 되기도 했고, 계속 진우아버지 얼굴이 떠올랐다, 또 대장님들과 어른들한테 죄송한 마음이 들고, 받아야 할 벌 등을 생각하면서 삽당령까지 올라왔다. 삽당령에 도착해서 버스에 가자 어른들과 친구들이 나를 반겨줬다. 그렇게 나는 옷을 갈아입고, 버스에서 간식을 먹었다. 그때 어른들이 한 분 한 분 내려오시고 기획대장님도 내려오시고 산행대장님도 내려오셨다. 기획대장님이 내려오자마자 나는 죄송하다고 말씀을 드렸고, 알았다고 하셨다. 나 때문에 신경을 많이 쓰셔서 그런지 피곤해 보이셨다. 그리고 조금 후 산행대장님도 내려오셨는데, 바로 죄송하다고 말씀드렸다. 산행대장님은 나 때문에 화가 많이 나셨는지 나중에 얘기하자고 하셨다. 산행대장님도 역시 나 때문에 많이 피곤해 보이셨다. 그리고 시간이 조금 지나고 버스가 출발했고, 그때부터 나는 잠이 들었다. 버스는 원래 내가 같이 있었어야 할 일행들에게 갔다. 난 지영이 어머니, 지영이, 진우어머니, 예린이 누나, 진우아버지가 다 타실 때까지도 자고 있었다. 내가 깼을 때는 모두 차 안에 계셨다. 그분들을 보고 그냥 죄송하다는 생각밖에 들지 않았다. 죄송하다고 말씀드리고 싶었는데, 입이 떨어지지 않았다. 그렇게 30분쯤 달려서는 내가 도보기행 때 갔던 식당에 들러서 밥을 먹었다. 난 스트레스와 멀미가 겹쳐서 속이 조금 안 좋아 식사는 걸렀다. 그래도 바깥공기를 쐬고 움직이다 보니 기분도 한결 나아졌다. 그리고 한 시간 30분쯤 있다가 다시 버스로 돌아가서 집으로 향했다. 버스에서 산행대장님이 내게 벌이자 과제를 주셨다. 산행기 A4 3장 10포인트다. 순간 A4 3장 10포인트? 하고 생각도 했지만, 그래도 내가 벌인 일에 비하면 너무 가벼운 벌이었다. 지금도 이런 가벼운 벌로 끝내주셔서 감사하다. 그리고 산행대장님의 마무리 말씀과 함께 버스에 불이 꺼졌다. 버스에 불이 모두 꺼지고 버스 안은 어두워졌다. 그리고 모두들 잠이 들어 고요해졌다. 난 그때 음악을 듣고 있었고, 매우 평화로이 눈을 감고 있다가 잠이 들었다. _**장원조**

***

■── 설악산의 후유증이 채 가시기도 전, 일주일 만에 다시 가야 하는 대간산행은 마음보다 몸이 썩 달가워하지 않았다. 그도 그럴 것이 통나무처럼 딱딱하게 뭉친 종아리가 목요일이 다 되어서야 조금 말랑해졌고, 새벽녘엔 나도 모르게 끙끙 소리를 내며 잠을 설치거나, 천근만근이 된 몸을 일으키기 위해 아침마다 전쟁을 치러야 했기 때문이다.

작년 지리산에 다녀와 바닥난 기운을, 애써 힘써 한 주먹 모아 두었는데 그나마 이번 설악 공룡능선에서 다 긁어 쓰고 왔나 보다. 이번에 가는 닭목령·삽당령 구간은 거리도 짧고 어렵지 않다니, 몸을 풀 겸 가야겠다고 생각했다.

연합산행 때는 안개비로 습하고 눅눅했던 닭목령에 주룩주룩 비가 내리고 있었다. 비가 내리는 데다 차에서 밥을 먹느라 시간이 지체되기도 하였고 둘러서서 체조를 할 여유와 경황이 없어 체조를 생략하고 산행을

533

시작하였다. 그래서인지 밤새 좁은 차 안에서 눌리고 경직된 근육들이 제 기능을 못하여, 안 그래도 무거운 발걸음이 더디기만 했다.

처음부터 우의를 차려입고 오른 화란봉은, 비에 젖은 미끄러운 경사 때문에 오르기가 쉽지 않았다. 게다가 설악의 피로가 가시지 않은 이 내 몸은, 비가 새는 25년 된 우의 사이로 들어온 물기를 그대로 빨아들인 물 먹은 솜처럼 무겁기만 했다. 화란봉을 지나고는 몇 번의 오르막과 내리막 사이 평지와 같은 산길이었는데 모처럼 쉽고 평이한 대간길은, 내 컨디션 이 꽝인지라 가는 내내 힘들고 지루했다.

대간길 곳곳에 잘 만들어진 나무의자와 쉼터는 비오는 날이라도 유익 하였다. 젖은 나무의자였지만 살짝 걸터앉을 수 있고 잠시나마 배낭을 기 댈 수 있어서 좋았다. 젖은 옷과 배낭에 젖은 의자가 무슨 허물이겠는가.

비를 맞으며 우의를 벗고 다시 방수덮개를 벗겨 배낭을 풀기도 귀찮 았고, 잠시라도 멈춰 있으면 어찌나 추운지, 오르막 끝에서 잠깐씩 숨고 르기를 할 때 빼고는 배낭을 풀고 다리 뻗고 앉아 쉬거나 간식을 먹지 못 해, 비교적 짧은 산행이 조금 더 힘들었다.

어느새 비가 그치고 날이 개었다. 삽당령을 2킬로미터 정도 남기고 허 기진 배를 채울 겸 오르막의 끝에서 쉬려는데 솔, 우진, 동섭, 상아가 먼 저 와 쉬고 있었다. 배낭에 꼭꼭 숨어있던 샌드위치와 파운드케이크, 핫 케이크를 나눠 주니 어찌나 맛있게 잘 먹는지 먹는 걸 보고만 있어도 배 가 불렀다. 늘 오가는 버스나 휴게소에서 잠깐, 산행 중 스치듯 잠깐씩만 만나고는, 저희들끼리 밥을 먹고 산행을 해 왔던 터라 모처럼 한 상에 둘 러앉은 식구가 된 것 같았다. 내 논에 물 대는 소리와 내 자식 입에 밥 들 어가는 소리처럼 듣기 좋은 소리가 없다 했던가. 아이들이 밝게 웃으며 맛있게 먹는 소리가 우중 산행의 피로까지 풀어주는 느낌이었다. 빗속에 배낭을 지고 온 힘겨웠던 발걸음이 보람과 기쁨으로 승화되었다.

희비가 교차했던 우중 산행이었다. 그리고 짧지만 이야기가 풍성했던 하루였다. 얼마 남지 않은 대간 산행에, 아직도 서로 나누어야 할 이야기와 가슴으로 만나야 할 사람들과 함께 엮고 또 풀어야 할 일들이 켜켜이 쌓여 있어, 우리 8기는 종산을 미뤄야 할지도 모른다. _**임지수**

■── 삽당령주막……. 옷을 갈아입고 삽당령주막이란 곳을 가니 작은 비닐천막 주막이 아니고 주인 할머니의 삶의 지혜가 가득 담긴 삶터였다. 여기저기 걸린 글이 우리의 일상을 돌아보게 한다. 버스가 사람을 기다리는 게 아니고 '사람이 버스를 기다려야 한다'는 버스시간표를 보며 막걸리와 전병을 맛있게 먹었다. 한 술 더 떠 라면을 하나 끓여달라고 하니 안 된다고 하신다. 멋쩍은 마음에 슬며시 밖으로 나갔다. 주막 밖에는 대간꾼 한 명이 막 내려와서 막걸리를 먹고 있었다. _**김인현**

36

산과 사람 그리고 삶

이번 산행을 포함하여 우리는 3번의 공식 산행을 남겨두고 있습니다. 많은 우여곡절이 있었지만 우리는 슬기롭게 잘 극복하여 현재에 이르렀고, 앞으로 남은 산행 또한 잘 대처하여 좋은 결실을 맺으리라 생각해 봅니다. 함께하는 산행이 아름다운 건 '배려'가 그 가운데 내재하기 때문임을 그간의 산행을 통해 우리는 배웠습니다. 이 '배려'라는 건 마음을 써서 베푼다는 의미를 가지고 있는데요, 3번의 산행을 남겨둔 시점에서 우리 스스로가 '배려'하는 산행을 하고 있는지 자기 자신에게 물어보는 것도 나쁘지 않아 보이네요. 저 스스로도 나만을 위한 산행을 한 건 아닌지 반성을 해봅니다. 또한 나를, 내 자식을 맨 우선순위에 놓고 산행을 하면서 좀 여유가 생기면 베푸는 식의 '이기적인 배려'를 참된 '배려'로 착각하고 지내온 건 아닌지 스스로에게 물어봅니다. 자신이 가야 할 산행 코스를 숙지하는 것은 가장 기본적이고도 필수적인 백두8기에 대한 '배려'인데, 이 기본을 망각하고 지낸 건 아닌지 우리 학생들에게도 물어보고 싶네요. 산이 아름다운 건 이를 보아주고 감탄할 수 있는 사람이 있기 때문이지요. 제 아무리 아름다운 것도 보아줄 이, 함께할 이 없다면 무슨 소용이 있을까요. 백두8기의 주인공은 우리 개개인 자신입니다. 누구 한 사람이 더 귀하고 중요하지 않으며, 한 사람 한 사람 어느 누구도 소중하지 않은 사람이 없습니다. 이번 산행은 소중한 백두8기의 마지막 1박2일 산행입니다. 그리고 저 개인적으로는 가장 보고 싶은 '매봉산' 구간을 산행 이튿날 지나게 됩니다. 대자연도 아름답지만 사람의 삶 또한 그에 못

지않다는 것을 알려준 산, 매봉산. 밤에만 봤던 매봉산의 전경을 주간에,
그것도 백두8기와 함께 볼 수 있다니 무척 설레기까지 하네요. 벌써부터
일요일이 기다려지네요. 아니, 백두8기를 만날 수 있는 토요일이 어서 왔
으면 좋겠습니다. 사랑합니다!

산행일시 **2013년 9월 7일(토)~9월 8일(일)**

산행코스 **댓재 · 황장산 · 덕항산 · 건의령(첫째 날)**

두문동재 · 금대봉 · 피재 · 건의령(둘째 날)

"불꽃놀이 또는 이별 연습"

■── 백두대간이 거의 다 끝나가고 마지막 1박2일이라는 말에 기분 좋게 출발했다. 목적지에 도착하기 전 꼭 한 번씩은 휴게소에 들러서 지곤이와 정인이는 먹을 걸 사먹는데 나는 눈을 감았다. 눈 뜨면 목적지다. 댓재에 내려 보니 습기는 거의 없고 시원시원해서 산행하기 딱 좋은 날씨라는 걸 나는 느꼈다. 황장산까지 600미터밖에 안 돼서 뒤에서 기다리다가 한달음에 뛰어 올라갔다. 늦게 출발해서인지 산행대장님 민규아버지가 황장산에서 식사하실 분은 식사해도 된다고 하셔서 엄마가 주신 햄버거를 정인이와 같이 맛있게 먹었다

중간에 배추를 재배하는 귀네미마을을 통과했는데 할머니 할아버지들이 작업을 막 끝냈는지 뽑혀 있는 배추가 많았다. 덕항산 가기 전 내리막길에서 인서와 나, 진우, 정인이는 장난을 치면서 뛰어 내려가는 도중 인서가 돌부리에 걸렸는지 3미터 다이빙을 해서 머리를 돌에 박았다. 엄청 큰일 날 뻔했다. 인서 머리에 큰 혹이 생겼다. 이 상황에서 웃으면 안되는데 인서 빼고 다 웃어버려서 인서가 화가 났다. 산행 시작하기 전에도 '내리막길에선 뛰어 내려가지 않는다'라고 했는데도 '내리막길에서 뛰어 내려가도 조심해서 가면 되지 뭐' 라는 생각을 고쳐먹게 되었다. 덕항산에서 건의령으로 내려왔다. 건의령에 딱 차가 없어서 건의령터널까지 내려와서 잠깐 식당에 들렀다.

하이원 리조트 콘도 스위트룸 정원 6인용 방 두 칸을 빌려 40명이 잤

다. 밖에는 BMW 행사를 하는 플래카드가 걸려 있었는데 거기서 행사를 할 때 엄청난 스케일의 불꽃놀이를 해 줘서 심심하지 않았다. 애들이랑 거실에서 영화 〈리얼스틸〉을 보다가 그대로 소파에서 잠들었다.

6시에 기상해서 준비를 꼼꼼히 하지 않고 싸리재에서 선두대장을 맡아 맨 앞에서 출발했다. 금대봉에 금방 도착하고 나서 기록대장님이 사진을 찍어주셨다. 선두는 많이 쉬면 안 된다 하셔서 바로 출발했다. 적당한 속도를 유지하면서 수아밭령을 지나서 '바람의 언덕'이라는 곳에 도착했다. **_이종승**

■── 나는 애매하게 중간에서 가고 있었는데 선두로 가려고 생각했다. 그래서 조금 속력을 냈지만 정말 차이가 꽤 많이 나서 결국은 못 따라갔다. 그리고 저 멀리 정말 정말 큰 배추밭을 봤는데 계속 이런 말만 반복했다. 어떻게 수확하지? 어떻게 수확하지……. 배추밭만 생각하다가는 늦을 것 같아서, 그냥 내 페이스대로 갔다. 민규랑 약초 얘기도 하면서 갔다.

얘기하다가 약초를 봤는데 뽑기는 아까워서 그냥 눈카메라로 찍고 왔다. 내가 민규에게 물었다.

"민규 점심 언제 먹을래? 어른들은 여기서 드신다고 하는데 어떡할래?"

"그럼 올라가서 먹자!"

"그래."

나랑 민규는 구부시령에 가기 전에 점심을 먹었다. 난 솔직히 왠지 민규랑 바꿔 먹고 싶었다. 민규 도시락이 맛있어 보였기 때문이다. 그래서 "민규 이리 와봐"라고 한 후 한 입 먹었다. 맛있었다! 민규가 내 도시락도 맛있다고 한다. 그래서 그냥 아예 바꿔 먹고 난 후 정리하는 찰나에 애매한 후미가 오셨고 가방 싸고 얼른 출발하다가 좀 큰 잔나비걸상버섯이 있어 두 개 따고 작은 것 하나랑 좀 큰 것 세 개는 남겨두고 왔다.

이번에도 나랑 민규가 약초에 관심이 많아 약초 얘기를 하면서 갔다.

민규는 기획대장님과 함께 약초 따러 간다고 뒤로 갔다. 나는 혼자 약초 생각을 하면서 갔다.

약간의 평지가 나와 여기서 애들도 기다릴 겸 잠깐 쉬려고 가방을 풀었다. 잠깐 몸을 풀러 돌아다니는데 위를 보니 나무에 허……하얀 게 노루궁뎅이……잠깐 멍하니 있다가 '야아' 소리를 질렀다. 난 노루궁뎅이를 두 번째 따본다. 하지만 이렇게 큰 건 처음이다. 그래서 더 좋았다. 비닐팩에 고이 넣고 민규한테 자랑했다. 민규도 땄다. 와! 기분이 더 좋았다. 둘 다 약초를 따서. 한 사람만 따면 좀 그런데…….

계속 내려가니 소나무 숲이다. 멀리 버스가 보여 즐겁게 내려갔다.

매니저님께 인사드리고 에어건으로 새 신발처럼 신발과 장비를 깨끗이 청소하고 차에 올라탔더니, 바로 출발! 짐 정리는 이따가 해야겠다. 앉아 노래를 들으면서 창밖을 보는데 많이 아쉬웠다. 오늘은 왜 이렇게 짧았지? _정지곤

■── 둘째 날 아침이 밝아왔다. 생각보다 추운 밖의 날씨에 약간 몸이 움츠러들었다. 생일이 아니지만 미역국을 먹었고 차에 타서 음악을 들으면서 잤다. 깨어보니 두문동재에 도착하였다. 날씨가 쌀쌀해서 바람막이를 꺼내어 입고 걸었다. 어제와는 달리 다른 클래스를 보여주는 내리막길과 오르막길이 있었다, 거기에다가 포장도로……. 와우!

계속 걷다 보니 내 정신을 백메바(백두+아메바. 아메바는 뇌를 갉아먹는다)가 갉아먹었다. 도중에 도로가 나오면 기분이 좋았지만 그래도 산이 다시 나왔다. 그리고 친구들이랑 같이 다른 친구를 기다리다가 봉변을 당해 약 2킬로미터를 10분 안에 달리게 되었는데 덕분에 내 연골은 망가진 듯하였다. 도가니를 먹어야겠다는 생각을 했다. 그래도 마지막 언덕을 지나니 쭈욱 내리막길이 나왔다. 그리고 익숙한 건의령에 도착하였다.

백두8기의 마지막 1박2일 산행인 36차 산행은 그동안의 산행을 돌아

보게 하는 그런 산행이었다. 왠지 그리운 1차 산행부터 지금까지의 산행을 안전하게 보냈다는 게 다행으로 느껴졌고 앞으로 남은 두 번의 산행을 열심히 해야겠다. _김상아

＊＊＊

■───— 3주째 백두를 하려니 내키지를 않는다. 백두의 마지막 1박2일이며 하이원 리조트 스위트룸에서 럭셔리하게 잠을 잔다는데, 일요일 코스는 남편과 이미 선행 산행을 하였고 토요일 첫날 산행만 하면 되는데도 가기가 싫다. 완주 종산을 목표로 보충도 열심히 했던 남편을 생각하여 '함께 가 주기로' 착하게 마음먹었건만, 몸은 무겁기만 하다.

우리 차를 타고 댓재에서 만나 8기들과 함께 산행을 하는 동안, 매니저님께 옮겨 달라고 부탁한 차는 건의령에서 우리를 기다릴 것이다. 추석을 앞둔 성묘객들로 막힐 도로사정을 감안하여, 하산 후 저녁에는 우란빠와 아빠들이 준비하는 특별한 만찬을 먹고 밤늦게 귀가하는 걸로 일정을 잡았다.

그래도 마음이 무겁다. 곁에서 서성이던 가을은 댓재의 새벽바람에서도 묻어났다. 틀림없는 가을이다. 가을은 언제나 새벽바람으로 와 가슴을 훑고, 마른 낙엽 소리를 내며 발치에서 떠나간다. 해가 갈수록 시리고

아린 이 계절 가을엔, 나이듦을 실감하게 된다. 바람은 차고, 몸과 마음은 여전히 무겁다.

선두대장을 맡은 물처럼님의 활기찬 산행 구호를 따라하고 나서 황장산에 올랐다. 19킬로미터라지만 고도의 편차가 크지 않아 모두들 수월하게 하는 산행을, 나 혼자만 고난의 배낭을 짊어지고 힘겹고도 고달프게 하고 있었다. 옷도, 배낭도, 모자도, 심지어 구름과 하늘까지도 내 몸에 무게를 실어주는 것 같았다.

두 번만 더하면 되는 종산 이후에는, 이렇게 숙제처럼 억지로 해야 하는 산행 말고, 가고 싶을 때, 마음에 여유가 있을 때 콧노래를 부르며 배낭을 꾸리고 경치도 구경하면서 산행을 하고 싶다. 피곤이 풀리지 않아서인지 이번 산행은 가기 전부터 힘이 든다. 힘들어서 눈물이 나려고 한다. 내가 왜 이러고 사는지 알 수가 없다.

백두 완주 종산은 전생에 덕을 많이 쌓은 사람들이나 하는 것이라 생각하고, 나는 그냥 좋은 사람들과 함께한 시간과 대간 길 발자취만으로 만족을 해야겠다. 예준빠님과 완주를 위해 10기에서 함께하기로 한 보충계획도, 이렇게 억지로 무리해서는 하지 않겠다고 굳게 마음먹었다.

댓재에서 시작해 닿게 되는 건의령은 북에서 남으로 진행하는 코스라, 해가 왼쪽에서 떠올랐다. 멀리 산등성이 너머 바다 위에 뜬 배는, 흐린 날씨처럼 하늘과 수평선의 경계가 모호하여 허공에 뜬 것 같이도 보였다. 대간길을 남진하는 것도, 해와 배가 왼쪽에 떠있는 것도 무거운 내 몸처럼 낯설기만 하였다.

큰재에서 자색 암석을 보기 힘들었던 자암재를 지나 환선봉에 도착하니, 아래로 펼쳐진 경치가 시원하다. 여기를 지나면 구부시령이라 한다. 사람으로 환생한 환선봉의 선녀는 혹시 구부시령의 주인공, 비련의 여인은 아니었을까. 선녀가 사람으로 환생했으니 보통 사람처럼 살아서는 안 될 것 같았다. 아홉 지아비를 두었다는데 복이 많은 건지, 지지리 복도 없는 건지 선뜻 판단하기 어려웠다. 한 남자와 결혼을 해도 고구마 줄기처럼 주렁주렁 따라오는 것이 어려운 관계의 틀인데, 아홉 번이나 새로운 남편을 만났다면 그 복잡다단한 인간관계를 어떻게 교통정리하고 살았을까. 성격이 좋아 보통 사람은 하기 힘든 사회적 관계망을 잘 트고 살았던 모양인데 그래도 그렇지, 그런 걸 아홉 번이나 하여 불편하고 어수선한 관계를 계속 만들고 싶었는지, 그 여인이 살아 있다면 정말 물어보고 싶었다. 아무리 생각해도 진짜 사람은 아닌 것 같고, 세상사를 뭘 모르고 환생한 선녀가 맞긴 맞나 보다.

구부시령의 전설에 대해 생각의 꼬리 물기를 하다가, 삶이 힘들어 구시렁거렸을 것 같은 구부시령에 도착했다. 아홉 남편을 섬겼다는 기구한 운명의 주인공을 설명해주는 친절한 안내판을 보고 있자니, 상아맘이 복잡한 내 심사를 눈치챘는지 촌철살인의 한마디로 정리해 주었다. "옹녀와 변강쇠 얘기래요. 앞의 여덟 남편은 옹녀의 희생물이었다는……." 엥! 이게 그거였어? 전설이 외설이 되는 순간이었다.

공양왕의 불행한 죽음에 분개한 고려의 신하들이 건(巾)과 의(衣)를 벗어버렸다는 거국적 의분의 유적지 건의령에서, 산행의 피로와 옹녀 때문에 쓸데없이 소진된 기운에 지쳐 홀로 노여워진 나는, 사소하게도 가벼워진 배낭을 팽개치고 싶었다. 느낌 아니까!

선두 뒤를 따라 내려와 파란 두루버스 그늘에서 후미를 기다리는 동안, 김용해 매니저님이 더 이상 두루버스로 백두대간 길을 동행할 수 없다는 청천벽력 같은 소식을 듣게 되었다. 더 나은 삶을 위해, 다른 꿈을 향해 새로운 길을 가신다는데 이렇게 서운할 수가 없다.

다행히 남은 두 번의 산행과 종산식에는 함께하신다니 그걸로 위안을 삼을 수밖에…….

두루버스와 매니저님과 함께한 백두8기의 공식적인 마지막 1박2일의 긴 밤은, 우리의 아름다운 추억을 위해 산행대장님이 기획한(?) 하이원

범꼬리

태백산

대덕산·금대봉 생태·경관 보
2013년 부터 사전예약 하시분만 입
(인원제한 : 1

탐방안내도

대간 종주 탐사대

09.08   제36차~³⁵36구간   댓재 ~ 사리재

545

리조트의 불꽃놀이와 우란빠와 아빠들이 준비한 만찬으로 멋지게 꾸며 졌다. 난생처음 맛본 감자피자와 내 차지는 되지 않았지만 입소문이 무성 한 떡볶이 그리고 입에서 살살 녹는 수육과 김치의 맛을 어찌 잊을 수 있 겠는가.

소리 없이 성큼 다가 온 가을처럼, 생각지도 않던 곳에서 홀연히 찾아 온 이별을 몸과 마음으로 준비할 때가 된 것 같다.

숱한 헤어짐이 만남의 디딤 돌이었으니 더 잘 만나기 위해, 더 새로워지기 위해, 아쉬움을 버무린 설렘으로, 허전함을 다 독인 호기심으로 남은 두 번의 산행을 기다려야겠다. _임지수

■—— 후미가 도착해서 저녁을 먹으려는데 아이들 숙제도 있어 서 바로 올라가자고 했다. 올라 가는 길에 18시 15분 제천 참봉 평메밀막국수에 도착하여 막국 수와 메밀전으로 식사를 했다. 메밀전이 먼저 나와 음료수와 막걸리를 같이 먹었다. 버스 안 에서 산행대장은 막국수를 먹을 때는 무조건 비빔을 시켜야 한 다고 했다. 막국수는 비빔으로 반쯤 먹다가 나중에 육수를 부 어서 막 먹는 게 막국수라고 하

는데 그렇게 먹었더니 그냥 물막국수를 먹는 것보다 훨씬 맛있다.

와자지껄한 식당에서 정인이가 보여서 정인이에게 전날 저녁에 녹음해 둔 코고는 영상을 들려주고 내가 아니라고 했더니 미안해했다. 미안하면 가지고 있던 사과를 달라고 했다. 사과를 주면 사과를 받아주겠다고 했다. 씻었냐고 물어 보니 아니라고 한다. 다음에는 꼭 씻은 사과를 가져오라고 하고 자리로 앉았다. 정인이는 진심으로 미안해하는 것 같았다. 속으로 웃으며 자리로 돌아와 식사를 마쳤다.

올라오는 차 안에서 이런저런 학교 이야기를 하는데 밤 9시를 약간 넘겨서 동천동에 도착을 했다. 짐을 옮기고 바로 가려다가 두루관광버스와 헤어지는 것이 아쉬워서 나는 김용해 매니저를 껴안고 나서 돌아서니 남은 버섯을 내놓는다. 다시 아쉬움의 포옹을 한 다음 등을 두드리고 헤어졌다.

무언가 먹먹하다. 산과 사람, 그리고 삶은 또 그렇게 끝나고 시작되는, 모든 것이 마무리되어가는 밤이었다. _**김인현**

37

마음의 열매

추석 연휴 잘 지내셨는지요? 이제 종산 산행을 제외하고는 마지막 산행입니다. 이번 산행지는 구룡령에서 시작해 백두7기와 8기가 연합산행을 했던 시작점인 조침령까지입니다. 진고개, 동대산, 두로봉을 지나온 대간길은 출입금지 구역인 신배령, 응복산을 경유 구룡령으로 이어집니다. 신배령을 조금 지난 지점부터는 설악산국립공원 지역으로 이번 산행 구역은 온전히 남설악 구간이라 보시면 될 듯합니다. 오늘이 낮과 밤의 길이가 같다는 추분이네요. 백로를 지나온 들녘은 이미 황금물결로 번져가고, 초록을 뿜내던 식물들은 생장을 멈춘 채 열매 맺기에 한창이네요. 누가 때를 가르쳐주지 않아도 스스로를 키우고 만들어가는 대자연을 보면서, 우리도 이제 그간 마음밭에 뿌려뒀던 것들을 거둬들여야 할 때가 됐음을 직감합니다. 가뭄도 있었고, 비바람도 있었고, 더러 폭풍우 몰아치는 시련도 있었지만 그 소소한 일들이 한 알의 튼실한 열매가 되기 위한 기쁨의 시간이었음을 우리는 지나온 발걸음을 통해 보고 있습니다.

한 손엔 기쁜 마음의, 다른 한 손엔 초심을 잃지 않는 겸손의 낫을 들고 우리의 마음밭에 일궈진 황금들판으로 나아갑시다. 그리하여 이 행복의 초례청(醮禮廳) 앞에 모두 모여 대자연에 감사의 인사를 합시다. 한 사람의 이우인임을 감사하면서…….

산행일시 2013년 9월 28일

산행코스 **구룡령 · 치밭골령 · 갈전곡봉 · 왕승골 · 1020봉 · 연내골갈림길 ·**

황이리갈림길 · 쇠나드리 · 조침령 · (진동리)

"계절의 갈림길에서"

■—— 때는 9월 난 또 이상한 곳으로 끌려왔다. 구룡령이었다. 평소와 같이 옷을 얇게 입으려고 했으나 추워서 바람막이를 꺼내어 입었다. 산을 올라가니 추웠다. 겨울은 아니지만 바람이 차가워 라면이 제대로 익질 않았다. 아무리 저어도 과자였다. 그래서 그냥 먹었다. 국물은 나름 괜찮았지만 라면은 대관령의 안 좋은 추억을 되새기게 했다. 라면을 먹기 위해선 젓가락으로 먹어야 했지만 먹기 싫었다. 손이 너무 시려 귀찮았기 때

문이다. 그래도 다 먹어치우고 또 걸었다.

점점 날이 밝아 왔고 나를 덥게 만들었다. 그래서 점퍼를 벗어 가방에 넣고 다시 걸었다. 걷다가 학부모님들이 발견하신 노루궁뎅이도 봤고, 실거미도 봤다. 게임 이야기가 아닌 나 혼자서 머릿속을 비우니 주변의 사소한 것들이 자세히 보였다.

산행의 막바지에 이를수록 내 발은 점점 더 약해지는 것을 느꼈다. 아무래도 작년엔 축구부 활동을 하면서 근육이 버텨주었는데 현재는 백두 이외에 운동을 거의 하지 않았기에 근육이 약해진 것 같았다. 걸으면서 중간고사에 대한 생각을 했다. 이번 목표는 수학 공략이었다. 그래서 머릿속으로 고민도 해봤다. 그리고 다른 생각도 해보았다. 내가 어쩌다 이 산에 왔을까? 산은 계절이 지나는데 2년이 지난 나는 달라진 점이 있을까? 하고 말이다. 그래도 나름 열심히 살았던 것 같았다.

이제는 산이 내 걸림돌이 아니라는 생각이 든다. 산은 단지 휴게소이며, 우린 2주에 한 번만 올 뿐이고 우린 2주에 한 번만 가는 나그네일 뿐이라는 것을 말이다. **김상아**

* * *

■── 산행

늘 만나던 반가운 김용해 매니저가 아닌 다른 분이 계셨다. 왠지 낯선 인사를 하고 차를 타니 새벽 1시 10분. 동천동을 출발한 차는 피곤에 지쳐 쓰러진 나를 데리고 3시 58분 구룡령에 도착했다. 준비체조를 하고 새벽 4시 25분에 구룡령에서 산행을 시작하는데 옆에도 차가 와 있다. 백두대간을 하면서 자는 사람들인가 보다 하고 생각을 했는데 나중에 물어 보니 부산에서 1명의 운전자와 3명의 대간꾼이 함께 와서 산행을 하고 있다고 했다. 이번 산행은 9월 말이지만 강원도 산이라 그런지 바람도 불고 몹시 추웠다. 파카를 챙겨오길 참 잘했다.

오늘은 고2학부모 엠티라 귀가 버스를 타지 않기 때문에 일반 산행대열보다 먼저 가기로 했다. 우린빠가 조침령에 기다리고 있기로 해서 선두로 가기로 했는데 그래도 나는 기록을 하기 위해 이것저것 챙기는 동안 예린빠와 기훈빠는 먼저 출발을 해 버렸다. 죽어라 따라가는데 힘이 부친다. 5시 10분쯤 구룡령 옛길 정상이란 곳에 도착을 해서 아침을 먹는데 아까 차에서 온 사람들이 먼저 와서 식사를 하고 있었다. 바람이 세게 불고 있었다. 적당한 곳에 자리를 잡고 있는데 예린빠와 다른 사람들이 들어온다. 여기저기서 각자가 준비해 온 음식을 꺼내드는데 정인빠가 노루궁뎅이라는 버섯을 따왔다. 여럿이 모여서 고추장에 찍어먹었다. 솔직히 버섯은 송이와 표고, 느타리버섯을 제외하고는 그 맛과 향의 차이를 잘 모르겠다. 몸에 좋을 것 같아서 나도 몇 조각을 얻어먹었다.

아침을 다 먹고 나니 예린맘이 왔는데 오늘 예린빠 생일이라고 호두파이 케이크를 준비해 왔다. 산에서 불을 붙여서 다 같이 축하를 해 주었다. 대간 중에 3번이나 생일을 맞이한 특이한 가족이었다. 기쁜 마음으로 축하를 해 주었다. 그리고 우리는 다시 길을 갔다. 예린빠와 기훈빠는 고2학부모를 위해서 가는 길에 버섯을 더 따기로 했다. 정인빠의 도움이 절대적으로 필요했다. 길을 가는데 나무 위에 있는 버섯을 발견하고 정인빠가 알려 줬다. 정인빠가 올라가서 따왔다. 그 버섯을 예린빠 배낭에 넣었다. 조금 더 가다가 나무위의 노루궁뎅이 버섯을 발견했는데 기훈빠가 올라가기로 했다. 생각보다 나무를 잘 타신다. 어떻게 그렇게 잘 타느냐고 물어 봤더니 어릴 때 나무를 타고 놀았다고 한다.

어릴 적 추억

비슷한 시골 출신인데 내가 오른 나무는 사과나무밖에 없었다. 경주 고향집 근처에는 황성공원이라고 해서 넓은 공원이 있었는데 수직으로

탐사대

구간 구룡령 ~ 조침령

뻗은 높은 도토리나무 천지였다. 황성공원의 나무는 관리인이 있어서 함부로 올라가거나 할 수 없었다. 사람들이 도토리를 줍기 위해 나무를 큰 돌로 찍기도 했는데, 나무가 상하는 것을 막으려 관리인을 두었던 것 같다. 그래서 어렸을 때 나무를 타고 논 적이 없었다. 위로 올라가는 것은 학교의 수직 철봉을 맨발을 이용해서 두 손 두 발로 걸어 올라가듯 올라가 본 기억밖에 없다. 그 황성공원을 건너가면 우리 할아버지의 과수원이 나왔다. 파란 지붕의 전형적인 농가였다. 셰퍼드가 두 마리 있었는데 훈련을 받아서 그런지 곧잘 집도 지키고 쥐도 잘 잡았다. 하지만 그 셰퍼드는 내가 학교 가고 없을 때 쥐약 먹은 쥐를 먹고 죽었다고 한다. 잘생긴 녀석들이었는데 아쉬웠다. 보신탕이 된 것은 아니겠지?

그냥 일상 산행

갈전곡봉과 조침령을 향해 한참을 가면서 계속 버섯을 찾는 버섯 탐사대가 되어 버린 선두는 이미 다른 전문 대간꾼들이 된 후미에 따라잡혀 버렸다. 선두와 함께 길을 가게 되었다. 한참을 가다 점심 시간이 되었는데 채림맘빠가 이상해졌다. 늘 바늘과 실처럼 같이 다니시던 분들이 채림맘만 남기고 채림빠가 먼저 가버렸다. 누님과 같이 밥을 먹자고 했는데 쭈뼛거리다 채림빠를 만나야 한다며 길을 떠났다. 잘 되겠지라고 생각을 했다. 우리는 의자를 식탁 삼아서 앉았다. 조금 있으니 예린빠가 채취한 노루궁뎅이를 다시 꺼냈다. 점심과 함께 먹었다.

기록 실수

점심 식사 후에 1061봉을 지나서 한참을 가다 조침령 3킬로미터 전에 오니 핸드폰 배터리가 다 닳았다. 자동백업이 됐을 줄 알고 가차 없이 배터리를 빼서 교환했더니 운동기록을 다시 해야 하는 실수를 하고 말았다. 이렇게 실수를 하면 예쁜 지도를 그릴 수 없다. 지도 두 개를 따로 봐야 하기 때문에 링크도 두 개 걸어야 하고 한 번에 기록이 되지 않아서 좋지 않다. 하지만, 어쩔 수 없이 새로 세팅을 하고 길을 가는데 조침령에 도착한 우린빠에게서 전화가 왔다. 전화를 받은 예린빠는 나르는 듯이 달려갔다. 나는 한 발 한 발 서둘러서 걸음을 걷는데 하늘에서 비가 내리기 시작했다. 비옷을 꺼내 입으려는데 기훈빠께서 큰비가 아니니 비옷을 입지 않아도 된다고 한다. 금방 쏟아질 것 아닌 것 같아 비옷을 꺼내지 않고 한 방울 두 방울을 맞으며 길을 가다 보니 나무로 만든 길이 나왔다. 조침령에 도착한 것이다.

기록을 위해 시간을 보니 오후 4시 35분. 기록을 하고 조침령까지 임도를 걷다가 갑자기 전에 갔던 길을 다시 갈 필요가 없다고 생각했다. 그래서 다시 돌아 나오니 빗줄기가 굵어졌다. 비옷을 챙겨 입고 임도로 내려가는데 우린빠의 반가운 전화가 울린다. 빨리 오라고 한다. 서둘러 내려가니 비를 맞으며 반갑게 나를 맞는다. 6기 산행대장의 포스가 보인다. 우린빠 차를 타고 고2학부모 엠티에 참가했다. **김인현**

38

나는 이우인이다

벌써 종산 산행이네요. 예서 끝내고 싶지 않아 종산 산행을 까치밥처럼 남겨두고 싶다는 고문대장의 말처럼 시원함과 아쉬움이 교차하는 심정은 백두8기의 일원이면 누구나 마찬가지겠죠. 그러나 종산 산행을 한다 하여 내 인생의 산행이 끝나는 것도 아니고, 함께 관계했던 많은 이들과 헤어지는 것도 아니기에, 종산 그 이후의 더 멋진 산행을 그려보면서 종산 산행에 행복한 마음으로 임하시기를 당부합니다. 개인적으로는 이번 종산 산행을 통해 늘 쫓기듯이 올렸던 산행 공지에 대한 부담에서 그예 놓여났다는 행복감이 아쉬운 마음보다 더 크네요. 고기리에서의 첫 산행을 시작으로 우리는 많은 우여곡절 속에서도 꿋꿋이 지금에 이르렀습니다. '이우'라는 관계가 아니면 느낄 수 없는, '이우인'이기에 가능했던 산행을 통해, 우리는 '백두대간' 산행 자체보다는 '관계의 산'을 오르내리는 행위를 통하여 친밀한 백두8기 가족의 중요한 일원으로 거듭났습니다. 그 구심점 역할을 이백프로 이상 충실히 수행한 산행대장을 필두로 맡은 바 역할에 충실하게 임해준 각 대장님들의 헌신적인 노력과 각자의 위치에서 단체에 맞춰 유기적으로 움직여준 맘들과 학생들께 진심으로 감사드립니다. 그리고 백두8기에 무한한 애정을 보여주신 선배님들과 후배님들께도 진심으로 감사드립니다. 언제나 변함없이 그 자리를 지키고, 넉넉한 품으로 우리를 실었던 대자연을 통해 우리는 많은 것을 느끼고 배웠습니다. 그리고 시시각각 변모하는 이 대자연을 잘 보존해야 하는 이유를 몸으로 체득했습니다. 이 년이 채 안 되는 기간이었지만 이 산행을 통해 우리는 행복했습니다. 그리고 그 중심에 백두8기 구성원인 여러분 개개인이 있었기에 더더욱 행복했습니다. 이우인임을 자랑스럽게 만든 여러분! 사랑합니다! 그리고 존경합니다!

산행일시 **2013년 10월 12일**

산행코스 **창동 · 대간령 · 병풍바위 · 마산봉 · 배추밭 · 백두대간종주기념공원 · 진부령**

■── 어젯밤에
　　길을 걸었네
　　해는 뜨고
　　노을이 지며
　　동지가 있네
　　그렇게 해가 사라졌네.

　　오늘의 밤에
　　길을 걸었네
　　해는 뜨고
　　동지들과 길을 걸었으며
　　이야기꽃을 피웠네
　　웃고 울고 화나고 슬프고 기쁘고
　　그렇게 달이 떴네.

　　내일의 밤에
　　길을 걸었네
　　평소와 같이 해는 뜨고
　　길을 걸었으며

생각하고 고민하였네
허무하고 슬프고 외롭네
그렇게 하루가 지났네

동지가 없다면
동지가 있었을 때 존재했던
이야기 꽃, 여러 감정들이 사라지겠지

하지만
우리 백두8기는 영원하리. _**김상아**

* * *

■── 아주 어릴 적 내 도화지 속 산은 세모로 뾰족한 봉우리와 진한 초록 일색이었다. 눈을 들어 주변을 바라볼 여유도 안목도 없었던 어린 나의 관심은 오로지 언니들과 싸우거나 노는 게 전부여서, 그림책에서 본 산을 산이라고 여겼다. 눈 내리는 겨울을 제외하고는 내 그림 속 산은 언제나 푸른 초록빛을 띠고 있었던 것 같다.

서울에서 나고 자란 내가 처음 가본 산은 남산. 그것도 식구들과 난생처음 레스토랑에서 양식을 먹어본 날로 기억한다. 남산 타워 어디쯤에서 밟아 본 초대형 피아노 건반에서 내가 아는 '학교 종이 땡땡땡'이 나왔을 때 얼마나 신기했었는지……. 그 후로도 오랫동안 산과 남산과 레스토랑과 까만 새 구두를 신고 밟아본 대형 피아노 건반은, 산과 동일한 느낌과 이미지로 늘 함께 떠올랐다.

외가가 도봉산 자락 밑에 홀로 자리 잡은 까닭에, 가까이에서 접할 수 있었던 야산에는 도로 옆 가로수 같은 나무들이 수도 없이 서 있었다. 언니들과 노느라 낙엽이 무릎까지 쌓인 산길에서, 나처럼 뛸 수도 걸을 수도 없는 저 나무들은 참 심심하겠다는 생각을 했다.

나는 주로 할머니를 따라 밭에 나가 흙장난을 하거나, 단물이 뚝뚝 떨어지는 막 삶은 옥수수를 먹으며 뒹굴거리다 매미 소리를 들으며 잠이 들거나, 할아버지를 만나 뵙기 위해 찾아 온 예인들과 코쟁이 외국인들을 구경하느라 시간 가는 줄 몰랐다. 세상은 넓고 할 일 많은 내가, 산과 나무들이 부르는 소리와 손짓에 마음이 동할 리가 없었다. 나는 산에게 곁을 주지 않았다.

그야말로 산은 산, 물은 물, 나는 나였다.

산속에 있을 때가 가장 행복하다는 걸 처음 안 것은 대학시절 청계산에 올랐을 때였는데, 코끝을 스치는 숲의 내음에 전생에도 내가 이런 냄새를 맡으며 산 속에서 살았다는 생각과 함께 알 수 없는 향수가 가슴을 뛰게 하였고 이제껏 잘 몰랐던 내 존재의 의미를 단번에 알게 된 것 같았다.

참으로 짧은 순간에 일어난, 섬광 같은 생각과 느낌과 예감이었다. 이때부터 시작된 나의 산행은 관악산, 북한산을 시작으로 덕유산, 설악산, 지리산까지 이어졌는데 결혼문제로 어려움을 겪던 언니나 오빠처럼 복잡한 현실과 애정사에 얽히는 것도 부질없어 보여 평생 산처녀로 살고 싶다는 생각을 했다. 소박한 바람과 상관없이, 운명은 나를 산장의 산처녀가 아닌 한 집안의 며느리, 한 남자의 아내 그리고 아픈 딸을 간호해야 하는 씩씩한 엄마로 만들었고, 그 사이 산은 나를 휘돌아 저만치 멀어져 갔다.

우리는 말없이 서로를 그리워하였고 지난 시절을 한없이 추억하고 있었다. 찬란했던 내 젊은 날은 흔적 없이 사라져 버렸고 자신감과 열정을 숨길 수 없어 시도 때도 없이 분출되던 호기심과 욕망의 자리엔 외로움과 좌절과 회한과 성찰만이 깊은 침묵 속에서 무겁게 내려앉아 있었다.

칠흑 같은 어둠 속에 내가 있었다.

산도 나, 물도 나, 나도 나였다.

산을 사랑하고 그리워하는 나와 산에 무관심했던 남편이 채림이를 따라 이우학교에 와서 백두8기를 통해 그 위치가 바뀔 줄을 누가 알았겠는가. 대간산행을 하겠다며 배낭을 꾸리는 그에게 격세지감을 느끼다 준비도 없이 덕유산 7차 산행부터 합류하게 되었다.

대간산행은 산이 들려주는 소리와 품어주는 손길을 느낄 겨를이 없이 앞만 보고 진행해야 하는 '산악행군'이었다. 옛 사랑과 기억만을 가지고 만나기엔 벅찬 백두대간이었지만 힘들다고 그만둘 수는 없었다.

숨가쁘게 살아오느라 돌아보지 못했던 나 자신과, 또 남편과 함께 걷는 대간길, 상상도 못했던 하늘이 내린 이 기회를 놓칠 수는 없었다.

대간길을 걸으며 나를 돌아보려는 당초의 생각은, 운명이 나를 지금 여기에 데려다 놓은 것처럼, 예상치 못한 방향으로 어긋나기 시작했는데 우선 산행이 너무 힘들어 삐걱대는 무릎과 어깨, 허기와 짜증 때문에 한가하게 사색할 여유가 없었다. 몇 차례의 산행으로 요령이 생겨 그 문제를 해결하고 나자, 함께한 사람들의 면면이 보이기 시작했고 관계 속에서 생겨나는 원인 모를 우정과 애정이 싹트게 되어 도무지 나를 돌아볼 수가 없었다.

'나'를 만난다며 떠난 산행에서 '그대들'만 만나고 있었다. 2년간의 대장정을 끝낸 지금, 완주를 하지 않았어도 마음은 후련하다. 어쩌면 산이 아니라 정이 든 '그대들'이 보고 싶어 의무처럼 졸린 눈을 하고 배낭을 꾸렸다면, 이제는 언제든 산에 가고 싶을 때 산행을 할 수 있는 자유를 얻은 것 같다. 누구라도 그대가 되어 산행의 벗이 되어 준다면, 다시 걷는 대간길에서 산이 간직한 이야기와 소리에 귀 기울이고 다시 내 노래를 들려줄 수 있을 것이다.

알고 보니 산은 세모도 초록도 아니었다. 그 단순한 초록빛 세모 속에는 형형색색의 꽃과 나무와 짐승과 벌레와 새들의 생명과 보금자리와 삶이 있고, 햇살과 비와 풍상을 겪으며 시시때때로 변하는, 속 깊은 색과 모양들의 향연이 펼쳐진다.

산은 금빛 주황 네모면서 노랗고 하얀 동그라미이기도 하고 적갈색 직선이다가 눈부시게 푸른 곡선이 된다. 백두란 내게 벗이고 만남이고 사랑이고 이야기다. 우리의 이야기는 내 삶이 이어지는 동안 계속될 것이고, 그 이야기 때문에 넉넉해진 틈을 타고 더 따뜻한 만남과 사랑이 촘촘히 엮어질 것이다.

다시, 산은 산, 물은 물, 나는 너다. **_임지수**

■── 산행

3시 38분에 창암에 도착하니 바람이 몹시 분다. 추웠다. 이백동동 회장님께서 반갑게 악수를 건네신다. 손을 잡고 인사를 한 다음 하늘을 보니 별이 쏟아지는 것 같다. 지리산에서 쏟아지는 별을 보고 1년 만에 처음 보는 것 같다. 체조를 하고 다시 마을길 접근로로 다가갔다. 예전에 시끄럽게 해서 쫓겨난 경험이 있는지 절대 정숙을 요구한다. 길을 가다 보니 바로 개울이 나왔다. 개울을 건너서 뒤를 돌아보니 수많은 랜턴들이 장관이다. 서로 도와가며 개울을 건넜다. 계속해서 개울이 나오는데 한 20개는 건너야 대간령에 도착할 수 있다고 한다. 계곡을 더듬어가는 마지막 대간산행이라 그런지 걸음걸음이 아쉽다. 바람이 많이 불어서 많이 힘들 거라 했는데 계곡으로 들어가면 바람이 없을 거라고 말씀을 하신다. 계곡 안으로 들어오니 거짓말처럼 바람이 없어졌다. 5시 5분 처음 쉬는 곳에서 풍경소리님께서 랜턴을 끄고 하늘을 보라 하신다. 내가 본 하늘은 나뭇가지가 가려서 다 보이지는 않지만 그 사이로 보이는 별빛은 정말 장관이다. 하지만 이러한 장관도 이제는 그만이라고 생각하니 섭섭하다.

일출원정대

계속 길을 건너고 수많은 개울을 건너갔다. 5시 50분쯤 쉬다가 풍경소리님께서 대간령의 일출이 장관이라고 하신다. 대간령까지 2킬로미터 정도 남았다고 하시고 오늘 일출 시간이 6시 45분이라고 했다. 마지막 산행에서 마지막 일출을 보려는 일념으로 나와 몇 사람이 앞으로 걸어가기로 했다. 죽어라 걸어가니 대간령쪽에서 동이 터오는 것이 보였다. 길은 질퍽하고 습지대가 너무 많았다. 한참을 걸어가서 6시 28분에 대간령에 도착했는데 대간령에서는 일출을 볼 수 없을 것 같았다. 아직 해는 뜨지 않아서 최대한 정상에 올라가기로 하고 다시 걸음을 재촉해서 암봉까지 거의 올라가는데 6시 42분부터 일출이 시작되었다. 빨간 빛줄기가 산으로 솟아오르면서 주변이 환해지고 멀리 설악산 쪽 마루금과 설악산 계곡들의 음영이 두드러져 보이는데 그 광경은 정말 멋졌다. 나는 좋은 장소를 잡고 그 경관을 스마트폰 카메라로 열심히 담았다. 일출 뒤의 설악산과 백두대간의 모습은 정말로 장관이었다. 한참을 올라가니 다른 대간꾼들이 산행 중 식사를 하고 있었다. 나는 일행과 만나기로 하고 열심히 가다 보니 암봉 갈림길 쪽에 있는 일출원정대를 만날 수 있었다. 지금 생각해 보니 그들 모두 선배님들이었다. 조금 더 내려가서 아침 식사 장소를 만들고 컵라면과 김밥을 꺼내서 나누어 먹었다.

각 잡힌 도시락

선배님들의 멋지게 각 잡힌 도시락통에서 도시락과 각종 과일들이 가지런히 나왔다. 종류도 매우 여러 가지였다. 오랜 산행의 포스란 게 저런 것이구나! 진정한 백두인의 모습은 각 잡힌 도시락과 영양의 균형을 잡아주는 과일, 집에서 무한히 사랑을 받는 것이 백두인이자 이우인인 것 같았다. 부러우면 지는 것이지만 정말로 부러웠다. 서촌선생님은 건강국수를 챙겨 오셨다. 보리님께서 무한 애정을 주시는 것 같았다. 식사하고 조금 있으니 대간꾼들이 여럿 지나간다. 그 뒤에 준범맘과 도균맘께서 함께 오셨다. 식사를 같이 하자고 했지만 옆에 자리를 잡고 그냥 드셨다. 아침을 먹고 나니 예린빠와 다른 아이들도 왔다. 함께 산에 오르면서 다른 대간꾼들과 말을 섞었다. 수원 영통의 성당에서 백두대간을 시작했고 거의 4년 만에 마친다고 하신다. 나도 가톨릭을 지지하는 한 사람으로서 반가운 마음에 인사를 나누었다. 8시 37분에 병풍바위 근처에 가니 사람들이 많이 있었다. 바로 옆 병풍바위는 대간길이 아니라고 하지만 가보기로 했다. 바로 옆이었다. 예전에는 힘이 들어서 바로 옆길도 그냥 지나쳤는데 이번에 병풍바위에 올라가 보니 날씨가 너무 좋아서 멀리 향로봉과 금강산이 보였다. 계속해서 길을 가고 싶은데 아쉽게도 진부령이 마지막이라고 한다. 채림빠에게 부탁을 해서 내 사진을 찍고 다른 사람들도 찍어 주었다.

마산봉

마산봉에 도착을 했다고 선두의 무전이 왔다. 나도 마산봉에 금방 도착했다. 마산봉을 백두의 마지막 산봉우리를 줄여서 마산봉이라고 채림빠께서 말씀해 주셨다. 나도 웃으며 사람들이 정말 잘 갖다 붙인다고 했다. 마산봉에 도착을 해 보니 여러 대간꾼들이 모여서 마지막 산봉우리와 향로봉을 배경으로 열심히 사진을 찍고 있었다. 나도 사진을 찍었다. 아들과 함께하지 못해서 더 마음이 아팠다. 후미가 모두 도착을 하면 함께 사진을 찍기로 하고 헬기장으로 이동해서 후미를 기다렸다. 사진을 찍고 내려가니 잡초와 나무가 무성한 버려진 스키장과 리프트, 폐가가 된 알프

스리조트가 을씨년스럽다. 한때는 멋진 리조트가 왜 이렇게 변해 버렸는지 궁금했다. 알프스리조트 쪽으로 내려가는 길에 백두대간 남파를 하시는 분들인지 무거운 배낭을 메고 비박 준비를 해서 올라오시는 분들이 계셨다. 옆으로 비켜서서 열심히 인사를 드렸다.

훔친 배추가 맛있다

알프스리조트 앞 스키장 쪽 억새들이 가을볕을 받아서 눈부시게 빛이 났다. 이런 억새밭이 너무 멋있어서 사진을 찍고 내 사진도 찍었다. 억새밭에서 사진을 찍고 리조트를 돌아서 내려가는데 거의 평지형 내리막이라 쉽게 갔다. 한참을 돌아서 가는데 길모퉁이에 배추밭이 보였다. 그 배추밭을 보자마자 장난끼가 발동했는지, 지난 대관령 배추밭의 보쌈이 생각났는지, 밭으로 뛰어가서 기훈빠가 배추를 하나 뽑아 왔다. 옆의

거친 잎을 뚝뚝 따내더니 어린 배춧속을 가져왔다. 쭈뼛거리며 먹지 않고 있으니 계속 유혹을 한다. 이솝 우화의 꼬리 잘린 여우처럼 같이 먹자고 꼬드긴다. 지난번 바람의 언덕 전기풍차 아래서 먹었던 배추보쌈이 그리워서 한 점만 먹기로 했다. 언제 가져왔는지는 모르겠지만 준비된 된장과 예준 빠의 돼지고기 수육 그리고 소주 한 잔을 곁들이는데 맛이 기가 막혔다. 사람과 함께하는 소주와 훔친 배추의 맛! 정말이지 훔친 것이 맛있는 것 같았다. 지나가는 사람들을 불러세워서 한 잔씩 하고 다시 길을 떠났다.

죽은 의식과 낡은 추억

군부대와 마을길을 돌아돌아 가니 백두대간종주기념공원이 나왔다. 종주하신 분들이 비석을 하나씩 세워두었다. 힘들고 어려웠던 그 기간을 백두기념공원에 비석으로 세우고 기념하는 모습은 생각보다 좋아 보이지는 않았다. 마치 무덤의 비석을 보는 것 같았다. 노인들의 무용담이 젊은이들에게 와 닿지 않는 것이 바로 저런 무덤의 비석 같은 이야기를 보는 게 아닌가 한다. 모든 것을 개인의 추억으로 남기면 끝날 것을 기념공원을 만들어서 기념비를 세운 것이 마치 화석 같아 보였다.

종산제

산행이 끝나면 울 것 같았는데 멀리 교장선생님께서 허그를 하시는 모습이 어색하기도 하지만 반갑고 고마웠다. 종산제 준비를 위해서 와준 마느님도 반가웠다. 바쁘게 왔다 갔다 하면서 화환과 화관을 걸어주는 모습이 예뻐 보였다. 아들과 함께 사진을 찍으려고 하는데 아들이 극도로 반발을 한다. 아들과 사진을 찍으려고 하니 뭐가 화가 났는지 그냥 펄펄 뛰면서 가버렸다. 내 생각에는 아들이 아마도 완주를 하지 못한 마음 때문에 더 그랬을 거라 생각했다. 핸드폰 사진을 찍으려고 하니 더 길길이 날뛴다. 백두대간을 마친 다른 등산팀들이 종산제를 먼저 하고 나서 우리도 종산제를 지냈다.

종산식

9기가 만든 스틱 사이를 통과했다. 7기 때는 우리가 불꽃놀이로 환영을 했었는데 9기는 매우 약소하게 폭죽으로 환영을 한다. 내심 불꽃놀이를 기대했는데 내가 폭죽을 이야기한 것 같았다. 폭죽이 불꽃놀이의 폭죽과 다르다는 사실을 처음 알았다. 섭섭하지만 어쩔 수 없었다. 학교에 자리를 잡고 완주증과 종주증을 주는데 아들과 함께 완주증을 받지 못해서 안타까웠다. 아들은 43번을 해서 종주증을 받는 아이들 중에서 가장 많은 산행을 했음에도 불구하고 소감도 말하지 못했다. 실망은 아들이 하는 것인지 내가 하는 것인지는 몰라도 마음이 아팠다. 무엇인가 떳떳하지 못한 아들을 보니 더 마음이 아팠다. 현수와 종신이도 잔치에 함께 해야 하는데 함께 하지 못해서 그런지 종산식 내내 마음이 불편했다.

우리들의 이야기

나의 산 이야기는 이것으로 끝을 맺지만 산행기는 아직 끝나지 않았다. 사람이 산이고, 산이 사람인 우리들의 이야기는 사람들의 산맥 속에서 우리 삶이 계속되는 한 계속되겠지. 그리고 백두가 끝난 것처럼 우리들의 삶도 언젠가는 끝이 나겠지만, 우리가 떠난 그 자리에 산과 사람들이 존재하겠지. _**김인현**

■── 사람의 기억 속에 어떤 날은 시작부터 끝까지 모든 상황들이 정확하게 기억이 나는 날이 있다. '포토그래픽 메모리'라고 부르는, 사진처럼 선명히 기억나는 날들이 많을수록 내 삶은 좀 더 분명해지고 내용이 풍부해진다. 누구에게 보여주는 삶이 아니라, 나의 내면의 수많은 부분들과 함께 공유할 수 있는 진짜 나만의 이야기들이 아무도 지울 수 없는 나의

내부 깊은 곳에 분명히 새겨지는
것이다.

　나에게는 지리산 종주날이, 또
소백산 야생화숲이, 태백산 천제
단을 넘어 이어지는 청옥산의 신
비로운 숲이, 또 공룡능선의 아찔
하고도 멋진 길들이 그랬다. 쓸쓸
한 함백산과 내가 그림 속으로 들
어간 듯이 느꼈던 조침령도 그랬
다. 그날 능선길에 깔린 나뭇잎의 모양도, 그날의 온도도, 내 호흡 속에
느껴지는 습도도 그렇게 선명하게 기억이 난다.

　그렇게 걸어오던 길이, 오늘은 마지막이라고 한다. 한 방향으로 함께
계속 걸어오던 길이 이제 끝이 나고, 이제 오롯이 나만의 새로운 방향으
로 걸어갈 수 있다는 자유로움이 달콤하다.

　오지 않을 것 같았던 마지막 산행을 이제 시작하려 한다. 그 벅찬 마
지막 산행을 마치고 났을 때 마지막에 나는 어떤 생각을 하게 될까, 기대하
면서 짐을 싼다. 퇴근 후 급히 짐 싸는 것은 늘 괴로움이다. 최대한 가볍게
산을 만나고 싶어서 최소한의 먹을 것만 배낭에 넣었다. 종산식 사회지를
백두버스가 출발하기 직전까지 수정하고, 급히 프린트를 했다. 잠시 눈을
붙일 새도 없이 백두버스로 출발해야 했다. 종산식 사회를 중2 지곤이와
하기로 했는데 여러 가지로 부담이 크다. 충분히 맞춰보지 못했지만 사회
를 잘 못 본다고 해서 종산식이 가진 의미가 사라지진 않을 거라는 믿음
으로 잠이 들었다. 버스에서 잠깐 눈을 붙이면서 이제 남은 여덟 시간 동
안은 조용히 산길을 걸으며 마지막 산행의 감회를 백두대간의 모든 것들
과 대화할 수 있겠지. 여덟 시간이면 충분할 거야 하며 잠이 들었다.

　제법 쌀쌀한 날씨다. 채림아빠의 자상한 체조로 잠을 깨웠다. 이제 마

지막이다 싶으니 모두들 열심히 따라하는 듯하다. 허리를 뒤로 젖히니 하늘에 맑은 별이 가득하다. 맑은 새벽에 떠난 때보다는 주로 안개가 끼거나 으슬으슬하던 새벽이 많았는데 오늘은 왠지 하늘도 날씨로 축복해 주는 듯하다. 배낭을 메는데 예린이가 다가와서 "엄마, 별들이 정말 예쁘지?" 하며 하늘을 가리킨다. 다시 함께 보는 하늘은 짙푸른 남빛 배경 속에서 시린 하얀 빛의 별들로 눈이 부시다. 출발하는데 여학생들의 환호가 터졌다. 별똥별이 여러 번 떨어졌다고 한다. 예린이는 별똥별을 보고 신이 났고 나는 보지 못했지만 덩달아서 기분이 좋아졌다. 종산 산행이라 특별히 참석한 중2 여학생들에게도 좋은 선물이 될 것 같다.

길은 처음부터 계곡을 건너는 것으로 시작되었다. 날씨가 추워서 잘못하다 등산화에 물이라도 들어가면 시린 발로 하루종일 견뎌야 하니 조심스러운데 초등학생 아이들은 다람쥐들처럼 바위를 조르르 조르르 타며 아슬아슬하게 계곡을 지나간다. 백두는 아이들이 있어서 참 감사한 길이다. 한 생명이, 그것도 이렇게 파릇파릇하고 생생한 생명이 눈앞에서 산과 하나 되어서 산속으로 사라졌다가, 또 선명하게 눈앞에 나타나기도 하는 장면을 늘 즐길 수 있다는 것은 참 감사한 일이다. 길목마다 아이들이 재잘거리는 소리가 들려오면 힘든 산길에서 피곤함이 다 씻겨지는 것 같다. 그래서 이렇게 힘든 길을 기꺼이 같이 와 주는 아이들이 참 예쁘다. 아이들은 자신들이 그리 예쁜 존재라는 걸 말해줘도 이해 못하겠지.

백두대간에서는 능선과 하늘이 맞닿아 있는 길, 마루금만을 타기 때문에 계곡이나 흐르는 물을 만날 일이 드물다. 그런데 오늘은 나지막한 계곡길이 끝없이 이어졌다. 황금빛 같은 낙엽송들이 끝없이 펼쳐진 넓은 길은 그동안의 능선길과는 느낌이 달랐다. 작은 계곡들은 여기저기에 지류를 만들어내면서 맑고 투명한 샘물들을 흘려보내고 있었다.

깜깜한 새벽, 별빛만이 내리는 곳에서, 잔잔히 흐르는 샘물은 검은 색이었다가 투명하게 빛을 반사하다가 푸르른 색이었다가 또 영롱하게 빛을 내면서 모양을 이리저리 바꾸며 조용하고 아름답게 움직이고 있었다.

손에 잡히지도 않고, 어딘가에 옮겨놓을 수도 없는 것, 바로 이 순간, 바로 이곳에서만 보고 감동할 수 있는 귀하디귀한 광경이었다. 보석이었다. 이런 것이 바로 보석이구나. 사람들이 이런 순간을 오래오래 간직하고 싶어서 보석을 원하는구나. 내 서랍에 꽁꽁 넣어두고 보고 싶을 때 꺼내보고 싶지만, 자연의 아름다움은 그렇게 영원히 소유할 수 없는 것이기에……. 그래서 그렇게 작고 빛나는 자연의 결정체인 보석에 열광하면서 갖고 싶어하나 보다. 이제야 이해가 가는 듯했다.

내가 평생 품고 가고 싶은 보석 같은 것들, 백두가 나에게 알려준 귀한 것들이 하나둘 떠올랐다. 그 순간들이 하나하나 클로즈업 되어서 떠오른다. 나열하자면 끝없이 이어지면서 알알이 결정체가 되어서 떠오르는 보석 같은 순간들. 보석 같은 자연의 모습들, 보석 같은 사람들……. 이미 한번 최고로 단단하게 응집되어서 결정체가 되어 버린, 이미 보석이 된 것들은, 내가 살아 있는 동안에는 시간이 아무리 지나도 다시 그냥 한 줌의 흙으로 돌아가지는 않을 것이다.

연금술사들은 금속으로 금을 만들어낸다고 하고, 그 비밀을 알기 위해서 많은 사람들이 진짜 연금술사를 찾고자 하지만, 자연은 이미 연금술사를 뛰어넘은 존재이다. 자연과 우리의 생명이 어떤 조건에서 반응할 때 우리는 세상에 존재하지 않던 귀하고 반짝이는 보석을 만들어내는 것이다. 그 보석을 알아보는 눈은 우리들 가슴속에 오래전부터 있었고 나는 그 눈을 비로소 뜨게 된 것 같다.

계속 바람이 불고 찬 새벽길이었지만, 선명하게 떠오르는 이런 생각들로 마음이 그득한 듯했다. 붉은 단풍이 마지막으로 붉게 타오르는 숲도 지나고, 오렌지색 단풍이 마치 노을처럼 빛나는 숲도 지났다. 매번 감탄하는 예린이의 소녀 감성도 날 행복하게 해주었다.

날이 밝고 아침 식사 시간이 되었다. 아침을 먹는 장소는 겨우 바람을 피해서 정했지만 정상에서 가까워서인지 바람이 무척 불었다. 아이들은 시끌벅적 신나게 차가운 도시락을 먹는데 나는 멈추어 있으면 체온이 떨어질 것 같아서 급히 먹고 다시 정상으로 찬바람을 가르면서 올랐다.

대간령에 가까워 오니 떠오르는 햇살이 이미 따뜻하게 덥혀 둔 밝은 숲이 펼쳐졌다. 조금 전까지가 어둠속에서 더 빛나는 보석에 집중하면서 사유하는 길이었다면, 이제는 여기저기 폭죽이 터지는 카니발 장소처럼 밝은 노란색 숲이었다가 푸른 사철나무 숲이었다가, 빛을 받고 바람을 받아서 시시각각 화려하게 변하는, 오감으로 맞이하는 감각적인 길이었다.

꼭대기에서 바라본 단풍이 물든 산 아래의 넓게 펼쳐진 구릉지대와 그 사이사이에 솟아난 작은 언덕들과, 또 저 멀리 보이는 바다까지. 과연 마지막 산행 코스로 백두대간은 멋진 인사를 하고 있었다.

바람에 긴 머리칼을 날리는 예쁜 여학생들의 모습과 건강하게 자란 남학생들의 모습이 정상의 아름다운 풍경들과 함께 바람에 날리고 있었다. 바람은 늘 머리를 깨끗이 씻어내 준다. 낡은 기억들을 씻어서 또다시 깨끗하게 다듬어 주고, 자주 작동하지 않는 머릿속 삐그덕대는 부분도 잘 움직이도록 동력을 주는 것 같다.

2년 간의 백두대간 종주탐사대의 대 서사시에는 많은 등장인물들이 있다. 캐릭터도 분명하고 역할도 분명한 선명한 사람들, 또 부드러운 배경이 되어서 늘 편안하고 따뜻한 시선으로 전체를 감싸던 사람들도 있다. 나의 설득에 기꺼이 그 먼 길을 따라 나서주었던 남편과 예린이, 진우도 제일 소중한 등장인물이었다. 그러한 백두가족의 등장인물들에 대한 하나 하나의 글을 쓰자면 끝도 없을 것이다. 소설책 2권 분량은 될 것 같다.

　그 사람들은 길목마다 내 눈길을 사로잡던 작은 잎사귀들과 나무들과 꽃들처럼 길목에서, 쉼터에서 또 정상의 어느 지점에서, 기억의 굽이굽이마다 나타나서 나의 길을 화려하고 다채롭게 만들어 준다. 그래서 우리는 서로에게 필요한 존재였고, 서로에게 길이 되어 주었고, 백두대간의 일부가 되어 주었다.

　그 이후의 길은 평탄하고 따뜻한 길이었다. 노래도 부르고 음악도 듣고 중간중간 시골길도 통과하고 하면서 서두르지 않고 충분히 길을 느끼면서 걸어왔다.

　가는 길이 조금 헷갈려서인지 헛돌이를 잠깐씩 하는 팀도 생기고, 앞서거니 뒤서거니 하면서 오고 있는데, 저 아래에서 풍경소리님이 이제 다 왔다고 손을 흔드셨다. 내려가니 아래에서 화환과 환영인사를 준비하고 있으니 잠시 여기서 대기하고 있다가 신호가 오면 내려오라고 하셨다. 확인하신 바로는 아직 아무도 도착하지 않았고, 선두가 헛돌이를 하는 건지, 아직 소식이 없고 우리가 처음이라고 하셨다.

　'빠~ 빠라바 빠밤~' 하면서 머릿속에서는 환희의 멜로디가 울려 퍼지고, 세상에 이런 일도 있나 싶었다. 성경에서 이야기하는 '꼴찌가 첫째 되는' 그런 상황이 진짜 일어난 것이다. 그것도 마지막 산행 때. 종목이와 찬서, 채림맘, 상아맘, 준범맘, 예린이, 예린맘. 이렇게 7명이었던가? 우리는 대기하면서 내려오라고 하면, 그 지점에 먼저 도착한 순서대로 아이들부터 보내고 차례로 내려가자고 기쁨에 들뜬 대화를 하면서, 연신 믿을 수 없는 현실에 감동했다.

이제 내려오라는 손짓에 '세상은 이래서 살아볼 만한 것이라니까. 선두들은 과연 헛돌이를 했을까 아니면 우리에게 순서를 양보해준 것일까' 생각하면서 마지막 길을 내려갔다.

선배들이 박수를 쳐주시고, 교장선생님께서 아이들을 안아주시고, 감격의 박수속에서 모퉁이를 돌아서 진부령 표지석으로 돌아가는 순간, "어? 뭐야?" 벌써 한 무리의 아이들이 도착해 있는 게 아닌가? 김칫국을 맛있게 마셨던 우리는 급실망했다. 풍경소리님이 장난을 치신 건가. 확인해 보니 장난은 아니고 아직 도착한 일행이 없다고 연락을 받으셨던 것이라고 한다.

사실과 사실이 아닌 것은 큰 차이이다. 하지만 이미 그 사실로 인해서 큰 기쁨을 느끼고 난 후에 다시 사실이 아니라고 밝혀진다고 해서, 그때 느꼈던 기쁨의 시간이 없었던 일로 돌아가지는 않는다. 그래서 약 15분 정도 대기하면서 위쪽에서 나눈 즐거운 대화 속에서 우리는 마지막 산행에서 일등으로 도착한 기쁨을 충분히 누린 것이다. 마치 지난 2년의 백두대간을 제일 열심히 걸어와서 제일 먼저 끝낸 것처럼 느꼈던 것이다.

주은맘이 밤새 만들어 왔다는 예쁜 화관을 쓰고 기념촬영을 하고, 도와주시는 많은 분들의 칭찬 속에서 종산제를 하고 제문을 읽었다. 그렇게 떠들고 말을 듣지 않던 중2 남학생들이 웬일인지 종산제 내도록 아주 조용히 집중하여서 보고 듣는 모습이었다. 선두대장님이 쓰신 제문의 언어들은 백두대간의 봄, 여름, 가을, 겨울을 두 번을 지나면서 깎이고 다듬어진 보석 같은 언어들이었다.

나중에 안 일이지만 "별빛과 달빛과 햇빛, 풀들과 꽃들과 버섯들, 나비와 새와 다람쥐에게도 고마웠다는 인사 전해주시옵소서"에서 울컥하신 산행대장님은 더 읽을 수가 없어서 여기에서 축문 낭독을 끝내 버리셨다고 한다. 아름다운 단어들이 영롱히 빛나며 우리 아이들의 마음과 엄마, 아빠들의 마음속에 들어와서 깊이 박히는 보석 같은 제문이었다.

뭔가 끝을 낼 때 다하지 못한 것이 있다면 아쉽고 마음 한켠이 허전하겠지만, 나는 지난 2년 동안 내가 할 수 있는 최선을 다했다. 단 한순간도 게으르거나 부정적인 마음으로 백두대간을 걸은 적이 없었으며, 한 걸음 한 걸음 경건하게 내 마음을 하늘에 올려 드리면서 걸었던 것 같다.

아이들과 더 친하게 지내지 못한 점, 대원들과 더 살갑게 지내지 못한 점이 아쉬움으로 남지만, 사람과 사람의 물리적인 사귐은 시간적으로 한계가 있다고 생각했다. 걷는 것만도 힘이 들어서 모두와 각별한 사귐을

엮어갈 에너지가 없기도 했다. 영혼과 영혼이 통하는 사귐은 함께 지낸 절대적인 시간보다는, 한 순간의 소통으로도 영원이 될 수 있는 힘이 있기에 길고 긴 수다보다는 말없이 함께 걷는 것으로 대신하는 편이 좋을 것 같았다.

그렇게 산을 걸었고, 마지막 종산식 때도 주어진 시간 내에서 최선을 다해서 준비했으므로 정말 아무런 아쉬움도 슬픔도 남지 않았다.

머뭇머뭇하지 않았으며 망설이지 않았고, 숨기지 않고 나를 다 내보이면서, 사랑하는 마음을 맘껏 산행기를 통해서, 밴드의 글들을 통해서,

또 번개모임을 통해서 표현하면서, 그렇게 사랑하면서 산을 걸었기에 무언가를 이루었다는 뿌듯함과 감사함만이 남았다.

나는 알게 되었다. 무엇을 사랑할 때 내가 백두대간의 풀과 꽃들과 나무와 흙을 사랑했듯이, 또한 이우학교와 백두대간 동아리를 사랑하듯이 한다면 삶이 내게 주는 모든 것들을 보석으로 만들어갈 수 있을 것 같다. 연금술보다 더한, 보석을 만드는 비법을 터득한 것이다. 분명히 존재하는 비법이지만 말로 설명할 수 없는 비법, 내 몸과 마음을 자연에게 우주에 완전히 내맡기고, 신에게 다가가는 구도자처럼 직접 순례를 떠나 보아야만 깨달을 수 있는 비법을 나는 자연으로부터, 백두의 선배 마법사들로부터 전수받은 것이다.

오늘 잠시 쉼표를 찍지만, 순례의 길 위에 있을 때 내가 제일 행복하고 내 존재에 가장 가까운 모습으로 설 수 있기에 앞으로도 계속 나는 산속에 또는 바다에, 바람에, 빗물에, 파도에 몸을 맡길 것이다. 다시 걷고 싶은 정겨운 길이 있고, 아직 가지 않은 수많은 가슴이 두근대는 길들이 있기에, 백두대간의 잠시 쉬어가는 지점에 서 있는 나는 지금 행복하다. _
류정아

종산제 축문

유세차

단기 4346년 계사년 구월 여드레
서기 2013년 10월 12일

이우 백두8기 대원 일동은
1년 9개월 동안 서른여덟 번에 걸쳐
이천 리를 걷는 장정을 마무리하며
이곳 진부령 깊은 고개 지표석 앞에 모여
우리의 길을 지켜주신 모든 신령님들께
깊은 감사의 마음 담아 제를 올리옵니다.

바람에 깃든 신령이시여!

한 곳에 머무를 줄 모르시는 신령님
때로는 진달래 꽃잎을 스치며
때로는 산죽 사이를 흐르며
때로는 바위 위에 선 나무를 흔들며
때로는 눈보라로 거세게 몰아치며
그렇게 우리들을 다독이며 두들기며
먼 길 함께해주셔서 감사하옵니다.

흙에 깃든 신령이시여!

영겁의 세월을 간직하신 신령님
봄이면 흙꽃으로 피어오르고
여름이면 빗물로 윤기를 더하고
가을이면 나뭇잎에 덮였다가
겨울이면 눈 속에서 다시 봄을 기다리는
그 뜻 밟으며 그 향기 마시며

걸을 수 있게 해주셔서 감사하옵니다.

나무에 깃든 신령이시여!

깊은 땅과 높은 하늘을 잇는 신령님
신갈나무, 당단풍나무, 사스레나무, 물푸레나무
시닥나무, 주목나무, 함박꽃나무, 산사나무
자작나무, 구상나무, 산뽕나무, 소나무
우리들 또한 저 나무들처럼
무수한 생명을 키우고 지키며
살아갈 길을 가르쳐주셔서 감사하옵니다.

우리들을 지켜주시는 신령이시여!

산행대장, 기획대장, 총무대장, 기록대장 ,사진대장, 체조대장
무전기대장, 장비대장, 현수막대장, 수송대장
많은 아이들과 많은 엄마와 아빠들
주저앉으면 부축하고 헛돌면 함께 돌면서
기다리고 토닥이고 가르치고 배우면서
몸 성히 제 길 갈 수 있게 해주셔서 감사하옵니다.

이 땅을 살피시는 신령들이시여!

바람과 흙과 나무에서 배운 생명의 뜻
오롯이 살아 있게 하옵시고
지리산에서 시작한 길

백두까지 이어지게 하옵시고
이천 리 길에서 맺은 인연
오랫동안 깊이 새기게 하옵시고
별빛과 달빛과 햇빛
풀들과 꽃들과 버섯들
나비와 새와 다람쥐에게도
고마웠다는 인사 전해주시옵소서.

길에서 만나 다시 먼 길 떠나는 우리들
흙으로 스미고 바람으로 흩어질 때까지
산처럼 겸허하고 꿋꿋하게 살아가오리니
그 마음 어여삐 여기시고

여기 우리들의 정성을 담아
조촐한 술과 음식을 드리고 큰절 올리오니
천지신령이시여,
부디 흠향하시옵소서.

4346년 계사년 구월 여드레
이우학교 백두8기 대원 일동

상향

39

백두대간을 마무리하며

■ 이젠 안녕이다 _김주현

땀에 젖어 끈적끈적해지는 온몸, 길마다 걸려 있어 얼굴에 들러붙던 거미줄, 내 귓가에서 윙윙대는 수많은 벌레들, 새벽에 나가서 불편하게 자던 버스……. 이젠 안녕이다.

나는 백두를 형이 시작을 하여서 알게 되었다. 형이 일이 학년 때, 나도 형을 따라 조그마한 디카를 들고 가끔 따라가곤 했다. 그때도 산을 타는 것을 좋아하지 않았다. 아니나 다를까 1학년이 된 나는 백두를 반강제적으로 다니게 되었다. 여전히 산을 오르는 것은 좋아하지 않았다.

그러나 사진 찍기를 좋아했던 나는 조그마한 디카에서 다른 좋은 카메라로 바뀌어서 백두를 그나마 사진 찍는 재미로 다녔다. 산을 오르다가 사진을 찍고, 힘들 때 쉬면서 사진을 찍고, 좋은 장면이 나올 때마다 사진을 찍으면서 사진 찍는 재미로 산을 다녔다. 가끔씩 좋은 사진을 찍으면 기분이 좋고 매번 찍은 것들을 홈피에 올리면서 달리는 댓글들을 보면서 또 기분이 좋았다.

그렇게 산을 싫어해서 억지로 다니던 나는 결국 서서히 바뀌기 시작했다. 어차피 내려올 거 왜 올라갈까, 이걸 해서 나에게 좋은 점이 무엇이 있을까, 불평불만을 늘어놓았다. 산을 보면서 '와! 멋지다'라는 생각보다는 저걸 다 깎아 버려야지 하며, 백두를 아주 그냥 너무너무 싫어했다. 매일 새벽에 일어나면서 계속 짜증만 내었다.

그러다 보니 내가 왜 백두를 하는가라는 의문이 생기고 그냥 하기가 싫어지면서 카메라는 나에게 무거운 짐만 되었다. 무겁게 들고 다니면서 사진 찍고 다닐 시간에 빨리 산행을 끝내고 싶은 마음밖에 없었다. 그렇게 나는 백두혐오증에 걸리게 되었고, 금요일 밤이 되면 짜증이 치밀어 올랐다. 아직도 내가 왜 백두를 했는지는 모르겠지만 천천히 알게 될 것 같다. 다행인지 불행인지 백두는 조금씩 마무리가 되었다.

내게 가장 기억에 남는 산행은 겨울산행인데 엄청 춥고 바람이 무진장 불었고 다들 동상 걸렸을 때의 산행이다. 엄청 춥고 바람만 무진장 안 불었으면 그저 멋진 산행으로만 남았을 텐데, 그 당시에 진짜 속눈썹이 얼고 귀에 감각이 없고, 간식을 먹으려고 어렵게 칸쵸 과자 꺼냈는데 손에 힘이 없어서 과자를 뜯지도 못하고 진짜 '개고생'이었다. 그래서 그런지 기억에 잘 남고, 나중에 다시 한 번 더 친구들이랑 가보고 싶다.

땀에 젖어 끈적끈적해지는 온몸, 길마다 걸려 있어 얼굴에 들러붙던 거미줄, 내 귓가에서 윙윙대는 수많은 벌레들, 새벽에 나가서 불편하게 자던 버스……. 이젠 안녕이다.

■── 홀가분하지만 왠지 그리운 _이종승

이우중학교 1학년 첫 수업도 하기 전 엄마는 어떻게 아셨는지 나보고 친구들이랑 등산 한번 해보지 않겠냐고 물었다. 나는 그때 별로 하고 싶은 마음이 없었지만 엄마가 계속 설득해서 시작하게 되었다.

처음 1차 산행 시산제 때 돼지머리 대신 돼지저금통을 놓았던 것이 아직도 생각난다. 나는 친구랑 빨리 친해지는 편이라서 금방 친구들이랑 얘기하면서 다녔다. 25차 정도까지 힘들어도 열심히 다녔는데 그 후에 몇 번 빠진 게 지금 와서는 너무 아쉽다.

백두대간을 시작하고 3차 산행 정도를 하고 있을 때 40차까지 언제 끝날까 라고 생각 했었는데 벌써 끝나고도 크리스마스가 지났다. 백두에서 제일 기억에 남는 곳은 선자령·매봉 코스(대관령)다. 이제부터 그 무서운 백두8기 전설의 대관령 코스 이야기를 들려주겠다.

때는 2013년 1월 처음에는 바람 하나 불지 않는 어느 주유소 앞에 내렸다. 눈이 예쁘게 쌓여서 친구들과 즐겁게 갔는데 풍력발전기가 나오는 코스에 다 와서는 갑자기 엄청난 강풍이 불어대기 시작했다. 쌓인 눈이 무릎 위까지 올라오는 데다 눈보라가 몰아쳐서 얼어붙은 얼굴을 아프게 때렸다. 그 산행에서 나는 얼어 죽을 뻔했는데, 정인이 아버지와 진우 어머니가 나에게 많은 도움을 주셨다. 그 산행이 끝나고 나서 동상에 걸려 코와 귀에 밴드를 붙인 친구들이 많았다.

또 기억에 남는 산행은 내가 선두대장을 했던 금대봉 구간과 이우학교 백두8기 마지막 산행 대간령·진부령 구간이다. 선두대장을 했을 때는 많은 어른들께 칭찬을 들어서 기분이 좋았다. 그리고 또 마지막 산행은 끝났을 때 교장선생님과 교감선생님이 오셔서 맞이해 주셨던 게 기억에 남는다.

백두대간을 하면서 힘들고 짜증났던 적이 한두 번이 아니다. 주말에 나도 놀고 싶은데 못 놀아서 섭섭하기도 했다. 하지만 한순간인 것 같다. 산길을 걸으면서 느낀 건데 친구들과 얘기하면서 즐겁게 산을 타는 것도 좋지만, 혼자 천천히 주변 경치도 보고 생활하면서 웃고 재미있었던 일을 생각하면서 가다보면 어느새 절반을 타고 있었고, 벌써 도착지점에 와 있기도 했던 것 같다.

백두8기가 어느새 마지막을 장식하고, 나의 토요일은 옛날 토요일처럼 평범해져 있고 이제는 친구들과 그런 만남과 시간을 가지는 것도 어려울 것 같아 아쉽기도 하다.

이우학교 백두대간은 처음엔 도저히 끝나지 않을 것 같은 그런 것이었지만, 또 왠지 그렇게 싫지도 않은 것이었다. 백두대간은 약 2년 동안 나에게 많은 지식과 경험 그리고 무엇보다 인내심을 많이 길러주고 나중에 가서도 남을 추억거리를 하나 만들어준 것 같다. 좀 더 시간이 흐르면 백두대간 8기 생각을 하면서 나 혼자 웃을지도 모르겠다.

■── 꼴찌도 해보고 선두도 해보고 _김수련

백두대간을 떠올리면 가장 먼저 열심히 걸은 기억이 난다. 한참 가다 보면 많은 돌들과 절벽들이 나의 생사를 위협하기도 했다. 처음 야간산행을 할 땐 설레었다. 불빛을 반짝이면서 일렬로 걸어가는 뭔가 거창하면서 큰일에 도전하는 것 같았다.

헛돌이를 했던 것도 떠오른다. 선두를 지키다 산길을 잘못 들고 나서 버스가 다른 곳으로 데려다줘서 다시 시작할 땐 의욕을 잃었다. 투덜대면서 어른들 원망도 하고……. 앞장서서 걷다 보면 뿌듯하고 할 맛이 났는데 뒤로 처지니까 그랬나 보다.

다시 생각해 보면 사실 나쁜 일은 이유 없이 일어난다. 그러니까 왜 나한테 이런 일이 일어났는지, 왜 이렇게 산길을 헤맸는지 물어볼 필요가 없다. 고민하고 괴로워하고 힘들어할 필요가 없다는 거다.

사실 엄마도 아빠도 왜 이렇게 자꾸 산에 가자고 하는 건지 이해할 수 없었다. 1박2일 산행 중 무주리조트에서 곤돌라를 타고 올라갈 땐 이렇게 편리한 발명품이 있는데 왜 굳이 발을 이용해 산을 오르락내리락하는 건지 정말 어리석은 인간들이란 느낌이 들었다. 성취감이나 산의 매력 뭐 이런 것보다 그냥 남들보다 빨리 끝내는 것이 기분 좋고, 뭐 그런 거다.

아, 쓰다 보니 즐거운 일이 생각났다. 새 친구 다연이가 올 때 같은. 다

584

연이가 다른 반이라 잘 몰랐는데 같이 다니며 앞으로의 고통을 나눌 수 있고, 기쁨도 함께할 수 있는 좋은 친구라는 느낌이 들었다. 그래서 참 반가웠다.

백두대간이 모두 힘든 길은 아니었다. 잠깐씩 좋아하는 노래를 들으며 친구들과 수다를 떨다보면 시간이 금방 지나갔다. 언젠가 산행주제가 '게으른 산행'이라고 했는데 걸어도 걸어도 버스는 안 보이고 짜증이 나기도 했지만 결국! 언젠가! 끝이 나긴 났으니까.

출발하기 전이나 마지막 도착 지점에서 먹었던 김치찌개도 참 맛있었다. 내가 엄청 좋아하는 메뉴라 먹고 나면 그동안의 피로가 싹 달아나고, 막 힘이 솟아올랐다. 그리고 '내가 너무 불평만 했나' 하는 생각도 들었다. 다음부터는 조금 불평을 줄여야겠다. 다음 백두대간을 생각하면 한숨만 나오지만 이렇게 맛있는 김치찌개를 먹을 수 있다니 긍정적으로 생각해야겠다고 마음먹기도 했다.

또, 힘들게 걷다가 중간중간에 만났던 맑은 시냇물에 발 담그고 한참 놀면서 주인 잘못 만나 고생하는 내 발을 위로해줬던 일, 힘들어하는 나를 늘 격려해 주셨던 여러 아저씨 아줌마들, 영취산에 오를 때 포기할 뻔했는데 끝까지 데리고 다녀 주셨던 고마운 풍경소리 아저씨, 맛있는 간식을 나눠 먹었던 일도 떠오른다. 이제 모두 끝났다고 하니 조금 더 열심히 할걸. 그래도 사람들에게 지리산도 종주했고, 백두대간 여기저기 가봤다고 자랑하고 다녀야지!!

■── 백두에서 우정을 만나다 _김상아

백두대간 산행은 나에게 있어 매우 두려운 것이자 귀찮고, 짜증나고 회피하고 싶은 것이었다. 그렇다. 축구부 훈련 및 경기 당일에도 백두대간 때문에 빠졌고, 반 모둠활동에도 지장이 있었다. 제일 부담이 되었던 것은 1회부터 종산식 때까지 이미 회비가 등록이 되어 있었던 것인데 이 때문에 아플 때에도 산행을 강행하였다. 친구들이 한두 번씩 빠질 때가 있었는데 나는 한 번도 빠지질 않았다. 한 번쯤 빠져보고 싶었다. 그래도 보충산행이 없어서 다행이라 생각한다.

항상 백두대간 산행은 귀찮다는 생각으로 시작하게 된다. 새벽 일찍 일어나 가방을 챙기고 버스를 타고 출발지에 가야 하는 것, 약 열 시간 전 후의 산행을 해야 한다는 것, 가끔 비가 오기도 한다는 것이다. 모든 산행 아침의 절반은 항상 덥거나 춥거나 습하다. 맑은 날은 오히려 더워서 좋 지 않다. 산행 기후는 항상 변덕이라 슬프다. 산행하다가 넘어지거나 다 치기라도 하면 뒤로 처지기 때문에 조심해서 걸어야 했다. 그리고 산행이 끝나면 대부분 집에 오는 시간이 엄청 늦는다. 그래서 항상 피곤한 토요 일을 보낸다.

반면 백두대간을 해서 얻은 좋은 점도 많다. 몰랐던 식물, 버섯, 지역 의 이름도 듣고, 친구들과 진솔하고 재미있는 이야기를 나누며 걷는다는 것이다. 잘 생각해 보면 내가 백두대간을 갈 수 있었던 힘은 친구들이 아 닐까. 왜냐하면 부모님은 다른 부모님들과 같이 걸으며 이야기를 하는데 나 혼자 붙어 있긴 부담스럽고, 혼자 걷기는 뭐할 텐데 친구들이 있으면 같이 걸을 수 있고 지루하지 않다는 것이다. 가끔 싸우기도 하고 놀리기 도 하지만 친구만큼 마음이 든든하고 즐거운 존재는 없는 것 같다.

백두가 끝난 지 약 2달이 지나가고 있는데 아직도 그 종산이란 것이 실감이 나질 않는다. 이렇게 백두를 마치게 되어 아쉽기도 하고 마지막으 로 한 번 더 가보고 싶다. 이번 겨울방학 때 한라산 산행이 있는데 이 산 행으로 난 안다. 백두는 아직 끝나지 않았다. 백두를 하면서 느낀 산의 정 기, 사람들과의 소통, 친구들과의 우정은 아직도 소중한 기억으로 머릿속 에 남아 있다.

■ 산을 오를 때마다 내 힘도 올랐다 _홍준범

이우중학교 올 때는 학교에 등산모임이 있는 줄 전혀 몰랐다. 그런데 아빠가 신입 학부모 모임에 다녀오시더니 학교 들어가면 등산모임에 들어가라고 다그쳤다. 그러면서 너 학교 참 좋은 데 왔다나 뭐라나. 다른 애들 학원 갈 때 넌 산에 가면 그게 백 배 낫다고. 물론 학원에 가지 않는 것은 좋지만, 그런데 웬 산이야!

백두대간이 무엇인지 생전 들어본 적이 없어 잘 모르기도 하고 어색했다. 그리고 아직 친해지지도 않은 친구들과 같이 걷는다는 게 많이 힘들 것 같았다. 무엇보다 높은 산들을 걸어서 올라가는 게 무서웠다.

예비산행도 하지 않고 처음 산행 가던 작년 2012년 3월 10일 새벽에는 아직 친해지지도 않은 아이들과 같은 차를 타서 마음이 잔뜩 굳었다. 그리고 다 가서 차에서 내려 등산 준비를 하는데 짐에 등산화가 없었다. 아빠에게 전화를 하니 아빠가 거의 기절하듯 숨막혀 했던 일이 기억에 남는다. 다행히 소조 아줌마가 운동화를 빌려 주셨다. 그때 신고 있던 게 슬리퍼여서 하마터면 슬리퍼 차림으로 등산할 뻔했다.

3차 산행 때까지는 느낌이고 뭐고 '그냥 힘들다'는 생각밖에 들지 않았다. 아는 사람도 없어서 더 지루하고 힘들었다. 그렇게 3차(?)까지 묵묵히 하다가 어색했던 친구들과 친해지면서 산행이 즐겁게 되었다. 그래도 이때 무서웠던 게 하나 있었는데 바로 1박2일 산행이었다. 나는 원래 밖에서 자는 것을 별로 좋아하지 않아서 1박2일 산행이 더 싫었던 것 같다. 내 인생 첫 번째 1박2일 산행에 나섰을 때는 마구 떨리고 무서웠다. 산에서 길을 잃어버리면 살기 힘들다는 이야기를 어디서 보고는 엄청 조심해서 갔다.

산행이 거듭되면서 점점 코스의 길이가 길어졌다. 돌아보니 처음 때 산행들이 좋은 것이었다. 처음에도 길다는 느낌에 불평이었는데, 더 길어지니까 계속 불평하다가, 어차피 가야 하는 거라서 더 불평은 않고 침묵하고 산행했다. 이렇게 산행하다 보니 시간이 금방 갔다.

산행을 같이 하면서 친구들과 친해졌을 무렵에 같이 얘기하고 다니면서 놀았던 게 재미있었다. 특히 산행이 끝나고 저녁 식사 후 근처 계곡이나 바다에서 놀았던 게 재미있었다.

그러다 보니 벌써 겨울 산행이 시작되었다. 백두대간에서 벗어나 그냥 기분을 바꾸려고 무주에 갔을 때 엄마가 처음 따라 왔다. 아줌마들과 어울리며 재밌게 얘기하던 엄마가 22차 산행부터 본격적으로 나섰다. 아빠는 엄마 체력이 약하다고 항상 조바심이었는데, 어라! 산행을 시작하더니 밥 먹을 때 말고는 엄마를 볼 수 없을 정도로 엄마 걸음이 빨라 나도 놀라고 다들 놀랐다. 아빠는 얘기를 해줘도 잘 믿지 않았다. 그런데 추석날 엄마랑 단둘이서 보충산행을 하고 나니 믿는 눈치였다. 엄마가 와서는 산행 중에 서로 짐을 나눠 들어 힘이 훨씬 덜어졌다.

이렇게 잘 나가던 산행 중에 무박산행을 하던 32차 때 기어코 헛돌이를 하고 말았다. 그때는 그냥 지루하고 졸려서 뒤에서 애들을 쫓아가고 있었다. 반쯤 눈을 감고 산행했는데 표지에서 대간길이 아닌 곳으로 가버린 것이다. 처음에는 친구들과 계곡을 따라 내려가면 마을이나 길이 나올 거라고 생각해서 계곡을 따라 내려갔다. 하지만 계속 내려가도 표지고 뭐고 없었다. 더구나 친구들의 스마트폰은 배터리가 다 되거나 차에 놓고 와 쓸모가 없는데 가장 초라한 내 2G 핸드폰으로 정신없이 대장님에게 전화했다.

평소에 정해진 길대로 갔을 때는 아빠들의 고마움을 제대로 알지 못했다. 그런데 헛돌이를 해서 이제 죽겠구나 싶었을 때 전화를 했는데 대장님이 받으셨다. 전화를 받은 대장님은 차분하게, 그냥 위로 올라오라고 하셔서, 자신 있게 우리가 왔던 길을 되돌아가, 쭉 내려왔던 길을 다시 쭉 올라갔다. 그러다가 자리를 지키며 우리를 기다리던 대장 아저씨들을 만낳다. 아빠는 아저씨들이 없었으면 절대 산행을 보내지 않았을 거라고 몇 번이나 얘기했는데 이때는 정말 아저씨들이 고마웠다.

하지만 평소에는 아저씨들 옆에서 제대로 떠들지 못해 되도록 후미에서 친구들과 함께 갔다. 산행 중에는 친구들과 산에서 밥을 먹으면서 이런저런 것으로 떠드는 일이 제일 재밌었다. 친구들과 장난치면서 더 친해졌다. 이렇게 뒤에 처져서 눈치 볼 어른들이 없어 편했다.

2013년 10월 12일에 총 38차의 산행을 완주했다. 드디어 백두대간 산행이 끝났다는 생각이 들었고 한편으론 이제 친구들과 산을 못 걸어서 아쉽기도 했다. 산은 산이었고 아무리 편한 산이라도 산을 오를 때는 조심해야 하고 꼭 백두대간 리본을 따라 올바른 길로 가야 한다.

산을 오를 때마다 나도 모르게 내 힘도 올라간 기분이다. 그리고 싫어도 꼭 해야 할 일도 있다는 것을 배웠고 인내심이 길러졌다. 백두대간 산행을 끝내고 학교에서 두 차례 마라톤 경기가 있었는데, 모두 2위권 안에 들었다. 같이 하는 친구들이 있으면 또 다시 백두대간 산행에 나설 것 같다. 그리고 예전보다는 더 잘 할 수 있을 것 같다.

* * *

■— 백두대간이 보여준 멋진 속살 _옥은희

돌아보면 11차 산행까지는 안산에서 시작하는 고된 출발이었다. 그러나 12차 산행 때부터 동천동 집에서 나설 수 있게 되어 더없이 편한 출발이 되었다. 지금 생각해 봐도 어떻게 안산에서 한 시간을 달려 출발장소까지 왔는지 대단한 정신력이다 싶다. 나 자신에게 칭찬 듬뿍! 그동안 용케도 비를 피해 왔으나 13차 산행 출발부터 비와 함께했던 것으로 기억한다. 그 무렵 츄커볼과 수영으로 어깨가 아프다는 수련이의 하소연, 나중엔 울고불고 "내 뼈가 부러지든지 해야 엄마 아빠가 후회할 거야. 꺼이 꺼이~" 뭐 이런 호소가 이어지니, 마음 약한 아빠는 "그래 그럼 다음에 하자"로 화답하고, '분명 연극일 텐데'라고 믿는 나는 그래도 도시락 세 개를 준비하곤 했다.

출발 시간을 놓칠까 봐 드라마 '사랑과 전쟁2'가 남편을 의심하는 부인의 내면적 갈등을 수준 높게 그렸다며 감탄하다 잠깐 눈을 붙이고, 1시 30분쯤 일어나곤 했다. 늘 12시가 되어야 자는 수련이는 모처럼의 주말을 맞아 단꿈을 꾼다. 압박붕대를 하고, 백두에서 받은 기적의 신약 바이오쿨로 마사지를 해주고 재웠다 깨우기를 반복했었지.

비가 내려도 눈이 내려도 8기의 앞길을 가로막을 것은 아무것도 없었다. 채 동도 트지 않은 산길을 걸을 땐 '다음번엔 빠질까' 싶다가도 산행이 어느 정도 궤도에 오르면 남몰래 피웠던 마음속 요령이 부끄러워지곤 했다.

사실 한 번도 위치, 코스, 예상 시간 등을 주의 깊게 읽고 온 적이 없기에 늘 정처 없이 사람들을 쫓아 걸었다. 지금 이 길이 어디란 말인가? 나는 경상도에 있는 것인가 전라도에 있는 것인가, 대관절 그동안 어디 어딜 걸은 걸까? 아무것도 모른 채 숨만 헐떡헐떡 다른 분들의 꽁무니를 따르기에 바빴다.

늘 함께한 것은 아니지만 참가하는 동안 백두대간이 보여줬던 멋진 속살을 잊을 수 없다. 죽을 만큼 힘들다 싶다가도 '그래 이 맛이지. 멋진데!' 쪽으로 마음을 굳히는 결정적인 이유는 산행이라고 가파른 길이 펼쳐지다가 어느 사이 완만한 코스가 나타나 나를 위로해 주곤 했기 때문이다. 어느 땐 구름을 저 발아래 두고 걷는, 그야말로 구름 속 산책이라고 할까.

횟수가 거듭될수록 근력 제로(그럼 이 살은 다 뭐란 말인가)인 몸을 이끌고 끝없는 암벽, 발밑에 펼쳐지는 아찔한 풍경에 몸을 맡겼다. 백두대간은 뾰족하니 날 선 내 마음을 부드럽게 달래주는 듯했다. 세세히 걸었던 길이 생각나진 않는다. 한자가 이상하다 싶었던 탄항산에서 마신 막걸리가 참 맛있었던 것, 그리고 하늘재에 닿기 직전 밤밭을 발견하고, 공짜라면 양잿물도 마신다는 말을 제대로 증명하며 밤을 주웠던 것, 서촌선생님의 인도로 하마터면 그냥 지나칠 뻔했던 하늘재 백두대간비를 볼 수 있었던 것(주변 풍광이 뭐라 표현하지 못할 정도로 아름다웠다), 그리고 산행을 마친 후 노곤해진 몸을 촉촉하게 적셔준 막걸리와 배를 채워준 돌삼겹구이의 맛이 일품이었던 13차 산행이 가장 기억에 남는다.

또 기억에 남는 건 주현이며 종승이며 정인이며 너나할 것 없이 남자아이들이 참 수다쟁이라는 것. 체조를 하면서도, 걸으면서도 얼마나 떠드는지. "너네 여자애들보다 더 떠든다"고 한마디 건네면 "남자들이 과묵하다는 건 편견이거든요"라고 되받아치고. 그래 할 말 없다. 근데 진짜 귀엽네. 다음 산행에 아이들을 만나면 그들이야 어떻든 저 혼자 왠지 친해진 듯 한 발 다가선 감정을 주체할 수 없어 어쩔 줄 몰라하곤 했다. 산행을 거듭할수록 한 조각 한 조각 남모를 감흥으로 함께했던 백두대간, 그리고 함께했던 이우 사람들에게 감사를 전한다.

■— 백지를 채운 뒤에 찾아오는 허전함 _유영인

둘째아이의 이우학교 입학과 함께 백두대간 종주의 옵션이 생겼다. 그동안 간간이 운동을 해왔으나 대간을 종주할 만한 체력이 될까 하는 걱정에 2학년부터 시작하기로 마음먹고 있는데 예비산행 공지에 나도 모르는 힘에 이끌려 그냥 참석했다.

그날 산행이 끝나고 선배들이 제공하는 바비큐와 막걸리 몇 잔 후에 바로 집행부 구성에 들어갔다. 누군가 호기롭게 총무를 자청하고, 선배들이 눈여겨 본 날렵한 아빠가 기획대장이 되고 넉넉한 표정의 어떤 아빠가 산행대장이 된다. 희망대에서 한 잔 더하자는 유혹에 넘어가 체조대장을 맡게 되었다. 사실 한 잔보다 희망대가 도대체 뭐하는 곳인가 궁금해서 갔는데 덜컥 감투부터 쓴 백두대간 산행은 이렇게 시작된 셈이다.

2012년 3월 10일 시산제를 시작으로 어떨결에 갔다가 발을 질질 끌고 콘크리트 임도로 내려온 고기리 1차 산행, 힘겹게 올라간 깃대봉에서 버스까지 지겹게 걸었던 육십령 4차 산행, 그 높은 고지 위에 드넓게 펼쳐진 평원으로 마음을 활짝 열게 만든 덕유산 6차 산행, 채림맘과 같이 하게 된 덕유산 신풍령 7차 산행, 정인아빠와 새연아빠에게 속아 속옷 바람으로 헤엄치다 사진 찍혀 다른 사람들을 즐겁게(불쾌하게?)한 속리산 10차 산행, 셀 수도 없이 많은 로프와 마주쳤던 이화령 12차 산행, 선배들의 고마움을 다시 느낀 지리산, 거대한 자연의 힘 앞에 조그맣게 움츠러든 선자령 19차 산행, 우두령의 저주로 동해전망대로 선회한 20차 산행(그 후 우리는 우두령만 네 번을 갔다!), 야생화의 보고 소백산 27차 산행, 공룡에 지레 겁먹어 취해버린 설악산 34차 산행, 뿌듯하기도 하고 아쉽기도 한 마지막 산봉우리 마산봉의 38차 산행을 끝으로 남한 백두대간 종주를 마쳤다.

때로는 힘들게, 때로는 잘 걷는 내가 대견해서, 때로는 남들의 도움을 받아서, 때로는 남들도 배려하면서, 때로는 자연의 아름다움에 취해서, 때로는 거대한 자연의 위세에 눌려서, 때로는 혼자 묵묵히 생각에 잠겨서, 때로는 같이 가는 사람들과 왁자지껄 어울리는 재미로, 때로는 산 위에서 먹는 맛있는 밥을 위해서, 때로는 산행 후 마실 시원한 막걸리를 기대하며…… 그렇게 걷고 또 걸었다.

그래서, 대간을 완주했다는 자신감을 얻었고, 조금 강해진 체력을 얻었고, 같이 그 길을 간 동료들을 얻었고, 이러이러한 자랑거리를 얻었지만, 내가 지난 1년 반 동안 대간 산행을 하면서 가장 잘못한 일은 아무 생각 없이 덜컥 완주를 해버린 것이다. 해야 할 것이 없어져 버린 것, 백지를 다 채워버린 것이다. 뿌듯함보다도 허전함이 앞서는 것은 아마도 가야 할 산이 없어서가 아니라, 이들과 함께하지 못하는 것이 안타까워서일 것이다.

그렇다. 처음에는 혼자 걸었지만, 나중에는 이들과 같이 걷고 있었다. 아직도 나는 또 다시 이들과 같이 걷기를 갈망한다.

■── '자연의 책'을 읽으라 _김란경

저는 가끔 엉뚱하게도 이런 생각을 하곤 합니다. 우리네 삶이란 하나로 뻗어 있는 길과 같아서 저마다 홀로 자기가 선택한 길을 뚜벅뚜벅 걸어가야 한다구요. 걸어가는 그 길섶에 아름답게 피어난 꽃이나 때깔 좋고 먹음직스러운 과일이며 푸성귀들이 그들먹하면 고맙기도 하고 좋기도 하겠지만, 어쩌면 누군가가 걸어가는 길은 고역스럽기가 한이 없어서 발을 내딛는 곳마다가 자갈투성이고 걸리면 넘어지고야 말 돌부리가 지천일 수도 있겠지요.

어느 기간 동안은 가족이라는 동아리로 묶여서, 또 어느 기간 동안은 마을이나 학교에서, 일터나 낯선 곳에서 우연히 만나 벗이 되어 서로에게 힘이 되어주기도 하고 기쁨과 슬픔을 안겨주기도 하겠지요. 그러면서 저마다 홀로 자신을 키워가는 것이 인생의 길이라고 저는 생각하곤 합니다.

그 길 위에서 저는 백두의 벗들을 만났습니다. 그 벗들과 함께 짧지 않은 기간 동안 〈자연의 책〉을 읽었습니다.

누군가는 '우리는 벌써 지구라는 여행선을 타고 광대한 우주를 여행하며 돌아다니고 있으니 대청마루에 좌정하고 선인들이 남겨주신 훌륭한 책이나 읽고 사계절의 변화를 완상하며 세상을 느낄 일이지 무엇 하러 그리 싸돌아다니는가?' 일갈을 하기도 했지만 그건 모르시는 말씀!

그 양반은 매화꽃이 붉게 피어난 나무 위에 내려앉은 눈을 보며 '풍상 고절 붉은 설중매가 어쩌구 저쩌구'하며 고상한 감탄사를 늘어놓을 수는 있겠지만, 맵찬 눈보라에 맞서면서 한 길이나 쌓인 눈길을 뚫고 와 느낀 벅찬 희열, 함께한 벗들에게 갖게 되는 진한 연대감은 아마도 모를 겁니다. 신새벽 먼동이 트는 모습을 우러르며 소박한 기도를 올릴 때 맛보게 되는 영적인 충만감도 모를 테구요. 따갑게 내리쬐는 볕을 받으며 행군을 하다가 그늘을 만나 녹작지근한 몸뚱이를 부려놓고 있을 때 느닷없이 벗이 건네주는 한 잔 술, 한 뿌리의 약초, 향긋한 버섯, 그 안에 녹아 있는 정……. 그 달고 깊은 맛은 더더욱 알 수 없을 것입니다. 길고 긴 산길을 더듬고 와 더 이상 남아 있는 힘이 없어 늘어져 있다가 동무의 손에 이끌려 간 곳에서 마주친 낙조의 장엄경! 광대무변한 자연 앞에서 느끼는 경외감을 책상머리 앞에 앉아 책만 들이파는 그 사람이 어찌 알 수가 있을까요?

내 보기엔 너무도 험하고 가팔라 보여 도저히 올라가볼 엄두가 나지 않는 곳이라 여겨지는 곳이라도 흔쾌히 곁에서 함께해주는 벗들이 있다는 것을 그는 결코 모를 것입니다. 그런 고마운 벗이 어찌 산에만 있겠습니까? 그러니 산에서 내려와 다시 속세의 품에 안겨도 마음이 든든하고 살아갈 힘이 나는 것이겠지요. 비록 홀로 걸어가는 길이라도 어디서든 멋진 벗을 만날 수 있고, 나 또한 그런 벗이 되어줄 수 있다는 것을 짧지 않은 시간을 통해 차근차근 백두가 일러주었습니다. 이 자리를 빌려 이쪽 장르에서 깊은 배움을 주신 푸른산님과 서촌선생님, 도오대장님 등 모든 대장님들에게 머리 숙여 감사의 마음을 전합니다.

함께하는 아줌마들과의 푸짐한 수다가 즐겁기도 해서 〈백두대간〉의 한 챕터를 이루었지요. 아무리 보아도 아줌마대장인 풍류여인 하늘산님, 구수한 말씀에서 따뜻한 마음까지 읽어낼 수 있었던 준범어머니, 맺고 끊는 것이 확실해서 늘 교통정리를 잘해준 상아엄마, 삼형제를 씩씩하게 길러내는 중에 산에서 새롭게 힘 받아 내려가는 아름다운 여인 경옥씨, 백두가 빚어낸 아름다운 걸작 우리 공주님, 반짝반짝 선녀님, 졸업 동기 아지매들……. 아, 별책부록 여여님까지! 속내를 나누는 중에 서로에게 위로가 되어준 시간들이 소중하기만 합니다.

아이들과 함께한 시간도 소중했기에 한 챕터를 따로 마련해야겠습니다. 며칠 전에 한라산에 올랐습니다. 백록담 못미처에 있는 휴게소에서 점심을 먹는 중에 많은 청년들을 보았지요. 하고 많은 재밋거리를 두고 귀한 시간을 내서 삼삼오오 산을 타는 청년들이 참으로 대견하고 새로워보였습니다. 우리 아이들도 나중에 저렇게 기꺼이 산을 탈 수 있기를……. 험한 세상살이 중에 위로받고 싶을 때 떠오르는 곳이 산일 수 있기를……. 산의 품에 안겨 힘을 얻어갈 수 있는 청년들로 자라나기를 저는 그들을 보며 바랐습니다.

이제 백두8기의 벗들과 더불어 백두대간이라는 책을 읽는 일은 끝이 났습니다. 함께 읽은 책이지만 저마다 인상 깊은 구절도 달라서 마음속 깊이 담아둔 추억들도 다르겠지요. 그러나 삶의 길을 걷다가 힘들 때 이 책을 들추어 보고 위로를 받을 거라는 점에서 우리는 같은 책을 읽은 것이 분명합니다. 게다가 〈자연의 책〉은 버전을 달리한 채 우리 곁에 널려 있을 테니 〈백두대간〉을 통해 길러진 독서력으로 그 책들도 재미있게 읽을 수 있을 것입니다.

또 하나의 덤! 백두에서 엮인 소중한 인연으로 언제 어디서든 우리는 벗들을 소환해내고 소환당하는 일을 되풀이할 수 있겠지요. 우리는 그때마다 가볍게 소환하고 즐겁게 소환당하기를 희망합니다. 서로에게 힘을 주고 위로를 받을 수 있기를……. 그래서 홀로 가는 인생길이 힘겹지만은 않기를……. 우리는 가볍기는 하지만 아주 든든한 백을 하나씩 장만한 거지요.

백두를 안 하신 분들이 묻네요. 저만 이렇게 생각하는 거 아니냐구요.

이럴 땐 뭐라 대꾸를 한다지요? 아, 이렇게 답하라구요? "직접 해보셔. 안 알랴줌^^"

■── 내 삶의 동앗줄 _강아네스

아이가 이우학교에 입학했다. 부모는 새로운 세계에 발을 들여 놓은 아이가 실험적인 도전을 할 수 있기를 바란다. 학부모 오리엔테이션 때 백두6기 산행집을 보는 순간 이것이야말로 아이가 도전해 볼 만한, 아니 우리 가족이 도전해 볼 만한 '그 무엇'임을 직감할 수 있었다.

예비1차 산행에서 아이는 벅차했다. 백두대간 선배 분들의 도움으로 우리는 가장 늦게 산을 내려왔다. 예비2차 산행은 의외로 아이가 잘 오르기 시작했다. 그것을 보니 안심이 되었는지 이젠 나의 몸이 말을 듣지 않는다. 육중한 체중과 전혀 움직임 없는 삶을 살아온 내가 산을 밟는다는 것 자체가 어찌 가당키나 한 실천이겠는가? 이번에도 역시 우리 가족은 마지막으로 산을 내려왔다.

우리 가족이 정말 백두대간을 완주할 수 있을까? 아니, 백두대간 어디 한 부분의 정상이라도 밟아볼 수 있을까? 어찌해야 할지 계속되는 고민 속에서 백두대간의 1차 산행은 진행되고, 우린 누군가가 심히 걱정할지라도 눈치 보지 않고 백두대간을 밟아보기로 했다. 우린 2012년 3월 10일 시산제에 참석할 수 있었다. 그렇다, 우린 그렇게 백두대간을 만났다.

나는 이우학교 백두대간 8기 종주탐사대가 되었다.

내가 산에서 눈을 만난 건 초등학교, 아니 국민학교 6학년 겨울방학 때였다. 성당에서 수리산 최경환성지를 방문했다. 며칠 동안의 눈이 내린 후라 온 산이 눈 세상이었다. 우린 그 당시 유행하던 송골매의 노래를 부르며 산을 내려왔다. '모두 다 사랑하리'. 그때의 기억은 직장을 다니던 시간으로 흐른다. 휴관일에 온 직원들과 함께 겨울 태백산을 다녀왔다. 처음으로 아이젠을 착용하고 정상에서 보았던 상고대는 평생 잊을 수 없는 기억이었다. 그 멋진 상고대를 향해 끝도 없이 울면서 '내 다시는 산에 오지 않겠다'고 다짐도 했건만, 어느새 백두대간 자락을 오르고 있었다. 나는 추억 속의 그 눈을 보았다. 백두대간 2차 만에 우린 눈과 함께 산행을 했다. 너무 멋있어서 힘든 줄도 몰랐다. 사진을 찍고 왁자지껄 눈이 주는 호화로움에 취해 정신없이 즐겁기만 했다. 그러나 많은 인원이 한꺼번에 움직이다 보니 내리막길은 진흙구덩이를 만들고 어느새 신발은 진흙으로 덮이게 되었다. 그 속을 빠져나오느라 몸은 천근만근이 되었다. 진짜 오감을 깨우는 산행이었다.

봄을 맞이하던 3차, 4차, 5차 산행을 지나 예쁘디예쁜 덕유산에 올랐다. 덕유산은 경치가 참 좋았다. 특히 능선을 따라 펼쳐진 초록의 물결은 장관이었다. 산객을 위한 통나무길은 길을 만든 이들의 수고로움이 더해 깊은 배려심을 느낄 수 있었고 경외감마저 들었다. 그러나 덕유산 종주를 하시는 분들 조심하시라. 그 많던 똥파리들의 행진은 입맛을 떨어지게 만들고 인간이 만들어 놓은 흔적으로 인해 인간 자신이 얼마나 괴로울 수 있는지 여실히 보여준 산이었다.

이때쯤이었던 것 같다. 그리고 1학년이 다가도록 아이는 학교생활을 힘들어했다. 적은 인원이 한 반이다 보니 아이들은 어느새 편을 가르고, 튈 수도 있고, 의욕적일 수도 있고, 좀 모자란 친구를 보듬을 마음의 여유가 없었던 것 같다. 점수를 잘 받기 위해 도움이 안 되는 친구는 모둠과제에서 소외시키고 '은따'와 '왕따'가 횡행하고 늦게 일어나 지각을 하게 되었는데도 아무에게서도 연락도 없고 관심이 없었다. 그러다 보니 아이는 이우에 온 것을 후회하기 시작했다. 기대가 큰 만큼 좌절도 빠른 법, 아이는 하루하루를 힘들게 보냈다. 이럴 때 부모는 아이에게 어떻게 위로를 해줘야 할지, 이것을 극복할 수 있는 힘을 어떻게 키워줘야 할지 몰라 매일 마음이 무너지고 전학을 생각해 볼 수밖에 없었던 것 같다.

그때 아이와 우리 부부는 참 많은 대화를 했다. 그리고 아이의 꿈에 대해 많이 공감해주고 지지해 주었다. 그러다 보니 아이는 부모와 함께 가는 백두대간 길을 싫어하지 않았다. 그것이 전부였던 것 같다.

산행은, 함께 있되 같이 오르는 것이 아니다. 정상에서 만나지만 내리걷는 혼자만의 시간이다. 아이는 백두대간 종주를 통해 그것을 자연스럽게 배웠던 것 같다. 보통 여럿이 가는 산행은 일렬로 줄 맞추듯 걷는다고 생각들을 한다. 그러나 오랜 시간 산행을 하다 보면 그렇게 되지 않는다. 끝까지 같이 향하는 우리 부부 같은 사람들도 있지만, 가다 보면 쉬고 있는 사람들을 만나게 되고, 힘들면 혼자 쉬기도 하고 그러다가 뒤에 오는 사람들과 만나게 되고, 엎치락뒤치락하다 보면 혼자 걷지만 결코 외롭지 않은 즐거움을 느끼게 된다.

우리 아이는 그것을 어느새 터득한 것이다. 이 친구, 저 친구를 만나고 헤어지고 혼자 걸으면서, 때를 기다리는 법, 외로움을 극복하는 법, 그리고 어떤 친구냐에 좌지우지되지 않고 자신의 길을 묵묵히 갈 수 있는 법, 그리고 결국 산행을 마치고 내려왔을 때 같이 걸은 사람들끼리만 느낄 수 있는 동질감, 그것을 알게 된 것 같다. 백두대간 종주의 시간이 없었다면 아이는 이 같은 '더불어 사는 법'에 익숙하지 않은 친구들과 함께하는 법을 모르고 지냈을지도 모른다. 중2 학년을 보내는 지금은 다른 친구들도 많이 성숙한 것 같다. 이제는 친구들을 이해하고 도와주기도 하며, 이해를 못했다 하더라도 소외되지 않고 함께 어울려야 함을 배워나가는 것 같다.

산을 좋아하는 사람이라면 한 번은 오르고 싶다 하는 지리산 일정이다. 나에게는 그 산이 그 산인지라 오르고도 사실 그다지 감흥은 없었다. 그러나 누군가에게는 삶의 의미가 있고, 아픔이었고, 동경인 이 산을 오르면서 특히 중요한 것은 가벼움의 미덕을 알았다는 것이다. 지리산은 1

박을 대피소에서 보내야 하기 때문에 여러 끼니를 준비해야 한다. 욕심을 부려서 많은 음식과 '酒'님을 챙기고 큰 배낭에 자꾸 채우다 보니 부피가 늘어난다. 우리 부부는 지리산 첫날 그 무게에 짓눌려 결국 해가 져서야 대피소에 도착했다. 그리고는 모든 음식을 너그럽게(?) 어쩔 수 없이(?) 풀어 나눠주었다. 물론 같이 산행하는 사람들을 위해 준비해 온 것이긴 하지만, 음식을 덜고 보니 무게가 한결 가벼워졌다. 산을 모르고 올랐고, 왜 산을 올라야 하는지도 모르고 올랐지만, 지리산을 올라보니 마음 한 곁에 뿌듯하고 벅찬 기운이 솟는다. 그래서 지리산에 오르는 것인가? 코끝이 찡해 왔다.

산행 후 아이가 응급실에 갔다. 귀에 동상이 걸렸단다. 참 기가 막힌 상황이었고 위험한 순간이었는데 안전불감증인가? 그것도 소중한 추억이라고 마냥 즐겁단다. 백두8기의 여러 추억 중 잊지 못할 한 자락 '선자령'에서 우린 바람과 눈이 얼마나 무서운가를 체험할 수 있었다. 그 순간은 죽을 것만 같았고, 아이들을 지켜야 한다는 생각밖에 없었는데, 도시 생활에 묻혀 사는 우리가 언제 눈보라 속에서 생을 느껴 보겠는가? 백두대간 종주가 준 소중한 경험이 되었다. 19차 '마음의 산'은 이렇게 나의 가슴 속에 아련하게 남게 되었다.

드디어 설악산이란다. 우리가 넘어야 할 마지막 산. 그 정상을 오른단다. 이 고비만 잘 넘긴다면 종산으로 치닫는 이 결말이 행복으로 넘치겠지. 그러나 공룡능선으로 불리는 능선이 험하다는데 마음이 분주하다.

1박을 하고 공룡능선을 바라본다. 힘들다는 백두대간 종주를 선택했듯 공룡능선을 바라보니 몸이 먼저 반응한다. 굽이굽이를 넘는다. 어느덧 그 능선을 뒤돌아보게 된다. 설악산이 이렇게 예쁜 산인 줄 예전엔 미처 몰랐었다. 험하고 장중하다 생각했었는데 산의 깊숙한 중심부에서 바라보니 이처럼 동서남북이 지닌 각양각색 매력에 나도 모르게 푹 빠져 버린다. 지리산에서 못 느낀 산의 정기(精氣)를 설악산에서 느꼈다. 중청에서 보았던 운무는 내 마음을 동요시키고 공룡능선은 쾌감을 맛보게 했으며 끝나지 않을 것 같은 깊은 골에서 좌절과 희망을 만났다. 그리고 진부령에서 나는 백두대간완주의 기쁨을 보았다.

나는 기쁘다. 아이의 백두대간 종주를 통한 성장을 보았고, 남편과 힘든 순간을 같이 했으며, 곧 그만 둘 거라는 집안 어른들의 우려를 말끔히 잠재워버렸다. 그리고 나는 완주를 했다.

나는 아직도 왜, 사람들이 산에 오르는지 모른다. 그동안 갔던 백두대간의 지명도 알지 못한다. 산의 모습도 기억이 거의 없다. 아이 때문에 시작한 백두대간 종주, 그 결실은 너무 커서 내 안에 다 담을 수가 없다. 하나의 일을 끝내지 않으면 다른 일을 시작할 수 없었던 내가 백두대간 종주 중에 나 자신의 성장을 위한 준비를 계획했으며 이제 또 다른 세상과 마주할 시작을 하였다. 복지부동을 실천하며 사람들 속으로 숨으려고만 했던 나는 이제 조금씩 조금씩 사람들과 어울리기 위해 그들에게 시선을 돌린다.

산을 오른다는 건, 내가 땅을 밟고 있음을 인식하게 해주는 유일한 깨달음이다. 내 몸 깊숙이에서 말라비틀어져 있던, 죽어가는 의식을 입 밖으로 꺼내는 힘겨운 고행이다. 그래서 내가 땅을 밟고 선다는 건, 살고자 하는 나의 처연한 몸부림이다. 백두대간 종주는 나에게 그런 것이다.

그리고 이우학교 백두대간 8기 종주탐사대는 결코 놓고 싶지 않은 삶의 동앗줄이다.

■─── 아들 잡아주다 어른들과 맞잡은 산행 _정성남

아이가 두 발로 걸을 때부터 아빠는 꼭 산행을 시키고 싶어했다. 자기가 몸이 되지 않아 아이를 데리고 산에 가지 못하는 것이 애비로서 무슨 큰 죄나 되는 것처럼 항상 아쉬워했다.

그러다가 아이가 이우중학교에 오자 아빠는 옳다구나 싶어 백두대간 종주 모임에 가입시켰다. 그러고는 거금을 털어 제 딴에는 가장 좋은 등산용 장비와 의복을 아이에게 덜컥 걸쳐 입히고는 1차 등반 날 새벽부터 혼자 전세버스에 태웠다. 더 말할 것 없이 다른 아빠들이 있고, 그것도 이우 아빠들이니, 더 따질 것도 없다는 것이었다. 그렇게 해서 준범이는 학교에 입학한 뒤 1년 동안 아빠도 엄마도 없이 스무 차례의 산행을 혼자 다녔다.

그런 아빠가 나의 산행에 대해서는 아예 털끝만한 관심도 두지 않았다. 평소 내가 몸이 아주 약체라고 생각했고, 산에 다녀오면 분명히 몸살을 앓을 것이라는 편견 때문이었다. 물론 본인은 편견이 아니라고는 하지만……

그러다가 아이가 2학년 올라가기 전 겨울방학 때였다. 백두대간 산행이 아니라 거기에서 한참 벗어난 전라북도 무주의 향적봉에 그냥 놀러 가는 길에 내가 나서는 것을 반대하지 않았다. 아빠나 나나 등산이 아니라 그냥 산길을 4킬로미터 정도 거니는 산책 정도로 생각한 것이다. 그래서 아들 잡아주려고 아들을 따라나서서 처음으로 산에는 가보는 맛을 보았다. 그런데 산에서 걸어보니 생각보다 할 만했을 뿐만 아니라 호흡기가 민감한 나에게 산의 공기는 너무 좋았다. 처음 오셨으니 마음 급하게 먹지 말고 천천히 걸으라는 기획대장 정인 아빠의 배려에도 불구하고 나는 신나게 산길을 탔다.

그 다음에 한 번만 더 해볼까 해서 궤방령-추풍령 구간을 타는 약 10.9킬로미터의 22차 산행에 참가했다. 그리고 또 다음에 가고, 또 다음 번 가고……. 그런데 좀 피곤하기는 했지만 걷고 나면 신기하게도 기분이 좋아져 결국 아빠의 고집이 꺾였다. 결국 나는 38차 종산 산행 때까지 단 한 번도 빠지지 않는 열성 백두인이 되었다.

집에서 그냥 떠나보내기만 할 때는 몰랐는데 아들과 같이 다녀 보니 아이가 일 년 사이에 훌쩍 자랐다는 것이 실감났다. 애기 티가 폴폴 나던 아들은 그 사이 코밑에 잔털이 거뭇거뭇 하는 청년이 된 느낌이었다. 그리고 어쩌다 둘이 처져 헛돌이를 한 것처럼 길을 헷갈려 할 때는 엄마를 위로해 안심시키고는 자기가 짐을 대신 들고 나서기도 했다. 또 엄마가 잠깐 혼자 헛돌이를 했을 때는 행여 엄마에게 무슨 일이 났을까봐 겁이 났던지 그 큰 눈을 깜박이며 엄마를 찾아다니다가 넘어져 무릎이 까지기도 했다. 평소 말이 없던 녀석이 둘만 걷게 될 때 속마음을 털어놓아 아이 하나 새로 얻은 기분이 들기도 하였다. 늦둥이로 키워 항상 미안하던 차에 이렇게 자란 모습을 보니 조금은 가시면서 대견한 마음으로 바뀌어갔다.

그런데 이렇게 아들을 잡아준답시고 나섰던 산행이 어느 순간부터 어른들이 서로 맞잡아주는 동행으로 발전했다. 눈이 내렸을 때는 넘어지기도 하고, 길을 몰라 헤매기도 할 때마다 민폐가 될까 노심초사하는 초보에게 영섭이 엄마랑 다른 엄마들은 자기들도 초행이라면서 말을 걸어주고 도와주었다. 상아네는 이런저런 먹거리를 많이 싸와 산행 음식 준비에 서툰 내게 큰 도움을 주었다.

산행대장님이 간간히 조언해 주는 것도 산행에 유익했다. 막상 다녀보니 아빠들이 정말 고생 많았겠다는 생각이 절로 들었다. 한 편으로 산행 코스를 잡으면서, 다른 한 편으로 개구쟁이 중학생 녀석들이 헛돌지 않도록 신경 쓰는 것도 보통 일은 아니었다. 그리고 한 아이의 아빠로서 각 아빠들이 애쓰는 모습에서도 많은 것을 배우고 감동을 먹기도 하였다. 규연아빠 청풍 김인현씨는 오직 아들 하나를 잘 키우고자 그 육중한 몸을 날렵하게 움직이며 땀을 흘렸다. 일행의 마음을 푸는 데는 새연아빠 만한 분이 없었는데, 다만 자주 보지 못해 서운했다. 산길 다니면서 섶섶이 나타나는 꽃이나 풀, 특히 약초에 대해서는 정인아빠한테 너무 많이 배웠다. 예준빠는 남자도 여자 뺨치게 열무김치를 맛있게 담글 수 있다는 것을 가르쳐 주었다.

아이가 이우중학교에 온 덕분에 이런 좋은 분들을 만나게 된 것이 너무 큰 행운이었다. 그리고 또 언제 아들하고 함께 이렇게 어디를 다녀볼 수 있을까? 가끔 생각이 날 때면 생각만으로도 가슴이 찡해 온다. 그리 오래 살지 않았어도 아들과 같이 하고 아줌마들과 맞잡고 다녔던 백두 산행은 비록 힘들기는 했어도 남은 내 삶에서 가장 행복한 추억을 남긴 것 같다.

하늘못 넘어 백두 삼천리

이우학교 제8기 백두대간종주탐사팀 백두산 행정

홍윤기

드디어 다함께 백두 종산(宗山)에 서서 백두 산행을 종산(終山)하다

2014년 8월 11일 12시 37분. 백두산 정상에 오른 서른두 명의 '이우학교 제8기 백두대간 종주탐사대'는 드디어 카메라 앞에 한데 모였다. 그곳은 대한민국 수준원점인 인천 앞바다 기준으로 해발 2,746m 높이이다. 마침 짙은 안개는 멀리 장군봉의 산마루를 가리면서 내려와 하늘못(天池)마저 반쯤 덮은 채 지나가고 있었다. 카메라 셔터를 누르느라 빠진 서촌 선생(박준성) 앞에 모여 서서 활짝 웃으며 손을 치올리기도 한 일행은 그 짙은 안개에 폭 싸인 듯한 모습이다.

바로 이곳 하늘못에서 솟아나 남쪽으로 내닫는 백두대간이 삼천리에 걸쳐 그 줄기를 길게 뻗다가 남해 바다를 만나 멈춘 곳이 지리산 자락의 남원이다. 우리 탐사대는 그곳 주촌리 선유산장에서 2012년 3월 10일 시산제를 올리고 백두대간을 거슬러 올라오는 종주산행을 시작했다. 그리고 38차에 걸쳐 총 732.65km의 산행 거리를 뒤로 하고 딱 1년 7개월 뒤인 2013년 10월 12일 대한민국 땅으로 밟을 수 있는 백두대간 구역을 모두 밟고 진부령에서 그 행정을 매듭지었다.

그날 종산식을 하기는 했다. 하지만 우리 탐사대는 다 알고 있었다. 진부령은 결코 백두산에서 개마고원의 두류산, 태백산맥 북단의 금강산, 그리고 그 아래의 설악산을 거쳐 지리산까지 뻗은 백두대간의 완결점이 아닌 것이다. 그리고 우리가 가야 할 이 한반도의 마루뫼 즉 종산(宗山)인 백두산을 올라야 백두대간 종주(縱走)라는 이 탐사대의 목표가 진정 이루어지는 종산(終山)이라고 할 수 있었다. 그런데 이런 미적지근한 종산식을 종산식이라고 치루고 딱 열 달 지난 바로 이 순간 우리는 드디어 지리산까지 뻗친 백두대간의 종산인 백두산 하늘못의 짙은 안개에 싸여 진정한 종산을 하게 되었다.

그런데 일행 앞에는 이 즐거운 순간을 누가 만끽하는지를 알려줄 펼침막이 눈에 띠지 않는다. 왜 펼침막을 준비하지 않았겠는가? 그러나 우리의 가이드선생은 백두산 정상에서는 어떤 펼침막도 안 된다는 중국 당국의 엄한 금령을 전하면서 하산하자마자 중국 공안에 가 사이좋게(?) 조사받는 일이 없도록 해달라고 신신당부했다. 결국 세월호 참사에 대한 탐사대의 염원을 적은 펼침막은 기어코 백두산 정상으로 내려오는 차가운 하늘 바람을 쐬지 못했다. 대신 채림빠(유영인), 상아, 진우맘(류정아), 준범이가 앞줄에 앉아 알게 모르게 드러낸 하얀색 단체 티셔츠에 까맣게 박

힌 '아이들을 구하라!'는 글씨가 꺼내지 못해 펼침막에 갇힌 이 탐사대의
함성을 아쉽게나마 외치고 있었다.

　'2014 백두산 트래킹' 준비공고가 나서 참가 신청을 받기 시작한 3월
28일에서 채 한 달도 안 된 4월 16일 세월호 참사가 있었다. 우리가 길을
떠난 8월 9일 현재에도 세월호 참사 실종자는 아직 열 명이 남아 있었다.
놔두고 가서는 안 될 사람을 두고 떠나는 듯한 죄스런 마음을 조금이나
마 덜려고 펼침막을 준비했는데 중국 당국의 오해를 살까봐 결국은 펴지
못했다.

중국 국가의 위세와 그 국민의 열세

　길게 뻗어 올라간 서파 계단 곳곳에 짙은 풀빛 야전용 코트의 깃을 날
서게 차려 입은 중국 공안이 엄격한 표정으로 관광객들을 살피고 있었다.
예전에 한국 관광객 중에 가끔 이곳이 우리 땅이라는 요지의 퍼포먼스를

벌이거나 플래카드를 펼치면서 사진 찍는 일이 있었다고 한다. 영토 문제에 관해서는 어떤 아량도 없는 중국의 국가적 감수성을 우리의 종산에서도 몸으로 느낄 수 있었다. 그러나 중국의 이런 존엄한 국가적 위세와는 대조적으로 그 국민 중 자기 몸을 그대로 내놓고 돈을 벌여야 하는 두 가마꾼의 도움으로 비로소 나는 백두산 정상에 오를 수 있었다.

백두산 등정로 중 산행을 즐기는 이들을 위해 개발된 서파(西坡)가 우리 탐사대의 루트였다. 그런데 백두산 발치에서 그 정상인 하늘못까지 그냥 걸어갈 필요는 없었다. 서파 산문을 통과하면 하늘못이 있는 백두산 꼭대기 바로 아래 구역까지는 셔틀버스가 운행된다. 이 셔틀버스 주차장에서 하늘못까지는 마치 저 멀리 하늘로 바로 들어갈 듯이 까마득하게 계단이 이어지는데, 그 수가 무려 1,442 계단이다.

그곳까지 목발 짚고 올라가? 어림없는 소리였다. (그런데도 여행 직전에 오른발을 다친 진우빠(박종경)는 나보다 훨씬 미숙한 모양으로 외목발을 짚고 그 계단을 올라갔다.) 이른 아침부터 쉬엄쉬엄 올라가 하늘못만 보고 내려올 요량이면 하루종일이 걸리더라도 괜찮을 성싶었다. 하지만 우리는 시간 단위로 일정이 정해진 단체였다. 그렇다면 이번 백두산 행정에 나선 이래 그랬던 것처럼 내가 휠체어를 타고 아빠들과 아이들이 그것을 들고 올라가? 그러기에는 오르막 계단의 수가 너무 많았다.

그래서 아래 셔틀버스 주차장에서 안내인 선생의 소개로 두 명의 가마꾼을 샀다. 그야말로 샀다는 말이 맞는 것이, 이들은 7~80계단씩 3분마다 쉬면서 손을 내밀고는 "띠보~~띠보~~"를 연발했다. 눈치가 팁을 달라는 것이었다. 어깨에 띠를 메고 허덕거리며 오르는 것이 몹시 안쓰러웠지만 본래 계약한 금액 이상을 달라는 대로 주면 이상할 것 같았다. 그냥 웃으면서 계속 오르기나 하자고 손짓하면 이들은 못마땅한 표정을 지으면서도 어쩔 수 없다는 듯이 다시 올라갔다.

한여름인데도 백두산은 그 정상에 오를수록 칼바람이 불어 너무나 추웠다. 그런데 이 두 가마꾼은 자기들이 걸치는 긴 도포옷을 내 무릎과 어깨에 둘러주었다. 거기서 나는 냄새가 고역스러웠지만 그들의 배려심은 너무나 따사로웠다. 게다가 다른 가마꾼들이 메고 올라가는 가마에는 기껏해야 조그만 아이를 품에 안은 젊은 엄마나 거동이 아주 불편한 노인네 정도만 타고 있었다. 꽤 몸무게 나가는 나를 들어 올리려니 두 사람은 불만이 가득한 표정이다. 좀 많은 돈을 준다고 했어도 가마에 마치 나으리처럼 앉아 있는 내 마음은 영 편치 않았다. 그러면서 그 서파 계단을 올라가는 데 47분이 걸렸다. 이래서 나는 우리 일행 중 가장 마지막으로 하늘못을 보게 되었다.

이렇게 마음 고생하면서 오른 하늘못에서 약 50분간 머물렀다. 백두산 정상의 풍광과 떼로 몰리는 중국인들을 구경하면서 단체사진과 가족사진을 찍었다. 그런데 놀랍게도 단체사진을 찍을 때 가려졌던 주변 산과 호수가의 풀밭, 그리고 하늘못이, 그 짧은 시간 안에 안개가 말끔히 걷히면서 거의 분 단위로 모양을 바꿔갔다. 햇빛이 찬연하게 비치는 광경만 빼고는 백두산과 천지는 보여줄 수 있는 모든 모습을 보여주려는 것 같았다. 그냥 가만히 서 있기만 해도 온갖 광경이 저절로 펼쳐지는 것이 완전히 천연 슬라이드쇼를 보는 기분이었다. 땅 밑에서 방금 솟아오른 듯한 하늘못 옆의 현무암 절벽은 그대로 가서 매달리고 싶을 정도로 편안한 느낌이었다.

그런데 나를 데리고 올라온 가마꾼들은 새 손님을 받지 않고 아까부터 주변을 맴돌더니 우리 일행이 하나씩 내려가자 아예 내 팔목을 낚아채다시피 잡아끈다. 우리말로 조금만 더 있다 가겠다고 했는데, 약간 떨어져 있다가 또 와서 채근한다. 몇 번 겪고 나서야 비로소 이들이 나를 다른 가마꾼에게 뺏기지 않을까 속을 끓인다는 것을 눈치 챘다. 그러니까 오히려 내가 안심이 됐다. 아까 올라올 때 너무 무거워했기 때문에 나를 팽개치고 내려가 버리지 않을까 걱정했었다. 하늘못과 주변 풍광에 넋을

뺏겨 잠시 잊었는데 도리어 이들이 조바심을 치다니!

너무 추워 더 견디지 못하고 가자고 하니까 이들이 그동안 기운을 차렸는지 날렵하게 달려와 다시 자신들의 그 넓은 도포옷을 걸쳐 주고는 조금 전보다 훨씬 익숙하게 나를 가마에 올렸다. 그러더니 이번에는 딱세 번만 쉬고는 17분 만에 아까 출발했던 셔틀버스 주차장에 내려왔다. 너무나 고마워 이들에게 감사하다고 인사하고는 안내인 선생에게서 돈을 빌려 이들이 그렇게 달라던 '떠보'를 주었는데 좀 많았던 모양이다. "홍 교수님, 그럴 필요까지는 없는데요" 하는 안내인 선생의 말이 미처 끝나지도 않았는데, 가마꾼들은 놀란 표정으로 절을 세 번씩이나 하고 잽싸게 사라졌다. 저들도 위대한 중국 국민인데, 저렇게 고생하지 않아도 잘살았으면 하는 바람을 간절하게 떠올리다가 잠시 마음이 울적해졌다.

네 개의 나라를 시간으로 넘어간 백두 북행 삼천리, 그리고 한 국가의 국민으로 산다는 것

가난한 국민을 두고는 어떤 국가도 진정으로 위대해질 수는 없을 것이다. 백두산탐사대의 가장 중요한 목표가 달성되는 현장에서 나는 이런 소회로 우리 행정의 앞뒤를 매듭지으면서 백두산 구역 삼천리를 관조하듯이 겪어나갈 수 있었다.

한 나라의 백성으로 산다는 것, 한 국가의 시민으로 살아가며 나를 실현한다는 것—그 생각은 대련공항에 내려 압록강 줄기를 따라 연변을 훑어 북행하고 길림을 거쳐 장춘 공항에서 다시 비행기에 오를 때까지 북방 삼천리 길 내내 세월호에서 버림받은 그 어린 영혼들의 모습과 겹치며 마음을 뒤흔들었다.

이 백두 삼천리에서 우리는 네 개의 나라를 여행했다. 백두산 정상에서 관광객을 살피던 경비병들의 모습으로 다가온 중화인민공화국, 안중근과 연변의 열사들이 그렇게 바랐지만 살아보지 못했던 우리 독립된 대한민국, 그리고 집안(輯安)과 용정을 잇는 길가에 마치 동네 우물가의 빨랫돌처럼 촘촘히 박힌 유적들이 천년의 세월을 넘기며 불러온 고구려와 발해가 그 네 나라들이다. '고대의 요동 벌판'과 '식민지 만주'와 '독립되어야 할 대한민국'을 하나로 뭉친 이 백두 삼천리에 걸친 '북방의 시간'은, 우리 일행이 탄 버스가 달리는 압록강변에서 곳에 따라서는 10미터도 채 안 떨어져 있는 북한이나, 방금 떠나왔지만 곧 돌아갈 우리 대한민국이 차라리 먼 이방처럼 느껴지게 만들 만큼, 우리를 당장의 현재에서 이탈시켰다.

지금의 대한민국은 안중근과 연변 열사들이 꿈꾸었던 그 나라가 맞는가?

대련공항에서 내려 점심을 마치고 처음 갔던 여순감옥에서 대한제국 독립의군 소장 안중근이 갇혔던 독방과 그를 살해한 사형대 밑에 사형당한 시체를 받기 위해 놓인 큰 독을 보았을 때 아찔한 현기증이 엄습했다. 여기 다녀갔던 이들이 촬영하여 인터넷에 올린 이 광경은 사진으로 무수히 보아왔다. 하지만 실제 독방의 창살과 사형대의 나무기둥을 손으로 만졌을 때의 그 차가운 감촉은 안중근이라는 그 실존체를 마치 초월신이나 되는 듯이 현실감 없게 만들었다. 현실감이 없다는 것은 내가 그것을 현실로 받아들이지 못할 만큼 내가 나를 무의미하게 느꼈다는 것이다. 안중근—그는 어떻게 이 차가움을 견디며 스스로 죽음으로 걸어들어 갔을까? 이 차가움이 느껴졌을 때 그냥 공포스럽지 않았을까? 그가 바라던 그 독립된 나라에 한 순간도 살아보지 못했는데도 그는 왜 그리고 어떻게 그런 나라를 위해 그 따뜻한 자기 생명이 몸에서 떠나가는 것도 마다하지 않았을까?

중국 측 인사들이 바친 최대의 찬사들이 걸린 여순감옥의 안중근기념관에서 느낀 그런 느낌은 연변의 너른 들판과 산 구비마다 서 있던 독립과 해방 운동의 열사들을 기리는 비석들을 보면서 되살아났다. 나는 연변 조선족들 사이에 전설이 된 '십오만원 강탈 사건' 기념비로 들어가는 승지교 다리 입구의 혁명열사 기념비를 하나 촬영해 왔다.

식민지 만주에 이주해 살던 조선인들 사이에서는 얼마나 많은 독립운동가들과 운동가들이 활약하다 스러졌던지 중국 건국 후 이곳을 시찰 나왔던 북경의 당 고위관료는 윤동주 생가가 멀지 않은 이도백하 가는 길목에 "산마다 진달래 마을마다 열사비"라는 비를 세웠다.

그런데 이런 열사들은 별도로 모집되어 특수 훈련을 거쳐 전문 군대로 양성된 것이 아니었다. 대련의 한 구(區)인 여순에서 벗어나 백두산을 지나 용정 쪽으로 이동하면서 우리는 식민 시대 만주로 이주해온 조선인들이 첫 해 농사 지어 먹을 것을 마련하고 나면 반드시 그 동네에서 서당이나 학교를 열어 아이들을 가르쳤다는 것을 알았다. 이런 교육소들이 연변 전체에 깔려 일종의 교육네트워크를 형성하면서 골짜기와 강가의 마을들을 이어주는 구실을 했다. 이러다가 이런 네트워크가 밀집되면 용정과 같은 큰 장소에 제대로 된 학교들이 설립되었다.

대규모 항일 전투로 잘 알려진 청산리나 봉오동도 실제로 보니 대부대가 맞설 수 있는 개활지나 평원이 아니라 소규모 마을들이 골짜기마다 들어선 산간 지역이었다. 이런 곳에 일본군이 들어오면 마을에서 일하거나 학교에서 공부하던 이들이 하던 일이나 공부하던 책을 손에서 내려놓고 논밭이나 밥상머리를 바로 떠나 골짜기에 숨어 돌팔매라도 하면 그것이 전투였고 투쟁이었다. 다시 말해서 이곳에서 항일투쟁은 밥 먹다 말고도 하게 되는 일상사였고, 평소의 교육이 있어 언제든지 밥상을 걷어차고 옆산에 들어갈 정도로 항일의식이 충만했는데, 그 정신적 보급소가 조선족들이 설립한 학교들이었다.

그런데 이들이 그렇게 살고 싶어 했던 바로 독립된 조선, 대한민국은 어떤 나라였을까? 현재의 대한민국이 바로 그렇게 그들이 살고 싶었던 그런 나라일까?

담덕(광개토대왕)과 거련(장수왕) 그리고 정화공주의 나라

백두산에 오르기 전날인 8월 10일 찾아간 집안은 제2대 유리왕 22년(서기 3년)부터 427년 장수왕이 평양성으로 옮기기 전까지 고구려 수도였던 국내성이 있었던 곳이다. 이곳은 시내 진입로 양쪽의 천변 둑이 국내성 성벽일 만큼 고구려의 유적이 곳곳에 널려 있어 아예 고구려 땅이었다는 의식을 가질 필요도 없을 정도로 고구려 유적이 깔려 있었다. 사진으로만 보던 광개토대왕 담덕의 거대한 비는 엄청나게 큰 자연석에 그대로 비문을 새겨 넣은 것으로서 그 앞에 선 것만으로도 위축감이 들 정도로 위용이 대단했다.

장수왕 거련의 무덤으로 추정되는 피라미드형의 석조 조형물은 형편없이 도굴당해 내용물은 전혀 남아 있지 않았다. 그러나 규모와 강도만큼은 대단하여 그 오랜 세월의 풍상에도 불구하고 겉모습은 거의 변하지 않아 바로 어제 장사를 치른 듯한 착각이 들 정도였다.

놀랍게도 이 집안시 주변에 일만 기 이상의 고구려 고분이 사방에 널려 있다는 얘기는 이번 여행에서 처음 들었다. 그 규모와 면적은 신라의 도읍이었던 경주를 능가한다. 많은 고분에는 400년 이상 이곳이 고구려의 도읍이었기 때문에 고구려의 고위층들이 잠들어 있었을 것이다. 하지만 너무나 슬프게도 고구려를 정복하여 국내성을 함락시킨 당나라의 고종은 휘하 장졸들에게 대량의 고분 도굴을 허용하여 몇 달에 걸쳐 모든 고분이 파헤쳐졌다고 했다. 대신 당 고종은 당군이 고구려 백성을 직접 해치는 것은 금했는데, 그 이유는 그들을 고스란히 포로로 하여 당나라 내륙으로 이주시켜 노동노예로 삼기 위한 것이었다고 한다.

결국 고구려라는 강력한 중앙집권국가가 소멸하고 당시 요동으로 불렸던 이곳 백두산 주변은 커다란 문명공백 지역이 되어 주변 유목민족들의 이동 경로로만 사용되면서 거의 1,500년 동안 황폐하게 방치되었다. 화룡시로 들어가는 교외에서 안내인 선생이 저 멀리 발해 제3대 문왕의 넷째 딸인 정효공주의 무덤이 있다고 가리킨 곳이 차라리 오랫동안 땅속에 매몰되어 발견되지 않았던 것이 다행스러울 지경이었다.

대국으로 일어서려는 중화인민공화국 옆 작은 나라 국민으로 사는 것

살아지지도 못하고 열사들의 꿈속에서만 존재했던 독립 한국, 그리고 이제 먼 옛날의 흔적으로만 남은 고구려와 발해의 그 땅에 이제 실제 우리가 일생 이웃나라로 살아갈 중화인민공화국이 대국으로 용솟음치고 있다. 이들이 한국 수준을 넘어서려고 분투한다는 느낌은 곳곳에서 절감되었다. 대련에서 장춘에 이르는 모든 도시들과 도로는 하다못해 고속도로 휴게실도 마치 경부고속국도나 영동고속도로를 옮겨다 놓은 것처럼 한국과 흡사했다. 그리고 라면을 만드는 스타일과 취향도 한국 것 그대로 였다. 그러면서 그 이상으로 넘어서려는 것은 분명했다.

식민지시대 조선 이주민들은 연변을 중심으로 동북삼성(東北三省) 지역(랴오닝성, 지린성, 헤이룽장성)에 벼농사를 처음으로 들여왔다고 했다. 그러나 9시간 이상씩 버스를 타며 종단한 백두산 주변 구역의 그 드넓은 평원과 엄청난 규모의 산야에는 거의 대부분 옥수수가 끝도 없이 심어져 있었다. 모두 식용이 아니라 소와 돼지 등의 가축을 위한 사료용이라고 한다.

이런 거대국가의 어마어마한 생산력에 맞선다고 대한민국 농업 전체를 생태농업으로 개편하면 어떨까 하는 생각을 했던 적이 있었다. 그러나 이 넓은 땅 어느 구석을 택해 그것을 아예 생태친화적으로 개발해 버리면 그것을 당해낼 도리가 있기나 할지 별다른 궁리가 떠오르지 않는다. 세계 최강대국 두 나라 가운데 한 나라는 아예 우리나라 안에 군대를 주둔시키고 있고, 다른 한 나라는 바로 옆에서 용틀임 치며 하늘로 치솟고 있는데, 그 사이에 긴 작은 나라가 과연 독립을 유지하면서 잘 살아갈 수 있을까? 비록 세계 15위권의 경제대국으로 도약했다고는 하지만 이 백두산 구역에서 번성했거나 아니면 새로운 나라를 꿈꾸었던 우리 민족의 국가들과 독립운동가들을 계속 우리의 국가와 선조로 생각해 나갈 수 있을 정도로 우리는 나라를 이끌어갈 수 있을까?

윤동주 교실에서 그리고 내 몸에서 본 희망

8월 12일에 방문했던 용정의 대성중학교는 윤동주 시인과 문익환 목사의 모교로 유명한 곳인데 뜻밖에도 윤동주 교실을 비롯하여 이곳 출신의 훌륭한 졸업생들을 기리는 기념관이 꾸며져 있었다. 우리 아이들은 이곳 교실의 옛 책걸상에 앉아 옛날 풍금 소리를 들으며 윤동주의 시를 읽는 시간을 가졌다. 기훈빠 정선태 선생이 교사로 나섰는데 당신 주머니를 털어 현장에서 사서 나눠준 시집으로 낭독 수업을 진행하였다.

이 즉석 국어교사가 지정한 인서맘(김정임)이 뜻밖에도 빼어난 목소리로 시를 낭송했다.

그런데 장난치던 아이들도 조용해질 만큼 차분하고 정감스러워 감탄을 자아냈다.

그런데 이 윤동주 교실은 그다지 폭이 넓지 않은 계단을 올라가야 하는 2층에 있었다. 또 다시 내가 난관에 부딪혔는데 이번에도 아빠들이 나섰다. 규연빠 청풍 김인현님을 비롯해 아빠와 안내인 선생 등 네 명이 휠체어 모퉁이를 하나씩 잡고 보조를 맞춰 가볍게 들어올렸다. 주변의 교

포 방문객들과 중국인들이 모두 놀라 동그래진 눈으로 이 진풍경을 바라보았다. 이런 광경은 여순감옥에서 계단을 오르내릴 때 시작되었었다. 그때 안중근 의사의 독방을 돌아 감옥 건물 안으로 들어갈 때 마주친 몇 개의 계단 앞에서 가이드 선생과 규연빠가 앞을 들고 지곤이와 인서빠 이

일광님이 뒤를 받쳐 가볍게 올라갔다. 그런데 이번에는 아예 층을 올라가야 하는 일이었다. 하지만 이번에도 잘 짜여진 우리 일행의 휠체어 팀워크는 아무 문제없이 장애인 하나를 여행 일정 안에 아주 자연스럽게 녹여냈다.

단동에서 야간에 압록강변 산책로를 거닐 때 영섬맘 김란경님이 내 휠체어를 밀면서부터 휠체어 밀기는 일종의 유행이 되었다. 이렇게 되자 아이와 엄마에게 전적으로 의존하여 휠체어를 운영하려고 했던 나의 생각은 그때부터 기분 좋게 빗나갔다. 내 가족 말고도 누구나 끌고 싶으면 끌어주고 어른들이 나서서 휠체어를 밀기도 하고 들어올리기도 하자 장

난끼 잔뜩 든 아이들에게 휠체어 끄는 고역이 재미있는 오락, 일종의 무한도전으로 퍼져나갔다.

상아를 필두로 지곤이, 지영이, 지영이 동생 수영이, 하다못해 몸이 가늘어 보이는 진우와 종승이까지 고비마다 한 번씩 나섰다. 아빠 휠체어에 관한 한 달인의 경지에 이른 준범이가 결국 이 일에 관한 한 두 손 놓은 고등실업자가 되었다.

나로서는 부담이 아니라 재미로 도와주는 아빠들과 엄마들 그리고 아이들에게 무한한 고마움과 다행스러움을 느꼈다. 부담(負擔)을 분담(分擔)하면 보람이 된다는 것—여기에 작은 나라의 큰 고민을 해결할 길이 있을 것 같았다.

길림에서 장춘까지 가는 길은 오직 비행기를 타고 다시 우리나라로 돌아오기 위해 지나온 길이었다. 그런데 길림시에서 장춘 가는 고속도로를 빨리 타기 위해 길을 잡다가 이 지역에 익숙하지 않은 우리 전세버스의 기사가 엉뚱한 구역으로 들어갔다. 여러 군데 정신없이 콘크리트와 건설용 모래더미가 쌓인 그곳은 개발 중인 중국의 맨얼굴이었다. 등소평의 개방정책이 시작된 지 이제 30년—성공한 개발의 뒤처리가 이곳에서도 만만치 않았다. 양극화와 물신숭배는 이 큰 나라도 비켜가지 못하는 부담을 부산물로 안기고 있었다. 시원하게 뚫린 고속도로 옆에는 반드시 꽉 막힌 정체와 소외가 따라온다는 것—상대보다 우위를 점하려는 경쟁심이 아니라 상대의 고민을 같이 이해하려는 격려의 마음이 우리 두 나라 아니 우리나라를 살리는 길이 아닐까?

8월 14일 오후 3시 11분 우리 탐사대가 장춘에서 타고온 비행기는 무사히 인천공항에 착륙했다. 그리고 지난 5박6일 동안 시간과 공간에 걸쳐 백두산 지역에 위치했던 네 나라를 가족처럼 같이 다녀온 우리 서른두 명의 백두산 탐사대는 다시 대한민국의 일상으로 돌아갔다.

전체 산행 개요

Ⅰ. 산행 현황

1. **총 산행 횟수**: 총 47일

   = 38회(1박2일: 10회) → 총48일 · 산행취소 1일

   (31차 둘째 날 삽당령-닭목령 우천 취소 1일 제외)

2. **총 마루금 거리**: 631.59km(13.4km/일)

3. **총 산행 거리**: 732.65km(15.6km/일)

   - 구간 외 101.06km 포함

4. **참석 연인원**: 2,476명(65명/회)

   - 이백동동, 6기 지원, 백두8기 보충 등 307명 포함

Ⅱ. 주요 산행기록

1. **최장거리 산행**

   - 당일(5명): 32.7km(32차, 백봉령-삽당령-닭목령)

     (중2 김주현, 김주현 부, 중2 박진우, 중2 옥지영 부, 중2 옥지영 동생 옥수영)

   - 1박2일(42명): 38.3km(27차, 죽령-고치령-늦은목이)

2. **최단거리 산행**

   - 당일(42명): 1.5km(20차, 동해전망대-매봉)

3. **백두8기 헛돌이**(4회)

   - 1차 고기리 · 통안재: 1명 고1 유지훈 헛돌이

   - 8차 갈령 · 화령재: 단체 헛돌이(선두대장 정선태)

   - 32차 백봉령 · 삽당령: 4명 이정인, 이인서, 정지곤, 홍준범 헛돌이

   - 35차 백봉령 · 삽당령(보충): 1명 장원조 헛돌이

4. **최다 인원 산행**(93명): 1차 고기리-고남산-통안재

5. **최소 인원 산행**(28명): 35차 닭목령-삽당령

6. **총 산행 시간**: 436시간 23분

Ⅲ. 완주기록

1. **총 완주자**(20명): 총38차(48회) 산행 중 46회 완주

〔① 폭설취소: 21차 우두령-삼도봉, ② 우천취소: 31차 둘째날 삽당령-닭목령 〕
- 선배 기수(3명): 백두 1기 졸6 김지원 부 김성호

  백두 6기 고1 유창선 부 유재윤, 모 이영희
- 백두8기 학부모(10명)

  중2 김규연 부 김인현, 중2 김상아 부 김상관, 모 강아네스,

  중2 박진우 모 류정아, 중2 유채림 부 유영인, 중2 이민규 부 이무섭,

  중2 이정인 부 이운범, 중2 이종승 모 박경옥, 중2 최새연 부 최태순,

  고2 정기훈 부 정선태
- 백두8기 학생(7명)

  중2 김동섭, 김상아, 김주현, 박진우, 이정인, 홍준범, 고2 박예린
- 개근완주자(7명)

  중2 김규연 부 김인현, 중2 김동섭, 중2 김상아, 중2 김상아 모 강아네스,

  중2 김상아 부 김상관, 중2 이정인, 중2 이정인 부 이운범

2. **총 종주자**(29명): 20회 이상 산행참가

3. **최다 보충 완주**(9회): 중2 김주현

Ⅳ. 기타기록

1. **50년**: 최연장자(57세), 최연소자(7세)

2. **북콘서트 참석**: 12년 5월 13일 5차 성삼재-고기리 산행 후
   - 소설가 문순태님의 『타오르는 강』 완간기념 콘서트(담양 생오지문학관)

3. **백두MT**(2회): (겨울)덕유산, (여름)공주시 정안면 정안천

4. **백두8기 최대위기**: 12년 12월 8일 19차 대관령-선자령-매봉
   - 체감온도 영하 -21.8도, 풍속 11.6m/sec〔전국 최고〕, 다수의 동상환자 발생!

5. **백두8기 최대사고**(2건)
   - 13년 2월 17일 22차 괘방령 · 추풍령

     (고1 윤영빈 다리골절사고: 119신고 및 인근병원에서 임시 깁스 후 귀환 수술)
   - 12년 6월 9일 7차 백암봉 · 신풍령(빼재)

     (중1 권서용 발목부상: 아빠들이 업어서 대봉에서 신풍령(빼재)까지 이동)

함께한 사람들

연번	학년	학생	관계1	이름	관계2	닉네임	
1	중1	강우진	본인	강우진			
2	중1	강우진	부	강철웅	우진빠		
3	중1	권서용	본인	권서용			
4	중1	권서용	모	윤미경	서용맘	메이컴	
5	중1	김규연	본인	김규연			
6	중1	김규연	부	김인현	희연/지연/규연빠	청풍(희연지연규연빠)	백두8기 기록대장
7	중1	김규연	모	문선희	희연/지연/규연맘	희연지연규연맘	
8	중1	김동섭	본인	김동섭			
9	중1	김동섭	모	박재금	동섭맘	좋은날	
10	중1	김상아	본인	김상아			
11	중1	김상아	부	김상관	상아빠	쿠스코	백두8기 무전기대장
12	중1	김상아	모	강아네스	상아맘	상아엄마(양파)	
13	중1	김수련	본인	김수련			
14	중1	김수련	부	김종훈	수련빠	수련아빠	백두8기 총무대장 I
15	중1	김수련	모	옥은희	수련맘	그림시계	
16	중1	김주현	본인	김주현			
17	중1	김주현	부	김태연	주현빠	하늘지기	
18	중1	김지연	본인	김지연			
19	중1	김지연	부	김재린	지연/시훈/찬서빠	지연파	백두8기 총무대장 II
20	중1	김지연	모	임명남	지연/시훈/찬서맘	지연, 시훈맘	
21	중1	김지연	동생	김시훈			
22	중1	김지연	동생	김찬서			
23	중1	박승우	본인	박승우			
24	중1	박승우	부	박광일	승우빠		
25	중1	박승우	모	서난희	승우맘	괜찮아	
26	중1	박준형	본인	박준형			
27	중1	박준형	부	박상준	준형빠	준형아빠	
28	중1	박진우	본인	박진우			

연번	학년	학생	관계1	이름	관계2	닉네임	
29	중1	박진우	부	박종경	예린/진우빠	BlueSky	
30	중1	박진우	모	류정아	예린/진우맘	바다위의 별	
31	중1	박진우	삼촌	박성원			
32	중1	안성환	본인	안성환			
33	중1	옥지영	본인	옥지영			
34	중1	옥지영	부	옥명호	지영빠	아바타	
35	중1	옥지영	모	조선녀	지영맘	공감	
36	중1	옥지영	동생	옥수영			
37	중1	유다연	본인	유다연			
38	중1	유채림	부	유영인	채림빠	마루	백두8기 체조대장
39	중1	유채림	모	임지수	채림맘	하늘산	
40	중1	윤정연	본인	윤정연			
41	중1	윤정연	모	박소영	정연맘	정연맘	
42	중1	윤정연	동생	윤찬진			
43	중1	윤해솔	본인	윤해솔			
44	중1	윤해솔	부	윤형제	해솔빠	곰돌이	
45	중1	이경환	본인	이경환			
46	중1	이경환	부	이종서	경환빠		
47	중1	이경환	모	강경숙	경환맘		
48	중1	이도균	본인	이도균			
49	중1	이도균	모	양애순	도균맘	동구리앙	
50	중1	이민규	본인	이민규			
51	중1	이민규	부	이무섭	훈규/민규빠	도오	백두8기 산행대장
52	중1	이인서	본인	이인서			
53	중1	이인서	부	이일광	인서빠	느티나무	
54	중1	이정인	본인	이정인			
55	중1	이정인	부	이운범	정인빠	마타리꽃	백두8기 기획대장
56	중1	이정인	모	임경희	정인맘	민트로사	
57	중1	이정인	동생	이형인			
58	중1	이종승	본인	이종승			
59	중1	이종승	모	박경옥	종승맘	무적의삼형제	
60	중1	이종승	동생	이종신			
61	중1	이종승	동생	이종목			
62	중1	이혜인	본인	이혜인			

연번	학년	학생	관계1	이름	관계2	닉네임	
63	중1	이혜인	부	이보경	혜인빠	뿌잉	
64	중1	이혜인	모	김은주	혜인맘	흰바람벽	
65	중1	이혜인	동생	이준민			
66	중1	임예진	본인	임예진			
67	중1	임현도	본인	임현도			
68	중1	장원조	본인	장원조			
69	중1	장재성	본인	장재성			
70	중1	정지곤	본인	정지곤			
71	중1	진희원	본인	진희원			
72	중1	차승연	본인	차승연			
73	중1	천신영	본인	천신영			
74	중1	천신영	부	천승호	신영빠	메시	
75	중1	최새연	본인	최새연			
76	중1	최새연	부	최태순	새연빠	슈퍼맨	
77	중1	최새연	모	박영자	새연맘	타잔	
78	중1	허솔	본인	허솔			
79	중1	홍준범	본인	홍준범			
80	중1	홍준범	모	정성남	준범맘	준범맘	
81	중2	윤지호	본인	윤지호			
82	중2	윤하은	본인	윤하은			
83	중2	윤하은	모	이민심	하은맘		
84	중2	윤하은	동생	윤하준			
85	중3	김대인	본인	김대인			
86	중3	김대인	모	김무비	대인맘		
87	중3	김정연	본인	김정연			
88	중3	김정연	부	김민호	정연빠		
89	중3	김정연	모	박영애	정연맘		
90	중3	김정연	동생	김하연			
91	중3	박영준	본인	박영준			
92	중3	성시영	본인	성시영			
93	중3	성시영	부	성평제	시영빠	외로운들개	
94	중3	윤영빈	본인	윤영빈			
95	중3	윤영섬	모	김란경	영무/영섬맘	물처럼	
96	중3	최원준	본인	최원준			
97	중3	최효빈	본인	최효빈			
98	고1	김소정	본인	김소정			

연번	학년	학생	관계1	이름	관계2	닉네임	
99	고1	김소정	부	김기태	소정빠	푸르미	
100	고1	김소정	모	김미영	소정맘	일마레	
101	고1	김소정	이모부	서원태			
102	고1	김윤수	부	김종석	호연/윤수/ 현수빠	꿈생원	
103	고1	김윤수	동생	김현수			
104	고1	김지연	본인	김지연			
105	고1	박상혁	본인	박상혁			
106	고1	박상혁	부	박진원	상혁빠		
107	고1	박상혁	모	채은아	상혁맘		
108	고1	박예린	본인	박예린			
109	고1	유지훈	본인	유지훈			
110	고1	유지훈	부	유상우	지훈빠		
111	고1	유지훈	모	윤채영	지훈맘	담비부인 (지훈맘)	
112	고1	유지훈	누나	유의정			
113	고1	이호중	모	백소조	호중/호빈맘	강아지똥	
114	고1	이호중	동생	이호빈			
115	고1	정기훈	부	정선태	지영/기훈빠	세인트정	백두8기 고문대장, 선두대장
116	고1	진하언	본인	진하언			
117	고2	김희연	본인	김희연			
118	고2	이인하	본인	이인하			
119	고2	이인하	부	이창구	인하빠		
120	고2	최선혜	본인	최선혜			
121	고2	최선혜	부	최은석	선혜빠		
122	고2	최선혜	모	정호진	선혜맘	선혜맘	
123	고2	최선혜	동생	최다윤			
124	졸7	노우란	부	노명구	우란빠	우란아빠	백두8기 장비대장
125	졸7	노우란	모	이희자	우란맘	로샤스	
126	졸7	조예준	부	조영재	예준빠		백두8기 위원장
127	졸7	조예준	모	김선현	예준맘	예준맘	
128	졸7	박다현	모	정숙경	다현맘	다현맘	

*단, 참가 학생 학년은 2012년 기준임.